Narratori Feltrinelli

# Rebecca Donner

# Nei giorni oscuri della nostra vita

Il destino straordinario di una donna americana nel cuore della resistenza tedesca al nazismo

Traduzione di Giulia Gazzelloni

Titolo dell'opera originale
ALL THE FREQUENT TROUBLES OF OUR DAYS



Traduzione dall'inglese di
GIULIA GAZZELLONI


Prima edizione ne "I Narratori" settembre 2023

Stampa Grafica Veneta S.p.A. di Trebaseleghe - PD

ISBN 978-88-07-03558-6

FSC
www.fsc.org
MISTO
Carta
da fonti gestite in
maniera responsabile
FSC® C021883

*Per Mildred e Don*

# Nota dell'autrice

Questa è una storia vera.

Le parole che compaiono tra virgolette provengono da lettere, cartoline, autobiografie, diari, appunti, rapporti di intelligence desecretati o da qualsiasi altra testimonianza trovata in un archivio.

Nei libri, negli articoli di giornale e nei documenti rinvenuti, Mildred è chiamata Mildred Harnack, Mildred Fish-Harnack o anche Mildred Harnack-Fish. È stata lei stessa a creare confusione. Negli Stati Uniti si faceva chiamare Mildred Fish-Harnack, in Germania Mildred Harnack-Fish. Per semplificare, in queste pagine la chiamerò Mildred Harnack.

Mildred era considerata da molti una che contava fino a dieci prima di parlare. "Era una donna di poche parole," mi ha detto di lei una tedesca, "in genere di una chiarezza sorprendente." "Ascoltava in silenzio," mi ha raccontato un'americana. "Quando parlava, esigeva attenzione." Troverete le fonti di queste citazioni alla fine del libro: preferisco citarle nelle note finali anziché a piè di pagina.

La storia si articola in due narrazioni: una su Mildred e l'altra su un bambino di nome Don. Nei capitoli su Don uso il corsivo anziché le virgolette per indicare i pensieri e le conversazioni che mi ha raccontato. All'età di undici anni, durante la Seconda guerra mondiale, Don è diventato il messaggero di Mildred.

Il titolo del libro è tratto da un verso di una poesia di Johann Wolfgang von Goethe che Mildred ha tradotto nella sua cella, in prigione. La presenza di una "s" alla fine della parola "trouble" nella sua traduzione scritta a mano è controversa. Occorre sempre tenere bene a mente che la traduzione è un'arte, non una scienza esatta; le traduzioni di Mildred erano più libere e meno rigorose delle interpretazioni accademiche delle poesie di Goethe in cui possiamo imbatterci. Non dimentichiamo che Mildred scriveva con un mozzicone di matita in un'umida cella di prigione.

Harald Poelchau mi ha raccontato che, quando è andato a farle visita, l'ha vista china sul libro di poesie di Goethe, con il mozzicone di matita in mano. Poelchau era il cappellano della prigione, nonché membro di un gruppo di resistenza clandestino fondato nel paesino rurale di Kreisau, in Slesia. È grazie a lui che siamo venuti in possesso delle traduzioni di Goethe fatte da Mildred. Il 16 febbraio 1943 si è infilato il libro sotto la talare e se l'è portato via.

# Nei giorni oscuri della nostra vita

# Frammento

Questionario
Carcere di Plötzensee, Berlino
16 febbraio 1943

| | |
|---|---|
| Cognome | Harnack |
| Nome | Mildred |
| Data di nascita | 16/09/02 |
| Luogo di nascita | Milwaukee, Wisconsin, Stati Uniti d'America |
| Possiedi qualcosa? Di quanto e di cosa si tratta? | 8,47 (?) in tasca 1 biglietto navale della United States Lines di 127 dollari (pagato in Reichsmark) nel borsellino del denaro nella Deutsche Bank arredi da appartamento, soprattutto delle due camere situate l'una di fronte all'altra, in Woyrschstr. 16, Berlino, e due tappeti orientali: uno chiaro e uno scuro con stelle e colori non uniformi |
| Perché vieni punita? Confessi di aver commesso il reato di cui sei accusata? In quali circostanze e per quale motivo lo hai commesso? | Complice di tradimento |

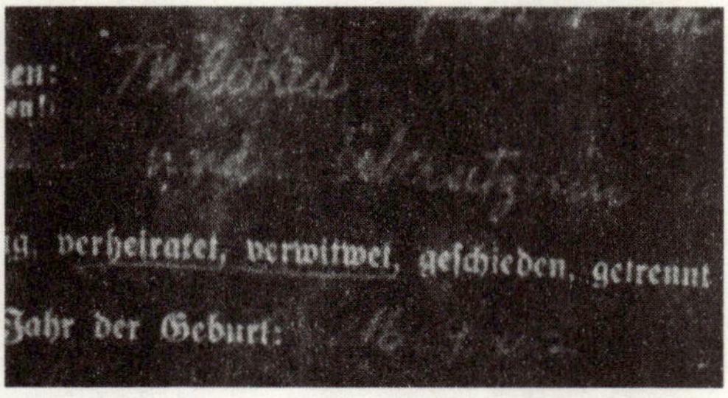
verheiratet, verwitwet, geschieden, getrennt
Jahr der Geburt:

# Introduzione

Il suo obiettivo era non lasciare tracce. Più riusciva a rendersi invisibile, maggiori erano le possibilità di sopravvivenza. Annotava in un diario tutto ciò che mangiava, leggeva, pensava. Il primo argomento era indiscutibile, il secondo e il terzo no. È per questo che teneva nascosto il suo diario e che, quando sospettò che la Gestapo le fosse alle costole, lo distrusse, probabilmente bruciandolo.

Si venne a trovare nel cuore pulsante della resistenza tedesca pur non essendo tedesca, né polacca o francese. Era americana, palesemente americana. Gli uomini che reclutava assumevano nomi in codice: Monco, Proiettore, Lavoratore. Lei invece non ne aveva. Era inafferrabile anche in questo. La natura del suo lavoro richiedeva il massimo riserbo. Non disse nulla nemmeno alla sua famiglia, che viveva disseminata nelle cittadine e nelle fattorie del Midwest. Rimasero sconcertati dal fatto che lei, a soli ventisei anni, fosse salita a bordo di un piroscafo e avesse attraversato l'Atlantico lasciandosi alle spalle tutti i suoi affetti.

La sua famiglia è la mia famiglia. Ci separano tre generazioni. Lei preferiva l'anonimato, quindi il suo nome lo sussurro: *Mildred Harnack*.

Nel 1932 tenne la prima riunione clandestina nel suo appartamento, uno sparuto assembramento di attivisti politici che alla fine di quel decennio sarebbe diventato il gruppo di resistenza clandestina più grande di Berlino. Durante la Seconda guerra mondiale, collaborò con una rete di spionaggio sovietica che cospirava contro Hitler, reclutando agenti e operatori a Parigi, Ginevra, Bruxelles e Berlino. Nell'autunno del 1942 la Gestapo riuscì a catturarla e a sbatterla in galera insieme ai suoi compagni. Durante un processo indetto in fretta e furia nel Reichskriegsgericht – la corte marziale del Reich – un pubblico ministero, che si fregiava del soprannome di "segugio di Hitler", li martellò di domande.

Mildred sedeva su una sedia di legno in fondo all'aula del tribunale. Altre sedie erano occupate da ufficiali nazisti di alto rango. Al centro dell'aula troneggiava una giuria di cinque giudici. Erano tutti tedeschi tranne lei.

Quando venne il suo turno, si avvicinò al banco degli imputati. Era emaciata e aveva i polmoni devastati dalla tubercolosi contratta in prigione. Non si sa per quanto tempo fu interrogata, i documenti rinvenuti non riportano quando il pubblico ministero iniziò a farle domande, né quando si interruppe. Quel che sappiamo è che le risposte che diede loro erano menzogne, vere e proprie frottole.

I giudici le credettero e la condanna che ricevette fu considerata clemente: sei anni di lavori forzati in un campo di prigionia. Due giorni dopo, Hitler annullò il verdetto e ordinò la sua esecuzione. Il 16 febbraio 1943 fu legata a una ghigliottina e decapitata.

Dopo la guerra, il controspionaggio statunitense (Counter Intelligence Corps) aprì un'indagine. "Le azioni di Mildred Harnack sono lodevoli," osservò un ufficiale del CIC nel 1946, sottolineando di essere in possesso di un "fascicolo piuttosto ampio" su di lei. "È molto probabile che l'indagine riveli che fu commesso un crimine di guerra," scrisse un altro graduato. In seguito, un loro superiore li redarguì entrambi senza giri di parole: "Questo procedimento è classificato come S/R [segreto/riservato] e non *avrebbe dovuto* essere oggetto di investigazione. Ritirate il caso dal Distaccamento 'D' e interrompete l'indagine".

E così il CIC insabbiò la faccenda. Il motivo di questa decisione non sarebbe venuto alla luce se non dopo cinquant'anni.

Tuttavia, le notizie trapelarono. Il 1° dicembre 1947 il "New York Times" titolò: *Nel 1943 Hitler ha fatto decapitare una donna americana per rappresaglia.* "Mildred Harnack, profonda conoscitrice del movimento clandestino tedesco, ha sopportato con coraggio le torture della Gestapo senza rivelare nulla," recitava. Qualche giorno dopo, quella stessa settimana, il "Washington Post" la elogiò come "uno dei leader del movimento clandestino contro i nazisti". Probabilmente i lettori del "New York Times" e del "Washington Post" furono sorpresi di scoprire che esistesse un movimento attivo di resistenza clandestina in Germania.

Uno dei problemi principali per chiunque avesse avuto intenzione di scrivere qualcosa sul suo gruppo era l'assenza di prove documentali. Fu soltanto nel 1989, quando venne abbattuto il Muro di Berlino, che riaffiorò una raccolta di documenti sepolta in un archivio della Germania dell'Est. Diversi anni dopo, la Russia autorizzò gli storici a consultare i documenti dei servizi segreti stranieri e nel 1998, grazie alla legge sulla divulgazione dei crimini di guerra nazisti, la CIA, l'FBI e l'esercito statunitense iniziarono a divulgare documenti una volta considerati top secret, una procedura che continua tuttora. Oggi abbiamo una conoscenza più dettagliata di quel che fu la resistenza clandestina in Germania, ma persistono imprecisioni sui fatti. I dati su Mildred Harnack restano scarsi e spesso inesatti. Le ceneri del diario che scriveva non possono esserci di aiuto.

Nonostante il suo intento di rimanere invisibile, ci ha lasciato alcune tracce da seguire.

Tra queste ci sono documenti ufficiali a non finire – fascicoli dei servizi segreti britannici, statunitensi e sovietici – e documenti non ufficiali che rivelano verità più profonde: le lettere che scrisse di suo pugno e quelle che altri scrissero a lei e su di lei. La sua famiglia e i suoi amici hanno lasciato annotazioni, agende, diari, fotografie, testimonianze. Non si può dire che l'opinione sulla donna che conoscevano, o che credevano di conoscere, fosse unanime. Per molti era un enigma che dava adito a una serie di conclusioni contraddittorie su chi era stata e sul perché avesse fatto quello che ha fatto.

Quasi tutte le persone che l'hanno conosciuta sono passate a miglior vita. Quelle ancora vive hanno superato i novant'anni. Ce n'era una che speravo di trovare più di qualsiasi altra.

Quando conobbe Mildred era poco più che un bambino, avrebbe potuto essere suo figlio. Dopo averlo rintracciato, l'ho pregato di rispondere alle mie domande: *Che cosa ti diceva? Com'era quando entrava in una stanza? L'hai mai sentita piangere? Cantare? Si fidava di te?*

Il bambino con lo zaino blu

*1939*

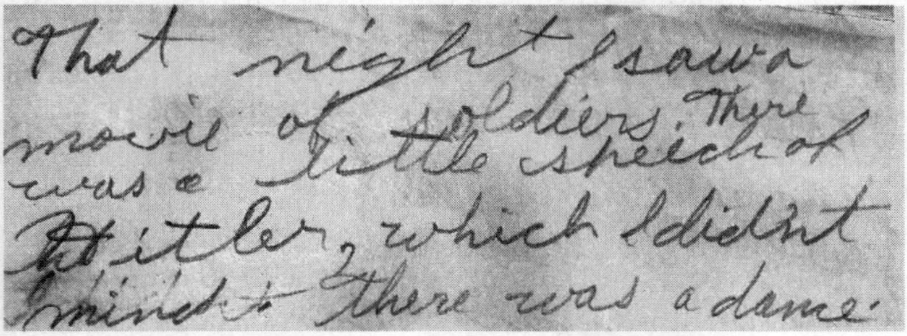
That night I saw a movie of soldiers. There was a little speech of Hitler, which I didn't mind & there was a dance.

Neve. Paura. Luce. Una mattina di dicembre del 1939, un bambino di undici anni esce dalla porta d'ingresso ad arco di uno stabile di Berlino, chiedendosi se verrà catturato. Porta sulle spalle uno zaino blu. Davanti a lui, l'ampia distesa del parco di Schöneberg è coperta di bianco. Ha i brividi di freddo. Indossa un cappotto di lana e un berretto nero che lo fa somigliare a un ragazzino tedesco.

Quattro gradini e scende le scale, altri quattro passi e attraversa la strada. Si dirige verso la stazione della metropolitana. Non deve andare lontano. In dieci minuti sarà a Nollendorfplatz, un altro breve tratto e arriverà a Woyrschstrasse 16. Suo padre gli ha spiegato come fare. E ha aggiunto: *Stai attento*. E poi: *Non parlare con nessuno*.

Il bambino vede un uomo alto con i baffi a manubrio, una donna con in testa un cappello di pelliccia, due giovanotti con i guanti rossi e una bambina che fa il passo dell'oca. Il Natale è alle porte. Lungo il marciapiede ci sono carretti con dietro commercianti che fanno tintinnare campanelli. Uno di questi vende caldarroste. Un altro cavoli avvizziti. Un altro ancora del vasellame in terracotta. Un altro squadroni di soldati di marzapane. Da qualche parte ci sono edifici in fiamme, bombe che esplodono. Il bambino sa che i combattimenti sono lontani, ma ha l'impressione di sentire l'odore della guerra.

Odore di bruciato. Come le caldarroste.

I titoli che quel mese solcano le pagine dei giornali berlinesi riportano che *Tutti gli attacchi aerei britannici sono destinati a fallire*, denunciano *La piaga degli ebrei* e promettono *La vittoria!* I giornali sono pieni di menzogne. Il bambino lo sa dal padre, che passa la maggior parte della sua giornata seduto alla scrivania a scrivere rapporti di intelligence che poi invia a Washington per telegramma se sono confidenziali o tramite valigetta diplomatica se sono altamente confidenziali. In diverse occasioni, il bambino accompagna suo padre a Bremerhaven, un porto sulla costa del Mare del Nord, dove la valigetta diplomatica viene consegnata a un agente dei servizi segreti che poi si imbarca su una nave a vapore. Il rapporto a volte è indirizzato al segretario del Tesoro Henry Morgenthau, altre al segretario di Stato Cordell Hull.

Il bambino alza il mento e scruta il cielo. Bombardieri tedeschi. Non li vede, ma sa che ci sono. Il loro rombo gli fa battere i denti, o forse è solo l'inquietudine che prova pensando al compito che lo aspetta.

*Un lavoro importante*, gli aveva detto suo padre.

*Come il tuo?* aveva chiesto il ragazzo.

*Come il mio, sissignore*, aveva risposto il papà, originario del Kansas, che rivestiva due incarichi, uno presso l'ambasciata americana a Berlino e l'altro nei ranghi di un dipartimento senza un nome né una struttura organizzativa ufficiale, e che a breve sarebbe passato sotto l'egida di un gruppo di intelligence allestito in fretta e furia in occasione della guerra, chiamato Ufficio del coordinatore dell'informazione, precursore di quello che poi sarebbe diventato, dopo una serie di tentativi, sconvolgimenti, riorganizzazioni e assestamenti, la Central Intelligence Agency (CIA).

Alla stazione della metropolitana, il bambino aspetta sulla banchina. Arriva il treno, le porte si aprono a fatica.

Salta su, trova un posto a sedere. Nollendorfplatz. A soli dieci minuti.

Tre mesi e mezzo prima, quando la Luftwaffe tedesca stava per sganciare 560 tonnellate di bombe sulla Polonia, il ministero degli Esteri aveva esortato tutti i funzionari dell'ambasciata americana a Berlino a rimpatriare le loro mogli e i loro figli. Il bambino e sua madre invece erano andati in Norvegia. Si erano stabiliti in un hotel di Oslo e avevano aspettato che il padre del ragazzino inviasse loro un messaggio.

Il messaggio era arrivato a novembre, la mattina presto. Avevano preparato in fretta le valigie.

*Dove andiamo?* aveva chiesto il ragazzino.

*Torniamo a Berlino*, aveva risposto la madre.

*Perché?* aveva insistito il bambino. C'era la guerra, non aveva senso tornare a Berlino.

*Dobbiamo aiutare alcune persone*, era stata la risposta della madre.

Erano saliti su un treno a carbone che li aveva condotti attraverso fattorie, campi e laghi gelati. Le montagne innevate sembravano stringersi come se si stessero riscaldando l'una accanto all'altra. La fronte appoggiata sul finestrino, il bambino guardava tutto ciò che passava, chiedendosi: *Aiutare come?*

Nollendorfplatz

Il bambino mette in spalla il suo zainetto e, dopo essere uscito dalla carrozza, salta agilmente lo spazio tra i binari e la banchina. Sale una rampa di scale ed esce da una porta a vetri. Superata la stazione della metropolitana, conta i passi in tedesco: *eins*, *zwei*, *drei*. A *zwanzig* si accovaccia. I lacci delle sue scarpe sono legati, ma fa finta che si siano allentati e li riannoda, lanciandosi un'occhiata dietro le spalle. Due uomini. Uno è calvo, l'altro porta occhiali con la montatura metallica. Gli tornano in mente le parole di suo padre: *Accertati che nessuno ti segua*.

Attraversa la strada. All'angolo c'è un enorme magazzino, il Kaufhaus des Westens. I berlinesi lo chiamano KaDeWe. Entra.

Il KaDeWe odora di profumo e di ciambelle. Ha sette piani. Non ci vorrà molto prima che un bombardiere americano si schianti contro l'edificio durante un attacco aereo, provocando un'esplosione devastante, ma per ora è tanto intatto quanto invitante. Il luogo ideale, il ragazzino lo sa, per seminare qualcuno. Sale i gradini del secondo piano a due a due, passa davanti a un espositore di cappotti, si precipita in un ascensore che lo porta fino in cima e poi di nuovo al piano terra, dove esce da una porta laterale. Una volta fuori si mette a correre, con lo zaino che gli sbatte contro la schiena.

Quel giorno nessuno lo segue.

Ma supponiamo che lo aveste fatto voi. Avreste visto un ragazzino di undici anni con uno zaino blu correre fino a Woyrschstrasse 16, pochi isolati a sud del Tiergarten. Se gli aveste chiesto perché andava in Woyrschstrasse 16, vi avrebbe risposto che era lì che la sua maestra gli dava lezioni. Una mezza verità.

Entra nello stabile e sale le scale di corsa, con lo zaino pieno di libri. All'ultimo piano, una ragazza con indosso un abito modesto, tipico delle *Frauen* naziste berlinesi, gli apre la porta. Ha capelli color miele raccolti sulla nuca in uno chignon.

Non indovinereste mai che anche lei è americana, né sospettereste mai che, quando il bambino uscirà dall'appartamento un'ora dopo, il suo zaino conterrà qualcosa di ben più prezioso dei libri.

Il bambino è il suo corriere, nel gergo dello spionaggio. Una spia di undici anni. Due volte alla settimana la va a trovare nel suo appartamento, si siedono fianco a fianco su un divano con i braccioli di legno e parlano dei libri che lei gli assegna. I volumi sono vari e imprevedibili: classici e romanzetti, Shakespeare e storie di cowboy. Lei lo interroga sulla trama, sui personaggi, sui contenuti. Ha una voce bassa e gentile. Gli dice: *Dimmi di cosa parla questo libro*. Oppure: *Dimmi che cosa ne pensi, non quello che pensi di dover pensare*. È diversa dalle insegnanti che ha avuto finora.

La lezione dura un'ora, a volte due. Quando è finita, lei gli chiede: *Che strada fai per tornare a casa oggi?*

Ogni volta fa una strada diversa, lei si assicura che sia così.

Guardandolo negli occhi, con sguardo fisso e solenne, gli chiede di ripetere i nomi delle vie. Se è distratto, gli prende il viso tra le mani, come fa sua madre, e gli chiede di ripeterli ancora una volta.

Davanti alla porta, lo aiuta a mettere il soprabito e gli infila un foglio di carta nello zaino. A volte somiglia a un elenco di cose da leggere, altre sembrerebbe una ricetta, altre ancora una lettera, firmata *Mildred* o semplicemente *M*.

# 1.
# Mildred

# Bisogna cambiare questa situazione il prima possibile

*1932*

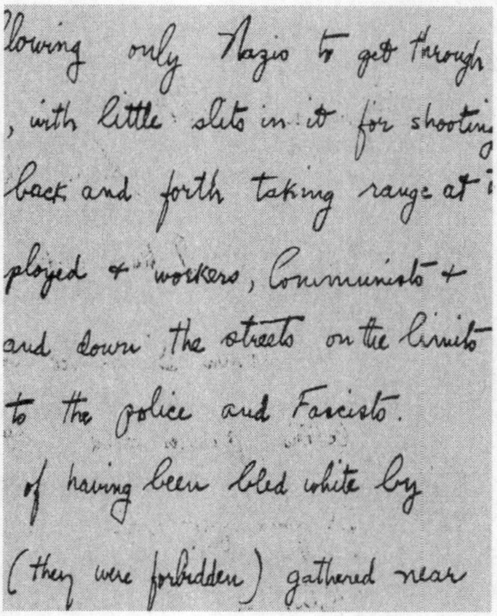
lowing only Nazis to get through
, with little slits in it for shooting
back and forth taking range at i
ployed & workers, Communists &
and down the streets on the limits
to the police and Fascists.
of having been bled white by
(they were forbidden) gathered near

## 1.

Il 29 luglio 1932, Mildred esce dalla stazione della metropolitana e si dirige verso nord su Friedrichstrasse, con una borsa di pelle in mano. È venerdì. Sta andando all'Università di Berlino, dove insegna due volte alla settimana.

Ha un passo spedito. Berlino è in fermento: i marciapiedi sono pieni di pedoni, le strade brulicano di automobili, tram, autobus, ciclisti. Ci sono persone ovunque ci si volti: giovani e anziani, ricchi e poveri. Soprattutto poveri. Chiedono l'elemosina, dormono, litigano, vendono lacci di scarpe, ritagli di giornale, si passano mozziconi di sigarette raccolti dai canaletti di scolo.

Due anni prima, l'Università di Berlino l'aveva assunta per tenere un corso di Storia della letteratura americana. Il direttore del dipartimento probabilmente si aspettava che le sue lezioni avrebbero riguardato autori del secolo precedente come Herman Melville, Nathaniel Hawthorne o James Fenimore Cooper, ma a Mildred non interessava discutere di libri su marinai, adultere o pionieri. Lei voleva parlare di libri scritti da persone *vive*, soprattutto quelle che raccontano la miseria. Di fronte a un'aula gremita di laureandi tedeschi, in un momento storico in cui erano in molti a dover lottare per guadagnarsi il pane nel proprio paese, Mildred riteneva opportuno aiutarli ad approfondire la loro comprensione degli oppressi. Pertanto, per quattro semestri aveva tenuto lezioni su contadini, operai e immigrati americani, su William Faulkner, John Dos Passos e Theodore Dreiser. Non faceva mistero delle sue idee politiche. Spaziava con disinvoltura dai romanzi americani alla povertà in Germania, ormai dilagante, fino all'inquietante ascesa del Partito nazista.

"La Germania sta attraversando ore molto buie," aveva scritto in una recente lettera alla madre. "Tutti percepiscono il pericolo, ma molti preferiscono nascondere la testa sotto la sabbia."

Raggiunge un ampio viale: Unter den Linden. Gira a destra.

Il viale prende il nome dalla profusione di tigli che lo costeggiano, alberi che ora sono in piena fioritura, con cascate di piccoli fiori bianchi che profumano l'aria che respira. Ma tutta questa bellezza non riesce a mascherare l'oscenità di questo luogo. Le svastiche stanno spuntando ovunque come margherite: sui manifesti incollati ai muri delle stazioni della metropolitana, sulle bandiere, sugli striscioni e sugli opuscoli. Un uomo con capelli bianchi e baffi da tricheco è alla guida del paese in questo momento, ma ci resterà ancora per poco. Il presidente Paul von Hindenburg ha ottantaquattro anni e barcolla verso la senilità. Un politico che ha la metà dei suoi anni sta guadagnando sempre più popolarità, un ex studente di nome Adolf Hitler che non ha nemmeno terminato la scuola superiore e che, secondo le previsioni di Mildred, provocherà "un forte aumento della miseria e dell'oppressione".

Gira a sinistra. Davanti a lei l'Università di Berlino.

Entra nell'edificio. I corridoi brulicano di studenti. Si avvicina alla porta della sua aula ben consapevole che la lezione di oggi sarà l'ultima. Un addetto l'ha informata che in autunno non le verrà rinnovato l'incarico.

Mildred stenta a crederci. Per tantissimo tempo ha dato per scontato di poter dire la sua.

2.

Nelle lettere alla madre, Mildred scrive in modo chiaro e semplice, consapevole che il livello di istruzione di Georgina Fish non è sufficiente per comprendere le complessità della politica tedesca.

> *Qui c'è un vasto gruppo di persone che, avvertendo l'ingiustizia della situazione – la propria miseria o il pericolo di cadere in disgrazia –, giunge alla conclusione che, poiché le cose andavano meglio prima, sarebbe una buona idea avere di nuovo un governo autoritario.*

Il nome ufficiale del Partito nazista è Nationalsozialistische Deutsche Arbeiterpartei (NSDAP), spiega Mildred, o Partito nazionalsocialista dei lavoratori tedeschi, "benché non abbia nulla a che fare con il socialismo e il nome stesso sia una menzogna. Si considera di alto spessore morale e persegue una campagna d'odio contro gli ebrei, come il Ku Klux Klan".

Mildred scrive la maggior parte delle lettere con una penna nera. Talvolta compone la prima parte mentre è sulla metropolitana in direzione dell'università e la termina con la macchina da scrivere dopo essere rincasata. Altre volte accade l'esatto contrario: prima scrive la lettera a macchina e poi la conclude nella metropolitana, scusandosi per la scrittura disordinata.

ater A and I were in the Lustgarten and saw all together
a mighty crowd. But not yet so mighty as those with the re
National Socialists. who in their ignorance support the fascistic

Mildred non dice subito a sua madre di aver perso il lavoro all'Università di Berlino. Vuole aspettare un po'. Una settimana, forse due. Non vuole far preoccupare Georgina Fish, che vive in una stanza angusta con le pareti ricoperte di carta da parati marrone dall'altra parte dell'Atlantico ed è piuttosto ansiosa.

3.

*Licenziata. Fatta fuori. Messa alla porta.*

Comunque lo si dica, il risultato non cambia. Lo zelante addetto si è rifiutato di formulare una qualunque motivazione. Le persone a cui non viene rinnovato il contratto sono diverse, per diverse ragioni e in diversi momenti.

Mildred ha ventinove anni ed è ancora una dottoranda con una tesi scritta a metà. Aveva programmato di insegnare Storia della letteratura americana fino al conseguimento del dottorato. E adesso? Può seguire le lezioni all'Università di Berlino ma non le è più permesso insegnare. Un gruppo di studenti ha fatto circolare una petizione per chiedere all'ateneo di rivedere la sua decisione. Ma inutilmente. Il corridoio affollato, lo scalpiccìo dei passi, la maniglia della porta nella mano, la sensazione del metallo freddo sono tutti segni del tempo trascorso qui che cospirano per ricordarle che non potrà più tornare.

Apre la porta dell'aula ed entra.

I suoi studenti, disposti in file di fronte a lei, si alzano in piedi. Così si è soliti fare nelle università tedesche, in segno di rispetto. Quando vede cosa hanno messo sulla cattedra, è sopraffatta dall'emozione. L'hanno ricoperta di fiori, un'incantevole composizione di lavanda e di fiorellini dorati. Con gli occhi sgranati, fa una battuta impacciata.

*Sono così tanti che non riesco a vedervi in faccia!*

4.

A pochi passi dall'Università di Berlino si trova Opernplatz, una grande piazza della città. Studenti con zaini pieni di libri vi passeggiano tra una lezione e l'altra, passando davanti alle grandi colonne color caramello dell'Opera di Stato. La sera, i danarosi frequentatori dell'opera si riversano sulla piazza mentre mendicanti li affiancano porgendo loro il palmo della mano. Opernplatz è una rappresentazione condensata dell'intera società tedesca.

L'anno successivo, gli studenti di una confraternita nazista bruceranno 25.000 libri gettandoli in un enorme falò al centro della piazza. La confraternita organizzerà falò simili nelle università di tutta la Germania, facendo circolare un elenco di autori ritenuti devianti, impuri, "a-tedeschi". L'elenco comprenderà premi Nobel e scrittori sconosciuti, filosofi e drammaturghi, romanzieri e fisici. I libri degli ebrei, dei cristiani e degli atei saranno banditi insieme a quelli di comunisti, socialisti e anarchici. Quasi tutti quelli che Mildred ha assegnato ai suoi studenti nei due anni in cui ha insegnato all'Università di Berlino saranno bruciati.

## 5.

Il Reichstag – parlamento tedesco – è una pietra miliare della democrazia, che agisce controllando e bilanciando l'autorità esecutiva del presidente Paul von Hindenburg. I seggi del Reichstag sono aperti a un numero impressionante di partiti politici, dal più consolidato alla frangia estremista.

Nel 1928, il Partito nazista ha meno del 3 percento dei voti alle elezioni del Reichstag.

Nel 1930 ottiene il 18 percento.

E nel 1932? Il fascismo è in ascesa in Germania, ma sembra ancora possibile sconfiggerlo. La sinistra politica supera i nazisti con ampio margine.

Il 31 luglio 1932, due giorni dopo la cacciata di Mildred dall'Università di Berlino, saranno indette nuove elezioni. Camminando per la città, Mildred vede propaganda nazista ovunque si riuniscano poveri e disoccupati: parchi, piazze, stazioni ferroviarie, orinatoi pubblici. I manifesti con le svastiche promettono "Lavoro! Libertà! Pane!". Hitler aveva usato lo stesso slogan quando si era candidato alle elezioni presidenziali di marzo e aveva perso. Il presidente Hindenburg ha appena iniziato il suo secondo mandato settennale. Non è ancora chiaro che cosa farà Hitler in seguito.

Mildred attende i risultati delle elezioni del Reichstag con angoscia crescente. Anche i suoi vicini aspettano, assembrandosi intorno alle edicole che punteggiano il caseggiato.

6.

Il Partito nazista ottiene il 37 percento dei voti. Per la prima volta nella storia, è il partito più grande del Reichstag. Lo segue il Partito socialdemocratico, con il 22 percento. Il Partito comunista è ancora più indietro, con il 15 percento. Il restante 26 percento è costituito da un miscuglio di partiti che si fanno la guerra l'un l'altro. Rappresentano ogni punto di vista possibile e immaginabile. Hanno nomi come "Partito di centro radicale", "Partito della classe media tedesca", "Partito nazionale centrista contro il fascismo e il socialismo", "Partito degli agricoltori tedeschi", "Partito cristiano al servizio della popolazione", "Movimento per la giustizia contro tutti i partiti e i tagli salariali e per il fondo contro la disoccupazione", "Salario più alto per i dipendenti pubblici, 5.000 marchi per i disoccupati e le vittime di guerra, finora calpestati".

Forte della vittoria del Partito nazista, Hitler ordina al presidente Hindenburg di nominarlo cancelliere del paese. Il presidente rifiuta.

7.

Mildred legge *Mein Kampf.* L'opera di Hitler è stata pubblicata in due volumi, il primo nel 1925 e il secondo nel 1926. Nel 1932 non è molto letto in Germania, non ancora. Non è stato neanche tradotto in inglese. Mildred teme che gli americani non capiscano quanto Hitler sia pericoloso.

Neanche i tedeschi se ne rendono conto, sono in troppi a mostrare totale indifferenza nei suoi confronti. Dopo l'uscita del libro, la maggior parte dei giornali si era rifiutata di pubblicarne le recensioni. Uno di questi aveva preconizzato che la carriera politica di Hitler sarebbe stata "totalmente distrutta" non appena la gente avesse letto le sue farneticazioni. Un altro ne aveva deriso la "mente confusa". Persino i nazisti e i nazionalisti di destra lo avevano preso di mira. Il quotidiano filonazista "Deutsche Zeitung" aveva ironizzato sulle "farneticazioni" di Hitler. Il giornale nazionalista "Neue Preussliche Zeitung" era furioso: "Chi cerca intelligenza trova solo arroganza, chi cerca stimoli riceve in cambio noia, chi cerca amore ed entusiasmo trova banalità, chi cerca sano odio non trova altro che insulti... E questo sarebbe il libro per il popolo tedesco? Terrificante!". Mentre Hitler si vantava di quanto tutta la Germania fosse con il fiato sospeso per la pubblicazione del suo libro, il giornale antisemita "Das Bayerische Vaterland" lo sbeffeggiava per il suo egocentrismo. "Che modestia! E perché non l'universo intero?"

Persino nei cartoni animati ci si prendeva allegramente gioco di Hitler. La rivista popolare "Simplicissimus" lo aveva schernito raffigurandone in prima pagina la caricatura intenta a vendere *Mein Kampf* a clienti disinteressati in una birreria.

Era stato proprio in una birreria di Monaco, la Hofbräuhaus, che Hitler, all'età di trent'anni, aveva tenuto uno dei suoi primi discorsi significativi. Lo aveva fatto in occasione di un'assemblea indetta il 24 febbraio 1920 dal Partito dei lavoratori tedeschi, un partito politico sconosciuto con appena 190 iscritti, compreso lui. Hitler aveva combattuto durante la Prima guerra mondiale e lavorava ancora nell'esercito, presso il Dipartimento informazioni della Reichswehr. Non vedeva di buon occhio il comitato direttivo del Partito dei lavoratori tedeschi, un branco di squallidi individui che aveva affidato a un medico benpensante la proclamazione del discorso di apertura.

Quando il medico ebbe finito di parlare, Hitler era balzato sul lungo tavolo posizionato proprio al centro della folla. Il suo modo di parlare era provocatorio, utilizzava un linguaggio colloquiale e a tratti rude. Urlava insulti ai politici, ai capitalisti e agli ebrei. Rimproverava al ministro delle Finanze del Reich di aver sostenuto il trattato di Versailles, un'umiliante concessione ai vincitori della guerra che avrebbe messo in ginocchio i tedeschi, aveva ammonito, a meno che non avessero contrattaccato. "Il nostro motto è soltanto la lotta!" aveva gridato Hitler. La folla che riempiva la sala della birreria, un mix effervescente di operai e di impiegati della classe media, aveva risposto con applausi e fischi. I suoi discorsi controversi avevano contribuito ad alimentare l'affluenza alle successive riunioni del Partito dei lavoratori tedeschi, che alla fine del 1921 aveva raggiunto i 3300 membri. A quel punto il partito aveva assunto un nuovo nome, il Partito nazionalsocialista dei lavoratori tedeschi, soprannominato Partito nazista. Aveva anche un nuovo presidente, Hitler, che si era autonominato Führer (leader).

"Simplicissimus" aveva bollato il Führer come un attore minore sul palcoscenico della politica tedesca. Dal 1921 al 1932, Hitler era stato rappresentato sulla rivista come un innocuo imbecille. Nel 1930, una vignetta lo aveva ridicolizzato ritraendolo come uno scolaretto ottuso che copiava brani da *Das Kapital*, mentre il fantasma di Karl Marx lo rimproverava ("Adolf, Adolf! Restituisci le mie teorie ai socialisti!"). Un'altra raffigurava due poliziotti che facevano irruzione nell'interno cavernoso della testa vuota di Hitler e vi trovavano un cervello così piccolo da aver bisogno di una pinzetta per estrarlo.

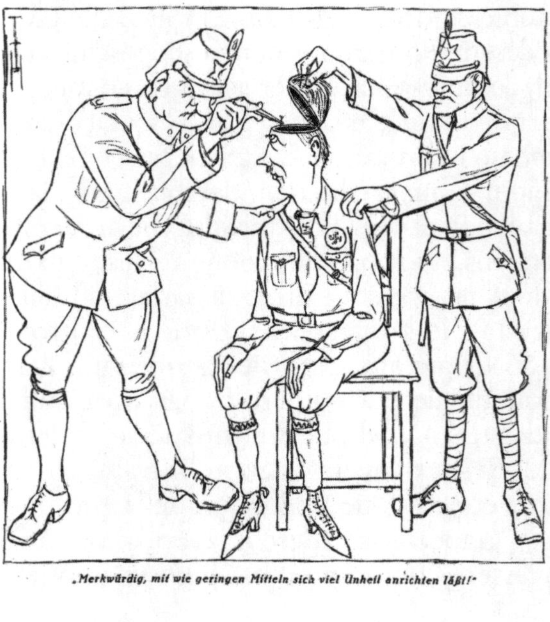

„Merkwürdig, mit wie geringen Mitteln sich viel Unheil anrichten läßt!"

Per oltre un decennio, il "Münchener Post" aveva continuato a pubblicare articoli satirici contro Hitler e la sua banda di leccapiedi, collegandoli a scandali sessuali e abbuffate in hotel di lusso. "Hitler," gongolava il giornale, "non ha segreti per noi." Lui si mostrava indifferente agli attacchi ("Non cambia nulla se ridono di noi o se ci disprezzano," aveva scritto nel *Mein Kampf*, "che ci rappresentino come clown o come criminali, l'importante è che si parli di noi"), ma l'atteggiamento derisorio di quel giornale lo aveva irritato a tal punto che nel 1923 aveva inviato una manica di teppisti a fare irruzione nella redazione del "Münchener Post" e a distruggere tutto ciò che si fossero trovati davanti agli occhi. Si trattava delle guardie del corpo personali di Hitler, la Stosstrupp, Squadra d'assalto di Adolf Hitler.

Con l'aumento della popolarità del Führer, il "Münchener Post" aveva denunciato il suo programma omicida. Un articolo del 1931, dal titolo *Gli ebrei nel Terzo Reich*, menzionava un "piano segreto" per "la soluzione della questione ebraica". Una fonte nazista anonima aveva fatto trapelare un elenco dettagliato delle restrizioni che sarebbero state imposte agli ebrei se il Partito nazista avesse ottenuto quel che voleva; c'era anche un piano per "utilizzare gli ebrei in Germania per farli lavorare come schiavi". Ora, nel 1932, il giornale pubblica un articolo sulla "Cellula G", uno squadrone della morte segreto al servizio del Partito nazista che uccide gli oppositori di Hitler. I giornalisti del "Münchener Post", giornale noto ai lettori come portavoce del Partito socialdemocratico, prendono Hitler molto sul serio, al contrario di tanti altri.

## 8.

Ad Alexanderplatz, Mildred assiste a uno scontro sanguinoso. Un corteo di operai disoccupati vestiti di stracci marcia sulla piazza gridando "Abbiamo fame!" mentre gli agenti di polizia li percuotono con i manganelli. Appare un carro armato militare, una specie di mostro "con piccole fessure per sparare e una mitragliatrice che colpiva la folla oscillando a destra e a sinistra," racconterà Mildred in seguito.

Il carro armato è guidato da uomini detti Schutzstaffel, o semplicemente SS. Indossano uniformi nere e non sono membri della polizia tedesca, né sono in alcun modo affiliati al governo tedesco. Sono un corpo d'élite di ufficiali di un gruppo paramilitare privato gestito dal Partito nazista. Le dimensioni di questo esercito privato, che comprendeva alcune delle guardie del corpo della Squadra d'assalto che proteggeva Hitler durante i suoi comizi nelle birrerie, si erano ampliate costantemente dalla metà degli anni venti. Così era stato anche per un altro esercito paramilitare privato, composto da uomini in uniforme marrone, noto colloquialmente come Camicie nere e più formalmente come Sturmabteilung, Truppe d'assalto, o semplicemente SA. Nel 1932 le SA contano ben 400.000 membri. Entrambe le forze paramilitari sono armate e pronte a eseguire gli ordini impartiti dal Partito nazista che, a quanto pare, sta preparando una violenta rivoluzione della destra in Germania.

9.

Ovunque guardi, Mildred vede segni di brutalità e sofferenza.

Scrive:

*Molti disoccupati appaiono esangui per la fame e il freddo che patiscono.*

E

*Mangiano patate e nient'altro, giorno dopo giorno.*

E

*La situazione peggiora costantemente.*

Mentre cammina verso la metropolitana, scorge una donna tedesca che sembra avere l'età di sua madre

*in piedi all'angolo della strada, esposta al vento pungente. Non aveva il soprabito, i suoi indumenti erano leggeri e logori e cercava penosamente di vendere giornali. Ogni volta che vedo uno spettacolo del genere, e ce ne sono tanti di questo tipo, penso che bisogna cambiare questa situazione il prima possibile.*

## Yankee Doodle Dandy
*1902 – 1919*

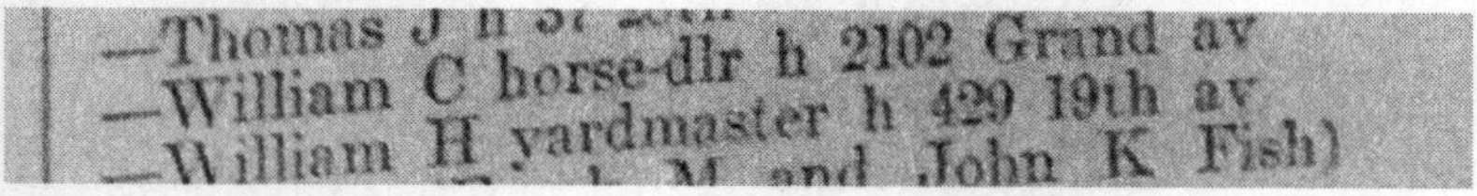

—Thomas J h …
—William C horse-dlr h 2102 Grand av
—William H yardmaster h 429 19th av
—William … M and John K Fish)

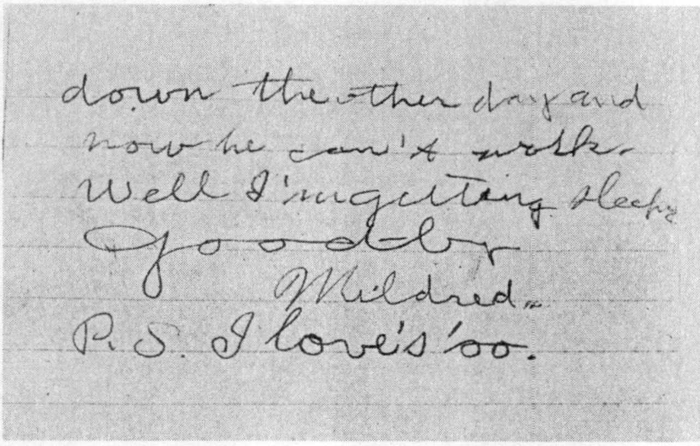

down the other day and
now he can't walk.
Well I'm getting sleepy
Goodby
Mildred.
P. S. I love's 'oo.

1.

Mildred è venuta al mondo il 16 settembre 1902. È nata in casa, al primo piano di una pensioncina di Milwaukee con infiltrazioni dal tetto e senza impianto idraulico. È l'ultima di quattro figli. Georgina Fish non era pronta per un'altra gravidanza. Tre figli erano sufficienti, più che sufficienti.

Il più delle volte William Fish, il padre di Mildred, non aveva il becco di un quattrino. Aveva fatto il macellaio. Aveva venduto lattuga e sacchetti di farina alla drogheria locale. Aveva persino convinto un tizio ad assumerlo come venditore di polizze vita, ma non era mai stato capace di avere un lavoro stabile. Finito l'entusiasmo per la novità, William si licenziava con poco preavviso e tornava all'unica occupazione che lo interessava veramente: il commercio di cavalli.

*Sarà il caso che vada a vedere come sta Rustler*, diceva a Georgina prima di sparire per giorni, talvolta settimane intere. William si occupava di Rustler e di altri cavalli sparsi nei quartieri benestanti, lontano dalle pensioni di Milwaukee, prendendo accordi per affittare i fienili vuoti dei manieri che i proprietari non usavano più, perché avevano preferito le moto ai cavalli. William accudiva fino a sei cavalli alla volta, scambiandoli e vendendoli per pagare i debiti. Quando la miseria si faceva incalzante, vendeva tutti i cavalli tranne Rustler, lo stallone a pelo corto che adorava.

Ogniqualvolta William non riusciva a racimolare l'affitto del mese, spostava la famiglia in un'altra pensione. Nel decennio precedente la nascita di Mildred, William, Georgina e i loro tre figli – Harriette del 1893 e i gemelli Marion e Marbeau del 1895 – erano stati costretti a traslocare quasi ogni anno.

Georgina, stufa della situazione, aveva imparato da sola a stenografare. Il suo livello di istruzione sarebbe bastato, pensava, per poter fare la segretaria. Usciva di casa vestita con un abito a collo alto senza fronzoli e prendeva il tram per andare in città, dove si faceva dettare e batteva a macchina lettere per diversi uomini d'affari.

Quando tornava a casa dopo una lunga giornata di lavoro, avvertiva i figli con un fischio. Non sempre William era a casa.

Essendo la più giovane, Mildred veniva spesso lasciata sola. Girovagava per le strade di macadam del suo quartiere, schivando i tram. Si arrampicava sui rami più alti di un enorme olmo le cui radici deformavano il suolo del cortile di fronte. A cavallo di un ramo, cantava canzoncine – *I'm the kid that's all the candy, I'm a Yankee Doodle Dandy* – con le gambe che dondolavano a ritmo di musica. D'inverno se ne andava da sola a pattinare sul ghiaccio, prendendo in prestito i pattini di una vicina la cui figlia era morta di scarlattina.

Aveva sette anni quando sua sorella maggiore se ne andò di casa. Quando arrivò la lettera di ammissione dell'Università del Wisconsin, nessuno in famiglia vi credette, men che meno Harriette, allora sedicenne, un topo di biblioteca impertinente la cui notevole intelligenza sfuggiva a quasi tutti coloro che incontrava. Harriette diceva a chiunque le capitasse a tiro che non aveva ambizioni intellettuali; cercava un marito rispettabile e non un ubriacone dedito al commercio di cavalli.

2.

L'anno successivo, William Fish fece trasferire la famiglia in una pensione di mattoni rossi che puzzava di topo.

Due anni dopo, si spostarono in Chestnut Street.

Un anno dopo in Twentieth Street.

Un anno dopo ancora in Twenty-First Street.

L'anno successivo tornarono a Twentieth Street.

Mildred aveva quattordici anni quando, una brutta mattina, Georgina fece le valigie. Ne aveva abbastanza, aveva deciso di lasciare William. I fratelli di Mildred non vivevano più con lei: Marbeau era andato a lavorare in una fattoria, Marion aveva sposato un uomo di Evanston, nell'Illinois, e Harriette aveva preso laurea e marito nell'Università del Wisconsin. Georgina e Mildred si trasferirono a Madison, dove la sorella di Georgina aveva un letto in più abbastanza grande da ospitare madre e figlia. William implorò sua moglie di tornare a Milwaukee, dicendole che aveva messo la testa a posto e che aveva trovato un buon lavoro. Georgina gli concesse un ultimo tentativo di riconciliazione e si trasferì. Trovò posto in una pensione in Prairie Street che affittava qualche stanza e iscrisse Mildred in una scuola lì vicino. Nel giro di pochi mesi, William si stancò anche del nuovo lavoro, accumulando per l'ennesima volta debiti su debiti prima di scomparire definitivamente.

Vendette tutti i suoi cavalli, anche Rustler, lo stallone a pelo corto che adorava. Poche settimane dopo, il 7 gennaio 1918, morì da solo in un fienile vuoto durante la bufera di neve più violenta di quell'inverno. Un vicino trovò William accasciato su una sedia, la stufa a carbone era spenta.

## 3.

Georgina e Mildred si trasferirono di nuovo, questa volta a Chevy Chase, nel Maryland, dove Harriette viveva in una confortevole casa a due piani di Brookville Road. Suo marito era un uomo mite, un avvocato dal forte senso civico di nome Fred – strano accoppiamento per un topo di biblioteca impertinente –, ma a Harriette non importava. Aveva trovato il suo posto nel mondo.

Adesso aveva due bambine. Nel giardino, Harriette aveva piantato per loro un olmo, un omaggio all'enorme olmo di Milwaukee su cui Mildred amava arrampicarsi.

Mildred aveva sedici anni. I ripetuti traslochi della sua infanzia l'avevano costretta a interrompere il suo percorso scolastico. Harriette era certa che la sorella non avesse alcuna possibilità di essere ammessa all'università, a meno che da quel momento in poi non avesse ricevuto la migliore istruzione possibile. Così fu deciso che Fred avrebbe messo una buona parola per lei.

Il primo giorno di scuola, Mildred si svegliò all'alba, ingurgitò la colazione in fretta e furia e si precipitò fuori di casa per prendere un tram diretto a Washington. La Western High si trovava a Georgetown, i suoi compagni di classe erano tutti figli di senatori e diplomatici. La mensa scolastica era qualcosa di mai visto prima: piatti di porcellana, tovaglioli di lino, posate d'argento lucido. Mildred fece del suo meglio per inserirsi. Si iscrisse al club di francese, benché il suo francese lasciasse molto a desiderare. Si unì al gruppo di nuoto e per poco non annegò. Si iscrisse alla squadra di pallacanestro pur non sopportandone la divisa, una blusa informe con un grande fiocco attorno al collo e pantaloni alla zuava stretti in vita. Tentò di fare la casalinga, ma cucendo non faceva altro che pungersi e bruciava tutto ciò che cucinava. Quando decise di prendere parte alla redazione del giornale della scuola, capì di aver trovato il posto giusto per lei.

Ogni volta che Mildred tornava a casa da scuola, le bambine di Harriette le gironzolavano intorno, curiose come gattini. La più piccola le era molto affezionata. Ovunque andasse, Janey la seguiva. Una volta, in un pomeriggio d'inverno, Mildred l'aveva portata a pattinare sul ghiaccio. Mentre si avvicinavano al centro del lago avevano sentito un tremendo crack e l'urlo di una donna. Un bambino era caduto nel ghiaccio. Il ghiaccio intorno al buco si era spaccato e un altro bambino vi era scivolato dentro, poi un altro e un altro ancora. Adesso la donna non era più l'unica a gridare, lo facevano tutti coloro che pattinavano sul lago, uniti in uno straziante coro di terrore.

Janey si mise a piangere.

*Non muoverti*, le intimò Mildred. Le slacciò i pattini, poi si tolse i suoi. *Adesso dammi la mano.* Si avvicinarono alla riva scivolando sul ghiaccio con i calzini ai piedi, sentendolo scricchiolare e sollevarsi.

## Buongiorno, splendore
*1932*

ID: 3879384 ~~TOP SECRET~~

DF 232

HARNACK, Mildred

Wife of Arwid HARNACK. American by birth. Maiden name
Carried on illegal training of workers and Marxist propaganda
of the German group of the "Rote Kapelle". Was called on by
Fetched her husband from the office. Was present during the
tion with KENT. Helped her husband with cipher work. Procur
information by pumping GOLLNOW. Did liaison work. Was execut

### 1.

È il 1° settembre 1932.

Tra sette anni esatti inizierà la Seconda guerra mondiale.

Questa mattina invece è una mattina come tante. Immaginiamo che per Mildred inizi come qualsiasi altra giornata: si alza dal suo semplice letto di legno e apre le tende per far entrare la luce. Grazie alle ampie finestre, l'appartamento è molto luminoso anche in pieno inverno, quando l'aria di Berlino sembra granulosa, della stessa consistenza e colore del gesso. Uno stretto corridoio conduce alla stanza principale, dove Mildred passa da una finestra all'altra, aprendo le tende. Alle pareti librerie stracolme dei suoi amatissimi libri. Dipinti a olio raffiguranti fitte foreste impreziosiscono con sprazzi d'oro e di smeraldo una stanza arredata in modo dimesso. C'è un divano con braccioli di legno, due logori tappeti, un robusto tavolo rotondo, due sedie molto resistenti. Le assi del pavimento sono usurate, in alcuni punti bucherellate, e scricchiolano sotto i piedi di Mildred che si sposta nell'angolo più lontano della stanza, dove c'è una stufa di porcellana bianca con un grosso tubo che si eleva fino al soffitto. A volte c'è del carbone, a volte no. Oggi forse sì. Mildred lo attizza con una bacchetta di ferro, provocando scintille. L'acqua nel bollitore che posa sul fornello basta per due tazze di caffè, una per lei e una per Arvid.

Lo fa in automatico. È sola, anche se non per molto. Arvid tornerà presto dal suo viaggio in Russia, giusto in tempo per il suo compleanno. Compirà trent'anni – *davvero?* – tra poco più di due settimane.

Come sempre, la colazione è frugale, una semplice fetta di pane con sopra quello che c'è in casa: marmellata, burro, senape, va bene qualunque cosa. Mildred ama disporre al centro della tavola un fiore o due in un bicchiere d'acqua. Tulipani in primavera, lillà in estate, rose alpine in autunno, caprifoglio in inverno. Talvolta i fiori sono un regalo dei suoi studenti, altre di Arvid.

Arvid è romantico. È un lato di sé che non mostra a chiunque. Si presenta come un uomo con occhiali tondi da gufetto che raramente esce di casa senza cravatta (una volta rincasato, se la toglie volentieri). Trascorre ore e ore seduto alla scrivania (ma adora passeggiare in montagna la domenica pomeriggio, lasciando vagare la mente mentre inspira l'aria pungente e corroborante). E pur essendo uno che ama la certezza dei fatti duri e crudi, ha la testa piena di poesia. Da ragazzino gli hanno fatto leggere Goethe e adesso, nel trentunesimo anno di età, ne sa recitare i lunghi versi a memoria, sussurrandoli nell'orecchio di lei.

Si sono incontrati all'Università del Wisconsin, quando Arvid era entrato nell'aula sbagliata. Voleva assistere a una lezione del professor John Commons sui sindacati americani ma di fronte al leggio non aveva trovato Commons bensì Mildred, dottoranda allora venticinquenne. Stava insegnando Letteratura americana e lui era rimasto ad ascoltarla fino alla fine. Poi si era avvicinato al leggio e si era presentato.

Lei si era laureata in materie umanistiche e aveva appena iniziato il master. Lui aveva una laurea in Legge e stava per conseguire un dottorato in Filosofia. Dopo i convenevoli, Arvid le aveva detto, con un tono talmente dolce e tenero che l'aveva colpita nel profondo, che la casa dove aveva trascorso la sua infanzia si trovava a Jena, una cittadina universitaria lungo il fiume Saale, in Germania. Parlava inglese in modo impacciato, seppur con un certo impegno. Quanto era diverso dai ragazzi dell'Università del Wisconsin nel Midwest, che facevano a botte nei campi di granturco e da calcio, si vantavano di tutti i soldi che avrebbero fatto con i loro diplomi e si contendevano l'attenzione di Mildred con battute esuberanti, affatto divertenti, almeno non per lei, benché dovesse comunque sorridere, arrossire, mostrare il dorso della mano e dire: *Oh, che sciocco.*

La seconda volta che si erano visti, Arvid le aveva regalato un mazzo di fiori di campo che lui stesso aveva raccolto. "Un bel mazzo di grandi fiori bianchi e profumati mescolati a campanellini viola," scriverà Mildred in seguito, ricordando ogni dettaglio.

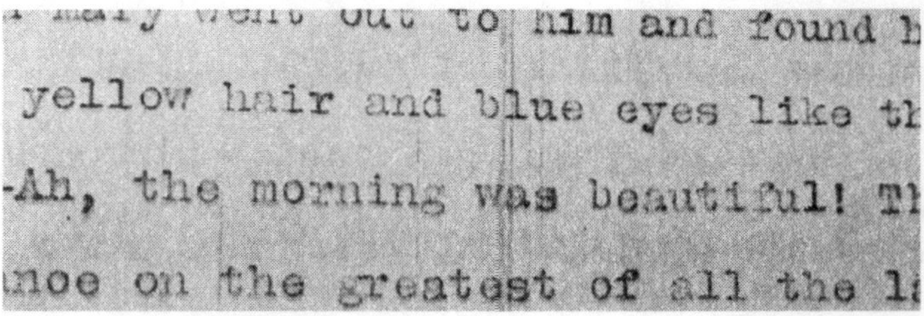
went out to him and found h
yellow hair and blue eyes like th
-Ah, the morning was beautiful! Th
noe on the greatest of all the l

Era mattina, una di quelle "bellissime". Arvid l'aspettava sotto il portico della casa a due piani in cui Mildred aveva affittato una stanza. La casa si trovava vicino al campus e apparteneva a un professore che ci abitava con la moglie e i due figli. Sbirciando attraverso le tende, la signora aveva incrociato gli occhi azzurri di Arvid e notato il mazzo di fiori di campo che aveva in mano. Era curiosa della vita privata della sua affittuaria. Mentre Mildred lavorava con determinazione al suo master, la moglie del professore aveva pensato che la giovane donna avrebbe apprezzato un po' di sostegno materno, temendo che un uomo sbagliato avrebbe potuto portarla sulla cattiva strada. O forse era solo una ficcanaso. Alla fine aveva chiuso le tende muovendo la testa in segno di approvazione. “Gli uomini del Mare del Nord,” aveva sentenziato, “sono degli ottimi mariti.”

Un marito, che fosse buono o no, non era ciò che Mildred stava cercando. Non in quel momento. Il suo cuore doveva ancora riprendersi in seguito alla rottura con uno studente di Antropologia di Kansas City di nome Harry, ma aveva comunque raggiunto Arvid sul portico, chiudendosi la porta alle spalle. Arvid le aveva offerto i fiori augurandole una buona mattinata. Si era sforzato di ammorbidire il suo accento tedesco e lei si era resa conto di quante volte avesse ripetuto quello che stava per dirle prima di presentarsi alla sua porta. Voleva condurla a fare una gita in canoa sul lago Mendota, aggiungendo: “Il lago più grande di tutti”.

Quella sua galanteria così discreta.

“Va bene,” gli aveva risposto lei con un timido sorriso. Sarebbe andata in canoa con lui.

Sei mesi dopo, un sabato, si erano promessi amore eterno sotto un pergolato improvvisato davanti a un caseificio sgangherato.

Arvid era tornato in Germania per terminare il suo dottorato. Mildred lo avrebbe raggiunto presto; il Goucher College di Baltimora l’aveva assunta per insegnare Letteratura inglese nell’anno scolastico 1928-1929. Per colmare la distanza si scrivevano lunghe lettere. Si raccontavano i libri che stavano leggendo, i loro progetti per il futuro. Entrambi sarebbero diventati insegnanti in università tedesche e forse anche americane. Mildred concludeva le sue lettere disegnando un sole, Arvid faceva lo stesso.

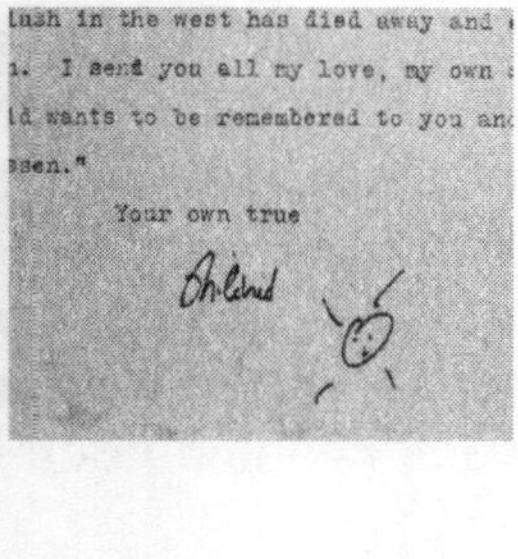
lush in the west has died away and
. I send you all my love, my own
ld wants to be remembered to you and
ssen."
Your own true
Mildred

Finalmente, il 2 giugno 1929, Mildred si era imbarcata insieme ad altri duemila viaggiatori sul transatlantico *Berlin* e aveva attraversato l'oceano. Un viaggio lungo, il mare spazzato dal vento. L'Atlantico aveva lasciato il testimone al Mare del Nord, freddo e profondo. In piedi sul ponte, Mildred rabbrividiva stretta nel suo soprabito. All'orizzonte, tra cielo e mare, la Germania, sottile come la linea di una matita.

Mildred si era iscritta a un dottorato di ricerca presso l'Università Justus Liebig di Giessen mentre Arvid dava gli ultimi ritocchi alla sua tesi. Nei fine settimana andavano a fare escursioni sui monti Harz, gli zaini pieni di libri e di panini. Arvid leggeva ad alta voce i suoi versi preferiti di Goethe e Mildred declamava le poesie di Whitman che amava di più. Sotto le chiome lussureggianti dei sempreverdi, percorrevano sentieri già battuti e ne tracciavano di nuovi. Abete, peccio, pino; Arvid riconosceva gli alberi dai loro aghi, lunghi o corti, radi sui rami o densi come le setole di una spazzola.

"Eravamo così felici di stare insieme," scrisse Mildred. "Lui è come un albero di Natale tutto illuminato."

Ci sono momenti – questa mattina è uno di quelli – in cui Arvid le manca così tanto da toglierle il respiro. Adesso probabilmente anche lui starà facendo colazione seduto a un tavolo a Mosca, insieme a un gruppo il cui nome è uno scioglilingua: Arbeitsgemeinschaft zum Studium der sowjetischen Planwirtschaft, Gruppo di lavoro per lo studio dell'economia pianificata sovietica (Mildred preferisce nominarlo con il suo acronimo, più semplice da pronunciare: ARPLAN). Tra i suoi membri vi sono economisti, politologi, critici letterari, politici e drammaturghi, nonché ultranazionalisti dichiaratamente di destra e comunisti fino al midollo. In altre circostanze, questi inconsueti collaboratori non si sarebbero mai stretti la mano, né tantomeno si sarebbero seduti attorno allo stesso tavolo per fare colazione, ma Arvid è ottimista: saranno anche in disaccordo sulla metodologia, ma sono uniti nel loro intento.

La Germania è in crisi. Bisogna fare qualcosa. Studiando quella che sembra essere una soluzione economica innovativa ai problemi dell'Unione Sovietica, Arvid spera di trovare un rimedio per il suo paese. È segretario dell'ARPLAN. Non riceve alcun compenso per questo lavoro, ma la compassione per i poveri in Germania e il desiderio di ideare un nuovo modello economico per affrontare il problema bastano a tenerlo giorno e notte dietro alla sua scrivania.

Nel suo appartamento ci sono due scrivanie. Quella di Arvid è una grande tavola di legno intagliato che un tempo era appartenuta a suo padre. L'altra, altrettanto imponente, era del nonno materno, che Arvid era solito chiamare *Grossvater* Reichau. Adesso è di Mildred. Una grande asse di mogano. Lezioni, articoli, traduzioni, scrive tutto a mano, riempiendo pagina dopo pagina prima di passare alla macchina da scrivere.

Ed è proprio qui, alla grande scrivania di *Grossvater* Reichau, che Mildred coltiva i suoi sogni più ambiziosi. Un giorno sarà una grande studiosa di letteratura, scriverà libri importanti. La scrivania le conferisce autorevolezza, peso e stabilità, caratteristiche a lei del tutto estranee. Non possiede cimeli di famiglia. Da tempo si è sbarazzata di qualsiasi oggetto ingombrasse le stanze anguste e piene di spifferi della sua infanzia.

Mildred non si attarda nel fare colazione. Un ultimo sorso di caffè ed è già in piedi che posa la tazza e il piattino nel lavello mentre spazza via le briciole dalle labbra. Le stoviglie sporche si accumuleranno per giorni prima che lei se ne accorga. Una torre traballante di piatti, tazze e posate. Ci sono sempre cose migliori da fare che mettersi a lavarli.

Indossa ancora l'accappatoio sopra la camicia da notte e i calzettoni lunghi di lana cotta fatti a maglia da sua madre, che li aveva accuratamente sistemati in un pacchetto che aveva viaggiato per due mesi su un transatlantico a vapore prima di raggiungere la porta della sua abitazione. I suoi piedi sfiorano le assi del pavimento scricchiolanti – il tallone di uno dei calzettoni si sta consumando – mentre si avvicina a una delle finestre e la apre. L'aria, fragrante come una mela fredda, la rinvigorisce. Si sfila l'accappatoio.

Esegue una serie di esercizi seguendo le indicazioni di un libro che ha comprato per pochi spiccioli. "La maggior parte degli esercizi serve a rafforzare i muscoli dell'addome," aveva scritto a sua madre l'anno precedente, rassicurandola frettolosamente che lei e Arvid avrebbero avuto un figlio "appena possibile". L'allenamento – sollevamenti delle gambe, addominali e dorsali – dura venti minuti. Mildred è esile come una ballerina, ma più goffa che aggraziata quando agita le braccia e scalcia con le gambe. La camicia da notte si sgualcisce. I piedi avvolti dai calzini scivolano sul pavimento di legno.

Dopo gli esercizi si lava velocemente con del sapone di lardo e si veste.

Anche se la giornata di oggi appare insignificante nel grande arco della storia, per Mildred è una tappa importante. Inizia a insegnare alla Scuola serale per adulti di Berlino, soprannominata BAG. Lì entrerà in contatto con un altro gruppo di studenti tedeschi e ne sarà entusiasta. Saranno diversi da quelli dell'Università di Berlino: più poveri, prevalentemente appartenenti alla classe operaia, perlopiù disoccupati. Proprio il tipo di persone che il Partito nazista ha preso di mira con la sua propaganda.

Eccola uscire dalla porta di casa con la sua borsa di cuoio e scendere quattro rampe di scale fino al marciapiede. Si affretta verso la stazione della metropolitana facendo oscillare la borsa. Agli occhi dei suoi vicini è una dottoranda americana e null'altro.

## 2.

Benché una volta Mildred adorasse le vaste praterie del Midwest americano, oggi non disdegna il caos berlinese.

Viverci è come abitare al crocevia dell'Europa. Ogni giorno, nelle cinque stazioni ferroviarie della città, sfrecciano duecentocinquanta treni provenienti da luoghi vicini e lontani. Camminando sulle strade acciottolate, Mildred ascolta una sinfonia di lingue: russo, polacco, olandese, italiano, francese. I viali sono percorsi da biciclette, autobus a due piani, tram elettrici, taxi e automobili che si contendono il passaggio. Accanto e tra i viali scorre un'intricata trama di corsi d'acqua e canali che si estendono ben oltre i confini della città, giungendo fino al Mar Baltico, al Mare del Nord e al fiume Reno. Si dice che Berlino abbia più ponti di Venezia, più statue di Roma e più teatri di Atene. Il primo semaforo d'Europa è apparso proprio qui, all'altezza dell'incrocio a cinque strade di Potsdamer Platz. Berlino ha dimensioni imponenti, è nove volte più grande di Parigi e ha più spazi dedicati a parchi e foreste di qualsiasi altra metropoli europea. Al centro si trova il Tiergarten, una fitta distesa di boschi grande quasi il doppio dell'Hyde Park di Londra.

Mildred non è mai stata in Italia, in Grecia o in Francia e, fino a poco tempo fa, nemmeno a Londra. Quando viveva a Milwaukee, non aveva mai messo piede in un museo né a un concerto e gli unici spettacoli teatrali a cui aveva assistito erano quelli messi in scena sul pavimento verniciato a più strati della palestra del suo liceo.

Ora vive in un appartamento sopra una caffetteria frequentata assiduamente da artisti che rivendicano la loro appassionata fedeltà ai dettami dell'Espressionismo, del Dadaismo, del Costruttivismo, del Bauhaus o di altri movimenti che si sono incrociati qui nell'ultimo decennio. Se vuole vedere un'opera di Bertolt Brecht, un musical di Kurt Weill, una sinfonia di Arnold Schoenberg o un dipinto di Marc Chagall, non deve fare altro che uscire di casa, scendere le quattro rampe di scale che la separano dalla strada, prendere un taxi, un tram o un treno che la porterà in qualsiasi teatro, sala da concerto o galleria.

Nel paese la censura è vietata. Dopo la sconfitta della Germania nella Prima guerra mondiale, un gruppo radicale di venticinque uomini, tra cui storici, sociologi e teologi (compreso lo zio di Arvid, Adolf von Harnack), si era riunito nella cittadina di Weimar per redigere la Costituzione di Weimar, che concedeva a uomini e donne il diritto di voto, il diritto alla libertà religiosa e quello "di esprimere liberamente le proprie opinioni con parole, scritti, stampe, immagini o altro". Ne era scaturita una rigogliosissima produzione intellettuale e artistica, che investiva le scienze, l'architettura, la pittura, la scultura, la musica, il cinema, il teatro e la letteratura.

Le carrozze della metropolitana e della ferrovia suburbana di Berlino che Mildred prende per spostarsi sono colme di tedeschi che leggono libri – classici, romanzetti e spessi tomi di storia e filosofia oltre a un'ampia gamma di giornali, dai tabloid ai pamphlet – che rappresentano un vasto spettro di opinioni politiche. Giornali comunisti come "Die Rote Fahne" si mescolano a quelli socialdemocratici ("Vorwärts"), nazionalisti conservatori ("Die Deutsche Allgemeine Zeitung") e nazisti ("Völkischer Beobachter").

La Germania pubblica più giornali di qualsiasi altra nazione industrializzata. Ha 4.700 settimanali e quotidiani, molti dei quali con edizioni del mattino, del mezzogiorno e della sera. Il "Berliner Morgenpost" ha la più alta tiratura ed è prodotto da Ullstein, la casa editrice più grande d'Europa. Proprietaria di questa società con sede a Berlino è un'importante famiglia ebraica che dà lavoro a diecimila persone e presiede a decine di pubblicazioni, tra cui il "Berliner Allgemeine Zeitung", un quotidiano per colletti blu; "Blatt der Hausfrau", una rivista per casalinghe; "Die Koralle", una rivista scientifica; "Siehen Tage", un giornale sulla radio; e "Der Querschnitt", una rivista d'arte che ospita articoli di Ernest Hemingway e James Joyce.

Nella sola Berlino, sui marciapiedi davanti alle edicole, sono esposti novanta quotidiani le cui pagine sventolano come bandiere quando si alza il vento.

Reichstagswahl
Wahlkreis Berlin

| | | |
|---|---|---|
| 1 | Nationalsozialistische Deutsche Arbeiter-Partei (Hitlerbewegung) | 1 |
| 2 | Sozialdemokratische Partei Deutschlands | 2 |
| 3 | Kommunistische Partei Deutschlands | 3 |
| 4 | Deutsche Zentrumspartei | 4 |
| 5 | Deutschnationale Volkspartei | 5 |
| 5a | [illegible] | 5a |
| 6a | [illegible] | 6a |
| 7 | Deutsche Volkspartei | 7 |
| 8 | Deutsche Staatspartei | 8 |
| 9 | Christlich-sozialer Volksdienst (Evangelische Bewegung) | 9 |
| 9a | Deutsch-hannoversche Partei | 9a |
| 10 | Reichspartei des deutschen Mittelstandes | 10 |
| 13 | Deutsches Landvolk | 13 |
| 14 | Volksrecht-Partei | 14 |
| 15 | [illegible] | 15 |
| 17 | [illegible] | 17 |
| 18 | Sozialistische Arbeiter-Partei Deutschlands | 18 |
| 19 | [illegible] | 19 |
| 21 | [illegible] | 21 |
| 25 | [illegible] | 25 |
| 26 | [illegible] | 26 |
| 27 | [illegible] | 27 |
| 28 | Deutsche Bauernpartei | 28 |
| 29 | [illegible] | 29 |
| 31 | [illegible] | 31 |
| 32 | [illegible] | 32 |
| 33 | Für Hindenburg und Papen | 33 |
| 35 | [illegible] | 35 |
| 36 | [illegible] | 36 |

*Scheda elettorale del 1932, Berlino*

La vigorosa libertà di stampa della Germania rispecchia il sistema multipartitico della Repubblica di Weimar. Durante le elezioni, sulla scheda elettorale compare un numero impressionante di partiti politici, più o meno sessantadue.

Per la prima volta nella storia, nel Reichstag si ascoltano le voci più disparate. Alcune appartengono alle donne, poiché l'articolo 109 della Costituzione di Weimar concede loro gli stessi diritti e doveri fondamentali degli uomini, compreso quello di ricoprire cariche pubbliche. I membri del Reichstag vengono eletti, così come il presidente.

Si è conclusa l'era dell'imperatore Guglielmo II, imparentato con una serie di sovrani europei tra cui la regina Vittoria d'Inghilterra, sua nonna, la cui famiglia aveva governato la Germania fin dall'Undicesimo secolo. Come gli altri monarchi, Guglielmo II viveva in un enorme castello ma, a differenza dei suoi illustri predecessori, aveva come trono uno sgabello a forma di sella di cavallo, sul quale sedeva in uniforme, con un elmetto chiodato in testa e nascondendo il braccio sinistro paralizzato e raggrinzito tra le pieghe del mantello. Guglielmo II soffriva di paralisi di Erb, una lesione neurologica che lo costringeva anche a tenere inclinata la testa da una parte. Quando era bambino aveva subìto trattamenti quali l'elettroshock e le immersioni nel sangue di coniglio, tanto inefficaci quanto bizzarri. Nonostante i suoi impedimenti fisici, l'imperatore aveva sviluppato una spavalderia militarista: si faceva chiamare "signore supremo della guerra" e aveva condotto la Germania alla terrificante e sanguinosa Prima guerra mondiale.

Ma il vecchio ordine è ormai scomparso e al suo posto adesso c'è una fragile democrazia, che ha le ginocchia a terra come un puledro appena nato.

"La vita sembrava più libera, più moderna, più eccitante che in qualsiasi altro posto dove fossi mai stato… L'antico opprimente spirito prussiano sembrava ormai morto e sepolto," scriveva il giornalista americano William Shirer ricordando i giorni in cui era un giovane corrispondente estero a Berlino. Molti espatriati americani ed europei si sentivano esattamente come lui. Un gruppo di scrittori britannici, tra cui W.H. Auden e Christopher Isherwood, aveva pubblicato poesie, opere teatrali e romanzi velatamente autobiografici sulle loro avventure berlinesi. “A molti dei miei amici e anche a me,” aveva scritto il poeta Stephen Spender, “la Germania sembrava un paradiso libero da qualsiasi forma di censura in cui i giovani tedeschi godevano di straordinarie libertà.” Eppure, alcuni nutrivano il sospetto che queste “straordinarie libertà” non sarebbero durate. “Per le strade di Berlino,” osservava un giovane scrittore tedesco, “si è spesso investiti dal vago sentore che un giorno tutto questo all’improvviso esploderà.”

Nell’aria c’è una tensione palpabile, un dissapore tra l’avanguardismo e la classe dirigente. Ma c’è anche un altro tipo di tensione. Mildred la percepisce ogni volta che vede donne in soprabito di visone passeggiare davanti a mendicanti pelle e ossa sul Kurfürstendamm, un viale con una lunga e scintillante serie di negozi illuminati a giorno che somiglia in tutto e per tutto a una pacchiana collana di pietre preziose.

3.

Ormai si è fatta sera. Fuori, il sole scivola verso l’orizzonte, allungando le ombre anche se Mildred non può vederle; la metropolitana corre sottoterra. È diretta a ovest, verso la fermata Wittenbergplatz. Nella sua borsa di pelle ci sono i libri e gli appunti delle lezioni. A novembre ci saranno altre elezioni, appena quattro mesi dopo le ultime. La composizione del Reichstag cambierà di nuovo. I comunisti si scontreranno con i socialdemocratici, i nazisti con entrambi. Non si può andare avanti così ancora per molto.

Wittenbergplatz. Mildred è arrivata a destinazione.

Si alza dal sedile e scende dalla carrozza. Sale le scale a grandi passi ed esce in strada.

A ovest della stazione, il grande magazzino KaDeWe domina l’angolo della strada. Clienti benestanti passano davanti a un portiere col cappello nero che controlla l'ingresso e poi scompaiono all'interno.

Si allontana dal KaDeWe, camminando verso sud. L'ampio viale davanti a lei è Lietzenburger Strasse. Svolta a sinistra, poi di nuovo a sinistra, seguendo il restringimento della strada fino a Wormser Strasse 11. Tenendo ben stretta la sua borsa di pelle, apre la porta ed entra.

La BAG

*1932 – 1933*

HANDBUCH DES BERLINER ABEND GYMNASIUMS

ZWEITE AUSGABE

BERLIN W 62
WORMSER STR. 11
FERNSPRECHER: BARBAROSSA B 5 2471

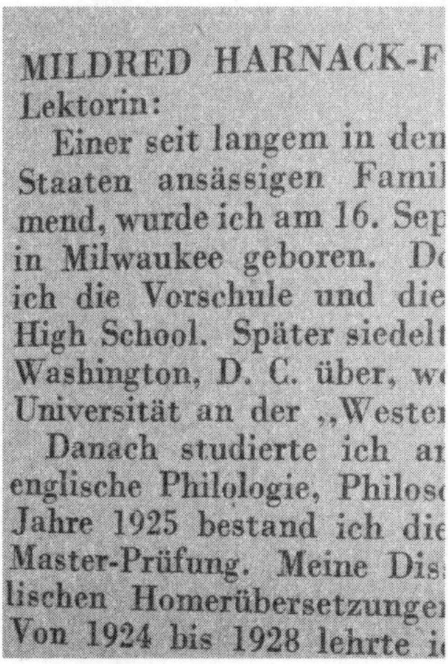

MILDRED HARNACK-F
Lektorin:
Einer seit langem in den
Staaten ansässigen Famil
mend, wurde ich am 16. Sep
in Milwaukee geboren. D
ich die Vorschule und die
High School. Später siedelt
Washington, D. C. über, w
Universität an der „Wester
Danach studierte ich a
englische Philologie, Philos
Jahre 1925 bestand ich die
Master-Prüfung. Meine Dis
lischen Homerübersetzunge
Von 1924 bis 1928 lehrte i

## 1.

La BAG ha aperto i battenti in Wormser Strasse 11 tre anni fa, il 2 settembre 1929. È la prima scuola di questo tipo a Berlino. In Germania tradizionalmente si riteneva che, per i ceti medi e più bassi della società, l'istruzione dovesse limitarsi alla formazione professionale, il che significava che operai e impiegati conoscessero ben poco la matematica, la filosofia, le scienze, la storia e la letteratura, tutte materie di cui gli aristocratici e le altre élite altoborghesi rivendicavano l'esclusiva. La BAG esce fuori dagli schemi. La sua missione è istruire la classe operaia.

I libri sono gratuiti, così come i pasti caldi. Alcuni degli studenti che affollano le aule della scuola sono talmente indigenti che Mildred si domanda se frequentarla possa davvero aiutarli a sfuggire alla povertà. "Vengono con la speranza di ottenere maggiori libertà e una vita più decorosa," scrive Mildred, ma

> *sono destinati in larga misura a restare sul gradino più basso della scala sociale anziché risalirla. C'è poco lavoro, perdono il posto; il sussidio di disoccupazione si esaurisce in breve tempo e si ritrovano a dover elemosinare, il che implica, se non ricevono altri aiuti, una lenta rovina fino alla fame vera e propria.*

Un gruppo eterogeneo di operai, elettricisti, muratori e impiegati siede dietro ai loro banchi quando Mildred entra in aula. C'è improvvisa agitazione, scricchiolio di sedie, gli studenti si alzano in piedi mentre lei si dirige verso il leggio. Si risiedono. Avevano già visto, e forse scrutato nella brochure della BAG, la fotografia della loro professoressa ventinovenne, l'unica americana e la sola donna della facoltà.

"Non la sentivamo mai arrivare," ricorderà uno di loro anni dopo. "All'improvviso, ce la ritrovavamo nell'aula. Il suo incedere, come ogni altro suo movimento, era aggraziato e discreto."

Il corso di Mildred si chiama semplicemente "Inglese",

ma i suoi insegnamenti vanno ben oltre la grammatica e la sintassi. I libri che assegna spaziano dalla letteratura alla filosofia e alla teoria politica, intervallati da un *limerick* o da una favola. In piedi davanti al leggio, desidera essere di ispirazione per i suoi studenti, mostrare loro un modo diverso di vedere il mondo; vuole *giungere dritto al cuore* di questi uomini e di queste donne come nessuno è riuscito a fare prima. E così tiene una lezione su Ralph Waldo Emerson e i princìpi del trascendentalismo, insistendo sull'importanza della fiducia in sé stessi nonché del coraggio di rendersi indipendenti nel pensiero e nell'azione; illustra l'eroismo del Mahatma Gandhi e le viltà della monarchia così come sono raccontati nei romanzi di Charles Dickens e nelle tragedie di William Shakespeare; parla della tirannia della maggioranza presentata negli scritti filosofici di John Stuart Mill, sottolineando come un piccolo gruppo possa essere sottomesso da un gruppo più grande e incoraggiando gli studenti a confrontare tutto ciò con la Germania attuale. Mildred torna con insistenza sugli argomenti che le stanno più a cuore: la condizione dei poveri, l'urgente necessità di un cambiamento politico.

L'ultimo giorno di novembre, inizia la lezione con una domanda. Di solito parla alla classe in inglese, ma oggi vuole essere certa che i suoi studenti capiscano perfettamente.

"*Hitler soll Kanzler werden?*" È giusto che Hitler sia nominato cancelliere?

La domanda è provocatoria. Uno dei suoi studenti, un trentunenne di nome Samson Knoll, è talmente colpito dal quesito e dalla conseguente discussione da annotarne ogni parola nel suo taccuino la sera stessa.

Montag, 21. November 1932: "10 Uhr E.A.G. Mrs. Harnack. Hitler soll Kanzler werden?"

2.

Il quartiere di Mildred si trova a cavallo di due zone di Berlino, Kreuzberg e Neukölln, popolate da lavoratori della classe operaia e da bohémien. Le strade sono costeggiate da negozi, ristoranti e edicole. Un vivace bar dell'isolato diffonde musica jazz dalla mattina alla sera, quando la strada è, stando alle parole di Mildred, "un fiume di lucine". Ora che è autunno, le foglie degli alberi di un parco vicino al suo stabile hanno iniziato a colorarsi di rosso bordeaux e oro, giallo limone e arancione. La sua ampia finestra offre una vista imponente su tutto questo, uno dei motivi per cui l'appartamento le piace tanto. Dalla vedetta del suo quarto piano può osservare la natura e il suo tripudio di forme e colori, godendosi il clamore jazz della città. Riesce anche a farsi un'idea di come stanno andando le cose, vedendo chiaramente chi viene e chi va.

Mildred ha iniziato a organizzare riunioni nel suo appartamento. Invita i suoi studenti della BAG, tra cui Samson Knoll. Dopo la lezione, prendono tutti insieme la metropolitana e scendono a Südstern. Cinque minuti a piedi e sono a Hasenheide 61, dove si siedono nel suo salotto e discutono del clima politico in Germania. Presto saranno costretti alla clandestinità. Sono già in allerta. Concordano tutti sul fatto che le riunioni debbano restare segrete.

Nel 1932 la resistenza in Germania è alle prime armi, ancora neonata. Anzi, non è nemmeno quello. È allo stato embrionale, soltanto un seme.

## 3.

Mildred gestisce anche quello che definisce un club di inglese. Tutti gli studenti vi possono partecipare. Organizza le riunioni in un caffè nelle vicinanze e invita i relatori a intervenire in modo informale.

L'obiettivo del club di inglese è politico, non linguistico.

Un giornalista americano parla di "America e politica mondiale". Un altro giornalista americano parla di "politica estera americana e crisi della Manciuria". Un professore dell'Università di Berlino studia "l'India di oggi" e condivide i suoi pensieri sul colonialismo britannico e il sistema delle caste. La cugina di Arvid, Elisabeth von Harnack, parla della propria tesi di dottorato presentando la sua ricerca su "la Hull House e l'assistenza sociale di Chicago".

Il 23 gennaio 1933, il relatore invitato è il console generale George Messersmith. È un lunedì sera e a Berlino fa così freddo che Mildred e i suoi studenti possono vedere il loro respiro, densi sbuffi bianchi, mentre si avvicinano al caffè. Una volta entrati, prendono posto a sedere. Mildred presenta Messersmith, che siede a capotavola. Sei mesi dopo, l'uomo non userà mezzi termini per descrivere Hitler a un collega della Casa Bianca:

> Tutti gli uomini al potere, con rarissime eccezioni, sono di una mentalità che lei e io non possiamo capire. Alcuni sono degli psicopatici e dovrebbero essere curati.

Ma questa sera, parlando con il club di inglese, Messersmith non menziona Hitler. Si attiene rigorosamente all'argomento in questione, il suo compito presso l'ambasciata degli Stati Uniti. Non avrebbe potuto essere più esplicito: *Se sei un americano che vuole venire in Germania, io mi occupo di farti entrare, se sei un americano che vuole lasciare la Germania, ti faccio uscire.* I membri del club di inglese ascoltano con deferenza. Nessuno di loro è americano. E i tedeschi che vogliono lasciare la Germania? Samson Knoll non si pone questa domanda ma forse qualcuno fra gli astanti sì. Samson è originario di una cittadina polacca. Si trova bene alla BAG e non vuole andarsene dalla Germania. Ultimamente però ha iniziato ad avere dubbi sulla sua incolumità. È uno straniero, per di più ebreo.

A volte Mildred porta i suoi studenti della BAG a vedere uno spettacolo teatrale. Altre li convince a indossare abiti di scena e a recitare sceneggiature scritte da loro. Altre ancora, si mette a cantare.

Sì, *canta.*

Gli studenti sono seduti dietro ai loro banchi, esausti dopo un'interminabile giornata passata a faticare in cantiere o nei piani bassi di un edificio pieno di uffici, o trascorsa a maneggiare una saldatrice rovente in una fabbrica.

Mildred è in piedi davanti al leggio. Si schiarisce la gola, fa un bel respiro e intona *Clementine*:

Là in un canyon,
Nel lontano ottocentotrentasei
C'era ancora un omettino
Con la figlia Clementine.

e *John Brown*:

John Brown giace nella tomba là nel pian,
Dopo una lunga guerra contro l'oppressor,
John Brown giace nella tomba là nel pian,
Ma l'anima vive ancor.

In un primo momento, quel che i suoi studenti provano più di ogni altra cosa, ascoltando i suoi gorgheggi riempire la stanza, è imbarazzo. Non hanno mai sentito un insegnante cantare.

Sono canzoni malinconiche e lei le canta in inglese. Di tanto in tanto traduce in tedesco le parole e le espressioni idiomatiche più insidiose, in modo da farle capire ai suoi studenti. La prima canzone, spiega ai suoi allievi, è sulla morte di un lavoratore americano durante la corsa all'oro del 1849 in California – un "minatore quarantanovenne" – e di sua figlia. Anche la seconda canzone parla della morte di un operaio americano, un abolizionista.

Prosegue raccontando loro la storia di John Brown, un uomo bianco che tentò di istigare alla ribellione alcuni schiavi nel 1859. Invitò a unirsi a lui un piccolo gruppo di diciannove persone, tra cui studenti universitari, braccianti e schiavi fuggitivi. Il piano di John Brown, fare irruzione in un'armeria federale in Virginia, prelevare quanti più moschetti e fucili possibili e distribuire le armi agli schiavi, fu sventato dalle milizie bianche locali e da una compagnia di Marines statunitensi. John Brown fu condotto alla forca e impiccato per tradimento.

Mildred canta *Clementine* e *John Brown* molte volte durante l'inverno del 1932. Ogni volta che si posiziona davanti al leggio, vede l'aula colma di tedeschi affaticati dal lavoro o demoralizzati dalla disoccupazione. Come ricorderà uno studente anni dopo, non ha nessun complesso e canta con una tale naturalezza e disinvoltura che il loro imbarazzo lascia il posto al sollievo e, infine, "a un tenero rispetto".

4.

Una mattina Mildred e Arvid preparano una piccola valigia, salgono su un treno e partono alla volta di Baden, nel Sud del paese, dove pernottano in una locanda ai margini della Foresta Nera.

Arvid era solito farvi escursioni con suo padre.

Otto Harnack era stato professore di letteratura tedesca presso un'università nella vicina Stoccarda. Era esigente, ligio al dovere e severo, dalla rettitudine tipicamente prussiana, ma aveva anche un lato tenero e aveva trasmesso ad Arvid l'amore per la natura e per la poesia di Goethe. Quando Arvid aveva dodici anni, Otto Harnack si era annegato nel fiume Neckar. Quel suicidio lo aveva sconcertato. Si era gettato nel fiume di notte o alle prime luci dell'alba? Si era riempito prima le tasche di sassi? Domande a cui non sapeva né poteva dare risposta.

Mildred sapeva che suo padre era molto diverso da Otto Harnack, eppure il commerciante di cavalli e il professore avevano qualcosa in comune. Entrambi sentivano una profonda tristezza scorrere nelle vene come fosse un fluido gelato. William Fish l'avrebbe chiamato *blues*.

E Otto? Lui era un *Mutterseelenallein*, che letteralmente significa "anima senza madre". Chi soffre di questa sorta di tristezza si sente talmente solo che è come se l'anima di sua madre gli fosse stata strappata via. Quando Mildred pronuncia la parola tedesca, la percepisce molto più ricca e dolorosa di qualsiasi altra parola inglese che descriva la tristezza.

La Foresta Nera è incantevole, tutta spolverata di neve. Con gli zaini in spalla, Mildred e Arvid percorrono un angusto sentiero che attraversa boschi scuri e fitti. Arvid ha uno straordinario senso dell'orientamento che, contrariamente a quanto ci si possa aspettare, deve alla sua miopia. Ha un occhio quasi cieco perché in adolescenza un teppistello lo ha colpito con un bastone, frantumandogli gli occhiali. Era andato a piedi all'ospedale della città, dove un chirurgo aveva rimosso nove schegge di vetro dal suo occhio sinistro, un'operazione delicata che aveva affrontato senza anestesia.

Ora Arvid annota mentalmente tutto ciò che lo circonda; è il modo più sicuro che ha escogitato per muoversi nel mondo.

I boschi che esplorano sono noti per aver ispirato le favole dei fratelli Grimm. Camminano per ore, inalando l'aria fredda e profumata di abete. La domenica sera tornano a Berlino rinvigoriti.

## 5.

Gennaio 1933. Mildred vive a Hasenheide 61 da sei mesi. Adora il suo appartamento. L'affitto è l'equivalente di diciassette dollari al mese, più di quanto lei e Arvid siano disposti a pagare, ma riescono a vivere con poco. Tanti altri in Germania vivono con molto meno. Mentre Arvid dà gli ultimi ritocchi al suo primo libro, la cui pubblicazione è prevista per l'anno successivo, Mildred traduce dal tedesco un tomo sullo sport di cinquecento pagine scritte fitte fitte. È un progetto enorme, ma il compenso che riceve è assai basso. Per arrotondare, tiene un corso all'Università di Commercio, istituzione insignificante, che non ha nulla a che vedere con la visione della BAG.

Il 29 gennaio 1933, Mildred si siede alla grande scrivania di Grossvater Reichau per scrivere una lettera a sua madre.

*Oggigiorno nel mondo c'è così tanto da fare. Non ci sono mai state prospettive più gloriose...*

Posa la penna sulla pagina. Che cosa le sta passando per la mente? Un'ondata di insicurezza, dubbi? A volte non riesce a concentrarsi. Non sempre fa progetti per il futuro. Nelle lettere precedenti, aveva ammesso di sognare a occhi aperti. “Sto cercando di sbarazzarmi delle vecchie abitudini,” scrive ora, per “inquadrare più chiaramente la mia missione”.

Adesso ha fugato ogni dubbio. Prosegue la lettera, risoluta:

> *Ho trent'anni e sono una donna libera. Ho il lavoro che volevo, non ho ostacoli insormontabili di fronte a me... la vita è bella.*

La sera successiva, Mildred entra nell'aula della BAG con in mano la sua borsa di pelle. Dice alla classe che questa volta non canterà né parlerà di letteratura, ma di un fatto storico.

È il 30 gennaio 1933. Hitler è appena stato nominato cancelliere della Germania.

[Montag, 30. Januar 1933: "Hitler Kanzler."]

# 2.

# Frammento

Questionario
Carcere di Plötzensee, Berlino
16 febbraio 1943

| | |
|---|---|
| Nome della madre | Georgina Hesketh Fish |
| Nome del padre | William Cooke Fish |
| Posizione, Occupazione, Professione | Docente e traduttrice |
| A quanto ammontava il tuo stipendio quando hai commesso il reato? | 100 Reichsmark al mese |
| Hai frequentato una scuola per bambini con ritardo mentale? | No |

# Cancelliere Hitler
*1933*

## 1.

Berlino brucia. Le fiamme si avvolgono, guizzano e scintillano nell'aria, ma l'incendio non è un atto di vandalismo o di guerra, non ancora. Benché l'atmosfera sia densa di fumo, non è stato dato fuoco né a edifici né a case. A bruciare, la notte del 30 gennaio 1933, sono ventimila torce.

È una parata di vittoria nazista. La celebrazione inizia alle sette di sera e dura sei ore.

Una processione inarrestabile di uomini che levano le torce al cielo marciando per le strade di Berlino, le SA in uniforme marrone, le SS nera. Bande militari li accompagnano con gli ottoni che brillano alla luce delle torce. Anche i bambini marciano, indossando le uniformi marroni della Hitlerjugend, Gioventù hitleriana. Uomo o bambino, SA, SS o Hitlerjugend, ognuno porta una striscia di tessuto intorno alla parte superiore del braccio con sopra cucita una croce uncinata, simbolo sacro considerato un portafortuna nelle civiltà antiche. I nazisti se ne sono appropriati, l'hanno stravolto e trasformato in un simbolo del nazionalismo tedesco e della supremazia della razza. Adesso è diventato uno strumento di propaganda, un emblema che decora, oltre alle fasce per il braccio, medaglioni, berretti, distintivi, manifesti, bandiere e striscioni. È una *Hakenkreuz*, meglio nota come svastica.

Guardate come marciano battendo a terra i tacchi degli stivali. Ascoltate lo stridìo delle trombe, lo squillare dei cimbali, il martellare dei tamburi, sfacciato come il fuoco dell'artiglieria, *ratatatata*.

Marciano sul sentiero tripartito del Tiergarten fino alla grande Porta di Brandeburgo a ovest di Pariser Platz, passando davanti a quattro maestose ambasciate – americana, francese, russa e britannica – e poi lungo la Wilhelmstrasse fino alla cancelleria del Reich. Lì, dietro una finestra chiusa, si intravede il presidente Hindenburg, una sagoma ricurva che osserva il fragoroso corteo. Il volto di Hindenburg è rigido, "come una scultura di bronzo," osserva una giornalista tedesca che annota le sue impressioni. Definisce la sua espressione "disorientata, quasi sbigottita". Cinquanta metri a sud, dietro un'altra finestra, questa volta spalancata, c'è Hitler.

Per anni Hitler è stato liquidato come un dilettante, un pazzoide, un buffone, uno sciocco semianalfabeta con i baffetti alla Charlie Chaplin. Non ha terminato il liceo ed è stato respinto due volte dall'Accademia di Belle Arti di Vienna; attorno ai vent'anni ha subìto una serie di umiliazioni, come ritrovarsi a vivere da artista squattrinato e dormire in un rifugio per senzatetto; a trent'anni è diventato leader del Partito nazista dopo aver scoperto che con la sua retorica populista aveva il potere di ipnotizzare prima una stanza, poi una sala, poi uno stadio intero; e a quarantatré anni è stato nominato cancelliere della Germania dal presidente Hindenburg.

Guardando la fiaccolata in suo onore, Hitler è "fuori di sé per l'eccitazione," riporta una giornalista americana posizionata vicino alla finestra della cancelleria. I suoi occhi cerulei in grado di trasmettere furia e freddezza questa sera sono gioiosi, "colmi di lacrime". Di tanto in tanto Hitler alza il braccio destro teso nell'aria piena di fumo. Le migliaia di persone che circondano la cancelleria applaudono e poi alzano anche loro il braccio ricambiando il saluto.

## 2.

Arvid Harnack è lì a guardare. Si è fermato sulla strada vicino alla finestra della cancelleria.

La folla inizia a cantare: *Deutschland, Deutschland über Alles!* Arvid non saluta, non applaude e non canta.

Arvid non è solo, ha portato con sé suo nipote Wolfgang, diciannovenne. Il fumo delle torce irrita i loro occhi e li fa lacrimare. Un odore acre aleggia nell'aria. La folla che si agita è assordante, inneggia, urla e canta in un coro gioioso. Poi intona un altro motivo: *Levate le bandiere, schieratevi in fila, pronti! SS, marciate con passo calmo e cadenzato!* Mentre colonne di nazisti gli passano davanti, Arvid mormora: "Macellai. Sarebbero capaci di qualsiasi cosa".

Wolfgang ha tredici anni meno di Arvid e va ancora a scuola. Alto, con una folta chioma di capelli castani, somiglia vagamente a suo padre, noto violinista e direttore d'orchestra di nome Gustav Havemann, che ha di recente preso la sorella minore di Arvid, Inge, come terza moglie. La somiglianza si ferma qui. Wolfgang è timido, suo padre è autoritario. Wolfgang parla piano, la voce del papà rimbomba nella stanza. Wolfgang non ha le idee chiare sulla sua carriera mentre suo padre si è dedicato alla musica fin da bambino, diventando direttore d'orchestra a soli diciannove anni. La divergenza delle loro idee politiche è molto significativa. Wolfgang professa l'antifascismo, suo padre si ingrazia i nazisti. Gustav Havemann è membro della Kampfbund für deutsche Kultur, Lega militante per la cultura tedesca: una lobby nazista fondata quattro anni prima che si batte contro gli aspetti della cultura di Weimar che considera corrotti, compreso tutto ciò che producono gli ebrei. Nel mese di maggio Gustav si era rifiutato di dirigere un'orchestra se non fossero stati esclusi i musicisti ebrei. Il suono di un violino prodotto da un ebreo, insisteva, era "troppo dolce e sensuale".

Arvid detesta Gustav Havemann. Come fa sua sorella a sopportarlo? Il deteriorarsi del primo matrimonio di Inge lo aveva addolorato. Johannes Auerbach, che ha lasciato la Germania per Parigi, gli è sempre stato simpatico. Ora, ogni volta che Arvid va a trovare Inge, ha discussioni accese con Gustav, che si rifiuta di cambiare opinione anche di fronte al fatto che il primo marito di Inge è un ebreo e che i loro due figli, adesso figliastri di Gustav, sono ebrei per metà.

È questo il motivo per cui Arvid ha portato Wolfgang alla fiaccolata di stasera. Vuole salvarlo dall'influenza malevola del padre.

Wolfgang guarda gli uomini che Arvid chiama "macellai" marciare davanti a lui, fila per fila.

Fuochi lampeggiano sulle lenti degli occhiali di Arvid.

"Con le loro torce incendieranno la Germania e poi tutta l'Europa," dice. "Rifletti un attimo, Wolfgang, presto ti costringeranno a indossare l'uniforme."

Wolfgang si domanda se Arvid non abbia ragione. La Germania entrerà in guerra? Sarà costretto a combattere?

Uccidere. Rabbrividisce soltanto all'idea.

Rientrando a casa, quella sera e per molti giorni e notti, Wolfgang medita su cosa fare. Il paese sta collassando davanti ai suoi occhi.

Suo padre, naturalmente, vede le cose in modo diverso. Gustav Havemann crede che, ora che Hitler è al potere, la Germania sia in ascesa. Finalmente, dopo tanti passi falsi e lotte indecorose, dopo l'ignominiosa sconfitta nella Prima guerra mondiale, detta anche Grande Guerra, i tedeschi si risolleveranno. La Germania tornerà a essere forte.

3.

"Una notte inquietante," scrive sul suo taccuino la giornalista tedesca Bella Fromm. "Una notte di minacce di morte. Un incubo."

"La Germania si è svegliata!" scrive il propagandista nazista Joseph Goebbels nel suo diario. "La rivoluzione tedesca è iniziata."

4.

Due giorni dopo, il 1° febbraio 1933, Mildred si siede alla scrivania per scrivere una lettera.

*Stasera la neve fa scintillare dolcemente i tetti spioventi e le ampie strade illuminate: è lo spettacolo che vedo dalla mia finestra ad arco, il mio appostamento.*

Dietro all'edificio c'è una chiesa circondata da alberi e ancora oltre c'è un campo aperto dove i poliziotti si esercitano a sparare. Di tanto in tanto si sentono le deflagrazioni dei proiettili. Sapere la polizia così vicina è inquietante, ma questo non lo dice a sua madre. Prima vuole parlare di bellezza, di serenità. Di tetti spioventi, innevati e illuminati dalle stelle.

Quello che vuole dire, che *ha bisogno* di dire, è complicato. Come trovare le parole? Scrive:

*Io e Arvid abbiamo appena cenato. È stanco. Sto per accompagnarlo a letto e gli leggerò il nuovo romanzo di John Dos Passos. Si intitola* 1919.

Dos Passos è un socialista, disprezzato dai nazisti, ma questo non lo dice a sua madre.

*Siamo al sicuro, felici e in salute.*

Questa è una versione della verità. Lei è felice e anche Arvid lo è. Felici perché si amano e si svegliano ogni mattina con la dolce consapevolezza di stare insieme. Sono fortunati, sono vivi e in buona salute e lavorano per un obiettivo comune. Ma questa verità è trafitta da una menzogna, acuminata come una scheggia. Lei non è al sicuro, e nemmeno Arvid.

*Ripensando alla mia ultima lettera, sento che potrei averti spaventata… Non preoccuparti per noi.*

L'ultima volta ha detto troppo. La sua lettera era troppo politica, era stata troppo schietta sul suo odio per il Partito nazista.

*Non siamo attivi politicamente.*

Totalmente falso. Sta palesemente mentendo a sua madre.

*Chi si preoccuperebbe di due studenti seduti in un angolo, intenti a fantasticare sul futuro del mondo? Quindi non preoccuparti per noi. È meglio tacere. Se qualcuno ti chiede di noi, sappi che non ci interessa il mondo dal punto di vista politico, ma da quello scientifico. Devi dire soltanto questo.*

## 5.

Lo stesso giorno in cui Mildred scrive la lettera, un ragazzo biondo entra in un edificio di Potsdamerstrasse. All'interno c'è una stazione radiofonica che lo ha invitato a partecipare a un programma popolare. Il giovane sale le scale fino al quinto piano.

È Dietrich Bonhoeffer, cugino di Arvid, un pastore luterano dissidente di Berlino di ventisei anni. Parla al microfono con il piglio autoritario di un uomo con il doppio dei suoi anni. Gli storici riconosceranno il suo discorso come uno dei primi atti pubblici di ribellione contro Hitler.

A metà del discorso, la sua voce si fa più vigorosa. È fondamentale, dice Dietrich Bonhoeffer, distinguere un leader da un impostore.

Improvvisamente il microfono si spegne. In tutta la Germania alla radio si sentono soltanto interferenze.

# Due ministri nazisti
## *1933*

### 1.

Cinque ore dopo il giuramento, Hitler convoca il suo primo consiglio dei ministri.

Oltre dodici uomini in abito scuro, tra cui il ministro della Giustizia, il ministro della Difesa, il ministro del Lavoro, il ministro delle Finanze e il ministro degli Affari esteri entrano nella cancelleria del Reich. Appartengono quasi tutti al Partito nazionalista conservatore, Deutschnationale Volkspartei (DNVP), il cui leader è Alfred Hugenberg, ministro dell'Economia, dell'alimentazione e dell'agricoltura, un tipo in carne con i baffoni, facoltoso magnate del cinema e della stampa che detesta la democrazia parlamentare e rimpiange i tempi in cui la Germania era governata da una monarchia. Hugenberg è affiancato da aristocratici e potenti uomini d'affari cui fa orrore la retorica populista del Partito nazista. Hugenberg pensa di poter controllare Hitler. Lo stesso vale per il vicecancelliere Franz von Papen e per il presidente Hindenburg.

Il vicecancelliere Papen appartiene a un partito cattolico di destra denominato Zentrum. Ha convinto il presidente Hindenburg, un indipendente, che un gabinetto pieno di conservatori che, in varia misura, diffidano del Partito nazista arrivando fino a disprezzarlo, terrà sicuramente Hitler a freno.

I verbali di questa riunione di gabinetto rimarranno sotto chiave per oltre dodici anni, inaccessibili all'opinione pubblica tedesca e al resto del mondo fino a quando, durante una serie di processi per crimini di guerra tenutisi a Norimberga dopo la Seconda guerra mondiale, un tribunale internazionale accerterà che Hugenberg, Papen e Hindenburg si sbagliavano di grosso.

## 2.

Hitler esordisce salutando cordialmente gli uomini seduti intorno al tavolo. Nella discussione che segue, si preoccupa di ingraziarsi i ministri di cui deve conquistare la fiducia, sollecitando i loro punti di vista sull'attuale clima politico in modo benevolmente curioso e rispettoso. Il ministro delle Finanze, un conservatore indipendente, si rallegra del fatto che il cancelliere Hitler sia "calmo e garbato" nonché ricettivo nei confronti delle opinioni altrui, anche quando sono in conflitto con le sue. Altri ministri osservano che il capo del Partito nazista, noto sobillatore, sembra essersi sorprendentemente ammorbidito ora che gli è stato affidato un ruolo autorevole nel governo tedesco.

Mentre gli uomini si scaldano per la discussione, Hitler li informa che il Reichstag si riunirà il giorno successivo, al termine di due mesi di vacanza, e propone loro una coalizione tra Partito nazista, DNVP e Zentrum. Unendosi, potrebbero riuscire a far fuori la sinistra.

"Potremmo," azzarda Hitler, "sopprimere il Partito comunista per eliminare i suoi voti nel Reichstag."

A quasi tutti i ministri presenti nella sala sembra una proposta ragionevole. Perdere tempo a discutere su quanto l'agenda di Hitler differisca da quella degli altri partiti di destra non ha senso.

Ma Hugenberg, leader del DNVP, sente odore di bruciato. Ha già tentato più volte di formare una coalizione con Hitler, prima nel 1929 e poi nel 1931: fragili alleanze che hanno ceduto sotto la pressione delle incessanti lotte di potere. Ascolta Hitler presentare con nonchalanche un'altra sua idea, che sembra anch'essa ragionevole alla maggior parte dei ministri presenti: si potrebbe revocare la riunione del Reichstag dell'indomani e indire nuove elezioni.

Hugenberg si oppone.

Hitler insiste. Le elezioni daranno sicuramente alla coalizione di destra una maggioranza parlamentare, permettendo loro di approvare una legge che di fatto schiaccerà l'opposizione.

Hugenberg prende in considerazione la proposta di Hitler. Ha fatto fortuna durante il crollo economico degli anni venti, acquistando una serie di giornali di provincia e costruendo un impero mediatico che comprende Scherl-Haus, una delle più grandi case editrici di Berlino, Allgemeine Anzeigen, un'agenzia pubblicitaria, Telegraphen Union, un'agenzia di stampa e UFA, la più grande società cinematografica tedesca, che divulga film di concerto con le rinomate case di distribuzione hollywoodiane Paramount e Metro-Goldwyn-Mayer. Il leader del DNVP gode del monopolio quasi totale dei media tedeschi, ma i suoi sforzi per raggiungere il potere nella sfera politica sono stati continuamente ostacolati, soprattutto da parte di questo nazista arrivista adesso inspiegabilmente salito al rango di cancelliere. Hugenberg pensa che, lasciando fare a Hitler quel che vuole durante la riunione di gabinetto, ma solo per questa volta, riuscirà a manipolare il leader nazista di umili origini e a spianare la strada alla propria presa di potere.

Hugenberg ritira la sua obiezione.

In seguito commenterà: "Ho appena commesso l'errore più grave della mia vita".

## 3.

Il cancelliere Hitler è una marionetta nelle mani dei conservatori nazionalisti. Questo è ciò che credono in molti, compresi i politici liberali e conservatori del Reichstag, nonché i redattori dei principali giornali tedeschi e della stampa internazionale. Hitler può dirigere le riunioni del consiglio dei ministri, ma non è lui a comandare.

"Il consiglio in realtà è nelle mani di Alfred Hugenberg,"

osserva un importante socialdemocratico del Reichstag. Un membro del DNVP scrive nel suo taccuino: “Benché sia Hitler a essere seduto in sella, è Hugenberg a impugnare il frustino”.

Il “Berliner Tageblatt” non crede che Hitler avrà la meglio su “quel volpino capitalista di Hugenberg”.

Il quotidiano francese “Le Temps” sottolinea che il presidente Hindenburg “non ha mai fatto mistero dei suoi sentimenti nei confronti di Hitler, che consistono in un’avversione vera e propria” e prevede che Hitler “sarà presto esausto”.

Il “New York Times” ricorda ai lettori che a Hitler è stata rifiutata, per ben “due volte, l’anno scorso” la posizione che occupa ora. “La composizione del gabinetto non lascia a Herr Hitler la possibilità di coltivare alcuna ambizione dittatoriale.”

## 4.

Due giorni dopo il primo consiglio dei ministri, Hitler ne convoca un altro. Saluta i ministri in abito scuro seduti intorno al tavolo, cordiale come sempre. Li informa che l’attuale Reichstag è stato sciolto e che le prossime elezioni si terranno a marzo.

Hitler intende distruggere la democrazia parlamentare, abolire il Reichstag e concedersi poteri dittatoriali, ma si guarda bene dal dirlo ai ministri. Vuole convincerli che una coalizione di destra rafforzerà la Germania e riporterà il loro grande paese al suo antico splendore.

Ai ministri conservatori nazionalisti basta dare un’occhiata intorno al tavolo per sentirsi certi di avere in mano le redini del potere. Il presidente Hindenburg e il vicecancelliere Papen li hanno nominati per garantire che i conservatori nazionalisti occupino i posti più influenti e autorevoli, con responsabilità che includono l’economia, la legge e l’esercito.

Tra di loro ci sono solo due nazisti, gli unici ministri che Hitler ha avuto il permesso di nominare. Si tratta di Wilhelm Frick, ministro degli Interni, e di Hermann Göring, l’attuale presidente del Reichstag. Göring non ha ancora un ruolo specifico nel gabinetto di Hitler e gli è stato affibbiato l'appellativo velatamente dispregiativo di "ministro senza portafoglio".

5.

Quella sera, il cancelliere Hitler pronuncia il suo primo discorso radiofonico. I ministri si schierano tutti dietro di lui, dimostrandogli il loro supporto.

Hitler inizia ricordando i tempi duri della Repubblica di Weimar, quando la povertà e la fame avevano messo a dura prova gran parte della popolazione.

> L'odio e il dissenso sono scoppiati tra di noi. Milioni tra i migliori uomini e le migliori donne tedesche di ogni ceto sociale hanno visto con profonda angoscia l'unità della nazione disintegrarsi, con il conseguente groviglio di opinioni politiche, interessi economici ed egoistiche divergenze ideologiche.

Hitler identifica i comunisti come i responsabili del caos e della violenza nelle strade e dichiara che la Germania andrà in rovina se i traditori della sinistra prenderanno il controllo del governo. Elogia Hindenburg come feldmaresciallo nella Grande Guerra del 1914-1918 e chiede agli uomini e alle donne tedesche di concedergli quattro anni per ricostruire il paese.

> Entro quattro anni, il contadino tedesco sarà tratto in salvo dall'impoverimento. Entro quattro anni la disoccupazione sarà finalmente superata... Popolo tedesco, dacci quattro anni di tempo e poi potrai giudicarci!

Hitler si allontana dal microfono. I ministri in abito scuro si congratulano con lui.

## 6.

Ecco che Hitler mette in atto il suo piano. I due ministri nazisti che ha nominato lo aiuteranno a realizzarlo.

Il ministro degli Interni Wilhelm Frick redigerà una legge che permetterà a Hitler di assumere il controllo esclusivo dell'economia e di tutti gli altri aspetti del panorama politico e culturale.

Il ministro senza portafoglio Hermann Göring riceverà titoli più illustri (ministro degli Interni della Prussia, ministro dell'Aviazione) e uno più eccentrico (supervisore della caccia e delle foreste del Reich). La cosa più degna di nota è che creerà la Gestapo, abbreviazione di Geheime Staatspolizei (Polizia segreta di Stato), che diventerà rapidamente uno degli strumenti di crudeltà e persecuzione più devastanti della Germania.

Nel frattempo, il cancelliere Hitler invaliderà la Costituzione di Weimar, distruggerà la democrazia parlamentare tedesca e ne progetterà la completa e totale trasformazione in una dittatura.

Tutto questo in soli sei mesi.

## Un cenno, un bisbiglio
## *1933*

### 1.

Nel 1933 i tedeschi che si oppongono ai princìpi che costituiscono il cuore scuro e pulsante del Terzo Reich si dividono tra gli iscritti nei registri dei sindacati e i rivali dei partiti di sinistra. Non è un segreto per nessuno che fazioni aggressive di comunisti e socialdemocratici si siano mobilitate contro i nazisti fin dai primi anni venti, ma ben presto anche loro saranno costretti alla clandestinità. L'attuale resistenza è tutto fuorché una coalizione unita.

Mildred definisce il gruppo che riceve a casa sua un "circolo di dialogo". Con il tempo, lei e Arvid ne abbrevieranno il nome e lo chiameranno semplicemente Circolo. Alcuni membri sono studenti di Mildred, altri sono amici, altri ancora amici di amici. Sono operai e scrittori, avvocati e professori. Sono ebrei, cattolici, protestanti, atei.

Ed è così che il Circolo prende vita: con un bisbiglio a porte chiuse, un cenno sul marciapiede.

Si incontrano nei caffè. Passeggiano per il Tiergarten. Entrano nell'appartamento e si accomodano sul divano e sulle sedie e, quando non ci sono più posti a sedere, si accontentano del pavimento di legno. Le loro discussioni durano ore e si protraggono fino a notte fonda.

*Che cosa sta succedendo?* si domandano. *Che cosa possiamo fare?*

## 2.

*Come possiamo reclutare giovani tedeschi?*

Il Circolo si pone spesso questa domanda. Mildred dice di avere la risposta: andare nei posti in cui vanno i giovani tedeschi. Le scuole sono piene di adolescenti e ragazzi che potremmo convincere a opporsi ai nazisti.

Alcuni nel Circolo sono scettici. Molti di questi adolescenti e ragazzi sono nazisti.

"Nazisti o snob," ironizza uno dei presenti, una giovane donna di Francoforte. Col suo atteggiamento distante e talvolta caustico, la fronte alta da nobildonna, potrebbe essere lei stessa scambiata per una snob, benché sia un'appassionata sostenitrice della classe operaia (anni dopo la donna, di nome Greta Lorke, scriverà di quel giorno, ricordando lo "sguardo inquisitorio" apparso sul volto di Mildred durante la conversazione che avevano avuto).

"Non sopporto gli snob," dice Greta. "Potrebbero benissimo essere nazisti."

"Guardali," le dice Mildred, "guardali bene."

Greta percepisce il sottinteso forte e chiaro. Mildred la sta accusando di essere miope, se non del tutto cieca.

Una settimana dopo, Greta si presenta alla BAG. Guarda i presenti con riluttanza. Quelli che vede non sono snob, né nazisti, ma persone con abiti logori, gambe e braccia magre e volti scavati.

"Malgrado provassi vergogna, dissi a Mildred che aveva ragione, completamente ragione," scriverà Greta nella sua autobiografia.

La volta successiva che Mildred incontra un gruppo di studenti della BAG nel Tiergarten, Greta la accompagna. Il Tiergarten fa da sfondo al loro scambio di vedute. La sua bellezza in inverno è sconvolgente. I rami spogli si stagliano scuri contro il cielo. Una rete di sentieri, alcuni sterrati, altri lastricati, altri acciottolati, sono spolverati di neve. Ma quella bellezza è stata violata. Ci sono svastiche dipinte sui lampioni, incise sui tronchi degli alberi e sulle doghe delle panchine di legno.

Camminano da un monumento all'altro, da una statua all'altra, e parlano di ciò che Greta chiama "eroi che si sgretolano". Mentre parla con gli studenti, seguendo l'esempio di Mildred, gira intorno all'argomento, facendo loro domande talvolta innocue e talvolta più pungenti, guidando abilmente la conversazione verso la minaccia del fascismo. Reclutamento travestito da lezione di storia.

3.

Di tutte le persone del Circolo, Greta è quella che conosce Mildred da più tempo. Si sono incontrate all'Università del Wisconsin.

Greta si era avvicinata a Mildred gradualmente, dopo averla notata da lontano. All'inizio la conosceva solo di vista: una studentessa seria che stava per conseguire un master, che vestiva in modo modesto, perlopiù con gonne, maniche lunghe e capelli sempre legati. Riservata, ma non sempre. Il venerdì sera, Mildred si esibiva con un gruppo di studenti rivoluzionari, un mix frizzante ed esuberante di suffragette, socialisti, marxisti e leninisti. Il leader di questo gruppo – si facevano chiamare Friday Niters – era il professor John Commons, noto per le sue lezioni elettrizzanti sulla corruzione del capitalismo.

All'epoca, Greta non sapeva in cosa credere. Si era unita ai Friday Niters sperando di scoprirlo.

Greta parlava inglese in modo stentato, con un forte accento tedesco. Conosceva solo un altro studente tedesco, Arvid Harnack. Erano seduti sull'erba con in grembo piatti di carta pieni di insalata di patate e hot dog. Un picnic tipicamente americano, del tutto inconsueto per lei. Intorno a loro, riuniti in vivaci gruppetti, c'erano altri Friday Niters, tutti americani, o quasi. Greta si era sentita ferita nell'orgoglio. Non le piaceva che Arvid le parlasse in tedesco, non quando lei cercava di familiarizzare.

Ma Arvid continuava a parlare. E a vantarsi. Aveva una laurea in Legge e stava lavorando a un dottorato di ricerca. Parlava dell'eminente zio Adolf von Harnack e della sua tesi sotto la guida del professor Commons, che stava forgiando le sue opinioni sui sindacati americani. Greta non gradiva l'ostentazione di successi del suo amico, desiderava solo gustarsi il suo hot dog in santa pace.

Una notte d'inverno aveva visto Arvid pattinare su un lago ghiacciato in compagnia di una giovane donna. A un certo punto, i due si erano avvicinati alla riva su cui si trovava Greta. A Greta la ragazza di Arvid era sembrata "particolarmente graziosa". Aveva lunghi capelli biondi che le ricadevano sulle spalle, la pelle chiara, il naso e il mento rosei per il freddo. I suoi zigomi erano finemente cesellati. Ma erano gli occhi, aveva pensato Greta, "la sua parte più bella – grandi e blu sotto le ciglia scure". La ragazza si era presentata come Mildred Harnack.

Greta non era abituata a vederla così, con i capelli sciolti. E non era neanche la fidanzata di Arvid, era *sua moglie*.

Un falò bruciava lì vicino, in cima a una collina coperta di neve. Attorno vi si era riunito un gruppo di studenti che facevano arrostire spiedini di carne di montone. Mildred e Arvid avevano risalito la collina per unirsi a loro. Greta li aveva seguiti. Il gruppo si era leggermente spostato. Tutti sembravano gravitare attorno alla coppia per contendersi l'attenzione di Mildred e di Arvid. Quella di Mildred in particolar modo. Uno le porgeva una coperta, un altro le dava uno spiedino, un altro le infilzava un pezzo di carne cruda.

"Nessuno sembrava aspettarsi che lei, come tutti noi, si sarebbe arrostita la carne da sola," scriverà Greta.

Si prendevano cura di Mildred perché era bella? No, attorno al falò ce n'erano tante di belle ragazze. Greta, sempre molto pratica, non amava perdere tempo in riflessioni inutili. Non aveva nessuna intenzione di ingraziarsi Mildred quella sera. Non le porgeva coperte o spiedini. Non le piaceva perché era molto diversa da lei.

Greta lo aveva detto senza mezzi termini: "Non è stata amicizia a prima vista".

Era anche infastidita dalle inclinazioni letterarie di Mildred, che considerava stucchevoli. A volte, di punto in bianco, Mildred citava Omero o Shakespeare con una voce così dolce che sembrava stesse parlando da sola. Poco importa. Forte o piano, recitare poesia significava soltanto una cosa.

"Per me," scriverà Greta, "era mortifero."

Una o due settimane dopo, Greta era stata colta di sorpresa quando Mildred l'aveva invitata a cena. Aveva accettato controvoglia.

"Mi sono dovuta forzare," scriverà Greta.

La cena, come anche il servizio della padrona di casa, avevano superato ogni più funesta aspettativa.

Mildred, così aggraziata sui pattini da ghiaccio, era, sempre a detta di Greta, un disastro ambulante,

> negata per tutte le cose pratiche. Non riusciva a stirare una camicetta senza renderla più stropicciata di prima o bruciarla con il ferro. Ha invitato ospiti a cena per provare una nuova, fantastica ricetta, ma ha dimenticato gli ingredienti più importanti. Il riso si è scotto, la torta non è lievitata, le verdure sono rimaste crude. Le stringhe delle scarpe le si rompevano a ogni escursione. Aveva mani delicate, sottili ed espressive, ma era come se fossero due mani sinistre, che non riuscivano mai a dominare le insidie degli oggetti.

Greta era anche sconcertata dalle domande che Mildred le aveva rivolto durante la cena: "Hai letto delle lotte dei lavoratori americani?", "Vuoi vedere gli stabilimenti Ford e Chevrolet?", "Conosci le strutture organizzative che ha creato il capitalismo?".

Mildred, trepidante declamatrice di Shakespeare e di Omero, voleva parlare di politica, non di poesia.

## 4.

Un'escursione. Una semplice escursione. Questo era ciò che Greta si aspettava. Quando non andavano in canoa sui laghi, i suoi compagni di corso dell'università si dirigevano verso le colline. Era un bel giorno di primavera e Greta si era unita a loro. La neve si era sciolta e, ovunque ci si voltasse, dalla terra bagnata dal disgelo spuntavano fiori di campo. Greta aveva seguito i suoi compagni di classe, tra cui Mildred, mentre si inerpicavano su una collina.

Ma non si trattava di un'escursione qualunque. Aveva un nome: "Seguite l'istinto per superare le difficoltà".

C'erano delle regole. Andate sempre dritto. Se sul sentiero incontrate una recinzione, scavalcatela. Se c'è un lago, nuotate fino all'altra sponda. Se c'è una casa, bussate alla porta d'ingresso e chiedete a chi vi abita il permesso di entrare e di uscire dalla porta sul retro. Qualsiasi ostacolo incontriate, proseguite sempre, *superando ogni difficoltà*.

Greta, da buona amante delle regole, era entusiasta.

Le regole non erano vincolanti; le consentivano, paradossalmente, di lasciarsi andare. Seguire l'istinto per superare le difficoltà rappresentava per lei una corsa folle attraverso la campagna. Talvolta, quando Greta bussava alla porta di qualcuno, veniva invitata a entrare per mangiare pancake o toast alla cannella o "uno dei fantastici gelati prodotti nelle fattorie più grandi". Dopo il gioco, lei e i suoi amici americani si erano sdraiati "all'ombra dei noccioli" e "avevamo lasciato che meravigliosi fiorellini, simili a bruchi, ci cadessero addosso". Si raccontavano storie. Storie divertenti, storie tristi, storie sulla propria città natale, sui genitori, sull'infanzia. Mildred era sdraiata su quel tappeto di fiori.

"Dalle storie che Mildred raccontava a poco a poco è emerso il suo ritratto," osserverà Greta.

Mildred non era una di quelle bambine americane viziate che fanno pattinaggio sul ghiaccio. Era di umili origini. Greta, anche lei di umili origini, era rimasta sorpresa. Suo padre era un metalmeccanico, sua madre una sarta.

## 5.

Un giorno del 1933, Arvid incontra Greta in uno dei viali di Berlino. L'ultima volta che si erano visti era stato nel Wisconsin, prima che Greta tornasse in Germania e si stabilisse a Francoforte.

Che cosa ci fai a Berlino? le chiede Arvid. Che coincidenza quell'incontro! In seguito lei si chiederà se fosse stata davvero una coincidenza.

Greta non sa quanto tempo resterà a Berlino. A Francoforte, era iscritta a un dottorato di ricerca e lavorava come assistente di un importante professore di Sociologia dell'Università Goethe, che in seguito era stato licenziato. Era un ebreo. Tutti i professori ebrei erano stati licenziati da quell'università.

Arvid le dice che lui e Mildred stanno formando una sorta di gruppo, una rete di persone che la pensano tutte allo stesso modo. Un "circolo di conoscenze" lo chiama lui. Le chiede se ha contatti con gli operai di qualche fabbrica. Ha intenzione di riunire poveri manovali berlinesi, ma è complicato individuarli. Greta intuisce quale sia il suo scopo. Arvid Harnack, discendente del grande studioso Adolf von Harnack, eminente teologo ed ex consigliere del Kaiser Guglielmo II, non è una persona di cui i poveri si fiderebbero. *Lei*, però, la ascolterebbero eccome. L'essere nata da genitori della classe operaia potrebbe rappresentare un vantaggio. A che fine però non è del tutto chiaro.

Greta accetta di partecipare a una delle riunioni.

## 6.

Adesso Greta è parte integrante del Circolo. Per questioni di sicurezza, il luogo degli incontri cambia sempre. A volte il gruppo si riunisce in "una piccola casetta a schiera, di quelle costruite dopo la Prima guerra mondiale," ricorderà Greta. "Ci sedevamo su sedie trovate in ogni angolo della casa e parlavamo dei provvedimenti adottati dai nazisti fino a quel momento."

Altre volte il Circolo si ritrova "sul sentiero che porta a una rimessa per le barche a Pichelsdorf". Lungo le sponde del fiume Havel sono lontani da occhi e orecchie indiscreti. Hanno tutto ciò di cui hanno bisogno: un luogo appartato dove ideare strategie.

## La Radio del popolo
## *1933 – 1934*

### 1.

Ora che Hitler ha preso il potere, deve riuscire a mantenerlo. Che il Partito nazista sia il più grande del Reichstag non basta. Vi deve aderire la stragrande maggioranza dei tedeschi. Per conquistarli, è fondamentale che il governo controlli tutti i media. È per questo che Hitler crea il ministero dell'Istruzione e della propaganda popolare e lo affida a Joseph Goebbels.

In gioventù, Goebbels ambiva a diventare uno scrittore. Nel 1921, a ventiquattro anni, aveva conseguito un dottorato di ricerca (la sua tesi verteva su un drammaturgo del diciannovesimo secolo sconosciuto ai più) e per diversi anni aveva lottato per costruirsi una carriera rispettabile. Aveva scritto un romanzo che nessun editore aveva acconsentito a pubblicare, due sceneggiature teatrali che nessun produttore aveva accettato di produrre, quindi si era dedicato al giornalismo, ma anche lì senza risultati. Quando aveva incontrato il suo idolo Hitler, la ruota della fortuna aveva iniziato a girare nella giusta direzione. Nel 1926, Goebbels aveva pronunciato un discorso sulla propaganda a un raduno del Partito nazista tenutosi a Weimar. Hitler ne era rimasto talmente colpito da decidere di affidare allo scrittore fallito, allora ventinovenne, la carica di responsabile della sezione berlinese del Partito nazista. Nei sette anni successivi, Goebbels si era dimostrato uno degli accoliti di Hitler più devoti. La partecipazione al gabinetto di Hitler aveva rafforzato la sua determinazione a sostenere l'uomo che nel suo diario aveva definito "genio".

## 2.

Goebbels non perde tempo e istituisce sette dipartimenti nella Camera della cultura del Reich per supervisionare i giornali, il cinema, la radio, la musica, le arti visive, il teatro e la letteratura tedesca.

La tanto decantata libertà di stampa della Germania non esiste più. Centinaia di giornali vengono messi al bando e le case editrici dirette da ebrei sono costrette a chiudere. I nazisti assumono il controllo della Ullstein, la più grande casa editrice tedesca, costringendo i membri della famiglia ebrea che ne sono a capo a dimettersi dal consiglio di amministrazione e a vendere le proprie azioni. Un'apposita "Legge sugli editori" vieta a scrittori e redattori ebrei di lavorare. La Camera della cultura del Reich, sotto l'occhio spietato di Goebbels, decide cosa può o non può essere pubblicato.

La produzione teatrale e cinematografica tedesca viene epurata da tutti gli scrittori, attori, produttori e registi ebrei.

Dai musei tedeschi vengono fatte sparire tutte le opere d'arte *non germaniche*. Dipinti di Cézanne, Picasso, Van Gogh, Gauguin e Matisse non sono più degni di essere esposti perché Hitler li considera troppo moderni, troppo decadenti, troppo *degeneri*. Colui che era stato respinto per due volte dall'accademia artistica, diventerà uno dei curatori di un'esposizione della "Grande arte tedesca", ospitata da un edificio che lui stesso ha contribuito a progettare, una prodezza architettonica che Hitler definisce "ineguagliabile e inimitabile".

Insieme agli ebrei vengono eliminati anche gli esponenti del mondo artistico che appartengono agli altri partiti politici. A pittori, scrittori, musicisti, architetti, produttori, registi – a chiunque di loro sia comunista o socialdemocratico, o sospettato di esserlo – è vietato svolgere la propria professione.

E mentre tutti i media vengono messi al servizio della diffusione dell'ideologia hitleriana, la radio diventa il più potente strumento di propaganda del governo nazista.

## 3.

Cosa accadrebbe se ogni tedesco, giovane o vecchio, ricco o povero, di città o di campagna, potesse ascoltare la voce di Hitler, seppur a chilometri di distanza dal suo megafono? Questo si domandava Goebbels, che aveva capito che i notiziari proiettati nei cinema raggiungevano solo le persone che guardavano film, che la parola stampata arrivava solo a chi leggeva i giornali e che comunque, anche in quel caso, leggere i discorsi del Führer era come stare un passo indietro rispetto all'ascolto vero e proprio. Goebbels aveva intuito che, utilizzando la radio per ripetere più e più volte i messaggi fondamentali dell'ideologia hitleriana, sarebbe riuscito a inculcare le sue idee nella testa delle persone. Per la prima volta nella storia avrebbero potuto essere raggiunti anche i tedeschi che vivevano nelle regioni più remote del paese, compresi gli indigenti, gli analfabeti e persino gli apolitici. Sarebbe bastato fare in modo che possedessero una radio.

Goebbels, entusiasta, ordinò ai fabbricanti di produrre una radio che tutti potessero permettersi. Il primo modello costava trentacinque Reichsmark – quel che guadagnava in una settimana un operaio o un manovale – ed era pagabile a rate. Goebbels diede a quella radio a basso costo il nome "Radio del popolo" e un numero di modello che corrispondeva alla data in cui Hitler era diventato cancelliere.

In un anno ne furono venduti sei milioni di esemplari.

La Radio del popolo era stata progettata con un raggio d'azione limitato per garantire che potessero essere ascoltate solo le emittenti tedesche. Girare la manopola su una stazione che trasmetteva da Londra era frustrante, un fischio ricordava a tutti i cittadini che il governo nazista non voleva che ascoltassero notizie provenienti da altri paesi.

Ora che i tedeschi erano tagliati fuori dal resto del mondo, la propaganda nazista avrebbe trionfato.

4.

"Senza la radio non sarebbe stato possibile per noi prendere il potere, né disporne nei modi in cui lo abbiamo fatto."
Joseph Goebbels, 18 agosto 1933

5.

Mildred non ha una Radio del popolo e non l'avrà mai. L'apparecchio che ascolta è una Blaupunkt che le ha regalato Falk Harnack, il fratello di Arvid. La Blaupunkt è rivestita di legno lucidato a specchio. È un oggetto decorativo, riceve sia le onde lunghe sia quelle corte e ha una manopola che fa muovere una sottile linea orizzontale su una serie di linee orizzontali ancora più sottili che rappresentano le frequenze radio. Girando la manopola si può intercettare il solenne fragore di una sinfonia di Beethoven o le delicate melodie di una sonata per violino di Bach, ma non è questo il motivo per cui a Mildred piace la Blaupunkt. La ricezione delle onde corte consente di captare i notiziari stranieri. I programmi radiofonici prodotti dagli altri paesi stanno rapidamente diventando le uniche fonti affidabili di notizie. Falk sa quanto siano importanti le notizie per Mildred. A marzo lui compirà vent'anni. Mildred lo chiama *mein kleiner Bruder*. Il mio fratellino.

La Blaupunkt viene prodotta in una città vicino a Berlino. Il primo modello era stato immesso sul mercato nel 1923, lo stesso anno in cui Hitler, un disadattato trentaquattrenne, aveva convinto un gruppo di venti giovanotti a iniziare una rivoluzione a Monaco, sparando con una pistola in una birreria. Il colpo di stato fallito venne chiamato "Putsch della birreria" e fece finire Hitler in prigione. Fu allora che scrisse il primo volume del suo manifesto *Mein Kampf* e definì i suoi piani per una nuova rivoluzione, stavolta più imponente.

Anche l'ultima rivoluzione di Hitler fallirà, pensa Mildred proprio adesso. Non è la sola a crederlo, anche Arvid ne è convinto, così come molti dei loro amici che si considerano politicamente avveduti. Sono convinti che i tedeschi si ribelleranno a questo folle politicante. È solo questione di tempo.

## L'incendio del Reichstag
### *1933*

### 1.

"Adesso sarà facilissimo," scribacchia Goebbels nel suo diario. "E stavolta, naturalmente, i soldi non mancheranno."

Il 20 febbraio – due settimane e mezzo dopo la nomina di Hitler a cancelliere – ventiquattro dei principali industriali tedeschi siedono attorno a un lungo tavolo rettangolare. È presente Gustav Krupp, magnate al comando di Friedrich Krupp, azienda produttrice di armi. Ci sono anche Georg von Schnitzler, membro del consiglio di amministrazione della I.G. Farben, il più grande gruppo di aziende chimiche mondiale; Albert Vögler, presidente della United Steel Works, un'enorme società mineraria; August Rosterg, direttore generale di Wintershall, il più grande produttore di petrolio grezzo della Germania; Hugo Stinnes junior, membro del consiglio di amministrazione di un importante sindacato tedesco del carbone e Ludwig von Winterfeld, membro del consiglio di amministrazione di Siemens-Halske, la più grande azienda di apparecchiature elettrotecniche d'Europa.

Hitler siede a capotavola. "L'impresa privata non può essere mantenuta nell'era della democrazia," esordisce. "È concepibile solo se il popolo ha un'idea chiara dell'autorità." Hitler si impegna a eliminare gli oppositori di sinistra e a distruggere i sindacati. Promette di avviare il processo di riarmo dell'esercito per riportarlo al suo antico splendore.

I ventiquattro uomini d'affari ascoltano. Forse, di tanto in tanto, annuiscono.

Hitler accenna alle imminenti elezioni del Reichstag. Il Partito nazista deve conquistare altri trentatré seggi, insiste. "Non è impossibile se riuniamo tutte le nostre forze."

Quando Hitler finisce di parlare, il conduttore dell'incontro, uno scaltro economista di nome Hjalmar Schacht, chiede agli uomini d'affari di mettere mano al portafoglio e di sostenere la causa nazista.

Gli uomini versano tre milioni di Reichsmark.

2.

Hitler vuole diventare sovrano assoluto della Germania, ma non ha il potere di farlo. Lo ostacola la Costituzione di Weimar.

Come fa un dittatore a rovesciare una democrazia? Pallottole e sangue, di solito. Rivoluzione violenta, colpo di stato militare.

Hitler lo fa in un altro modo.

3.

C'è chi la chiama fortuna, chi pensa sia qualcos'altro. Meno di un mese dopo la nomina di Hitler a cancelliere, un piromane accende un fiammifero nel Reichstag.

Il piromane non è tedesco. È un immigrato olandese di ventiquattro anni, un muratore disoccupato che in seguito il capo della polizia segreta prussiana, Rudolf Diels, descriverà come "nudo dalla cintola in su, tutto sporco e sudato... con un bagliore selvaggio e trionfante negli occhi ardenti del giovane viso pallido e smunto". Diels, incline alle drammatizzazioni, ha visto quel ragazzo sudicio percorrere "i grandi corridoi con la camicia in fiamme, brandendola nella mano destra come fosse una torcia". Diels ha anche notato che le tasche del piromane erano piene di opuscoli comunisti.

I vigili del fuoco arrivano a sirene spiegate. I berlinesi si precipitano fuori dalle porte, indossando i soprabiti sopra i pigiami, per guardare i pompieri puntare gli idranti verso l'enorme cupola di acciaio e vetro che sovrasta il Reichstag, costruita quando la Germania era governata da una monarchia. La cupola crolla, così come gran parte dell'edificio.

Hitler è lì. Ci sono anche il presidente Hindenburg, il vicecancelliere Papen, Goebbels e Göring.

Göring si fa avanti. È un uomo eccessivo in tutto, con la pancia gonfia e gusti stravaganti riguardo al mangiare, al bere e al vestire. È conosciuto per le feste sul tema della caccia che organizza nella sua sontuosa tenuta di campagna, dove accoglie gli ospiti, come poi ricorderà uno di loro, indossando "stivali alti di pelle, una giacca di pelle, camicia bianca, un cappello da cacciatore a falde larghe in testa e una lancia da caccia di due metri in mano". Quel che Göring indossa stasera è altrettanto eccentrico: un'uniforme piena di medaglie scintillanti che vantano le sue ventidue vittorie come pilota di caccia nella Grande Guerra del 1914-1918.

"Siamo davanti a un crimine comunista contro il nuovo governo!" grida.

Le parole che urla nell'aria resa densa dal fumo vengono annotate dal vicecancelliere Papen, che vede Göring in fibrillazione e madido di sudore. Il muratore immigrato fa *chiaramente* parte di un complotto dei comunisti, dichiara Göring, e questa notte segna "l'inizio della rivoluzione comunista".

"D'ora in poi non avremo pietà," grida Hitler. "Tutti i funzionari comunisti saranno fucilati ovunque si trovino! I deputati comunisti saranno impiccati questa notte stessa! Tutti coloro che tramano con i comunisti saranno arrestati! Non avremo più nessuna indulgenza nemmeno per i socialdemocratici!"

Il Reichstag brucia ancora quando Göring mette alle strette il capo della polizia segreta prussiana e gli ordina di arrestare gli oppositori. Il trentatreenne Rudolf Diels farà un lavoro talmente esemplare da valergli una promozione. Göring lo nominerà capo della Gestapo.

A mezzanotte circa ha inizio l'arresto di massa.

Le Truppe d'assalto (SA) irrompono nelle case, trascinano gli uomini fuori dai loro letti e li portano in caserme e celle di detenzione. Oltre 4.000 comunisti e socialdemocratici, tra cui i membri del Reichstag, vengono imprigionati.

Il mattino seguente, Hitler usa l'incendio come pretesto per dichiarare l'emergenza nazionale, facendo pressione sul presidente Hindenburg affinché firmi un decreto che sospenda a tempo indeterminato tutte e sette le sezioni della Costituzione di Weimar che garantiscono ai tedeschi le libertà civili fondamentali.

Il decreto abolisce la libertà di parola e di stampa. I tedeschi non possono più partecipare ai comizi e alle manifestazioni contro il governo nazista, poiché viene annullato anche il diritto di riunione. Le lettere e le telefonate possono essere monitorate dal governo nazista in quanto il decreto abolisce il diritto alla riservatezza. Le Truppe d'assalto, la Gestapo e chiunque altro indossi un distintivo può fare irruzione in qualsiasi casa senza un mandato di perquisizione.

L'ingiunzione è denominata "Decreto del presidente del Reich per la protezione del popolo e dello Stato" e consente al governo nazista di mettere a tacere qualsiasi opposizione.

## 4.

### DECRETO DEL PRESIDENTE DEL REICH PER LA PROTEZIONE DEL POPOLO E DELLO STATO

Ai sensi dell'articolo 48, sezione 2,
della Costituzione del Reich,
è decretato quanto segue come misura difensiva contro gli
atti di violenza dei comunisti che mettono
in pericolo lo Stato:

1. Sospensione dei diritti fondamentali

Gli articoli 114, 115, 117, 118, 123, 124 e 153 della Costituzione del Reich tedesco sono sospesi fino a nuovo ordine. Pertanto, le restrizioni alla libertà personale, al diritto di libera espressione delle opinioni, compresa la libertà di stampa, al diritto di riunione e al diritto di associazione, le violazioni della riservatezza delle comunicazioni postali, telegrafiche e telefoniche nonché i mandati di perquisizione domiciliare, gli ordini di confisca e le restrizioni sulla proprietà sono consentiti anche al di là dei limiti legali altrimenti prescritti...

2. Il governo del Reich come autorità statale esecutiva

Se non verranno prese le misure necessarie per il ripristino della sicurezza e dell'ordine pubblico, il governo del Reich assumerà temporaneamente il potere della più alta autorità statale...

3. Imposizione della pena di morte

I crimini che secondo il Codice penale sono punibili con l'ergastolo saranno puniti con la morte: ad esempio nelle sezioni 81 (alto tradimento), 229 (avvelenamento), 306 (incendio doloso), 311 (esplosione), 312 (allagamento), 315, comma 2 (danneggiamento di impianti ferroviari), 324 (messa in pericolo della popolazione tramite avvelenamento)...

Firmato:
Il presidente del Reich: Paul von Hindenburg
Il cancelliere del Reich: Adolf Hitler
Il ministro degli Interni del Reich: Wilhelm Frick
Il ministro della Giustizia del Reich: Franz Gürtner
Berlino
28 febbraio 1933

## 5.

5 marzo 1933. Mentre i pompieri rimuovono le macerie carbonizzate di ciò che resta del palazzo del Reichstag, si tengono le elezioni.

Sei giorni prima, Hitler ha sventrato la Costituzione di Weimar. Lo ha fatto legalmente, sotto il naso di tutti, senza pallottole né sangue. I tedeschi hanno perso quasi tutti i loro diritti, tranne uno. Mantengono ancora il diritto di voto. La

Germania continua a essere una democrazia, non una dittatura. I rappresentanti del Reichstag vengono eletti e l'organo funge ancora da parlamento tedesco, con il potere di approvare i bilanci e le leggi.

Nei giorni precedenti le elezioni, Goebbels intraprende una massiccia campagna pubblicitaria. "Radio e stampa sono al nostro servizio," scrive nel suo diario. "Metteremo in scena un capolavoro di propaganda."

La radio trasmette le promesse di Hitler ovunque, in ogni momento della giornata. Tutte le mattine e tutti i pomeriggi, camion con altoparlanti girano per le strade e le stradine di campagna, portando la voce di Hitler nelle piazze affollate come nei quartieri più tranquilli. Un rapporto incendiario pubblicato dal governo annuncia la scoperta di documenti che dimostrano che i comunisti stanno tramando "atti terroristici" contro la Germania, con l'intenzione di incendiare non solo il Reichstag, ma anche "edifici governativi, musei, palazzi".

Nei seggi elettorali le svastiche sono in bella mostra su fasce per il braccio, manifesti, bandiere, striscioni. Le Truppe d'assalto, le SS e un esercito paramilitare di veterani chiamato Stahlhelm, Elmetti d'acciaio, monitorano i seggi. Chiunque voglia esprimere il proprio voto deve passare davanti a file di nazisti armati.

Nonostante il clima di tensione e intimidazione, i tedeschi si presentano in massa alle urne. L'affluenza è dell'89 percento.

## 6.

Non è la vittoria che Hitler si augurava.

Il Partito nazista ottiene il 44 percento dei voti. Il 56 percento degli elettori tedeschi sceglie un altro partito.

Per approvare una nuova legge al Reichstag è necessaria la maggioranza, il che mette Hitler in difficoltà. Qualsiasi legge che sostenga il programma nazista con ogni probabilità sarà respinta.

## 7.

Tredici giorni dopo, Hitler chiede al Reichstag di approvare una nuova legge.

Fa la sua richiesta in piedi sul grande palcoscenico del teatro dell'opera Kroll, dove si riunisce il Reichstag ora che l'altro edificio è carbonizzato. Sono presenti 525 parlamentari, seduti su sedie di velluto rosso. Sopra le loro teste lampadari di cristallo appesi a catene dorate. I cherubini intagliati nel legno osservano i corridoi pieni di Truppe d'assalto sull'attenti con "facce sfregiate da bulli", osserva il giornalista americano William Shirer, seduto nelle ultime file. L'atmosfera è insolita, ma lo è ancora di più la legge stessa. Una legge che toglierà il lavoro ai membri del Reichstag.

Non per sempre, assicura Hitler. Solo per quattro anni. In sostanza, chiede al Reichstag di prendersi una lunghissima vacanza.

I membri del Reichstag, seduti nelle loro poltrone di velluto rosso, esaminano la sua richiesta, che comporta un emendamento della Costituzione di Weimar. Ogni emendamento costituzionale necessita dell'approvazione dei due terzi del Reichstag per diventare effettivo.

Un solo rappresentante si oppone. È Otto Wels, leader dei socialdemocratici. Molti dei suoi amici e colleghi sono stati arrestati dopo l'incendio del Reichstag. Secondo Shirer, si esprime "con calma e con profonda dignità".

> Noi socialdemocratici tedeschi ci impegniamo solennemente in questa ora storica a sostenere i princìpi di umanità, giustizia e libertà.

Wels si rifiuta di supportare la legge di Hitler. Esorta i suoi colleghi a fare lo stesso. Nessuna legge, dice Wels a Hitler, "può darle il potere di distruggere idee eterne e indistruttibili". Wels si siede.

I membri del Reichstag esprimono il loro voto: 441 a favore, 84 contro.

In questo modo i nazisti superano di gran lunga la maggioranza di due terzi. In un tripudio di vigliaccheria e di opportunismo politico, i deputati appoggiano Hitler e approvano la nuova legge.

Hitler la chiama “Legge per eliminare il disagio del popolo e del Reich”. Sarà conosciuta come “Legge di abilitazione”. In cinque brevi paragrafi viene distrutto ciò che rimane della Costituzione di Weimar e la Germania si trasforma in una dittatura.

E tutto ciò avviene in modo del tutto legittimo. Non con una rivoluzione armata, né con un sanguinoso colpo di stato. Ma in un teatro dell’opera, tra i cherubini.

# Un atto di sabotaggio
## *1933 – 1934*

### 1.

Mildred è incinta.

Negli ultimi due anni ha allenato gli addominali per preparare il suo corpo ad affrontare una gravidanza. Il volume che ha comprato descrive esattamente come posizionare le braccia e sollevare il busto per eseguire correttamente l'esercizio. Il libro non l'ha preparata però a ciò che adesso vogliono che lei faccia.

### 2.

Il compito delle donne è quello di popolare la Germania di veri tedeschi. Questo è quanto il ministro dell'Istruzione e della propaganda popolare Joseph Goebbels annuncia in un discorso pronunciato in una sala affollata di Berlino. Ha dato al suo discorso un titolo banale: *Donne tedesche*, ma lo pronuncia con enfasi.

Alle donne del periodo di Weimar sono stati concessi troppi diritti, dice Goebbels alla folla. Le donne non dovrebbero ricoprire cariche pubbliche né competere con gli uomini sul posto di lavoro. "La femminilizzazione degli uomini conduce inevitabilmente alla mascolinizzazione delle donne," dice, e il risultato evidente è la profonda disperazione di entrambi i sessi.

"È necessario un cambiamento radicale!" grida il ministro al microfono:

> Il primo, il migliore e il più adatto posto per la donna è la famiglia, e il suo compito più glorioso è dare figli alla famiglia, al popolo e alla nazione, figli che continuino a tracciare la linea delle generazioni e che ne garantiscano l'immortalità!

È praticamente impossibile trovare un preservativo a Berlino o in qualsiasi altro luogo della Germania, mentre verso la fine della Repubblica di Weimar erano facilmente reperibili in tutte le principali città. C'erano distributori automatici di contraccettivi in tutti i bagni pubblici degli uomini. Le cliniche li fornivano gratuitamente. Adesso sono illegali.

3.

Hitler dice alla Lega delle donne naziste che il mondo di una donna è "il marito, la famiglia, i figli e la casa". Critica il concetto di "emancipazione femminile" insistendo sul fatto che "è soltanto un'invenzione della mente ebraica".

Dopo il fragoroso applauso, prosegue:

> Non riteniamo opportuno che la donna invada il mondo dell'uomo, che entri nel suo territorio; riteniamo invece naturale che questi mondi restino separati... Ed è per questo che la donna è sempre stata l'aiutante dell'uomo e, come tale, la sua amica più fedele, ed è anche il motivo per cui l'uomo è sempre stato il protettore di sua moglie e, in quanto tale, il suo migliore amico!

4.

Donne di ogni parte della Germania perdono il lavoro.

Oltre 19.000 donne che occupano posizioni dirigenziali nei ministeri e negli uffici governativi regionali e locali vengono immediatamente destituite. Le donne avvocato vengono licenziate dagli studi legali. Le donne medico sono estromesse dalle cliniche. I proprietari di ristoranti vengono minacciati dalla polizia se non licenziano le cameriere e non le sostituiscono con uomini.

Le donne che non vengono licenziate sono incentivate a lasciare il lavoro per far posto agli uomini disoccupati. Goebbels organizza una vigorosa campagna di propaganda contro i cosiddetti "doppi stipendiati", le famiglie in cui lavorano entrambi i coniugi.

5.

Alle giovani donne si consiglia di non iscriversi all'università. Una nuova quota limita al 10 percento il numero di donne che possono iscriversi a un'università tedesca. Prima che Hitler prendesse il potere, in Germania c'erano più di 18.000 studenti universitari, un numero che presto precipiterà a 5.447.

Il programma di studi delle scuole superiori tedesche viene modificato. Le ragazze devono frequentare corsi di cucina, di pulizie e di rammendo. L'unico obiettivo dell'istruzione di una giovane donna è prepararla alla maternità.

Hitler stabilisce che il 12 agosto, giorno del compleanno di sua madre, sia la nuova Festa della mamma e la dichiara festa nazionale.

6.

Mildred prende un treno per Grunewald per andare a trovare la cugina di Arvid, Agnes von Zahn-Harnack, a cui è molto affezionata. Agnes è una fervente attivista per i diritti delle donne e fino a poco tempo prima era presidentessa della potente Bund Deutscher Frauenvereine (BDF), la Federazione delle associazioni femminili tedesche, che conta oltre 500.000 membri. Agnes è indignata per il fatto che donne di tutta la Germania vengano licenziate da posti di lavoro poi "finiti in mano agli uomini".

Nel 1908 Agnes von Zahn-Harnack era stata la prima donna a iscriversi all'Università di Berlino. Durante la Repubblica di Weimar è stata cofondatrice della Deutscher Akademikerinnenbund, Associazione tedesca delle donne accademiche, e ha dato alla luce una figlia, Margarete, che oggi ha quindici anni e che ama dire a Mildred e a chiunque le faccia visita che da grande vuole fare la dottoressa.

Al giorno d'oggi, il suo sembra un sogno irrealizzabile.

## 7.

"Basta con le modelle parigine," dice Hitler alla redattrice di moda tedesca Hela Strehl. D'ora in poi, le riviste tedesche dovranno raffigurare donne senza contaminazioni francesi o di qualsiasi altro paese. Hitler vuole che le modelle vestano in modo distintamente *tedesco*.

"Gli uomini tedeschi rivogliono le vere donne tedesche," afferma un manuale nazista del 1933. La moglie dell'agricoltore è celebrata come l'ideale femminile: sana e forte, non inquinata da profumi o trucco. La pelle abbronzata viene idolatrata, insieme al tradizionale abito popolare tedesco, il *Tracht*, indossato dalle contadine di un tempo nelle regioni alpine della Baviera e dell'Austria.

Le donne tedesche sono invitate a gettare via rossetto, tinte per capelli e tacchi alti.

Hitler istituisce il Deutsches Modeamt, l'Istituto tedesco dedicato alla moda, e affida alla moglie di Goebbels, Magda, la carica di presidentessa onoraria. Capelli biondi, occhi azzurri, Magda Goebbels sembra perfetta per la parte: un modello di bellezza e fertilità ariana che ha da poco dato alla luce una figlia, Helga (tra il 1934 e il 1940 Magda avrà altri cinque figli: Hildegard, Helmut, Holdine, Hedwig e Heidrun). Hitler potrebbe essere lusingato dalla sua fedeltà alla lettera H, ma è deluso dalle sue prestazioni come presidentessa onoraria. Magda è ben poco collaborativa nel suo nuovo ruolo; entra di soppiatto nella sede del Deutsches Modeamt indossando capi d'alta moda come le scarpe con tacchi di Ferragamo, esprimendo le sue opinioni e fumando sigarette sottili con il bocchino dorato. Dopo aver detto a un giornalista che "la donna tedesca del futuro deve essere elegante, bella e intelligente", Magda Goebbels viene cacciata dal Deutsches Modeamt.

Il Deutsches Modeamt viene rinominato Deutsches Mode-Institut. Il ministro dell'Istruzione e della propaganda Goebbels prenderà provvedimenti anche contro la redattrice di moda Hela Strehl, fra l'altro una delle sue tante amanti, facendola licenziare dal Deutsches Mode-Institut.

## 8.

Le donne tedesche vengono invitate ad avere il maggior numero di figli possibile. Alla nascita del quarto figlio alle donne viene conferito un medaglione di bronzo con incise le parole *Ehrenzeichen der Deutschen Mutter*, la Croce d'onore della madre tedesca. Al sesto figlio la medaglia è d'argento, all'ottavo d'oro.

Le donne con figli, *Kindersegen*, sono elogiate come eroine nazionali. Le si vede ovunque, sui manifesti, sulle riviste: immagini di giovani donne bionde e sorridenti che cullano bambini simili a cherubini.

Viene approvata la legge per l'incentivazione del matrimonio. Se due persone si sposano, possono ricevere un prestito statale di 1.000 Reichsmark, l'equivalente di un quinto del reddito annuo di un lavoratore, purché la moglie prometta di "lasciare immediatamente" il suo lavoro. Al primo figlio, la coppia riceve un credito di 250 Reichsmark; al secondo figlio, 500; al terzo 750. L'intero prestito viene condonato il giorno della nascita del quarto figlio.

Le coppie sposate con figli beneficiano di detrazioni fiscali. I genitori di quattro figli possono detrarre il 60 percento del loro reddito lordo imponibile. I genitori di sei figli non pagano alcuna imposta sul reddito.

I giornali riportano storie di ginecologi accusati e denunciati penalmente. Rischiano la condanna alla pena di morte se vengono ritenuti colpevoli di aver interrotto una gravidanza indesiderata, ma solo se la donna è di "pura razza" ariana.

Non è prevista alcuna pena per l'interruzione della gravidanza di una donna di "razza inferiore".

9.

Mildred si assenta per qualche giorno per andare a un appuntamento a Londra. L'aborto è considerato un atto di sabotaggio contro il futuro della Germania, ma lei non può avere un bambino. Non adesso.

Non dice a nessuno dell'appuntamento con il medico, a nessuno fuorché a sua madre. Georgina Fish spedisce al medico londinese un assegno di 56 dollari. Come abbia fatto a racimolarli è un mistero.

Mildred scrive una lettera alla madre.

*Ti sono grata per ciò che hai inviato in Inghilterra. È tutto a posto. Non ho null'altro da aggiungere. Ti prego, non parliamone più.*

# Le reclute di Mildred
## *1933 – 1934*

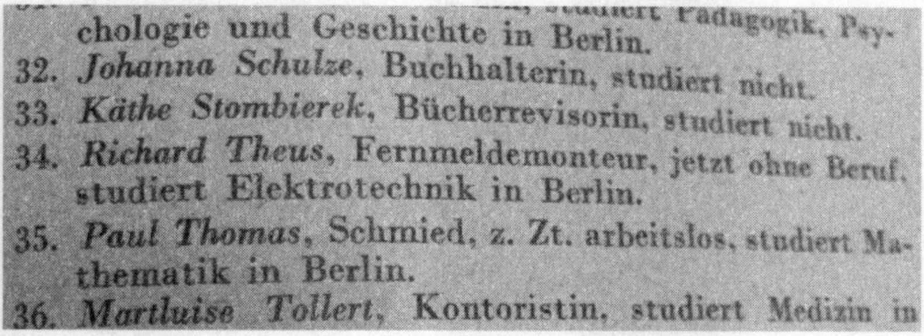
studiert Pädagogik, Psy-
chologie und Geschichte in Berlin.
32. *Johanna Schulze*, Buchhalterin, studiert nicht.
33. *Käthe Stombierek*, Bücherrevisorin, studiert nicht.
34. *Richard Theus*, Fernmeldemonteur, jetzt ohne Beruf, studiert Elektrotechnik in Berlin.
35. *Paul Thomas*, Schmied, z. Zt. arbeitslos, studiert Mathematik in Berlin.
36. *Martluise Tollert*, Kontoristin, studiert Medizin in

1.

Nel 1933, il Circolo comprende circa una dozzina di membri. Presto il numero di persone che partecipano alle riunioni aumenterà.

2.

Mildred recluta Wilhelm Utech.

È disoccupato e frequenta i corsi della BAG dal 1932. In un primo momento nasconde il suo coinvolgimento alla moglie. Teme che si arrabbi o addirittura lo denunci. Quando va a una riunione, le dice che sta andando a "lezione di inglese".

Un giorno Wilhelm Utech viene arrestato e rinchiuso in un campo di concentramento. Ha commesso il reato di distribuire volantini che criticano il regime di Hitler. Viene interrogato e picchiato. Passa un anno a languire nel campo. Quando finalmente viene rilasciato, torna a casa e racconta tutto alla moglie. Martha Utech, anziché denunciarlo, entra anche lei a far parte del Circolo.

3.

Mildred recluta Paul Thomas.

Paul Thomas ha combattuto nella Prima guerra mondiale quando era adolescente e ha perso il braccio destro. Ha il viso segnato da una cicatrice. È amico di uno dei suoi ex studenti dell'Università di Berlino. Dopo aver tenuto il suo ultimo corso lì, lo ha invitato a seguire le sue lezioni alla BAG.

Sul registro di classe Paul Thomas è il numero 35. È un *arbeitslos*, disoccupato, come molti dei suoi amici di Berlino.

4.

Mildred recluta Bodo Schlösinger.

Bodo è un giovane dai capelli chiari molto portato per le lingue. Entra di soppiatto alla BAG per seguire la lezione di Mildred dopo una lunga giornata passata a strizzare gli occhi su cuciture.

Bodo non dovrà farlo per tutta la vita. Il suo diploma della BAG gli aprirà presto le porte di un lavoro più dignitoso. La sua ottima conoscenza del russo e dell'inglese sarà una grande risorsa per il Circolo, ma non sa ancora in che modo. Anche la donna che sposerà, una segretaria di nome Rose che lavora in una fabbrica di Chemnitz, entrerà a far parte del Circolo.

5.

Non possono più riunirsi nell'appartamento di Mildred e Arvid. Le pareti e il soffitto sono troppo sottili e c'è l'enorme rischio che un vicino di casa possa sentirli. Un ragazzo dagli occhiali da vista rotondi con montatura metallica propone di tenere le riunioni nel suo appartamento. Si chiama Karl Behrens. È uno dei membri più impegnati del Circolo.

Karl ha un portamento aristocratico e il viso allungato e magro di un levriero, ma senza pedigree. Non è andato a scuola con uomini ricchi né vi è cresciuto accanto. Non ha nemmeno un diploma di scuola superiore.

A diciassette anni entra nella Gioventù hitleriana. Il nome completo, Hitlerjugend, Bund der deutschen Arbeiterjugend (Gioventù hitleriana, Lega della gioventù operaia tedesca), dà risalto ai poveri, alla classe operaia alla quale appartengono molte delle reclute di Mildred. Karl ha sfilato ai raduni indossando un'uniforme che somigliava a quella indossata dalle Truppe d'assalto: camicia marrone, pantaloni corti neri e una fascia con la svastica attorno al braccio. Una striscia orizzontale bianca che attraversa la svastica distingue la fascia della Gioventù hitleriana da quella delle Truppe d'assalto.

A diciotto anni è entrato a far parte delle Truppe d'assalto.

A ventidue anni ha preso una decisione radicale. Ha abbandonato le Truppe d'assalto e ha deciso di tornare a scuola.

Partecipa alla prima lezione alla BAG al termine di un'estenuante giornata di lavoro in una fabbrica di lampade a gas. Mildred ha risvegliato il rivoluzionario che dormiva in lui. Ora nella sua fabbrica distribuisce clandestinamente opuscoli che denunciano Hitler: li lascia impilati vicino ai macchinari, li infila nelle cassette della posta e sotto le porte.

## 6.

Mildred inizia a reclutare persone al di fuori della BAG. È un compito delicato e pericoloso.

Di solito si comincia con un libro. Mildred ne presta uno a qualcuno che ha puntato. Questo le permette di proporgli un nuovo incontro, durante il quale rivolgerà alla potenziale recluta una o due domande sul libro, gettando le basi per un confronto che poi verterà sulla politica.

A volte si comincia con una conversazione che può riguardare qualsiasi cosa e che si svolge in pubblico o in privato, in un ristorante pieno di gente come nell'appartamento di un vicino. Mildred sa che gli informatori della Gestapo potrebbero essere ovunque, seduti accanto a lei sulla metropolitana, davanti all'edicola all'angolo della strada, ad annusare le rose del fioraio, a bere una tazza di tè nella cucina del vicino. I rischi sono tanti. Se rivela troppo presto di far parte della resistenza, potrebbe essere arrestata. Se tiene nascoste troppo a lungo le sue opinioni politiche, potrebbe perdere una recluta preziosa.

Allora sviluppa una tecnica astuta, utilizzata anche da altri membri del Circolo.

Fingere di essere nazista. Non tergiversare. Osservare la reazione del negoziante, dell'operaio o dell'amico dell'amico mentre gli dici che ammiri qualcosa che Hitler ha fatto o che sei simpatizzante delle politiche naziste. "L'obiettivo era indurre l'altra persona a esprimere le sue preferenze politiche," ricorderà la sua recluta Wilhelm Utech. "Questo test doveva essere effettuato con molta attenzione, facendo in modo di non farsi scoprire prematuramente, mettendo in pericolo il nostro lavoro."

Naturalmente questa tecnica subdola poteva provocare equivoci colossali. Durante un viaggio a Londra, Mildred cerca di reclutare la scrittrice Rebecca West, che scoppia a ridere quando Mildred le dice con tono serio di aver saputo che Hitler adora i suoi libri. "L'ho messa alla porta," ricorderà West in una lettera.

## Giù come tessere da domino
## *1933*

1.

Il 1° aprile 1933 vengono boicottate tutte le attività commerciali ebraiche sul territorio nazionale.

Le SA e le SS si piazzano davanti agli ingressi dei negozi, impedendo l'accesso a chiunque.

Il 7 aprile 1933, la legge per il ripristino del servizio civile professionale vieta agli ebrei e alle persone "politicamente inaffidabili" di diventare professori, insegnanti o magistrati. La legge sull'ammissione alla professione forense vieta agli ebrei di diventare avvocati.

Il 25 aprile 1933, la legge contro il sovraffollamento delle scuole e delle università limita il numero di studenti ebrei ammessi all'istruzione pubblica. Può essere ebreo non oltre il 5 per cento degli studenti di una scuola o università.

2.

Il 14 luglio 1933, la legge per la prevenzione della prole con malattie ereditarie legalizza la sterilizzazione forzata di persone ritenute mentalmente o fisicamente disabili. Si stima che saranno sterilizzati circa 400.000 tedeschi. La maggior parte ha tra i venti e i quarant'anni. Gli interventi chirurgici obbligatori sono equamente suddivisi tra uomini e donne. Gli uomini vengono sottoposti a vasectomia, le donne a legatura delle tube: le tube di Falloppio vengono loro tagliate, legate o schiacciate chirurgicamente.

3.

Criticare il governo nazista adesso è considerato un reato. La legge contro i comportamenti illeciti proibisce ai tedeschi di esprimere la loro disapprovazione su qualsiasi cosa Hitler dica o faccia. Persino una battuta potrebbe far sì che la Gestapo si presenti alla tua porta.

I giornali e le riviste che facevano satira sul Partito nazista adesso tacciono. I redattori del "Simplicissimus" sfuggono all'incarcerazione impegnandosi ad assumere un "atteggiamento leale" nei confronti di Hitler nell'edizione del 1° aprile 1933. In quella del 16 aprile, i redattori annunciano che i loro articoli non saranno più "critici né negativi".

Il "Münchener Post" pubblica articoli con titoli sensazionali come: *La Germania sotto il regime di Hitler: assassinio politico e terrore*; *Terrore brutale nelle strade di Monaco*; *Fuorilegge e assassini al potere*, finché le SA non fanno irruzione nella redazione del giornale e spediscono tutti in galera. Uno dei giornalisti, Fritz Gerlich, viene portato nel campo di concentramento di Dachau, dove sarà assassinato dalle SS.

4.

Le parole *arrestato* e *imprigionato* non vengono più utilizzate.

Il governo nazista preferisce il termine *custodia cautelare* (*Schutzhaft*).

Se sei un tedesco sotto custodia cautelare, non hai a disposizione alcun appiglio legale. Nessun avvocato può intervenire, perché tecnicamente non si tratta di un arresto. Se vieni trascinato fuori dal letto, preso a randellate, ti viene negata l'assistenza legale, vieni rinchiuso in una cella e lasciato lì a languire, ferito e insanguinato per un periodo di tempo indefinito, è per proteggerti e per tutelare la pace e l'ordine in Germania.

5.

Convincere i tedeschi a reagire diventa sempre più difficile. Il divieto sistematico di ogni forma di opposizione – opuscoli, manifesti, comizi, riunioni, manifestazioni – è estremamente efficace. Molti alzano le mani e dicono che non c'è *nichts dagegen zu machen*, niente da fare al riguardo.

6.

"La maggior parte delle persone cade giù come tessere da domino," dirà Emmi Bonhoeffer in un'intervista rilasciata molti anni dopo.

Mildred ama andare a trovare Emmi e tutti gli altri Bonhoeffer. Emmi è sposata con Klaus, il fratello di Dietrich Bonhoeffer. Abitano in un ricco quartiere di Berlino, in Bendlerstrasse, a due passi dal Tiergarten. Le cene sono occasioni per un allegro e chiassoso scambio di opinioni su politica e filosofia, musica e arte. I Bonhoeffer sono manifestatamente sprezzanti nei confronti di Hitler.

Ad aprile, Dietrich Bonhoeffer aveva scritto un saggio in cui criticava gli esponenti del clero che si rifiutavano di difendere gli ebrei. Poche settimane dopo, era stato accusato di tradimento per aver contattato il rabbino Stephen Wise a New York, sollecitandolo a informare il presidente Roosevelt sul trattamento che Hitler riservava agli ebrei. Dietrich non sarà messo a tacere.

Non lo era stata nemmeno sua nonna, che aveva sfidato il boicottaggio del 1° aprile acquistando un etto di burro. Quando una SA di guardia all'ingresso del negozio le aveva intimato di non comprare burro da un ebreo, la novantunenne aveva battuto il suo bastone contro lo stivale dell'uomo e gli si era avvicinata dicendo: "Comprerò il burro dove l'ho sempre comprato".

Mildred comincia a sentirsi meno al sicuro a casa sua. Non è lontana da quella di Emmi, solo cinque chilometri o giù di lì, ma potrebbe anche essere dall'altra parte del mondo. Organizzare cene allegre e chiassose in Hasenheide 61 non è nemmeno pensabile. Le pareti, il soffitto e il pavimento non sono abbastanza spessi da impedire a qualcuno di mettersi a origliare. Lei e Arvid condividono il quarto piano con un'altra coppia, separati da un'unica porta scorrevole. Si possono fidare di loro?

I timori di Mildred non sono infondati. Storie di vicini di casa traditori sono ormai all'ordine del giorno.

## 7.

Nella primavera del 1933, un gruppo di prigionieri arriva in una struttura di detenzione situata sedici chilometri a nord di Monaco. Un tempo era una fabbrica di munizioni. È composta da venti baracche fatte di mattoni, gran parte delle quali può ospitare duecento persone. Le più grandi possono arrivare a contenerne fino a duecentocinquanta. Sono in pessimo stato: i mattoni sono spaccati e la malta si sta sgretolando. Presto le baracche saranno rimesse a nuovo grazie al lavoro dei prigionieri. Cento poliziotti di Stato, Landespolizei, sorvegliano la struttura. Una barriera di filo spinato intorno all'area, tre fili distanziati uniformemente, impedisce ai prigionieri di fuggire.

Questi dettagli vengono annunciati a un gruppo di giornalisti durante una conferenza stampa. È lunedì, l'inizio di una settimana impegnativa per i giornalisti e forse ancora di più per l'uomo mite che si presenta davanti a loro. Ha un'aria da topo di biblioteca, sul naso occhiali con la montatura nera. È il responsabile della struttura, che lui chiama *campo*.

Il campo è situato vicino alla pittoresca cittadina di Dachau. Si tratta del primo campo istituito sotto il regime di Hitler, spiega ai giornalisti. Servirà da modello per altri campi.

I giornalisti fanno domande e prendono appunti sui loro taccuini mentre ascoltano quest'uomo ragionevole, che si presenta come Heinrich Himmler, il capo delle SS.

Himmler ha trentadue anni. Ha studiato agronomia all'università e ha lavorato per un breve periodo in una fattoria allevando polli. Oggi mette il suo talento per la classificazione della flora e della fauna al servizio degli ufficiali delle SS che si candidano per lavorare in questo campo di concentramento. I requisiti sono severi. È d'obbligo essere di puro sangue tedesco.

Al momento Dachau ospita circa centoventi tra comunisti, socialdemocratici e oppositori di sinistra del Partito nazista, tutti arrestati dopo l'incendio del Reichstag. Inizialmente erano stati rinchiusi nel carcere del tribunale. Ma trattenerli lì comportava un eccessivo dispendio economico dell'apparato del sistema giudiziario, spiega Himmler, e non era opportuno lasciarli a piede libero.

Questo è il motivo della costruzione del campo di Dachau. È chiamato *campo di concentramento* perché vi sono concentrati tutti coloro che minacciano la sicurezza della Germania.

Un giornalista presente alla conferenza stampa invia un articolo al suo giornale, "Dachauer Volksblatt". Il 6 aprile 1933, l'articolo viene pubblicato con il titolo *L'ex fabbrica di polvere da sparo di Dachau campo di concentramento per prigionieri politici*. Il giornalista descrive Dachau come un campo di lavoro e rassicura il lettore che "la custodia cautelare delle persone non si protrarrà più del necessario". Quando i prigionieri avranno ricostruito i fatiscenti edifici di mattoni, scrive,

> saranno condotti verso la campagna in gruppi di cinquanta alla volta, dove si dedicheranno a vasti progetti di coltivazione della terra. Forse, in seguito, ad alcuni dei detenuti del campo sarà offerta la possibilità di stabilirsi qui.

Nessuno dei deportati a Dachau vorrà stabilirvisi, naturalmente. Nei dodici anni successivi, più di 200.000 persone saranno imprigionate a Dachau. Si stima che circa 40.000 di loro vi perderanno la vita.

8.

Dachau è il primo campo di concentramento della Germania nazista e funge da modello per altri grandi campi che saranno presto costruiti. Nella primavera e nell'estate del 1933, centinaia di campi più piccoli e improvvisati sorgeranno in città e paesi di tutta la Germania. Questi primi campi funzionano come carceri per le persone sotto "custodia cautelare" al di fuori della giurisdizione dei tribunali municipali, e sono uno diverso dall'altro. Alberghi, ristoranti e ostelli vengono trasformati in campi. Persino i pub e i vecchi castelli ospitano prigionieri. Sono gestiti dalle Truppe d'assalto e dagli ufficiali delle SS e vengono utilizzati, secondo le parole di un comunista, come "tane di tortura naziste". Solo a Berlino, nel 1933, si contano 170 campi improvvisati, soprattutto in quartieri popolari come Kreuzberg e Wedding.

Nel 1936 viene costruito un altro grande campo di concentramento: Sachsenhausen. Nel 1937 un altro: Buchenwald. Altri due, Mauthausen e Flossenbürg, vengono istituiti nel 1938 e sono seguiti da Ravensbrück, un campo di concentramento per sole donne, nel 1939.

Durante la Seconda guerra mondiale, i campi principali diventeranno 27, mentre saranno oltre 1.100 quelli satelliti dislocati in tutta la Germania e nei paesi occupati dai nazisti, tra cui Austria, Polonia, Cecoslovacchia, Francia, Belgio, Paesi Bassi, Lituania, Lettonia ed Estonia. Nel 1940 apre Auschwitz, campo verso il quale, nel 1942, inizia la deportazione di massa degli ebrei. Per ucciderli viene usato un gas letale, lo Zyklon B. Auschwitz e gli altri campi progettati per l'omicidio di massa rivestono un ruolo centrale in quella che i nazisti avrebbero chiamato la Soluzione finale, lo sterminio degli ebrei europei noto come Olocausto.

9.

Il giorno dell'apertura di Dachau, il 22 marzo 1933, l'antisemitismo è dilagante. Tra i comunisti e i socialdemocratici imprigionati a Dachau, gli ebrei vengono individuati e presi a randellate dalle guardie naziste. In un periodo di oltre sei settimane tra aprile e maggio, otto su dodici prigionieri uccisi sono ebrei.

Quando un avvocato dell'ufficio del procuratore di Stato di Monaco si presenta a Dachau per indagare sugli omicidi, Himmler sta tenendo una conferenza stampa. Indossa l'uniforme nera da SS. L'immagine che trasmette non è tanto quella del leader militarista di un sadico corpo di ufficiali, quanto quella di un mite intellettuale. Dietro gli occhiali tondi dalla montatura nera, i suoi occhi balenano pensierosi, evocando l'aria assorta dell'agronomo che un tempo aspirava a diventare.

Gli omicidi non erano premeditati, dice ai giornalisti. I prigionieri erano stati "*auf der Flucht erschossen*", colpiti mentre cercavano di fuggire, frase che diventerà presto un eufemismo nazista per la parola *omicidio*.

## 10.

Nel 1933, gli ebrei che vengono circuiti e catturati non sono un numero significativo, non ancora. Nei primi tempi del regime nazista, Hitler prende di mira gli oppositori politici.

Nel marzo del 1933 i prigionieri politici sono 20.000.

Entro la fine dell'anno, oltre 200.000 comunisti, socialdemocratici e sindacalisti saranno messi sotto "custodia cautelare" nei campi di concentramento. Il Circolo discute e dibatte, spesso animatamente, in merito alla questione principale: restare o andarsene? Restare e rischiare l'arresto, la prigione, la morte? Andarsene e lasciare la Germania in mano ai nazisti, decisi a distruggerla?

Mildred vede svastiche ovunque: sui pacchetti di sigarette, sui barattoli di caffè, sulle teglie delle torte. Ogni giorno, la propaganda nazista diffonde disinformazione e false promesse. Ogni giorno Hitler conquista più cuori e menti tedesche.

E tutto questo avviene a una velocità vertiginosa.

# Bruciati
## *1933*

### 1.

10 maggio 1933: tre mesi e mezzo dopo la nomina di Hitler a cancelliere del Reich.

Innanzitutto, preparano un letto di sabbia. Sopra vi poggiano tronchi incrociandoli e sistemandoli con cura. Un'accozzaglia disordinata non va bene, occorre lasciare spazio fra i tronchi per permettere all'ossigeno di circolare. I tronchi formano una pira di tre metri quadrati, alta un metro e mezzo. Alle undici di sera accendono le torce. Le dimensioni del corteo aumentano durante la marcia per le strade di Berlino, fino alla piazza di fronte all'università. Le torce illuminano i loro volti. Hanno guance lisce o segnate dall'acne. Non hanno rughe sulla fronte. Sono adolescenti. Gettano libri sui tronchi e vi puntano contro le torce. Le pagine dei libri si abbracciano.

Goebbels, esaltato, sale su un podio decorato con le svastiche. Si rivolge agli studenti urlando in un megafono.

> Si è conclusa l'era dell'estremo intellettualismo ebraico... queste fiamme non illuminano solo la fine definitiva di un'epoca ormai passata, illuminano anche l'avvento della nuova!

La scena è una di quelle "cui il mondo occidentale non aveva più assistito fin dal tardo Medioevo," scrive il giornalista americano William Shirer. Osserva il fuoco scoppiettare in maniera terrificante mentre le pagine di 25.000 libri si trasformano in cenere.

Libri di scrittori americani come Ernest Hemingway, Upton Sinclair, Sinclair Lewis, Theodore Dreiser, Jack London, John Dos Passos e Helen Keller.

Libri di scrittori inglesi come Joseph Conrad, Aldous Huxley, D.H. Lawrence e H.G. Wells.

Libri di scrittori francesi come André Gide e Victor Hugo.

Scrittori irlandesi come James Joyce.

Scrittori russi come Isaac Babel, Fëdor Dostoevskij, Maksim Gor'kij, Vladimir Nabokov e Lev Tolstoj.

E un gran numero di scrittori tedeschi: Vicki Baum, Walter Benjamin, Ernst Bloch, Bertolt Brecht, Max Brod, Otto Dix, Alfred Döblin, Albert Einstein, Friedrich Engels, Lion Feuchtwanger, Marieluise Fleisser, Leonhard Frank, Sigmund Freud, Iwan Goll, George Grosz, Jaroslav Hašek, Werner Hegemann, Heinrich Heine, Magnus Hirschfeld, Ödön von Horváth, Heinrich Eduard Jacob, Franz Kafka, Georg Kaiser, Erich Kästner, Alfred Kerr, Egon Kisch, Siegfried Kracauer, Karl Kraus, Theodor Lessing, Alexander Lernet-Holenia, Karl Liebknecht, Georg Lukács, Rosa Luxemburg, Heinrich Mann, Klaus Mann, Thomas Mann, Ludwig Marcuse, Karl Marx, Robert Musil, Carl von Ossietzky, Erwin Piscator, Alfred Polgar, Gertrud von Puttkamer, Erich Maria Remarque, Ludwig Renn, Joachim Ringelnatz, Joseph Roth, Nelly Sachs, Felix Salten, Anna Seghers, Arthur Schnitzler, Carl Sternheim, Bertha von Suttner, Ernst Toller, Kurt Tucholsky, Jakob Wassermann, Frank Wedekind, Grete Weiskopf, Franz Werfel, Arnold Zweig, Stefan Zweig.

2.

Quella notte la confraternita nazista che ha bruciato tutti quei libri mobilita i suoi adepti in 30-40 università per inscenare altri identici roghi di libri. I comunicati stampa annunciano che i roghi sono intesi come una *Säuberung*, una pulizia simbolicamente purificatrice della lingua e della letteratura tedesca dagli elementi "a-tedeschi" per il bene del *Volk*. *Volk* significa "popolo", ma la confraternita nazista segue l'esempio di Hitler e usa il termine in modo discriminante; solo coloro che appartengono alla razza ariana sono considerati *Volk*.

Adolescenti corrono per le vie della città attaccando manifesti con vasetti di colla per diffondere la parola *Volk*. Ciascun poster enumera 12 ingiunzioni, come

> MANTENERE LA PUREZZA DELLA LINGUA E DELLA LETTERATURA DIPENDE DA VOI! IL *VOLK* HA AFFIDATO A VOI LA FEDELE CONSERVAZIONE DELLA LINGUA.

E

> IL NOSTRO AVVERSARIO PIÙ PERICOLOSO È L'EBREO E CHIUNQUE NE ESEGUA GLI ORDINI.

E

> L'EBREO PUÒ PENSARE SOLO IN TERMINI EBRAICI. QUANDO SCRIVE IN TEDESCO, MENTE. QUALSIASI TEDESCO CHE SCRIVE IN TEDESCO MA IL CUI PENSIERO È A-TEDESCO È UN TRADITORE!

3.

Gli adolescenti della resistenza clandestina corrono per le strade e negli atenei attaccando i loro manifesti, che elencano anch'essi dodici ingiunzioni, tra cui

TUTTI GLI STUDENTI ANTISEMITI SONO DEGLI STRONZI! GLI STRONZI NON APPARTENGONO ALL'UNIVERSITÀ, MA AL BUCO DEL CULO.

E

OGNI ESSERE UMANO CHE ABBIA UNA DIGNITÀ SI VERGOGNA DI DIRE CHE QUESTA È LA REALTÀ TEDESCA.

# La battaglia di Dietrich contro la clausola ariana
## *1933 – 1934*

### 1.

In occasione di una conferenza ecumenica internazionale tenutasi a Sofia, in Bulgaria, Dietrich Bonhoeffer fa pressione affinché sia adottata una risoluzione che condanni il sostegno della Chiesa luterana tedesca all'*Arierparagraph*, la clausola ariana, comparsa per la prima volta nella legislazione nazista ad aprile e usata immediatamente per escludere gli ebrei da qualsiasi professione, sindacato, impresa, associazione e organizzazione in Germania. La risoluzione proposta da Dietrich inizia così:

> Deploriamo in modo particolare il fatto che le misure adottate dal Reich contro gli ebrei in Germania abbiano un impatto sull'opinione pubblica talmente forte che in alcuni ambienti la razza ebraica è considerata una razza inferiore.

Clericali di Stati Uniti, Francia, Gran Bretagna e altri paesi discutono la risoluzione di Dietrich.

La risoluzione viene approvata, ma quando Dietrich torna in Germania si trova ad affrontare una forte opposizione.

### 2.

Dietrich scrive un manifesto che esorta la Chiesa luterana tedesca a rifiutare la clausola ariana. Trova anche un tipografo che trasforma il manifesto in volantini. Dietrich e alcuni pastori che la pensano come lui distribuiscono i volantini a esponenti del clero e li affiggono agli alberi.

Ma non serve a nulla.

La Chiesa luterana tedesca mantiene il suo sostegno alla clausola ariana. Diciotto pastori d'origine ebraica vengono destituiti.

3.

Il Vaticano firma un trattato con il governo nazista che esordisce così:

> Sua Santità papa Pio XI e il presidente del Reich tedesco, mossi dal comune desiderio di consolidare e promuovere le relazioni amichevoli esistenti tra la Santa Sede e il Reich tedesco e intenzionati a disciplinare in modo duraturo e soddisfacente per entrambe le parti le relazioni tra la Chiesa cattolica e lo Stato per l'intero territorio del Reich tedesco, hanno deciso di stipulare un accordo solenne.

Si conclude con un'appendice segreta che chiarisce il ruolo dei sacerdoti e di altri membri del clero nell'eventualità che il governo nazista imponga loro un servizio di leva militare.

Il trattato, ufficialmente designato Concordato, concede ai cattolici della Germania nazista vari diritti, tra cui la libertà di culto. In cambio, i vescovi cattolici devono prestare il seguente giuramento di fedeltà:

> Giuro e prometto davanti a Dio e al Santo Vangelo, come si addice a un vescovo, fedeltà al Reich tedesco.

Il vicecancelliere Papen rappresenta il governo tedesco alla cerimonia della firma, il 20 luglio 1933. Il cardinale Eugenio Pacelli, che diventerà papa Pio XII nel 1939, fa le veci di Pio XI. Con un tratto d'inchiostro, il Vaticano riconosce a Hitler la legittimità morale.

4.

Ora che Hitler ha in pugno i cattolici, insegue i protestanti.

Riunisce le differenti fazioni in un'unica *Reichskirche*, Chiesa del Reich, e fa in modo che ne sia nominato vescovo un pastore relativamente sconosciuto ferocemente antisemita. Il 27 settembre 1933, in una riunione del sinodo nazionale, la dirigenza della Chiesa sceglie all'unanimità il vescovo Ludwig Müller, un uomo che porta una croce sul petto e una svastica nel cuore.

5.

Dietrich Bonhoeffer si trova nella chiesa del castello di Wittenberg e sta ascoltando il vescovo Müller che blatera sulla gloria di Hitler. Nel 1517, un frate tedesco trentatreenne di nome Martin Lutero aveva inchiodato le sue 95 tesi sulla porta di questa stessa chiesa, un gesto che aveva favorito la Riforma. Lutero è sepolto sotto il pulpito dal quale sta parlando il vescovo Müller, alzando le braccia e facendo risuonare la sua voce solenne in tutta la chiesa.

> Il Signore ci ha chiamati a combattere come Suoi guerrieri! Guardiamo al movimento di liberazione tedesco e al suo condottiero, il nostro Cancelliere, come a un dono di Dio!

Dietrich resta seduto, silenzioso e inorridito.

6.

Un mese dopo, Dietrich rifiuta la proposta di un incarico parrocchiale a Berlino.

Si siede per scrivere una lettera al suo mentore, un teologo svizzero protestante di nome Karl Barth.

"Sento, pur non capendone fino in fondo il motivo, che sono in opposizione radicale a tutti i miei amici," scrive, ammettendo di essere diventato "sempre più isolato nella mia visione delle cose." Conclude: "Tutto ciò mi ha spaventato e ha fatto vacillare la mia fede".

Nell'ottobre del 1933 Dietrich decide di lasciare la Germania. Accetta un incarico di pastore a Londra.

# Arvid brucia il suo libro
*1933 – 1934*

1.

Mildred torna a casa dopo aver tenuto una lezione, la testa piena di domande. È tardi ed è stanca. Le sue previsioni su cosa sta per accadere sono tanto allarmanti quanto inconcepibili. Alcuni dei suoi studenti della BAG sono ebrei. Se tenteranno di fuggire dalla Germania, dovranno avere i documenti giusti, con i relativi timbri. Mildred farà di tutto per aiutarli. Ha dei contatti nell'ambasciata americana.

Sale le quattro rampe di scale che portano al suo appartamento e apre la porta d'ingresso. Forse Arvid è in casa, forse no.

2.

L'ARPLAN si è sciolto. Per diversi anni Arvid è stato il segretario del gruppo. Nelle riunioni tenutesi a Berlino e a Mosca, i membri dell'ARPLAN, tra cui studiosi, scrittori, politici e drammaturghi tedeschi, hanno discusso animatamente del motivo per cui il capitalismo durante la Repubblica di Weimar abbia lasciato dietro di sé così tante persone affamate e senza un tetto sulla testa. Anche il capitalismo americano sembrava fare acqua da tutte le parti; gli Stati Uniti erano precipitati nelle profondità della Grande Depressione. Molti dei membri dell'ARPLAN erano arrivati alla conclusione che la Germania e le altre democrazie avrebbero trovato le risposte che cercavano guardando all'Unione Sovietica. Friedrich Lenz, presidente dell'ARPLAN, era convinto che la Germania dovesse forgiare la propria economia sul modello di quella dell'Unione Sovietica. Lenz era il relatore della tesi di dottorato di Arvid.

La settimana scorsa la Gestapo ha fatto irruzione nell'appartamento di Lenz e l'Università Justus Liebig lo ha licenziato.

Arvid non può candidarsi per un posto all'università Justus Liebig, né all'Università di Berlino, né in qualsiasi altra università. L'ambito di sua competenza, i movimenti sindacali statunitensi e la teoria politica sovietica, è troppo controverso. Rischierebbe di essere bollato anche lui come "politicamente inaffidabile", proprio com'era accaduto a Lenz.

3.

Arvid brucia il suo libro infilando frettolosamente il manoscritto, pagina dopo pagina, nella stufa a carbone. Alla Rowohlt Verlag mancavano pochi giorni alla pubblicazione del suo spesso tomo sull'economia sovietica. Se ciò fosse accaduto, sarebbe stato marchiato come comunista. Raccoglie la cenere in un secchio e si precipita fuori dalla porta.

Il canale della Landwehr luccica al sole. Arvid vi getta la cenere, poi si dirige verso la casa editrice e, una volta arrivato, fa a pezzi le lastre di stampa. Non vuole correre rischi. Una sola di quelle pagine in mano alla Gestapo basterebbe a spedirlo dritto a Dachau.

Tutto quel lavoro. Tutti quegli anni.

4.

Prima di recarsi alla Rowohlt Verlag con il suo secchio di cenere, Arvid aveva intenzione di bruciare anche un altro libro. Ma le pagine ci mettevano troppo a prendere fuoco. Forse le braci non erano abbastanza roventi. Doveva arrivare dall'editore prima che la redazione chiudesse. Mildred gli aveva assicurato che lo avrebbe bruciato lei e lui era uscito di corsa.

Il libro è la tesi di dottorato di Arvid: *Il movimento operaio premarxista negli Stati Uniti*. Il solo titolo potrebbe allertare la Gestapo. Il manoscritto non è ancora stato dattilografato, non ci sono lastre da distruggere. Non è altro che un mucchio di fogli su uno scaffale vicino alla sua scrivania.

Mildred infila la tesi di Arvid in una borsa e si precipita alla chiesa americana di Berlino. La moglie del pastore riceve la busta e promette di tenere al sicuro la tesi di Arvid.

Dove la nasconderà? Nel seminterrato della chiesa? Dietro alle travi? Non lo dice. È una giovane donna leale che ha le labbra serrate come una morsa. Non si lascia scappare mai nessun segreto, così è meglio per tutti.

Si chiama Martha Turner. Lei ed Ewart, suo marito, si sono trasferiti a Berlino nel 1930. L'anno seguente lasceranno la Germania per stabilirsi a Dracut, una cittadina del Massachusetts a nord di Boston. La donna porterà con sé il manoscritto di Arvid e lo nasconderà nella soffitta della loro casa di legno. In un'intervista rilasciata anni dopo, Martha Turner ricorderà che Mildred e Arvid erano "in allerta" e "molto spaventati".

## 5.

Ogni domenica, due nazisti in uniforme varcano le porte della chiesa americana e si siedono su una delle sue panche. È impossibile non notarli. Che cosa ci fanno qui? La Germania si è trasformata in uno Stato di polizia a una velocità tale da far sembrare verosimile che domani tutto possa cambiare di nuovo e tornare come prima. Le panche si riempiono di persone vestite di tutto punto, con le pieghe stirate e le scarpe lucidate a specchio. Forse incrociano lo sguardo di amici e conoscenti, forse sorridono l'uno all'altro e annuiscono come hanno sempre fatto, ma ora il loro saluto muto è gravato dalla consapevolezza di essere spiati.

# 3.
# Il bambino

## Un americano a Berlino
### *1938 – 1939*

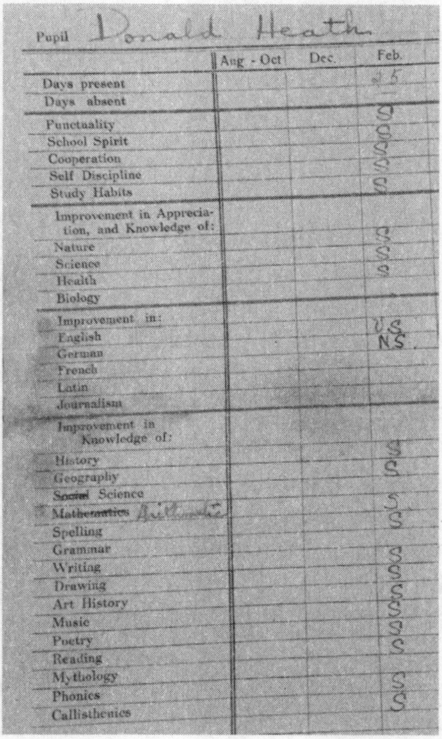

Pupil Donald Heath

| | Aug - Oct | Dec. | Feb. |
|---|---|---|---|
| Days present | | | 25 |
| Days absent | | | |
| Punctuality | | | S |
| School Spirit | | | S |
| Cooperation | | | S |
| Self Discipline | | | S |
| Study Habits | | | S |
| Improvement in Apprecia-tion, and Knowledge of: | | | |
| Nature | | | S |
| Science | | | S |
| Health | | | S |
| Biology | | | |
| Improvement in: | | | |
| English | | | VS |
| German | | | NS |
| French | | | |
| Latin | | | |
| Journalism | | | |
| Improvement in Knowledge of: | | | |
| History | | | S |
| Geography | | | S |
| ~~Social~~ Science | | | S |
| ~~Mathematics~~ Arithmetic | | | S |
| Spelling | | | |
| Grammar | | | S |
| Writing | | | S |
| Drawing | | | S |
| Art History | | | S |
| Music | | | S |
| Poetry | | | S |
| Reading | | | |
| Mythology | | | S |
| Phonics | | | S |
| Callisthenics | | | |

1.

Il bambino si chiama Don, diminutivo di Donald. Il suo nome completo è Donald Read Heath junior. Suo padre è Donald Read Heath senior.

Nelle lettere, Donald Heath senior chiama il bambino "piccolo Don".

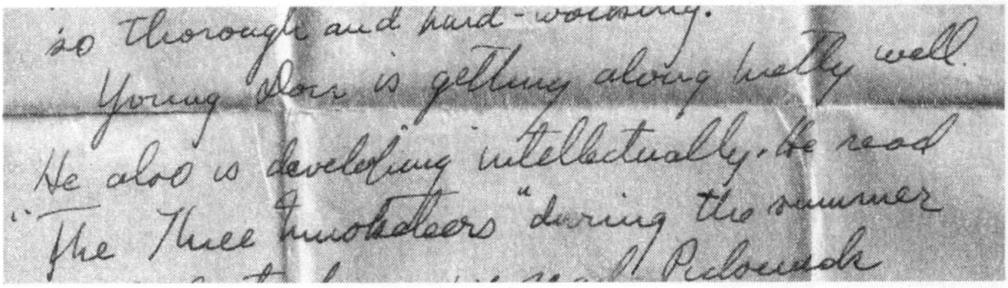
so thorough and hard-working.
Young Don is getting along pretty well.
He also is developing intellectually. He read
"The Three Musketeers" during the summer

Lo stesso fa sua madre, Louise.

Young Don has begun music lessons – twice a

Crescendo, Don continua a sentirsi un nanerottolo che deve sempre stendere un braccio o allungare il collo per guardare o afferrare una cosa troppo in alto. Sua sorella Sue, di sette anni più grande, lo chiama bebè, come se portasse ancora i pannolini, mentre ormai è un bambino con le mutandine. Le lentiggini che gli punteggiano il naso non aiutano. Il suo eroe è John Wayne, cowboy coraggioso e corpulento, immenso per statura e fama. Quelle lentiggini non lo fanno apparire coraggioso o corpulento né grande. Lo rendono invece, agli occhi della maggior parte delle persone che incontra, adorabile.

La cosa gli dà un netto vantaggio. Può girare con uno zaino blu per tutta Berlino senza destare sospetti. Le persone lo vedono semplicemente come un tenero bambino che sta andando a scuola.

Immaginatelo: lentiggini, sornione, che esce con lo zaino in spalla dall'appartamento di Mildred. Ripercorre i suoi passi e raggiunge la stazione della metropolitana di Nollendorfplatz, dove vede una coppia di ufficiali delle SS, *Totenkopf*, teschi sogghignanti col colletto. Sa che i tedeschi chiamano le SS *Schutzstaffel*, Squadra di protezione. A porte chiuse, suo padre li chiama in ben altri modi.

Abbassa la testa e li supera agilmente. Corre giù per le scale. Cammina fino all'estremità della banchina e aspetta.

Da un momento all'altro arriverà il treno. Nollendorfplatz, pensa. La prossima fermata sarà Viktoria-Luise-Platz, poi Bayerischer Platz, poi Stadtpark. Suo padre è all'ambasciata degli Stati Uniti, impegnato nei preparativi di un viaggio clandestino a Washington che farà tra un paio di settimane. L'ambasciata è ospitata nel cavernoso e maestoso Palazzo Blücher, che anni fa è stato distrutto da un incendio e faticosamente restaurato di recente. Ha pareti in pietra calcarea color caramello che si estendono verso la Porta di Brandeburgo, dove automobili e biciclette passano tra le sue colonne scanalate. Dietro Palazzo Blücher, in primavera, quando la neve si scioglie, c'è una pista di pattinaggio che si trasforma in un campo da tennis, oltre a una villa con alte mura che ospita il ministro dell'Istruzione e della propaganda popolare Joseph Goebbels. Una volta, Don aveva accompagnato suo padre a un tè dell'ambasciata, un evento a cui partecipavano nazisti di alto rango, tra cui lo stesso Goebbels. Agli occhi dell'undicenne sembrava un uomo gracile con un'andatura zoppicante. Goebbels aveva ridacchiato e accarezzato la testa di Don, complimentandosi con lui per il suo tedesco. *Non sembri affatto un bambino americano!* aveva esclamato.

Qualche tempo dopo, all'opera, Don aveva scorto Hitler a meno di tre metri di distanza, su un palco. Uno dei quattro palchi della Staatsoper Unter den Linden, il Teatro dell'Opera di Stato, adornati con colonne corinzie, opulenti velluti cremisi e statue ricoperte d'oro (o, come scrive sua madre Louise in una lettera: "Tessuto di peluche rosso acceso con figure nude che penzolano ai lati, rose dorate ovunque ecc.") e che, come tutte le istituzioni culturali tedesche, è sotto il controllo nazista. Gli Heath hanno un abbonamento e vengono all'opera una volta al mese, la domenica sera. Louise Heath ama l'opera. Donald Heath no, ma il suo lavoro gli impone di mantenere i contatti sociali con persone altolocate che invece la apprezzano.

*Guarda*, sussurra Don. *Il palco.*

Louise, seduta alla sua sinistra, annuisce, portandosi un indice alle labbra.

Donald, seduto alla sua destra, bisbiglia: *Chiudi gli occhi.*

Don ubbidisce.

*Ora concentrati. Di più. Ancora di più.*

È un gioco che fanno padre e figlio. Una specie di stregoneria. Se si concentrano abbastanza, possono far smettere Hitler di respirare.

## 2.

Don è nato in Svizzera il 1° gennaio 1928, in un ospedale situato a un chilometro e mezzo dall'ambasciata statunitense a Berna. Dopo la Svizzera, ha vissuto a Port-au-Prince, Haiti. Dopo Haiti a Topeka, in Kansas. Dopo Topeka a Silver Spring, nel Maryland. E adesso in Germania.

Arriva con un piroscafo subito dopo il suo decimo compleanno. Teme di non imparare a parlare tedesco abbastanza in fretta, ma nel giro di appena una settimana riesce a pronunciare *Mutter*, *Vater* e *Schwester* come un berlinese. Sua sorella Sue, di diciassette anni, ha problemi con la lingua. Non ha un udito perfetto, una conseguenza della scarlattina avuta da bambina, per cui viene affidata ai nonni di Topeka, che la iscrivono a una scuola femminile in Colorado. Le lettere che Sue invia a Berlino sono racconti pieni di tenerezza ed entusiasmo sui suoi nuovi amici e sui cavalli che monta. Anche Don vorrebbe andare a cavallo e ha nostalgia dei suoi amici. A Silver Spring ne aveva un intero battaglione.

La domenica mattina Don va alla chiesa americana di Berlino, vicino a Nollendorfplatz. Prima della funzione, l'atrio è gremito di persone benestanti, genitori e bambini, la maggior parte dei quali americani o inglesi. Anche i suoi genitori sono fra questi, stringono mani e si presentano. *Topeka*, sente dire da Louise Heath a una donna che le porge una mano inguantata di bianco dopo averle domandato con voce flautata da dove venissero.

Quando la donna gli chiede come si chiama, Don è troppo imbarazzato per rispondere. Tutti quei bambini di buona famiglia lo stanno fissando, alcuni di loro con la bocca aperta, altri ridacchiando, contemplando i suoi pantaloni alla zuava di velluto a coste, i suoi stivali fino al ginocchio tutti consumati, la sua giacca a quadri. Accanto a lui c'è una bambina con un soprabito color perla, uno scaldamani e dei paraorecchie abbinati. La giacca di Don la diverte tantissimo. A Silver Spring, puoi andare a cavallo con i tuoi amici per tutto l'inverno e nessuno batte ciglio sulla tua giacca a quadri, neanche se la indossi in chiesa. Qui alla chiesa americana di Berlino, i bambini sono diversi.

Più tardi, il padre chiede a Don di sedersi e gli ricorda che i figli e le figlie dei diplomatici il più delle volte sono ricchi. Alcuni sono *di una ricchezza indecente*, rampolli di magnati del petrolio, industriali delle ferrovie e pezzi grossi dei giornali. Negli Stati Uniti è in corso la Grande Depressione, ma dal modo in cui si presentano i suoi diplomatici, non si direbbe. Donald dice che l'opulenza fa brutti scherzi alle persone, *le rende miopi*.

Lunedì mattina è il primo giorno di scuola di Don. Rimuginando sull'umiliazione del giorno precedente, teme il peggio. La scuola americana è a ovest del Tiergarten, in Platanenallee, una strada fiancheggiata da platani spogli. Mentre attraversa il cancello in ferro battuto, riconosce alcuni dei bambini della chiesa americana, ma la maggior parte degli studenti non sono ricchi rampolli di diplomatici, bensì bambini normali dei quartieri adiacenti.

Alla fine della settimana si è già fatto degli amici: due maschi e una femmina. I bambini parlano tedesco, la bambina polacco; i genitori li hanno iscritti alla scuola americana per fare imparare loro l'inglese. Presto, la bambina e uno dei due bambini saranno costretti dalla legge tedesca a portare stelle di tessuto giallo cucite sui loro abiti.

Il 30 percento degli studenti della scuola americana sono ebrei. La scuola ha anche insegnanti ebrei ed è situata in un edificio di proprietà di una donna ebrea. È stata fondata dieci anni prima da una coppia americana, Gregor e Edna Ziemer. Ora gli Ziemer sono sotto il controllo costante della Gestapo. La legge obbliga le scuole tedesche a impostare i loro programmi di studio seguendo un manuale dal titolo ponderoso: *Erziehung und Unterricht in der Höheren Schule:*

*Amtliche Ausgabe des Reichs und Preuszischen Ministeriums für Wissenschaft, Erziehung, und Volksbildung* (Educazione e istruzione nelle scuole superiori: edizione ufficiale del ministero del Reich e della Prussia per la conoscenza, l'istruzione e la cultura nazionale) che contiene dettami quali

> lo studente deve essere indotto a percepire la superiorità della razza nordica germanica

e

> I bambini di quattordici anni devono studiare canzoni di cavalieri medievali, canti militari moderni, marcette... I sedicenni devono imparare canti militari tradizionali e un'opera di Wagner.

Gregor e Edna Ziemer ignorano il mandato del governo. La scuola rimane aperta, gesto strettamente collegato ai rapporti tra gli Ziemer e i diplomatici americani a Berlino.

Tutte le mattine di quell'inverno, Don si abbottona la giacca e cammina spedito lungo le strade di una Berlino innevata fino al cancello di ferro della scuola. A febbraio non perde nemmeno un giorno di scuola. Fa progressi in storia, geografia e aritmetica nonché in disegno, musica e poesia. La sua padronanza della lingua inglese è, secondo Edna Ziemer, "molto soddisfacente". Quella del tedesco ancora no. Dà comunque prova di grande impegno e dimostra un buon livello di autodisciplina, che lei ritiene "soddisfacente".

3.

Don scopre subito che la vita a Berlino è diversa da quella a Silver Spring. La figlia di dieci anni degli Ziemer, Patsy, gli fa un elenco di tutte le cose proibite, *verboten*, in Germania:

<u>*Verboten* in Germania:</u>
Accendere fuochi in giardino
Raccogliere legna nella foresta

Ascoltare trasmissioni radio russe
Portare in Germania documenti comunisti
Farsi mettere denti d'oro dal dentista
Dire la minima cosa contro i nazisti
Mangiare più di un uovo o cercare di acquistare più burro della razione autorizzata
Lasciare la Germania senza permesso
Andare in chiese dove ci sono predicatori non nazisti
Ritirare soldi in banca
Gettare via lattine, tubetti di dentifricio, carta stagnola o carta di giornale
Gettare via alimenti scaduti
Sventolare bandiere straniere
Fare grandi riunioni con gli ebrei
Avere denaro straniero in casa
Avere un domestico ebreo
Lasciare la porta aperta dopo le ore 20
Suonare il pianoforte o fare rumore tra le 14 e le 16 o dopo le 22
Leggere libri scritti da scrittori non nazisti
Calpestare l'erba dei giardini pubblici

Patsy fa anche un elenco delle uniformi che vede in Germania.

<u>Uniformi in Germania:</u>
L'uniforme grigio-verde comune dell'esercito, con centinaia di numeri, fasce, nappe, spalline, bottoni e berretti differenti
Le SA (Sturmabteilung) con centinaia di numeri e strisce differenti… chepì rotondi con ampie visiere, stivali neri e fasce da braccio con la svastica… camicie marroni
Le SS (Schutzstaffel) tutte in nero ma a volte con cinture bianche e guanti bianchi e numeri di ogni tipo sulle maniche
La polizia normale vestita di blu, chepì o elmetti a coprire il capo
I carristi, tutti in nero, con pantaloni larghi e berretto in testa

Le guardie forestali, tutte in verde

La Gioventù hitleriana, con camicie come quelle delle SA ma con i numeri delle loro truppe sulle maniche

Le ragazze della Bund Deutscher Mädel, Lega delle ragazze tedesche, con gonne blu e camicette bianche, oltre a numeri e fasce di diverso tipo

I soldati di Göring, che cambiano di uniforme quasi ogni mese

Gli uomini di Ribbentrop, con uniformi di un blu acceso.

Presto, Don è assalito da una sensazione a cui non sa dare un nome, a metà tra dolore e inquietudine, impossibile da ignorare. Sente agitazione nell'aria, i mormorii della guerra. Stare seduti dietro un banco a scuola è già abbastanza complicato, ma quella primavera riesce a malapena a tenere in mano una matita. Hitler ha ordinato alle truppe tedesche di attraversare il confine austriaco, dichiarando l'Anschluss, l'unione politica con quel paese, e ha stabilito l'obiettivo della sua prossima conquista: la Cecoslovacchia.

Don si sorbisce la solita ramanzina ogni volta che suo padre torna a casa dall'ambasciata e accende la radio, un dispositivo delle dimensioni di una cartella che trasmette le notizie e che gracchia quando si gira la manopola per sintonizzarsi sulle frequenze della BBC. Donald Heath tiene il volume basso e ordina a Don di non parlare con nessuno dei suoi amici tedeschi di quel che sente alla BBC.

## 4.

Nell'estate del 1938, un tribunale di Berlino ordina la chiusura della scuola americana. Ai funzionari nazisti non piace che la scuola non distingua gli allievi ebrei dai non ebrei. I funzionari dell'ambasciata statunitense intervengono e, seppur con una certa riluttanza, le autorità tedesche permettono alla scuola di riaprire a settembre. La scuola chiuderà definitivamente i battenti l'anno successivo, quando scoppierà la guerra e gli Ziemer fuggiranno in Minnesota. Naturalmente Don, che ha dieci anni, ne è del tutto ignaro mentre percorre a piedi Platanenallee la mattina del suo primo giorno di quinta elementare. A diversi metri dal cancello in ferro battuto della scuola, qualcosa di duro lo colpisce in testa.

Un sasso.

Don scorge un bambino biondo sotto un platano. Scarpe nere, calzini neri, pantaloni corti neri, camicetta marrone. Sulla camicia c'è una svastica ricamata. È un allievo della scuola tedesca dirimpetto, frequentata da bambini che indossano le uniformi della Gioventù hitleriana.

Il bambino lancia un altro sasso contro Don. Un altro ancora.

Don si abbassa per raccoglierne uno anche lui e lo lancia. Gregor Ziemer interviene e lo attira dietro il cancello in ferro battuto. *Non reagire*, lo ammonisce bruscamente, *o ci costringeranno di nuovo a chiudere*.

Dopo la scuola, svogliato e irrequieto, Don si mette a sparare con il fucile ad aria compressa dal tetto di casa sua, caricandolo con pezzi di patata cruda che ruba in cucina quando Mamzelle, la cuoca, è di spalle. Un giorno Mamzelle lo coglie in flagrante e lo porta dalla madre. Alla vista del fucile ad aria compressa, Louise Heath sospira, glielo toglie di mano e gli ordina di andare a sfogarsi con i suoi amici. Don si riempie le tasche di pfennig e va al parco. Corre dietro agli scoiattoli, cercando di colpirli con le monete. Poi le raccoglie da terra. È solo, non ha compagni con cui giocare nel parco di Schöneberg. Il suo amico Mole vive in un altro quartiere. Fa parte di una gang chiamata Panduren di Trenk, i poliziotti di Trenk. Don ogni tanto li vede insieme, un branco di ragazzini tedeschi chiassosi che vivono in un quartiere così diverso dal suo che sembra essere in un altro paese. Don abita in Innsbrücker Strasse, una strada costeggiata da edifici e dimore eleganti. Anche lui vorrebbe appartenere a una gang.

Il fucile ad aria compressa gli è stato regalato da qualcuno dell'ambasciata, forse la segretaria di suo padre, la signorina Ulrich, o forse qualcun altro. Tutti i ragazzini della Panduren di Trenk ne hanno uno. Quello di Don è stato fabbricato dalla Diana, un'azienda tedesca produttrice di fucili che possono essere facilmente caricati con qualsiasi munizione. A volte Don spara pallottole vere invece di pezzi di patata. A volte fa finta di sparare a Goebbels, altre a Hitler.

# Non bighellonare
## *1939*

### 1.

Don è in piedi sulla banchina della metropolitana e fa dondolare una gamba guardando il treno che si avvicina. Due luci lontane in una galleria buia che diventano sempre più grandi.

Sul treno trova un posto a sedere, si sfila lo zaino dalle spalle e lo appoggia sulle ginocchia. Quanto vorrebbe raccontare al suo amico Mole di Mildred, del lavoro che fa per suo padre, di quel che c'è nello zaino. Mole è in giro per le strade con indosso pantaloni da vecchio, stretti in vita con una cintura. Se Don potesse scendere dalla metropolitana e incontrarsi con Mole lo farebbe, ma non può.

Suo padre gli ha detto di *non bighellonare dopo essere stato da Mildred* e di *non andare in giro con Mole. Fila dritto a casa.*

La casa è in Innsbrücker Strasse 44, uno stabile di sei piani con appartamenti che si affacciano su uno stagno pieno di anatre nel parco di Schöneberg. Gli Heath occupano gli ultimi due piani, divisi in varie stanze.

Una sala da musica con un pianoforte.

Un soggiorno con una libreria, un tavolo Chippendale e diverse sedie imbottite.

Una sala da pranzo luminosa con specchi alle pareti.

Le camere da letto si trovano al sesto piano. In estate, piante di pomodori maturano su una terrazza panoramica, la veranda, come la chiama la mamma di Don. È l'unico luogo della casa in cui si possa avere una conversazione confidenziale, dal momento che l'interno dell'appartamento viene spiato e i telefoni sono sotto controllo. All'inizio si trattava soltanto di un sospetto di Louise Heath, ma adesso ne è convinta. Un gruppetto di tedeschi che dicono di venire per conto di un fornitore di elettricità si presenta regolarmente all'appartamento senza preavviso. Louise ribatte di non aver chiamato nessuna azienda, ma gli uomini insistono nel dire che la loro visita è giustificata. Per fare delle riparazioni, dicono.

La proprietaria dell'edificio è Hela Strehl, una delle tante amanti di Goebbels. È un'ex redattrice di moda, ora direttrice del Deutsches Mode-Institut, che Hitler ha istituito per promuovere l'immagine della donna ideale, quella che darà alla luce numerosi figli per popolare la Germania con una razza superiore. Questo tipo di donna, secondo le indicazioni di Hitler, ha tratti somatici ariani, non si trucca, fa molto esercizio fisico e indossa il *dirndl*, un abito tradizionale.

Hela non lo indossa, né rinuncia a truccarsi. La sua ipocrisia non sfugge agli inquilini dello stabile. Quando li incrocia nel corridoio, ha un modo di sollevare le sopracciglia disegnate con la matita e di accennare un sorriso a fior di labbra che lascia intendere che non si fida di nessuno. L'impressione è reciproca, naturalmente.

## 2.

La metro sfreccia di fermata in fermata.

Viktoria-Luise-Platz.

Bayerischer Platz.

Stadtpark.

Le porte si spalancano. Don salta fuori. Con lo zaino pesante sulla schiena, sale le scale a grandi passi ed esce dalla stazione della metropolitana. Corre fino a Innsbrücker Strasse e individua il suo palazzo. Fuori non c'è nessuno.

Apre la porta, si precipita per le scale: sale la prima rampa, la seconda, la terza e si imbatte in Hela Strehl, che dice quel che ripete sempre quando incontra qualcuno nel corridoio.

*Heil Hitler!*

Don abbassa la testa silenzioso. Commette un errore.

Ogni edificio ha la sua spia della Gestapo. In Innsbrücker Strasse 44, la spia è sicuramente l'amante di Goebbels. È stata Mildred a dirglielo, insistendo sul fatto che deve stare molto, molto attento con Hela Strehl. Sì, è un americano ed è l'adorabile figlio di un diplomatico dell'ambasciata statunitense, ma l'immunità diplomatica non si applica necessariamente in una dittatura.

Hela prosegue per la sua strada. Don aspetta che si fermi, si volti, lo rimproveri, lo minacci di denunciarlo. Non lo fa.

Sollievo.

Sale le scale fino al quinto piano, con lo zaino che batte contro la schiena, spalanca la porta d'ingresso e si dirige verso la sua camera da letto. Chiude violentemente la porta. Getta a terra lo zaino, stracolmo di libri.

Tra le pagine di uno dei libri c'è un pezzo di carta. Mildred lo ha piegato in due come fosse una lettera.

# 4.
# Mildred

## Come curare le piante di cactus
## *1933 – 1935*

1.

Hitler si vanta, assurdamente, che il Terzo Reich durerà "mille anni".

Mildred, Arvid e tutti gli altri del Circolo invece sono convinti che crollerà entro un anno, due, al massimo tre. I tedeschi devono soltanto stringere i denti e *resistere*.

2.

Nei quartieri popolari di Berlino, nuclei clandestini di agitatori antinazisti producono volantini che divulgano le notizie locali e incitano alla rivoluzione. Un volantino descrive una schermaglia con la polizia a seguito della scarsità di alimenti in un mercato; un altro denuncia condizioni di lavoro opprimenti in una fabbrica di telefoni. Poemetti e vignette satiriche si alternano a invettive contro Hitler. Alcuni volantini sono battuti a macchina e stampati un foglio alla volta, utilizzando una vaschetta di gelatina, un rullo e un inchiostro all'anilina viola. Altri sono scritti a mano; produrne una dozzina di copie o più è un processo lungo e minuzioso.

3.

"Rote Fahne" (Bandiera rossa), un giornale bandito, riesce a mettere in commercio 300.000 copie nel marzo del 1933, una tiratura che si ripete due o tre volte al mese per circa un anno. Nella primavera del 1934, la Gestapo fa irruzione nelle tipografie, confisca i giornali e deporta tutti i giornalisti e i tipografi in un campo di concentramento.

Pochi mesi dopo, le tipografie Solingen-Ohligs di Düsseldorf e Colonia riprendono la produzione. Il tipografo di Solingen-Ohligs, un uomo di nome Georg, riesce a inviare a Berlino varie volte al mese 5.000 copie stipate in casse fino a quando, all'inizio del 1935, la Gestapo non lo scopre.

## 4.

Il Partito comunista tedesco, Kommunistische Partei Deutschlandsor, o KPD, da illegale diventa clandestino e produce volantini che incitano al sovvertimento del regime di Hitler. Dopo la chiusura da parte della Gestapo di una serie di tipografie sotterranee gestite da cellule del KPD in Germania, la produzione viene spostata in locali segreti in Francia, Cecoslovacchia, Paesi Bassi e Svizzera. Tra il 1933 e il 1935, il KPD produce oltre un milione di volantini all'anno.

Il Partito socialdemocratico si ribattezza Partito socialdemocratico in esilio (SOPADE) e istituisce un avamposto a Praga (nel 1938, il SOPADE si trasferirà a Parigi e nel 1940 a Londra). I suoi membri stampano su fogli di carta color verde menta bollettini che riportano i rendiconti degli investigatori di Berlino, Amburgo e altre città. Questi "bollettini verdi", così vengono chiamati, descrivono le condizioni della Germania nazista, compreso l'antisemitismo dilagante che si respira ogni giorno di più.

I corrieri che divulgano i volantini e i bollettini in Germania affrontano un viaggio estenuante. Alcuni lo fanno in auto, altri in treno. Un gruppo chiamato Transportkolonne Otto carica pacchi di giornali proibiti prodotti in Svizzera su imbarcazioni che risalgono furtivamente il fiume Reno.

La Gestapo recluta spie per dare la caccia ai corrieri. Arresti e omicidi sono sconfortantemente frequenti. Nel 1934, la Gestapo sequestra 1.238.202 volantini; nel 1935, 1.670.300.

5.

Gli oppositori cercano di ingannare la Gestapo.

Le copertine degli opuscoli clandestini riportano titoli ingannevoli come *Manuale di cucina con 70 ricette testate* e *Come curare le piante di cactus.*

*Sciare nella Foresta Nera* è un compendio di discorsi pronunciati da politici di sinistra. *Il riscaldamento elettrico casalingo* è un estratto di un libro pubblicato a Parigi nell'agosto del 1933, intitolato *Il libro scuro del terrore hitleriano e dell'incendio del Reichstag*, che propone la controversa teoria secondo la quale sarebbero stati i nazisti a dare fuoco al Reichstag.

# Bella, luminosa, diafana

*1933 – 1934*

landscape. She used to write unsigned postcards to me from all parts of the country. In a ~~beautiful~~ ~~small clear~~ hand, ~~as simple and pure~~ as her personality, she wrote exquisite poetic lines as singingly lovely as her voice. She and Arvid were both nature lovers of the sort one finds only

He wore, of course, the Nazi uniform.
Mildred could have made friends very easily but she ~~chose to do it~~ slowly as caution was absolut ly essential to her work. She was slow to speak or express opinions; she listened quietly, weighing and evaluating the words, thoughts and xxxxxxxxxxx motivations in conversation. She was

Therefore when she did speak she commanded attention; her words were thoughtful, sometimes ambiguous when it was necessary to feel people out, persuasive and charged with an unobtrusive logic. It was fascinating to watch her subtle, ~~probing~~ approach to people whose sympathy she wanted to enlist im the underground.

1.

Un giorno, Mildred si fa un'amica.

Anni dopo, questa amica annoterà le sue impressioni su Mildred, ricordando che la sua pelle era "bella, luminosa, diafana" e il suo modo di vestire "semplice".

fair bright transparent skin – small back, feet + hands – simple dress

Mildred le invia cartoline da ogni parte del paese. Non scrive molto, solo una o due righe poetiche. Non firma le cartoline perché le piace sorprendere la sua nuova amica con un messaggio anonimo, e anche perché sta iniziando ad abituarsi a doversi nascondere.

2.

Mildred preferisce stringere amicizia in maniera graduale. La sua nuova amica se ne accorge osservandola in compagnia di altre persone. Mildred è cauta. La donna non ne capirà il motivo finché non si saranno conosciute meglio. A volte Mildred si rivolge alle persone in modo volutamente "ambiguo", scegliendo con attenzione le parole da dire per capire prima cosa pensano, come si sentono. Non le interroga ma carpisce da loro informazioni.

"Era affascinante," scrive l'amica, "osservare la discrezione con cui si avvicinava a coloro che voleva reclutare nella resistenza."

3.

L'amica si chiama Martha Dodd. È arrivata a Berlino il 13 luglio 1933, con i genitori e il fratello maggiore.

Martha ha ventiquattro anni. Ha studiato all'Università di Chicago, dove suo padre insegnava Storia americana, e ha lavorato per un breve periodo come assistente alla supervisione delle recensioni dei libri del "Chicago Tribune". Ha il sogno di diventare scrittrice, ma non una scrittrice qualsiasi, un'importante e famosa scrittrice americana.

Martha ha già stretto amicizia con diversi scrittori americani importanti e famosi: il poeta Carl Sandburg, il drammaturgo e romanziere Thornton Wilder. La cosa sorprende Mildred, la quale fa lezione su celebri scrittori americani senza però conoscerne nessuno personalmente. La sua vita non è affatto entusiasmante.

È questo che Martha ama di lei. Mildred "è molto povera, autentica e onesta," scrive in una lettera a Thornton Wilder.

L'amicizia tra Mildred e Martha sboccia per le strade di Berlino, nella luce chiara e spolverata di polline di fine estate. Passeggiano l'una di fianco all'altra lungo Unter den Linden, inspirando il rinvigorente profumo agrumato degli alberi di tiglio; si infilano nei caffè e sorseggiano bevande fredde sotto al ventilatore; si incontrano all'American Women's Club dove, all'ora di pranzo, Mildred tiene lezioni sui romanzieri americani contemporanei. Ad ascoltarla nelle sale lussuose del club, le cui pareti sono rivestite di noce, ci sono le mogli e le figlie dei diplomatici: vogliono tutte conoscere la nuova amica di Mildred, la figlia dell'ambasciatore William Dodd. Dodd conosce di persona Franklin D. Roosevelt, che lo ha nominato ambasciatore a Berlino dopo aver trionfato alle elezioni presidenziali del novembre precedente.

4.

Mildred incontra William Dodd di lì a poco. Non è facile per lui adattarsi al ruolo di ambasciatore. I suoi colleghi dell'ambasciata americana frequentano l'élite di Washington, uomini danarosi più interessati a fare baldoria alle feste che a lavorare onestamente.

L'ambasciatore Dodd è figlio di agricoltori. Mildred non ha bisogno di spiegazioni. Conosce molto bene gli agricoltori e ravvisa in lui la modestia tipica degli uomini del Midwest, persone con i piedi per terra. La fiuta praticamente allo stesso modo in cui si sente se il latte è fresco o avariato.

Dodd mostra a Mildred il manoscritto del libro a cui sta lavorando, un enorme volume che ha intitolato *L'ascesa e il declino del vecchio Sud*. Lo batterà a macchina per lui? Non può pagarla molto.

Mildred accetta l'incarico. Dal momento che Arvid non è ancora riuscito a trovare lavoro, lo stipendio di Mildred è la loro unica fonte di reddito. Dopo l'affitto, il caffè, salsicce in scatola e qualche ortaggio, restano soltanto pochi spiccioli da dare a un vicino che porta loro una pagnotta una volta a settimana, legandola al pomello della porta con un fazzoletto. L'abito con cui Mildred ama fare lezione è vecchio, "consunto all'inverosimile", come lei stessa lo descrive. Non infastidisce di certo i suoi studenti della BAG, i cui indumenti sono ancora più logori, ma fa sollevare le sopracciglia depilate delle donne vestite di tutto punto dell'American Women's Club.

"Ti prego di scusarmi per questa richiesta," scrive alla madre, "ma mi domando se qualcuno della famiglia non abbia qualche abito che non mette più."

Circa un mese dopo riceve un pacco. Gli abiti logori e informi che la madre è riuscita a rimediare sono brutti, davvero brutti. Se Mildred indossasse una vecchia tenda farebbe una figura migliore.

5.

Martha dice a Mildred che ha contatti con un giornale berlinese non ancora tra le grinfie di Goebbels.

Così decidono di lavorare insieme alla redazione di una rubrica che parlerà di libri.

Martha butta giù una lettera per Thornton Wilder. Il giornale si chiama "Storie berlinesi". "È un giornalaccio," gli anticipa Martha ironica.

*Ma potremmo dare vita a una piccola colonia... Voglio dire, avere un seguito. Riunire gli appassionati di libri e gli scrittori.*

Martha non vuole che il suo vero nome compaia alla fine della rubrica, così inventa uno pseudonimo: Wesley Repor. Mildred decide di firmarsi con il suo vero nome. Alcuni aspetti della sua vita devono restare nascosti, ma questo no.

Quali libri dovrebbero recensire? Mildred ammira la Hogarth Press, una piccola casa editrice che Virginia Woolf e suo marito Leonard gestiscono insieme nella loro sala da pranzo a Londra. Nel 1932, hanno pubblicato una critica feroce dell'antisemitismo tedesco intitolata *Lettera a Hitler* di Louis Golding. La Hogarth Press ha pubblicato anche *Saturday Night at the Greyhound*, un romanzo sui minatori di carbone scritto da John Hampson, forse meno audace della lettera, ma in grado di suscitare il disappunto della censura nazista, che percepiva in ogni personaggio appartenente alla classe operaia una strizzata d'occhio traditrice al comunismo.

Martha è entusiasta. Come sempre, la figlia dell'ambasciatore Dodd freme all'idea di fare qualcosa di sovversivo.

6.

L'alta società si addice a Martha.

Vive con i genitori e il fratello in una dimora sontuosa in Tiergartenstrasse, con una sala da ballo e alloggi per la servitù, niente a che vedere con la loro casa modesta di Chicago. Quasi ogni giorno le arriva un cartoncino con un invito scritto in rilievo a un tè, un pranzo, una cena, un ballo. Martha non parla una parola di tedesco, russo o francese, ma riesce comunque a tenere testa agli addetti esteri e ai diplomatici grazie alla sua sfrontatezza. Ha un sorriso dolce che si increspa delicatamente in uno sguardo impertinente e seducente e capelli a caschetto che trasforma in riccioli deliziosi con i bigodini. È minuta, ma non passa inosservata. Alle feste è irascibile, ama discutere quasi quanto ballare.

Quando è eccitata, parla velocissimo. La sua esuberanza è contagiosa e Mildred si lascia facilmente coinvolgere in vivaci conversazioni. Parlano di libri, di Berlino. Martha le rivela non soltanto di essere amica di Carl Sandburg, ma di aver avuto con lui una storia d'amore tormentata. Malgrado il consueto riserbo sulla sua vita privata, anche Mildred si apre in compagnia della sua nuova amica. Martha ha sei anni meno di lei, differenza d'età non eccessiva ma che, man mano che la loro amicizia si rafforza, Mildred noterà sempre di più.

Non è una recluta che Mildred sta cercando, non questa volta. Cerca una confidente. Sta trascorrendo troppo tempo da sola.

## 7.

Mildred si siede alla scrivania e afferra una penna.

"Mamma," scrive. "Nel pomeriggio sono stata con Martha."

Era quasi notte quando Mildred era uscita dal palazzo di Martha ed era tornata a casa a piedi, percorrendo un sentiero tortuoso attraverso il Tiergarten. Il cuore le tamburellava ancora in petto per la conversazione che avevano avuto. Avevano parlato di uomini per ore e ore. Come poteva descrivere tutto questo in un modo che sua madre potesse capire?

Appoggia la punta della penna sul foglio di carta che ha davanti. Una candela rossa tremola accanto a un vaso con tre rose d'inverno. Dalla finestra ad arco intravede il cielo stellato, nero come l'inchiostro che la penna libera sul foglio.

Le scrive di Arvid, di quanto sia meraviglioso amare un uomo che guarda il mondo nello stesso modo in cui lo guarda lei, un uomo "animato dallo stesso desiderio di afferrare la vita a piene mani". Scrive finché non ha espresso tutto quello che ha nel cuore.

È ora di andare a letto.

La camera da letto è fredda. Si infila sotto una coperta sottile. Presto Arvid le si sdraierà accanto. Fuori nevica.

## Due tipi di party
*1933 – 1935*

1.

12 novembre 1933. Una domenica pomeriggio. La rubrica su "Storie berlinesi" esce quel giorno in edicola e Mildred organizza una festa nel suo appartamento per l'occasione. La luce del giorno filtra dalla finestra ad arco mentre festose candele accese sono disposte qua e là, dove non ci sono libri. Mette a bollire l'acqua per il tè. Prepara un vassoio con pane, formaggio e salsicce di fegato.

Martha avrebbe preferito lo champagne al tè e il caviale alle salsicce di fegato, ma è troppo tardi. Mentre fa il giro per salutare gli amici e ricevere complimenti, osserva gli arredi. Casa di Mildred, con libri sparsi dappertutto, ha un certo fascino. Nota un vaso colmo di salicone, con ramoscelli marroni pieni di infiorescenze che spuntano da tutte le parti. Curioso. Mildred ha messo una candela dietro al vaso. La fiamma ne proietta le ombre danzanti sulla parete. "Significherà qualcosa?" Martha non sa dirlo.

2.

Qualche settimana prima anche Martha ha organizzato una festa. C'erano cocktail e tartine e soprattutto un ospite sensazionale, un *criminale*: Ernst von Salomon, uno scrittore tedesco che ha scontato una condanna di cinque anni di reclusione per aver partecipato all'assassinio del ministro degli

Esteri tedesco Walther Rathenau, avvenuto nel 1922. La festa era piena di diplomatici americani con le loro mogli, proprio il tipo di persone che Martha si diverte a lasciare senza parole.

Scriverà in seguito a Thornton Wilder: “Nello stupore generale dei diplomatici benpensanti (si è sentito un ansimare sommesso e bisbigli da parte dell’assemblea, compostissima), ho presentato a tutti Ernst von Salomon! Complice dell’assassinio di Rathenau... un ospite davvero particolare”.

3.

Martha si è innamorata, suo malgrado, di un nazista.

Rudolf Diels, l’affascinante leader della Gestapo, ha iniziato a corteggiarla, appostandosi sotto la finestra della sua camera da letto. Profondamente emozionata, Martha butta giù qualche frase in una lettera a Thornton.

> *Qui la neve è soffice e profonda. Nebbia di fumo color rame su Berlino di giorno e riflessi della luna calante di notte. Scricchiola la ghiaia sotto la mia finestra nell’oscurità. Diels, volto sinistro, labbra carnose, fisico magrissimo... mi starà spiando.*

Ma non osa dire una parola sulla vicenda a Mildred. Ha capito che fa parte di una sorta di gruppo di resistenza e che è estremamente prudente. Potrebbe porre fine alla loro amicizia se solo sospettasse che Martha è coinvolta sentimentalmente con Diels.

Le cicatrici sulle guance e sulla bocca di Rudolf Diels sono dovute alla scherma, una disciplina con cui i giovani tedeschi si misurano durante l’università per dimostrare il loro valore. Questi segni, le *Renommierschmisse*, sono motivo d’orgoglio. Nella sua autobiografia, Martha ricorderà che “aveva il volto più sinistro e lacerato dalle cicatrici che avessi mai visto”. Era “alto e snello”. Aveva capelli “rigogliosi”. I suoi occhi erano “neri, crudeli e penetranti”. Non camminava ma “avanzava con passo felpato”.

# Sotto controllo
## *1933 – 1935*

### 1.

Rudolf Diels si confida con Martha, le parla dei nazisti che conosce, dei loro "intrighi, litigi e ostilità interne al partito".

Sembra che si diverta a terrorizzarla.

Le dice che *l'ambasciata statunitense è sotto controllo. Anche casa tua lo è. Le telefonate vengono intercettate, i domestici sono spie, nulla è segreto.*

### 2.

Il padre di Martha inizia a prendere alcune precauzioni. Il Tiergarten, apprezzato dai berlinesi come cuore verdeggiante della città, è un luogo molto frequentato da chi va a cavallo o a passeggio con i cani, dagli osservatori di uccelli, da chi sfoggia abiti alla moda, da genitori con bambini in carrozzina e dagli amanti delle camminate. Ed è anche il luogo dove vanno l'ambasciatore Dodd e i suoi colleghi dell'ambasciata americana quando hanno bisogno di parlare senza essere ascoltati.

Martha lo sa, ma fa fatica ad accettare l'idea di essere spiata perfino a casa sua.

Il lampadario del soggiorno assume un aspetto sinistro. Ci sono microfoni nascosti da qualche parte tra i cristalli? E in cucina? Potrebbe esserci una sorta di dispositivo di registrazione dentro al forno? E in camera da letto? Nell'imbottitura del materasso? Cosa è rimasto *riservato*? Negli spaventosi, febbrili scenari che attraversano la mente di Martha, nulla sembra più impossibile.

Martha soffoca tutti i telefoni con dei cuscini, ma non basta. Quando suo padre torna a casa, lo convince a coprirli con scatole di cartone foderate di ovatta.

Sente parlare di un nuovo misterioso dispositivo meccanico in grado di registrare le conversazioni tra persone in una stanza se "poggiato contro la parete di una stanza adiacente". Potrebbero esserci decine di questi dispositivi. Forse li hanno piazzati tutti qui, ipotizza Martha, "con la complicità dei nostri domestici, di cui non ci siamo mai fidati".

Martha è in preda a "un nervosismo che rasenta l'isteria".

3.

Mildred invece sembra del tutto indifferente.

Di tanto in tanto va a casa di Martha per consegnare una grande busta. Al suo interno ci sono le pagine che ha scritto a macchina per suo padre: un capitolo o due di *L'ascesa e il declino del vecchio Sud*. Resta in piedi sulla soglia della porta, limitandosi a scambiare qualche parola di circostanza.

A volte, però, Mildred si porta un dito alle labbra e fa segno a Martha di seguirla su per le scale fino al bagno, dove le sussurra all'orecchio parole quasi impercettibili. I bagni, dice Mildred, sono difficili da controllare. Le piacciono anche i ristoranti rumorosi e i prati sconfinati.

Martha è confusa. In qualche modo, Mildred accetta la scioccante evenienza che le loro case siano sorvegliate, così come aveva accettato la notizia che erano stati bruciati libri in tutta la Germania.

4.

Mildred scompare in maniera bizzarra. Improvvisamente se ne va da qualche parte in Germania o più lontano, in

Svizzera, in Inghilterra o in Russia. Manda cartoline che non firma quasi mai.

Un giorno arriva una sua lettera. Martha ne riconosce la calligrafia.

*Ti piace bere birra da vecchi boccali su un grande tavolo di legno tirato a lucido con sopra salsicce di Francoforte, fiori del giardino e candele appoggiate su vecchi portacandele in ottone battuto? E prendere il tè sotto gli alberi da frutto in giardino? Ti piacciono le pecore con la testa triangolare e affusolata, i cavalli e le mucche?*

Mildred la sta invitando a fare una gita nel fine settimana. Saranno sole e avranno una casa tutta per loro, messa a disposizione da un amico. In fondo alla lettera, Mildred aggiunge:

"Nessuno deve venire a sapere della nostra scampagnata".

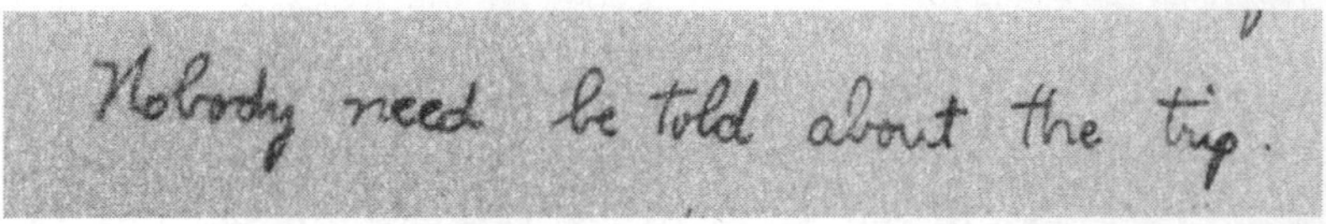
Nobody need be told about the trip.

## Esthonia e altre donne immaginarie
## *1934 – 1935*

### 1.

Gli inviti che Emmi Bonhoeffer spedisce sono scritti in rilievo su carta da lettera color crema. Riportano, con una scrittura elegante, che Mildred terrà tre lezioni in tre sabati di primavera. Si svolgeranno in Bendlerstrasse 36, a casa di Emmi e Klaus Bonhoeffer, parenti di Mildred, e "saranno seguite da una conversazione informale". Si precisa inoltre che le lezioni sono "patrocinate dall'ambasciata americana".

Alle 17 di sabato 21 aprile 1934, Mildred si presenta a un vivace consesso di critici, giornalisti e professori. Tra loro ci sono ebrei e militanti di sinistra. Alcuni hanno perso il lavoro, altri lo perderanno presto. L'argomento delle sue lezioni, spiega Mildred, è il Sud degli Stati Uniti. Due settimane fa ha parlato dell'autore originario del Mississippi William Faulkner. La settimana prossima parlerà del giovane romanziere Thomas Wolfe, originario della Carolina del Nord. Questa sera parlerà di un'autrice della Carolina del Sud, Julia Peterkin, la prima donna del Sud a vincere il premio Pulitzer. Molto probabilmente nessuno in sala avrà mai sentito parlare di Julia Peterkin, tantomeno ne avrà letto il romanzo pubblicato nel 1928, *Scarlet Sister Mary*, su una giovane donna nera che vive nel Sud segregazionista. Mildred vuole che gli astanti capiscano in che modo le leggi di Jim Crow si ripercuotano su ogni aspetto della vita quotidiana. Ovunque – scuole e chiese, autobus e fontanelle, bagni e ristoranti – compaiono cartelli con scritto "Persone di colore", "Solo bianchi", che rappresentano continui promemoria della segregazione razziale perpetrata con atti di violenza commessi da cittadini americani ordinari, poliziotti in uniforme e membri del Ku Klux Klan con il cappuccio bianco.

Il parallelo con la Germania è evidente. A Berlino e in tutto il paese stanno spuntando cartelli: "Gli ebrei qui non sono graditi", "Vietato agli ebrei", "Questa città è vietata agli ebrei".

2.

In seguito, Mildred scrive a sua madre raccontandole della lezione. Prima di mettere il foglio nella busta, scrive con inchiostro nero una frase enigmatica:

*Da allora il gruppo si è rinsaldato in modo interessante.*

3.

In quale *modo interessante*, nello specifico?

La scrittura di Mildred sta diventando sempre più vaga. Fa riferimenti velati a raduni politici. Usa un linguaggio in codice che spera il destinatario sia in grado di decifrare. Le parole devono essere comprese nel loro contesto, poiché sa che i censori nazisti leggono la sua posta.

Una delle strategie che utilizza è dire il contrario di ciò che pensa. La inorridisce vedere la Gioventù hitleriana marciare in una parata del 1° maggio, in una lettera alla madre, scrive:

*Com'era bello. Migliaia di persone che marciavano ordinate cantando e suonando per le strade maestose... Be', è una cosa davvero molto bella e seria – seria come la morte – e spero che non venga mai più travisata! Pensaci, mi auguro che tu mi capisca.*

## 4.

Prima di trasferirsi in Germania, Mildred aveva prelevato una piccola somma dai suoi risparmi e l'aveva investita. Quando vuole sapere come sta andando l'investimento, scrive a sua madre e le chiede:

*Come sta Esthonia? È in buona salute o i tempi sono duri anche per lei? Pensiamo a lei e speriamo di avere sue notizie a gennaio. Cara vecchia gatta. Un tempo partoriva gattini abbastanza regolarmente. E quest'anno?*

*Esthonia* non è una donna, né un gatto, è un buono del Tesoro. E *gattini* non significa cuccioli di gatto ma interessi.

Mildred non è l'unica a comunicare in codice. Lo fa tutta la tribù degli Harnack, nonché i Bonhoeffer, i Delbrück e i Dohnányi.

Sono cauti nell'aprire la porta di casa. Un certo numero di colpi indica l'identità del visitatore. Dietro alle osservazioni sui pasti e sul tempo, le conversazioni telefoniche nascondono una fitta trama di significati. Se dici *Adesso vado a pregare*, significa che stai per ascoltare una trasmissione straniera illegale alla tua Blaupunkt. Se dici *È in ospedale*, significa che quella persona è stata arrestata. Se dici *È in viaggio*, significa che è stata spedita in un campo di concentramento.

E poi? Se qualcuno della famiglia viene arrestato e rinchiuso in un campo di concentramento, come si fa a comunicare con il prigioniero? La questione viene affrontata con la massima attenzione. Viene deciso che i libri, massimo due, che le famiglie sono occasionalmente autorizzate a portare a un prigioniero, possono essere usati per dare loro notizie e istruzioni. Mettendo un puntino sotto una lettera, si può comporre una parola su diverse pagine e un'intera frase su molte di più.

Ci sono anche altri modi per nascondere i messaggi. Alcune carceri permettono alle famiglie di portare indumenti e cibo. I messaggi possono essere cuciti negli orli dei pantaloni e degli abiti. Piccoli pezzi di carta possono essere mescolati in un barattolo di fagioli secchi. Si esercitano a scrivere in caratteri minuscoli.

# Arvid trova lavoro
## *1934 – 1935*

### 1.

Adesso Mildred è ufficialmente l'unica a mantenere la famiglia. Ogni mattina si sveglia con questa consapevolezza, sentendone il peso. Il denaro che guadagna insegnando alla BAG basta a malapena a pagare le bollette. Risparmia il più possibile. Beve un surrogato di caffè da quattro soldi fatto con il mais e salta i pasti quando la dispensa è vuota. Arvid è scoraggiato, non sa cosa fare della sua carriera. Il manoscritto nascosto nella chiesa americana un giorno potrebbe essere pubblicato, oppure no. In ogni caso, il mondo accademico gli è precluso per il prossimo futuro. Diventa sempre più nervoso. Mildred scrive un racconto sui loro litigi e lo nasconde in un cassetto. Non ha intenzione di pubblicarlo; in ogni caso non adesso.

Arvid cammina per la casa e si sfoga con Mildred, perdendo le staffe alla minima provocazione. "Quante volte devo dirti di togliere i tuoi libri dal bagno?" grida. "O devo farlo io?"

Per tenere in ordine l'appartamento, hanno messo a punto un sistema: lei si occupa di una stanza, lui dell'altra. Lui accende le braci nella stufa di maiolica e lei tiene pulita la cucina. Ma il lavello si riempie di stoviglie, il piano di lavoro di briciole. Mildred dimentica di restituire il grande vassoio che ha preso in prestito dalla padrona di casa. "Non fai mai niente," si lamenta Arvid. Talvolta Mildred dimentica di preparare la cena. È sbadata con le sue cose. Lascia libri impilati dappertutto mentre Arvid ripone i suoi in modo ordinato, quasi maniacale.

La cosa peggiore è che lui, una volta così prodigo di sentimenti, desideroso di condividere tutto, ha iniziato a chiamare il soggiorno la *sua* stanza.

"È anche mia," insiste lei. "Quel che è tuo è mio e quel che è mio è tuo."

"È solo mia e non voglio che ci entri nessun altro," replica Arvid.

Mildred, sconcertata, afferra il vassoio, si infila il soprabito e il berretto ed esce di casa.

Arvid la segue nel corridoio. Adesso si sente in colpa. Non vuole che esca da sola. Possono andare insieme a restituire il vassoio.

"No," risponde Mildred. "Voglio stare da sola."

## 2.

Migliaia di donne vengono incarcerate e il loro numero è in costante aumento. Molte di loro erano state liberate nel decennio precedente, durante gli anni della Repubblica di Weimar, e avevano trovato lavoro come segretarie, giornaliste, operaie, avvocati, medici, professoresse. Adesso vengono imprigionate di nuovo perché aderiscono a partiti di sinistra. Se sono madri, i loro figli vengono mandati in case-famiglia naziste. Molte di queste donne non rivedranno mai più i loro figli.

Una donna tedesca viene spedita in una prigione femminile vicino ad Hannover, denominata Moringen. Suo marito un tempo era uno stimato politico del Reichstag. Dato che rappresentava il Partito comunista, è stato deportato insieme ad altri comunisti, torturato a Dachau e lasciato morire. Al momento dell'arresto a sua moglie hanno strappato i figli dalle braccia. Adesso scrive a sua sorella in America, implorando aiuto.

*Purtroppo ci troviamo in una brutta situazione. Theodor, il mio amato marito, è morto improvvisamente a Dachau quattro mesi fa. I nostri tre figli sono stati spediti nella casa-famiglia statale di Monaco. Io sono nel campo femminile di Moringen. Non ho più un soldo.*

Ma la lettera viene respinta dalla censura nazista. È costretta a riscriverla ripulita:

*Purtroppo le cose non sono andate esattamente come avremmo voluto. Theodor, il mio amato marito, è morto quattro mesi fa. I nostri tre figli vivono a Monaco, in Brenner Strasse 27, io a Moringen, vicino ad Hannover, in Breite Strasse 32. Ti sarei grata se potessi inviarmi un po' di denaro.*

3.

Dalla famiglia di Arvid arrivano notizie sia buone sia cattive.

La cattiva notizia: Ernst von Harnack, cugino di Arvid, è stato arrestato.

Fino a poco tempo prima era il sindaco della città di Merseburg. Ernst ha tenuto alta la tradizione degli Harnack di sfidare i dogmi, attirando intorno a sé un vortice di polemiche per essersi opposto con vigore al Partito nazista, che è il motivo per cui è stato destituito dal suo incarico. Ora è sospettato di essere un nemico perché ha sostenuto diversi socialdemocratici e sindacalisti incarcerati e torturati nei campi di concentramento. La famiglia è inorridita. Nessuno sa se anche a Ernst toccherà la stessa sorte.

E la buona notizia: Klaus Bonhoeffer, un altro cugino di Arvid, gli ha trovato un lavoro. Non è nel mondo accademico, ma poco importa. Klaus lavora come avvocato per la Lufthansa Airlines e ha preso accordi affinché Arvid venga assunto come assistente legale, un lavoro che gli darà il denaro di cui ha tanto bisogno, e non solo. La Lufthansa programma regolarmente voli in numerosi paesi d'Europa. Arvid non ha ancora elaborato una strategia chiara, ma intravede l'opportunità di stabilire connessioni con altri paesi che potrebbero supportare la resistenza.

4.

Arvid trascorre molte ore in ufficio, dedicandosi completamente al suo nuovo lavoro.

Quasi tutte le sere Mildred fa ritorno in un appartamento deserto e cena da sola. Riempie le ore di solitudine con il lavoro. Ci sono sempre lezioni da preparare e lei è irrimediabilmente indietro con la tesi, preoccupazione che l'assilla: a quest'ora avrebbe dovuto essere già *finita*.

Ogni tanto arrivano donne e uomini con libri proibiti nascosti nelle borse o infilati nella cintura. Parlando di libri che mettono in discussione i princìpi del regime nazista, si preparano alla sua sconfitta, che Mildred, Arvid e tutti i membri del Circolo ritengono ancora imminente.

Quando se ne vanno, l'appartamento ridiventa silenzioso.

Mildred legge un libro, scrive una lettera. Si sdraia sul pavimento, fa qualche flessione. Mette a bollire l'acqua per il tè. Più tempo Arvid resta in ufficio, più lei teme che sia stato arrestato.

Poi, finalmente, il rumore lieve della chiave nella serratura. *Sollievo*. È a casa.

# Ladri, falsari, bugiardi, traditori
## *1934 – 1935*

1.

Mildred organizza sempre più riunioni e il Circolo si amplia. Nei prossimi quattro anni si collegherà con un altro circolo di resistenza, poi un altro e un altro ancora – Tat Kreis, Gegner Kreis e Rittmeister Kreis –, tutti anelli della stessa catena.

2.

"Molti dei membri del gruppo che si è formato nel corso degli anni erano giovani, allegri, pieni di energia e di entusiasmo," ricorderà uno di loro, uno scrittore ebreo di nome Günther Weisenborn i cui libri erano stati messi al bando nel 1933.

I volantini sono la prima arma del loro arsenale.

Trovare carta sufficiente per stampare i volantini è difficile. Lo stesso vale per i nastri per le macchine da scrivere, carta carbone, buste, francobolli. Man mano che i controlli della polizia di Stato nazista si inaspriscono, decidono di rubare le scorte.

"Naturalmente prendevamo precauzioni, indossavamo guanti, usavamo diverse macchine da scrivere e distruggevamo accuratamente le carte carbone," ricorderà Weisenborn.

Lasciano pile di volantini nelle cabine telefoniche, nei servizi pubblici, nei parchi, nelle stazioni ferroviarie. Li spediscono a perfetti sconosciuti di cui hanno reperito l'indirizzo sfogliando a caso l'elenco telefonico di Berlino. Non possono andare alla posta con pile di buste da lettera senza destare sospetti, così le dividono in mucchietti più piccoli e a turno le infilano nelle cassette postali di tutta Berlino.

I volantini esortano i tedeschi a *resistere*, *resistere*, *resistere*.

L'implacabile brutalità nazista rinvigorisce la loro convinzione di dover reagire con costanza, diligenza e senza esitazioni. Allestiscono dimore sicure e aiutano gli ebrei a fuggire dalla Germania. Falsificano tessere annonarie, carte d'identità, visti d'uscita. In questo modo, gli antinazisti diventano ladri e falsari.

E anche traditori. Combattere contro il proprio paese è un atto di tradimento.

Come reagiresti se i tuoi amici o la tua famiglia non condividessero le tue idee politiche? E se tuo marito o tua moglie temesse il governo nazista o, peggio ancora, lo ammirasse? Entrare a far parte del Circolo significherebbe dover inventare scuse per assentarsi improvvisamente, scomparire durante la notte senza una spiegazione. Dovresti abituarti alle mezze verità e ai raggiri, a mentire continuamente, anche ai tuoi cari. Diventeresti diffidente, sfiduciato. Scruteresti i tuoi conoscenti alla ricerca di indizi che rivelino la loro appartenenza alla Gestapo. Cominciano a circolare storie di bambini che denunciano i genitori. I membri del Circolo si stanno trasformando in persone ansiose, paranoiche.

Ma Mildred non si ritiene particolarmente ansiosa. Non si considera nemmeno una traditrice. Il suo compito è semplice: convincere quanti più tedeschi possibile a unirsi alla resistenza.

## Rudolf Ditzen, alias Hans Fallada
## *1934*

### 1.

Con il denaro guadagnato grazie al suo bestseller, lo scrittore tedesco Rudolf Ditzen ha acquistato una fattoria in un paese sperduto fra le colline del Meclemburgo. Mildred non ci è mai stata, né conosce Ditzen personalmente, ma conosce il suo editore, che si offre di presentarglielo.

Mildred è curiosissima. Il romanzo di Ditzen ha toccato un nervo scoperto quando è stato pubblicato nel 1932, e lei ne capisce il motivo. Parla di un impiegato e di una commessa che lottano contro la precarietà cronica del lavoro e le pressioni finanziarie causate dalla nascita di loro figlio. Sono l'immagine perfetta dei suoi studenti della BAG, intrappolati in una spirale negativa di povertà e vergogna. Con i pochi spiccioli che sono riusciti a racimolare, i tedeschi si sono precipitati a comprare il romanzo, intitolato *E adesso, pover'uomo?* Nel marzo del 1933, il libro aveva venduto 42.000 copie in Germania. L'autore si era firmato con uno pseudonimo: Hans Fallada.

Nonostante il recente successo, Rudolf non se la passa affatto bene. Si preoccupa costantemente per la sua carriera. L'anno scorso si è trovato di fronte a una decisione da prendere: aderire o no alla Reichsverband Deutscher Schriftsteller, l'Unione degli autori tedeschi? Gli scrittori che non l'avessero fatto non avrebbero mai visto i loro libri pubblicati in Germania. Così si è iscritto. Gli era sembrato inevitabile.

Da allora ha scritto altri due libri. Uno è un romanzo di 580 pagine, intitolato *Aspettavamo un bambino*, che ha buttato giù in appena tre mesi, un ritmo frenetico che lo ha spossato. Ascessi alle gengive lo hanno costretto a farsi operare tre volte, ed entrambi i suoi figli si sono ammalati di pertosse. Ma è stato l'altro romanzo a causargli la maggior parte delle sofferenze. *Chi c'è stato una volta*... parla di un uomo che viene imprigionato. Il libro è una critica feroce del sistema giudiziario tedesco. Sa che sarà considerato controverso, anche perché descrive una relazione omosessuale e rappresenta con benevolenza una madre non sposata. Per placare i nazisti, decide di scrivere una prefazione che esprime gratitudine per i cambiamenti cui la società è andata incontro da quando Hitler è diventato cancelliere. I personaggi e i fatti "ridicoli, grotteschi e penosi" descritti nel libro sono ormai, assicura al lettore, "acqua passata".

Il suo editore detesta quella prefazione. È "troppo riverente," insiste. *La tolga*. Ernst Rowohlt è un titano dell'industria tedesca, presidente della Rowohlt Verlag, una casa editrice che continua a stampare libri di autori ebrei e a mantenere redattori ebrei nel proprio staff. Non si lascia scoraggiare facilmente.

Ma Rudolf si rifiuta. Ha una moglie, un figlio piccolo e uno appena nato. È a un punto della sua carriera in cui non può permettersi di correre rischi. La prefazione deve rimanere. Non cambierà una virgola. La scorsa primavera è stato arrestato dopo che uno sconosciuto lo ha accusato di aver complottato per assassinare Hitler. Le Truppe d'assalto hanno perquisito la sua fattoria per tre ore. Non hanno trovato nessuna prova, ma lo hanno comunque mandato in prigione, dove è rimasto per dieci giorni. Quell'esperienza lo ha scosso nel profondo e non vuole ripeterla mai più.

*Vattene dalla Germania*, gli consiglia Rowohlt. *Vendi la fattoria*.

Ma Rudolf risponde che non può. Non può e non vuole. La fattoria è il suo orgoglio e la sua gioia. E citando le sue stesse parole, "inghiottirò l'amara pillola".

L'amara pillola lo sta facendo ammalare, o almeno questa

è la sensazione che ha Rowohlt, che conosce molti autori rimasti in Germania e anche tanti altri che sono fuggiti. Quelli della prima categoria dicono che stanno aspettando che il regime di Hitler crolli, e che nel frattempo manterranno un profilo basso, si ritireranno nel conforto delle loro famiglie evitando di attirare l'attenzione dei nazisti. Quelli della seconda categoria ritengono che gli autori della prima categoria siano degli idioti leccapiedi.

Thomas Mann, che vincerà il premio Nobel per la letteratura, appartiene alla seconda categoria. Legge *Chi c'è stato una volta...* in Svizzera, dove si è autoesiliato, e continua a pubblicare romanzi alle sue condizioni, senza strisciare né leccare piedi. Quella prefazione lo disgusta. Il 14 marzo 1934, Mann scrive furioso nel suo diario:

> Per poter essere pubblicato in Germania un libro deve avere un'introduzione che ne disconosca e rinneghi l'umana filosofia.

## 2.

Mildred va a trovare Rudolf Ditzen il 27 maggio 1934. Ernst Rowohlt non può accompagnarla, ma suo figlio ventiseienne, Heinrich Ledig-Rowohlt, sì.

Mildred invita Martha Dodd a unirsi a loro.

La loro amicizia aveva subìto una battuta d'arresto quando Mildred aveva scoperto che Martha frequentava il capo della Gestapo, ma adesso sembra essere tornata in sé. La sua ossessione per il bello e tenebroso Rudolf Diels è stata, ammette, un errore infantile. Mildred accoglie questo cambio di scenario con fredda approvazione.

Il nuovo amante di Martha, un russo di nome Boris Vinogradov, si offre galantemente di guidare. Mildred, Martha e Heinrich si sistemano sui sedili posteriori di una Ford Cabriolet decappottabile e Boris li conduce verso nord, lasciandosi alle spalle i viali trafficati di Berlino. La destinazione è Carwitz, paesino caratteristico del Meclemburgo, una regione disseminata di laghi blu incontaminati. Il viaggio dura tre ore. Dopo circa un'ora, le strade di campagna si fanno più strette. Su entrambi i lati compaiono alberi di acacia pieni di fiori profumati che pendono come grappoli d'uva. I castagni invece portano i loro fiori come fossero candele, coni bianchi che spuntano tra le foglie. La conversazione si sposta su Rudolf e la sua brutta prefazione, ma viene interrotta da un repentino cambiamento metereologico. Si sente il fragore dei tuoni e si vede il balenare dei lampi. È un temporale primaverile. La pioggia cade calda e pesante e un forte vento scuote le cime degli alberi.

Boris procede imperterrito. Si rifiuta di alzare il tetto della decappottabile, suscitando l'ilarità dei passeggeri. Tutti sollevano il viso sotto la pioggia scrosciante, ridendo. Quando raggiungono Carwitz, sono completamente fradici.

Smette di piovere. Esce il sole. Appare un cane che abbaia. Rudolf Ditzen esce dalla fattoria e scende lungo un sentiero per salutarli, seguito dal suo bambino di quattro anni e dalla moglie Suse, che tiene il neonato in braccio. La vita in campagna sembra perfetta per loro, sui loro volti è dipinta la soddisfazione.

Lui propone di fare un giro. Gli abiti bagnati si asciugheranno al sole. Li conduce intorno alla fattoria. C'è un bellissimo orto dietro al quale scintilla un lago blu. Mildred dice di voler camminare fino al lago. Non da sola, chiede a Rudolf di accompagnarla. Lui accetta il suo invito, lasciando che gli altri proseguano verso la fattoria.

Mildred e Rudolf passeggiano fianco a fianco. Lei gli parla del lago Michigan. Quando era bambina, si toglieva le scarpe e correva a piedi nudi sulla sabbia. Nuotava al sole per ore, finché non si ustionava.

"Dev'essere difficile per te vivere in un paese straniero," osserva Rudolf.

Mildred risponde di sì.

Accende una sigaretta e fa un tiro. Si alza una nuvola di fumo. "Non potrei mai scrivere in un'altra lingua," dice, "o vivere in un luogo che non sia la Germania."

"Forse è meno importante *dove* si vive," ribatte lei, "di *come* si vive."

In campagna, circondato dalle mucche, un uomo può scrivere in pace.

Questo è ciò che Rudolf dice a Mildred, che lo sta fissando.

"Puoi davvero scrivere quello che ti pare?"

"Dipende dai punti di vista," risponde lui. Le parla delle difficoltà che devono affrontare gli scrittori in Germania, delle restrizioni.

*Non ho bisogno di spiegazioni*, potrebbe rispondergli, *non mi stai dicendo nulla che io non sappia*. Ma tace. Gli lascerà dire quello che ha bisogno di dire. E così lui continua a parlare di come il governo possa proibire questa o quella parola, ma di come il linguaggio non possa essere vietato in quanto la lingua è qualcosa di vivo, qualcosa che appartiene al popolo tedesco. Poi lo ascolta parlare del popolo, il *Volk*.

"Quindi, sì," conclude, "credo che si possa ancora scrivere in Germania se si osservano le norme necessarie e si cede un po'. Non sulle cose importanti, naturalmente."

"Cosa è importante e cosa non lo è?" domanda Mildred.

Un altro tiro. Una nuvola di fumo che sale.

Nella luce calante del pomeriggio, la moglie di Rudolf prepara una semplice cena di campagna. La conversazione divaga piacevolmente.

L'amante russo di Martha rimane in silenzio. Di tanto in tanto fa un sorriso a Martha, che ricambia. La loro comunicazione sembra fatta solo di gesti e di sorrisi.

Dopo cena, Mildred e Martha escono a fare una passeggiata, seguite dal cane. Gli uomini rimangono a casa a giocare a scacchi – Boris guarda Rudolf e Heinrich che fanno una partita. Heinrich disapprova la prefazione di *Chi c'è stato una volta*... e lo dice a Rudolf. Rudolf si infuria.

Nessuno parla molto durante il viaggio di ritorno a Berlino. Boris conduce la Ford Cabriolet decappottabile lontano dalla fattoria e lungo le stradine di campagna. I passeggeri sono assorti nei loro pensieri. Quando Mildred rompe il silenzio, parla dell'autore, tormentato e vigliacco, che ha tenuto viva la loro attenzione per buona parte della giornata. A un certo punto aveva chiesto a Rudolf perché si fosse arreso. Lui era diventato scarlatto in viso ed era rimasto in silenzio.

Mildred non lo recluterà nel Circolo. Nessuno sa che questo era il suo secondo fine: né Heinrich, né Martha, né il suo nuovo amante russo.

Boris Vinogradov stringe il volante, costeggiando casolari solitari e campi deserti. I suoi fari proiettano fasci di luce nell'oscurità.

## La Notte dei lunghi coltelli
## *1934*

### 1.

Alcuni giorni prima dello scoppio della follia assassina, tre uomini si incontrano in un ufficio ben illuminato.

Sono i lacchè più fedeli di Hitler. Il più giovane ha appena trent'anni. Il mese scorso è stato nominato nuovo capo della Gestapo. Accanto a lui siede il leader trentatreenne delle SS, nonché architetto dei campi di concentramento. Il terzo uomo non è seduto, cammina avanti e indietro. L'ufficio illuminato appartiene a lui. A quarantun anni li supera per rango e per età, dirigendo sia il ministero degli Interni della Prussia che quello dell'Aviazione. L'anno precedente ha guidato la creazione della Gestapo e ne è stato il primo leader.

I tre uomini sono Reinhard Heydrich, Heinrich Himmler e Hermann Göring. Ognuno di loro vedrà la propria carriera evolversi in modo spettacolare negli anni a venire, collezionando nomine e posizioni di gabinetto con la stessa avidità con cui i bambini collezionano le biglie.

È passato quasi un anno e mezzo da quando Hitler è diventato cancelliere e alcuni tedeschi si stanno già stancando. Brontolano sostenendo che le nuove leggi sono troppo severe. Un gruppo di ricchi conservatori di destra chiede a gran voce che si ponga fine agli arresti arbitrari e alla violenza nelle strade. L'economia mostra segni di significativo miglioramento – entro giugno del 1934, la disoccupazione scenderà di oltre il 50 percento –, ma la criminalità nazista minaccia di minare la stabilità. Il pulsare della paura si percepisce in tutta la Germania. Corre voce che ci sarà una seconda rivoluzione. In alcune città, il timore di un'altra paralizzante recessione spinge la popolazione in preda al panico ad accumulare provviste.

I tre fedeli lacchè di Hitler sanno che ci sono diversi modi per affrontare queste complicazioni.

In primo luogo, potrebbero spargere la voce che i tedeschi stanno molto meglio di un anno e mezzo fa. Ma questo lo stanno già facendo.

In secondo luogo, potrebbero arrestare gli oppositori. Chiunque metta in discussione la politica di Hitler è un nemico, non fanno eccezione i conservatori di destra e gli aderenti al nazismo. Ma arrestarli non significa metterli a tacere.

Il che li conduce a una terza opzione: sparare agli oppositori.

## 2.

Un uomo è uscito dall'ufficio ben illuminato. Si chiama Ernst Röhm. È stato alleato politico e amico intimo di Hitler per quattordici anni. Quando Hitler era un politico alle prime armi e teneva discorsi nelle birrerie, Röhm era lì con lui, a proteggerlo e a reclutare seguaci. Tutti gli altri devono rivolgersi a Hitler come Mein Führer, solo Röhm può chiamarlo Adolf. A volte è ancora più sfacciato e lo chiama Adi.

Hitler e Röhm – Adi ed Ernst – sono come culo e camicia. Lo sanno tutti. A molti, compresi i tre uomini nell'ufficio illuminato, non fa piacere.

Röhm è a capo delle Truppe d'assalto. Tre milioni di uomini sono sotto il suo comando, sette milioni e mezzo se si contano le reclute dei Caschi d'acciaio, un'organizzazione di veterani. I numeri sono sbalorditivi. Le forze di Röhm hanno le dimensioni di un vero e proprio esercito a confronto con le SS, che contano solo 50.000 uomini.

Come capo delle SS, Himmler si sente in inferiorità numerica. Lo stesso vale per Heydrich; la Gestapo non si avvicinerà mai ai numeri di Röhm. Anche Göring è infastidito dalla popolarità di Röhm.

Hitler si sente sempre più a disagio. Cosa succederebbe se Röhm decidesse di rivoltarsi contro di lui, di condurre una rivoluzione? Il solo pensiero lo manda in paranoia.

Ernst deve sparire.

3.

Il 30 giugno 1934, Ernst Röhm viene arrestato e incarcerato.

La mattina dopo, due ufficiali delle SS entrano nella sua cella per spiegargli che ha il diritto di suicidarsi. Gli danno una pistola.

Röhm accetta l'arma, una Browning carica, ma rifiuta di uccidersi. Così gli sparano loro.

4.

La furia omicida si protrae per tre giorni. Passerà alla storia come "il colpo di stato di Röhm". Gli verrà dato anche un altro nome: la Notte dei lunghi coltelli.

Le SS assassinano un gran numero di politici, tra cui alcuni uomini alle dipendenze del vicecancelliere Papen. L'addetto stampa del vicecancelliere, Herbert von Bose, viene ucciso, così come colui che gli preparava i discorsi. Uccidono anche l'amico del vicecancelliere. Lo stesso Papen sfugge all'assassinio per un soffio e viene messo agli arresti domiciliari.

A Berlino, centocinquanta soldati delle Truppe d'assalto vengono messi in fila contro un muro e fucilati.

A Monaco di Baviera, un uomo sta suonando il violoncello nello studio del suo appartamento mentre la moglie prepara la cena e i loro tre figli, di nove, otto e due anni, giocano insieme. Suona il campanello. Quattro ufficiali delle SS entrano in casa e lo arrestano, lo fucilano e in seguito consegnano la bara alla moglie con delle scuse. Quell'uomo non era chi pensavano che fosse. Avevano confuso Willi Schmid, un critico musicale, con Willi Schmidt, un soldato d'assalto.

Vengono arrestate più di mille persone.

Hitler ordina al ministero della Giustizia di legalizzare retroattivamente quanto accaduto, promettendo di pronunciare un discorso che spiegherà tutto.

5.

IL GOVERNO DEL REICH HA PROMULGATO LA
SEGUENTE LEGGE RELATIVA ALLE
MISURE DI DIFESA DI EMERGENZA NAZIONALE

Le misure prese il 30 giugno e il 1° e 2 luglio 1934 per reprimere i tentativi di tradimento e l'alto tradimento sono misure di emergenza legittime per la difesa dello Stato.

Il cancelliere del Reich: Adolf Hitler
Il ministro degli Interni del Reich: Wilhelm Frick
Il ministro della Giustizia del Reich: Franz Gürtner
Berlino
3 luglio 1934

6.

Il discorso di Hitler viene trasmesso alla radio. Il Führer inveisce contro una banda di traditori che cospiravano per rovesciare il governo con l'aiuto di un altro paese, di cui non fa il nome. Fa anche una vaga allusione al suo amico Röhm, sostenendo che stesse tramando il suo assassinio.

> Sia chiaro a tutti che nessuno può minacciare l'esistenza della Germania – che dipende soltanto dalla sua legge e ordine interno – e uscirne impunito! E sappiate che chi alza le mani per colpire questo paese, va incontro a morte certa!

## 7.

La minaccia di Hitler è chiara e inequivocabile, brutale come un martello. *Morte certa.*

È venuto il momento di spostarsi, decidono Mildred e Arvid.

Trovano una piccola casa in una zona isolata di Wannsee, un sobborgo di Berlino. Non è lontano dal loro vecchio appartamento, solo ventiquattro chilometri, ma è come fosse un altro mondo, con fitti boschi e due laghi, uno piccolo e uno grande. La domenica erano soliti andare a nuotare in quello più piccolo. Si sedevano sugli asciugamani e mangiavano panini al sole, lasciando che l'acqua sulla loro pelle si asciugasse. Tornavano a Berlino riposati e pronti ad affrontare un'altra settimana di lavoro.

Adesso i tempi sono cambiati. Un sanguinoso massacro è avvenuto in pieno giorno. Un'infinità di persone è stata colpita alle spalle, in faccia, al petto, e i loro corpi gettati nelle fosse o infilati in bare e consegnati alle mogli. In alcuni casi sono state uccise anche le mogli.

Gangster. La Germania è governata da gangster.

## 8.

Mildred ha bisogno di ragionare per capire quale sia la linea d'azione più saggia da intraprendere.

Ogni mattina, prima di colazione, lei e Arvid passeggiano e parlano di cosa sia meglio fare. Nel pomeriggio scrive. Scrivere è molto importante in questi giorni, la aiuta a non pensare ai gangster, almeno per un po'.

La rubrica sui libri che curava con Martha Dodd non esiste più. Dopo tre mesi e una mezza dozzina di articoli, Martha aveva perso interesse, alludendo vagamente ad altre esigenze più stringenti. Probabilmente era stato meglio così. Martha non era una buona collaboratrice, Mildred scriveva da sola la maggior parte degli articoli. Così per l'ultima e conclusiva rubrica – incentrata sul romanzo epicamente lungo di Hervey Allen, *Antonio Adverse* – rinuncia ad avere un coautore e la firma con le sue iniziali.

9.

Mildred scrive un biglietto a Martha. Nella concitazione del trasloco, non è riuscita a salutarla.

Le dice che sta leggendo un libro su un uomo solo che impazzisce di preoccupazione per le forze distruttive del suo paese.

Mildred non sta impazzendo, ma la fatica di vivere in Germania sta iniziando a pesarle.

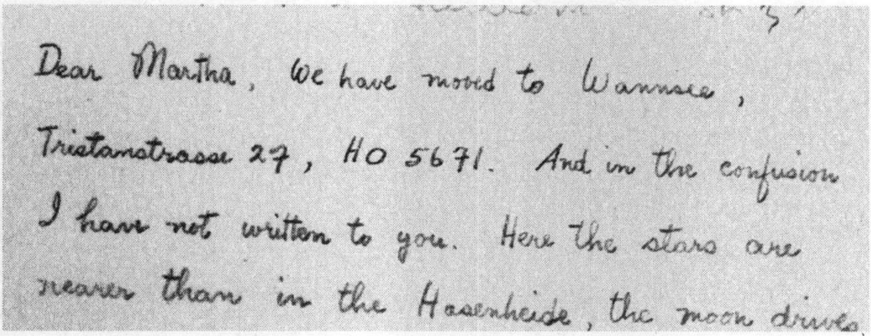
Dear Martha, We have moved to Wannsee,
Tristanstrasse 27, HO 5671. And in the confusion
I have not written to you. Here the stars are
nearer than in the Hasenheide, the moon drives

Non si tratta di una delle cartoline anonime di Mildred. Questa volta, la firma col suo nome.

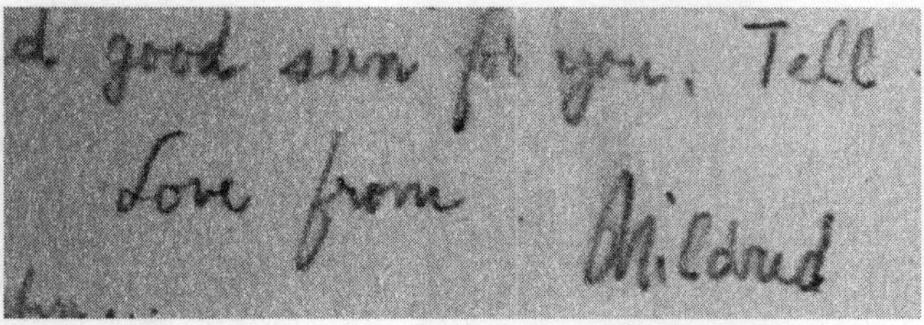
d good sun for you. Tell
Love from
Mildred

10.

Nove del mattino del 2 agosto 1934. Muore il presidente Paul von Hindenburg. Dopo una lunga malattia, il leader ottantaseienne ha esalato l'ultimo respiro.

Tre ore più tardi, il governo rilascia una dichiarazione.

Il ruolo di presidente è stato abolito. Quello di vicecancelliere appartiene al passato. Adolf Hitler è ora l'unico capo supremo della Germania.

Mildred ascolta la notizia alla radio. Arvid è con lei e misura la stanza con i passi.

# 5.
# Il bambino

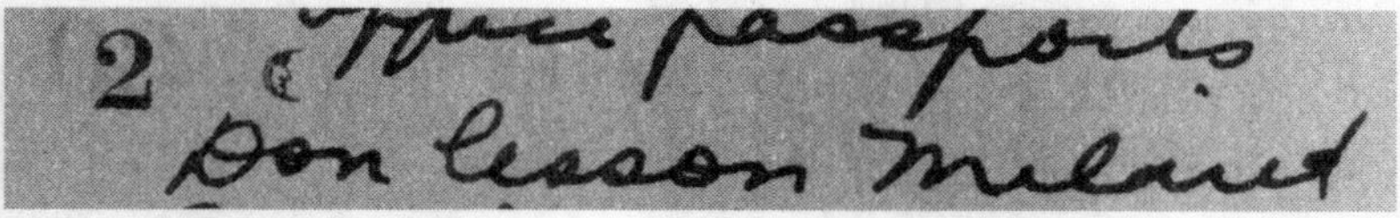

## Una *Molekül* e altre inezie
## *1939*

### 1.

La prima volta, Don non aveva fatto caso se l'appartamento di Mildred fosse silenzioso o rumoroso, buio o luminoso, caldo o freddo. Ora lo sa: silenzioso, luminoso, freddo.

Sente un ticchettio. Posa lo sguardo sulla stufa di maiolica nell'angolo della stanza. Dentro c'è del carbone che sta bruciando. Alcuni pezzi sono ammucchiati dietro una porticina bucherellata. Un tubo spesso sale verso il soffitto, trasportando il fumo all'esterno, nell'aria grigia e fredda. Fuori fa più freddo che dentro, ma non di molto.

Si toglie lo zaino e il soprabito, inzuppato dalla neve.

Mildred lo appende a una sedia di legno vicino alla stufa. *Posa lo zaino lì*, gli dice indicando il divano. È imbottito e ha i braccioli di legno. È il suo posto preferito per leggere, imparerà nel corso dell'anno e mezzo successivo. Imparerà anche che le piacciono le arance e che ama i fiori quasi più di ogni altra cosa. Si siede accanto a lei.

*Ora prendi il tuo libro*, gli dice.

Don lo fa, aprendo lo zaino.

Lei gli indica un paragrafo. Il suo dito gli sembra diverso da quello di sua madre. Le unghie di sua madre sono rosse e lucide. Quelle di Mildred sono semplici.

Le parole sulla pagina sono un sentiero scivoloso, punti e virgole sono come sassolini. Lui inciampa. Va avanti, inciampa di nuovo. Non sa di che libro si tratti o perché lei voglia che lui lo legga a voce alta. Preferirebbe leggere *Antonio Adverse*. L'ha trovato su un tavolo dell'American Women's Club, dove a sua madre piace andare a pranzare. *Antonio Adverse* è un libro spesso, di 1.224 pagine, di più se contiamo anche l'indice, che divide il testo in nove parti. La prima è *Quando il seme cade nella foresta incantata*. La seconda è *Quando le radici dell'albero sono scoperte*. La terza è *Quando le radici dell'albero si staccano*. E così via fino alla nona: *Quando l'albero viene abbattuto*. Il libro che Mildred vuole che lui legga è sui poveri dell'Oklahoma. Il titolo – *The Grapes of Wrath* (*Furore*) – fa pensare alla frutta, non alle persone.

Ha finito di leggere il paragrafo. Dice di essere stanco. Si guarda i piedi e agita la gamba. Mildred beve un sorso di tè.

*Bene*, dice lei alla fine. *Allora questa sarà una lezione breve*.

Si alza dal divano e gli ordina di rimettere il libro nello zaino. Prima che lui chiuda la cerniera, lei vi infila dentro un biglietto. Una volta a casa, lo consegnerà a sua madre. Più tardi, quando suo padre tornerà dall'ambasciata, Louise gli passerà il messaggio.

*Non dimenticare il soprabito.*

Don si ricorda che lei lo aveva messo sulla sedia accanto alla stufa. Lo aiuta a indossarlo. Il cappotto adesso è caldo.

## 2.

Dopo la lezione, Don va a cercare Mole in Hauptstrasse.

*Mole* è l'abbreviazione di *molecola*, *Molekül* in tedesco. Significa una cosa piccolissima, una particella. Diversi anni fa, quando Mole giocava con ragazzi della Hauptstrasse più grandi e più alti di lui, lo chiamavano così, e il soprannome gli è rimasto.

Il vero nome di Mole è Günther Möllmann. La sua famiglia è povera. Indossa abiti usati, troppo grandi per lui. Il fratello maggiore di Mole è stato arruolato nell'esercito. Voleva arruolarsi da sempre e, se non lo avessero preso, si sarebbe offerto come volontario. Mole l'aveva spiegato a Don quando si erano conosciuti.

Mole ha l'età di Don. È troppo giovane per unirsi al fratello maggiore nell'esercito ma, se un giorno lo chiameranno, si arruolerà anche lui. Non avrà scelta. *Ma non ti sparerò*, dice a Don.

*Neanche io ti sparerò*, risponde Don al suo amico.

I loro padri hanno combattuto su fronti opposti nella Grande Guerra. Don e Mole si domandano se adesso i loro padri potrebbero essere amici. L'ipotesi è così insondabile che al solo immaginarla viene da ridere a entrambi.

3.

Un giorno Don fotografa Mole nel parco.

Orienta la macchina fotografica come gli ha insegnato il padre, assicurandosi che Mole sia perfettamente al centro. Il sole è basso e l'ombra che Don proietta è lunga e ampia e copre la gamba di Mole dal ginocchio in giù.

## 4.

La gang di Mole è composta da altri quattro ragazzini. Uno si chiama Achim, uno Peter e l'altro Siggy. Il nome completo di Achim è Joachim Steinberg. Quello di Peter è Peter Muenzberg. Siggy è il diminutivo di Siegfried. E poi c'è Pladik. Sono tutti poveri e vivono tutti sulla Hauptstrasse. All'inizio Achim, Peter, Siggy e Pladik non volevano un ragazzino americano nella loro gang, ma dal giorno in cui hanno visto Don sul suo slittino hanno cambiato idea.

Quel giorno faceva freddissimo, aveva appena nevicato. Don era nel parco e scivolava giù da una ripida collinetta innevata. Vedendolo, i compagni di Mole sono rimasti incantati da quel ragazzino americano che cavalcava da solo una slitta di legno con pattini rossi. Sulla slitta era dipinto un disegno bellissimo: un'aquila con le ali spiegate che teneva nel becco uno stendardo rosso. Sulla bandiera c'era scritto FLEXIBLE FLYER in caratteri maiuscoli e trionfanti.

Quando Don è arrivato in fondo alla collina, sono corsi tutti verso di lui. Volevano provare lo slittino. Mole si è fatto avanti e ha detto loro che non potevano. A meno che Don non si fosse unito alla loro gang.

Da quel momento Mole era piaciuto ancora di più a Don.

La gang si faceva chiamare Panduren di Trenck, ma dopo l'arrivo di Don ha cambiato nome. Adesso si chiama gang Kansas Jack.

## La gang Kansas Jack
### *1939*

1.

Don non è del Kansas, naturalmente. È nato in Svizzera, ma questo è un particolare che non ha detto a Mole. Il Kansas è il luogo che Don considera la sua casa, poiché è lì che sono nati e cresciuti sua madre e suo padre.

Mole ama il Kansas. Piace anche ad Achim, Peter, Siggy e Pladik. Hanno letto le descrizioni del Kansas nei libri dello scrittore tedesco Karl May, che racconta storie sull'Ovest americano, cowboy e indiani e un capo apache di nome Winnetou.

2.

Se gli infilaste la mano in tasca, trovereste qualche pfennig, una bustina di polvere per budino del Dr. Oetker, forse una o due biglie.

I pfennig servono per le noci. Le vende un uomo con un carretto all'angolo della strada di fronte all'appartamento di Mildred. La polvere per budino è un'altra delizia, da consumare strappando la parte superiore della confezione e infilandovi la lingua all'interno. Le biglie possono essere scambiate con pfennig o con polvere per budino, con molle, rottami o con qualsiasi altra cosa che i ragazzini tedeschi che si aggirano per le strade di Berlino abbiano in tasca.

Le vie che Don percorre per raggiungere l'appartamento di Mildred sono varie come le monete che colleziona. "Il lupo era sicuro di incrociare Cappuccetto Rosso perché faceva sempre lo stesso percorso per arrivare alla capanna della nonna," gli ricordava il padre. A volte Don scende a piedi su Bülowstrasse fino alla chiesa americana, dove sale le scale che portano al campanile per vedere la città dall'alto. Altre volte invece cammina fino al canale. Altre volte ancora attraversa lo zoo di Berlino, dove osserva gli elefanti marini oltre il vetro dell'acquario imbrattato dalle dita, controllando nel suo riflesso che nessuno lo stia seguendo.

### 3.

*Hai una buona memoria*, dice Mildred a Don quando snocciola uno dopo l'altro i nomi di tutti i personaggi dei libri di Karl May e degli animali che ha visto allo zoo di Berlino. Gli chiede che strada ha fatto per arrivare da lei. Lui elenca uno a uno i nomi delle strade e delle fermate della metropolitana. Quando la lezione è finita, lei gli infila un biglietto nello zaino.

Avere una buona memoria è fondamentale nello *spionaggio*, benché per molti anni Don non capirà il vero significato di questa parola.

# 6.
# Mildred

## Frammento

Questionario
Carcere di Plötzensee, Berlino
16 febbraio 1943

Ha passioni particolarmente intense?
(alcol, fumo, eccessi sessuali?) No

# Una nuova strategia

## *1935*

### 1.

A febbraio del 1935, Mildred e Arvid fanno ritorno a Berlino e si trasferiscono in un appartamento in Woyrschstrasse 46. Hanno escogitato un nuovo piano, che prevede un radicale cambio di strategia.

Il Circolo è troppo piccolo e poco influente. Combattere il fascismo con libri e volantini non basta. La carta stampata è un'arma troppo debole contro il leader supremo della Germania. Ne occorre una più potente, un'arma che penetri nel cuore del governo nazista e lo distrugga dall'interno.

### 2.

Ogni mattina, i vicini vedono Arvid scendere la rampa di scale e uscire dal portone d'ingresso con in mano una valigetta.

In merito al contenuto della valigetta possono solo tirare a indovinare. Arvid è stato assunto dal ministero dell'Economia. I documenti che trasporta sono strettamente confidenziali. È incaricato della stesura delle relazioni che il suo responsabile, Hjalmar Schacht, porta alle riunioni con Hitler. Arvid spera di costruirsi una reputazione come brillante analista delle condizioni economiche. L'interpretazione del servitore devoto del Terzo Reich e la sua discrezione nelle parole e nei fatti gli sono già valsi l'ammirazione dei colleghi del ministero dell'Economia che ogni mattina, quando entra nell'edificio, lo salutano con il braccio alzato e teso: *Heil! Heil!* Arvid risponde alzando il braccio anche lui.

3.

Arvid è ora in contatto diretto e quotidiano con nazisti di alto rango, conosce i loro segreti, legge i loro documenti.

Maschera la disumana paura con nonchalance. Stando alle parole del nipote Wolfgang, sembra "quasi annoiato". Dietro alle lenti rotonde, gli occhi di Arvid sono assorti e poco attenti, cosa che lo fa apparire come un professore distratto dai suoi pensieri. Il bulletto che tanti anni prima gli aveva infilato un bastone nell'occhio gli ha reso inconsapevolmente un servizio. L'occhio cieco di Arvid è una sorta di travestimento.

I nazisti che lo circondano sono ancora più ciechi. Ci vorranno cinque anni prima che uno di loro sospetti che Arvid Harnack faccia parte della resistenza.

4.

Mildred è preoccupata per Arvid.

Qualsiasi burocrate nazista che dia un'occhiata alle affiliazioni passate e presenti di Arvid potrebbe richiederne l'arresto. Il suo precedente coinvolgimento con l'ARPLAN sarebbe già da solo un motivo sufficiente. Arvid assicura a Mildred che i burocrati si lasciano sfuggire tanti dettagli importanti quanti ne scoprono, e che in una dittatura fascista un lignaggio importante apre più di una porta, proprio come accade in una democrazia capitalista. Nel corso degli anni, ogni qualvolta menzionava di essere il nipote del grande Adolf von Harnack, ad Arvid si presentavano sempre diverse opportunità, sia in ambienti sociali che professionali. A volte non aveva nemmeno bisogno di dirlo, gli bastava presentarsi.

Adolf von Harnack, classe 1851, era un teologo prolifico che, dopo la Prima guerra mondiale, aveva contribuito alla stesura di una sezione della Costituzione di Weimar. Con i suoi insegnamenti provocatori aveva scandalizzato le polverose e antiquate fazioni della Chiesa. Nulla è tabù, affermava; ogni parola della Bibbia andrebbe riesaminata. Zio Adolf (come lo chiamava Arvid) viveva a Grunewald, un sobborgo di Berlino fitto di betulle e di famiglie benestanti, in una casa a tre piani su Kunz-Buntschuhstrasse abbastanza grande da ospitare una moglie e sette figli. Hans Delbrück, storico e membro del Reichstag, viveva nella stessa strada con la moglie e sette figli. Dietro l'angolo, in una grande casa gialla sulla Wangenheim-Strasse, abitava un professore di psichiatria di nome Karl Bonhoeffer con la moglie e gli otto figli.

Gli Harnack, i Delbrück e i Bonhoeffer si erano sposati tra di loro. Dalle loro case spuntavano bambini, ragazzini e adolescenti. Quando Arvid aveva compiuto dodici anni, era andato a conoscerli meglio. Per arrivare in treno da casa sua a Jena fino a Grunewald ci era voluta gran parte della mattinata, ma il branco di cugini che lo aveva accolto al suo arrivo lo aveva ripagato di gran lunga. Aveva stretto amicizia con i cugini più vicini a lui per età. Klaus Bonhoeffer aveva anche lui dodici anni, mentre Justus Delbrück era più piccolo di un anno. Emmi Delbrück era più piccolo di quattro anni mentre Max Delbrück e Dietrich Bonhoeffer di cinque (i Bonhoeffer andavano a scuola con un ragazzo di nome Hans von Dohnányi, che poi si sarebbe sposato anche lui con una ragazza della famiglia).

Adolf von Harnack era diventato famoso in Germania soltanto dopo la sua morte nel 1930, quando gli era stato dato l'ultimo saluto in una solenne cerimonia commemorativa alla quale avevano partecipato un ministro di Stato, un ministro degli Interni, un ministro della Cultura e una marea di Harnack, Delbrück, Dohnányi e Bonhoeffer. Dietrich Bonhoeffer, allora appena ventiquattrenne, aveva pronunciato un toccante elogio funebre. Mildred era seduta accanto ad Arvid e gli teneva la mano. Verso la fine del discorso, Dietrich aveva descritto Adolf von Harnack come colui che aveva forgiato costantemente il suo libero giudizio, e che lo aveva espresso sempre con convinzione nonostante le vessazioni imposte dalla maggioranza.

La commemorazione si era tenuta presso Casa Harnack, fatta costruire l'anno precedente come luogo d'incontro per stimati scienziati, artisti, ambasciatori e intellettuali con i fondi messi a disposizione dalla Prussia. Il libro degli ospiti, nel corso degli anni, vantava i nomi di diversi premi Nobel: il poeta indiano Rabindranath Tagore, i fisici tedeschi Albert Einstein, Max Planck e Werner Heisenberg. Proprio qui, in una sala maestosa intitolata a Goethe, Einstein aveva presentato per la prima volta la teoria della relatività.

Quante cose sono cambiate da allora, e a che *velocità*.

Il 4 febbraio 1935, nazisti di alto rango tra cui Goebbels e Hitler in persona si erano riuniti a Casa Harnack per assistere all'inaugurazione dell'Archivio cinematografico nazionale tedesco, il Reichsfilmarchiv, primo nel suo genere, un trionfo del nazismo.

Arvid era rimasto inorridito.

Eppure, proprio questo episodio lo aiuterà a mettere in atto la sua nuova strategia: posizionarsi direttamente sotto il naso del Führer.

## Trattato di Versailles, addio
### *1935*

1.

Il 16 marzo 1935, Hitler annuncia una nuova legge: tutti i tedeschi di sesso maschile tra i diciotto e i quarantacinque anni dovranno prestare servizio militare. Si tratta di una violazione palese del trattato di Versailles, redatto dopo la Prima guerra mondiale dai suoi vincitori – gli Stati Uniti, il Regno Unito, la Francia e l'Italia – che vieta alla Germania di costruire carri armati, aerei militari e sommergibili, e limita le dimensioni dell'esercito tedesco a centomila volontari. Il servizio militare obbligatorio è vietato, ma Hitler spera che il mondo chiuda gli occhi su ciò che ha fatto, in particolar modo mentre si avvicina a un microfono e assicura a tutti di non volere altro che la *pace*.

Il 17 marzo dice:

> I tedeschi non vogliono la guerra. Vogliamo essere felici e in pace.

Il 1° maggio dice:

> I tedeschi hanno come unico obiettivo la pace con il resto del mondo.

Il 21 maggio dice:

> La Germania ha bisogno di pace e la desidera.

L'11 agosto dice:

> Vogliamo la pace.

Il 28 agosto dice:

> Abbiamo dichiarato cento volte che non vogliamo altro che la pace.

Hitler sa bene che la Grande Guerra è una ferita aperta per i tedeschi che si riuniscono davanti alle Radio del popolo per sentirlo parlare. Sa che basterà la semplice citazione del trattato di Versailles per farli trasalire tutti quanti.

Il trattato di Versailles, firmato nell'estate del 1919, aveva imposto alla Germania di assumersi l'intera responsabilità per lo scoppio della guerra. Guglielmo II, imperatore della Germania – colui che aveva dato l'ordine di sparare il primo colpo –, aveva abdicato ed era fuggito nei Paesi Bassi per nascondersi in un altro splendido castello. Il nuovo castello aveva una squadra di deferenti servitori, una vista incantevole sulla campagna e un nome melodioso, Huis Doorn. Mentre Guglielmo II se ne stava a tracannare vino da calici d'oro sotto un imponente lampadario, i cittadini tedeschi subivano le conseguenze del trattato, che mirava a indebolire il loro paese affinché non costituisse più una minaccia per il mondo. La clausola più penalizzante era stata quella che aveva imposto alla Germania di pagare una somma colossale (la Germania ha impiegato più di novant'anni – fino all'ottobre del 2010 – per saldare il debito).

Il primo pagamento era previsto per il 1921. Il nuovo governo democratico tedesco faticava a reperire quella somma e aveva tentato di risolvere il problema semplicemente stampando più denaro. Duemila macchine da stampa avevano prodotto una fornitura apparentemente incessante di banconote. L'inflazione era alle stelle. L'economia era così instabile che i prezzi si impennavano in un solo pomeriggio: una tazza di caffè che costava 5.000 marchi alle 13, ne costava 14.000 poche ore dopo. Con il crollo del valore della valuta tedesca, l'acquisto di qualsiasi cosa era diventato un'assurdità. Con una carriola piena di denaro non ci si riusciva neanche a comprare un giornale. La giornalista tedesca Bella Fromm scrisse nel suo diario:

> Quando si va a fare la spesa, bisogna portarsi dietro valigie piene di banconote. Per spedire una lettera in Germania ho speso diversi milioni di marchi per il francobollo.

Coloro che avevano pensioni o conti correnti avevano perso quasi tutto il loro denaro. Ne erano conseguiti saccheggi, aumento dei senzatetto e fame. I suicidi si erano intensificati, raggiungendo livelli record. I giornali pubblicavano gli elenchi dei decessi; le riviste erano piene di articoli disperati. *Non c'è molto da aggiungere*, recitava uno di questi.

> I nervi sono a fior di pelle: la follia dei numeri, la precarietà del futuro, l'oggi e il domani che si fanno sempre più incerti giorno dopo giorno. Un'epidemia di paura, dettata da un bisogno nudo e crudo: file di persone indigenti, da tempo spettacolo insolito, tornano a formarsi davanti ai negozi, prima davanti a uno, poi davanti a tutti. Nessuna malattia è così contagiosa come questa… Il riso, 160.000 marchi al chilo ieri, oggi costa 320.000 marchi e domani forse persino il doppio. Il giorno dopo, l'uomo dietro al bancone scrollerà le spalle dicendo: "Non c'è più riso". Bene, allora della pasta! "Non c'è più pasta."

Nell'inverno del 1923, quarantadue miliardi di marchi valevano un centesimo di dollaro americano. Il crollo era completo.

L'artista tedesca Käthe Kollwitz si aggirava nelle strade di Berlino piene di rifiuti, incollando manifesti sui muri e sui pannelli per le affissioni. I suoi manifesti erano grida di angoscia. Sopra una bocca aperta compariva la frase *Nie Wieder Krieg!* (Mai più guerra!) scritta a mano con un inchiostro nero. Era un sentimento condiviso da molti.

## 2.

Le opere di Kollwitz sono state rimosse dalle gallerie tedesche. È tra gli artisti il cui lavoro è considerato offensivo, sovversivo, *degenere*. I suoi manifesti sono stati strappati, le strade di Berlino ne sono state ripulite, ma il ricordo del terribile crollo economico perdura. La classe media, la classe operaia, così come gli aristocratici pieni di soldi e di proprietà vengono tutti travolti dalla devastazione, nessuno escluso.

O *quasi*. I grandi industriali tedeschi non solo sono sopravvissuti all'iperinflazione, ma ne hanno persino tratto profitto. Durante gli anni venti, i magnati al timone dell'enorme conglomerato chimico I.G. Farben e il produttore di armi Friedrich Krupp sapevano che l'iperinflazione avrebbe reso i prodotti tedeschi economici e facili da esportare in altri paesi. Mentre la maggior parte della popolazione tedesca soffriva terribilmente, loro accumulavano somme sempre più ingenti. Gli stessi industriali che avevano firmato cospicui assegni a sostegno del Partito nazista subito dopo la presa del potere da parte di Hitler nel 1933, adesso traggono considerevoli profitti dal riarmo.

Tommy

*1935*

FEDERAL BUREAU [redacted] TION

SECRET

ALL INFORMATION CONTAINED HEREIN IS UNCLASSIFIED EXCEPT WHERE SHOWN OTHERWISE

NEW YORK | NEW YORK | 7/2-8/1957

O b7c [redacted]

CHARACTER OF CASE

ESPIONAGE - R

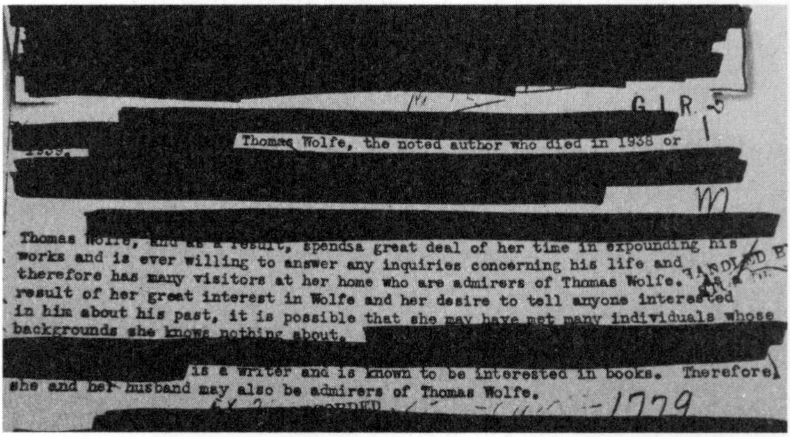

[redacted]

G.I.R. -5

[redacted] Thomas Wolfe, the noted author who died in 1938 or [redacted]

Thomas [redacted] spendsa great deal of her time in expounding his works and is ever willing to answer any inquiries concerning his life and therefore has many visitors at her home who are admirers of Thomas Wolfe. As a result of her great interest in Wolfe and her desire to tell anyone interested in him about his past, it is possible that she may have met many individuals whose backgrounds she knows nothing about. [redacted] is a writer and is known to be interested in books. Therefore she and her husband may also be admirers of Thomas Wolfe.

[redacted]

1.

Nelle pagine imbevute di gin del diario di Thomas Wolfe, lei è sempre la signorina Harnack, mai Mildred. La prima volta che si incontrano e negli anni successivi, lei lo tiene a una distanza affettuosa, a metà strada fra l'occhiolino e la calorosa stretta di mano. Preferisce essere enigmatica anziché rischiare di esporsi.

Il bar St. Pauli si trova in Rankestrasse, a dieci minuti a piedi dall'appartamento di Mildred. Wolfe non sa quasi nulla di lei, soltanto che è americana e che vuole intervistarlo.

Wolfe è in ritardo di un giorno. Il suo arrivo a Berlino era previsto per il 6 maggio, ma aveva avuto dei contrattempi. Poco importa. Adesso Mildred è al bar St. Pauli faccia a faccia con lui, costretto ad allungare le gambe perché la sedia è troppo piccola. È impossibile non essere notati quando si è con Thomas Wolfe. È un uomo gigantesco, alto due metri. Quando entra in una stanza è costretto ad abbassarsi e sovrasta tutti i presenti. Ha un'enorme massa di capelli arruffati che lo fanno sembrare ancora più alto e occhi scuri straordinariamente penetranti.

Mildred gli chiede della sua città natale. Le sembra un buon modo di rompere il ghiaccio. Non è mai stata ad Asheville o altrove nella Carolina del Nord. Il posto più a sud che ha visitato è Chevy Chase, nel Maryland, dove vive sua sorella Harriette, ma non gliene parla.

"Non ho mai avuto il coraggio di tornare nella mia casa nel Sud da quando ho scritto il mio primo libro," dice Wolfe, e da lì inizia a parlare a ruota libera. Gli piace parlare quasi quanto scrivere. Forse di più. Scrive a una velocità incredibile, come se fosse posseduto da un demone. Sempre in preda a una febbrile necessità di mettere nero su bianco i suoi pensieri, riempie pagine su pagine, scrivendo per giorni e poi per settimane, finché non gli fa male la mano e gli bruciano gli occhi, mentre la pila di fogli accanto a lui si fa sempre più alta.

"Scrivevo, scrivevo, scrivevo," racconta Wolfe a Mildred. "Ogni volta che arrivavo a centomila pagine, le portavo al mio amico Max Perkins di Scribner. E ogni volta lui mi diceva: 'Niente male, c'è tanto materiale. Ma siamo solo al ginocchio'. Oppure: 'È solo un braccio'." Wolfe paragonava il suo libro a una statua di cui non riusciva a sistemare tutti i pezzi in modo corretto. Per questo aveva bisogno di Perkins, dice a Mildred, per assemblare il tutto.

*Angelo, guarda il passato* è il primo romanzo di Wolfe. Pubblicato nel 1929, fu salutato dagli Stati Uniti come un capolavoro. Anche in Germania il libro ebbe un successo strepitoso. C'è tutta l'America lì dentro, davvero tutta: gli insegnanti, i predicatori e i venditori ambulanti; i treni, le grandi e le piccole città; le vaste pianure e i cieli stellati; il desiderio di possedere sempre di più, di più, di più. Ogni pagina si riempie e trabocca di parole. *Angelo, guarda il passato* è enorme e gonfio come Thomas Wolfe stesso, e i lettori tedeschi non si stancano mai delle sue storie.

Il sentimento è reciproco: Thomas Wolfe non si stanca mai della Germania. Ovunque vada, le persone sembrano affascinate da lui: tassisti, conduttori di tram, commesse, camerieri. Anche gli scrittori – quelli che non hanno lasciato il paese – lo trattano con caloroso rispetto. Ama le strade e i parchi di Berlino. Va matto per i tram, le casette di pan di zenzero, i fiori sui davanzali delle finestre. Ha intenzione di restare finché non avrà più soldi o finché non si sentirà più benvoluto, ma nessuna delle due cose sembra profilarsi all'orizzonte. Quasi ogni giorno viene avvistato lungo qualche marciapiede, con le gambe dinoccolate, che gesticola animatamente, impegnato in una conversazione con questo o quel conoscente. Diventerà un habitué del Romanisches Café. La sua statura imponente e la sua esuberanza infantile suscitano nei tedeschi che incontra una sorta di reverenza. Come afferma il suo editore tedesco, Heinrich Ledig-Rowohlt, Wolfe è "l'incarnazione del mondo libero cui anelavamo noi, adesso rinchiusi nella prigione hitleriana".

L'intervista al bar St. Pauli sta andando bene.

Wolfe ordina al barista un altro drink, poi un altro ancora. Verso la fine dell'intervista, si rabbuia e confessa a Mildred di aver subìto dei traumi quando era giovane. "Tantissimi americani ne hanno subiti," aggiunge.

Mildred annuisce. Ha quasi la stessa età di Thomas Wolfe – trentadue contro trentaquattro –; non è il solo ad aver avuto un'infanzia difficile. La madre di Mildred gestiva una pensioncina, proprio come quella di Wolfe. Suo padre, come il suo, era un ubriacone irascibile. Ma Mildred non gli dice nulla di tutto questo.

Wolfe vuota il bicchiere in un sorso. È venuta l'ora di andarsene. Domani Martha Dodd darà una grande festa a casa sua e lui sarà l'ospite d'onore. Mildred ci sarà? Lei gli assicura di sì.

Wolfe si allontana dal tavolo, si alza in tutta la sua statura e caracolla fuori garbatamente. L'intervista è durata circa un'ora. Mildred ha imparato molto su di lui e lui non ha imparato quasi nulla su di lei, proprio come voleva.

Il taccuino di Mildred è pieno di appunti. Lo infila nella sua borsa di pelle. Non le resta che tornare a casa e mettere in ordine il tutto. Esce dal bar. È una calda notte di primavera. Rankestrasse è trafficata e illuminata dai fari delle auto. Domani a quest'ora sarà alla festa, circondata da un vivace consesso di giornalisti, editori e romanzieri. Accanto a lei, al centro dell'attenzione degli astanti, ci sarà un allegro Thomas Wolfe ubriaco fradicio, con un sorriso ammiccante disegnato sul volto. O Tommy, come ha iniziato a chiamarlo Martha Dodd.

2.

Martha non lo ha ancora conosciuto e già gli ha dato un soprannome. Tommy di qua, Tommy di là; in queste settimane non ha fatto altro che parlare dell'organizzazione della festa, che lei chiama "tè". Si terrà dalle 17 alle 20, ma lei immagina un evento molto più chiassoso di quanto la parola *tè* lasci intendere. Sarà servito alcol in abbondanza e i festeggiamenti continueranno sicuramente anche dopo le 20, non nella maestosa hall dell'ambasciata statunitense, ma alla Taverne, il cui proprietario, un suo amico, si lascerà convincere a rimanere aperto fino all'alba. Martha invia al suo ospite d'onore un biglietto scritto a mano su carta intestata dell'ambasciata americana.

*Uno scrittore che viene in città è un avvenimento che ci rende quasi isterici. Come un branco di cani selvatici impazziti, tutta la Berlino letteraria le sta alle calcagna. Devo aggiungere che anch'io sono una scrittrice. Mio fratel-*

*lo, Bill, e mio padre sono degli storici, non diplomatici nel senso comune del termine. Sarei lieta di fare qualsiasi cosa per lei, compreso portarla a ballare, bere, prendere il sole e fare un giro in auto. Mio padre organizzerà tutto ciò di cui avrà bisogno per il soggiorno. Sono davvero impaziente di conoscerla, soprattutto perché ammiro tantissimo il suo lavoro.*

Boris Vinogradov non è ancora tornato a Berlino. Per alcuni mesi il suo amante russo ha vissuto a Mosca, ma adesso si trova chissà dove in Romania. Boris la prende in giro – anzi, la tortura – con allusioni sul matrimonio, ma non le ha mai chiesto di sposarlo né le ha mai parlato di nulla che abbia avuto la parvenza di un impegno serio. Quanto tempo resterà in Romania? Quando tornerà a Berlino? Boris non lo sa. Sembra che abbia le mani legate da forze che sfuggono al suo controllo. L'inchiostro che lei versa nelle lettere trasuda di un amore profondo e costante nonché di un'inestinguibile passione. Presto si ricongiungeranno e nel frattempo lei non penserà a nessun altro.

Ma l'imminente arrivo di Wolfe prende il posto di Boris nei suoi pensieri.

3.

Prima della festa, Martha chiede a Mildred di occuparsi della lista degli invitati. Gli ospiti devono essere tutti importanti e letterati, le dice Martha, il genere di persone che Tommy vorrebbe incontrare. L'editore di Tommy a New York, Maxwell Perkins di Scribner, non può venire, ma non importa. Donald Klopfer, editore di Random House, si trova per caso a Berlino e dovrebbe essere aggiunto alla lista, così come l'editore tedesco di Tommy, Ernst Rowohlt di Rowohlt Verlag. Sicuramente il più grande editore statunitense e il più grande editore tedesco attireranno ogni sorta di poeti, scrittori e giornalisti, come una fiamma attira le falene. Sarà, si augura Martha, il più grande evento letterario dell'anno a Berlino.

## 4.

8 maggio 1935. Alle cinque del pomeriggio, gli ospiti iniziano a riempire la sala banchetti al piano terra di casa Dodd. Arriva Donald Klopfer, dal portamento elegante e imponente. Arrivano giornalisti di "New York Times", "Herald Tribune", "Chicago Daily News", "Christian Science Monitor" e "Hearst Press", accompagnati dalle mogli. Entra in scena Sigrid Schultz del "Chicago Tribune", minuta e indomita. L'occhialuto Louis Lochner, caporedattore dell'"Associated Press" a Berlino, si getta nella mischia. Gli americani sono arrivati tutti.

Per quanto riguarda i tedeschi, c'è la giovanissima e castana Margret Boveri del "Berliner Tageblatt". C'è anche l'incontenibile Bella Fromm. Redige una rubrica di gossip in inglese per "Continental Post", adesso che il "Vossische Zeitung" non assume più ebrei.

Ernst Rowohlt, con la sua voce grossa e roboante, si muove vistosamente nella sala insieme al figlio Heinrich Ledig-Rowohlt, più silenzioso, che osserva con discrezione la piccola schiera di autori tedeschi. Non si può negare l'evidenza. L'assenza degli altri "mostrava molto chiaramente fino a che punto l'albero della nostra letteratura avesse già perso le sue foglie," scriverà Heinrich alcuni anni dopo. "Tutti i grandi nomi della letteratura tedesca erano emigrati."

Martha Dodd gironzola per la sala del banchetto con un abito festoso, salutando tutti. Al centro della sala c'è un poeta tedesco. Ha il "volto duro e sofferente," osserva. Diversi mesi fa, sua moglie è stata arrestata e mandata in un campo di concentramento. Martha non può fare a meno di notare che gli ospiti "sono tutti in piedi che tracannano alcolici e divorano una pietanza dopo l'altra". Si rende conto che molti di loro sono "poveri e malnutriti". Alcuni sono ebrei; sembrano essere "a disagio e consapevoli".

C'è anche Mildred, che si aggira per la sala del banchetto osservando gli ospiti. Vuole interagire "con il maggior numero possibile di invitati" in modo da "aumentare le fonti di informazione".

Thomas Wolfe irrompe nella sala e in men che non si dica calamita l'attenzione di tutti. Sembra essere il più ubriaco. Propone un gioco di società: Chi sta coi nazisti? Lo scopo del gioco, dice, è scovare i nazisti presenti nella sala.

Wolfe si trascina per la sala dinoccolato, aguzza lo sguardo sugli ospiti prendendo loro le misure. "Di lui non mi fido!" grida all'improvviso puntando il dito contro un uomo.

Alcuni ospiti sono divertiti, altri nascondono il loro disagio dietro una risata. I restanti sono sconvolti.

5.

Mildred butta giù velocemente due articoli su Thomas Wolfe, uno per il "Continental Post" e uno per il "Berliner Tageblatt". Vuole che Martha li legga.

Ma Martha non potrebbe essere più distratta, visto che lei e Tommy adesso stanno insieme ufficialmente. Sono stati avvistati ben oltre la mezzanotte mentre bevevano cocktail al Romanisches Café. Li hanno anche visti uscire barcollando dalla Taverne alle prime luci dell'alba.

Thomas Wolfe descrive Martha come "un piccolo flirt del Midwest, con denti piccoli, lucenti e sporgenti, e una vocina stridula del tipo 'Oh sì, sarebbe fantastico!'". Lei è, scrive, "una farfalla che volteggia intorno al mio pene".

6.

Mildred invita Wolfe a fare una passeggiata nel Tiergarten. Da soli, potrebbero affrontare discorsi più lunghi e più seri. Lui si sta divertendo molto in Germania e non sembra rendersi conto della gravità della situazione.

Lei vorrebbe aiutarlo ad aprire gli occhi. Ma lui è obnubilato da due cose: *feste feste feste*, *ragazze ragazze ragazze*.

## 7.

### Diario di Thomas Wolfe

Telegramma di Perkins – non lasciare ancora entrare Rowohlt – diritti continentali venduti in America ecc... taxi hotel – Ledig... gulasch, vino ecc. – buono – un pomeriggio incantato d'estate – lo scintillio fatato degli alberi su Kurfürstendamm – belle ragazze – in abitini primaverili o estivi... fragole mature mature mature... Partito da Ledig alle 5.30 – [____] ha chiamato – l'ho invitata in albergo [2 volte] – notato inquietanti pruriti al pene – ma tutto bene – direzione Martha Dodd in taxi alle ore 8 – salutato [____] – rimandata a casa – poi a cena con i Dodd – poi da solo con Martha parlato, litigato, pianto – al Romanisches Café con Martha alle 2 di notte – poche persone – 2 drink in terrazza (brandy, cognac ecc.) guardando la luce schiarire i cieli occidentali... dopo la chiusura del caffè direzione la Taverne – lì dopo l'orario di chiusura su invito – ascoltare musica americana fino alle 4.30 o 5 – poi ritorno all'ambasciata in taxi – saccheggiato il frigorifero nella grande cucina – poi in biblioteca – mangiato panini... In piedi all'una – lavato, vestito – pranzo coi Dodd – a chiacchierare con Martha tutto il pomeriggio – 3 o 4 drink (whisky)... poi chiamato Martha per dirle che stavo parlando con persone importantissime – rasato – dato uno sguardo al pene... indossato un Tweed grigio e ruvido – per le strade... i deliziosi alberi del Kurfürstendamm – le auto – gli autobus – le persone che passano – e i tedeschi e la notte – adesso notte.

## 8.

Essere americani a Berlino significa chiudere gli occhi di fronte alle atrocità.

Wolfe non è l'unico. La maggior parte degli emigrati americani che Mildred incontra a Berlino è indifferente a ciò che accade intorno a loro. Durante una cena sontuosa all'Hotel

Adlon, possono avere una discussione appassionante su un articolo letto su un giornale pubblicato a New York, Parigi, Londra o Zurigo, e arrivato a Berlino uno o due giorni dopo la pubblicazione. Possono sospirare e poi mettersi a parlare di una trasmissione che hanno ascoltato alla BBC, uno spettacolo dal vivo al Palladium di Londra nientemeno che con Duke Ellington e la sua orchestra jazz. I tedeschi seduti al tavolo vicino e il cameriere polacco che versa l'acqua nei loro calici non possono permettersi un simile lusso; ascoltare Ellington – *Negermusik* – attirerebbe la Gestapo davanti alla loro porta.

9.

La sera del 21 maggio 1935, Hitler tiene un discorso in un Reichstag stracolmo. È presente l'intero corpo diplomatico. Gli ambasciatori di Francia, Inghilterra, Italia, Giappone e Polonia siedono in prima fila. L'ambasciatore Dodd siede in terza fila. Il giornalista americano William Shirer assiste a tutto questo dalla sezione di posti assegnati alla stampa, da cui nota "circa seicento tra colli a forma di salsiccia, teste rasate, ruffiani tutti in tiro che si alzano in piedi e gridano quasi ogni volta che Hitler fa una pausa per riprendere fiato".

La presenza delle Truppe d'assalto non è una sorpresa; quel che stupisce Shirer è l'argomento del discorso di Hitler: la pace.

"La Germania vuole la pace!" urla Hitler. "Nessuno di noi intende minacciare nessuno!"

Neanche i giornalisti seduti intorno a Shirer credono alle loro orecchie. Hitler giura che non invaderà la Polonia.

> Sappiamo che la Polonia è la patria di un grande popolo con un forte senso d'identità!

E giura che ridurrà il suo arsenale militare.

> La Germania si dichiara pronta ad accettare qualsiasi limitazione del calibro di artiglieria, corazzate, incrociatori e torpediniere!

Delinea un programma in tredici punti per mantenere la pace.

Hitler ha già inneggiato alla pace in passato, ma mai in questo modo. Il suo discorso si distingue per specificità e lunghezza. La sua proposta in tredici punti risulta convincente non solo ai tedeschi, ma anche ai cittadini di altri paesi, compresi quelli che invaderà.

Un giornalista credulone del "Times of London", uno dei giornali più influenti della Gran Bretagna, scrive che il discorso di Hitler "si rivela ragionevole, diretto ed esauriente... Speriamo che il discorso venga inteso ovunque come un discorso sincero e assennato, di uno che sa esattamente dove vuole arrivare".

Thomas Wolfe ascolta il discorso di Hitler alla radio a casa di Martha. Ha trascorso il pomeriggio con lei: un pranzo ottimamente annaffiato da Schlichter seguito da un cocktail all'Hotel Adlon. Alle cinque del mattino successivo scrive alcune pagine del suo diario. Ricorderà "la magnificenza della dimora – persino della portineria – e gli alberi verdi dei cortili esterni che sfumano nella luce del tramonto". Ricorderà di aver "parlato e litigato" con Martha e di aver finito la serata tra un bicchiere e l'altro. Ma non ricorderà neanche una parola del discorso di Hitler.

# Intrallazzi
## *1935*

### 1.

Le voci sulle scappatelle di Martha Dodd hanno percorso in lungo e in largo i maestosi saloni dell'ambasciata degli Stati Uniti a Berlino. Diverse persone hanno segnalato il comportamento di Martha agli alti funzionari del ministero degli Esteri di Washington. Il primo segretario Raymond Geist ha descritto le sue avventure senza mezzi termini a Wilbur Carr, responsabile dei servizi consolari. In una lettera contrassegnata come "personale e confidenziale", il console generale George Messersmith ha informato il capo della divisione Europa occidentale Jay Pierrepont Moffat della relazione di Martha con l'imprenditore tedesco Ernst Hanfstaengl, formatosi a Harvard, giudicandola "inopportuna". Il flirt di Martha con l'alto e prestante ufficiale militare Fritz Wiedemann ha fatto sollevare le sopracciglia ai diplomatici e corre voce che la donna ne abbia avuto uno anche con Ernst Udet, un pilota acrobatico celebre per le sue picchiate a cavatappi.

Naturalmente non è sfuggita la relazione di Martha con il capo della Gestapo Rudolf Diels, né quella con il diplomatico russo Boris Vinogradov. Passa con disinvoltura da un uomo all'altro senza farsi tante domande (prima un nazista, poi un comunista!).

E adesso se la fa con il famoso scrittore americano. Quanto durerà la sua storia con Thomas Wolfe?

## 2.

La verità è che Martha non ha dimenticato Boris Vinogradov.

Poco importava che lei parlasse a malapena tedesco, che non conoscesse il russo e che l'inglese di lui fosse pessimo, avevano trovato altri modi per comunicare. Boris è alto, ha spalle larghe e capelli folti tra cui passare le dita. Quando non si poteva fare a meno delle parole, alternavano un inglese rudimentale a una sorta di tedesco *pidgin*. Boris aveva una padronanza della lingua che si poteva definire "da diplomatico". La gamma del suo lessico si limitava alle domande da sfoderare in occasione di una cena o di un ballo. Stando a quando si racconta, si erano conosciuti alla festa di Sigrid Schultz e lui l'aveva corteggiata a un ballo alcune settimane dopo.

"Lavoro all'ambasciata sovietica," le aveva detto Boris. "*Haben Sie Angst?*" (Ha paura?)

L'impertinente scintillio dei suoi occhi le aveva fatto capire che non avrebbe dovuto averne... o forse sì. Stordita e con il cuore che batteva all'impazzata, aveva fatto scivolare la sua mano in quella di lui. Lui era un disastro sulla pista da ballo ma quando le aveva avvicinato le labbra all'orecchio e sussurrato "Vorrei rivederti", lei aveva sentito un brivido delizioso scenderle fino alle dita dei piedi.

Erano stati insieme a Parigi e poi, per capriccio, lei era volata in Russia per visitare la patria del suo amante, un viaggio che aveva provocato "un mezzo scandalo diplomatico". I fotografi la stavano aspettando sulla pista d'atterraggio. Era arrivata con indosso una camicetta a pois, una gonna a ruota e un cappellino inclinato alla Marlene Dietrich. Sorrideva in modo accattivante, in posa accanto alla porta di un piccolo aereo Junkers sotto una pioggia di flash.

Prima tappa, Leningrado. Poi Mosca. Poi una crociera in barca lungo il fiume Volga con soste in cittadine deliziosamente allitteranti: Samara, Saratov e Stalingrado. Martha era rimasta incantata da quello che aveva visto. Le fabbriche erano meravigliose. Un tempo i poveri faticavano per ore e ore, oppressi dagli aristocratici; oggi lavorano in perfetta armonia.

> Lavorano sette ore al giorno, hanno un'ora per pranzare e per rilassarsi, da due settimane fino a un mese di ferie pagate l'anno e un giorno libero su sei. I palazzi e le dimore antiche, con i loro parchi, sono stati trasformati in case di cultura e di riposo, campi da gioco, centri medici, scuole o colonie per bambini. Tutto viene fatto per i lavoratori da altri lavoratori che governano lo Stato, per garantire loro i privilegi e le opportunità che meritano in quanto creatori della ricchezza della nazione.

Martha, abbagliata, non aveva realizzato che la guida che la accompagnava, "una ragazza con un bel viso roseo", era stata incaricata di presentare un'immagine della Russia fatta ad arte, villaggi Potëmkin a ogni tappa.

A Leningrado, Martha aveva pranzato con un diplomatico americano che le aveva detto una cosa sconvolgente. Sosteneva che tra il 1932 e il 1933, Stalin avesse pianificato l'assassinio di milioni di ucraini. Il diplomatico era William Bullitt, ambasciatore degli Stati Uniti in Unione Sovietica. Era "attraente", a suo dire, "con intensi occhi chiari". Benché fosse "calvo", aveva "un volto radioso". Ma non c'era stato nulla nei giornali che avesse parlato di un genocidio ucraino. L'ambasciatore Bullitt, aveva concluso, era "uno da tenere alla larga, di cui non ci si poteva fidare".

Agli occhi blu cielo di Martha, la Russia era una nazione pacifica. "Quel che mi ha fatto più piacere," scriverà, "è l'assoluta assenza di ostentazioni militari. Ho visto alcuni soldati dell'Armata Rossa e anche una piccola parata, ma erano tutte persone semplici, vestite in modo dimesso, così modesti e noncuranti del loro aspetto che si stentava a credere facessero parte della formidabile Armata Rossa sovietica."

Tutti i russi, sia uomini che donne, bambini, neonati e persino anziani, sembravano esprimere una felicità incontenibile. Ai suoi occhi "apparivano ovunque vitalità e amore per la vita".

Martha ne aveva dedotto che Stalin non era un assassino. L'assassino era Hitler.

3.

Dopo il viaggio in Russia, la relazione di Martha e Boris era diventata più seria. In un'occasione solenne, lui l'aveva portata a pranzo all'ambasciata sovietica e aveva invitato tutti a levare il bicchiere: "A Martha, mia moglie!".

Lei e Boris ne hanno passate tante insieme. Dopotutto, Boris era con lei durante quella che probabilmente era stata la serata più spaventosa che avesse mai vissuto. Avevano trascorso l'intero pomeriggio insieme, prendendo il sole sulla riva di un laghetto nei pressi di Wannsee. Tornando in auto a Berlino, Boris, che amava particolarmente la velocità, aveva notato che il traffico era stranamente intenso. Interi viali erano bloccati. I marciapiedi, di solito pieni di persone il sabato sera, erano deserti. Dalla sua decappottabile diretta al Tiergarten si intravedevano veicoli militari, camion pieni di soldati, carri armati con mitragliatrici che spuntavano dalle feritoie. Nugoli di poliziotti in uniformi verdi e ufficiali SS vestiti di nero si riversavano sulle strade. Ma nessuna SA. Le uniformi marroni erano vistosamente assenti.

La Notte dei lunghi coltelli aveva impressionato Martha in modo indelebile, consolidando la sua idea che Hitler dovesse essere fermato. Il fatto che tutte quelle SA fossero state massacrate era già abbastanza scioccante ma, ancora più incomprensibile, era che Hitler avesse disposto l'omicidio di alti funzionari del suo stesso regime, tra cui Ernst Röhm, presumibilmente il suo più caro amico. "Non si metterà mica ad ammazzare tutti quelli che non sono d'accordo con lui," aveva pensato sul momento.

Adesso invece è più saggia. Qualunque sia la prova che l'attende, con Boris al suo fianco Martha l'affronterà con grinta e coraggio.

Ma lui non è al suo fianco. Non lo è più da mesi.

## 4.

Le lettere che Boris le invia sono piene di sentimento e di punti esclamativi.

*Martha! Voglio vederti, ho anche bisogno di dirti che non ho dimenticato la mia piccola e adorabile Martha!*

*Martha, ti amo!*

La loro storia non era certo tutta rose e fiori. In uno slancio di adorazione, Boris aveva inviato a Martha tre scimmiette di ceramica. In un momento di rabbia, Martha gli aveva rispedito indietro le scimmie. Le scimmie erano come figli intrappolati tra coniugi litigiosi. Una scimmietta si copriva gli occhi, una le orecchie, un'altra ancora la bocca: non vedo niente, non sento niente, non dico niente. Boris aveva capito il significato delle scimmie?

Gliele aveva rispedite di nuovo, con un biglietto.

*Le tue tre scimmie sono diventate grandi e forti e vogliono stare con te... Te lo dico francamente: tre scimmie ti aspettano impazienti.*

Così ora Martha ha di nuovo le scimmie, e lei e Boris sono tornati a essere quelli di una volta, coniugi litigiosi con i loro figli, se non fosse che non sono marito e moglie. Il suo amante russo le chiederà mai di sposarlo?

## 5.

Thomas Wolfe era stato una gradita distrazione dalla questione delle scimmiette, ma era finita anche questa. Aveva manifestato il desiderio di andare in Russia, l'entusiasmo con cui lei aveva descritto il suo nuovo paese preferito aveva senza dubbio suscitato la sua curiosità. Ma poi, per chissà quale motivo, aveva rinunciato improvvisamente al suo proposito, piantandola in asso. Dopo uno sciatto arrivederci, Tommy aveva lasciato Berlino per andare a Copenaghen. Il suo cuore spezzato avrebbe potuto essere facilmente ricucito da Boris.

Ma Boris è sparito nel nulla.

L'ambasciata sovietica lo ha richiamato da Berlino praticamente da un giorno all'altro. Il pretesto che ha raccontato non è affatto convincente. A Mosca hanno bisogno di lui, tutto qui.

# Bistecca nazista
## *1935*

### 1.

Nella tarda primavera del 1935, Mildred e Arvid invitano Greta Lorke a cena nel loro nuovo appartamento. Greta si presenta con la sua nuova fiamma, un uomo cupo dalle sopracciglia spesse di nome Adam Kuckhoff. È l'ex direttore di una rivista politica, "Die Tat" (l'Azione), e ha scritto diverse sceneggiature teatrali e un romanzo. Adesso sta lavorando a un secondo romanzo. L'argomento è provocatorio: la Germania ha scatenato una guerra feroce e sanguinosa e il protagonista deve decidere se restare fedele o ribellarsi alla sua patria. Molto probabilmente il libro sarà messo al bando.

Adam Kuckhoff ha un suo circolo di resistenza a Berlino, il Tat Kreis. Si tratta di un piccolo gruppo di circa sette persone, alcune delle quali conosciute in occasione della fondazione della rivista. L'intersezione del Circolo con il gruppo di Adam potrebbe rivelarsi vantaggiosa.

Mildred "ha imbandito la tavola a festa con l'antico servizio d'argento di famiglia," ricorderà Greta nella sua autobiografia. Non dice altro, ma ormai conosciamo Mildred abbastanza bene da poter completare il quadro: candele tremolanti, un semplice vaso pieno di fiori e un pasto molto probabilmente insipido o bruciato, o entrambe le cose.

Arvid lavora al ministero dell'Economia da un tempo sufficientemente lungo per trarre le dovute conclusioni sui documenti che passano dalle mani dei suoi colleghi nazisti alla sua scrivania, ma aspetta che abbiano finito di mangiare prima di lasciare intendere di voler affrontare l'argomento.

Innanzitutto controlla che nell'appartamento non ci siano cavi. Poi si arrampica fino alla soffitta del vicino, che Greta descriverà come "piena di vecchie cianfrusaglie che rendevano difficoltoso il passaggio". Una volta accertatosi che "nulla della nostra conversazione" potesse essere udito dai vicini, inizia a parlare, seppur a bassa voce, in un sussurrio concitato. Nonostante abbia preso tutte le precauzioni possibili, è ancora preoccupato per le intercettazioni.

Il discorso di "pace" di Hitler era una messinscena, una pagliacciata, opera di un bugiardo incallito. I documenti che Arvid ha consultato dicono la verità, dimostrando senza ombra di dubbio che la pace non ha nulla a che vedere con il futuro della Germania. Hitler, dice, "si sta preparando alla guerra".

## 2.

Hjalmar Schacht è un operatore astuto, impossibile da incastrare. Supporta i piani di guerra di Hitler? Arvid si pone questa domanda mentre svolge la sua giornata di lavoro al ministero dell'Economia, tornandoci su continuamente, come fa la lingua con un dente che balla.

Arvid forse non sa che il suo capo ha raccolto segretamente tre milioni di Reichsmark dai principali industriali tedeschi subito dopo la presa del potere da parte di Hitler, ma senza dubbio è a conoscenza dei riconoscimenti ottenuti da quest'uomo. Hjalmar Schacht è diventato presidente della Reichsbank nel 1923 e gli è stato attribuito il merito di aver salvato la Germania dall'iperinflazione, cosa che gli è valsa l'appellativo internazionale di "mago della finanza". Schacht si è dimesso nel 1930. Circa un mese dopo l'incontro del 20 febbraio 1933, Hitler lo mette alla guida della Reichsbank. Le simpatie di Schacht sono difficili da individuare. Ammira l'economista britannico John Maynard Keynes ed elogia alcuni aspetti del *New Deal* del presidente Roosevelt. Ha persino incoraggiato Hitler a lanciare un programma di opere pubbliche simile a quello di Roosevelt. Schacht è, in una parola, imperscrutabile. A volte pare essere un convinto sostenitore di Hitler, altre le sue lodi al Führer sembrano una messinscena.

Schacht ha affidato ad Arvid il compito di gestire i rapporti commerciali tra l'America e la Germania. Dovrà riuscire a consolidare i rapporti sociali con i diplomatici dell'ambasciata statunitense. È un camuffamento perfetto. Può posizionarsi fianco a fianco di uomini che spera possano rivelarsi preziosi alleati per sconfiggere Hitler.

Arvid siede di fronte a Schacht in una riunione a porte chiuse. Lo vede sfogliare le carte delle pratiche accendendosi la pipa. Volute di fumo si levano nell'aria formando una specie di tela attraverso la quale Arvid studia il volto di Schacht, stando attento a ogni sua contrazione.

## 3.

Schacht è membro del Deutscher Klub, un club d'élite che pullula di nazisti. Arvid si domanda se non sia il caso di iscrivercisi anche lui. Fra gli altri membri figurano ricchi industriali e alti ufficiali delle forze armate tedesche. Il capo delle SS, Heinrich Himmler, presiede il consiglio di amministrazione. Se Arvid entra a far parte del loro club, rafforzerà l'impressione di essere un nazista convinto e, meglio ancora, gli si spianerà la strada verso i segreti militari. Fino a che punto dovrà spingersi nell'assumere l'identità di una persona che disprezza? Pronunciare *Heil Hitler* decine di volte al giorno è già abbastanza penoso.

C'è un termine per definire ciò che è Arvid: una *Rindersteak*, bistecca nazista, marrone nazista fuori ma rossa dentro. In questa veste, Arvid può giustificare la sua adesione al Deutscher Klub, ma non si iscriverà al Partito nazista. È un confine che non deve – *non può* – oltrepassare.

## 4.

Dopo tre mesi di lavoro al ministero dell'Economia, Arvid è sulla buona strada per perfezionare il suo travestimento. Recita la parte del nazista in modo convincente. Sa fare benissimo il saluto a braccio teso e firma tutte le sue lettere *Heil Hitler* senza battere ciglio. Partecipa regolarmente alle riunioni del Deutscher Klub, dove fa amicizia con ufficiali e industriali che trarrebbero enormi profitti se Hitler facesse scoppiare una guerra.

È il 15 luglio 1935. Questa mattina, mentre cammina attraverso il cavernoso edificio per raggiungere il suo ufficio, sentendo i suoi passi che risuonano nei corridoi di marmo, Arvid forse pensa che sia un giorno come tanti altri.

Probabilmente lo è.

Ma non è così per Artur Artusov, il cui ufficio si trova a circa 1.600 chilometri a nord-est di Berlino. Artusov è il direttore di un dipartimento dell'NKVD, la polizia segreta di Stalin e agenzia di intelligence estera, con sede a Mosca. Uomo dagli occhi di ghiaccio, la corporatura e il naso schiacciato da pugile, Artusov seguiva Arvid da tempo e aspettava il momento giusto per colpire.

Il momento è arrivato.

Artusov convoca una riunione e ordina ai suoi colleghi di "accelerare i preparativi per il reclutamento di Harnack".

# Un vecchio amico dell'ARPLAN

*1935*

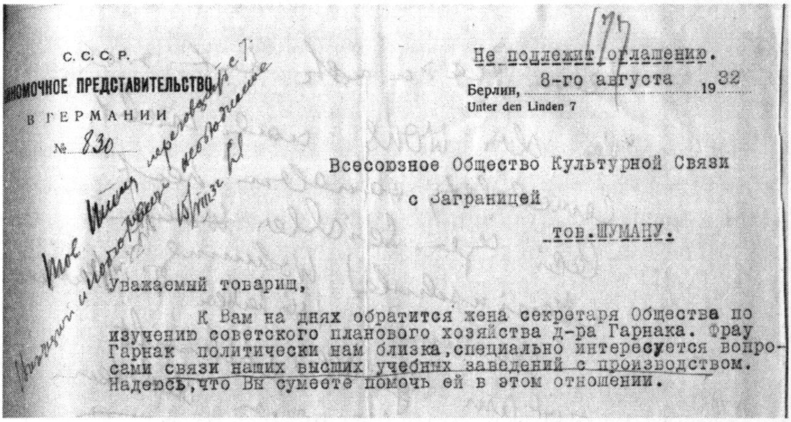

С.С.С.Р.
[ПОЛ]НОМОЧНОЕ ПРЕДСТАВИТЕЛЬСТВО
В ГЕРМАНИИ
№ 830

Не подлежит оглашению.
Берлин, 8-го августа 1932
Unter den Linden 7

Всесоюзное Общество Культурной Связи с заграницей
тов. ШУМАНУ.

Уважаемый товарищ,

К Вам на днях обратится жена секретаря Общества по изучению советского планового хозяйства д-ра Гарнака. Фрау Гарнак политически нам близка, специально интересуется вопросами связи наших высших учебных заведений с производством. Надеюсь, что Вы сумеете помочь ей в этом отношении.

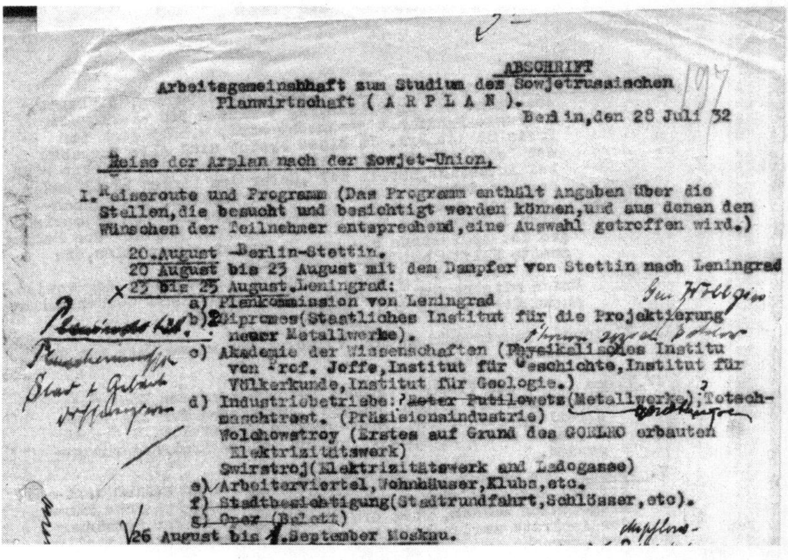

ABSCHRIFT

Arbeitsgemeinschaft zum Studium der Sowjetrussischen Planwirtschaft (A R P L A N).

Berlin, den 28 Juli 32

Reise der Arplan nach der Sowjet-Union.

I. Reiseroute und Programm (Das Programm enthält Angaben über die Stellen, die besucht und besichtigt werden können, und aus denen den Wünschen der Teilnehmer entsprechend, eine Auswahl getroffen wird.)

20. August Berlin-Stettin.
20 August bis 23 August mit dem Dampfer von Stettin nach Leningrad
23 bis 25 August. Leningrad:
a) Plankommission von Leningrad
b) Gipromes (Staatliches Institut für die Projektierung neuer Metallwerke).
c) Akademie der Wissenschaften (Physikalisches Institut von Prof. Joffe, Institut für Geschichte, Institut für Völkerkunde, Institut für Geologie.)
d) Industriebetriebe: Roter Putilowets (Metallwerke); Totschmaschtrest. (Präzisionsindustrie)
Wolchowstroy (Erstes auf Grund des GOELRO erbauten Elektrizitätswerk)
Swirstroj (Elektrizitätswerk and Ladogasse)
e) Arbeiterviertel, Wohnhäuser, Klubs, etc.
f) Stadtbesichtigung (Stadtrundfahrt, Schlösser, etc).
g) Oper (Ballett)
26 August bis 1. September Moskau.

1.

Due mesi dopo, l'8 agosto 1935, un russo di nome Alexander Hirschfeld si avvicina ad Arvid. Ha un momento per parlare?

Il momento dura tre ore.

2.

Alexander Hirschfeld, uomo affabile e colto, aveva conosciuto Arvid verso la fine del 1931. Arvid stava organizzando l'ARPLAN e Hirschfeld si era offerto di aiutarlo. Aveva stilato per lui un elenco di personalità di spicco che potevano essere reclutate nell'ARPLAN e lo aveva invitato ad alcuni eventi presso l'ambasciata sovietica, dove lo aveva presentato a una serie di diplomatici e funzionari russi. Hirschfeld era un intellettuale – in seguito scriverà una tesi di dottorato sul trattato di Versailles – e si era guadagnato in poco tempo l'ammirazione di Arvid, il quale non aveva sospettato nemmeno per un momento che Hirschfeld avesse un secondo fine.

Nell'estate del 1932, Arvid era volato a Mosca con il presidente dell'ARPLAN, Friedrich Lenz, e una delegazione scelta di ventiquattro studiosi, scienziati, scrittori e politici tedeschi. Si trattava di un gruppo ideologicamente eterogeneo che si riuniva in una grande sala conferenze per parlare del pessimo stato dell'economia tedesca, e che comprendeva sia l'ala di destra che quella di sinistra. L'economia pianificata sovietica era un modello rivoluzionario che sembrava funzionare alla grande. La Germania avrebbe potuto adottarne alcuni aspetti? Hirschfeld aveva orchestrato tre settimane di conferenze, pianificando per Arvid e gli altri visite rigorosamente controllate a caseggiati popolari, fattorie e centrali elettriche. Per finire, li aveva portati in gita in una località balneare di Odessa.

L'ammirazione aveva lasciato il posto alla fiducia. Arvid aveva cominciato a confidarsi con Hirschfeld.

Hirschfeld aveva contribuito alla creazione di un'altra organizzazione con sede a Berlino, chiamata Bund Geistiger Berufe (Lega degli intellettuali professionisti) o BGB. All'esterno, il BGB si presentava come un club per studiosi, scienziati e altri professionisti che mirava a promuovere una buona intesa tra tedeschi e russi e non era affiliato ad alcun partito politico, benché molti dei suoi membri simpatizzassero per la sinistra. Nelle parole di Hirschfeld, il BGB cercava di "riunire gli intellettuali radicali secondo linee professionali... sotto la bandiera della lotta". Arvid vi aveva aderito senza indugio.

La fiducia si era trasformata in amicizia. Arvid non si era mai accorto che Hirschfeld stesse prendendo appunti.

Il BGB non era apolitico. Era in realtà un'organizzazione di copertura istituita dal Partito comunista con uno scopo segreto: diffondere "l'influenza ideologica in quei circoli dell'intellighenzia che, per vari motivi, esitano a unirsi a un movimento di massa". Hirschfeld teneva il gruppo sotto controllo e inviava a Mosca elenchi degli aderenti, verbali delle riunioni e profili dei membri. Arvid, scriveva, è "molto vicino a noi" e "deve essere invitato in Unione Sovietica *a tutti i costi*".

Facendo amicizia con Arvid, Hirschfeld aveva gettato un seme che sperava un giorno di raccogliere. Quel giorno era arrivato.

Le spie lavorano spesso sotto copertura diplomatica, e Alexander Hirschfeld non fa eccezione. Occupa la posizione di primo segretario dell'ambasciata sovietica a Berlino ed è anche rappresentante ufficiale di una "società amica" sovietica chiamata Società pansovietica per i rapporti culturali con l'estero, altrimenti nota come VOKS. In entrambi i ruoli, ha modo di coltivare relazioni con cittadini tedeschi come Arvid, che potrebbero tornare utili all'intelligence sovietica, nascondendo oculatamente di essere un agente dei servizi segreti militari dell'Armata Rossa.

Nel gergo cameratesco dello spionaggio sovietico, l'Armata Rossa e l'NKVD sono *sosedi*, vicini di casa. Poiché l'Armata Rossa e l'NKVD hanno giurisdizioni sovrapposte, l'intelligence militare e l'intelligence estera, le agenzie possono considerarsi rivali alla stregua di fratelli e sorelle che si contendono il favore dei genitori. In questo caso collaborano. Arvid è una risorsa preziosa e litigare non li porterebbe da nessuna parte.

3.

I due uomini trovano un luogo dove poter parlare liberamente. Hirschfeld avverte Arvid che la sua partecipazione al Circolo lo sta mettendo a rischio. È troppo pericoloso schierarsi così apertamente contro Hitler. Cooperando invece con i servizi segreti sovietici, Arvid può combattere Hitler in maniera più efficace.

Benché l'argomentazione di Hirschfeld sia convincente, Arvid è dubbioso. È un tedesco antifascista, non una spia di Mosca. Non obbedirà ciecamente agli ordini.

Hirschfeld, paziente, spiega che ci sono regole che Arvid deve seguire. Sono per la sua incolumità. Dovrà dissociarsi dai gruppi di sinistra, ad esempio. I legami che recano anche solo un accenno all'ideologia comunista devono essere spezzati senza esitazione.

Arvid non è sicuro di poter accettare. Dovrebbe allontanare tanti vecchi amici e conoscenti, oltre che nuovi amici come Adam Kuckhoff. E anche se, in teoria, spezzasse questi legami, non saprebbe come riuscire a consegnare informazioni alla Russia senza essere scoperto. Non conosce la procedura corretta. Non ha mai ricevuto nessuna formazione in materia di spionaggio.

Ti addestreremo noi, gli dice Alexander Hirschfeld. Dopo l'incontro, Hirschfeld scrive un promemoria dettagliato che invia al Centro di Mosca, quartier generale dell'intelligence sovietica. È indubbio, Hirschfeld è una buona spia. Arvid lo considera un vecchio amico dei giorni di gloria dell'ARPLAN, una persona di cui si può fidare, che poi è il motivo per cui il Centro di Mosca gliene ha commissionato il corteggiamento.

## 4.

Ad Arvid viene assegnato un funzionario supervisore di nome Naum Belkin. Parla correntemente arabo, tedesco, francese e spagnolo; è una spia esperta e cosmopolita che ha lavorato sotto copertura nello Yemen, in Iran, in Arabia Saudita, in Uruguay e in Spagna e che ha il portamento altezzoso di un aristocratico. Quando si mette in posa per una fotografia, solleva il mento e tiene alto il naso affilato.

Belkin spiega le regole della segretezza – *konspiratsia* – che Arvid è tenuto a seguire. Arvid insiste sul non volere essere trattato come una spia. Si limiterà a sussurrare segreti all'orecchio di Mosca come rappresentante di un'organizzazione clandestina antifascista, nulla di più. Non accetterà denaro né firmerà un giuramento di fedeltà ai servizi segreti sovietici.

Molti ritengono Arvid ammirevolmente intransigente, ma Belkin probabilmente non è fra questi. Un giuramento di fedeltà è parte integrante del rapporto tra spia e capo-spia. Senza di esso, i rischi per il Centro di Mosca sono molto elevati. Tuttavia, qualsiasi obiezione Belkin possa avere in mente, non lo dissuade dall'inviare un promemoria cifrato al Centro di Mosca con il nome in codice Kadi per confermare di aver raggiunto il suo obiettivo: reclutare Arvid Harnack, alto funzionario del ministero dell'Economia.

Il Centro di Mosca apre un fascicolo e assegna ad Arvid il nome in codice Balt.

## Spie tra di noi
## *1935 – 1936*

### 1.

Sono passati due anni da quando Martha Dodd ha messo piede a Berlino, appena sei mesi dopo la nomina di Hitler a cancelliere. Uno splendido treno era entrato in una magnifica stazione, dalle dimensioni sontuose, con un'imponente volta a botte, una meraviglia d'acciaio. Pronunciare il nome della stazione, Lehrter Bahnhof, significava abbandonare le vocali piatte e nasali cui si era abituata vivendo a Chicago. Avrebbe fatto del suo meglio. Aveva un nuovo ruolo da svolgere. Nel momento in cui era scesa dal treno, aveva subìto una trasformazione regale. Non era più la figlia del professor Dodd, uno studioso attempato e impolverato dell'Università di Chicago, ma dell'*ambasciatore* Dodd. Nel mondo della diplomazia, suo padre era al vertice della gerarchia. Una folla si era riversata sulla banchina per salutarla: il suo seguito di diplomatici, giornalisti e fotografi. Balenavano i flash delle macchine fotografiche, "un flusso continuo di luce accecante", e lei posava per loro con orchidee in braccio. Ai loro occhi era una principessa. Il cappellino che indossava avrebbe potuto essere un diadema.

Due anni. Per Martha è stato un vortice caleidoscopico di feste, cene stravaganti e tè di gala con alcuni dei personaggi politici più influenti della Germania, tra cui Hjalmar Schacht, Hermann Göring, Joseph Goebbels e, in un'occasione, lo stesso Hitler. Come una mosca sulle sontuose mura della dimora che lei chiama casa – una stanza è rivestita di damasco color smeraldo, un'altra di arazzi color rubino, un'altra di raso rosa – Martha gode di una visuale privilegiata sul palcoscenico politico. Coglie frammenti di conversazioni confidenziali tra suo padre e i suoi colleghi del ministero degli Esteri invitati a cena. In una lettera a Thornton Wilder, poco dopo il suo arrivo, scrive: "Mi vengono rivelati segreti di Stato". Un anno dopo, ha ancora più cose di cui vantarsi.

> Non più di due settimane fa ho sentito Schacht dire cose che avrebbero potuto generare un titolo da prima pagina e far collassare il sistema (cosa che succederà comunque)... Conosco le mosse più bieche che stanno effettuando sulla scacchiera internazionale; sono perlopiù opera degli inglesi, porci che non sono altro... La sensazione che provo nel tenermi in equilibrio sull'orlo del precipizio della pace in Europa in modo non meno aggraziato degli altri 400.000 angeli mi riempie d'orgoglio.

Tutto questo è una commedia frizzante, deliziosa; lei ci sguazza dentro, lo sorseggia come champagne. Ultimamente però, Martha si sente giù di morale. Boris è ancora bloccato a Mosca e lei continua a esserne follemente innamorata. Nelle lettere che le invia, le lascia intendere di volerla sposare.

Martha non sa che il suo amante russo è già sposato, e ha moglie e figlio a Mosca. Non sa nemmeno che Boris è una spia.

## 2.

Il 5 giugno 1935 – due settimane dopo il discorso di "pace" di Hitler – Boris Vinogradov (nome in codice: Alex) invia un telegramma cifrato all'NKVD.

> La situazione dell'americana (Martha Dodd) è la seguente: attualmente si trova a Berlino e ho ricevuto una lettera in cui mi scrive che mi ama ancora e che sogna di sposarmi.

3.

Sei mesi dopo, mentre partecipa a un sontuoso ricevimento presso l'ambasciata sovietica, Martha si imbatte in un uomo dai capelli scuri con un forte accento russo. L'uomo si rivolge a lei presentandosi come Dmitri Bukhartsev e dice di essere un giornalista che lavora per il giornale "Izvestia".

Il lavoro per "Izvestia"è la sua copertura. In realtà è una spia, nome in codice Emir.

Dmitri ha il mento sfuggente e uno sguardo deciso. La sua carriera di giornalista è impressionante. Ha lavorato per "Komsomolskaya Pravda" e come redattore capo dell'agenzia di stampa russa TASS. Martha trova Dmitri così amabile che lo rivede più volte. Gli racconta tutto del "comportamento da furfante" dell'ambasciatore Bullitt, un uomo che ritiene inadatto a ricoprire la carica di ambasciatore degli Stati Uniti in Unione Sovietica. Gli racconta anche di suo padre, confidandogli i particolari di una lettera che l'ambasciatore Dodd ha scritto al ministero degli Esteri di Washington. Gli dice che, in quanto figlia di un diplomatico, è a conoscenza di numerosi segreti di questo tipo. Dmitri già lo sa, naturalmente. È proprio questo il motivo per cui l'NKVD l'ha presa di mira.

4.

Non ci vuole molto per convincere Martha a diventare una spia. Dmitri le spiega che sarà il suo supervisore. Martha non sa cosa sia un supervisore, ma è un'allieva volenterosa e imparerà tutto ciò che deve imparare. Gli dice che sta "intensamente" leggendo un libro scritto da Stalin. È una traduzione dal russo all'inglese e il suo insegnante è molto preparato. Dmitri prende nota del nome dell'insegnante, Harnack, e invia un telegramma top secret al Centro di Mosca:

> Martha dice che il suo obiettivo principale nella vita è servire in segreto la causa della rivoluzione. Accetta di usare la sua posizione per lavorare in questa direzione, a condizione che sia scongiurata la possibilità di far saltare la sua copertura o di screditare il padre.

# Il ritorno delle decapitazioni
## *1935 – 1936*

### 1.

È mostruoso ma vero: le decapitazioni sono tornate.

Il regime di Hitler ha riportato in auge questa macabra punizione, che era stata vietata durante la Repubblica di Weimar. Nel 1935, la pena di morte è prevista per 47 reati e caldeggiata per altri 2.539. La definizione di *reato* si è ampliata fino a comprendere "attacchi alla comunità nazionale" e quella di *attacchi* adesso include praticamente chiunque e qualsiasi cosa si opponga a Hitler.

Le decapitazioni avvengono in una prigione di Berlino denominata Plötzensee. Il boia è Karl Gröpler, un uomo di sessantacinque anni che si guadagna da vivere modestamente come gestore di una lavanderia. Il contratto di Gröpler con il ministero della Giustizia del Reich prevede che sia lui a portare ceppo, panca e ascia per le decapitazioni, che esegue con precisione millimetrica nel cortile della prigione. Di solito sono presenti diversi giudici, un rappresentante del procuratore di Stato, un esponente del clero, un medico, una guardia carceraria e un gruppo di testimoni che guardano Gröpler avanzare sotto i riflettori con indosso un cappello nero, un frac nero e guanti bianchi immacolati. Tre giovani assistenti di Gröpler conducono il prigioniero alla panca e posizionano il ceppo sotto alla sua testa. Il procuratore legge ad alta voce la sentenza di morte e un incaricato ordina: "Boia, fai il tuo dovere". Gröpler solleva e abbassa la sua ascia.

Nel 1935, 79 uomini e 9 donne vengono decapitati da Gröpler.

Le decapitazioni a Plötzensee non sono un segreto. I particolari più scabrosi vengono pubblicati sulle pagine dei giornali tedeschi e fanno notizia anche negli Stati Uniti.

La decapitazione di due giovani donne accusate di tradimento ha scandalizzato i lettori del "Washington Post", che il 24 febbraio 1935 ha titolato: *Herr Hitler aveva bisogno di togliersi i sassolini dalla scarpa.* Anche il "New York Times", il "Chicago Daily Tribune" e la rivista "Time" hanno divulgato la vicenda. Ai lettori americani sono stati descritti il macabro abito di Gröpler e i guanti bianchi che impugnano l'ascia. La guardia carceraria che ha assistito alle decapitazioni ha raccontato il modo in cui le donne camminavano tranquillamente verso il patibolo, una alla volta, con indumenti blu da carcerate, i polsi incatenati dietro alla schiena; non vi dovevano essere trascinate, come invece accadeva spesso agli uomini. "La cosa che ci ha colpito di più," ha detto la guardia, "è che nessuna di loro ha mormorato una sola parola."

In Germania, i nomi di queste giovani donne – baronessa Benita von Falkenhayn e Renate von Natzmer – sono noti a chiunque legga "Völkischer Beobachter", il giornale del Partito nazista controllato da Goebbels, che ha pubblicato una prima pagina sensazionalistica sul loro presunto crimine. Secondo l'articolo, le donne erano state sorprese a sussurrare segreti militari a un affascinante diplomatico polacco, segreti che riguardavano un nuovo tipo di aeroplano tedesco costruito in una fabbrica di Berlino. Hitler stesso ha respinto i loro appelli alla clemenza. Il tradimento, aveva avvertito, non sarebbe stato tollerato.

## 2.

Alla BAG, Mildred continua a cantare ai suoi studenti le canzoni di protesta americane. *John Brown* è particolarmente calzante in questo momento. John Brown fu giustiziato nello stesso modo in cui saranno giustiziati alcuni tedeschi della resistenza: con un lento strangolamento, su una forca costruita con sadica cura. Non ora, ma a tempo debito, dopo che la Gestapo li avrà acciuffati. Il loro reato? Lo stesso di John Brown: tradimento.

Molte donne tedesche della resistenza saranno giustiziate in modo altrettanto barbaro: con la ghigliottina. Perché non vengono impiccate? Dal punto di vista dei nazisti, il collo sinuoso del sesso debole deve essere trattato in modo diverso, e una lama uccide più rapidamente di una corda. Fare questa distinzione, considerare la decapitazione più umana dell'impiccagione, è una perversione tipica dei nazisti.

Sono storie raccapriccianti e sembrano girare tutte attorno a Mildred. Storie di tradimento, morte per impiccagione o decapitazione.

3.

Un uomo senza testa. Ascoltando la storia, a Mildred erano venuti i brividi. Ernst von Harnack, il cugino di Arvid, gliel'aveva raccontata qualche anno prima, quando era andata a trovarlo.

Non aiutava il fatto che Ernst e Anne von Harnack abitassero in un castello fortificato con un sotterraneo costruito nel Medioevo. Il dedalo di corridoi riecheggiava minacciosamente mentre Ernst accompagnava Mildred nella stanza in cui avrebbe dormito. Dalla finestra si vedeva il fiume Saale che si insinuava tra le colline di Merseburg, una città così silenziosa di notte che si riusciva a sentire lo scalpiccìo dei topi.

Secoli prima, le aveva raccontato Ernst, un paggio che aveva prestato servizio nel castello si era trovato in una situazione delicata. Aveva infastidito un monarca? Probabilmente sì. La punizione era commisurata al reato? Probabilmente no. Qualunque fosse stato il suo reato, la lama era scesa, decapitandolo. Ora un fantasma senza testa infesta le stanze del castello. *Soprattutto*, le aveva detto Ernst, *la tua stanza*.

Mildred aveva vissuto in Germania abbastanza a lungo

da essersi fatta un'idea sul senso dell'umorismo tedesco. Malgrado sapesse che Ernst stava scherzando, dopo avergli dato la buonanotte, era rimasta sveglia a lungo in quella camera da letto dal soffitto basso, mentre un'apparizione senza testa si insinuava nelle fredde pareti di pietra e si librava sopra il suo letto. Ernst le aveva inculcato talmente bene in testa quell'immagine che non riusciva a liberarsene.

Alle prime luci dell'alba, Mildred aveva scritto una lettera a sua madre, confidandole che non avrebbe mai più voluto dormire nel castello di Ernst e Anne.

4.

Una sera di primavera, dopo una lezione alla BAG, Mildred passeggia con il suo studente Emil lungo Tauentzienstrasse, un ampio viale vicino al Tiergarten. Si dirigono verso la stazione della ferrovia suburbana nei pressi dello zoo di Berlino. Emil ha redatto opuscoli antinazisti con lo pseudonimo di Emko per un gruppo di resistenza comunista e ha subìto i colpi di manganello durante gli interrogatori della Gestapo. Benché sospetti di essere sorvegliato, non smetterà di battersi contro Hitler; vuole aiutare il Circolo. Conosce due librai che possiedono scorte segrete di libri proibiti.

Mildred ed Emil sono talmente assorbiti dalla conversazione, scriverà Emil più tardi, che non si accorgono del trambusto davanti a loro. C'è gente che si accalca davanti all'ingresso di un cinema. Le SS li spingono da parte, urlando loro di spostarsi. Le grandi porte si aprono ed esce un uomo. La folla esplode in grida di gioia e applaude come se quell'uomo fosse un idolo del cinema.

È Hitler. Macchia sul baffo sinistro. Occhi di un blu sorprendente.

Una donna di mezza età esclama: "Che momento epico!".

Mildred ed Emil proseguono in silenzio. Raggiungono la stazione e si salutano con un cenno del capo. *Abbiamo ancora moltissimo da fare*. Questo è ciò che pensa Emil. Sa che anche Mildred lo pensa, non c'è bisogno di parole.

## 5.

I nazisti chiudono la BAG. Mildred perde la sua fonte di reclutamento principale.

Alcuni dei suoi studenti le chiedono di poter rimanere in contatto con lei. A volte si accalcano in un bar, altre nel suo appartamento. Lei prepara tè per tutti, facendo bollire l'acqua sulla sua stufa di maiolica bianca. Parlano per ore seduti nel soggiorno, Mildred si alza di tanto in tanto dal divano per rimettere in funzione il bollitore o per leggere ad alta voce un brano di un romanzo americano vietato dalla censura di Goebbels. Vuole che tutti guardino "i recenti sviluppi in Germania con occhi nuovi".

## *Widerstand*
## *1935 – 1937*

### 1.

La resistenza assume due forme: passiva e attiva.

Gli atti di resistenza passiva sono chiamati *Resistenz*. Rifiutarsi di sventolare la nuova bandiera tedesca – una svastica gigante – ne è un esempio. Rifiutarsi di dire *Heil Hitler* è un altro. Ci si aspetta che ogni transazione, sia essa acquistare un biglietto del treno o entrare in un negozio, inizi o si concluda con queste parole. Alcuni corrono il rischio e ne pagano il prezzo: l'arresto, un periodo dietro le sbarre o peggio. Altri la sostituiscono con un'altra espressione. Dire *Grüss Gott* – Dio ti benedica – è un buono stratagemma per evitare *Heil Hitler*.

Gli atti di resistenza attiva si chiamano *Widerstand*. Aiutare un amico ebreo a fuggire dalla Germania è un atto di *Widerstand*. Scrivere un opuscolo che critica il regime di Hitler, infilarlo nella cassetta della posta o nella tasca del soprabito di qualcuno, distribuirne di nascosto in una stazione ferroviaria, sono considerati tutti gesti di *Widerstand*. Reati punibili con un anno o due in un campo di concentramento.

Lo spionaggio di Arvid è un altro esempio di *Widerstand*.

### 2.

Mildred presiede le riunioni del Circolo ormai da circa un anno. Arvid ha poco tempo da dedicarvi in questo momento, ma anche se riuscisse a intrufolarsi in una delle riunioni, sarebbe vincolato alle regole della *konspiratsia*. Non può frequentare comunisti e socialdemocratici e il Circolo ne è stracolmo.

Se Mildred è occupata, le viene in aiuto Karl Behrens, il suo devoto reclutatore. Karl ha occhiali tondi con montatura metallica; il suo sguardo arguto somiglia a quello di Arvid, ma per altri aspetti è molto diverso. La sua vita è stata più dura. Non vanta un pedigree familiare che gli faciliti l'accesso ai club e ai circoli ristretti dell'élite.

Karl si è licenziato dalla fabbrica di lampade a gas e adesso lavora come fabbro nell'AEG, un'azienda che produce motori elettrici, turbine a vapore, trasformatori, cavi, interruttori e fusibili. Karl non sa che la AEG ha donato 60.000 Reichsmark al Partito nazista in occasione della riunione che Hitler aveva tenuto un mese dopo la sua nomina a cancelliere. Sa solo che gli affari sembrano andare bene. Divulga copie di un giornale clandestino antinazista chiamato "Der Gegen-Angriff" (Il contrattacco). Il suo nome è una replica diretta al giornale nazista "Der Angriff" (L'attacco).

Dopo una riunione, Mildred accende la sua Blaupunkt, facendo attenzione a tenere basso il volume. Preme un orecchio sull'altoparlante. Tra schiocchi e stridolii, riesce ad ascoltare un'emissione della BBC. Il presidente Roosevelt sta facendo un discorso. Mildred prende appunti furiosamente. Traduce ciò che ha scritto in tedesco, poi riporta le parole su fogli di carta che in seguito saranno trasformati in volantini. Il Circolo si occuperà di farli entrare di nascosto nelle fabbriche berlinesi, lasciandoli in piccoli mucchi affinché li trovino gli operai.

## 3.

Il 15 settembre 1935 viene approvata la Legge per la protezione del sangue e dell'onore tedesco. I rapporti sessuali tra ebrei e non ebrei adesso sono illegali, così come il matrimonio. Una donna con "sangue tedesco" di meno di quarantacinque anni non può lavorare in una casa ebraica, perché potrebbe invogliare un uomo ebreo a fare sesso con lei, il che potrebbe portare alla nascita di un figlio di sangue misto, un *Mischling*. Gli ebrei che violano questa legge rischiano pene tra cui lavori forzati, incarcerazione o ammende.

Lo stesso giorno viene approvata la Legge sulla cittadinanza del Reich, che esclude espressamente gli ebrei dalla cittadinanza tedesca.

Queste due leggi saranno conosciute come le Leggi di Norimberga. Ormai la Germania ha stabilito un quadro giuridico preciso per l'emarginazione, la segregazione, il confino e infine lo sterminio degli ebrei.

4.

Mildred aiuterà gli ebrei a fuggire. Giunge a questa decisione facilmente, sapendo che può sfruttare i suoi contatti con l'ambasciata americana e che, grazie ai rapporti con l'ex console generale Messersmith e l'ambasciatore Dodd riuscirà, con manovre abili e delicate, a ottenere i visti necessari agli ebrei per attraversare il confine tedesco.

Un editore ebreo di nome Max Tau le chiede se può fare qualcosa per lui. Mildred ne organizza la fuga in Norvegia.

Uno studente ebreo della BAG si trattiene dopo la lezione. Samson Knoll vuole fuggire negli Stati Uniti. Ha anche un parente che conosce una persona che vuole andarsene dalla Germania. Mildred prende gli accordi necessari con discrezione.

5.

Nell'arco di quattordici mesi, tra il 1935 e il 1936, a Berlino vengono arrestate 2.197 persone appartenenti a gruppi di resistenza clandestini. Nel 1936, in tutta la Germania, oltre 12.000 persone vengono arrestate per aver distribuito opuscoli contro il nazismo.

Due di queste sono reclute di Mildred che frequentavano la BAG.

Karl Behrens viene accusato di aver distribuito copie di

"Der Gegen-Angriff". In prigione viene picchiato, interrogato, picchiato ancora e poi rilasciato. L'ufficiale della Gestapo che l'ha interrogato, un maniaco del protocollo, non ha trovato nessuna prova. Behrens non ha confessato nulla.

Wilhelm Utech viene colto con le mani nel sacco. La Gestapo confisca i suoi volantini e lo manda in un campo di concentramento per un anno.

## 6.

Gli altri non si fermano. Mettono volantini nelle cabine telefoniche e alle fermate della metropolitana, li infilano sia nelle tasche dei passanti che piegati nelle buste. Qualcuno scrive gli indirizzi, qualcun altro incolla francobolli. Lettere e lettere vengono inviate a giornalisti, politici, professori, membri della Chiesa cattolica.

"Mantenevamo una rigida disciplina e la massima segretezza," ricorderà Günther Weisenborn, membro del Gegner Kreis, un gruppo clandestino che presto si intersecherà con il Circolo. "Eravamo divisi in una serie di sottogruppi che distribuivano volantini in diverse fabbriche." Le fabbriche di Berlino sono piene di comunisti e nazisti irriducibili. Estrema sinistra ed estrema destra operano fianco a fianco. Ci sono spie ovunque. Basta che Weisenborn metta un volantino nelle mani sbagliate perché la Gestapo lo venga a sapere.

"Il nostro lavoro era eccitante e snervante allo stesso tempo," ammetterà Weisenborn.

I loro incontri vengono mascherati da ricevimenti, cene di beneficenza e feste di compleanno. "A qualsiasi estraneo le nostre riunioni sarebbero sembrate incontri conviviali," ricorderà un medico di nome Elfriede Paul. "Alcune persone arrivavano più tardi, altre se ne andavano via prima. In ogni caso, deliberavamo fino a tarda notte ogni volta che c'era da affrontare una questione speciale o da pianificare un'azione particolare."

Elfriede Paul accetta di ospitare le riunioni nella sua clinica dopo aver visitato l'ultimo paziente della giornata. Altri ne organizzano in scantinati, soffitte, soggiorni.

7.

Nel 1936, la Gestapo raccoglie 1.643.200 volantini che denunciano il regime nazista. Il numero è annotato meticolosamente nei loro registri, a testimonianza di una resistenza clandestina che Hitler vuole annientare. La Gestapo si procura i volantini in vari modi: sequestrandoli dalle mani degli oppositori, facendo irruzione nelle case e trovandoli nei cassetti, dietro ai muri o sotto le assi del pavimento, o con metodi meno diretti.

Un comune cittadino che trovi un volantino nella cassetta della posta può denunciare l'infrazione alla stazione di polizia locale. La Gestapo si affida a cittadini come questi per farsi aiutare a sorvegliare i quartieri e a stanare la resistenza. Con l'aumentare delle spie e dei pettegolezzi, dei ficcanaso e dei delatori, la Gestapo sviluppa un sistema di classificazione che distingue *Informationsperson* (delatore), *Wahrmann* (uomo onesto), *Gewährsmann* (informatore), *Gegnermann* (oppositore), *Zuverlässigerperson* (persona affidabile) e *Auskunftmann* (indicatore). In cima alla gerarchia ci sono gli informatori d'élite, chiamati *Vertrauensmänner* (uomini di fiducia), designati come VM nei rapporti della Gestapo. I VM sono spie pagate dalla Gestapo, che scrivono rapporti in codice e li depositano in apposite cassette postali. Spesso si spacciano per nemici di Hitler. Nel gergo dello spionaggio sono chiamate talpe. Le più abili penetrano nel nucleo interno di un gruppo di resistenza, fanno amicizia con i suoi membri e, guadagnandosi la loro fiducia, apprendono i loro segreti e riferiscono tutto alla Gestapo.

8.

Nei primi tre mesi del 1936, Hitler continua a dire al mondo che vuole la *pace*.

Il 10 gennaio dice:

Non c'è un solo tedesco che voglia la guerra.

Il 30 gennaio dice:

Come abbiamo sempre predicato la pace nella vita quotidiana del nostro popolo, così desideriamo anche essere una nazione che invita alla pace tra gli altri popoli. Non ci stancheremo mai di ripeterlo.

Il 16 marzo dice:

Il mio obiettivo è la pace.

9.

Il 7 marzo 1936, Hitler ordina a 3.300 soldati di marciare nella Renania, una regione della Germania che confina con la Francia. La manovra è un'altra palese violazione del trattato di Versailles, che designa la regione come zona smilitarizzata. Alla Germania non è consentito erigervi fortificazioni o addestrarvi truppe. In pratica, se un solo soldato con un fucile Mauser carico pianta uno solo dei suoi stivali sulla Renania, viola il trattato.

Quel giorno non vengono sparati proiettili. La manovra è una sorta di rappresentazione, una potente *pièce* di teatro. Hitler ha avvertito il mondo che la Germania non sarà più paralizzata da un trattato punitivo. Scommette che la farà franca.

E ci riesce.

10.

Quell'estate scoppia la Guerra civile spagnola.

Hitler invia soldati e munizioni tedesche a Franco, che sta conducendo un colpo di stato fascista contro il neoeletto governo democratico spagnolo. Göring è entusiasta dell'accordo, lo considera un'ottima occasione per testare la Luftwaffe, la sua nuova forza aerea. Non è leggendo giornali censurati o ascoltando Radio del popolo che i tedeschi verranno a conoscenza di questo conflitto, quindi il Gegner Kreis decide di far stampare una grande quantità di volantini.

A disegnarli è un'artista ebrea di nome Elisabeth Schumacher. Trascorre ore e ore a escogitare modi ingegnosi per produrre opuscoli di varie dimensioni, usando meno parole possibili e fotografie da riprodurre su pezzi di carta piccoli come un francobollo. "Notte dopo notte," ricorderà Elfriede Paul, "ha fotografato immagini della Guerra civile spagnola, rimpicciolendo al massimo i testi e persino le poesie." I volantini riportano dettagli sul numero di truppe, carri armati, sottomarini e aerei che Franco riceve da Hitler. Questi particolari sono stati estrapolati da documenti top secret da un ufficiale del ministero dell'Aviazione del Reich che, come Arvid, si finge nazista per carpire segreti. Si tratta di Harro Schulze-Boysen, leader ventiseienne del Gegner Kreis.

11.

Harro Schulze-Boysen va a far visita a Mildred e Arvid nel loro appartamento. Nel soggiorno stracolmo di libri di Woyrschstrasse 46, i tre discutono animatamente della resistenza. Harro è alto, biondo e magro. Ha già trascorso un periodo in un campo di concentramento. Le cicatrici che ha sul mento e sugli zigomi cesellati testimoniano le torture subite. Ha un orecchio mutilato, gliene manca più di metà. Il reato di cui è stato accusato è "pianificazione di alto tradimento". Ha pubblicato clandestinamente un giornale contro il nazismo chiamato "Gegner" (L'oppositore) fino a quando gli ufficiali delle SS non hanno fatto irruzione nel suo ufficio e distrutto la tipografia. Hanno trascinato Harro e un altro redattore di "Gegner" in un campo di concentramento alla periferia di Berlino, per poi spogliarli e fustigarli con fruste di piombo. Quando hanno rilasciato Harro, aveva un dolore ai reni talmente forte da costringerlo al ricovero in ospedale. Le ferite del suo amico erano ancora più gravi e ne avevano causato il decesso.

Senza dubbio, Harro Schulze-Boysen è un antifascista spietato e carismatico, ma mette a disagio Mildred e Arvid. I suoi occhi azzurri sembrano illuminati da una sfrenata sete di vendetta. Giungono alla conclusione che un'alleanza con lui sarebbe "troppo pericolosa".

## Ernst ed Ernst
*1935 – 1937*

1.

"La mia vendetta è un piatto che sarà servito freddissimo," ha detto Harro Schulze-Boysen a Ernst von Salomon poco dopo essere stato rilasciato dal campo di concentramento. Si erano incontrati su un marciapiede affollato di Berlino. Il volto di Harro era così sfigurato che Ernst non aveva riconosciuto subito l'amico. "Gli avevano cambiato i connotati," scriverà Ernst anni dopo in un'autobiografia. "Aveva perso mezzo orecchio e il suo viso era pieno di ferite infiammate che faticavano a rimarginarsi."

2.

Ernst von Salomon aveva trascorso un bel po' di tempo dietro le sbarre, anche se per motivi del tutto diversi da quelli di Schulze-Boysen. Nel 1922 aveva guidato l'auto su cui fuggivano gli assassini del ministro degli Esteri Walther Rathenau, nel 1927 aveva tentato un omicidio e nel 1929 aveva cercato di bombardare il Reichstag. Da allora ha scritto quattro romanzi. Il suo editore è Ernst Rowohlt, il titano dell'editoria che ha fondato la Rowohlt Verlag e che si trova al centro di una rete di collegamenti sociali e professionali che legano Ernst von Salomon a Mildred. Tra i contatti vi sono Thomas Wolfe e Hans Fallada (alias Rudolf Ditzen), entrambi pubblicati da Rowohlt, e Martha Dodd, che aveva invitato Ernst Rowohlt e Ernst von Salomon a innumerevoli feste nella speranza di incontrare esponenti dell'editoria che potessero aiutarla nella pubblicazione di un suo primo libro.

3.

"Martha Dodd mi invitava ai suoi ricevimenti e alle sue feste," scriverà Ernst von Salomon nella sua autobiografia, "dove distinti servitori in guanti bianchi servivano cocktail leggermente opalescenti e poco inebrianti, accompagnati da piccole fette di pane bianco ricoperte di pallide verdure a dadini ed erbe aromatiche." I suoi ospiti erano

> giovani, intelligenti, perfettamente educati ma con una conoscenza sommaria delle lingue: alcuni indossavano l'elegante uniforme nera del ministero degli Esteri, che tanto assomigliava a quella delle SS; molti degli invitati erano proprio delle SS.

Era un'assemblea incredibilmente insolita. In nessun altro luogo, se non a Berlino, si sarebbero potuti vedere uomini del ministero di Hitler e sgherri delle SS mescolati con diplomatici americani, francesi e russi. Ernst von Salomon era solito guardarli "facendo sorrisetti ammiccanti o ridendo allegramente alle battute spiritose di Martha Dodd". Aveva "accettato a malincuore" che gli altri pretendenti di Martha fossero "più affascinanti" di lui.

Ernst von Salomon somiglia in modo impressionante ad Alfred Hitchcock, con doppio mento e tutto il resto, e fuma anche una pipa di calabassa quasi identica. Eppure i quattro romanzi che ha pubblicato e la sua reputazione di assassino fanno sì che la sua cassetta delle lettere trabocchi di inviti "stampati sulla carta più costosa – inviti abilmente litografati a incontri sociali presieduti da personaggi di spicco, potenti mecenati delle arti, organizzazioni rivoluzionarie in piena fioritura, istituzioni molto rispettate sia nazionali che estere". Preferisce di gran lunga la "vodka chiara, il caviale e la trota in gelatina" serviti alle serate dell'ambasciata russa, ai "cocktail annacquati" e alle tartine insipide che è costretto a ingurgitare agli eventi delle ambasciate americane. "Mi sono ubriacato poche volte," ricorderà Ernst von Salomon, "a differenza di Rowohlt."

4.

Ernst Rowohlt è sotto assedio. Da quando ha fondato la Rowohlt Verlag, nel 1908, non ha mai rischiato il fallimento come in questo momento. L'elenco di scrittori che la sua casa editrice non può più pubblicare è disperatamente lungo, e continua ad allungarsi. Qualsiasi autore che si avvicini anche di pochissimo a un partito politico di sinistra, viene aggiunto alla lista così come chiunque sia ebreo o sembri simpatizzare con gli ebrei. Ernst Rowohlt è orgoglioso che il suo elenco di autori americani includa il grande Hemingway, ma persino Hemingway è stato *proibito* dai nazisti, che hanno stabilito che il suo romanzo *Addio alle armi* è troppo critico nei confronti della guerra, l'opera di un pericoloso pacifista. Rowohlt si affanna a negoziare contratti con scrittori fuggiti dalla Germania e che ora vivono in esilio in paesi come Svizzera, Francia e America, e si scervella per trovare un modo per eludere i censori nazisti, che sono spietati e spesso incompetenti.

Due uomini accigliati si affacciano alla porta. Non indossano uniformi, ma sono chiaramente della Gestapo.

Ernst Rowohlt, un uomo grande e grosso con una voce roboante, li invita nel suo ufficio e, con la stessa cortesia che riserva agli amici più fidati, offre loro dei sigari. Li rifiutano.

"Quali buone notizie mi portate?" irrompe Rowohlt.

Uno degli ufficiali risponde, con un tono monocorde, che sono venuti a sequestrare tutte le copie di *Babbitt*. Il titolo del romanzo, sputato dalle labbra del tedesco, suona come *Bahbiett*.

Ernst Rowohlt apre una bottiglia di grappa, se ne versa un bicchiere senza offrirne alla Gestapo e si appoggia allo schienale della sedia in modo strafottente. "Una casa editrice non è un luogo dove i libri vengono scritti, dattilografati, stampati, rilegati, confezionati e venduti," dice, "ma piuttosto il quartier generale amministrativo che controlla tutte queste attività, o il tetto che copre differenti forme di produzione specializzate." Beve un sorso di grappa e continua, sognante: "Quindi, se volete venire in possesso di *Bahbiett*, dovete andare nel luogo in cui si trova, cioè nelle tipografie o nelle librerie, ma non da me. Inoltre, non sono io che pubblico *Bahbiett*, ma la Transmare-Verlag, che è chiusa da tempo. Inoltre, non è *Bahbiett* il libro che state cercando. È di Sinclair Lewis, mentre l'autore che voi avete in mente è Upton Sinclair, che non ho pubblicato io, né viene più pubblicato in Germania da molti anni".

La confusione pervade i volti degli ufficiali della Gestapo. Uno di loro dice: "Se è così, dobbiamo fare una telefonata".

Dopo che se ne sono andati, Ernst Rowohlt esce dal suo ufficio sogghignando soddisfatto. I redattori, che hanno origliato la conversazione, guardano stupiti il loro capo, sapendo benissimo che Rowohlt ha detto alla Gestapo due mostruose bugie. Non è Upton Sinclair l'autore di *Babbitt*; ma Sinclair Lewis. E Rowohlt *ha pubblicato* romanzi di Sinclair Lewis, che nel 1930 ha avuto l'onore di essere stato il primo americano a vincere il premio Nobel per la letteratura. Rowohlt è estremamente orgoglioso di aver avuto la lungimiranza di acquistare i diritti di tutti i romanzi di Sinclair Lewis e ha incaricato suo figlio, Heinrich Ledig-Rowohlt, di occuparsene.

## 5.

È passato più di un anno da quando Mildred, Heinrich Ledig-Rowohlt, Martha Dodd e Boris Vinogradov sono saliti su una Ford Cabriolet e sono partiti alla volta della campagna per andare a trovare Rudolf Ditzen, alias Hans Fallada. Dopo il viaggio, Mildred si era chiesta se i suoi colloqui con Rudolf avessero avuto un'influenza positiva su di lui. All'inizio sembrava di sì. Aveva smesso di assecondare i censori nazisti e in una lettera aveva dichiarato con nuova risolutezza:

“Non ho nulla da nascondere e non ho intenzione di tenere gli occhi chiusi”.

Ma la sua determinazione si era esaurita rapidamente. Ogni volta che Rudolf Ditzen si sedeva a scrivere, sentiva le sue mani legate dall’autoconsapevolezza. Non riusciva a smettere di pensare ai suoi lettori. I censori nazisti invadevano la sua immaginazione, aleggiando insidiosamente sopra la sua macchina da scrivere, condannando e scrutando ogni suo accenno di pensiero. Le parole balbettavano via da lui, zoppicanti ed esanimi. Lo stress della scrittura lo aveva consumato completamente.

Il 29 aprile 1935, Ditzen annuncia: “Non riesco più a scrivere”, in preda a un vero e proprio esaurimento nervoso. Sua moglie, Suse, gli prepara la valigia e lo fa ricoverare all’ospedale Charité di Berlino, dove lo curano per le allucinazioni. Lo psichiatra che presiede al trattamento di Ditzen è Karl Bonhoeffer, padre di Dietrich e Klaus, cugini di Arvid.

## 6.

Una sera del 1936, Ernst von Salomon si trova sul pianerottolo dell’appartamento di Mildred e Arvid. Non è solo. Accanto a lui ci sono la sua ragazza, Ille, e Harro Schulze-Boysen. Harro è il motivo per cui sono lì. È stato invitato a una piccola festa organizzata da Mildred e Arvid e ha chiesto a Ernst e Ille di unirsi a lui. Dietro la porta si sentono i rumori smorzati dei festeggiamenti.

È passato più di un anno dall’ultima volta che Harro è stato qui. Il numero di truppe che Hitler ha inviato a Franco sui campi di battaglia della Guerra civile spagnola è aumentato, così come sono aumentati i tentativi di Harro di sabotare il Führer, ma non dice una parola sul Gegner Kreis o sui volantini che fanno stampare per amici come Ernst von Salomon, le cui preferenze sono difficili da inquadrare. Harro sa che Ernst odia i nazisti, anche se non è comunista né socialdemocratico. Appoggia prospettive conservatrici e in passato ha collaborato con un giornale di destra.

Ernst e Ille vivono nello stesso quartiere di Harro, che

guida una vecchia automobile ancora elegante e trascorre le sue domeniche in barca a vela, in giro sui laghi battuti dal vento di Wannsee. Harro ha occhi azzurri penetranti, capelli color grano e un sorriso accattivante. Porta bene le sue cicatrici. È tanto affascinante quanto astuto. Ernst intuisce che Harro sta tramando qualcosa contro il ministero dell'Aviazione del Reich e lo incalza.

"Infilzo bandierine sulle cartine," gli dice Harro ironico. "Bandierine colorate di ogni sorta su vecchie carte molto brutte."

La porta d'ingresso si apre. Mildred si presenta e li invita a entrare.

Ernst l'ha già incontrata diverse volte in occasioni mondane come gli eventi all'ambasciata russa e a quella americana. Sa che Mildred e Arvid hanno "un posto assicurato nei circoli diplomatici".

Si guarda intorno con l'occhio del romanziere. Nota i mobili dell'appartamento, le dimensioni della stanza in cui gli ospiti si mescolano. Osserva la mensola sopra il camino, il modo in cui Mildred e Arvid vi si appoggiano mentre parlano. Ci sono circa una dozzina di diplomatici, scrittori, uomini d'affari e burocrati dei ministeri di Hitler.

Dopo circa un'ora, Ernst e Ille si congedano e si dirigono verso la porta d'ingresso.

Ille riesce a stento a contenersi. Di solito aspetta di essere in strada prima di iniziare a spettegolare. Ma nell'istante esatto in cui la porta si chiude, esclama: "A me è sembrato tutto fuori luogo. C'è davvero qualcosa che non va".

Ille descrive come Mildred e Arvid "parlassero in modo del tutto disinibito di cose... cose che, be', una qualsiasi delle cose di cui parlavano poteva costare loro la testa".

Ernst non dice nulla. Scendono quattro rampe di scale. "Promettimelo!" grida Ille. "Promettimi che non verremo mai più!"

Fuori è buio. Percorrono Woyrschstrasse verso casa loro.

"Se ne stanno lì, ben vestiti, persone assolutamente rispettabili che parlano di 'canali trasversali di comunicazione'

– sai che significa?" Ille si interrompe, sbigottita. "Descrivono Hitler e Himmler," prosegue, "come due pazzi totali."

Ille ha sentito uno degli invitati parlare di una "fonte" a Zurigo. Lo ha visto consegnare una "busta gialla" a un altro uomo, che l'ha guardato e gli ha detto, strizzando l'occhio: "Strettamente riservato".

Era uno scherzo o nella busta gialla c'erano dei segreti? Quando si è presentata cautamente a questi uomini, ha saputo che uno era "un consigliere ministeriale" e l'altro "un assistente". Le hanno subito presentato il loro amico, che faceva parte "delle SS" e un altro uomo che era "un diplomatico".

Ricordando la scena, Ille esclama lanciando a Ernst uno sguardo furioso: "Dimmi, tu ci capisci qualcosa?".

"Sì, sì, è come dici tu," dice Ernst.

"E Harro, il buon vecchio Harro, l'ho sentito dire a un tizio, parlando di un'altra persona: 'È un altro cretino che faremmo bene a fare fuori', Harro! Il nostro caro Harro che parla di sparare alla gente... Non voglio più sentire parlare di sparare alla gente! Proprio no! Non voglio che ci sia gente che spara qua e là, e poi chi spara a chi? Non lo ammetto!"

"Nemmeno io," ribatte Ernst, che adesso vuole tornarsene a casa. Non vuole stare in strada a parlare di sparatorie.

"Sai cosa stanno facendo quelle persone? Stanno organizzando una rivoluzione."

Ernst e Ille hanno raggiunto Friedrichstrasse. Lui la esorta a continuare a camminare, ma lei non si muove e urla nell'oscurità: "Ne ho abbastanza delle rivoluzioni!".

## 7.

Ernst von Salomon decide di tagliare i ponti con Harro Schulze-Boysen. Promette a Ille che non andrà mai in barca a vela sul Wannsee o in canoa nello Spreewald, e non parlerà mai più nemmeno con il loro amico del ministero dell'Aviazione del Reich.

Ma prima vuole salutarlo.

Ernst e Harro si incontrano e si scambiano qualche battuta. Poi Ernst si fa serio. Dice ad Harro che le sue attività nella resistenza sono pericolose, anzi, sediziose. Sta commettendo "un reato".

Il sorriso vincente di Harro svanisce. Il suo sguardo si indurisce.

"Non fare nulla," dice Harro, "è il crimine peggiore che si possa commettere."

## 8.

Nel 1937 il gruppo di resistenza di Harro Schulze-Boysen comprende soltanto sei uomini. Se il Gegner Kreis e il Circolo collaborassero, potrebbero espandere il loro raggio d'azione, ma Mildred e Arvid sono riluttanti. Per il momento, i gruppi combatteranno il fascismo separatamente.

Tuttavia, inizia a formarsi una catena.

Nel 1937 Greta Lorke rimane incinta e sposa il suo fidanzato, Adam Kuckhoff, creando un anello della catena che collega il suo gruppo di resistenza, Tat Kreis, con il Circolo.

Il Gegner Kreis costituirà il terzo anello della catena tre anni più tardi, quando il mondo sarà a ferro e fuoco.

## Crisi esistenziale
## *1936 – 1937*

1.

Mildred e Arvid impacchettano le loro cose nell'appartamento di Woyrschstrasse 46. Si trasferiscono di nuovo. La strada è la stessa. L'edificio è a qualche isolato verso nord, a pochi passi da quello vecchio. Mildred scrive il suo nuovo indirizzo su una busta da lettere – Woyrschstrasse 16 – e spedisce una lettera a sua madre.

La vicinanza del loro nuovo appartamento al quartier generale della Gestapo è inquietante. Solo un chilometro e mezzo. Mildred vede spesso agenti attraversare in auto il suo quartiere. A volte indossano l'uniforme, altre no. Non passano di certo inosservati: si aggirano per le strade con le loro Mercedes lucide simili a ripugnanti scarafaggi.

2.

Tra i berlinesi è risaputo che la Gestapo conserva un dossier su ogni sobillatore, effettivo o presunto, che potrebbe minacciare il regime di Hitler. Mildred si domanda se anche il suo nome non compaia su una scheda. È molto probabile.

Da un giorno all'altro potrebbe sentire i pugni della Gestapo bussare alla porta di casa sua. Oppure potrebbe aprire la cassetta della posta e trovarvi una lettera che le intima di presentarsi in Prinz-Albrecht-Strasse 8 per essere interrogata. Sarebbe un bel guaio. Non presentarsi davanti alla Gestapo potrebbe costarle l'arresto, ma anche se si presentasse potrebbe essere arrestata.

Ogni quartiere ha un sorvegliante nazista. Mildred lo individua nella sua uniforme marrone ornata di bande dorate e spalline rosse mentre passeggia su e giù per i marciapiedi. Se la vedesse infilare un volantino in una cabina telefonica o la sentisse criticare Hitler, la denuncerebbe. I sorveglianti di quartiere sono gli occhi e le orecchie della Gestapo. Attualmente sono oltre duecentomila, un numero che presto salirà a due milioni. Nelle fabbriche di Berlino, i capisquadra assumono il ruolo di guardiani di quartiere. Un operaio del fabbricante di armi Friedrich Krupp ricorderà: "Non si poteva dire una parola, il caposquadra era sempre alle tue spalle".

I suoi amici stanno scomparendo. Si staranno nascondendo in attesa di vedere quanto grande diventerà la rete della Gestapo? Oppure sono stati arrestati? Mildred non ha modo di sapere se sono rinchiusi nelle celle di qualche prigione. Se un membro del Circolo non si presenta a una riunione, si può ragionevolmente pensare al peggio.

## 3.

Himmler, il sadico ex allevatore di polli che si è distinto alla direzione delle SS e per aver organizzato la costruzione dei campi di concentramento, presiede alla rapida espansione dello Stato di polizia nazista. L'SD (Sicherheitsdienst des Reichsführers-SS, Servizio di Sicurezza) è una divisione delle SS che crescerà fino a diventare un'immensa agenzia di intelligence. La Gestapo e la polizia criminale (Kriminalpolizei, o Kripo) saranno integrate come SiPo (Sicherheitspolizei). L'SD e la SiPo si fonderanno poi in un'unica agenzia centralizzata chiamata RSHA (Reichssicherheitshauptamt, Ufficio centrale per la sicurezza del Reich), una solida rete burocratica metastatica divisa in sette uffici principali e almeno un centinaio di dipartimenti e sottodipartimenti che mirano collettivamente a sconfiggere tutti i nemici della Germania, sia dentro che fuori i suoi confini.

Göring riceve una valanga di nuove responsabilità, benché la sua collezione di titoli ufficiali sia già degna di nota: ministro degli Interni della Prussia, ministro dell'Aviazione, Commissario per le materie prime e la valuta estera, comandante supremo della Luftwaffe e supervisore della caccia e delle foreste del Reich. Il 18 ottobre 1936, Hitler lo mette anche a capo del Piano quadriennale, un ambizioso programma che promuove l'occupazione stimolando la produzione di carbone, l'approvvigionamento di gomma, metallo e combustibile con l'obiettivo di rendere l'economia tedesca completamente autosufficiente entro quattro anni. Göring indice subito una riunione segreta. Invita uomini dei ministeri di Hitler e una serie di magnati che gestiscono le più grandi aziende tedesche, tra cui la I.G. Farben.

> La battaglia che stiamo per affrontare richiede una capacità produttiva colossale... Siamo già alle soglie della mobilitazione, ormai siamo in guerra. Manca soltanto il rumore delle armi.

L'obiettivo principale del Piano quadriennale è preparare la Germania alla guerra. In un promemoria riservato, Hitler scrive:

> Così come ora produciamo 700.000 o 800.000 tonnellate di petrolio, potremmo arrivare a produrne 3 milioni di tonnellate. Così come oggi produciamo qualche migliaio di tonnellate di gomma, potremmo già produrne 70.000 o 80.000 all'anno. Allo stesso modo in cui abbiamo intensificato l'estrazione di minerali ferrosi da 2 milioni e mezzo di tonnellate a 7 milioni di tonnellate, potremmo trattare 20 o 25 milioni di tonnellate di minerali tedeschi, e se necessario anche 30 milioni...
>
> Ho stabilito quindi gli obiettivi seguenti:
>
> L'esercito tedesco deve essere operativo entro quattro anni.

L'economia tedesca deve essere pronta per la guerra entro quattro anni.

4.

Seppur con mille tormenti, Arvid si iscrive al Partito nazista, diventando il membro numero 4153569. La sua copertura finalmente è completa.

Decine di membri del Deutscher Klub considerano Arvid un loro amico. Alcuni sono rabbiosamente fascisti, altri sono semplici opportunisti, altri ancora fanno parte della resistenza clandestina. Alcuni di questi diventano sue fonti.

A ragione, l'NKVD è impressionato. Il tedesco che rifiutava categoricamente di essere considerato una spia si sta dimostrando altrettanto scaltro ed efficiente di un esperto agente prezzolato. I rapporti contenuti nel fascicolo di Arvid rivelano che fornisce costantemente informazioni di intelligence di alto livello al Centro di Mosca, compresi

preziosi documenti sulla valuta e sull'economia tedesca;
tabelle riassuntive segrete di tutti gli investimenti tedeschi all'estero;
il debito estero tedesco;
elenchi segreti di beni passibili di importazione in Germania.

5.

Nel frattempo, Mildred recita in modo convincente la parte della moglie nazista, portando avanti la sua personale messinscena.

Per mantenere il posto di lavoro alla BAG, si è dovuta iscrivere al Sindacato nazista degli insegnanti, regola imposta dal regime nazista nel 1933. Ora consolida la sua identità ariana unendosi alle Figlie della Rivoluzione americana – che le chiede di presentare una prova della sua discendenza – e assume una posizione di leadership nell'organizzazione con sede a Berlino. Agli eventi mondani con i colleghi di Arvid, si dimostra capace di impersonificare senza problemi il tipo di moglie che loro approverebbero, fingendo di essere una donna americana fedele alla causa nazista come il marito tedesco.

A quanto pare, riesce a ingannare i nazisti. Persino Mosca è consapevole di quanto sia efficace il suo ruolo. In una nota che verrà fuori in un fascicolo dell'NKVD, è descritta come

> audace, alta, occhi azzurri... tratti somatici tipicamente tedeschi... un tipo di persona palesemente nordico.

Mildred sembra essere il complemento perfetto di Arvid, anch'egli

> biondo e con gli occhi azzurri (porta gli occhiali)... dall'aspetto decisamente nordico.

Come coppia, Mildred e Arvid hanno entrambi "buoni rapporti con donne e uomini nazisti".

6.

Lei è Mildred Harnack. A volte è Mildred Fish-Harnack. A volte è Mildred Harnack-Fish.

È una donna.

È una moglie.

È un'americana.

A volte è una leader americana di un gruppo di resistenza tedesca. Altre volte è la moglie americana di un tedesco della resistenza. Altre ancora è la moglie americana di un nazista.

Una volta Mildred sapeva chi era, ora non più.

Sta accadendo lentamente, un po' alla volta. Non sarebbe in grado di individuare il momento esatto in cui si è osservata allo specchio e ha visto un'altra donna che la guardava. È identica, più o meno, stessi capelli, pelle, naso, mento, ma i suoi occhi la tradiscono? Brillano troppo, vi balena forse la paura? Non costantemente, ma solo in momenti particolari, magari quando pensa di non essere osservata?

È con questo stato d'animo, forse, che Mildred si imbarca su un piroscafo e torna a casa.

# 7.

# Ritorno a casa
## *1937*

### 1.

La Mili che vedono non è più quella che ricordano. È nervosa, irrequieta. Cammina per Milwaukee con circospezione, sembra una straniera. Prima di parlare con qualcuno, si guarda alle spalle e poi a ogni lato. A Berlino lo chiamano *der deutsche Blick* – lo sguardo tedesco –, ma nessuno lo sa. Tutto ciò che sanno è che si comporta in modo strano.

Sono passati più di sette anni dall'ultima volta che l'hanno vista. Non può trattenersi a lungo. È impegnata in quello che lei chiama un tour di *lezioni*, il che significa che ripartirà presto. Menziona alcune città: Chicago, Philadelphia, New York. La parola stessa *lezione* è sgradevole per la famiglia Fish. *Lezione*. Come se dovesse insegnare alla gente cosa fare. *Lezione*. Da vera snob.

Marbeau Fish, che tutti chiamano Bob, la porta alla fattoria dove ha affittato un appezzamento di terreno. Ricorda il giorno del suo matrimonio. In famiglia erano tutti felici per Mili, pur temendo che stesse commettendo un errore sposando Arvid. Adesso invece, Bob Fish inizia a pensare che avessero ragione. Il comportamento di sua sorella è sempre più bizzarro. Sembra essere a disagio a casa sua. Prima le piaceva fare battute, ora non sorride nemmeno più.

Nessuno sa perché Mili abbia aspettato così tanto a venire a trovarli. Possono solo ipotizzare il motivo della sua venuta: le manca sua madre. Mildred ha trentaquattro anni e non ha figli. Per la famiglia Fish è una tragedia a tutti gli effetti. Mildred è sempre stata caparbia, ma questo non dovrebbe impedirle di restare incinta. Prendiamo Harriette o Marion. Le sorelle maggiori di Mildred sono anche loro molto ostinate, ma hanno in tutto ben sei figli. Per non parlare di Georgina, che li ha cresciuti tutti, una donna talmente testarda da rifiutare qualsiasi medicina, anche nella sofferenza.

Mildred trascorre diversi giorni a casa di Bob a Evansville, "per la maggior parte del tempo impegnata in conversazioni private". L'ultima sera, con notevole inquietudine da parte di lui, Mildred mormora sommessamente che "sa di essere stata seguita fuori dalla Germania e di essere, di fatto, sotto sorveglianza". Proprio adesso. In questo preciso momento, fuori casa sua. Bob Fish dà un'occhiata alla finestra, non vede nulla di strano e comincia a pensare che sua sorella sia impazzita.

## 2.

Francis Birch è perplesso quando Mildred non si presenta alla stazione ferroviaria. L'aveva chiamato per comunicargli la data del suo arrivo a Cambridge, nel Massachusetts, e aveva chiesto se lui e sua moglie avessero potuto ospitarla quella notte. Certamente, le avevano risposto.

Francis si era preso una cotta per Mildred alla Western High. Durante l'ultimo anno avevano trascorso insieme tantissimo tempo. Avevano seguito entrambi il corso di giornalismo della professoressa Merrill, scrivevano per il giornale della scuola, "Western Breeze", e si erano iscritti come redattori dell'annuario. A volte sedevano allo stesso tavolo alla mensa, dove lui la osservava mentre era intenta a risolvere il rompicapo di quale delle scintillanti forchette fosse quella giusta per l'insalata. Era diversa dalle ragazze benestanti che conosceva, ragazze dalle maniere impeccabili a tavola. Gli articoli di Mildred per il "Western Breeze" affrontavano numerosi argomenti. Anche le sue conversazioni spaziavano in lungo e in largo. Francis la trovava ammirevolmente "introspettiva" e "curiosa di tutto". Francis aveva un interesse inesauribile per la scienza e in seguito svolgerà un dottorato in Fisica ad Harvard, scrivendo una tesi sulla termodinamica del mercurio.

Alla stazione, il treno arriva e poi riparte, sbuffando enormi nuvole di vapore. Francis cammina su e giù per la banchina, cercando Mildred. Gli aveva spedito una fotografia recente per mostrargli come era diventata. Non era cambiata poi molto: gli stessi capelli color grano, gli occhi grigio-blu, lo sguardo dolce e risoluto al tempo stesso.

Torna a casa e aspetta fino a tarda notte che il telefono squilli, certo che lei lo chiamerà e si scuserà dicendo di essersi confusa con gli orari del treno. Ma lei non chiama. Non quella notte, né quella successiva, mai. "Aveva avuto un comportamento molto strano, non da lei," Francis rifletterà in seguito.

3.

A New York, Mildred alloggia da un'amica dell'università. Oltre dieci anni fa, lei e Clara Leiser sedevano nella stessa aula dell'Università del Wisconsin e prendevano appunti durante le lezioni del professor William Ellery Leonard.

Adesso Clara vive in una stretta casetta a schiera a quattro piani nel West Village. Sta scrivendo una biografia su Leonard, un testo a cui ha iniziato a lavorare dodici anni fa. È tanto meticolosa quanto confusionaria, riempie cassetti e scatole di scarpe con ogni lettera, poesia, saggio e pezzo di carta che Leonard le invia. Sono settimane e settimane che si prepara alla visita di Mildred. In una lettera a Leonard scrive:

> *Ti ho detto che Mildred Fish mi ha scritto che sarebbe venuta a gennaio e mi ha chiesto se poteva stare da me? Non poteva portare con sé del denaro e non sapeva dove andare a dormire.*

Quando la vede arrivare al civico 16 di St. Luke's Place, Clara sente che c'è qualcosa che non va. Mildred è nervosissima, ma non è solo questo a turbarla. Sembra inaridita. Ogni giorno ripete "sempre la stessa routine", così la chiama

Clara, "esercizi mattina e sera". La ragazza che ha conosciuto all'università non c'è più. Si domanda cosa penserebbe Leonard della "Mildred Fish del 1937" e ammette:

> *Ammiro la sua forza di volontà, provo quasi invidia davanti alla risolutezza che ha nel perseguire i suoi interessi e i suoi progetti, benché il percorso possa essere duro in alcuni momenti.*

Pochi giorni dopo il suo arrivo, Mildred tiene una lezione alla New York University e usa il telefono di Clara per chiamare Thomas Wolfe. Clara sa che Mildred ha pubblicato un articolo su di lui sul "Berliner Tageblatt" e un altro sul "Continental Post". Sa che Mildred ha presentato Wolfe a Martha Dodd, figlia dell'ambasciatore americano a Berlino, e sa anche che i tre andavano alle feste e facevano baldoria con scrittori e scrittrici. Sa che Mildred adesso conosce l'editore di Wolfe, il venerabile Maxwell Perkins di Scribner, che cura anche Hemingway e Fitzgerald, e sa anche che Mildred ha intenzione di andare a trovare Perkins in ufficio mentre si trova a New York.

A Clara non piace nulla di tutto ciò, nemmeno un po'. Ha le sue personali ambizioni letterarie.

Mildred si ferma a casa di Clara Leiser per quattordici lunghi giorni. Clara riempie di pettegolezzi le lettere che scrive a William Ellery Leonard. Mildred, si lamenta, è altezzosa ed è profondamente convinta che "chiunque si avvicini a lei per una 'lezione' ne sarà estasiato e trarrà notevoli vantaggi anche solo dall'averla conosciuta".

Nonostante le perplessità, Clara organizza una grande festa in onore di Mildred a New York, invitando una cinquantina di persone dell'università, molte delle quali, per partecipare, attraversano i confini dello Stato.

4.

Mildred è cambiata. Tutti cercano di capire in che modo, precisamente. Parla fluentemente il tedesco e si è trasformata in una sorta di erudita, questo è chiaro. Nonostante questi risultati, Mildred non sembra affatto felice. La Mildred spigliata, radiosa, ha lasciato il posto a una persona più fredda, quasi di pietra. La luce che c'era in lei è sparita, si è spenta. A Mady Emmerling sembra "estremamente spaventata, circospetta e riservata, come se temesse di avere sempre qualcuno alle calcagna". Dorothy Meyer cerca di coinvolgere Mildred in una conversazione amichevole. Ha sentito dire che è stata in Russia e le chiede del viaggio.

"Non mi va di parlarne," risponde Mildred.

In seguito, dopo aver salutato Mildred con un bacio, Dorothy si rivolge al marito e gli dice: "Ho la sensazione di essere appena stata baciata da una nazista".

Dorothy non è la sola a trarre questa conclusione, sono in tanti a pensarlo.

5.

Harriette invita Mildred a fermarsi qualche giorno nel Maryland. Lei e Fred vivono ancora in Brookville Road a Chevy Chase, dove Mildred ha frequentato l'ultimo anno di liceo.

Mildred si presenta davanti alla porta d'ingresso con in mano una valigia. La camera da letto dove dormirà è quella che occupava una volta, con la carta da parati marrone e la vetrata da cui si vedono un pezzo di prato e l'olmo che, dall'esile piantina che era allora, è diventato un albero largo e alto. Posa la valigia e raggiunge la famiglia a tavola. Le figlie di Harriette sono cresciute. Marion ha ventidue anni e Janey, che adesso preferisce farsi chiamare Jane, ne ha quasi ventuno.

Marion nota che la zia Mili è cambiata. È "tesa, come inaridita," ricorderà anni dopo. Prima parlava in modo ragionevole, ora è "leggermente sfasata". Anche Harriette la sta studiando. Quella strana rigidità, la severità delle espressioni del suo volto, tutto torna: *nazista*. Harriette non ha la minima idea di come gestire la situazione e il marito non le è di grande aiuto. Fred continua a ripetere a Mili, con lo stesso tono severo con cui si rivolge ai suoi figli: *Non tornare in Germania. Resta con noi.*

Lei gli dice che non può. *Perché?* insiste lui.

Mili dice allora qualcosa di misterioso. “Ho in mano la testa di Arvid.”

6.

Il giorno della partenza di Mildred, Harriette è contenta che la sorella se ne vada. Quasi contenta, diciamo. Mildred ha causato troppi attriti nella famiglia, e peggio ancora, Jane è perdutamente affascinata da lei. Per tutta la permanenza, a Harriette ha dato fastidio vedere sua figlia di quasi ventun anni pendere dalle labbra di Mildred.

## I piccoli e grandi tremori di Georgina
### *1937 – 1938*

1.

L'America non le dà più la sensazione di essere a casa. Durante il soggiorno, Mildred nota che gli amici e i familiari la trattano in modo diverso. Accade lo stesso ovunque vada: New York, Pennsylvania, Maryland, persino nel Wisconsin. Appare strana a tutti. Gli anni trascorsi all'estero l'hanno cambiata. Nessuno capisce perché abbia lasciato il Wisconsin né perché non voglia tornarci. Gli americani non riescono a capire – come potrebbero? – quello che sta succedendo in questo momento in Germania.

*Leggiamo i giornali*, puntualizza Harriette. *Sappiamo che cosa sta succedendo. I giornali non ti dicono nulla*, precisa Mildred alla sorella maggiore, ma poi lascia perdere. Non può dirle di più.

2.

Jane si sofferma nel corridoio, osservando Mildred che prepara la valigia. Vuole sapere tutto di Berlino, *tutto*. Mildred è stanca – il viaggio le è pesato – ma l'appassionata curiosità della nipote risveglia in lei qualcosa. Forse le ricorda sé stessa com'era una volta.

3.

Prima di tornare in Germania, Mildred va a trovare sua madre. I particolari della visita si perderanno nella storia.

Si saprà soltanto che Georgina Fish viveva rintanata in una stanzetta in una città chiamata Wauwatosa, a due passi da Milwaukee.

E che stava morendo.

4.

Mildred torna a Berlino. Ovunque vada, percepisce lo sguardo muto degli estranei. Fa del suo meglio per mimetizzarsi, ma si nota lo stesso. Ha un'eccellente padronanza del tedesco, ma l'accento la tradisce sempre.

*Perché resti in Germania?*

Questa domanda le viene rivolta innumerevoli volte. E innumerevoli volte chi la fa – un negoziante, uno sconosciuto per strada – non è convinto della sua risposta: *Perché la mia vita è qui.*

Ci sono Arvid, il Circolo, ma non può fare a meno di constatare che la Germania non è più il paese che una volta amava tanto. La crudeltà, la barbarie, il sadismo vero e proprio, sono agghiaccianti. Eppure si aggrappa ancora alla speranza che il fascismo possa essere combattuto. Tutti quei nazisti che si fanno largo a passo d'oca nei palazzi del governo possono essere sconfitti, le redini del potere strappate dalle loro mani. La Germania, se solo ne avesse la possibilità, potrebbe diventare un esempio da seguire per i paesi di tutto il mondo. Un modello di equità, dignità e uguaglianza. Mildred ne è fermamente convinta.

5.

Già ai tempi dell'università, nella mente di Mildred balenava l'idea che la sinistra politica avrebbe potuto risolvere il problema della povertà. Quello che all'università era iniziato come un vivace dibattito con i Friday Niters, si era presto trasformato nell'accorata convinzione che in America i ricchi fossero troppo ricchi e i poveri troppo poveri. "Se il capitalismo continua a seguire la strada che sta percorrendo," scriverà, "gli anni a venire porteranno l'enorme ricchezza di pochi e la miseria e l'indigenza della gente comune."

Il capitalismo era in crisi; il Martedì nero e la Grande Depressione che ne erano seguiti l'avevano convinta ancora di più. L'America era spacciata e la Germania non era messa meglio. Mildred si disperava per le masse di disoccupati che vedeva a Berlino, i mendicanti cenciosi, i bambini impoveriti. "Il 96 percento del popolo tedesco non possiede nulla e vive alla giornata," aveva scritto nel febbraio del 1931. Sei mesi dopo: "Impossibile togliersi dalla mente i volti esangui dei berlinesi". In essi continuava a vedere quello di Georgina. A volte "camminavo per le strade di notte e vedevo una donna il cui volto mostrava i segni di una lotta come la tua," aveva confessato alla madre. "Avrei potuto inginocchiarmi e baciare il suo vestito."

La Russia sembrava offrire speranza. Gli scritti di Lenin sulla necessità della parità tra i sessi entusiasmavano Mildred. Quando gli studenti venivano a casa sua, si precipitava verso la libreria per estrarre i volumi alle cui pagine aveva fatto le orecchie e ne leggeva alcuni brani ad alta voce. Lenin inveiva contro la "superata umiliazione delle donne da parte della borghesia". Quanto erano più illuminati quei proclami rispetto alla visione nazista secondo la quale le donne dovevano limitare l'ambito delle loro attività e occuparsi solo di tre cose: *Kinder, Küche, Kirche*, figli, cucina, chiesa.

Cinque mesi prima che Hitler salisse al potere, Mildred era andata a Mosca. "È bene che una donna viaggi da sola," aveva scritto. Aveva ventinove anni ed era profondamente ispirata dalla visione delle donne del futuro di Lenin:

> *Le donne possono lavorare in qualsiasi campo desiderino… Sono pagate come gli uomini per lo stesso lavoro. Quando sono incinte il loro lavoro viene alleggerito, ma non glielo si toglie. Ricevono due mesi di ferie pagate e tutte le cure necessarie prima del parto e due mesi dopo il parto. Non*

*sono costrette a fare figli ma incoraggiate a limitare le gravidanze e autorizzate a ricorrere all'aborto in determinate circostanze.*

Cosciente che sua madre non sapesse nulla di Lenin, si era messa in testa di istruirla. Le aveva spiegato che Lenin era un rivoluzionario di sinistra che nel 1917 aveva guidato una rivolta contro la monarchia, ponendo fine a secoli di dominio imperialista. La terra non apparteneva più soltanto ai ricchi aristocratici, ma era stata restituita ai contadini, e Lenin era stato acclamato da molti come un eroe. Mildred sperava che sua madre – che conduceva da sempre una vita modesta, che aveva sgobbato per tutta la vita e che indubbiamente si era sentita umiliata per tutto questo – avrebbe visto anche lei Lenin come un eroe.

Ma non fu così. Le lettere di Mildred la spaventarono. Georgina aveva quasi settant'anni. Si guadagnava ancora da vivere battendo a macchina lettere per conto di uomini, proprio come faceva quando Mildred era bambina. Le sue forze diminuivano ogni giorno di più. Nelle lettere precedenti aveva ammesso di non sentirsi bene ultimamente; le sue energie non erano più quelle di una volta. Raccolse le ultime che le erano rimaste per scrivere una lettera in modo da mettere nero su bianco la sua inquietudine. Temeva che Mildred fosse stata trascinata da chissà quale onda o che avesse imboccato un sentiero sbagliato. In particolare non capiva perché Mildred scrivesse così tanto di *comunismo*.

Mildred ci riprovò. "Mi spiace molto che ti sia sentita turbata," scrisse.

*Non posso spiegare tutto in una lettera, e neanche in più di una, ma farò il massimo per farti capire che sono sulla buona strada. Posso dire che le migliori risorse – l'amore, la forza, la perseveranza, la consapevolezza e la riflessione – che in me erano sopite si stanno risvegliando e si muovono in risposta a qualcosa di cui lo studio, il pensiero e l'esperienza hanno dimostrato e stanno quotidianamente dimostrando il valore.*

Lo studio, il pensiero e l'esperienza avevano convinto Mildred che la Germania soffrisse dello stesso malessere morale dell'America. Gli uomini al potere pensavano "solo all'individuo e all'anima del benestante", ignorando i poveri. Quindi il fascismo deve essere combattuto, proprio come il capitalismo.

Quando Mildred faceva paragoni tra l'America e la Russia, l'abisso dell'incomprensione diventava più profondo.

"Hai ragione nel dire che l'America non può percorrere la stessa strada della Russia," aveva scritto Mildred.

*Ogni paese ha le sue regole. Il punto è che il fine dovrebbe essere lo stesso in entrambi i casi: il bene di tutti.*

Più Mildred spiegava con semplicità ciò che intendeva dire, più a Georgina sembrava tutto assurdo. Georgina era conosciuta nella famiglia Fish come una donna di poche parole, ma ogni volta che riceveva una lettera di Mildred, lo venivano a sapere tutti.

6.

Per un po' di tempo, è il figlio di Georgina a prestarle più ascolto. Quando la sua salute comincia a deteriorarsi, Georgina si trasferisce nella modesta baracca di Bob vicino alla fattoria. Quando il tremore alle mani e ai piedi si fa più pronunciato, si sposta a casa della figlia Marion a Wauwatosa. Anche la sua voce inizia a tremolare. La verità è che agisce in modo sconsiderato. Qualunque sia il disturbo di cui soffre, rifiuta qualsiasi trattamento. Da fervente e stoica cristiana scientista, Georgina Fish non accetta altro che un bicchiere d'acqua limpida e fredda.

7.

Il 22 febbraio 1938 Georgina Fish esala il suo ultimo respiro.

Ogni volta che Mildred pensa che sua madre non c'è più,

prova lo stesso dolore che ha provato nell'apprendere la notizia per la prima volta. La sua tristezza è indescrivibile.

Mildred va a Parigi da sola. Si perde da qualche parte a nord della Senna. Si avvicina a una donna che sembra avere più o meno la sua età e le chiede indicazioni usando le poche parole di francese che conosce.

La donna risponde in tedesco. "Lei non è per caso Frau Harnack?"

Mona Wollheim. Erano compagne di corso all'Università Justus Liebig di Giessen, ma Mildred non sembra ricordarsene né capirlo. Mona è talmente turbata dal suo strano comportamento che ne conserverà il ricordo per anni e anni.

## Jane innamorata
## *1937 – 1938*

1.

Due mesi, le dice Harriette, non un giorno di più. Poi prendi la nave e torni in America. Harriette ha già trovato un lavoretto per Jane a settembre, per sicurezza.

2.

Il 17 giugno 1937 Jane Esch, all'età di ventun anni, si imbarca sul piroscafo *St. Louis*, diretto ad Amburgo. In una lettera ai genitori, scrive la data alla maniera tedesca: giorno, mese e anno: *17 giugno 1937*. Tenta già di cambiare l'ordine delle cose, sperimentandole in modi nuovi. Alla lettera ha allegato il menù del giorno ("Guarda il menù, o meglio, *Speisekarte*!"). Fa già sfoggio del suo tedesco.

3.

Jane scrive la lettera successiva mentre è in treno. La campagna tedesca la affascina. "Le mucche sono identiche alle nostre," scrive.

*Il terreno è molto ricco e scuro... Tutto sembra disposto in miniatura, accuratamente coltivato e delimitato con precisione. Ordinate casette coloniche di mattoni, molto più decorate delle nostre, e fienili, anch'essi di mattoni. Gli alberi che costeggiano le strade sterrate sono tutti ben allineati, come se fosse una campagna giocattolo, per bambini.*

Il treno arriva a Berlino e fa scendere i suoi passeggeri. A parte una gita a Washington, dove lavora suo padre, Jane non ha mai messo piede fuori da Chevy Chase. Ha i capelli a caschetto tagliati all'altezza del mento. Ha arricciato le punte con un ferro avvolgendole all'insù.

4.

Nelle sue lettere, Jane cerca di esprimere l'enorme shock culturale che percepisce.

*26 giugno 1937*
*Nei due giorni scorsi ho passeggiato per Berlino per conoscerla meglio. È una città molto interessante e scoprirla è un piacere. Le donne qui sono più grassocce e più trasandate. Hanno scarpe e calze orribili. Moltissime sono bionde, molte di più di quelle di Washington.*

*9 luglio 1937*
*Una cosa bella dei caffè qui è che ci si può sedere a un tavolo all'aperto per tutto il tempo che si vuole, e scrivere, leggere o chiacchierare. Sembra che lo facciano tutti… ovunque si vada, invece di servirti limonata, o punch, ti servono Bowle, pronunciato* bohle.

*9 agosto 1937*
*Negli ultimi giorni ha fatto un caldo terribile. Dicono che viene dall'America, come le donne che fumano per strada con indosso pantaloni corti e a mezzanotte fanno baldoria nelle birrerie. Che idea ha delle americane la maggior parte di loro! Bambine irresponsabili piene di soldi e con un accento orrendo, troppo irruente ed esageratamente truccate… Quando torno a casa non voglio più vedere patate lesse, vi prego!*

Un solo boccone delle patate annacquate di Mildred spinge Jane a dichiarare allegramente che d'ora in poi si occuperà lei di fare da mangiare. Va anche a fare la spesa, con il medesimo entusiasmo. "Sto diventando esperta nel fare affari in tedesco," scrive. "Oggi sono molto orgogliosa di me stessa perché ho preso due costolette di maiale a sessanta anziché settanta pfennig (due pfennig e mezzo equivalgono a un centesimo). Poi ho preparato la cena per Mildred e per me e ho lavato i piatti."

Arvid trascorre al ministero tutta la giornata, spesso fino a tarda sera.

Mildred è abituata a mangiare da sola, aprendo una scatoletta di qualcosa e riscaldandoselo, ma adesso può godersi la dolce e vivace compagnia della sua nipotina ventunenne. Jane rende tutto più facile.

## 5.

In ogni lettera che Jane scrive ai suoi genitori ci sono racconti entusiasti del tempo trascorso con Mildred e Arvid: sinfonie, opere, conversazioni interessantissime, passeggiate domenicali in campagna con amici e parenti.

"Un paio di sere fa siamo andati a trovare i Delbrück, amici di Arvid," scrive Jane. "C'era tutta la famiglia: l'anziana madre, sette figli grandi con mariti e mogli ecc. Non riuscivo a vederli tutti insieme."

Uno dei sette attira la sua attenzione. Si chiama Max. Non è soltanto un amico di Arvid, è suo cugino. Max si siede accanto a Jane e le spiega l'albero genealogico. Lei finge di capire. È troppo ammaliata per prestare attenzione. Max Delbrück ha trentun anni ed è bellissimo. Ha un dottorato in Fisica e ha appena ottenuto una borsa di studio Rockefeller. Racconta a Jane che a Copenaghen ha studiato con il grande fisico danese Niels Bohr. A settembre si trasferirà in California, dove condurrà importanti ricerche al Caltech, un istituto tecnologico.

Il cuore di Jane batte forte quando Max le chiede: *Posso invitarti a un concerto?*

Il concerto si tiene in una chiesa cavernosa costruita tantissimo tempo fa, prima ancora della nascita di Martin Lutero. La musica del *Requiem tedesco* di Brahms risuona nell'organo come nel cuore di Jane. Max Delbrück si siede accanto a lei. Quando i violini si fondono con l'organo e vanno crescendo, le labbra di Max Delbrück iniziano a tremolare. Lei comincia a pensare di essersene innamorata.

6.

Il 22 agosto è la data del biglietto di ritorno di Jane. Fino ad allora, farà davvero di tutto. Max vuole portarla a ballare. Un altro ammiratore vuole mostrarle il palazzo di Federico il Grande. Mildred vuole farle vedere tutti i fiumi, i laghi e i canali di Berlino.

Il 12 agosto Mildred la porta nella campagna della Turingia. Jane ammira i "campi di grano biondo da mietere, con strisce e rettangoli verdi... e all'orizzonte, montagne blu fumo".

Il 13 agosto Mildred la porta a Weimar. Jane rimane incantata dalle case dove avevano abitato Goethe, Schiller e Liszt. Le sembra incredibile potersi sedere al pianoforte di Liszt e suonarlo, che le sue dita sfiorino gli stessi tasti d'avorio che le dita del grande compositore hanno accarezzato. In una lettera ai suoi genitori, scrive:

*Tra una settimana sarò sulla nave. Se non vi scrivo più è perché sono impegnata a visitare tutto fino all'ultimo minuto. Le cose da vedere sono troppe!*

7.

Invece non sale sulla nave, decide di rimanere. E la settimana successiva, durante una passeggiata domenicale, si innamora.

L'uomo che cammina accanto a lei su un sentiero ombreggiato dalle foglie ha trentacinque anni, la stessa età di Mildred. Stanno andando verso uno dei laghi di Wannsee, dove abitavano Mildred e Arvid. È un economista, come Arvid, e parla inglese con una sorta di deferenza, come Arvid: esitante, delicato, pronuncia la W di *Wannsee* come fosse una V morbida: *Vahn-say.*

Il modo in cui lui la guarda le fa dimenticare Max Delbrück. È alto, ha spalle larghe e occhi azzurri come un cielo terso.

Si chiama Otto. Non ha mai conosciuto nessun uomo di nome Otto. Ripete il suo nome più e più volte – *Ot-to*, *Ot-to*, *Ot-to* – incantata dallo stringersi delle labbra, come in un bacio.

8.

La lettera che Jane scrive ai suoi genitori è di diverse pagine. Descrive loro i suoi progetti. Imparerà il tedesco e insegnerà l'inglese. Si iscriverà all'Università di Berlino e studierà la storia della musica. Tra sei mesi si imbarcherà per tornare in America.

9.

Il 3 settembre va con Otto a fare il bagno al lago. È inondato di luce e ci sono dei cigni. I cigni tedeschi le sembrano diversi da quelli americani, anche se non sa precisamente in cosa. Le differenze tra le ragazze tedesche e quelle americane sono molto più facili da cogliere.

Jane vorrebbe somigliare a una ragazza tedesca.

*Quando vuoi fare il bagno, ti togli la biancheria intima che hai e ti infili il costume senza problemi, sotto il vestito. Poco importa che ci siano o meno altre persone nei paraggi.*

Dopo il bagno, Jane si asciuga con un asciugamano e si sdraia accanto a Otto. Nella lettera non osa menzionarlo.

## 10.

"Ultimamente esco con un amico di Arvid del ministero dell'Economia," scrive due mesi dopo.

*È un economista, ha scritto diversi libri e questo semestre insegna Statistica all'Università di Berlino; il prossimo semestre affronterà il tema delle condizioni economiche in Europa. E per di più è bellissimo.*

Poco tempo prima, Otto l'ha portata a un ballo all'Hotel Esplanade, un palazzo sontuoso con decorazioni barocche.

*Nelle sale pendono grandi lampadari di cristallo scintillanti. Le pareti sembrano una torta nuziale.*

Il matrimonio per Jane è un pensiero fisso. Nove giorni dopo, invia ai genitori un'altra lettera:

*La foto che allego è di Otto Donner, il ragazzo di cui vi ho parlato nella mia ultima lettera. Ci amiamo molto e abbiamo deciso di sposarci.*

# Bambina mia

*1937 – 1938*

Saturday, Nov. 27, 1937

My Little Girl,

I wish I could avoid hurting you. My first reaction, upon reading your letter last night, was to wait a week before replying, but after one of the most wretched nights of my life, this morning it seems to me that this is one of the times in life when an experienced person – especially when it is a mother – should speak plainly.

I want happiness for you – more than anything else – and I should not say these things if I were convinced that your present plans would make for your happiness in the long run. It is not that I have any objection to Otto personally – I know that any man you might choose is bound to be worthy. But marriage involves so very much more than one single man!

I know you and that you are impulsive and have powerful emotions. And I know that, married or single, you are going to be in love a good many times in your lifetime. I wonder if

~~RESTRICTED~~

OFFICE OF U.S. CHIEF OF COUNSEL FOR WAR CRIMES
APO 696 A
EVIDENCE DIVISION
INTERROGATION BRANCH

Restricted Classification
Removed Per
Executive Order 10501

INTERROGATION SUMMARY NO. 1755

Interrogation of : Otto DONNER, Chief of the Research Office for War Economy

Shortly before the outbreak of the war informant got a position with the Ministry of Economics, where HARNACK, a friend of subject, was working. In the house of HARNACK, subject met his future wife, an American. In 1938 DONNER went to the States and tried, with the aid of his father-in-law, to get a position

1.

Harriette è furiosa, Mildred euforica.

2.

Harriette scrive una lettera a Jane. "Bambina mia," inizia.

*Dopo aver trascorso una delle notti più spaventose della mia vita, stamattina ho la sensazione... di dover parlare chiaramente. Ti conosco e so che sei impulsiva e che provi emozioni forti. E so che, sposata o no, ti innamorerai un bel po' di volte nella tua vita...*

*O scegli di non fare figli come ha fatto Mildred, rinunciando così alla più grande soddisfazione della vita, oppure devi rassegnarti a vedere sprecato il tuo amore per i figli, che saranno vittime delle inevitabili guerre che scoppieranno in Europa.*

*Avevo scritto a Mildred chiedendole esplicitamente di rimandare l'invito che ti ha fatto ad andare a Berlino per il tempo necessario affinché tu trovassi prima la tua strada. D'altra parte, ci sono tanti americani con qualifiche pari a quelle degli europei...*

*Quindi, figlia mia, cuore mio e sangue del mio sangue, se mai nella vita ascolterai quel che ho da dirti, fallo ora. Ti prego, torna a casa prima di sposarti.*

3.

Jane non torna a casa. Ha ventun anni ed è innamorata. Sposerà Otto una sera di primavera del 1938.

4.

Jane scrive la bella notizia in una lettera a Max Delbrück. Max è in California per studiare i cromosomi del moscerino della frutta. La passione per la fisica sta lasciando il posto a quella per la biologia. Sfuggirà completamente a Hitler e trascorrerà il resto della sua carriera negli Stati Uniti, effettuando ricerche che gli varranno il premio Nobel.

Il fratello di Max, Justus Delbrück, prende una strada diversa. Resta in Germania.

Nel 1938 Justus Delbrück esercita la professione di avvocato e architetta piani per sovvertire il governo nazista. Uno di questi avrà la precedenza sugli altri. Nel 1944 Justus Delbrück si unirà a Ernst von Harnack, Dietrich Bonhoeffer, Klaus Bonhoeffer e Hans von Dohnányi in una cospirazione per assassinare Hitler.

Jane li incontrerà tutti – Justus, Ernst, Dietrich, Klaus e Hans – ma senza sapere che fanno parte della resistenza. Rimane beatamente ignara dell'esistenza di tale movimento. Nemmeno una volta sospetterà che le passeggiate domenicali abbiano uno scopo clandestino: Mildred e Arvid le usano come copertura per ricevere o consegnare messaggi e informazioni segrete provenienti dai ministeri di Hitler.

Una domenica, Mildred, Arvid, Jane e Otto vanno a Wannsee con lo zaino in spalla. Fanno il giro di un laghetto di cui Jane si esercita a pronunciare il nome, *Kleiner Wannsee*, finché non trovano un punto dove poter stendere una coperta da picnic. Jane guarda la fede nuziale che porta al dito. Non è ancora abituata a vedersela lì.

Mangiano panini al sole.

Il padre di Otto fa il fabbro. Le sue modeste origini colpiscono Mildred e Arvid. Jane è completamente ignara del fatto che Otto Donner sia una delle loro fonti.

# Un circolo nel Circolo
## *1937 – 1938*

1934 г. вторично с [illegible] визой ездила в Москву
для переговоров с т.КУССЕНЕНОМ,который по рекомен-
дации немецких партийцев имел намерение использоват
ее для Коминтерновской работы в Финляндии,поскольку
она наряду с немецким имеет еще американскийпаспорт

DECLASSIFIED AND RELEASED BY
CENTRAL INTELLIGENCE AGENCY
SOURCES METHODS EXEMPTION 3B2B
NAZI WAR CRIMES DISCLOSURE ACT
DATE 2004 2006

SECRET

The Rote Kapelle (FINCK Study)

"Karl BEHRENS was a technician and had attended the Abendgymnasium. He admitted being in contact with HARNACK, and claims that once HARNACK asked him if he could repair a radio set. BEHRENS said he could and did

1.

Wolfgang Havemann non ha dimenticato la notte in cui ha assistito alla fiaccolata con lo zio Arvid. È da allora che si è unito al Circolo. Alla facoltà di Legge mantiene un profilo basso, sedendosi accanto a nazisti accaniti. Chiacchiera con loro del più e del meno, ride alle loro battute. Nessuno intuisce che faccia parte della resistenza; né gli studenti, né i professori, e neanche suo padre, nazista leccapiedi.

Via via che il Circolo cresce, sviluppa regole severe per

prevenire l'arresto. "Tutti sapevano che essere arrestati poteva significare morire," ricorderà Wolfgang.

> Spesso non conoscevamo i veri nomi degli altri. Usavamo degli pseudonimi in modo che, anche se venivi arrestato, potevi dire che stavi "con Kurt". Così non sarebbero riusciti a trovarlo.

Arvid si domanda se Wolfgang abbia le capacità per fare la spia. Anche Mildred se lo chiede.

Wolfgang accetta di nascondere nel suo appartamento la macchina da scrivere che Mildred usa per i volantini, ma è esitante sullo spionaggio. Col tempo, Wolfgang si convincerà e il Centro di Mosca gli assegnerà il nome in codice Italiano.

È così che inizia a delinearsi una cerchia di spie all'interno del Circolo.

## 2.

Due reclute della BAG di Mildred vengono arruolate come spie.

Karl Behrens ha ottenuto una promozione alla fabbrica AEG. Da ingegnere meccanico laureato da poco, Karl adesso è nella posizione ideale per contrabbandare le cianografie che la AEG usa per produrre i motori elettrici e le turbine a vapore che alimenteranno la macchina da guerra di Hitler. Il Centro di Mosca gli assegna il nome in codice Proiettore.

Nel campo di concentramento in cui viene deportato, Wilhelm Utech è sottoposto a una serie di interrogatori. Distribuire volantini è un reato che presume l'adesione a un gruppo di resistenza, ma le guardie SS incaricate di fargli dire la verità non riescono a farlo parlare. Dopo essere stato rilasciato, va a trovare Mildred e le assicura di non aver rivelato nulla sul Circolo. La brutalità subita durante la prigionia lo ha convinto che dovranno essere usate tutte le armi possibili per combattere Hitler. Il Centro di Mosca gli attribuisce il nome in codice Lavoratore.

3.

Ormai Arvid ha fatto amicizia con diverse fonti del Deutscher Klub, tra cui un uomo di nome Titzien (nome in codice: Albanese), un ricco industriale con contatti nelle forze armate tedesche e Hans Rupp (nome in codice: Turco), un contabile senior della I.G. Farben. Arvid ha anche coinvolto il barone von Wohlzogen-Neuhaus (nome in codice: Greco), un conoscente dei tempi dell'ARPLAN a cui è stato appena assegnato un posto di alto ufficiale nell'Oberkommando della Wehrmacht – Alto comando delle forze armate tedesche – che supervisiona l'esercito, la marina e l'aeronautica. Nel complesso, le fonti del Deutscher Klub forniscono ad Arvid numerose informazioni sui preparativi in vista della guerra descritti da Hitler nel Piano quadriennale.

Naum Belkin, supervisore di Arvid, è stato inviato in Spagna nel 1936, per cui adesso a controllare Arvid c'è direttamente il capo dei servizi segreti Boris Gordon.

4.

Boris Gordon ha puntato anche Mildred.

Mildred è stata eletta presidente dell'American Women's Club (Club delle donne americane), un'organizzazione piena di ricche mogli di diplomatici. In qualità di invitata ai tè e alle feste ufficiali organizzate dalle differenti ambasciate estere a Berlino, si trova spesso a contatto con ambasciatori e altri funzionari di alto livello. I contatti di Mildred con l'ambasciata americana, in particolare, la rendono molto appetibile, così come quelli che ha con i più alti ranghi del governo di Hitler: nazisti obbedienti e creduloni che non hanno la minima idea dei suoi veri sentimenti verso di loro. Il Centro di Mosca tiene un fascicolo su Mildred fin dai tempi dell'ARPLAN, quando era andata quattro volte in Unione Sovietica. Due volte si era recata a Mosca da sola. Nella borsa aveva un foglio di carta piegato con un elenco di indirizzi e si faceva ospitare a turno dagli amici che la aspettavano. Uno era un dirigente del Comintern che collaborava con il GRU e progettava di “usarla” per “un lavoro in Finlandia”. Non si sa se Mildred abbia svolto questo lavoro; la maggior parte del suo fascicolo è tuttora riservato.

Gordon assegna a Mildred un nome in codice: Japonka. Il Centro di Mosca inserisce una fotografia nel suo fascicolo.

Non sappiamo se abbia mai incontrato Gordon o se abbia mai saputo che le era stato assegnato un nome in codice. Secondo i documenti attualmente disponibili, in questo momento Mildred non è coinvolta nell'NKVD.

5.

Il Circolo è ottimista. Hitler può anche voler iniziare una guerra, ma sarà fermato prima che venga sparato il primo colpo. La collaborazione degli altri paesi è indispensabile.

# Un bambino o quasi
## *1937 – 1938*

### 1.

Mentre Arvid sussurra segreti militari all'orecchio di Mosca, Mildred viene assunta come scout letterario per la casa editrice berlinese Rütten & Loening. Il lavoro è una copertura, un modo scaltro per viaggiare in altri paesi e incontrare contatti senza far rizzare le antenne alla Gestapo.

Va in Norvegia, Danimarca, Svizzera, Francia e Inghilterra. A volte parte da sola, a volte con Arvid. Di tanto in tanto raggiunge Arvid dopo essere arrivata.

Poi si siede in una stanza. È l'unica americana. Le altre sedie sono occupate da europei che si ritengono antifascisti, compagni o rivoluzionari che partecipano a quella che considerano una crociata internazionale contro il fascismo. Hitler non è l'unica minaccia, il fascismo sta prendendo piede in tutta Europa. Mussolini sta tiranneggiando l'Italia e Franco sta massacrando la popolazione nella Guerra civile spagnola. Le democrazie sembrano crollare ovunque mentre dittatori dal pugno di ferro prendono il sopravvento.

A Parigi, Mildred si incontra con Arvid e con un gruppetto di comunisti. Unendosi a loro, Arvid sfida sfacciatamente le regole della *konspiratsia* ma non gli importa, correrà questo rischio. Si sente un leader della resistenza tedesca, non una spia dell'NKVD.

Arvid sta cambiando proprio sotto gli occhi di Mildred. Lo studioso prudente che ha sposato si sta trasformando in un uomo sempre più audace. Si compra persino una motocicletta.

2.

I cugini di Arvid continuano ad approfondire il loro coinvolgimento nella resistenza.

Dietrich Bonhoeffer si sta facendo conoscere in altri paesi come un religioso tedesco che si oppone furiosamente a Hitler e ha ricevuto un invito in India dal Mahatma Gandhi. In Germania, Dietrich ha assemblato un gruppo di duemila pastori denominato Bekennende Kirche – Chiesa confessante – che si batte contro la nazificazione delle Chiese protestanti. La Gestapo ne arresta oltre ottocento.

Klaus Bonhoeffer è stato nominato direttore dell'ufficio legale della Lufthansa e sta aiutando Arvid, Mildred e almeno una dozzina di altri militanti a espandere i loro contatti oltre i confini della Germania. La Lufthansa programma voli di routine in numerosi paesi europei, consentendo ai corrieri di fare viaggi frequenti sotto la copertura di una compagnia aerea commerciale.

3.

Hans von Dohnányi, la cui moglie, Christine, è la sorella di Dietrich e Klaus Bonhoeffer, colleziona meticolosamente le prove dei crimini nazisti a partire dal 1934, schedandole in un libro mastro, una "cronaca della vergogna", che nasconde in una cassaforte a cinquanta chilometri a sud di Berlino. Il suo lavoro al ministero della Giustizia gli permette di accedere a migliaia di pagine di prove, compresi i registri riservati delle prigioni e dei campi di concentramento. Avrebbe a disposizione tutta la documentazione necessaria per perseguire Hitler, Himmler, Göring e altri dignitari nazisti nel caso in cui un colpo di stato li facesse capitolare.

Per quasi tutto il 1937, non c'è uno straccio di prova che qualcuno nella cerchia ristretta di Hitler stia seriamente pensando a un colpo di stato.

Ma quando un comandante della sua rete di fonti confidenziali racconta a Hans von Dohnányi che il 5 novembre 1937 Hitler aveva pronunciato davanti ai vertici dell'esercito un'invettiva bellicosa, intuisce che qualcosa si muove. La guerra è imminente, gli dice la fonte, confermando ciò che Arvid ha sentito dai suoi collaboratori.

Ma Hans viene a sapere anche qualcos'altro: due generali si sono opposti con forza al volere di Hitler di scatenare una guerra in Europa. Nel febbraio del 1938, i due generali vengono destituiti dai loro incarichi. Uno viene diffamato come omosessuale e l'altro accusato di aver sposato una prostituta. Nel frattempo Hitler si dichiara comandante supremo delle forze armate e annuncia una massiccia riorganizzazione dei vertici militari tedeschi. Quattordici generali sono costretti a dimettersi. Hitler li sostituisce con generali che giurano fedeltà al loro nuovo comandante supremo.

È così che nel 1938 prende vita un complotto per assassinare Hitler, che coinvolge Hans Oster, vicecomandante dell'Abwehr (l'intelligence militare tedesca); l'ammiraglio Wilhelm Canaris, comandante dell'Abwehr; il colonnello generale Ludwig Beck, capo dello Stato maggiore dell'esercito, e un piccolo gruppo di ufficiali militari, politici e diplomatici. Il loro piano è apparentemente semplice: alcuni tedeschi armati assalteranno la cancelleria del Reich e spareranno a Hitler. Passerà alla storia come Cospirazione Oster.

Nell'agosto e nel settembre del 1938, diversi cospiratori si incontrano con il ministro degli Esteri Lord Halifax e altri statisti britannici ed espongono il loro piano per distruggere il regime nazista. Intendono assassinare Hitler quando invaderà la Cecoslovacchia, cosa che prevedono accadrà da un giorno all'altro. Hitler ha già posizionato truppe lungo il confine ceco e minaccia di attaccare se la regione cecoslovacca dei Sudeti non verrà ceduta alla Germania. I cospiratori esortano il governo britannico a opporsi all'accaparramento di terre da parte di Hitler.

Ma il primo ministro Neville Chamberlain tenta di negoziare con Hitler, nella speranza di evitare il conflitto armato. In una trasmissione radiofonica della BBC del 27 settembre,

Chamberlain descrive l'iniziativa guerrafondaia di Hitler in Cecoslovacchia come "una lite in un paese lontano tra persone di cui non sappiamo nulla".

La mattina del 28 settembre 1938, i cospiratori tedeschi si riuniscono nel quartier generale dell'esercito e distribuiscono armi e munizioni, preparandosi a prendere d'assalto la cancelleria del Reich. Ma il colpo di stato viene bruscamente annullato. Il 29 settembre, in un sorprendente colpo di scena, Neville Chamberlain, il primo ministro francese Édouard Daladier e il dittatore fascista Benito Mussolini si incontrano a Monaco di Baviera per firmare un documento che dà a Hitler ciò che vuole: i Sudeti.

La notizia è un duro colpo per Hans Oster, Wilhelm Canaris, Ludwig Beck e altri membri della Cospirazione Oster, che capiscono che ormai il supporto al loro colpo di stato sarà minimo. L'accordo di Monaco è salutato da molti come un trionfo della diplomazia. Al ritorno da Monaco, Chamberlain annuncia alla folla acclamante che si riunisce all'aeroporto di Heston, nella zona ovest di Londra, che l'accordo firmato con Hitler promette "pace per il nostro tempo".

La Cospirazione Oster fallisce, ma getta le basi per le cospirazioni future.

4.

La resistenza inizia a formare nuove alleanze, i cui collegamenti sono fragili e intricati come ragnatele.

Nell'inverno del 1938, i cugini di Arvid, Ernst von Harnack e Klaus Bonhoeffer, si uniscono a un piccolo gruppo di tedeschi per discutere su come far fuori Hitler. Gli incontri avvengono in una sala con pareti in pietra nel castello medievale di Ernst a Merseburg. Ritengono che un "fronte unito" potrebbe cancellare le divisioni che separano l'opposizione a Hitler di destra e di sinistra. Grazie a Hans von Dohnányi, Ernst e Klaus sanno che nel cuore del Terzo Reich ci sono ufficiali militari conservatori che si oppongono a Hitler.

Questa riunione segna l'inizio di un atto di resistenza che culminerà quando Ernst von Harnack, Klaus Bonhoeffer,

Dietrich Bonhoeffer, Justus Delbrück e Hans von Dohnányi uniranno le loro forze a quelle di Oster, Canaris, Beck e altri ufficiali militari di alto rango. Il complotto con nome in codice Walküre (Valkiria) passerà alla storia come il più noto tentativo di assassinare Hitler.

5.

Mentre la Guerra civile spagnola infuria, si intensifica l'aiuto militare di Hitler all'esercito di Franco. In cambio non riceve denaro, ma minerali – in particolare ferro, rame e zolfo – che servono a Hitler per costruire le sue armi. Hitler sa che, se Franco vincerà la sua guerra, la Germania otterrà un ulteriore vantaggio militare: le basi dei sottomarini sulla costa atlantica.

Una stazione radiofonica tedesca antifascista di Madrid, chiamata Deutsche Freiheitssender, trasmette quotidianamente notizie sulla guerra, esortando i tedeschi a opporsi al sostegno di Hitler a Franco. I tedeschi della resistenza clandestina possono sintonizzarsi dalle loro Blaupunkt per ricevere istruzioni su come sabotare le fabbriche di armamenti tedesche, impedendo in questo modo la spedizione di armi in Spagna.

Mildred insegue progetti sempre più arditi. In una riunione del Circolo chiede ai membri di escogitare modi per sostenere gli antifascisti in Spagna e sabotare gli aiuti militari tedeschi. Procurandosi esplosivo a sufficienza potrebbero far saltare in aria i centri di comunicazione più importanti.

6.

Poi, all'improvviso, Mildred scopre di essere incinta.

7.

Due amici la invitano nella cittadina di Gremsmühlen per due settimane di vacanza. Franziska e Rudolf Heberle conoscono Mildred da oltre dieci anni. Quando arriva, notano che nella valigia non ha quasi nulla e indosso solo una camicia bianca. Notano anche che sembra malata, o triste, o entrambe le cose.

Gremsmühlen è una di quelle pittoresche cittadine tedesche che tanto la affascinavano quando si era appena sposata. Si trova vicino a un lago. Forse Mildred andrà a fare il bagno, forse no. Le manca Arvid, che è a Washington per conto del ministero dell'Economia. Tutti i funzionari americani che Arvid incontra al ministero degli Esteri sono convinti che sia un nazista devoto. L'uomo che finge di essere è un'orribile menzogna.

Anche Mildred racconta menzogne.

Dice a Franziska di non essere malata e nemmeno triste. Continua a fingere che vada tutto bene per la maggior parte del soggiorno. Ma alla fine, in cucina, le confida di aver avuto un aborto spontaneo.

"Il suo dolore mi sorprese," ricorderà poi Franziska in una lettera, "perché credevo che non avesse intenzione di avere figli a causa del suo impegno politico."

## 8.

"A. è partito," scrive Mildred in una lettera al fratello Bob, "quindi mi sento un po' sola."

Il flusso di lettere che Mildred era solita inviare a casa rallenta fino a ridursi a un gocciolio. Non ha più nessuno con cui confidarsi.

## Stalin e il Nano
## *1937 – 1938*

### 1.

Martha Dodd non riesce a smettere di pensare a Boris. Adesso non è più a Mosca, è a Varsavia. "Mio caro," scrive.

*Non puoi immaginare quante volte ti ho sentito vicino, quanto ti ho pensato, quanto mi sono preoccupata per te.*

Escogita un piano. Potrebbe prendere un volo per Varsavia, alloggiare in un alberghetto e incontrarlo in segreto senza raccontarlo a nessuno.

*Potremmo lasciare Varsavia per un giorno o due e andare in campagna. Io verrei da sola, naturalmente, e i miei genitori sono completamente d'accordo nel lasciarmi fare quello che voglio – dopotutto, ho 28 anni e sono molto indipendente!*

Martha scrive un'altra lettera, questa volta indirizzata al "Governo sovietico".

*Io, Martha Dodd, cittadina statunitense, frequento Boris Vinogradov da tre anni a Berlino e in altri luoghi, e abbiamo deciso di comune accordo di chiedervi il permesso ufficiale di sposarci.*

2.

Martha vola a Varsavia. Boris le sussurra all'orecchio dolci parole, facendole credere che la sposerà presto, molto presto. Mesi prima, Boris aveva inviato un telegramma confidenziale al Centro di Mosca:

> Non capisco perché abbiate preso una posizione così favorevole nei confronti del nostro matrimonio. Vi ho chiesto di dirle che è del tutto impossibile e che comunque non funzionerebbe.

Non era servito a nulla. Il suo appello era stato ignorato. Boris non ha nessuna intenzione di sposare Martha, naturalmente. Si è già sposato due volte: la prima con una donna di nome Tatiana, la seconda con Vassa, la sua attuale moglie.

3.

Il Centro di Mosca ordina a Martha di interrompere i contatti con chiunque sia comunista o simpatizzante comunista, le stesse istruzioni che hanno ricevuto Arvid, Karl e Wilhelm quando sono stati reclutati. In una dichiarazione del 14 marzo 1937, Martha promette di fornire informazioni top secret sugli Stati Uniti:

> Al momento ho accesso soprattutto alla corrispondenza personale e confidenziale di mio padre e del ministero degli Esteri, nonché del presidente degli Stati Uniti. La fonte di informazioni su questioni militari e navali, oltre che dell'aviazione, sono esclusivamente i contatti personali con lo staff della nostra ambasciata.

Sottolinea che suo padre "ha un forte ascendente" sul presidente Roosevelt e sul segretario di Stato Cordell Hull e anticipa che non sarà ambasciatore ancora per molto perché "vuole dimettersi". Sarebbe più che disposta a intercedere per un uomo che il Centro di Mosca spera di vedere come prossimo ambasciatore degli Stati Uniti a Berlino e chiede: "Avete qualcuno in mente?".

La volontà di Martha di spiare suo padre e di influenzarne le decisioni colpisce a tal punto i vertici dell'NKVD che Stalin stesso viene avvisato del suo reclutamento in una nota contrassegnata come "TOP SECRET. Solo per i tuoi occhi". La nota è stata redatta da Nikolay Ivanovich Yezhov, leader dell'NKVD e Commissario della sicurezza di Stato, conosciuto dai suoi colleghi come il Nano. "Compagno Stalin," scrive.

> Martha Dodd, figlia dell'ambasciatore americano a Berlino… ha descritto nella sua dichiarazione il suo status sociale, quello di suo padre e le prospettive del suo lavoro futuro per noi. Invio una copia della sua lettera e attendo istruzioni sull'utilizzo di Martha Dodd.

4.

Il Nano è basso e cammina zoppicando, caratteristiche che condivide col suo nemico tedesco Goebbels. Il Nano non è affatto uno sfaticato. Diversi anni fa, Stalin lo aveva inserito nella commissione di epurazione, che periodicamente espelle russi dal Partito comunista. Un'epurazione sanguinosa è seguita alla precedente, incruenta. Attualmente, il Nano è impegnato in una pulizia interna omicida. Il giorno stesso in cui chiede a Stalin il modo migliore per impiegare Martha Dodd come spia dell'NKVD, decine di ufficiali militari sovietici vengono radunati e inviati nei gulag, i campi di prigionia in Siberia. Quella che era iniziata come una vendetta di Stalin contro nemici politici (reali o molto spesso immaginari) si riversa ora sulla popolazione civile, che viene portata in massa nelle foreste e fucilata. Oltre 40.000 cittadini di Leningrado sono assassinati nel 1937, numero che raggiunge 60.000 nel 1938. Più di mezzo secolo dopo, le loro ossa saranno riesumate da una fossa comune, quasi tutte recanti un solo foro di proiettile nella parte posteriore del cranio.

La Grande purga consiste in una media di mille omicidi al giorno tra il 1936 e il 1938. Dato che le esecuzioni vengono eseguite di notte e che le fosse comuni sono nascoste, la maggior parte della popolazione rimane beatamente all'oscuro della follia omicida di Stalin.

Nel 1937, Stalin considera il Nano come un compagno estremamente fedele, un apprezzamento tanto faticosamente conquistato quanto facilmente perduto. Pochi conoscono il cuore volubile e vendicativo di Stalin meglio del Nano, che ha dimostrato la sua devozione al dittatore comunista spruzzando mercurio sulle tende del suo stesso ufficio e dandone la colpa a Genrikh Yagoda, allora direttore dell'NKVD. Nel marzo del 1938, Yagoda fu arrestato, accusato di tradimento e portato davanti a una commissione di giudici nell'ultimo dei tre processi-farsa di Mosca, durante il quale le tende sporche di mercurio furono presentate come prova che Yagoda fosse una spia tedesca che tramava per avvelenare il Nano e forse anche Stalin. Dopo che i giudici ebbero emesso la sentenza di condanna, Yagoda fu ucciso con un colpo di pistola alla testa. Il Nano fu ben felice di prendere il posto di Yagoda come nuovo direttore dell'NKVD.

## 5.

Il Centro di Mosca ordina a Boris Vinogradov di lasciare Varsavia e di presentarsi all'ambasciata sovietica di Berlino. Durante un'ubriacatura in compagnia del giornalista americano H.R. Knickerbocker – Knick, così lo chiama Boris – gli confida di dover tornare a Mosca. Nell'eufemismo usato dal Nano, Boris è stato "richiamato". A Mosca sarà interrogato, ma dice a Knick di non essere preoccupato. È un comunista fedele, ha combattuto nell'Armata Rossa; i suoi ispettori non giungeranno mai alla conclusione che è un nemico della Russia. I due parlano in russo, Knick lo parla quasi correntemente. Knick dice a Boris: "Se avessi una qualche ragione per credere di aver subìto una denuncia ingiusta, torneresti indietro o sceglieresti l'esilio in Occidente?".

L'esilio, nella mente di Boris, non è una reale possibilità, né lo è rifiutare di tornare a Mosca, dove il Nano lo sta aspettando.

6.

Martha si incontra con il suo supervisore, che le ordina di intrufolarsi nell'ufficio del padre, leggere i suoi rapporti per il presidente Roosevelt e scrivere "un breve riassunto" del contenuto. I suoi responsabili sovietici sono particolarmente interessati a ricevere "informazioni su Germania, Giappone e Polonia".

Martha riceve "200 dollari americani, dieci rubli, e regali del valore totale di 500 rubli", oltre all'ordine perentorio di interrompere ogni contatto telefonico con Boris Vinogradov. Può scrivere lettere al suo amante russo, ma queste non possono essere inviate tramite il normale servizio postale. Come alternativa viene suggerito un corriere. Una nota nel suo fascicolo indica che tutte le lettere d'amore che scriverà d'ora in poi saranno intercettate dall'NKVD e che un agente russo anonimo risponderà al posto di Boris.

7.

Boris torna a Mosca e si sistema nella stanza 925 dell'Hotel Moskva, che si affaccia sul Cremlino. Viene arrestato, torturato e rinchiuso in prigione. Il 28 agosto 1938, è condannato a morte da un tribunale militare sovietico, trascinato in un luogo segreto utilizzato per le esecuzioni di massa da parte dell'NKVD e fucilato.

Mildred. Milwaukee, Wisconsin, 1916.

Arvid. Jena, Germania, 1917.

Mildred e sua madre, Georgina Fish, stenografa autodidatta.

Durante l'adolescenza, Mildred si era interessata al movimento per il suffragio femminile nel Wisconsin, il primo Stato ad aver ratificato il Diciannovesimo emendamento che riconosce alle donne il diritto di voto.

Nel 1925, Mildred conseguì la laurea di primo livello in materie umanistiche all'Università del Wisconsin, gratuita per i residenti in quello Stato.

Mildred e Arvid si incontrarono all'università. Erano entrambi schierati a favore di riforme sociali ed economiche invocate dalla sinistra. Dopo essersi sposati nel Wisconsin nel 1926, raggiunsero il Colorado e si unirono alle proteste di minatori di carbone che stavano scioperando.

Nel 1926, Mildred prese la laurea di secondo livello all'Università del Wisconsin e nel 1929 si trasferì in Germania per fare il dottorato.

Mildred e Arvid intendevano insegnare nelle università tedesche e statunitensi una volta conseguito il dottorato.

Mildred con la famiglia di Arvid a Jena, Germania. (Da sinistra a destra) Wulf Auerbach
Clara Harnack, Falk Harnack, Angela Harnack, Inge Auerbach, Mildred Harnack,
Johannes Auerbach, Arvid Harnack, Claus Auerbach. Johannes, il marito di Inge, era eb
Wulf e Claus erano considerati *Mischlinge* – di sangue misto – dal regime nazista.

Nel 1932, Mildred e Arvid iniziarono a tenere riunioni clandestine nel loro appartamento berlinese per discutere delle strategie di resistenza contro il Partito nazista. Mildred reclutò tedeschi antifascisti in un gruppo che soprannominò il Circolo.

Nel 1938 e 1939, dall'ambasciata britannica di Berlino, Donald Heath, originario del Kansas, inviò telegrammi segreti al ministero degli Esteri sui preparativi di Hitler per la guerra. Tra i suoi informatori c'erano anche Mildred e Arvid.

Dopo l'invasione della Polonia da parte della Germania, Louise e Donald Heath parteciparono alla resistenza, prestando alla causa loro figlio Don come messaggero.

Don Heath junior, 1939.

La resistenza a Berlino: foto segnaletiche della Gestapo

Karl Behrens

Cato Bontjes van Beek

Erika von Brockdorff

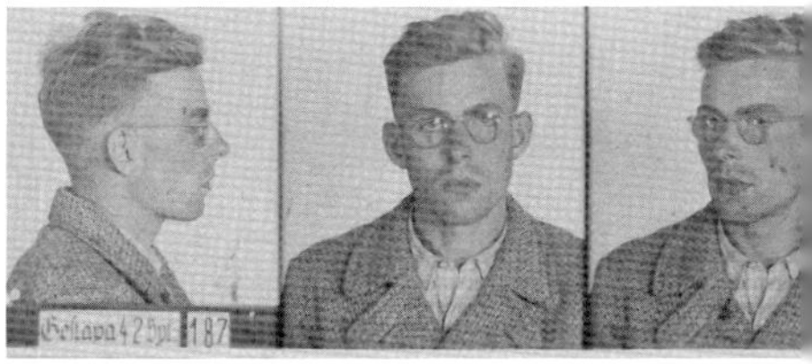
Hans Coppi

Hilde Coppi

Arvid Harnack

Mildred Harnack

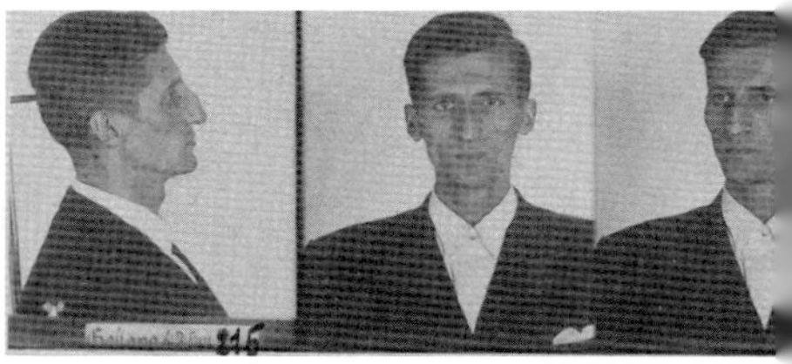
Wolfgang Havemann

Adam Kuckhoff

La resistenza a Berlino: foto segnaletiche della Gestapo

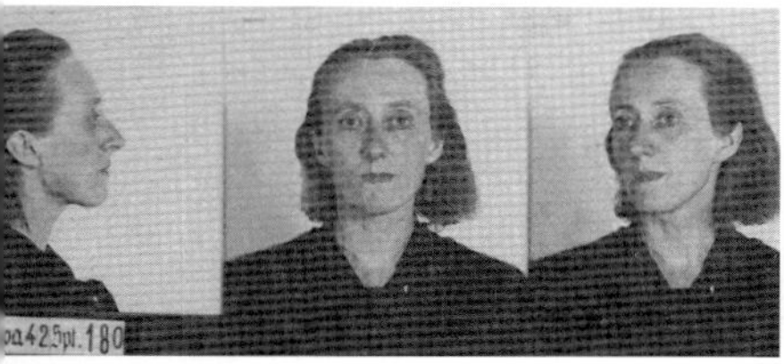
ta Kuckhoff

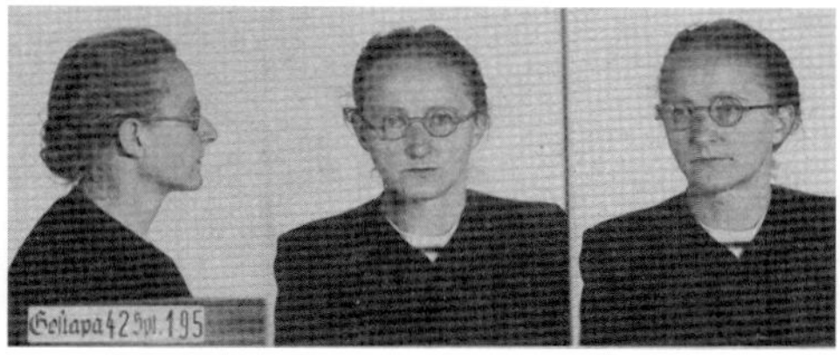
Elfriede Paul

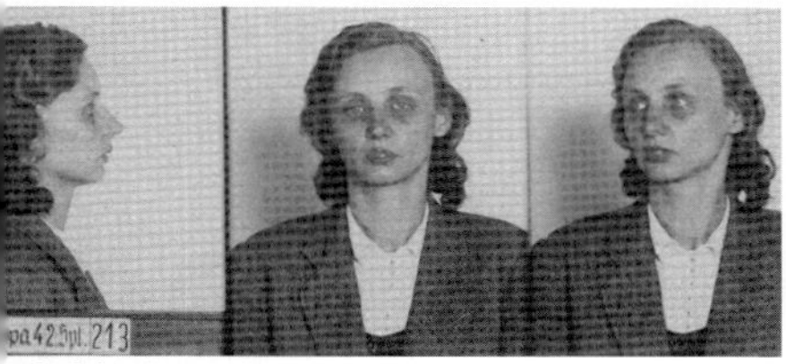
e Schlösinger

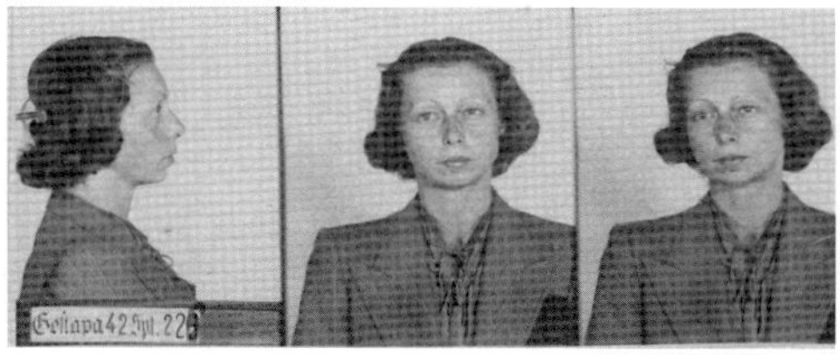
Oda Schottmüller

ro Schulze-Boysen

Libertas Schulze-Boysen

abeth Schumacher

Kurt Schumacher

ther Weisenborn

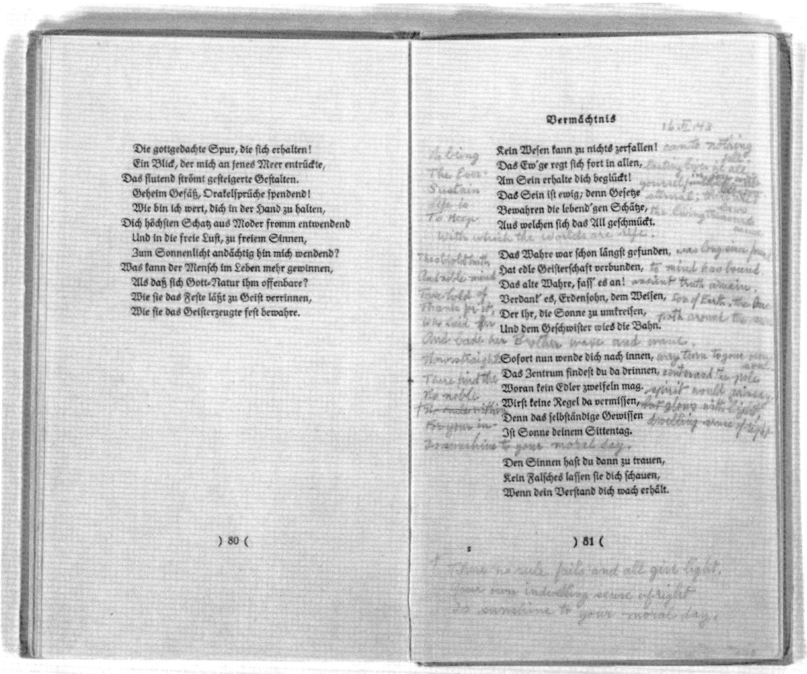
Die gottgedachte Spur, die sich erhalten!
Ein Blick, der mich an jenes Meer entrückte,
Das flutend strömt gesteigerte Gestalten.
Geheim Gefäß, Orakelsprüche spendend!
Wie bin ich wert, dich in der Hand zu halten,
Dich höchsten Schatz aus Moder fromm entwendend
Und in die freie Luft, zu freiem Sinnen,
Zum Sonnenlicht andächtig hin mich wendend?
Was kann der Mensch im Leben mehr gewinnen,
Als daß sich Gott-Natur ihm offenbare?
Wie sie das Feste läßt zu Geist verrinnen,
Wie sie das Geisterzeugte fest bewahre.

) 80 (

Vermächtnis

Kein Wesen kann zu nichts zerfallen!
Das Ew'ge regt sich fort in allen,
Am Sein erhalte dich beglückt!
Das Sein ist ewig; denn Gesetze
Bewahren die lebend'gen Schätze,
Aus welchen sich das All geschmückt.

Das Wahre war schon längst gefunden,
Hat edle Geisterschaft verbunden,
Das alte Wahre, faß' es an!
Verdank' es, Erdensohn, dem Weisen,
Der ihr, die Sonne zu umkreisen,
Und dem Geschwister wies die Bahn.

Sofort nun wende dich nach innen,
Das Zentrum findest du da drinnen,
Woran kein Edler zweifeln mag.
Wirst keine Regel da vermissen,
Denn das selbständige Gewissen
Ist Sonne deinem Sittentag.

Den Sinnen hast du dann zu trauen,
Kein Falsches lassen sie dich schauen,
Wenn dein Verstand dich wach erhält.

) 81 (

Nel carcere di Plötzensee, Mildred tradusse un libro di poesie di Goethe. Il volume fu trafugato da Harald Poelchau, cappellano del carcere coinvolto segretamente nella resistenza.

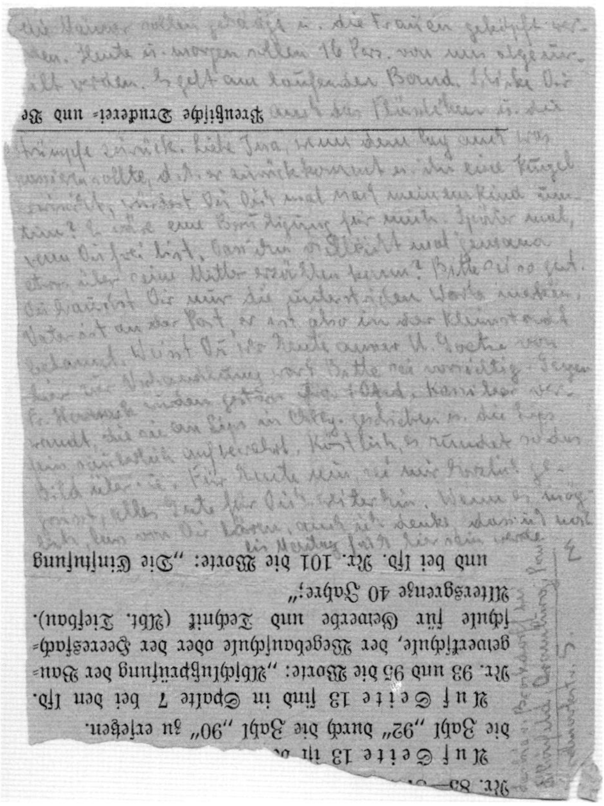

Una nota trafugata dalla prigione di Charlottenburg, scritta da una giovane donna coinvolta nella resistenza e giustiziata tre mesi dopo Mildred.

# L'ultima lettera di Boris
## *1937 – 1938*

### 1.

Mildred e Martha si incontrano in un ristorante di Berlino pieno di gente. Trovano un tavolo libero in un angolo.

Mildred è guardinga. Abbassando la voce, dice a Martha che il Circolo si è allargato.

Anni dopo, Martha scriverà della loro conversazione. Mildred è "raramente espansiva", ma più tardi, quella sera stessa, mentre passeggiano nel Tiergarten dopo aver cenato, dà "rapidamente" a Martha un bacio sulla guancia e si allontana.

### 2.

L'ambasciatore Dodd si dimette. I quattro anni e mezzo trascorsi a Berlino lo hanno stremato. È dal 1934 che Dodd dice al ministero degli Esteri che Hitler rappresenta una minaccia per la Germania e per il mondo intero, e lo indigna prendere atto che i suoi avvertimenti non hanno avuto alcuna influenza sulla politica estera americana. Dodd sa di essere impopolare tra i suoi colleghi del dipartimento e sospetta che da molti mesi il sottosegretario di Stato Sumner Welles stia tramando alle sue spalle per estrometterlo dalla carica di ambasciatore.

Il 29 dicembre 1937, William Dodd conclude quelli che

definisce i suoi "tristi anni a Berlino" e si imbarca sul piroscafo *Washington*.

Un reporter del "New York Times" lo sta aspettando sulla banchina quando la nave entra nel porto di New York. Il giornalista annota che Dodd viene "accolto dalla figlia Martha, tornata dalla Germania da poche settimane".

3.

Martha si trasferisce in un appartamento situato su un viale alberato di New York nelle vicinanze di Gramercy Park.

L'8 gennaio 1938, una spia di nome Iskhak Akhmerov (nome in codice: Jung) riceve una direttiva da Mosca:

> La informiamo che la nostra fonte... la signorina Martha Dodd, figlia dell'ex ambasciatore americano in Germania Dodd, attualmente si trova nella sua città. La preghiamo di mettersi in contatto con lei subito dopo aver ricevuto un telegramma speciale a questo proposito. Il suo indirizzo: Irving Place, New York City. La preghiamo di andare a casa sua la mattina presto, tra le 8 e le 9 e dirle: *Sono qui per portarle i saluti di Bob Norman.*

A Martha viene assegnato un nuovo supervisore, nome in codice: Igor.

Un milionario formatosi a Harvard attira rapidamente la sua attenzione. Dopo un breve corteggiamento, i due si sposano. Una spia trasmette la notizia al Centro di Mosca:

> Vive in un sontuoso appartamento sulla 57ª Strada, ha due domestici, un autista e una segretaria personale.

Un giorno Martha riceve una busta nella cassetta delle lettere. È di Boris.

*Ti amo, non faccio che pensare a te, sogno di te e di noi.*

Martha legge la frase più volte, profondamente commossa.

"Era una lettera molto triste," scriverà molti anni dopo, "e molto sincera (la conservo ancora). Credo che rappresentasse il suo addio a me e alla vita. Pare che dopo questa lettera gli abbiano sparato."

Martha non sospetterà mai che la lettera sia stata scritta da una spia che si spacciava per Boris dopo che Boris era stato giustiziato.

4.

Il nuovo marito di Martha tenta di comprarsi un posto da ambasciatore, offrendo 50.000 dollari al Partito democratico. Spera di riuscire a entrare nell'ambasciata americana a Mosca. Una spia dell'NKVD di stanza a New York invia un telegramma al Centro di Mosca:

> È molto entusiasta del suo progetto di andare a Mosca come moglie dell'ambasciatore americano.

La sua offerta viene rifiutata.

5.

Martha continua l'attività di spionaggio per il Centro di Mosca.

Negli anni a venire, si considererà a tutti gli effetti un membro della resistenza tedesca, ritenendo lo spiare suo padre un contributo offerto alla resistenza. Dopo la guerra, in un brano tanto infondato quanto esaltato, scriverà: "Noi, tutti noi… abbiamo fatto parte della resistenza tedesca dal 1933 al 1943. Io sono l'unica superstite".

## Alla ricerca di alleati
*1938 – 1939*

1.

Stalin dispone che siano compiuti altri omicidi di massa.

Il Nano presiede migliaia di esecuzioni e viene lui stesso sospettato e arrestato nella primavera del 1939. Sarà ucciso con un colpo di pistola alla testa.

2.

L'ambasciata russa a Berlino è inquietantemente deserta. Tra i contatti di Arvid, cinque su nove sono stati giustiziati.

Il supervisore dell'NKVD di Arvid, Boris Gordon, viene assassinato.

La convinzione di Stalin che nemici trotzkisti e spie straniere lo stiano controllando paralizza completamente le sue operazioni di intelligence. Proprio nel momento storico in cui Stalin ha più bisogno di informazioni precise e di alto livello su Hitler, uccide tutte le spie che avrebbero potuto fornirgliele.

Il Nano viene sostituito da un ufficiale dell'NKVD con molta meno esperienza. Neofiti con volti da bambino calzano le scarpe consumate di coloro che sono stati uccisi di recente. Questa è la prassi, secondo le parole di un agente sovietico contrariato:

> Negli uffici sono arrivate nuove persone – giovani, felici, convinte che quello fosse esattamente il posto in cui

dovevano essere. Ricevevano titoli altisonanti e posizioni di alto livello. Le autorità non lesinavano nel comprare anime e fedeltà. Un giovane con due stellette sull'uniforme poteva passare in pochi giorni a portare i romboidi, l'equivalente del vecchio grado di generale, e trasferirsi in un ufficio ancora impregnato del fumo del tabacco preferito dall'occupante precedente.

Per i due anni successivi Arvid non avrà più contatti con i russi, nemmeno una parola.

3.

E adesso?

Negli ultimi tre anni, Arvid ha fornito ai sovietici una serie di informazioni riservate sugli accordi commerciali e sugli investimenti esteri della Germania che confermano che Hitler sta indirizzando la nazione verso la piena indipendenza economica. Sta anche ampliando rapidamente le sue risorse militari, puntando a triplicare le dimensioni dell'esercito e a costruire una flotta di bombardieri, gettando le basi per la guerra.

A chi può dare informazioni Arvid adesso?

Mildred ha coltivato contatti con l'ambasciata americana, ma non ha ottenuto nulla di sostanziale dalle sue conversazioni con Messersmith o con l'ambasciatore Dodd, andati via entrambi. Un diplomatico formatosi a Yale, Hugh Wilson, è il nuovo ambasciatore a Berlino e non ha nulla a che vedere con Dodd, che ha sempre manifestato la sua avversione per i piani di Hitler. L'ambasciatore Wilson ritiene che la stampa americana sia "controllata dagli ebrei" ed elogia Hitler come "l'uomo che ha salvato il suo popolo dalla disperazione morale ed economica".

Anche al ministero dell'Economia gli avvicendamenti non sono di poco conto. Il superiore di Arvid, Hjalmar Schacht – che aveva intrapreso una dichiarata lotta di potere contro Göring in merito al controllo del Piano quadriennale –, si è dimesso in segno di protesta contro il potenziamento militare della Germania che uno come lui, che non usa mezzi termini, considera assurdo e dispendioso.

Il sostituto di Schacht è Walther Funk, un nazista ripugnante che non ha nulla da obiettare sul rafforzamento militare e che si impegna nell'elaborare un piano per confiscare le proprietà degli ebrei.

Il disgusto di Arvid nei confronti di Walther Funk non ha limiti.

4.

La situazione politica in Germania era già complicata negli anni precedenti ma adesso, nell'agosto del 1939, è fuori da ogni logica. Con una manovra che stupisce non solo Arvid, Mildred e il Circolo, ma anche tutto il resto del pianeta, l'Unione Sovietica e la Germania uniscono le loro forze.

In una stanza gremita di fotografi, un uomo robusto e baffuto e un altro magro e ben rasato firmano un accordo di non aggressione. Sono i ministri degli Esteri di Stalin e Hitler, Molotov e Ribbentrop, che sorridono alle telecamere, sotterrando l'ascia di guerra. Grazie al patto Molotov-Ribbentrop, ora Stalin e Hitler non sono più acerrimi nemici. Comunismo e fascismo si stringono la mano.

5.

Pochi giorni prima di Natale, Hitler invia a Stalin un biglietto:

> Tanti auguri di buona vita a lei e di un futuro prospero per tutti i popoli dell'amichevole Unione Sovietica.

Stalin invia un ringraziamento a Hitler:

> La prego di accettare il mio apprezzamento per le congratulazioni e per i cordiali auguri che ha fatto ai popoli dell'Unione Sovietica.

e un biglietto al ministro degli Esteri di Hitler, Ribbentrop:

> L'amicizia tra i popoli della Germania e dell'Unione Sovietica, cementata dal sangue, ha tutte le ragioni per essere salda e duratura.

6.

E adesso? E adesso?

# 8.
# Il bambino

L'uomo di Morgenthau

*1937 – 1939*

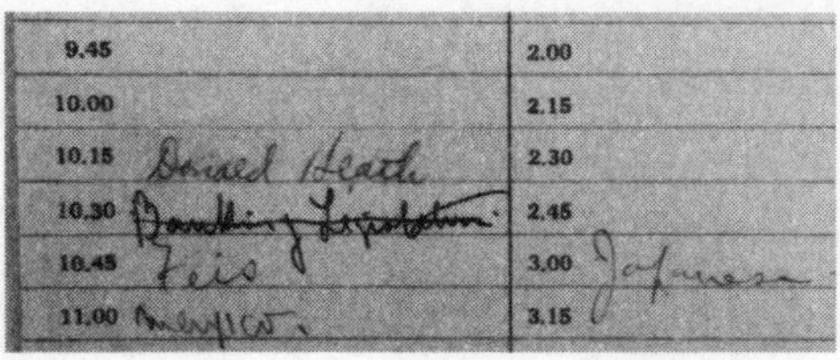

| | | | |
|---|---|---|---|
| 9.45 | | 2.00 | |
| 10.00 | | 2.15 | |
| 10.15 | Donald Heath | 2.30 | |
| 10.30 | Banking Legislation | 2.45 | |
| 10.45 | Feis | 3.00 | Japanese |
| 11.00 | Mexico. | 3.15 | |

## 1.

Donald Heath non aveva previsto di coinvolgere suo figlio. Non inizialmente.

Nei quindici anni precedenti, era passato da un mediocre incarico consolare all'altro, nella speranza di entrare a far parte del servizio diplomatico estero. L'essere riuscito a farsi strada nell'ambiente consolare era stata già una vittoria. Heath era stato il primo della sua famiglia ad andare all'università. Aveva frequentato per due anni e mezzo l'Università Washburn di Topeka prima di trovare lavoro come giornalista per la "United Press".

Quel che gli mancava in termini di statura – a piedi scalzi raggiungeva a malapena il metro e sessanta – era compensato dal carisma. Alle feste riscuoteva un gran successo. Ricordava il nome di tutti anche in una sala affollatissima. Aveva una scorta inesauribile di bizzarri aneddoti da raccontare e reagiva alle battute con una sonora risata. Se c'era un pianoforte nelle vicinanze, lui lo suonava e quando le sue dita pigiavano i tasti sbagliati – visto che non era Irving Berlin, come lui stesso diceva – scoppiava in risate fragorose. Da buon giornalista, aveva il fiuto per le storie interessanti e una particolare abilità nell'estorcere informazioni a persone che avrebbero preferito tenere la bocca chiusa.

Tuttavia, Donald Heath aveva ambizioni più grandi. Durante la Prima guerra mondiale, aveva combattuto in Francia nella fanteria e aveva deciso che, se fosse stato abbastanza fortunato da sopravvivere, avrebbe cambiato vita. Per fortuna o per destino, non fu chiaro neanche a lui, ci riuscì. Appena congedato, si inginocchiò galantemente davanti a una ragazza di Topeka promettendole che un giorno sarebbe diventato ambasciatore. *Alzati da lì*, aveva replicato Louise Bell. Si sposarono e nel giro di un mese andarono a vivere in Romania, dove Heath aveva ottenuto l'incarico di viceconsole presso il ministero degli Esteri americano.

Nel decennio successivo fece la gavetta nel servizio consolare, accettando trasferimenti in Polonia, Svizzera e Haiti, guadagnandosi il rispetto e l'ammirazione dei suoi colleghi ma senza mai riuscire ad andare oltre al grado di console. Per diventare ambasciatore bisognava fare parte di un regno dorato dominato da personaggi formatisi nella Ivy League, con ingenti patrimoni familiari e potenti connessioni sociali, privilegi preclusi a un ex giornalista di Topeka. Heath sapeva che il ministero degli Esteri scoraggiava le persone non ricche dal candidarsi a occupare posizioni diplomatiche, ma fece lo stesso l'esame scritto e lo superò facilmente. All'esame orale, una commissione di ufficiali del servizio estero valutò l'idoneità di Heath all'incarico, utilizzando criteri quali "stile, grazia, portamento e, soprattutto, nascita". Heath sapeva il fatto suo. Aveva frequentato i diplomatici abbastanza a lungo da conoscere il comportamento che doveva avere un membro del loro club. Se lo stile, la grazia e il portamento avessero potuto superare la nascita per importanza, sarebbe diventato subito ambasciatore.

Aveva concluso l'esame orale entusiasta, ma la promozione a cui aspirava non era arrivata. Era rimasto console.

Così decise di cambiare tattica. Abbandonò il lavoro consolare e ottenne un impiego presso la divisione degli Affari latino-americani a Washington. Lì era entrato in contatto con il braccio destro del presidente Franklin D. Roosevelt, Sumner Welles. Nel 1937 Welles aveva presieduto una massiccia riorganizzazione del ministero degli Esteri ed era rimasto talmente colpito da Heath da proporlo per una nuova posizione nel servizio estero.

Finalmente la svolta che aspettava.

Heath aveva quarantatré anni, Welles ne aveva quarantacinque. Entrambi avevano lavorato duramente fin dai loro vent'anni per fare carriera, ma Welles era arrivato molto più avanti. A soli ventotto anni era già diventato responsabile della divisione per gli Affari latino-americani, mentre Heath era un *assistente* capo di mezza età. Welles aveva il lignaggio che mancava a Heath. Era nato in una famiglia eccezionalmente ricca di New York, come il presidente Roosevelt, e aveva studiato a Groton e ad Harvard, come il presidente Roosevelt. Era stato ambasciatore a Cuba – un articolo adulante del "New York Times" lo aveva descritto come "il diplomatico di cui si parla di più al servizio del governo degli Stati Uniti" – e vicesegretario di Stato prima che il presidente Roosevelt lo nominasse alla sua posizione attuale, quella di sottosegretario di Stato. Con il suo metro e ottanta, Welles sovrastava Heath anche nel senso più letterale del termine. Welles si faceva confezionare gli abiti a Londra e portava con sé un bastone da passeggio d'avorio ovunque andasse, benché non avesse nessun problema a camminare. Heath lo guardava provando un potente senso di fastidio misto a invidia e immensa gratitudine.

*Un mio collega ha bisogno di una persona come lei*, gli aveva detto Welles. *Qualcuno di diverso.*

Heath non ebbe bisogno di farsi spiegare cosa intendesse per diverso. Si era limitato a chiedergli dove avrebbe dovuto svolgere il lavoro. Welles, noto per il suo modo di fare chiaro e conciso, aveva risposto: *Germania. È un po' pericoloso.*

Heath aveva ricordato al sottosegretario di Stato di Roosevelt che aveva combattuto nelle trincee in Francia. Qualunque fosse stato il lavoro da svolgere, lui era l'uomo giusto.

Il nuovo incarico di Donald Heath fu annunciato ufficialmente il 6 novembre 1937 e pubblicato nel numero di dicembre del 1937 dell'"American Foreign Service Journal".

> Donald R. Heath di Topeka, Kansas, precedentemente in servizio presso il ministero degli Esteri, è stato assegnato a Berlino, Germania.

La lettera era arrivata nella cassetta della posta di Heath prima che avesse definito tutti i dettagli con il collega di Welles, un uomo considerato tra i più stretti confidenti del presidente Roosevelt.

## 2.

Alle 10.15 del 14 dicembre 1937, Donald Heath entrò in un ufficio d'angolo dalle pareti rivestite in legno al civico 1500 di Pennsylvania Avenue per il suo primo incontro con il segretario del Tesoro Henry Morgenthau junior. Era un giovedì. Le mattinate di Morgenthau erano sempre piene di riunioni, ma quel giorno l'agenda della sua scrivania riportava un programma più leggero: aveva ben mezz'ora da dedicare a Heath.

I due parlarono della nuova posizione di Heath. La descrizione delle mansioni non era molto chiara. Heath non avrebbe dovuto ricoprire una sola posizione ma due.

Come primo segretario dell'ambasciata americana a Berlino, Heath avrebbe lavorato sotto la supervisione del ministero degli Esteri. E fin qui nulla di trascendentale. Heath aveva ricoperto incarichi consolari fin dal 1920 e conosceva bene le responsabilità di un primo segretario. Ma è qui che le cose si erano complicate: qualcuno si era già accaparrato quel lavoro. Si trattava di Raymond Geist, uomo estremamente competente, formatosi ad Harvard, primo segretario da quasi dieci anni. Morgenthau non intendeva sollecitare il licenziamento di Geist. Voleva che Geist continuasse a fare quello che stava facendo affidandone a Heath solo una parte. *Un po'*, ma non troppo, dato che Heath avrebbe dovuto dedicare la maggior parte del suo tempo al secondo lavoro, che rappresentava il motivo vero e proprio per cui era stato inviato a Berlino. Il secondo lavoro non era in seno al ministero degli Esteri e non aveva nemmeno un nome.

Dall'altra parte dell'Atlantico, l'uomo nominato cancelliere della Germania il 30 gennaio 1933 aveva organizzato, con risolutezza e determinazione, una folle campagna volta a sterminare la popolazione ebraica e a governare un'ampia parte dell'Europa occidentale e orientale, se non il mondo intero. Le altre grandi potenze disponevano di sistemi per acquisire e analizzare i dati dei servizi segreti sulle minacce, sia interne che esterne, alla sicurezza nazionale. Gli inglesi avevano l'MI5 e l'MI6. I sovietici avevano l'NKVD e il GRU. I tedeschi avevano l'Abwehr.

E gli Stati Uniti? Un guazzabuglio.

Il ministero degli Esteri, l'FBI, l'esercito, la marina e il Tesoro operavano come entità separate e indipendenti, in competizione per ottenere il favore presidenziale. Ogni entità aveva il suo modo di carpire informazioni segrete e la condivisione era scarsa o nulla. Ci vorranno tre anni e mezzo prima che il presidente Roosevelt autorizzi la creazione della prima entità di intelligence centralizzata degli Stati Uniti, battezzandola Ufficio del coordinatore dell'informazione strategica. Roosevelt ne aveva nominato dirigente il carismatico William Donovan, detto "Wild Bill", conferendogli l'autorità militare. Ciò aveva generato feroci obiezioni da parte dei vertici dell'esercito e delle forze dell'ordine, che si erano coalizzati contro la neonata agenzia, sperando di "stroncare sul nascere il nuovo organismo indesiderato". In un debole tentativo di placarli, Roosevelt aveva eliminato il termine *strategic* dal nome dell'agenzia e l'11 luglio 1941 l'aveva ribattezzata Ufficio del coordinatore dell'informazione (COI). Undici mesi dopo, tra tensioni interne e battibecchi politici – il direttore dell'FBI J. Edgar Hoover era arrivato a definire la COI una "follia di Roosevelt" – l'agenzia era stata soppressa e al suo posto era nato l'Ufficio dei servizi strategici. Erano seguite altre due agenzie – l'Unità dei servizi strategici nel 1945 e il Gruppo di intelligence centrale nel 1946 – finché nel 1947 non era nata l'Agenzia di intelligence centrale.

Nel 1937, il vicesegretario di Stato George Messersmith era ben consapevole della mancanza di un'intelligence statunitense in Germania. "Potremmo imbatterci in violente mareggiate," aveva scritto in una lettera di dieci pagine inviata a un collega, sottolineando la necessità di acquisire informazioni complete sul governo tedesco, in particolare in ambito economico. "Abbiamo bisogno del miglior dipartimento e dei migliori servizi esteri possibili."

Nel frattempo, il segretario del Tesoro stava formulando un piano molto audace. Morgenthau aveva già da tempo concluso che i rapporti inviati a Washington dai diplomatici e dagli addetti di Berlino non gli erano di alcuna utilità. Non voleva sintesi di articoli di giornale o pettegolezzi. Voleva numeri. Fatti. Desiderava avere un'intelligence coi piedi per terra e lo sconcertava non riuscire a ottenerla.

Voleva scoprire se Hitler si stesse davvero preparando per la guerra e come intendesse finanziarla. Voleva sapere se la Germania avrebbe ripagato i suoi debiti ai creditori americani o no. Voleva un'analisi del mercato monetario tedesco, delle sue riserve di valuta estera, di quelle auree. Voleva un uomo in grado di avvicinarsi ai nazisti di alto rango e carpire loro segreti, uno che non avrebbe dovuto condividere con decine di altri colleghi del ministero degli Esteri, un uomo che fosse stato soltanto suo. Il segretario del Tesoro voleva una spia tutta per lui.

Fu così che Donald Heath divenne un agente dei servizi segreti a Berlino in un momento insolito nella storia dello spionaggio americano. Sull'orlo di una Seconda guerra mondiale, gli Stati Uniti erano l'unica potenza del pianeta priva di un'agenzia di intelligence centralizzata. La raccolta delle informazioni estere, per quanto possibile, era relegata a diplomatici e addetti. Dal gennaio del 1938 al novembre del 1941, Donald Heath aveva occupato una terra di nessuno, un territorio nel quale confluivano il dipartimento del Tesoro, il ministero degli Esteri e l'Ufficio del coordinatore dell'informazione, la cui costituzione era imminente.

Il titolo che Morgenthau aveva inventato per Heath era addetto al Tesoro. I suoi colleghi lo chiamavano, in termini informali, "l'uomo di Morgenthau". Sull'"American Foreign Service Journal" non era comparso nessun titolo.

3.

Il 15 gennaio 1938, il suo primo giorno di lavoro, Donald Heath selezionò i nomi di alcuni uomini inserendoli in un elenco che ripose nel primo cassetto della sua scrivania. Ogni tanto ne aggiungeva o ne cancellava uno.

Il primo della lista: Hjalmar Schacht.

Hjalmar Schacht è il presidente della Reichsbank, la banca centrale tedesca. Fino a poco tempo prima, Schacht era anche a capo del ministero dell'Economia del Reich. Elogiato dai giornali internazionali come un mago della finanza internazionale, a Schacht era stato attribuito il merito di aver salvato la Germania dall'iperinflazione e, a metà degli anni trenta, era diventato il beniamino di Hitler. Fino a quando, l'8 dicembre 1937, l'economista più potente della Germania, deluso dal Führer, non si era dimesso dal ministero dell'Economia del Reich.

Non ci si può fidare di Schacht. Questa era l'opinione del

ministero degli Esteri, a cui appartenevano il segretario di Stato Cordell Hull, il sottosegretario di Stato Sumner Welles e lo stesso presidente Roosevelt. L'ambasciatore William Dodd era di parere diverso – correva voce che Schacht gli piacesse davvero *tanto* –, ma Dodd non c'era più in quanto si era dimesso prima che Heath varcasse le porte dell'ambasciata.

Heath sapeva di essere solo. Gli era stato assegnato un ufficio con un'ampia scrivania in noce nonché una segretaria straordinariamente competente, la signorina Ulrich. E non gli era stata data praticamente nessuna istruzione su cosa o come farlo, se non la direttiva di Morgenthau di scrivere rapporti e di inviarglieli a Washington. La mattina del suo primo giorno di lavoro Heath era passato davanti a una lunga fila di persone che sembrava infinita e che si estendeva dal Tiergarten fino all'ingresso dell'ambasciata e oltre le porte della sezione consolare.

Uomini e donne, giovani e anziani, ricchi e poveri, fuggivano disperati implorando la consegna di visti che la maggior parte di loro non avrebbe mai ricevuto. Le restrittive quote di immigrazione limitavano il numero di tedeschi cui era consentito cercare legalmente rifugio negli Stati Uniti, e le regole favorivano i ricchi. I telefoni squillavano incessantemente. Il rumore che facevano le macchine da scrivere assomigliava a quello delle mitragliatrici. Lo spettacolo era inquietante, ben diverso da tutto ciò che Heath aveva sperimentato da console.

La sezione dell'ambasciata era più tranquilla. In cima a un'ampia ed elegante scalinata c'era una balconata dove i diplomatici andavano a fumare e a fare battute sui nazisti che attraversavano Pariser Platz a passo d'oca.

Cosa facesse esattamente Donald Heath non era del tutto chiaro alle persone con cui lavorava, a partire dai segretari fino all'ambasciatore Hugh Wilson, che inviò una lettera di protesta accuratamente contrassegnata come *personale e confidenziale* al vicesegretario di Stato Messersmith. Qualche settimana dopo inviò una seconda lettera a Messersmith, ricordandogli che "nessuno mi ha detto quali debbano essere gli incarichi di Heath".

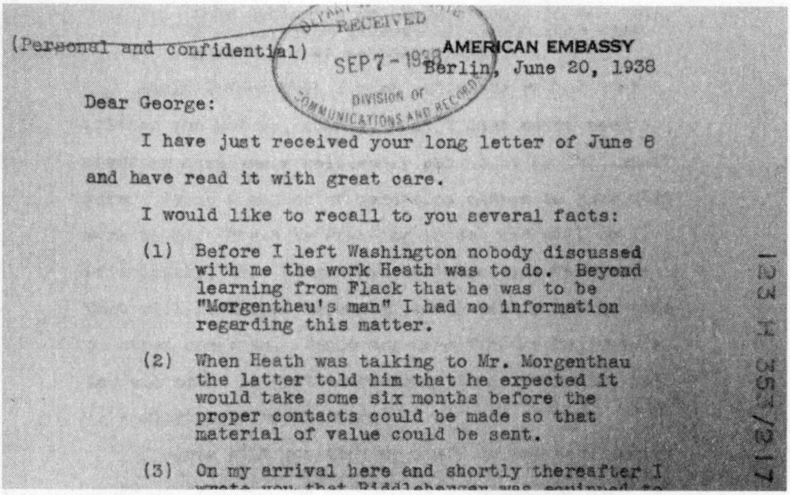

(~~Personal and~~ Confidential) AMERICAN EMBASSY
RECEIVED
SEP 7 - 1938
DIVISION OF COMMUNICATIONS AND RECORDS
Berlin, June 20, 1938

Dear George:

I have just received your long letter of June 8 and have read it with great care.

I would like to recall to you several facts:

(1) Before I left Washington nobody discussed with me the work Heath was to do. Beyond learning from Flack that he was to be "Morgenthau's man" I had no information regarding this matter.

(2) When Heath was talking to Mr. Morgenthau the latter told him that he expected it would take some six months before the proper contacts could be made so that material of value could be sent.

(3) On my arrival here and shortly thereafter I

123 H 357/217

4.

Nel frattempo, Heath ha preso contatto con Hjalmar Schacht.

I due si incontrano per pranzare all'Hotel Adlon, passeggiano nel Tiergarten a fine giornata e, in almeno un'occasione, Schacht si presenta a casa di Heath. A giugno, Heath ha ottenuto dal presidente della Reichsbank informazioni sufficienti per scrivere il suo primo rapporto per Morgenthau.

Quasi ogni settimana circa, un resoconto dettagliato con oggetto "Da Heath al Tesoro" raggiunge Washington tramite telegramma. Se è altamente confidenziale, la signorina Ulrich lo infila in una valigetta diplomatica da consegnare con un corriere, in genere tramite un piroscafo e, di tanto in tanto, un aereo. Le informazioni più riservate non vengono mai inviate con telegrammi o corrieri; Heath deve comunicarle di persona, il che comporta frequenti viaggi tra Berlino e Washington.

A volte il viaggio di Heath è clandestino e passa inosservato. Altre viene riportato nell'"American Foreign Service

Journal", che ne descrive vagamente la finalità in termini di "affari principalmente collegati con il dipartimento del Tesoro".

Donald R. Heath

Donald R. Heath, First Secretary at Berlin, arrived in New York City on February 18 on the S.S. *Aquitania* and subsequently divided his time between New York and Washington, principally on business connected with the Treasury Department. He sailed for his post on March 15 on the S.S. *President Harding*.

## Seminati
### *1938*

### 1.

Louise Heath, figlia di miti agricoltori del Midwest, tende a evitare i confronti, serrando le labbra per non dire parole di cui in seguito potrebbe pentirsi. Ma dopo sei mesi trascorsi a Berlino, è meno incline a tacere. Quando Donald torna a casa dall'ambasciata, esausto, e le chiede com'è andata la giornata, lei risponde: "Bene, bene", tenendo a mente che Mamzelle, la cuoca, si sta affaccendando intorno a loro preparando la cena e sparecchiando la tavola, sempre con l'orecchio teso. Quando Mamzelle va via, Louise invita subito il marito nella veranda e gli fa un lungo resoconto degli intrighi e dei tradimenti della giornata. Non riesce a trattenersi. Poco prima ha sorpreso Mamzelle mentre frugava in un cassetto nella stanza della musica. La cuoca ha risposto che stava cercando un cucchiaio.

La fioraia, che ha un negozio al piano terra, pensa che Mamzelle sia una spia della Gestapo. Nel contempo, le rivela che la Gestapo la costringe a consegnarle un elenco con i nomi e gli indirizzi delle persone a cui Louise invia fiori.

È in questa atmosfera paranoide che Louise scopre che la Gestapo la sta pedinando. Esce di casa per fare una commissione alla guida di un'automobile messa a disposizione dall'ambasciata e nello specchietto retrovisore scorge un veicolo nero che la sta seguendo da vicino.

## 2.

Una mattina Louise decide di partecipare a un pranzo presso l'American Women's Club. Porta con sé il piccolo Don. *Sarà istruttivo*, gli dice.

Sono nell'auto dell'ambasciata. Louise guarda nello specchietto retrovisore. Li segue una Volkswagen stipata di novizi della Gestapo, alcuni dei quali sembrano avere sì e no sedici anni. Louise schiaccia l'acceleratore. La Volkswagen le resta dietro. Ha il serbatoio strapieno di benzina e presume che non sia così per i nazisti. Imbocca l'autostrada con la Gestapo alle calcagna.

Don, che si agita sul sedile del passeggero, lancia occhiate inquiete alla Volkswagen nello specchietto retrovisore.

Louise prosegue, con le labbra serrate e gli occhi fissi sulla strada davanti a sé, come se la sfidasse a duello. Ha un rossetto rosso come il sangue e il naso leggermente incipriato. I capelli sono raccolti in uno chignon. A un certo punto esce dall'autostrada e percorre strade di campagna fino a quando, finalmente, gli apprendisti della Gestapo non finiscono la benzina.

Esclama: *Ha!* e fa una brusca inversione di marcia.

Don, impressionato, guarda sua madre sporgersi dal finestrino e salutare i nazisti facendo stridere le gomme davanti alla loro Volkswagen, ferma.

*Ragazzi, addio!*

## 3.

Louise è sempre molto attenta a non perdere la calma. Attraversa le stanze di Innsbrücker Strasse 44 con passo leggero, occupandosi con disinvoltura della casa e del calendario fitto di eventi mondani. Le pagine della sua agenda sono piene di pranzi, tè, cene e cocktail party dell'ambasciata e di tutte le altre incombenze che deve osservare in quanto signora Heath.

Mamzelle, la cuoca, le è devota, o almeno così dice di essere. Lo stesso dice Aladar Weigal, l'autista ungherese incaricato di condurre Donald all'ambasciata. Quando Louise organizza un evento mondano a casa sua, Aladar le fa da maggiordomo. Le ha già rivelato che la Gestapo gli ha intimato di presentarsi nei loro uffici una volta al mese per raccontare tutto ciò che ha visto e sentito a Innsbrücker Strasse 44.

Aladar giura che non dirà mai nulla di compromettente.

La fioraia del primo piano assicura a Louise che di Aladar ci si può fidare.

4.

Nel momento in cui Louise entra nell'appartamento di Hela Strehl, l'ansia la pervade.

Don lo legge negli occhi di sua madre, nel modo in cui osserva la stanza, dal pianoforte alla lampada, fino a Hela stessa.

*Ci faresti una fotografia?* chiede all'amante di Goebbels. Il suo intento è documentare, non celebrare. Hela risponde di sì. Molte fotografie mostrano Louise con un sorriso abbagliante, ma questa no.

Poi infila la fotografia in una busta e la spedisce a sua madre a Topeka. Vuole mostrarle uno scorcio della sua vita berlinese e quanto sta diventando grande il piccolo Don.

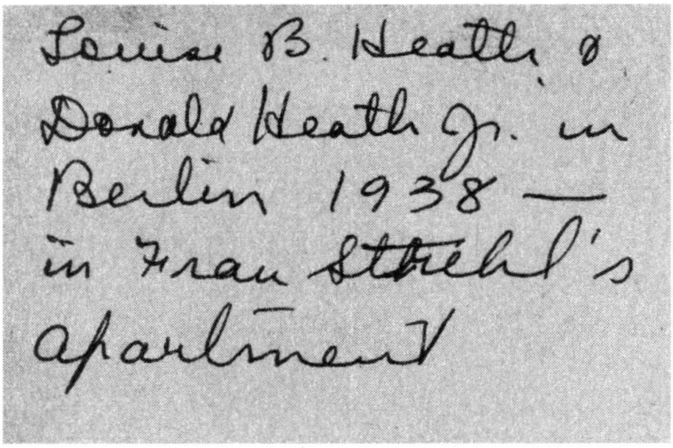


## 5.

Louise si reca a un altro pranzo all'American Women's Club e questa volta, grazie a Dio, la Gestapo la lascia in pace. Raggiunge Bellevuestrasse 5, a sud del Tiergarten, e parcheggia l'auto sul marciapiede.

Entrando, nota una donna che si sposta tra le stanze sontuosamente arredate con la disinvoltura di chi ne conosce intimamente ogni angolo, soffermandosi a parlare con questo o quel conoscente e rivolgendo a ciascuno di essi un cenno di deferenza, un sorriso, un abbraccio. È la presidentessa dell'American Women's Club. È bionda ma non è affatto appariscente. Non è truccata né porta gioielli. Ha un abito semplice e i capelli raccolti in un comodo chignon.

Louise aveva notato Mildred Harnack già due volte in ambienti affollati: una nella chiesa americana e un'altra a una festa organizzata da un diplomatico. Mildred sembra conoscere quasi tutti gli americani che vivono a Berlino – i giornalisti, i diplomatici e le loro mogli – o comunque rivolge loro cenni di intesa. Benché Louise non si sia ancora presentata a Mildred, ha sentito parlare molto della presidente dell'American Women's Club da parte dei suoi membri, che si riuniscono all'ora di pranzo per ascoltare le lezioni di Mildred su Thomas Wolfe, Theodore Dreiser, Willa Cather e altri scrittori americani di cui Louise non ha mai letto nulla.

Donald è impaziente di conoscere il marito di Mildred,

un tedesco di nome Arvid Harnack che lavora al ministero dell'Economia del Reich, fino a poco tempo fa diretto da Hjalmar Schacht, una delle sue fonti più importanti. Donald vorrebbe che anche Arvid diventasse una sua fonte, ma finora gli è sfuggito, non ha risposto a nessuna delle sue telefonate.

Louise si avvicina a Mildred e si presenta. È esperta nell'arte della diplomazia e sa benissimo che il modo migliore per raggiungere un uomo irraggiungibile è farlo attraverso sua moglie.

# A pranzo prima della Notte dei cristalli
## *1938*

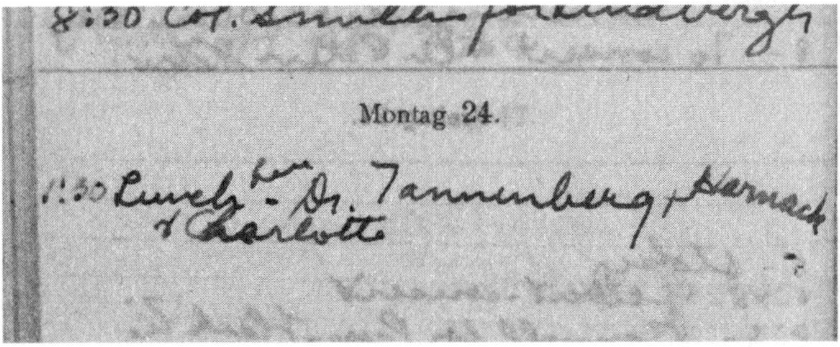


1.

Alle 13 del 24 ottobre 1938, Mildred e Arvid Harnack sono a pranzo dalla famiglia Heath. Tra gli ospiti ci sono anche Charlotte Gilbert, moglie del console Prentiss Gilbert, e Wilhelm Tannenberg, primo segretario dell'ambasciata tedesca a Washington. Il pranzo si svolge al quinto piano, nell'appartamento degli Heath, in una piccola sala da pranzo color cannella. Su una delle pareti c'è uno specchio che fa apparire la stanza più grande e luminosa. Un lampadario appeso al soffitto illumina un tavolo apparecchiato per sei persone.

Supponiamo che la conversazione durante il pranzo sia stata una chiacchierata tranquilla e cordiale, ma che abbia dato avvio a una sorta di corteggiamento tra gli Heath e gli Harnack. Provano simpatia reciproca e procedono testando la teoria secondo la quale potrebbero essere gli uni utili agli altri tramite alcuni incontri sociali informali. Donald e Arvid iniziano a vedersi regolarmente nella sala da pranzo illuminata dai sontuosi lampadari dell'Hotel Adlon in Pariser Platz, proprio di fronte all'ambasciata statunitense. Louise invece incontra Mildred all'American Women's Club o tra i banchi della chiesa americana.

2.

Due settimane e mezzo dopo il pranzo, Louis Lochner, giornalista dell'"Associated Press", pubblica un articolo che recita:

> La più grande ondata di violenza contro gli ebrei da quando Adolf Hitler ha preso il potere nel 1933 ha travolto oggi la Germania nazista.

Le parole di Lochner sull'orgia di brutalità esplosa in Germania, Austria e nella regione cecoslovacca dei Sudeti tra la sera del 9 novembre e l'alba del 10 novembre 1938 sono le prime a raggiungere il mondo anglofono. Nelle principali città, nei sobborghi e nei centri rurali, orde di nazisti imperversano incendiando le sinagoghe, irrompendo nelle case e nei negozi degli ebrei e distruggendo tutto quel che vedono. I vetri rotti sulle strade e sui marciapiedi daranno in seguito un nome all'orribile evento: Kristallnacht, la Notte dei cristalli.

La giornalista Sigrid Schultz scrive un articolo sul "Chicago Tribune" dal titolo: *Case bruciate, negozi saccheggiati, il terrore regna ovunque: orde di teppisti invadono le strade tedesche*. L'autrice riferisce:

> A Berlino un americano che percorreva a piedi il Kurfürstendamm, una delle arterie principali della città, ha visto un'orda di teppisti trascinare un ebreo fuori da un negozio, sbatterlo a terra e calpestarlo finché non ha smesso di gridare.

E

> Giovani uomini con giacche di pelle si sono avvicinati alle vetrine dei negozi ebrei... con in mano dei piedi di porco.

E

Nelle strade più povere vicino ad Alexanderplatz, armadietti da cucina e altri mobili di cittadini ebrei sono stati gettati fuori dalle finestre, le stoviglie di porcellana per la strada. I mobili sono stati accatastati e incendiati.

Dieci agenti della Gestapo, seguiti da un ufficiale delle SS e da un poliziotto, fanno irruzione in casa di un ebreo in un paesino alle porte della Foresta Nera, terrorizzandolo.

"Il poliziotto fece cadere a terra mia moglie," ricorderà in seguito Simon Ackermann, "mentre l'ufficiale delle SS si scagliava come un pazzo contro di me. Il poliziotto voleva gettare mia figlia di tre anni dalla finestra, ma io la tenevo stretta." Simon fu poi trascinato fuori dalla porta e costretto a partecipare a una processione di ebrei attraverso il quartiere. "Tutta la città era in strada. Molti urlavano come fossero ubriachi, gridando 'Picchiate a morte gli ebrei'."

In tutta la Germania vengono distrutte 267 sinagoghe e 7.500 negozi di proprietà di ebrei. Novantuno ebrei vengono uccisi, innumerevoli donne ebree violentate. Si stima che da 20.000 a 30.000 uomini ebrei siano stati arrestati e inviati a Dachau, Buchenwald e Sachsenhausen.

Grazie a corrispondenti esteri berlinesi come Lochner e Schultz, gli orrori della Notte dei cristalli vengono svelati al resto del mondo. È la prima volta che il regime nazista esegue apertamente un arresto di massa di ebrei, colpevoli soltanto di essere tali.

3.

Goebbels indice una conferenza stampa per redarguire Lochner, Schultz e altri corrispondenti esteri per aver scritto ciò che, secondo lui, è falso. Nessun negozio è stato saccheggiato. Nessun ebreo è stato ucciso. La violenza sarebbe stata una "rimostranza spontanea" di cittadini comuni che si sono indignati dopo aver letto un articolo di giornale su di un diciassettenne ebreo polacco che alcuni giorni prima aveva sparato a un membro dell'ambasciata tedesca a Parigi. L'adolescente, spiega Goebbels, era stato "addestrato a dovere da un'organizzazione ebraica" per commettere questo crimine.

Naturalmente, l'adolescente non era stato addestrato da nessuna organizzazione e la Notte dei cristalli non era stata un avvenimento "spontaneo". Era stata organizzata da Goebbels e Reinhard Heydrich, capo della Gestapo, che avevano fatto del reato dell'adolescente un comodo pretesto per istigare alla violenza. Tra i documenti sequestrati ai nazisti dopo la guerra c'è un messaggio confidenziale che Heydrich aveva inviato a tutti i commissariati all'1.20 del 10 novembre, che riporta le istruzioni date ai poliziotti quella notte. Il messaggio si concludeva con una dichiarazione dettagliata che ordinava agli agenti di arrestare e spedire nei campi di concentramento il maggior numero possibile di ebrei maschi sani.

4.

La Notte dei cristalli segna la fine di qualcosa e l'inizio di qualcos'altro. Nessuno dell'ambasciata degli Stati Uniti a Berlino riesce a capire di che cosa possa essere l'inizio. Consoli e diplomatici si incrociano nei corridoi con la bocca tappata e profondamente scossi. L'ambasciatore Hugh Wilson è stato "richiamato a Washington per consultazioni," recita la versione ufficiale, che tutti all'ambasciata sanno essere un eufemismo per dire *se n'è andato.*

Non tornerà mai più.

Nel tentativo di riempire il posto vacante, il ministero degli Esteri conferisce al console Prentiss Gilbert una frettolosa promozione come incaricato d'affari, un gradino sotto l'ambasciatore. Gilbert morirà di infarto cinque mesi dopo.

È un momento di caos terribile dentro e fuori l'ambasciata. La fila di persone che cercano disperatamente di fuggire dalla Germania sembra interminabile e rimarrà tale per tutto l'anno successivo. "I rifugiati si trovavano in ogni angolo [dell'edificio], molti di loro imploravano di potervi passare la notte," ricorderà uno dei colleghi di Heath dell'ambasciata statunitense a Berlino, il console William Russell.

> Nessun paese europeo avrebbe accolto un rifugiato ebreo tedesco o polacco, a meno che non avesse prima dimostrato di essere registrato presso il consolato americano per un visto d'immigrazione. Ci sono stati momenti in cui la folla è diventata impossibile da arginare, soprattutto la volta in cui si è accalcata contro due porte pesantissime di vetro e di ottone.

Donald Heath continua a scrivere i suoi rapporti, in mezzo al caos. Dopo la Notte dei cristalli, il suo elenco di fonti si allunga e Arvid Harnack è tra queste.

## Stanno diventando interessanti
*1938 – 1939*

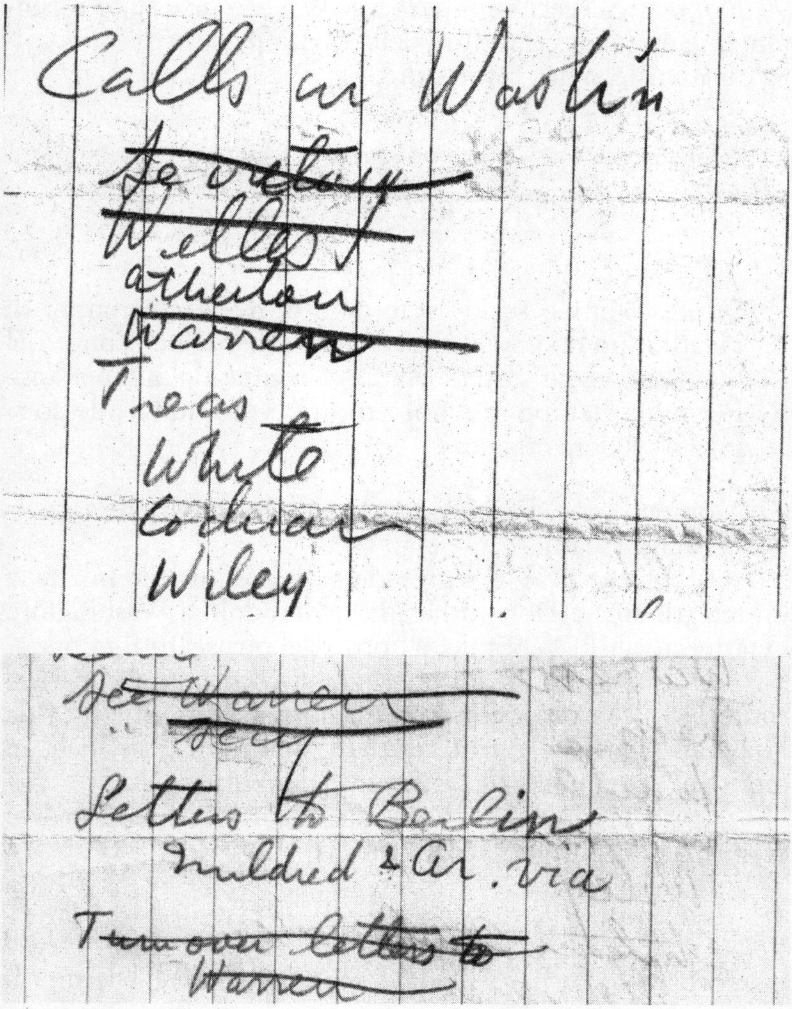

## 1.

Il 13 dicembre 1938, esattamente un anno dopo l'incontro di Donald Heath con Henry Morgenthau per discutere della sua nuova posizione, Morgenthau convoca una riunione nel suo ufficio. Sono le 9.30. Nella stanza ci sono dieci uomini e una donna (la signorina Chauncey, una segretaria). La riunione viene registrata e poi meticolosamente trascritta.

Dopo circa dieci minuti, Harry White, che è stato recentemente nominato direttore della divisione ricerca economica del ministero del Tesoro, dice

White: I don't know whether you have noticed, but Heath, the man who went over for the State Department to Germany - his cables are getting to be pretty good. There was a long time when we got nothing, but they are beginning now.

White: Non so se lo avete notato, ma i telegrammi di Heath, l'uomo che è andato in Germania per conto del ministero degli Esteri, stanno diventando interessanti. Per molto tempo non abbiamo ricevuto nulla, adesso si inizia a vedere qualcosa.

Morgenthau è d'accordo e dice di voler parlare a quattr'occhi con Heath.

Il 4 febbraio 1939, il segretario di Stato Cordell Hull invia un telegramma a Donald Heath, invitandolo a Washington. Heath arriva il 17 febbraio, a bordo del piroscafo *Aquitania*.

A Washington, Heath consegna a Morgenthau un riassunto dattiloscritto delle informazioni segrete ottenute da Hjalmar Schacht e Arvid Harnack, sue fonti principali, in merito al programma di armamento del Führer.

"Heath ha tutto quel che ci occorre," dice Morgenthau ai colleghi del dipartimento del Tesoro.

## 2.

Tornato a Berlino, Donald Heath scrive una lettera a Morgenthau in cui descrive una passeggiata fatta in un recente fine settimana con Arvid, il quale mantiene “una posizione fermamente risoluta” contro Hitler.

3.

Grazie alla sua fonte segreta Turco, che ha accesso a tutti i documenti di bilancio, Arvid sa tutto sugli enormi profitti che sta ottenendo la I.G. Farben. Mentre Hitler si prepara alla guerra, il conglomerato chimico sta producendo enormi quantità di carburanti di sintesi, oli, gomma e plastica. Durante una delle loro passeggiate, Arvid racconta a Donald Heath delle riserve tedesche di materie prime strategiche, tra cui il petrolio.

La distensione non fermerà Hitler. Arvid sottolinea questo punto più volte nelle sue conversazioni con Heath.

Il 24 aprile 1939, Heath invia un telegramma a Morgenthau:

> L’ambasciata ha ricevuto informazioni attendibili: Chamberlain ha informato l’ambasciata tedesca a Londra che la Gran Bretagna è disposta a cedere al Reich la maggior parte delle riserve auree ceche depositate a Londra... La notizia sorprende i funzionari del Reich, che la accolgono con divertito disprezzo. La interpretano come un segnale che Chamberlain è ancora propenso a compiere gesti di “distensione” e che bastino lusinghe economiche per ingraziarsi il Reich.

4.

L’ambasciata statunitense è nel caos. Dopo la morte dell’incaricato d’affari Prentiss Gilbert, il ministero degli Esteri si affanna a trovare un diplomatico che lo sostituisca. Nel maggio del 1939, il posto viene assegnato ad Alexander Kirk, formatosi a Yale e Harvard ed erede di un grande produttore di detersivo.

L’incaricato d’affari Kirk arriva a Berlino in abiti elegantissimi. Dopo essersi presentato a Donald Heath e ad altre figure chiave dell'ambasciata, si dedica alla ricerca di una dimora che soddisfi i suoi standard.

5.

È arrivata l'estate. Arvid parte per Washington. Viene inviato dal ministero dell'Economia per negoziare un accordo commerciale tedesco-americano, ma approfitta dell'occasione per incontrare alcuni colleghi di Donald Heath al dipartimento del Tesoro.

Hitler, avverte, deve essere fermato.

Arvid menziona la sua fonte presso la I.G. Farben, che sa tutto sulle risorse che l'azienda nasconde in America. Quando Hitler inizierà questa guerra – non *se* lo farà, ma *quando* – queste risorse dovranno essere sequestrate dal governo degli Stati Uniti. Su questo Arvid è irremovibile.

Ma è inutile. Arvid torna in Germania con la convinzione che gli uomini del dipartimento del Tesoro non lo abbiano preso sul serio.

6.

È uno scenario che si ripete più e più volte. Già nel 1937, emissari della resistenza tedesca avevano cercato di mettersi in contatto con il governo degli Stati Uniti e con quello britannico per avvertirli della minaccia che Hitler rappresentava per il resto del mondo. Ma gli statisti occidentali restano sostanzialmente scettici sul fatto che ci sia una resistenza tedesca.

Una nota illustrativa scritta da un funzionario del ministero degli Esteri britannico chiede: "Le storie che ci arrivano sui gruppi dissidenti in Germania sono vere?".

7.

Gli archivi ci dicono molto. Nei decenni successivi alla Seconda guerra mondiale, gli storici si sono basati su di essi per ricostruire parte della storia della resistenza tedesca.

Mancano però molte cose.

I voluminosi fascicoli degli Archivi nazionali, della biblioteca del Congresso e della biblioteca presidenziale Franklin D. Roosevelt non ci dicono che, nell'estate del 1939, Donald Heath aveva informato l'incaricato d'affari Kirk di aver ricevuto l'informazione che "l'aggressione militare nazista sarebbe avvenuta di lì a poco", né che Kirk gli aveva rivolto uno sguardo compassionevole e aveva ribattuto: "Mio caro Don, anche uno stupido come me... sa che non ci sarà nessuna guerra".

Gli archivi ci dicono che Donald Heath aveva riportato al segretario del Tesoro Morgenthau, al segretario di Stato Hull e al sottosegretario di Stato Welles conversazioni confidenziali avute con il presidente della Reichsbank Hjalmar Schacht, ma non rivelano che Schacht aveva chiesto a Heath di non inviare questi resoconti "tramite telegramma perché i nazisti avevano decifrato i codici americani", né che Heath li aveva inviati comunque tramite telegramma

recounted I had an unusual dual assignment. On the one hand I had
been directed to keep in touch with Schacht who was head of the
Reichsbank and to report under my own name any important information
received from him by Diplomatic Pouch to the State Department. Schacht
had asked that my conversations with him not be reported by cable
because the Nazis had "broken" the American Codes. On this occasion

perché "riteneva che le informazioni fossero troppo urgenti per viaggiare in una valigetta diplomatica". Gli archivi non precisano che i funzionari del ministero degli Esteri avevano rifiutato la proposta di Arvid Harnack di consegnare loro informazioni riservate sui preparativi di Hitler per la guerra, né che erano convinti che stesse mentendo quando aveva detto di far parte della resistenza.

Tante cose non sono mai state raccontate.

# 8.

Dopo il ritorno di Arvid da Washington, lui e Mildred vanno a trovare Donald e Louise Heath e fanno le ore piccole parlando di come si potrebbe intervenire. Vanno di nuovo dagli Heath il 26 agosto 1939 e stappano una bottiglia di vino, con il proposito di dimenticare Hitler per il resto della serata. In un momento d'ilarità generale, Donald si siede al pianoforte e Mildred apre le braccia in modo teatrale, come faceva alle recite a scuola, eseguendo vorticosi passi di valzer. Ed eccola lì a volteggiare, turbinare e intonare una canzone – sì, Mildred si mette a cantare, ed è "divertentissimo sentirla cantare," scriverà Louise Heath nel suo diario.

Con loro c'è Sue, la figlia diciassettenne degli Heath, affascinata nel vedere Mildred che, volteggiando sempre più velocemente, modula la voce in "registri operistici", facendo sbellicare i suoi genitori.

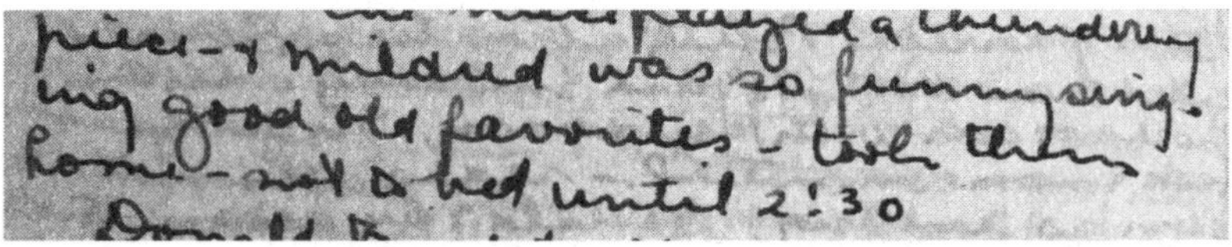
... played a thunder-
piece – & Mildred was so funny sing-
ing good old favorites – took them
home – not to bed until 2:30
Donald ...

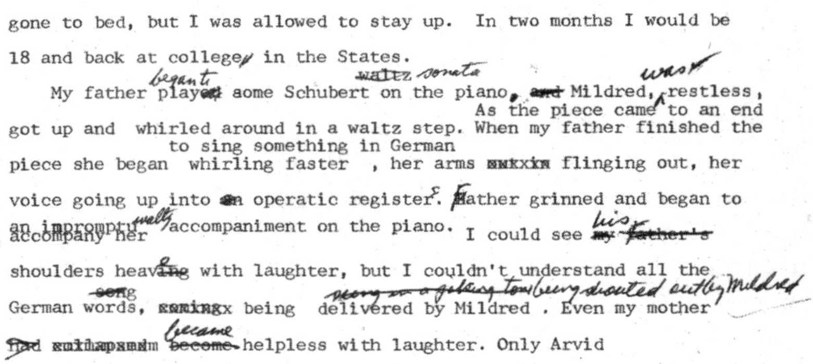
gone to bed, but I was allowed to stay up. In two months I would be
18 and back at college in the States.

My father began to play some Schubert waltz sonata on the piano, Mildred, was restless, got up and whirled around in a waltz step. As the piece came to an end piece she began to sing something in German whirling faster, her arms flinging out, her voice going up into operatic register. Father grinned and began an impromptu waltz accompaniment on the piano. I could see his shoulders heaving with laughter, but I couldn't understand all the German words, song being delivered by Mildred. Even my mother became helpless with laughter. Only Arvid

Al piano di sopra, nella sua camera da letto, suo fratello Don dorme beato, troppo piccolo per capire.

## Una decisione funesta
*1939*

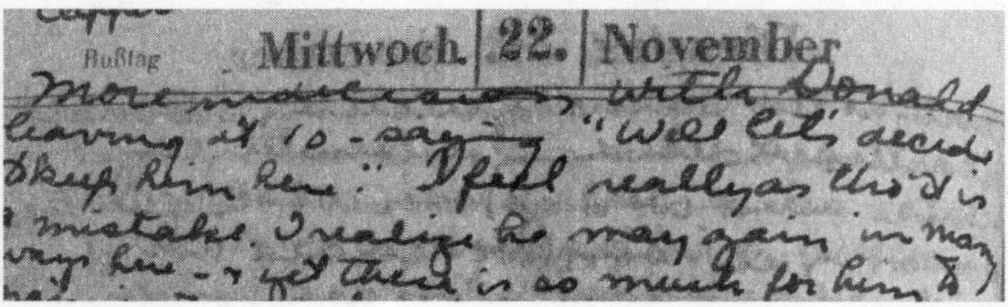


1.

Don trascorre la maggior parte dell'estate del 1939 in una città tedesca vicina al confine polacco, ospite di una famiglia di nome Zitzewitz, proprietaria di un castello. Un ragazzino che Don soprannomina Boobie lo porta a sparare agli uccelli e quasi ogni giorno va a fare il bagno in un lago.

Si mantiene a galla aggrappato a una ciambella di gomma. Alcune strolaghe, macchie bianche sullo specchio d'acqua, si tengono a distanza mentre lui scalcia e schizza al centro della ciambella. Gli piace guardarle sfilare, lente e placide come fosse una parata lontana. Gli piace anche inseguirle. Una volta, a bordo di un motoscafo, lui e gli Zitzewitz avevano inseguito quattro strolaghe intorno al lago. Quel turbinio di piume bianche gli aveva fatto girare la testa. Gli Zitzewitz gli danno da mangiare aragoste e anche del gelato. Don ne fa fuori fino a quattro porzioni alla volta. Un giorno, si ritrova a nuotare nel freddo, maestoso Mar Baltico – l'Ostsee, come lo chiamano gli Zitzewitz – e quasi non ci crede: riesce a farlo da solo, senza ciambella.

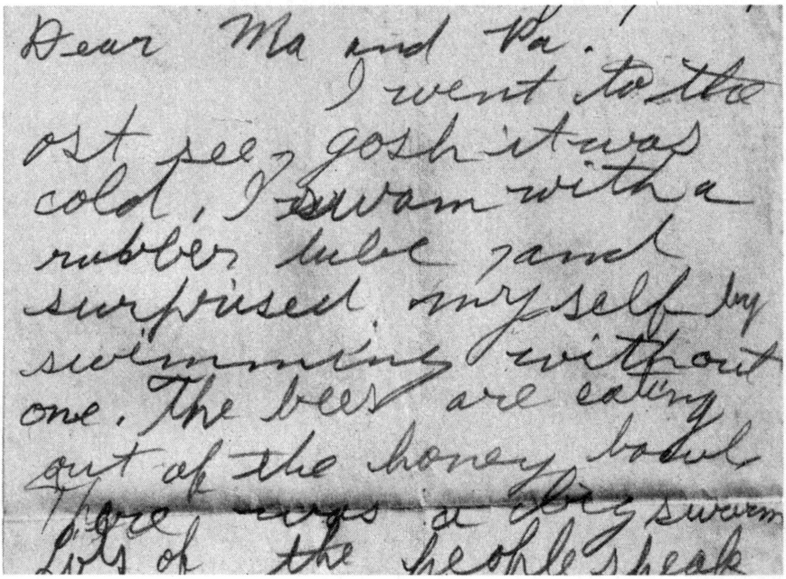
Dear Ma and Pa.
I went to the ost see, gosh it was cold, I swam with a rubber tube and surprised myself by swimming without one. The bees are eating out of the honey bowl. There was a big swarm. Lots of the people speak

Il castello che gli Zitzewitz chiamano casa è freddo e imponente. Contiene infiniti passaggi e filari di ortaggi a perdita d'occhio nella tenuta che lo circonda, ma quel che colpisce di più Don sono le api.

Ama svegliarsi prima dell'alba e correre fuori per vedere l'uomo in abiti da lavoro sgualciti che si occupa delle api.

Lo aiuta a raschiare il favo, facendo colare nastri di miele in un vaso che il contadino tiene con le mani inzaccherate. La lampada diffonde un alone giallo e fioco tutto intorno, nella sporcizia.

2.

Gli Zitzewitz dicono a Don che è venuto il momento di tornare a Berlino. La mattina della partenza si precipita fuori per vedere le api e sente un boato terrificante. Poi un altro, e un altro ancora.

Un tuono.

Due settimane dopo, il boato non si fermerà. Stavolta non è un tuono. È iniziata la Seconda guerra mondiale.

3.

Mentre le bombe piovono sulla Polonia, Donald Heath lavora sedici ore al giorno all'ambasciata americana di Berlino. Lo staff è ridotto al lumicino. Il ministero degli Esteri ha dato istruzioni affinché tutto il personale, tranne quello indispensabile, lasci la Germania. Impiegati e segretarie gettano le loro cose nei bagagliai dei piroscafi. Le mogli e i figli dei diplomatici vengono mandati in Norvegia, dove attendono che siano presi accordi per il loro rimpatrio.

4.

Le strade della città sono deserte. La stazione ferroviaria è esattamente l'opposto: un pandemonio. È la prima impressione che ha Louise Heath mentre accompagna il piccolo Don attraverso l'imponente ingresso ad arco dell'Anhalter Bahnhof, invaso da gente in preda al panico. C'è puzza di corpi non lavati, un potente miscuglio di sudore e paura che Louise trova quasi insopportabile. Corrompe il capotreno e riesce a salire su un treno diretto alla città portuale di Warnemünde.

A Warnemünde compra due biglietti per il traghetto diretto a Copenaghen.

A Copenaghen, Louise e Don salgono su un treno per Oslo.

A Oslo cercano un albergo. I primi due sono pieni. Il terzo, l'Hotel Bristol, ha un posto libero ("Ho trovato una camera singola al Bristol," annota Louise nel suo diario). Dopo una notte agitata e una colazione fredda, Louise porta Don a fare un giro turistico. Fra le attrazioni ci sono una flotta di navi vichinghe e una chiesa del dodicesimo secolo, "ornata con quadri dai colori pallidi". La giornata si conclude con una visita al museo che ospita la *Fram*, una nave che ha viaggiato fino al Polo Sud. Don è entusiasta della *Fram*, ma per il resto è svogliato e irrequieto.

5.

Trascorrono a Oslo tutto settembre.

Il piccolo Don fa amicizia con alcuni bambini dell'Hotel Bristol e Louise fa conoscenza con le loro madri. Ricorderà per sempre quel tempo così fosco e singolare. Le mattine fredde e nordiche, i pesci lucidi sopra lastre di ghiaccio, la sensazione di trattenere il respiro. Sua madre segue le notizie sulla guerra leggendo tutti i giornali che riesce a procurarsi. Nei giorni fortunati, il "London Times". Altre volte si accontenta del "Deutsche Allgemeine Zeitung", cercando di decifrarne le parole con un vecchio dizionario tedesco-inglese pieno di orecchie. Prende appunti sul suo diario:

Il 5 settembre: "terrificanti bombardamenti su Varsavia".
Il 14 settembre: "voci su una mobilitazione della Russia".
Il 24 settembre: "finalmente Varsavia ha capitolato".
Il 29 settembre: "adesso Varsavia è stata totalmente occupata".

A ottobre, il "London Times" è ancora più difficile da trovare. Louise sfoglia i giornali tedeschi, dizionario alla mano, sconvolta. "Non si fa altro che parlare dei grandi successi bellici… i giornali tedeschi sono pieni di accuse disgustose – ogni giorno insultano Churchill in un modo diverso.”

Il 4 novembre, Louise riceve un telegramma da Donald:

TORNA A BERLINO.

Finalmente Donald ha un piano. Ha aspettato questo telegramma un mese intero.

“Folle corsa per tutta la giornata,” scrive Louise sul suo diario. “Grande silenzio sul treno, non fiata nessuno… Voci di terrificanti spargimenti di sangue in Cecoslovacchia.”

6.

A Berlino, Louise e Donald Heath parlano di cosa fare con il piccolo Don. La scuola americana è ormai chiusa definitivamente – gli Ziemer sono fuggiti – e i diplomatici dell'ambasciata americana hanno mandato i loro figli in collegio in Svizzera o negli Stati Uniti. Donald dice di avere un piano per il bambino. La cosa è talmente inverosimile che Louise fa fatica a prenderla in considerazione.

Il 15 novembre Louise va all'American Women's Club per ascoltare una lezione di Mildred sull'“ideale della speranza in Emerson e Walt Whitman”.

La speranza. Forse Louise si sente, per un attimo, rassicurata.

7.

19 novembre:

*A tarda sera abbiamo affrontato la questione di Don… non credo di poterlo lasciare andare.*

20 novembre:

*Non riuscivo a trattenere le lacrime mentre gli rimboccavo le coperte e ascoltavo le sue preghiere. Abbiamo parlato fi-*

*no a tarda sera, Donald e io, indecisi su quale fosse la decisione più saggia da prendere.*

21 novembre:

*Di nuovo la stessa domanda. Donald se n'è andato senza prendere una decisione... dicendo che avremmo riesaminato la questione a mezzogiorno, e a mezzogiorno abbiamo deciso di rinviarla almeno di un altro giorno.*

8.

Il 22 novembre 1939, Donald e Louise prendono una decisione. Il piccolo Don resterà a Berlino. Louise ascolta il motivo che spinge suo marito a decidere di utilizzare loro figlio come corriere per Mildred. In seguito scriverà nel suo diario: "Penso che stiamo commettendo un grave errore".

# Raid aereo
*1940*

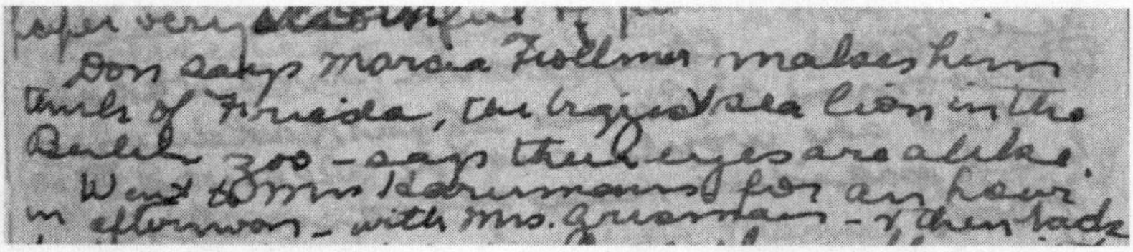


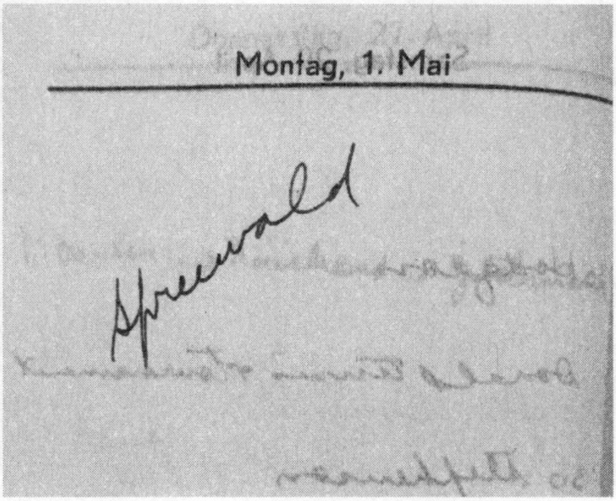


1.

A volte Don prende la ferrovia suburbana per andare allo Zoologischer Garten. La foca elefante più grande dello zoo di Berlino si chiama Frieda. Don adora guardarla nuotare. Frieda ha baffi lunghi e occhi tristi.

A volte prende la metropolitana per Nollendorfplatz.

Altre prende quella per Stadtpark.

Qualunque sia il percorso che fa per arrivare all'appartamento di Mildred, deve passare davanti alle rovine carbonizzate di una sinagoga che è stata data alle fiamme. Il ricordo della Notte dei cristalli è impossibile da cancellare.

2.

Don sente la mancanza dei suoi amici della scuola americana. In una fotografia di classe dell'anno precedente, aveva il braccio attorno alla spalla di un ragazzino ebreo. Adesso quel ragazzino se n'è andato.

3.

Il foglio che Mildred infila nello zaino di Don sembra una lettera.

*Cara Louise*, inizia. *Come stai oggi? Spero che tu e Donald stiate bene*. Prosegue con questo tono noioso per diverse frasi. *Ha fatto freddissimo, non è vero? Ieri sera abbiamo finito il carbone.*

Alla fine della lettera c'è un invito, altrettanto noioso.

*Arvid e io saremmo lieti che tu e Donald vi uniste a noi per una passeggiata nella Spreewald. Possiamo preparare un pranzo al sacco.*

4.

La Spreewald è una regione ricoperta da boschi fittissimi a un centinaio di chilometri a sud-est di Berlino, abbastanza lontana da farli sentire sicuri di non essere seguiti. Si incontrano di domenica, dando così al loro appuntamento l'apparenza di una gita di piacere.

Mildred e Arvid ci arrivano in treno, Louise e Donald in automobile, col piccolo Don sul sedile posteriore. Don aspetta il momento in cui il padre ferma l'auto, poi salta fuori.

Farà la vedetta e si è vestito a dovere. Pantaloni corti neri, calzettoni scuri fino al ginocchio, camicetta scura e berretto nero, l'uniforme del Deutsches Jungvolk della Hitlerjugend, una divisione della Gioventù hitleriana per ragazzini tra i dieci e i quattordici anni. Indossare l'uniforme è un'idea del bambino. Mole l'aveva rubata per poi regalargliela.

Don corre nel fitto della foresta. Mildred e Arvid aspettano su un sentiero alberato. Don li trova, si volta e corre dai suoi genitori per condurli da Mildred e Arvid.

Mentre i quattro passeggiano nello Spreewald, Arvid dà a Donald informazioni riservate del ministero dell'Economia che sarebbe troppo rischioso mettere per iscritto. Don corre avanti, tenendo sempre d'occhio gli altri sul sentiero. Se vede qualcuno, comincerà a cantare l'inno nazista *Horst Wessel Lied*: un avvertimento a suo padre e Arvid affinché smettano di parlare.

Continuano a incontrarsi, quasi sempre di domenica, a volte lì, a volte al sollevatore nautico (*Schiffshebewerk*) di Lüneberg, dove camminano accanto agli enormi paranchi idraulici che sollevano le navi dal mare.

Di tanto in tanto si unisce a loro un uomo di nome Otto Donner che lavora con Arvid al ministero dell'Economia.

Don corre avanti, vestito con l'uniforme del Deutsches Jungvolk. È sempre di vedetta, consapevole che si tratta di un lavoro importante, ma gli piacerebbe anche poter ascoltare qualche loro conversazione. Sente Otto alzare la voce e Arvid rispondergli allo stesso modo. Sente urlare anche suo padre, discutono tutti e tre animatamente. Don si domanda di cosa stiano parlando.

Un attimo dopo, scorge due tedeschi in uniforme che si avvicinano sul sentiero. Con il cuore in gola, inizia a cantare:

Die Fahne hoch! Die Reihen fest geschlossen!
SA marschiert mit ruhig festem Schritt!

5.

Don sente Mildred dire che la guerra inizierà di lì a poco. È in soggiorno con i suoi genitori insieme ad Arvid. È tarda sera. È l'unico momento della giornata in cui Mildred e Arvid vanno a trovarli dopo che Mamzelle, la cuoca, se n'è andata.

6.

*Siate prudenti*, dicono i berlinesi. Gli informatori nazisti sono ovunque. Guardano. Ascoltano. Fate attenzione a ciò che dite in presenza dei vicini. E con gli amici? Non si sa mai. Le alleanze cambiano e il vostro amico potrebbe diventare il vostro nemico.

La Germania e la Russia hanno stretto amicizia. Don lo viene a sapere da suo padre, che gli spiega che i due paesi hanno promesso che non intraprenderanno azioni militari l'uno contro l'altro per dieci anni. L'uomo è esterrefatto. La Germania e la Russia erano acerrime nemiche durante la Prima guerra mondiale. *Adesso avrebbero sotterrato l'ascia di guerra?* esclama.

7.

A volte Don va a casa di Mildred nel tardo pomeriggio e quando ne esce è quasi buio. Il marciapiede è scivoloso per il ghiaccio e la sua ombra è lunga, del colore della pece. L'odore del carbone gli punge le narici. Il fumo fuoriesce dai camini e si disperde tra le nuvole sopra gli edifici. A volte Don non vede fumo, il che significa che è finito il carbone. Dentro, le persone si rannicchiano in stanze glaciali, rabbrividendo avvolti da cappotti mangiati dalle tarme. Hitler ha pianificato tutto per la guerra. Gli uomini dei suoi ministeri hanno calcolato la quantità di pane e patate di cui i tedeschi avrebbero avuto bisogno, ma non avevano previsto questo freddo.

I camion non consegnano più carbone. Non ci sono abbastanza camion e neanche il carburante. Se si vuole avere del carbone, bisogna andarselo a prendere alla stazione ferroviaria, dove viene depositato. Le donne arrancano trascinando valigie o spingendo carrozzine vuote. I bambini tirano vagoncini giocattolo vuoti. Accumulano quanto più carbone possibile nelle valigie, nelle carrozzine e nei vagoni giocattolo e tornano a casa.

A volte non c'è carbone alla stazione, e senza carbone non c'è acqua calda. Di conseguenza, Don non fa più il bagno come faceva una volta. È un sollievo. Fare il bagno non gli è mai piaciuto. Suo padre ha iniziato a farlo al lavoro.

"All'ambasciata sono state installate due grandi vasche da bagno di latta al piano superiore," scriverà William Russell, collega di Donald Heath, in un'autobiografia:

> una per le donne e una per gli uomini. Se vogliono prenotare una vasca da bagno, le impiegate dell'ambasciata devono telefonare a una delle stenografe un giorno prima. Hanno venti minuti per fare il bagno e uscire. Noi uomini non siamo stati inseriti nei turni del bagno poiché è praticamente impossibile dire a un uomo che giornale leggere o a che ora fare il bagno.

Benché Donald Heath e William Russell godano di privilegi che le loro colleghe non hanno, devono abituarsi ad altre privazioni. I negozi non vendono più schiuma da barba, rasoi né sigari. La carta igienica non è più bianca ma marrone ed è chiamata "unità di carta igienica". Louise Heath condivide lo sdegno del marito; non capisce come possa fare una famiglia intera a sopravvivere con "un solo rotolo di carta igienica (simile a carta vetrata) ogni dieci giorni". Anche il sapone ha un nuovo nome: "unità di sapone". Alle famiglie ne è concesso un pezzo solo al mese, che "deve bastare per lavarsi il viso, lavare i piatti, fare il bagno e il bucato". Anche i generi alimentari vengono rigorosamente razionati. Alla domenica viene imposto l'uso di una sola pentola. Le donne tedesche vengono invitate a riempirla con vecchi ortaggi e scarti di carne per il pasto domenicale e a calcolare quanto denaro risparmiano. Quando un rappresentante del Partito nazista bussa alle loro porte, devono depositare quel denaro in un barattolo.

Nel frattempo, alcuni negozi di Berlino espongono piramidi di prodotti in scatola non in vendita, per dare l'illusione "che le scorte del Reich siano illimitate".

8.

Con l'aggravarsi della carenza di alimenti, i berlinesi iniziano a raccontare barzellette cattive:

> Qual è la differenza tra l'India e la Germania?
> In India un uomo muore di fame per tutti. In Germania tutti muoiono di fame per un solo uomo.

9.

Il rumore delle suole di legno pervade le strade. *Cloppete clop, cloppete clop*. Nessuno a Berlino porta più scarpe con la suola di gomma. La gomma serve per la guerra.

10.

Nell'aprile del 1940, Hitler invade la Danimarca e la Norvegia.

A maggio invade Belgio, Olanda e Lussemburgo.

A giugno invade la Francia.

I bambini inscenano battaglie sanguinose. Li si vede per le strade di Berlino, mentre imbracciano fucili invisibili. Alcuni guidano carri armati immaginari, simulando motori, facendo schioccare le labbra, *bbbbbbbbbrrrrrrrr*, sputacchiando qua e là.

Sei settimane dopo, la Francia si arrende.

## 11.

Un'unica nota stridula trafigge l'aria.

La prima volta che Don la sente, non si spaventa. Immagina che un'autopompa stia attraversando le strade di Berlino. Ovunque scoppi un incendio, accorrono i pompieri. Fermano il traffico. I passanti si accalcano sul marciapiede, sollevati nel vedere un camion pieno di uomini alti con elmetto e tuta da lavoro che arriva loro in soccorso. I bambini intrappolati nelle stanze piene di fumo saranno salvati e infine un gattino miagolante emergerà dalle fiamme, con il pelo bruciacchiato ma vivo, e si accuccerà sul palmo carnoso della mano di un pompiere.

Ma non c'è nessun incendio.

La singola nota stridula è un avvertimento. Gli Alleati potrebbero sganciare bombe su Berlino. È importante essere preparati, dice la madre, che lo chiama *allarme aereo*. Suo padre lo chiama *raid aereo*. Don spera in segreto di sentirla di nuovo.

## 12.

La seconda volta che la sente, non ne ha ancora paura.

La nota stridula manda tutti gli abitanti di Innsbrücker Strasse 44 nel seminterrato che fa da rifugio antiaereo. Si muovono in modo frenetico, con gli occhi spalancati dal panico benché cerchino di mantenere la calma.

Mamzelle odia l'allarme aereo, come sua madre. Don si accovaccia accanto a loro, nel rifugio, sentendo un battito irrequieto e incontrollabile nel petto.

## 13.

Hitler ha conquistato la maggior parte dell'Europa occidentale. La Luftwaffe è ora la più grande forza aerea d'Europa. La Gran Bretagna si prepara ai bombardamenti.

Il Blitz – abbreviazione per *Blitzkrieg*, o guerra lampo – inizia nel settembre del 1940. Per cinquantasette notti consecutive, la Luftwaffe bombarda Londra, illuminando i celebri cieli grigi e tetri della città. Edward Murrow, un uomo dalle sopracciglia folte della Carolina del Nord arriva nella città soffocata dal fumo. CBS Radio lo ha ingaggiato per trasmettere bollettini quotidiani agli americani.

"Questa è Londra," esordisce Murrow, enfatizzando *questa*. Solleva il microfono sopra la testa in modo che gli ascoltatori possano sentire il rumore della guerra. Un'esplosione squarcia l'aria. Posa a terra il microfono. Rumore di passi: i londinesi si riparano nei rifugi antiaerei. Si arrampica su un tetto. "Per ragioni di sicurezza nazionale e personale," dice, "non posso dirvi il luogo esatto da cui sto parlando." Murrow parla all'immaginazione degli americani oltre che alle loro orecchie.

> Alla mia sinistra, in lontananza, riesco a vedere solo quella rabbiosa scintilla delle esplosioni antiaeree di un rosso tenue contro un cielo blu acciaio... Adesso sentirete due esplosioni un po' più vicine. Eccole. Quel suono duro e pietroso.

I bollettini radio di Murrow accompagnano i cittadini americani nel cuore della Seconda guerra mondiale, portandola direttamente nelle loro case. Eppure, il presidente Roosevelt non vuole che gli Stati Uniti vengano trascinati in quella che lui considera una guerra europea. Per più di un anno, l'Inghilterra combatterà da sola contro la Germania.

14.

Le edicole di Berlino esibiscono titoli sensazionali. *I Roosevelt sono ebrei?* chiede uno di questi.

15.

Una bomba inglese esplode vicino all'appartamento degli Heath. Louise Heath segna la data sul suo diario: 11 settembre 1940. Il 12 settembre, una bomba esplode vicino all'ambasciata statunitense, a un centinaio di metri dalla Porta di Brandeburgo, stima William Shirer, che ne descriverà l'impatto in *Berlin Diary*. Una scheggia della bomba

> ha colpito la doppia finestra dell'ufficio di Donald Heath, il nostro primo segretario. Ha perforato di netto il doppio infisso, è passata sopra alla scrivania di Don ed è penetrata per quattro centimetri nella parete sul lato opposto della stanza.

Lo stesso giorno, un professore ebreo costretto a vivere in una Judenhaus (casa comune per ebrei) appunta nel suo diario:

> Da tre settimane i berlinesi sono costretti a passare la notte nelle loro cantine; ieri sono stati colpiti molto duramente.

16.

Un'unica nota stridula trafigge l'aria.

Ora, quando Don la sente, il battito nel suo petto non è più eccitazione. È paura.

# Il diario di Louise Heath
*1940*

1.

La copertina del diario di Louise Heath è di pelle nera rigida. Vi scrive quasi ogni giorno. A volte, quando lei non è in casa, Don lo sfoglia domandandosi cosa succederebbe se sua madre entrasse nella stanza e lo sorprendesse a leggerlo. Il rischio di ricevere una punizione gli attanaglia lo stomaco provocandogli una sensazione nauseante di eccitazione e vergogna.

La calligrafia di Louise Heath è compatta e ordinata. Le lettere, inclinate uniformemente a destra, evocano una donna tendente all'ottimismo, una moglie e una madre che affronta le sfide della vita cogliendone il lato positivo. Quando la guarda, Don si sente rassicurato. Nel mondo va tutto bene. Se voltando la pagina vedesse una calligrafia imprecisa e irregolare, inclinata in ogni direzione, potrebbe pensare che sua madre abbia improvvisamente acquisito uno strano accento straniero o sostituito le sue ragionevoli ballerine di pelle con scarpe da clown.

Louise Heath tiene anche un'agenda. Se deve portare la macchina dal meccanico, farsi fare lo shampoo, andare a un cocktail party all'ambasciata russa e scambiare due parole con Hermann Göring e Joachim von Ribbentrop, lo appunta.

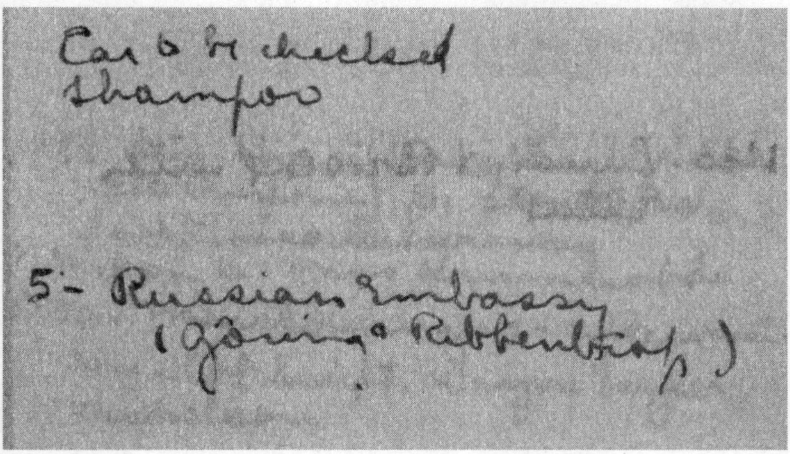

Don a volte vede il suo nome. I primi due giorni del 1940, compare due volte.

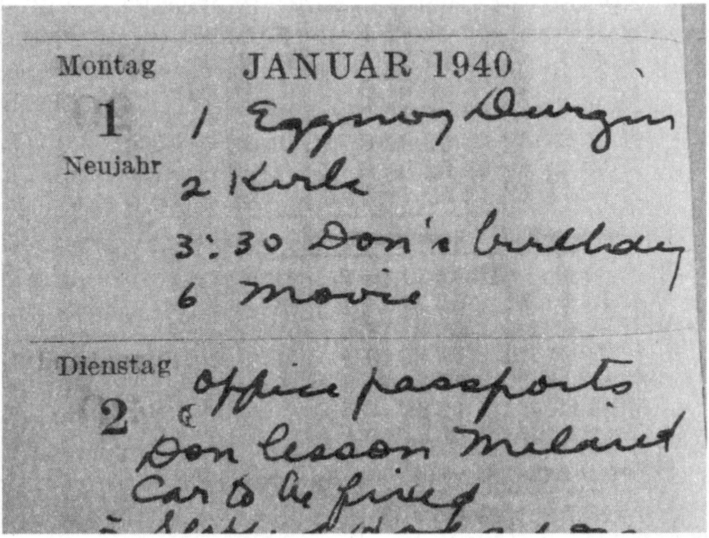


2.

Il 1° gennaio, dopo lo zabaione e prima che Don spenga le dodici candeline della sua torta di compleanno, Louise e Donald Heath pranzano sul tardi con l'incaricato d'affari Alexander Kirk. Un incaricato d'affari è di un grado inferiore a un ambasciatore, il che è problematico dal punto di vista della diplomazia americana. Le porte diplomatiche che si aprono per l'ambasciatore restano chiuse per l'incaricato d'affari. Kirk non può pranzare con funzionari tedeschi di alto rango né incontrarsi con loro in nessun altro modo. L'ambasciata statunitense si pone in una sorta di "posizione intermedia tra la normalità diplomatica e un mancato riconoscimento".

Il piccolo Don non capisce la differenza tra un ambasciatore e un incaricato d'affari, e neanche il motivo per cui le porte che una volta erano aperte e che ora sono chiuse rappresenterebbero un problema per il governo americano durante una guerra mondiale. Quel che sa è che a suo padre non piace Kirk e a Kirk non piace suo padre, anche se non si direbbe vedendoli insieme mentre sorridono, annuiscono e si danno reciproche pacche sulle spalle. Neanche a sua madre piace Kirk, ma per lei è più difficile nascondere ciò che prova. Quando Louise Heath lo vede, il disgusto le inasprisce il volto come se avesse appena morso un limone.

Kirk non vuole vivere in una vecchia casa qualsiasi. Passano mesi prima che ne trovi una all'altezza delle sue aspettative. Louise infila una fotografia della villa in una busta e la invia alla sua famiglia a Topeka.

"L'abitazione del signor Kirk qui," scrive con franco sarcasmo, "ha soltanto quaranta stanze."

## Mamzelle, Mildred e Mole
*1940*

1.

I pasticcini di Mamzelle sono a forma di stella e di mezzaluna e lasciano briciole unte e dorate nelle mani di Don. È nata in Francia e ama essere chiamata Mademoiselle. Don non riesce a pronunciarlo bene, quindi la chiama Mamzelle.

Mamzelle è pagata dall'ambasciata degli Stati Uniti per cucinare per la famiglia Heath. Riceve le provviste riservate ai diplomatici dell'ambasciata, che ha preso accordi con aziende agricole danesi per "spedizioni settimanali di pancetta canadese, formaggio, uova e burro".

*Sei molto fortunato a essere americano*, dice a Don. *Il burro che mangiano i bambini tedeschi non è burro vero.*

Ogni sera, dopo che Mamzelle ha finito di lavare i piatti della cena, se ne va con dei: *Bonsoir! Bonsoir!*

2.

Un giorno Mamzelle mostra a Don un giornale tedesco con immagini raccapriccianti della Polonia. I polacchi hanno commesso orribili atrocità nella città di Bromberg, gli dice, tagliando gambe e braccia e persino la lingua a contadini tedeschi. Mamzelle sostiene che dietro ai responsabili di tali atrocità ci siano due inglesi, il primo ministro Winston Churchill e il ministro degli Affari esteri Anthony Eden.

A Mamzelle piace viziare Don riempiendogli le tasche

con i suoi dolcetti o servendogli del gelato. Gli lascia portare la coppa alla bocca per leccare il gelato sciolto rimasto sul fondo, cosa che sua madre non gli permetterebbe mai. Mamzelle gli chiede: *Come si chiamano gli amici di tua madre? E di tuo padre?* Quando Don ha lezione con Mildred, Mamzelle gli dà due pasticcini precisandogli: *Uno è per la tua insegnante.*

3.

*Raccontami come sei arrivato qui.*

Don elenca i nomi delle strade e delle fermate della ferrovia suburbana.

*Hai una buona memoria*, dice Mildred.

Glielo ripete più volte. Don stenta a crederci. Il suo insegnante di Silver Spring lo aveva etichettato come distratto e lento nell'apprendimento.

*Qualcuno ha cercato di parlare con te?* chiede Mildred.

Don scuote la testa. Appoggia il soprabito sullo schienale della sedia. *Tieni*, dice estraendo dallo zaino un sacchettino di stoffa. Dentro ci sono due pasticcini a forma di stella. Infila di nuovo la mano nello zaino e afferra un sacchetto di carta marrone. Dentro c'è un'arancia. *Da parte di mia madre*, le dice. Le arance sono ancora più difficili da procurarsi del burro. Mildred porta l'arancia al naso e la annusa a lungo, con un'espressione di gratitudine.

Il giorno successivo, Mamzelle lo tempesta di domande. *Dove vive la tua insegnante? Che cosa ti dice?*

Portando alla bocca una coppa di gelato, Don fa finta di non ricordare. Quel gelato succulento gli si scioglie sulla lingua.

4.

Un giorno Mildred mostra a Don una cartina. Sta andando in un parco a Potsdam e gli chiede di accompagnarla.

Don prende la ferrovia suburbana per Potsdam. Quando lo incontra alla stazione, Mildred lo abbraccia. Sembra stanca. Insieme camminano fino al parco. Lei gli dice che deve incontrare una donna di Lipsia. Vuole che Don resti indietro. Se vede qualcuno che le segue, deve fischiettare il canto del pericolo. Se non vede nessuno, deve fischiettare il canto della sicurezza.

Il canto del pericolo, come sempre, è *Horst Wessel Lied*, quello della sicurezza è *The Hunter and His Dog*.

Don indossa l'uniforme del Deutsches Jungvolk per l'occasione. Mette a tracolla l'amato fucile ad aria compressa e riempie una delle sue tasche di proiettili di piombo. Quando sua madre lo vede uscire di casa, aggrotta le sopracciglia e gli dice: *Non c'era bisogno di metterti tutta questa roba.*

Sente il suo battito accelerare mentre guarda Mildred avvicinarsi a una donna con una borsa in mano. Si salutano come fossero vecchie amiche. Don le segue a distanza. C'è odore di terra e di pioggia. È primavera. Gli scoiattoli si arrampicano sugli alberi e attraversano il sentiero. In qualsiasi altro giorno avrebbe sparato loro, ma oggi deve sorvegliare la Gestapo. A volte indossano uniformi, a volte no.

Fischietta il canto della sicurezza.

Un attimo dopo, Mildred e la donna di Lipsia si scambiano le borse.

## 5.

31 ottobre 1940. La Germania perde la battaglia d'Inghilterra.

Don è entusiasta. Corre su per le scale fino al tetto di casa sua, carica il suo fucile ad aria compressa con pezzi di patata cruda e spara al cielo, dove un corvo in volo si trasforma in un Messerschmitt Bf 109. Quando finisce le munizioni di patata, lo carica con proiettili di piombo e spara a una fila di lattine, poi mette il fucile da parte e allarga le braccia, trasformandosi in un caccia bombardiere con un coraggioso aviatore della RAF nella cabina di pilotaggio.

Appena incontra Mole, gli spara.

Mole grida e si gira di scatto con il terrore nel volto.

Don lascia cadere il suo fucile ad aria compressa, poi lo riprende. Non sa cosa fare.

Il pallino di piombo non è un vero proiettile, Mole se la caverà. Eppure sul volto ha un'espressione orribile. Ha saliva che fuoriesce dall'angolo della bocca e gli occhi colmi di lacrime.

# 9.
# Mildred

# Frammento

Questionario
Carcere di Plötzensee, Berlino
16 febbraio 1943

| | |
|---|---|
| Ultimo luogo di residenza? | Berlino, Woyrschstrasse 16 |
| Dove ha lavorato per l'ultima volta per più di una settimana? | Università di Berlino |
| Quante volte è stata condannata? | Mai |
| Quanti figli ha? | Nessuno |

# Foreign Excellent Trench Coats
*1940*

1.

Nel 1940 la cordiale stretta di mano tra Stalin e Hitler si rinsalda. Al patto di non aggressione aggiungono anche un accordo commerciale che li rende soci sia in guerra sia negli affari. Stalin invia a Hitler grano, cotone, gomma, ferro, nichel, stagno, platino, cobalto e petrolio grezzo. In cambio di queste materie prime strategiche, Hitler invia a Stalin artiglieria e aerei da guerra, tra cui i nuovissimi velivoli tedeschi da combattimento Junkers Ju 88 e i caccia bombardieri Messerschmitt Bf 109 e Bf 110, oltre a un assortimento di turbine, generatori, motori diesel e materiale esplosivo.

Hitler tiene al petrolio russo più di ogni altra cosa. Il petrolio è la linfa vitale della macchina militare tedesca. Nel 1940 Stalin gliene invia 606.600 tonnellate. Il petrolio russo alimenta le divisioni di panzer tedeschi che in primavera attraverseranno tutta la Francia fino al canale della Manica. Il petrolio russo alimenta gli aerei da guerra tedeschi che sganciano bombe sulla Gran Bretagna durante l'estate, l'autunno e l'inverno.

2.

Nel frattempo, Hitler sta elaborando un piano per raggirare Stalin e invadere l'Unione Sovietica.

Prima deve conquistare la Gran Bretagna, poi potrà concentrarsi sull'enorme territorio orientale e annettersi l'Unione Sovietica, o parte di essa. Si tratta di un piano audace, anche perché Hitler ha inviato a Stalin tutti quei velivoli Messerschmitt e Junkers ben sapendo che, quando attaccherà l'Unione Sovietica, le truppe russe li rivolgeranno contro i tedeschi.

## 3.

Anche Stalin, naturalmente, sta architettando un suo piano. Ha già massacrato milioni di russi nel corso della carestia del 1932-1933 e della Grande purga del 1936-1938. Molte delle sue migliori spie erano tra coloro i cui corpi sono stati sepolti in fosse comuni a Mosca e nella sua periferia. Stalin aveva promesso a Hitler che non avrebbe spiato la Germania, promessa suggellata dalla stretta di mano, ma non ha nessuna intenzione di mantenere l'impegno preso.

Dirama immediatamente l'ordine di attivare una vasta rete di spionaggio nei paesi che circondano la Germania, prendendo le loro capitali come basi operative. Agenti, tecnici, intermediari, corrieri, addetti alla cifratura e radiotelegrafisti vengono rapidamente inviati a Bruxelles, Amsterdam, Copenaghen, Ginevra e Parigi.

A Bruxelles, due agenti moscoviti addestrati hanno avviato un'impresa di import-export che farà da copertura al loro spionaggio. L'hanno battezzata Foreign Excellent Trench Coats.

Nel 1940 la Foreign Excellent Trench Coats è già operativa da oltre un anno. È perfettamente equipaggiata con un radiotrasmettitore per inviare e ricevere messaggi in codice, nonché cifrari semplici e a sostituzione utili a decodificare i messaggi. Il caminetto nell'ufficio ha un duplice scopo: riscaldare gli agenti nei mesi invernali e bruciare i messaggi.

## 4.

Una sinfonia segreta risuona nell'etere mentre gli operatori della Foreign Excellent Trench Coats e quelli delle cellule sovietiche sparse nei paesi adiacenti alla Germania trasmettono messaggi al Centro di Mosca.

Nel 1940 i tedeschi non sentono nessuna sinfonia, non ne sospettano nemmeno l'esistenza.

## Corso lancia una notizia bomba
## *1940*

### 1.

La mattina del 17 settembre 1940, Arvid sente bussare alla porta di casa sua. Non aspetta nessuno. Mildred è partita da sola per la Cecoslovacchia e non tornerà prima di alcuni giorni.

Sentire estranei bussare alla sua porta lo preoccupa. Apre con cautela.

Lo sconosciuto si presenta: Alexander Erdberg. Un lieve accento russo colora le sue vocali. Arvid lo scruta. Ha i capelli scuri e la mascella squadrata. Dice di conoscere Alexander Hirschfeld, suo vecchio amico dell'ARPLAN. Erano più di due anni che Arvid non sentiva pronunciare questo nome, da quando le sanguinose purghe di Stalin avevano ripulito l'ambasciata sovietica a Berlino. Hirschfeld è vivo, uno dei pochi fortunati scampati all'esecuzione. Questo, almeno, è quanto sostiene Alexander Erdberg, che insiste: *Abbiamo bisogno del tuo aiuto*. A marzo, gli estranei che avevano bussato alla porta di Arvid erano della Gestapo. Uno dei suoi colleghi del ministero dell'Economia – non sa chi – li aveva allertati. Con il cuore che batteva all'impazzata, Arvid aveva visto gli agenti fare irruzione nell'appartamento, rovesciare sul pavimento il contenuto di ogni cassetto, rovistare negli armadi alla ricerca di volantini, documenti rubati o qualsiasi altra cosa che potesse giustificarne l'arresto. La Gestapo se n'era andata via a mani vuote. Da quel giorno, Arvid cammina sul filo del rasoio.

Alexander Erdberg gli propone di incontrarsi di nuovo, inducendolo a chiedersi se sia davvero chi dice di essere. Potrebbe essere della Gestapo.

2.

Alexander Erdberg è uno pseudonimo. Il suo vero nome è Alexander Mikhailovich Korotkov. A diciannove anni Korotkov lavorava come ascensorista in un edificio di piazza Lubyanka a Mosca, sede della polizia segreta sovietica, nota allora come OGPU. Korotkov aveva attirato l'attenzione dei vertici dell'OGPU, che ammiravano il suo atletismo sui campi da tennis del sontuoso club sportivo dell'OGPU. Dapprima era stato assunto come impiegato e poi aveva raggiunto rapidamente i vertici dell'intelligence sovietica.

Ora, a trentun anni, Korotkov lavora per l'NKVD sotto copertura diplomatica come terzo segretario dell'ambasciata sovietica. Ci si reca subito dopo aver visto Arvid e invia un messaggio cifrato al Centro di Mosca, confermando di aver riallacciato i contatti con Balt.

3.

Sei giorni dopo, Arvid sente bussare di nuovo alla sua porta.

Questa volta, Korotkov lo accompagna all'ambasciata sovietica, dove può parlare senza doversi preoccupare della Gestapo. Nel periodo trascorso fra il loro primo incontro e questo, Arvid ha deciso di fidarsi di Korotkov, pur ribadendo le sue condizioni: non eseguirà ordini e non accetterà denaro.

Korotkov ascolta con la pazienza condiscendente di una spia esperta.

Chiede ad Arvid com'è strutturato il suo gruppo di resistenza. Quanti sono i membri? Come vengono reclutati? Arvid gli dice che Mildred è coinvolta in prima linea nella "selezione e nell'arruolamento accurato di nuove reclute" e poi descrive i circoli nei circoli che compongono il Circolo, che si è ampliato fino a raggiungere una sessantina di membri.

Dopo l'incontro, Korotkov invia al Centro di Mosca un messaggio in codice:

> Attualmente, all'interno del circolo più grande, si sono formati dei centri, ognuno dei quali è dedicato all'istruzione e alla formazione di un piccolo gruppo... nonostante non tutti i membri del circolo si conoscano tra di loro, formano una specie di catena.

4.

Il Centro di Mosca è contrariato. Uno dei princìpi chiave della *konspiratsia* è la compartimentazione. Troppe persone nel Circolo si conoscono l'una con l'altra. La Gestapo potrebbe facilmente smantellare l'intera rete arrestando alcuni membri ed estorcendo loro i nomi degli altri.

Pavel Fitin, direttore trentaduenne dell'intelligence estera dell'NKVD, vuole riapprovvigionare di persone un'agenzia che ha subìto una sanguinosa epurazione. Purtroppo però Fitin è terribilmente inesperto. Gli agenti che sono riusciti a sfuggire all'esecuzione sono nervosi e demoralizzati. Fitin ha già inviato duecento agenti addestrati in fretta e furia in altri paesi, sperando di rianimarne le reti moribonde. Un gruppo di sessanta tedeschi disposti a rischiare la vita e a commettere tradimento possono essergli utili, a condizione che Arvid sia affidabile e propenso a fidarsi. Korotkov assicura ai suoi superiori che Arvid è "una persona onesta, davvero integerrima, uno che dice sempre ciò che pensa". Il Centro di Mosca autorizza l'accordo, consigliando a Korotkov di "riservare a Harnack un trattamento molto attento, in modo che non gli si erga davanti un muro di sfiducia".

Korotkov assegna ad Arvid un nuovo nome in codice. Balt non c'è più. Adesso si chiama Corso.

## 5.

Tre giorni dopo, il 26 settembre 1940, Arvid invia a Korotkov il suo primo rapporto di intelligence. È una notizia bomba.

Korotkov invia immediatamente un messaggio cifrato al Centro di Mosca, avvertendo i suoi superiori che un ufficiale del comando supremo della Wehrmacht

> ha detto a Corso che all'inizio del prossimo anno la Germania sarà pronta per la guerra contro l'Unione Sovietica.

# Libs e Mildred tra tazze e cucchiaini
*1940*

TOP SECRET

M.1.

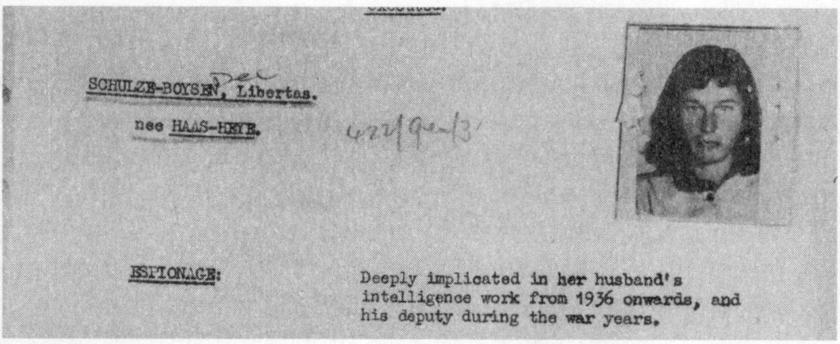
SCHULZE-BOYSEN, Libertas.

nee HAAS-HEYE.

ESPIONAGE: Deeply implicated in her husband's intelligence work from 1936 onwards, and his deputy during the war years.

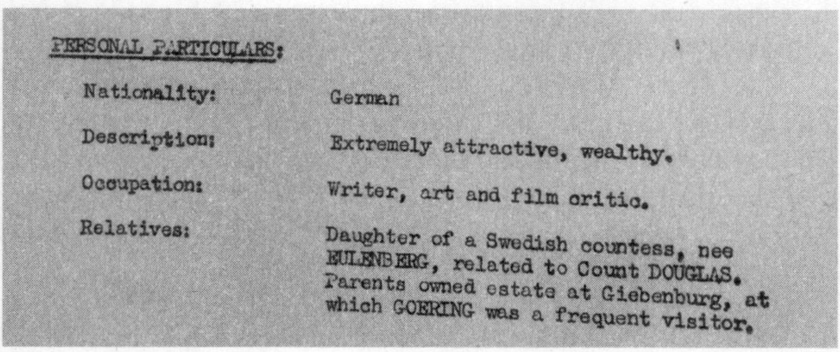
PERSONAL PARTICULARS:

| | |
|---|---|
| Nationality: | German |
| Description: | Extremely attractive, wealthy. |
| Occupation: | Writer, art and film critic. |
| Relatives: | Daughter of a Swedish countess, nee EULENBERG, related to Count DOUGLAS. Parents owned estate at Giebenburg, at which GOERING was a frequent visitor. |

ADDRESSES: 2, Weitzstrasse, Berlin-Charlottenburg.

119, Altenburger Allee, Berlin-Charlottenburg.

1.

La moglie di Harro Schulze-Boysen ha ventisette anni. Ha i capelli a caschetto biondo scuro e il naso camuso. Si chiama Libertas ma Harro la chiama Libs.

A Libs piace ostentare la sua ricchezza, o almeno così pensa Greta Kuckhoff. La prima volta che si erano viste le aveva mostrato la fotografia di un enorme castello a Liebenberg, di proprietà di suo nonno. Greta le aveva restituito la fotografia, indifferente. La moglie di Harro – che in quel castello ha trascorso un'infanzia dorata seguita da un corso di studi in Svizzera – e Harro stesso, che considera un adolescente edonista, la infastidiscono. Gli ha dato un soprannome: Schu-Boy.

Greta adesso è mamma; suo figlio, Ule, ha tre anni. "Era rarissimo avere un figlio nella nostra cerchia," scriverà, notando che "Libertas non ne aveva" e che "Mildred avrebbe desiderato averne uno con tutta sé stessa".

Nonostante l'antipatia, Greta contribuisce a organizzare un incontro fra Mildred e Libertas a Hohnstein, una cittadina a 250 chilometri a sud di Berlino. Una villetta con la cucina stretta "al riparo da occhi e da orecchie indiscreti" sarà il luogo perfetto per l'incontro. Consegna a Mildred la chiave di una porta d'ingresso laterale.

Più tardi, quando resta da sola con Ule, Greta lo abbraccia. "Avevo bisogno di stringere forte mio figlio," ricorderà. "Sapevo chiaramente che da quel momento in poi avremmo rischiato di morire."

2.

Mildred fa la conoscenza di Libertas nella stretta cucina. Vuole avere un'idea su di lei prima che i loro mariti si incontrino di nuovo. Sa che la moglie di Harro è un'aristocratica, nipote di un principe.

Ma ci sono tante altre cose che Mildred non sa.

Il castello di famiglia di Libertas a Liebenberg si trova a una trentina di chilometri di distanza dalla tenuta di campagna di Göring. Nella sua proprietà, situata tra due laghi in una splendida foresta e il cui nome, Carinhall, è un omaggio alla sua giovane moglie svedese Carin, morta prematuramente, Göring ha dei cuccioli di leone come animali domestici e una vasta collezione di opere d'arte trafugate. Adesso vi abita la sua seconda moglie, un'attrice di nome Emmy. L'architetto che ha progettato Carinhall nel 1934 è lo stesso che ha progettato lo stadio che avrebbe ospitato le Olimpiadi dell'estate del 1936 a Berlino. Göring non aveva sborsato un solo centesimo per far costruire la sua tenuta di campagna, il governo nazista aveva saldato il conto per intero.

La vicinanza di Libertas all'artefice della Gestapo può sembrare agghiacciante, ma aveva dato i suoi frutti. Quando Libertas aveva ventidue anni, Göring l'aveva invitata a una stravagante festa di caccia a Carinhall, durante la quale aveva visto principi e dignitari stranieri inseguire cervi con i fucili puntati insieme a colui che si era autoproclamato supervisore della caccia del Reich. Libertas aveva aderito al Partito nazista.

Quando si era innamorata di Harro, aveva cambiato idea.

Adesso, Libertas si considera impegnata nella resistenza quanto lui. Göring non è un ostacolo; al contrario, il comandante supremo della Luftwaffe ha contribuito ampiamente alla crescita professionale di Harro. Göring era uno degli invitati al matrimonio di Libertas e Harro, tenutosi nella cappella del castello di famiglia di lei. Era seguita una promozione di Harro. Göring non sa che Harro lo disprezza. La simpatia di Göring per il marito di Libertas è talmente risaputa tra i tenenti della Luftwaffe che Harro può andarsene in giro con informazioni top secret e con l'elenco dei bersagli dei bombardamenti senza che nessuno alzi un sopracciglio.

Mildred nutre ancora delle riserve su Harro e sulla moglie. Quel pomeriggio in cucina, tra tazze e cucchiaini, ascolta Libertas attentamente, prendendo la misura delle sue convinzioni politiche.

# AGIS e altre agitazioni
## *1940 – 1942*

1.

Dopo l'incontro fra Mildred e Libertas, Arvid incontra Harro.

Il gruppo di resistenza di Harro, Gegner Kreis, si è ampliato da quando Mildred e Arvid hanno visto Harro nel soggiorno di casa loro cinque anni fa. Ora i membri sono circa venti.

L'idea che Arvid si era fatta di lui non è cambiata. Pensa ancora che sia troppo "fervente". Ma adesso le circostanze sono disastrose, la situazione in tutto il mondo è precipitata.

2.

Il Circolo si allarga.

Nel 1940, il Gegner Kreis di Harro Schulze-Boysen rappresenta il terzo anello della catena insieme al Tat Kreis di Adam Kuckhoff.

3.

Nel 1941 il Gegner Kreis si interseca con il Rittmeister Kreis, un piccolo gruppo di resistenza capeggiato da un neurologo di nome John Rittmeister. Dirige una clinica a Berlino e si definisce un "umanista". Accetta di aiutare Harro per una nuova campagna di volantinaggio.

I volantini sono siglati AGIS. È un'idea di John Rittmeister, un riferimento ad Agis IV, re di Sparta dai nobili ideali, che mirava ad abolire le iniquità e a ridistribuire le terre possedute dai ricchi. I volantini invitano all'azione esortando i tedeschi a opporsi al regime di Hitler. Sono impreziositi dalla frase "Chiamata alla resistenza" stampata in cima al foglio.

Nei due anni successivi, i membri di Circolo, Gegner Kreis, Tat Kreis e Rittmeister Kreis collaborano alla produzione di una serie di opuscoli con titoli come

Che cos'è una maggioranza?
Perché la guerra è persa
Libertà e violenza
Attestato dell'industria della Germania settentrionale che rivela le circostanze che hanno portato alla guerra
Appello per operai e intellettuali a non combattere contro la Russia
Invito a tutte le professioni e organizzazioni a opporsi al governo
Organizzare la battaglia rivoluzionaria delle masse.

Alcuni degli opuscoli dell'AGIS vengono realizzati in un appartamento di Waitzstrasse 2, dove abita Cato Bontjes van Beek, di appena vent'anni. È una dei membri più giovani del Rittmeister Kreis. Sogna di diventare pilota. Una spruzzata di lentiggini le punteggia il naso e le guance. Prima di unirsi al Rittmeister Kreis, Cato procurava da mangiare agli ebrei nascosti. Un giorno aveva visto gli ufficiali delle SS trascinare i suoi vicini ebrei – una giovane coppia e il figlio di cinque anni – fuori dal loro appartamento. Non erano più tornati.

Adesso Cato rimane sveglia fino a tarda notte per realizzare i volantini con le vaschette di gelatina e la carta che le porta Harro. Passa da un ufficio postale all'altro, comprando non più di venti francobolli alla volta (acquistarne di più potrebbe destare sospetti), e spedisce opuscoli a chiunque. Li infila tra i giornali delle edicole, li deposita di nascosto alle fermate della metropolitana.

Altri volantini dell'AGIS vengono prodotti a casa di Annie Krauss. Annie era una giornalista, adesso fa la chiromante. Tra i tedeschi che si presentano alla sua porta mostrando il palmo della mano vi sono anche ufficiali militari. Lei percorre le linee dei loro palmi con la punta dell'indice, mormorando previsioni. Alcuni ufficiali cercano l'amore, altri sono preoccupati per la guerra. Lei li esorta a dirle dove saranno di stanza e che cosa hanno intenzione di fare. Gli ufficiali non sanno che Annie ha nascosto due mimeografi nel suo appartamento e che i dettagli delle loro rivelazioni andranno a finire sugli opuscoli che lei stessa riprodurrà con quelle macchine.

4.

Il 15 febbraio 1942, la quarta divisione della sicurezza centrale del Reich riceve dai commissariati numerosi telegrammi in merito a uno degli opuscoli. Un ufficiale nazista redige un resoconto dettagliato in cui afferma che questo è stato spedito a "rappresentanti della stampa, della Chiesa cattolica e dell'intellighenzia". Tra i destinatari vi sono anche i dipendenti del ministero dell'Istruzione e della propaganda popolare di Goebbels. L'ufficiale descrive il volantino. Non è un semplice foglio di carta, ha sei pagine con interlinea singola. In cima compare la scritta: "Il popolo è preoccupato per il futuro della Germania". La prima frase recita: "Il ministro Goebbels cerca invano di gettarci altra polvere negli occhi" e prosegue denunciando il regime nazista.

> Torture e crudeltà ignominiose vengono perpetrate su civili e prigionieri in nome del Reich. Nessuno nella storia è stato mai tanto disprezzato quanto Adolf Hitler. L'odio di questa umanità tormentata grava sull'intera nazione tedesca... Leggete il giornale, guardate il cinegiornale settimanale e giudicate voi! Tenete presente che stanno facendo di tutto per darvi una visione distorta della situazione. Protestate sempre più forte quando dovete mettervi in fila, qualunque sia il luogo e la circostanza!

Smettete di sopportare qualunque cosa. Non lasciatevi più intimidire!

La pagina finale è firmata AGIS.

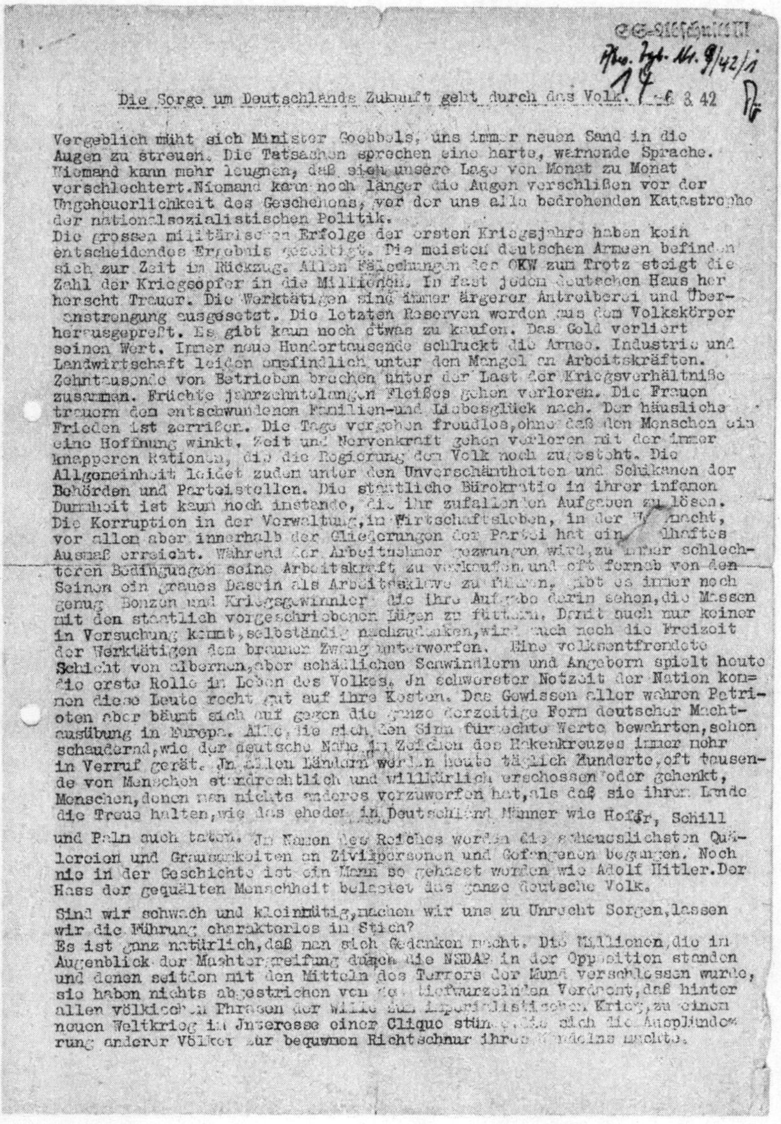

SS-Abschnitt III

Rbo. Tgb. Nr. 9/42/i
17

Die Sorge um Deutschlands Zukunft geht durch das Volk. 6. 3. 42

Vergeblich müht sich Minister Goebbels, uns immer neuen Sand in die Augen zu streuen. Die Tatsachen sprechen eine harte, warnende Sprache. Niemand kann mehr leugnen, daß sich unsere Lage von Monat zu Monat verschlechtert. Niemand kann noch länger die Augen verschlißen vor der Ungeheuerlichkeit des Geschehens, vor der uns alle bedrohenden Katastrophe der nationalsozialistischen Politik.
Die grossen militärischen Erfolge der ersten Kriegsjahre haben kein entscheidendes Ergebnis gezeitigt. Die meisten deutschen Armeen befinden sich zur Zeit im Rückzug. Allen Fälschungen des OKW zum Trotz steigt die Zahl der Kriegsopfer in die Millionen. In fast jedem deutschen Haus herrscht Trauer. Die Werktätigen sind immer ärgerer Antreiberei und Überanstrengung ausgesetzt. Die letzten Reserven werden aus dem Volkskörper herausgepreßt. Es gibt kaum noch etwas zu kaufen. Das Geld verliert seinen Wert. Immer neue Hunderttausende schluckt die Armee. Industrie und Landwirtschaft leiden empfindlich unter dem Mangel an Arbeitskräften. Zehntausende von Betrieben brechen unter der Last der Kriegsverhältniße zusammen. Früchte jahrzehntelangen Fleißes gehen verloren. Die Frauen trauern dem entschwundenen Familien-und Liebesglück nach. Der häusliche Frieden ist zerrißen. Die Tage vergehen freudlos, ohne daß den Menschen ein eine Hoffnung winkt. Zeit und Nervenkraft gehen verloren mit der immer knapperen Rationen, die die Regierung dem Volk noch zugesteht. Die Allgemeinheit leidet zudem unter den Unverschämtheiten und Schikanen der Behörden und Parteistellen. Die staatliche Bürokratie in ihrer infamen Dummheit ist kaum noch instande, die ihr zufallenden Aufgaben zu lösen. Die Korruption in der Verwaltung, im Wirtschaftsleben, in der Wehrmacht, vor allem aber innerhalb der Gliederungen der Partei hat ein [illegible]haftes Ausmaß erreicht. Während der Arbeitnehmer gezwungen wird, zu immer schlechteren Bedingungen seine Arbeitskraft zu verkaufen und oft fernab von den Seinen ein graues Dasein als Arbeitssklave zu führen, gibt es immer noch genug Bonzen und Kriegsgewinnler die ihre Aufgabe darin sehen, die Massen mit den staatlich vorgeschriebenen Lügen zu füttern. Damit auch nur keiner in Versuchung kommt, selbständig nachzudenken, wird auch noch die Freizeit der Werktätigen dem braunen Zwang unterworfen. Eine volksentfremdete Schicht von albernen, aber schädlichen Schwindlern und Angebern spielt heute die erste Rolle im Leben des Volkes. Jn schwerster Notzeit der Nation konnen diese Leute recht gut auf ihre Kosten. Das Gewissen aller wahren Patrioten aber bäumt sich auf gegen die ganze derzeitige Form deutscher Machtausübung in Europa. Alle, die sich den Sinn für echte Werte bewahrten, sehen schaudernd, wie der deutsche Name im Zeichen des Hakenkreuzes immer mehr in Verruf gerät. Jn allen Ländern werden heute täglich Hunderte, oft tausende von Menschen standrechtlich und willkürlich erschossen oder gehenkt, Menschen, denen man nichts anderes vorzuwerfen hat, als daß sie ihrem Lande die Treue halten, wie das ehedem in Deutschland Männer wie Hofer, Schill und Palm auch taten. Jm Namen des Reiches werden die scheusslichsten Quälereien und Grausamkeiten an Zivilpersonen und Gefangenen begangen. Noch nie in der Geschichte ist ein Mann so gehasst worden wie Adolf Hitler. Der Hass der gequälten Menschheit belastet das ganze deutsche Volk.

Sind wir schwach und kleinmütig, machen wir uns zu Unrecht Sorgen, lassen wir die Führung charakterlos in Stich?
Es ist ganz natürlich, daß man sich Gedanken macht. Die Millionen, die im Augenblick der Machtergreifung durch die NSDAP in der Opposition standen und denen seitdem mit den Mitteln des Terrors der Mund verschlossen wurde, sie haben nichts abgestrichen von dem tiefwurzelnden Verdacht, daß hinter allen völkischen Phrasen der Wille zum imperialistischen Krieg, zu einem neuen Weltkrieg im Jnteresse einer Clique stünde, die sich die Ausplünderung anderer Völker zur bequemen Richtschnur ihres Handelns machte.

5.

Membri del Gegner Kreis ottengono incarichi in seno al ministero dell'Istruzione e della propaganda popolare di Goebbels.

Lo scrittore Günther Weisenborn viene assunto dalla Grossdeutscher Rundfunk, un'emittente radiofonica tedesca. Nella sua autobiografia, scriverà: "Portavo a casa copie dei discorsi di statisti stranieri che l'emittente ci inviava come materiale segreto". Lui e Joy, sua moglie, ogni sera copiano i discorsi con due macchine da scrivere. L'indomani un altro membro del Gegner Kreis prende le pagine dattiloscritte per poi trasformarle in volantini.

Libertas Schulze-Boysen viene assunta presso il centro cinematografico Kulturfilm con il compito di stabilire quali film devono essere censurati. Il suo lavoro le consente di accedere a fotografie che documentano le atrocità commesse sui campi di battaglia europei. Quando esce dalla porta del Kulturfilm a fine giornata, ne porta di nascosto alcune con sé per riprodurle sugli opuscoli.

6.

I membri del Circolo, del Tat Kreis e del Gegner Kreis stampano un giornale clandestino chiamato "Der innere Front" (Il fronte interno). Scrivono articoli che denunciano la I.G. Farben come profittatrice, descrivono le condizioni ignobili sopportate dagli operai nelle fabbriche di armi e incitano i tedeschi a impegnarsi attivamente nella resistenza. Invitano gli operai delle fabbriche di armi tedesche a sabotare la produzione di bombe e munizioni.

"Der innere Front" è un tentativo da parte di questi tre gruppi di resistenza di andare oltre i confini della Germania. I membri traducono gli articoli in francese, polacco, italiano, ceco e russo e distribuiscono i numeri del giornale tradotti a soldati, operai e uomini costretti ai lavori forzati.

7.

"Lettere aperte al fronte orientale" è un'altra serie di opuscoli. L'ottavo numero presenta la fotografia raccapricciante di una bambina di due anni uccisa nella fattoria della sua famiglia insieme a sua madre, suo padre, il fratello di sei anni e la sorellina neonata. Libertas ha trovato la fotografia presso Kulturfilm e spera che possa convincere i lettori a denunciare le atrocità commesse dai soldati tedeschi che hanno invaso l'Unione Sovietica. Ha anche intervistato soldati tedeschi in congedo, che hanno ammesso di essere stati testimoni di crimini di guerra; le loro dichiarazioni vengono incorporate nel testo dell'opuscolo.

8.

"A volte uscivamo di notte per 'spedizioni di affissione': incollavamo sui muri e sugli edifici manifesti che invocavano la fine della guerra," ricorderà Günther Weisenborn. Nella primavera del 1942 Weisenborn partecipa a una delle più importanti spedizioni di affissione. A lui si uniscono decine di co-cospiratori, tra cui Hans e Hilde Coppi, che escono di casa armati di pennelli e barattoli di colla.

Goebbels ha allestito una mostra sfarzosa nel Lustgarten, un parco nel centro di Berlino dove spesso si tengono raduni nazisti. Harro Schulze-Boysen li incontra all'angolo di una strada insieme a membri del Gegner Kreis e del Rittmeister Kreis. Nell'oscurità della notte, incollano i loro manifesti sopra i manifesti nazisti che pubblicizzano la mostra:

Esposizione permanente
IL PARADISO NAZISTA
Guerra, carestia, menzogne, Gestapo
Per quanto tempo ancora?

La sera successiva un altro gruppo clandestino di resistenza si riunisce nel Lustgarten. Quasi tutti i membri del Baum Gruppe sono ebrei. Compiranno un atto di resistenza ancora più audace, hanno portato materiale esplosivo.

La tabella di undici pagine di Zoya Ivanovna Rybkina
*1941*

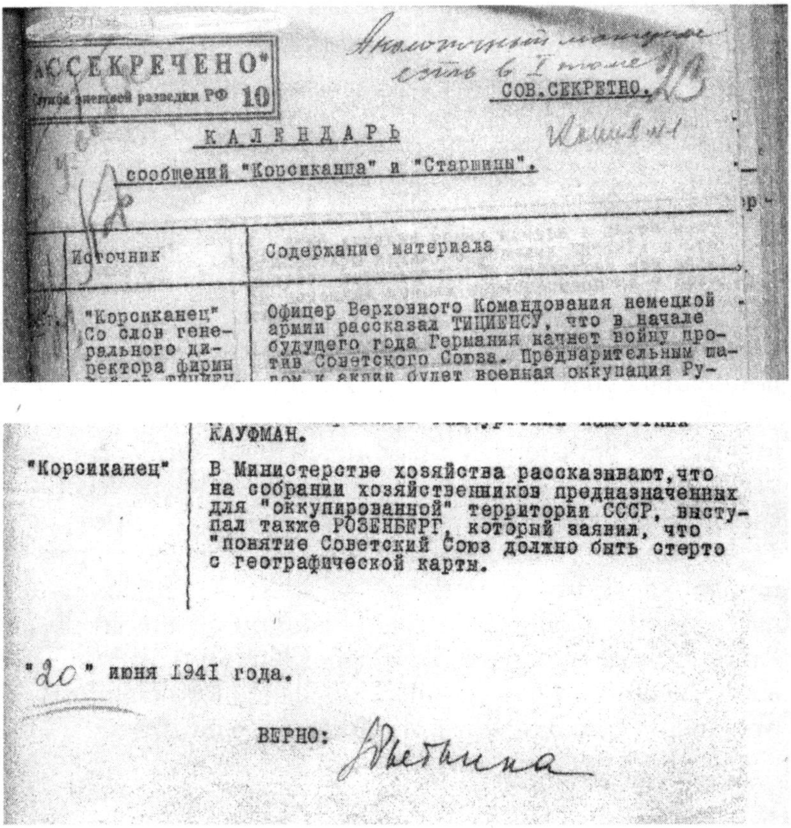

"РАССЕКРЕЧЕНО"
Служба внешней разведки РФ 10

СОВ.СЕКРЕТНО.

КАЛЕНДАРЬ
сообщений "Корсиканца" и "Старшины".

| Источник | Содержание материала |
| --- | --- |
| "Корсиканец" Со слов генерального директора фирмы … | Офицер Верховного Командования немецкой армии рассказал ТИЦИЕНСУ, что в начале будущего года Германия начнет войну против Советского Союза. Предварительным шагом к акции будет военная оккупация Ру- … |
| | … КАУФМАН. |
| "Корсиканец" | В Министерстве хозяйства рассказывают, что на собрании хозяйственников предназначенных для "оккупированной" территории СССР, выступал также РОЗЕНБЕРГ, который заявил, что "понятие Советский Союз должно быть стерто с географической карты. |

"20" июня 1941 года.

ВЕРНО: Рыбкина

1.

Il Centro di Mosca chiede ad Arvid di indicare le fonti che gli forniscono le informazioni consegnate nei suoi rapporti di intelligence. Durante i primi mesi del 1941, una delle migliori fonti di Arvid è Harro Schulze-Boysen. Per proteggere la sua identità, il Centro di Mosca dà ad Harro un nome in codice: Starshina.

Due delle altre fonti di Arvid non hanno nomi in codice: Otto Donner, direttore dell'Ufficio di ricerca per l'economia di guerra durante il Piano quadriennale, e il colonnello Blau del Comando supremo delle forze armate. Questo è un rischio. Se gli agenti dei servizi segreti tedeschi dell'Abwehr intercettassero le comunicazioni di Arvid al Centro di Mosca, Donner e Blau potrebbero essere arrestati. Gli avvisi della loro esecuzione sarebbero affissi fuori dal tribunale come un ammonimento per tutti i tedeschi che abbiano in mente di commettere un tradimento.

## 2.

Da gennaio ad aprile del 1941, il Centro di Mosca riceve un rapporto di intelligence di Arvid quasi ogni settimana. Una donna di nome Zoya Ivanovna Rybkina li esamina e compila una tabella che ne riassume i punti chiave e le fonti.

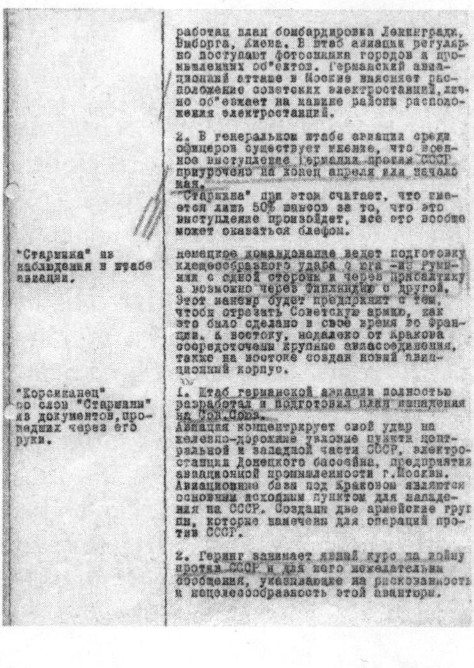

| | |
|---|---|
| | работан план бомбардировки Ленинграда, Выборга, Киева. В штаб авиации регулярно поступают фотоснимки городов и промышленных об"ектов. Германский авиационный атташе в Москве выясняет расположение советских электростанций, лично об"езжает на машине районы расположения электростанций.<br><br>2. В генеральном штабе авиации среди офицеров существует мнение, что военное выступление Германии против СССР приурочено на конец апреля или начало мая.<br>"Старшина" при этом считает, что имеется лишь 50% шансов за то, что это выступление произойдет, все это вообще может оказаться блефом. |
| "Старшина" из наблюдения в штабе авиации. | немецкое командование ведет подготовку клещеобразного удара с юга – из Румынии с одной стороны и через Прибалтику а возможно через Финляндию с другой. Этот маневр будет предпринят с тем, чтобы отрезать Советскую армию, как это было сделано в свое время во Франции. К востоку, недалеко от Кракова сосредоточены крупные авиасоединения, также на востоке создан новый авиационный корпус. |
| "Корсиканец" со слов "Старшины" из документов, прошедших через его руки. | 1. Штаб германской авиации полностью разработал и подготовил план нападения на Сов. Союз.<br>Авиация концентрирует свой удар на железно-дорожные узловые пункты центральной и западной части СССР, электростанции Донецкого бассейна, предприятия авиационной промышленности г. Москвы. Авиационные базы под Краковом являются основным исходным пунктом для нападения на СССР. Созданы две армейские группы, которые намечены для операций против СССР.<br><br>2. Геринг занимает явный курс на войну против СССР и для него нежелательны сообщения, указывающие на рискованность и нецелесообразность этой авантюры. |

Nel resoconto di gennaio, Zoya scrive:

Lo Stato maggiore dell'aeronautica tedesca ha emanato l'ordine di avviare voli di ricognizione sul territorio sovietico a larga scala.
Fonte: Corso, informazioni verbali fornite da Starshina.

Nel resoconto di febbraio scrive:

È imminente un attacco tedesco nei Balcani.
Fonte: Corso, informazioni verbali fornite dal colonnello del Comando supremo delle forze armate Blau.

Nel resoconto di marzo scrive:

Il comitato per il Piano quadriennale ha completato il calcolo dell'efficacia economica di un'azione antisovietica.
Fonte: Corso, informazioni verbali fornite dal funzionario del comitato per il Piano quadriennale Donner, Otto.

3.

Il Centro di Mosca è soddisfatto dei resoconti di Arvid. Il 15 marzo 1941, Korotkov riceve l'istruzione di stabilire un contatto diretto con Starshina, la sua fonte.

Una settimana dopo, Korotkov e Harro Schulze-Boysen si stringono la mano.

Il loro incontro è un successo. Harro ha numerose fonti che gli sussurrano all'orecchio segreti militari tedeschi, tra cui un ufficiale di collegamento di Göring, un responsabile del controspionaggio del ministero dell'Aviazione del Reich e un capitano dell'esercito nonché aiutante di campo di Wilhelm von List, feldmaresciallo a capo della dodicesima armata durante l'invasione della Francia (e che in seguito, in primavera, porterà le sue truppe in Jugoslavia e in Grecia).

Korotkov invia immediatamente un messaggio cifrato al Centro di Mosca:

Starshina sembra essere disposto a vuotare il sacco. Ha risposto alle mie domande senza riserve... Inoltre, si era preparato per l'incontro appuntando su un foglio di carta alcune notizie da trasmetterci.

4.

Ora che Korotkov ha stabilito un contatto diretto con Harro, inizia a puntare altri elementi della rete di Arvid.

Organizza un incontro con Adam Kuckhoff, il quale ha una serie di contatti in seno ad altri nuclei di resistenza clandestina oltre il Tat Kreis. Le connessioni tra di essi sono una rete intricata che copre tutta Berlino. Adolf Grimme, un amico comune di Arvid e Adam, conosce un uomo di nome John Sieg, il quale a sua volta conosce un certo Wilhelm Guddorf. Wilhelm Guddorf conosce un uomo di nome Franz Jacob, che conosce un uomo di nome Julius Leber, che conosce un uomo di nome Helmuth James Graf von Moltke. In questo modo, la rete collega il Circolo al Tat Kreis, al gruppo Bästlein-Jacob-Abshagen e al Kreisau Kreis.

Ad Adam Kuckhoff viene assegnato il nome in codice Anziano.

5.

Korotkov sta preparando Arvid a diventare un *rezident* illegale per l'NKVD, benché lui ancora non lo sappia. Il termine designa un agente infiltrato, una spia che, non lavorando sotto copertura diplomatica in qualità di membro ufficiale di un'ambasciata straniera, non può avvalersi dell'immunità penale in caso di arresto. Le istruzioni che fornisce ad Arvid costituiscono un'introduzione alle tecniche operative di una spia.

Arvid sa di essere convocato a un incontro segreto ogni volta che trova una copia del giornale "Börsen-Zeitung" nella sua cassetta della posta. L'incontro è fissato sette giorni dopo la data del giornale. Una linea rossa sopra la data è il segnale che l'incontro è urgente, il giorno stesso. L'orario e il luogo della riunione sono sempre uguali: alle 20 alla stazione della ferrovia suburbana Tiergarten.

Arvid è in piedi vicino all'uscita e aspetta.

Presto uno sconosciuto gli si avvicinerà e gli chiederà: *Sa dirmi come arrivare a Woyrschstrasse?* Lo sconosciuto è un *interruttore*, termine che in gergo spionistico significa *intermediario*. Arvid gli consegnerà furtivamente il suo resoconto. In seguito, l'intermediario consegnerà il rapporto a Korotkov, che lo codificherà e lo consegnerà a un operatore radio dell'ambasciata sovietica a Berlino. L'operatore radio invierà il resoconto cifrato al Centro di Mosca in codice Morse.

A volte Arvid lascia il resoconto nel cruscotto di un'automobile. In altre occasioni utilizza un corriere che lo consegna a un membro fidato del Circolo, che a sua volta lo consegna a un interruttore.

6.

Nell'aprile del 1941 Germania, Italia e Ungheria invadono la Jugoslavia, i cui soldati mobilitati in fretta e furia non riescono in alcun modo a respingere gli attacchi. La Luftwaffe bombarda Belgrado, riducendola in macerie. La Jugoslavia si arrende dopo soli undici giorni. La Grecia è l'obiettivo successivo.

Lo stesso mese, il Centro di Mosca incarica Korotkov di completare l'addestramento di Arvid. Korotkov non sarà più coinvolto nella consegna dei rapporti di intelligence di Arvid. Arvid dovrà inviarli al Centro di Mosca utilizzando una radiotrasmittente senza fili, un cifrario e una tabella di cifratura. La nota è datata 12 aprile:

> Corso diventerà il nostro *rezident* "illegale"... La missione è urgente.

Arvid non è convinto. È un tedesco antifascista, non una spia di Stalin. Inoltre, se diventasse troppo intransigente – condizione che altri del Circolo hanno già raggiunto – potrebbe finire per compromettere il suo stesso obiettivo. Rifiutare di inviare personalmente i rapporti di intelligence significa che potrebbero anche non arrivare mai al Centro di Mosca. C'è una guerra in corso e le sue interazioni con Korotkov attraverso gli intermediari potrebbero essere bruscamente interrotte. Korotkov potrebbe essere esiliato, promosso o ucciso. Arvid sa che i suoi resoconti sono di vitale importanza, ora più che mai. Hitler sembra inarrestabile. Negli ultimi giorni di aprile anche Atene capitola. Nella prima settimana di maggio, Creta sta per soccombere.

Alla fine, nonostante la riluttanza, Arvid cede. Korotkov gli consegna una risma di banconote.

7.

Una linea è stata oltrepassata.

Dal 1935, Arvid non ha mai smesso di ripetere ai suoi interlocutori sovietici di essere un tedesco antifascista, non una spia. Si impegnerà nello spionaggio soltanto se ciò lo aiuterà a raggiungere il suo obiettivo: sconfiggere Hitler. Non aveva mai accettato denaro dal Centro di Mosca prima d'ora.

Adesso non ci sono più dubbi, la conversione di Arvid è completa: è ufficialmente una spia.

Una volta tornato a casa, in Woyrschstrasse 16, conta le banconote: 13.500 Reichsmark. Fa quattro mucchietti di cui tre sono da consegnare immediatamente. Ne darà 3.500 a Greta e Adam Kuckhoff, 5.000 a Karl Behrens e 3.000 all'amico di Karl Leo Skrzypezinski, entrato nel Circolo di recente. Mette da parte per sé i restanti 2.000.

8.

Il Centro di Mosca invia a Berlino due radiotrasmettitori. Uno è piccolo e portatile e alimentato da una batteria, l'altro deve essere collegato a una presa elettrica ed è così ingombrante da dover essere trasportato in una valigia.

Greta Kuckhoff accetta di andare a prendere uno dei trasmettitori. Arriva alla stazione della metropolitana di Thielplatz con indosso un impermeabile di colore giallo acceso.

Molti anni dopo, nella sua autobiografia, Greta ammetterà di aver riflettuto a lungo sulla sua decisione di indossare un indumento simile. Dopotutto, stava per incontrare una spia, cosa che richiedeva particolari precauzioni. Sapeva che un impermeabile scuro le avrebbe permesso di mimetizzarsi tra la folla, ma Greta aveva deciso di ricorrere alla psicologia inversa: forse il modo migliore per evitare di attirare l'attenzione della Gestapo era comportarsi come se *non* si temesse di attirare l'attenzione della Gestapo. Da qui l'impermeabile giallo acceso.

Un ragazzo dai capelli scuri con in mano una valigia le si avvicina. Greta lo riconosce: è Korotkov. Camminano fianco a fianco per un po'. Lui finge che siano buoni amici, non perfetti sconosciuti, lei fa del suo meglio per stare al gioco. La stazione ferroviaria è stracolma di gente, tra cui numerosi uomini in uniforme con la svastica sul braccio. Greta sente il cuore battere forte nel petto.

Korotkov fa cadere la valigia.

La *lascia* letteralmente cadere. Greta è sconvolta.

Korotkov si riprende, riafferra la maniglia e continua ad avanzare, senza smettere di pensare a quello che c'è dentro: un trasmettitore con spine, cavi e tanti altri componenti facilmente danneggiabili.

Qualche isolato più in là posa la valigia, questa volta delicatamente. Greta la tira su. È più pesante di quanto si aspettasse.

## 9.

Due uomini si offrono di occuparsi delle radiotrasmittenti: Karl Behrens del BAG (nome in codice: Lavoratore) e uno scultore del Gegner Kreis di nome Kurt Schumacher (Tenore). Viene loro impartito un corso intensivo di radiotrasmissione mentre Arvid e Harro ricevono dei cifrari e un corso accelerato di cifratura.

Nel giro di poche settimane, Kurt viene arruolato nell'esercito tedesco.

Un ragazzo, membro del Gegner Kreis che ha aderito con entusiasmo a una serie di campagne di volantinaggio e affissione, si offre di prendere il suo posto. Si chiama Hans Coppi (nome in codice: Pulito).

10.

Il trasmettitore non funziona.

Quando Greta è al sicuro nel suo appartamento, apre la valigia, srotola un cavo lungo e spesso e ne inserisce i poli metallici nella presa di corrente. Nessuna spia lampeggiante, nessuno stridio elettronico. Niente.

Cosa deve fare? Cosa *può* fare? Korotkov dovrebbe essere immediatamente informato del fatto che il trasmettitore è rotto, ma in che modo? Greta non conosce la procedura adeguata, non è stata formata allo spionaggio. L'urgente dilemma le fa girare la testa e ha obblighi altrettanto pressanti: Ule ha bisogno di mangiare, di essere cullato e messo a letto.

11.

La primavera porta al Centro di Mosca tutta una serie di rapporti dei servizi segreti secondo i quali Hitler sta progettando di invadere l'Unione Sovietica. La tabella di Zoya Ivanovna Rybkina comprende i riassunti dei resoconti di Harro oltre a quelli di Arvid, che devono essere tutti esaminati accuratamente. Zoya Ivanovna Rybkina collabora con diversi analisti che valutano l'affidabilità delle informazioni e l'attendibilità delle fonti. Zoya ha iniziato a lavorare alla tenera età di quattordici anni, quando è stata assunta come bibliotecaria presso la Cheka, l'agenzia di polizia segreta sovietica precursore dell'OGPU. Adesso ha trentatré anni. Ha trascorso la sua adolescenza e tutta la sua carriera professionale da adulta circondata da segreti in stanze piene di uomini.

Analizza i rapporti frase per frase, parola per parola. Il suo ufficio è colmo di fascicoli contenenti vecchi resoconti che consulta ripetutamente, verificando se hanno anticipato gli eventi con precisione o se poi si sono dimostrati errati.

I resoconti che Arvid e Harro presentano nella prima metà di giugno sono poggiati l'uno sull'altro. La tabella di Zoya Ivanovna Rybkina riassume la pila in undici pagine. Anni dopo, ricorderà: "Ci accertavamo di conservare solo i fatti accuratamente confermati e verificati".

## Le oscenità di Stalin
*1941*

1.

Nei sei mesi che precedono l'attacco della Germania all'Unione Sovietica, Stalin riceve raffiche di avvertimenti di Arvid e di Harro, come:

> Fanno piani per colpire gli obiettivi più importanti. Quelli per il bombardamento di Leningrado, Vyborg e Kiev sono stati appena completati. Lo staff della Luftwaffe riceve regolarmente fotografie delle città e degli obiettivi industriali. L'addetto all'aviazione tedesco a Mosca controlla l'ubicazione delle centrali elettriche sovietiche personalmente con la sua auto, perlustrando l'area in cui si trovano gli impianti di generazione.

E

> Lo Stato maggiore dell'aeronautica tedesca ha terminato i preparativi per il piano di attacco aereo contro l'Unione Sovietica. La Luftwaffe concentrerà gli attacchi sugli snodi ferroviari nella parte centrale e in quella occidentale dell'URSS, sulle centrali elettriche dei bacini carboniferi di Donetsk e sulle industrie aeronautiche di Mosca.

E

È necessario avvertire seriamente Mosca che l'attacco tedesco all'Unione Sovietica non è più soltanto un'ipotesi. Avverrà in un futuro prossimo. Nello Stato maggiore dell'aeronautica tedesca i preparativi delle operazioni contro l'URSS avanzano a grande velocità. Nelle conversazioni con gli ufficiali, il 20 maggio è spesso citato come data in cui inizierà la guerra. Altri prevedono che l'attacco avverrà a giugno.

Stalin ignora gli avvertimenti, liquidando i resoconti di Arvid e di Harro come disinformazione.

Stalin viene avvisato anche dalla Gran Bretagna, dagli Stati Uniti e da una spia sovietica a Tokyo di nome Richard Sorge (nome in codice: Ramsay), ma è convinto che le democrazie occidentali stiano subdolamente cercando di seminare discordia tra le dittature inducendolo a diffidare di Hitler.

Nella tarda primavera del 1941, la paranoia di Stalin raggiunge proporzioni epiche.

Mentre le divisioni di panzer e gli aerei da combattimento tedeschi si preparano a invadere il suo paese, Stalin continua a considerare falso ogni minimo cenno di informazione che riceve dal Centro di Mosca, definendolo una fantasiosa costruzione di bugiardi, agenti doppiogiochisti o nemici che cospirano per farlo fuori. È sorprendente che l'unica persona di cui si fidi il dittatore russo sia il dittatore tedesco. L'accordo di non aggressione e quello commerciale hanno rafforzato il loro legame. Stalin è convinto che Hitler non li infrangerebbe mai.

2.

Un giorno l'ambasciata sovietica a Berlino riceve un pacco da una fonte segreta in Germania. Non si sa se Arvid Harnack e Harro Schulze-Boysen vi abbiano qualcosa a che fare.

Al suo interno c'è un frasario che viene distribuito ai soldati tedeschi per prepararli all'imminente invasione, con traduzioni fonetiche di frasi russe come:

Mani in alto!

E

Sto per sparare!

E

Sei un comunista?

3.

Il 17 giugno 1941, Stalin convoca nel suo ufficio Pavel Fitin, responsabile dell'agenzia di intelligence estera NKVD. Anni dopo, Fitin descriverà l'incontro in un'autobiografia. Al centro della stanza c'è un lungo tavolo rettangolare. Fitin osserva Stalin percorrerlo in tutta la sua lunghezza succhiando il cannello della pipa, furioso. Di tanto in tanto soffia dalla bocca una nuvola di fumo grigio.

"Mi spiega," dice infine Stalin, "come fa la sua fonte a ottenere informazioni?" Il resoconto che ha in mano è datato 16 giugno 1941. Le fonti sono Arvid Harnack e Harro Schulze-Boysen. Le informazioni riservate che hanno trasmesso al Centro di Mosca sono urgenti e provano ancora una volta che Hitler attaccherà l'Unione Sovietica molto presto, nel giro di pochi giorni.

Fitin cerca di spiegarglielo nel modo migliore possibile, ma Stalin è irremovibile. È particolarmente concentrato sulle informazioni di Harro in merito a un ordine di battaglia della Luftwaffe. Sfoga la sua rabbia pronunciando oscenità. Scrive di traverso sul rapporto: "Che la sua 'fonte' dell'aviazione tedesca si fotta sua madre".

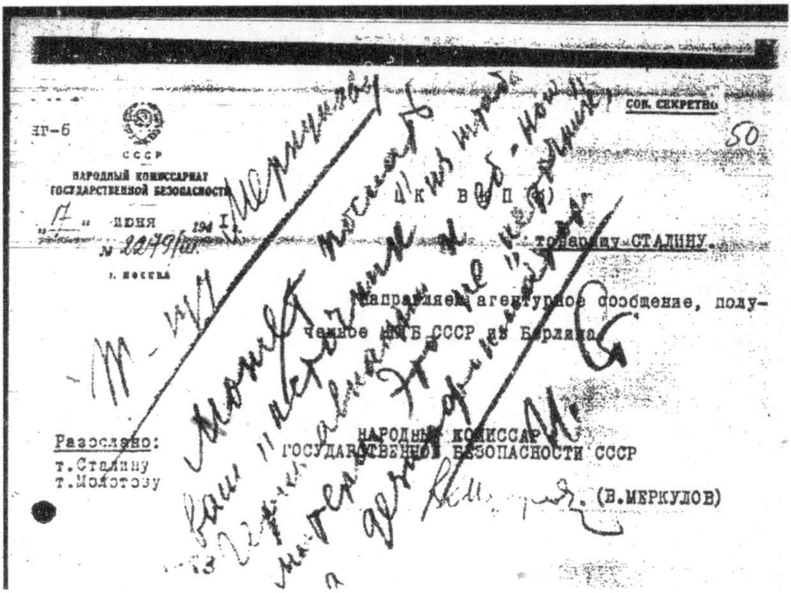

СОВ. СЕКРЕТНО

50

СССР

НАРОДНЫЙ КОМИССАРИАТ ГОСУДАРСТВЕННОЙ БЕЗОПАСНОСТИ

„17" июня 1941 г.

№ 2279/м

г. Москва

ЦК ВКП(б)

товарищу СТАЛИНУ.

Направляем агентурное сообщение, полученное НКГБ СССР из Берлина.

НАРОДНЫЙ КОМИССАР ГОСУДАРСТВЕННОЙ БЕЗОПАСНОСТИ СССР

(В.МЕРКУЛОВ)

Разослано:
т.Сталину
т.Молотову

4.

Sei giorni dopo, il 22 giugno 1941, Hitler invade l'Unione Sovietica.

# Il primo messaggio di Hans Coppi
## *1941*

### 1.

Alle tre di mattina del 22 giugno 1941, tre milioni di soldati tedeschi entrano in Unione Sovietica lungo una linea di 1.600 chilometri, dal Mar Baltico al Mar Nero. L'invasione, nome in codice Operazione Barbarossa, passerà alla storia come una delle più feroci e sanguinose mai avvenute.

L'attacco a sorpresa dà alla Germania un enorme vantaggio tattico. L'aviazione sovietica – in questo momento storico la più grande del mondo – è talmente impreparata che i suoi piloti sono ancora a letto addormentati quando la Luftwaffe sgancia la prima bomba incendiaria. In quarantotto ore la Luftwaffe abbatte duemila aerei da combattimento sovietici, la maggior parte dei quali è ancora negli hangar o nelle aree di stazionamento, con i motori spenti. Le divisioni di panzer tedesche si spingono in avanti implacabili, sparando proiettili. Nel giro di una settimana, oltre 600.000 soldati dell'Armata Rossa vengono catturati o perlopiù uccisi. Come dice un soldato tedesco: "Il russo è un avversario coriaceo. Invece di imprigionarli li fuciliamo".

Le unità di commando delle SS, chiamate Einsatzgruppen, seguono le truppe di prima linea. Hanno ricevuto gli stessi ordini del 1939, quando la Germania aveva invaso la Polonia: individuare e uccidere quanti più ebrei possibile. Nel giro di alcuni mesi, un comandante degli Einsatzgruppen invia a Berlino il suo primo rapporto sul campo di battaglia, vantandosi del fatto che i suoi uomini hanno ucciso 229.052 ebrei russi. Seguono due rapporti in rapida successione: altri 140.467 sono stati eliminati. Tra questi 34.000 sono uomini, donne e bambini di Kiev che sono stati fatti marciare in una bellissima gola chiamata Babi Yar, fatti spogliare e fucilati. Il massacro di Babi Yar prefigura ciò che accadrà in seguito.

2.

L'Operazione Barbarossa è un tale shock per Stalin che tre ore dopo l'inizio dell'invasione si ostina ancora a credere che Hitler non c'entri nulla. È convinto che il loro accordo commerciale sia in pieno vigore. Treni carichi di gomma, ferro e altre materie prime provenienti dalla Russia si dirigono verso la Germania nello stesso momento in cui i soldati tedeschi massacrano i russi.

Quando il sole sorge su Berlino, l'ambasciata sovietica è circondata dalle SS. L'odore di fumo riempie le stanze sontuosamente arredate mentre i diplomatici russi, in preda al panico, armeggiano con dei fiammiferi dando fuoco alle tabelle di cifratura e ai documenti top secret.

Una settimana più tardi, dopo aver ricevuto una tangente da parte di un ufficiale delle SS, Korotkov è su un treno diretto a sud, verso la Turchia. Forse prova una magra consolazione: ha fatto appena in tempo a consegnare due radiotrasmettitori alla sua rete berlinese.

3.

Chino su una radiotrasmittente, Hans Coppi sta cercando di inviare un messaggio di prova al Centro di Mosca. È il secondo dispositivo che utilizza. Il primo era più piccolo e alimentato a batteria, ma il suo segnale non era abbastanza potente da raggiungere Mosca. Dopo una serie di caotiche transazioni con personaggi di lingua russa – corrieri, intermediari, spie e agenti segreti sono indistinguibili per Hans – ha aspettato nella stazione ferroviaria di Deutschlandhalle che un russo gli consegnasse una trasmittente in una valigia che aveva viaggiato dall'appartamento di Greta e Adam Kuckhoff fino a un capannone di Spandau, dove presumibilmente era stata riparata. Si tratta di un macchinario voluminoso e ingombrante.

Hans Coppi ha venticinque anni e si guadagna da vivere facendo il tornitore in una fabbrica. A diciassette anni, circa un mese dopo la presa del potere da parte di Hitler, lui e i suoi amici avevano scritto *Abbasso Hitler* su centinaia di cartine per sigarette, poi avevano percorso le strade di Berlino lanciando i foglietti come coriandoli. Fu immediatamente arrestato e scontò un anno di prigione. Poco dopo il suo rilascio, fu rinchiuso in un campo di concentramento per aver distribuito volantini. Le sue precedenti detenzioni gli hanno reso difficile trovare lavoro. Appena dodici giorni prima ha sposato la sua fidanzata, Hilde Rake, dipendente dell'Istituto assicurativo per gli impiegati del Reich.

Precisamente quattro giorni dopo l'inizio dell'Operazione Barbarossa, Hans Coppi riesce finalmente a inviare un messaggio di prova, un messaggio esuberante, forse perché è un novello sposo innamorato: "Saluti infiniti a tutti gli amici".

## Anatoly Gurevich, alias Kent, alias Vincente Sierra, alias Victor Sukolov

*1941*

S.51

PF 69,073.

SUKOLOV, Victor.

PF 69073

ALIAS: KENT (W/T traffic)
SIERRA, Vincente (cover-name in Belgium)
ARTHUR. (in OZOL's network)
FRITZ. (Germans' cover-name)
BARCZA, Arthur.
URWITH, Simon.
Petit Chef (to members of Belgian network)

(?) MANOLO (q.v.) (to RADO network)
(?) CLEMENT (q.v.)

ESPIONAGE: Red Army intelligence agent of long standing. Leader of group in Belgium 1940-1941 and in Marseilles 1942. Had received intensive training in Leningrad in subjects including W/T, secret writing and sabotage.

1941:

(?) September 1941: Visited Germany, where gave W/T set to HARNACK group, a cypher to Ilse STOEBE for von SCHELIHA's material and renewed contact with

1.

E poi niente. Il Centro di Mosca chiede alle ambasciate sovietiche di Londra e Stoccolma di sintonizzarsi sulla frequenza designata, ma anche loro sentono soltanto silenzio.

2.

Un punto e un trattino: il linguaggio del codice Morse è apparentemente semplice. Se Hans Coppi batte un trattino anziché un punto o un punto-punto-trattino anziché un trattino-trattino-punto, la parola cambia significato. Anche un virtuoso può sbagliare. Hans fa del suo meglio per battere i trattini e i punti nella giusta combinazione, con la stessa destrezza e precisione con cui lavora al tornio nella sua fabbrica.

È il calendario di trasmissione a creare la maggior parte della confusione.

Hans Coppi è stato addestrato frettolosamente. Sa che deve inviare i suoi messaggi al Centro di Mosca utilizzando segnali di chiamata e lunghezze d'onda che cambiano secondo un calendario prestabilito. Ma il russo anonimo che gli ha fornito l'elenco di sei lunghezze d'onda da utilizzare in combinazione con trenta segnali di chiamata – uno per ogni giorno del mese – non gli ha spiegato cosa fare se il mese ha trentuno giorni. O forse gliel'ha anche spiegato, ma Hans era troppo esausto dopo il suo turno di dieci ore di lavoro in fabbrica, troppo preoccupato di collaborare con l'NKVD oppure troppo terrorizzato dalla possibilità che la Gestapo potesse rintracciarlo per interrogarlo.

Il 31 luglio 1941, Hans utilizza il primo segnale di chiamata della lista. Commette un errore. Avrebbe dovuto saltare quel giorno e ricominciare il 1° agosto. La lunghezza d'onda che utilizza è sbagliata e il Centro di Mosca non riceve il segnale. E nemmeno Londra o Stoccolma. Il rapporto cifrato che Hans Coppi trasmette in codice Morse si perde nell'etere, una serie insignificante di trattini e punti.

3.

Il Centro di Mosca ha assegnato dei numeri di stazione a entrambi i trasmettitori di Berlino. Quello di Hans Coppi è la stazione D6. C'è un secondo trasmettitore, stazione D5, presumibilmente gestito da Karl Behrens, ma anch'esso è rimasto silenzioso. Il Centro di Mosca non riesce a captare alcun segnale.

Pavel Fitin è furioso. Il responsabile dell'agenzia di intelligence estera NKVD sa bene cosa succede quando Stalin è contrariato. Il direttore che sostituisce è stato ucciso con un colpo di pistola alla testa.

Un solo uomo può aiutarlo, un agente considerato "assolutamente affidabile" e "fidato". Non è dell'NKVD; lavora per l'intelligence militare dell'Armata Rossa, nota come GRU. In altre circostanze, Fitin si sarebbe guardato bene dal chiedere un favore a un rivale – nell'atmosfera ferocemente competitiva e spesso omicida della burocrazia staliniana, l'NKVD e la GRU si erano spesso trovati l'uno contro l'altra –, ma Fitin supera la reticenza e presenta una richiesta ufficiale. L'11 settembre 1941, l'NKVD e la GRU firmano un ordine che sancisce uno sforzo coordinato per ristabilire i contatti con le stazioni D5 e D6, quindi inviano a Berlino un agente di ventotto anni della GRU il cui nome in codice è Kent.

4.

A diciotto anni, Anatoly Markovich Gurevich aveva letto *Diario di una spia*, un thriller di spionaggio dello scrittore sovietico N.G. Smirnov, e aveva quindi deciso di seguire le orme del suo impavido e scaltro protagonista, una spia inglese di nome Edward Kent. Quando Gurevich era entrato nei ranghi dell'intelligence sovietica, aveva firmato tutti i suoi telegrammi segreti con il nome in codice Kent. Una spia vera aveva preso il nome di una spia immaginaria.

Gurevich opera con diversi pseudonimi (Vincente Sierra, Arthur Barcza, Simon Urwith, Victor Sukolov) e possiede almeno quattro passaporti falsi; tra le tante identità, una volta si finge un turista messicano e un'altra uno studente uruguaiano. Vive in Belgio dal 1939, quando ha iniziato a lavorare sotto la copertura della Foreign Excellent Trench Coats. Da *rezident* illegale, gestisce una rete di spie. Ha uno straordinario appetito e l'attrazione per il lusso. Stando a quanto riferisce un suo collega, al ristorante ordina "due o tre volte la carne" e "mezza bottiglia o più" di vodka. L'ampio armadio del suo grande appartamento ospita "quaranta o cinquanta" completi eleganti. Un altro contiene cinquemila sigari.

Foreign Excellent Trench Coats non c'è più, al suo posto è stata creata una nuova società di copertura import-export: Simexco, situata al 101 di rue des Atrébates, dove Gurevich si traveste da uomo d'affari. Il 26 agosto 1941, Gurevich riceve un messaggio cifrato dal Centro di Mosca.

> Per Kent. Contattare immediatamente Berlino tre indirizzi indicati e stabilire cause interruzioni collegamento radio. Se interruzioni continuano, effettuare personalmente trasmissioni. Riguardano tre gruppi Berlino e trasmissione informazioni vitale importanza.

Gli indirizzi che seguono appartengono ad Arvid Harnack, Harro Schulze-Boysen e Adam Kuckhoff. Nel messaggio compaiono i loro veri nomi, non i nomi in codice.

Il messaggio proviene dall'ufficio di Pavel Fitin. Il giovane direttore dell'agenzia di intelligence estera NKVD ha già dimostrato di essere molto meno esperto della maggior parte dei suoi compagni, che sono stati uccisi nelle sanguinose purghe staliniane. Alcuni degli agenti che dirige, come Korotkov, hanno carenze tecniche, ma il messaggio che invia a Gurevich il 26 agosto 1941 è un errore così grave che eclissa tutti gli altri. Infatti, il messaggio di Fitin passerà alla storia come uno dei più grossi abbagli dello spionaggio durante la Seconda guerra mondiale.

## 5.

Gurevich segue le istruzioni di Fitin e parte per Berlino. Incontra Arvid, Harro e Adam. Tutte le trasmittenti che il Centro di Mosca ha inviato a questo gruppo di tedeschi antifascisti sono rotte. Resta a Berlino due settimane, cerca senza successo di riparare le radiotrasmittenti e ritorna a Bruxelles con un fascio di rapporti di intelligence di Arvid e di Harro. Rinchiuso nel suo ufficio alla Simexco, Gurevich impiega un'altra settimana per codificare i rapporti, che un agente dei servizi segreti sovietici ben addestrato, di nome Mikhail Makarov, invia al Centro di Mosca utilizzando una radiotrasmittente perfettamente funzionante.

Gurevich ordina al Centro di Mosca di inviare altre trasmittenti a Berlino. Nel bel mezzo di una guerra così cruenta, l'unico modo in cui si può fare è con un paracadute.

# Codice rosso
*1941*

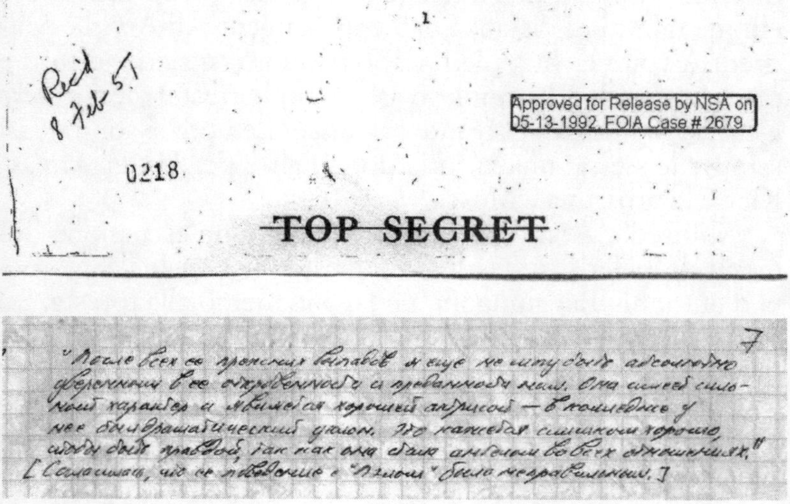
1

Rec'd 8 Feb 51

Approved for Release by NSA on 05-13-1992, FOIA Case # 2679

0218

~~TOP SECRET~~

7

"После всех ее прекрасных [illegible] я еще не могу быть абсолютно уверенным в ее откровенности и преданности нам. Она имеет сильный характер и является хорошей актрисой — в комедии у нее был драматический уклон. Это кажется слишком хорошо, чтобы быть правдой, так как она была ангелом во всех отношениях."
[Сомневаюсь, что ее поведение с "Пломи" было неправильным.]

1.

Nei mesi precedenti all'arrivo di Gurevich a Berlino, i radiotrasmettitori, vecchi e nuovi, passano di mano in mano. Sono delicati e richiedono una manutenzione costante. Quando il trasformatore del trasmettitore di Hans esplode, una dattilografa di nome Erika von Brockdorff si offre volontaria per nasconderlo nel suo appartamento in attesa che venga qualcuno a ripararlo. Un'altra donna, la ballerina Oda Schottmüller, è disposta a nascondere un dispositivo nel suo studio. Per un po' di tempo, anche Mildred e Arvid ne nascondono uno in casa. Spostare un trasmettitore è un'impresa pericolosa. Ci vogliono coraggio e ingegno. Donne del

Circolo camminano lungo i marciapiedi di Berlino in pieno giorno, spingendo i trasmettitori in carrozzine per bambini sotto coperte e giocattoli.

Arvid chiede al nipote di nasconderne uno. Wolfgang Havemann fa un buco nella parete cava della sua soffitta e lo fa passare all'interno.

Wolfgang è stato arruolato, proprio come Arvid aveva predetto tanti anni prima durante la fiaccolata in onore di Hitler. Lavora nell'intelligence navale. Il suo ufficio è a cinque minuti di distanza dall'appartamento di Arvid e Mildred. A volte ci va a piedi dopo il lavoro, si siedono tutti e tre intorno alla Blaupunkt e ascoltano le trasmissioni estere a caccia di notizie sul fronte orientale. Le notizie sono quasi sempre le stesse: una vittoria dopo l'altra per Hitler. Minsk, Kiev e la prossima è Mosca.

Mildred e Arvid invitano Wolfgang a un'escursione domenicale nella foresta di Grunewald. È una bella giornata d'autunno. Raggiungono un lago in mezzo alla foresta. Lo Schlachtensee è di un blu intenso e scintilla nella luce tenue del sole.

Arvid si rivolge a Wolfgang: "Sei disposto ad aiutarci a fare fuori Hitler?".

Wolfgang è diventato papà. L'anno precedente ha compiuto ventisei anni e ha sposato la sua fidanzata, Ursel, che ha appena dato alla luce una bambina. Ha già nascosto una macchina da scrivere e un trasmettitore. Cos'altro vuole Arvid?

## 2.

Karl Behrens ha deciso che non vuole utilizzare una radiotrasmittente.

Si offre invece volontario per fare il corriere. Raccoglie i rapporti cifrati da Woyrschstrasse 16 e li consegna ad Hans Coppi, che trascorre ore e ore chino davanti a un radiotrasmettitore a battere i tasti.

Poi Karl Behrens viene arruolato nell'esercito tedesco. Se dovesse rifiutarsi di prestare servizio, sarebbe giudicato dalla corte marziale. Mentre è via, qualcuno deve sostituirlo come corriere.

Rose Schlösinger si offre volontaria.

Rose si è unita al Circolo pochi anni fa, dopo aver sposato Bodo Schlösinger, che Mildred aveva reclutato alla BAG. Al momento Rose vive da sola con il loro bambino – Bodo è stato arruolato – e di giorno lavora come segretaria in una fabbrica. La sera, dopo aver messo a letto suo figlio, codifica i rapporti dei servizi segreti.

3.

Harro, Mildred e Arvid svolgono la maggior parte delle operazioni di codifica, un lavoro lungo e complesso.

Il codice sovietico si basa su uno schema a scacchiera.

| | 1 | 2 | 3 | 4 | 5 |
|---|---|---|---|---|---|
| 1 | a | b | c | d | e |
| 2 | f | g | h | ij | k |
| 3 | l | m | n | o | p |
| 4 | q | r | s | t | u |
| 5 | v | w | x | y | z |

Ogni lettera dell'alfabeto è rappresentata da un numero della colonna verticale (1, 2, 3, 4, 5) e da un numero della colonna orizzontale (1, 2, 3, 4, 5). Ad esempio, la lettera *R* corrisponde a 42, la lettera *E* a 15 e la lettera *D* a 14. La parola *rosso* (red) è un insieme di tre numeri a due cifre: 42-15-14.

Poi viene utilizzata una parola chiave.

Se, ad esempio, la parola chiave *Parigi* (Paris) viene scelta per codificare la parola *attenzione* (warning), entrambe le parole vengono trasformate in numeri a due cifre, poi i numeri vengono sommati per ottenere la sequenza 87-22-84-57-67-68-33

| Testo originale | w | a | r | n | i | n | g |
|---|---|---|---|---|---|---|---|
| Scacchiera | 52 | 11 | 42 | 33 | 24 | 33 | 22 |
| Parola chiave | 35 | 11 | 42 | 24 | 43 | 35 | 11 |
| Testo codificato | 87 | 22 | 84 | 57 | 67 | 68 | 33 |

Questa è la versione semplificata di una serie più complessa di calcoli che coinvolge anche numeri a cinque cifre che Mildred esegue utilizzando un cifrario a sostituzione e una serie di parole chiave ricavate da un romanzo sconosciuto. Il risultato è una stringa di numeri che Hans Coppi converte in codice Morse e inserisce nel suo trasmettitore.

# Un solo errore
## *1941*

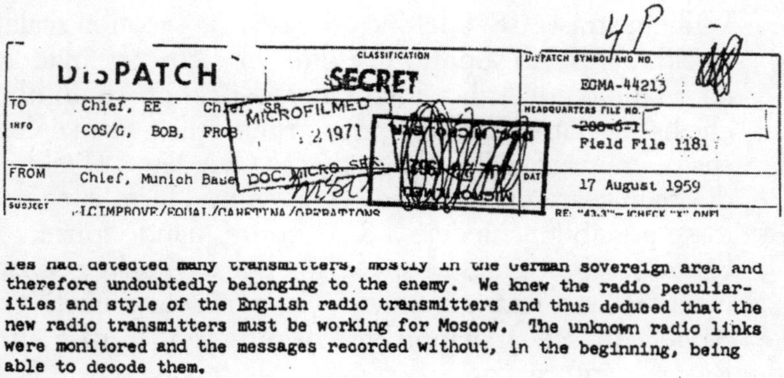

DISPATCH | CLASSIFICATION: SECRET | DISPATCH SYMBOL AND NO.: EGMA-44213

TO: Chief, EE Chief, SR
INFO: COS/G, BOB, FRO

HEADQUARTERS FILE NO.: Field File 1181

FROM: Chief, Munich Base

DATE: 17 August 1959



ies had detected many transmitters, mostly in the German sovereign area and therefore undoubtedly belonging to the enemy. We knew the radio peculiarities and style of the English radio transmitters and thus deduced that the new radio transmitters must be working for Moscow. The unknown radio links were monitored and the messages recorded without, in the beginning, being able to decode them.

1.

Alle 3.58 del mattino del 26 giugno 1941, gli agenti dell'Abwehr di Cranz, cittadina costiera a nord di Königsberg, intercettano un messaggio cifrato inviato da un radiotrasmettittore a onde corte. Gli agenti inoltrano il messaggio alla Funkabwehr, la divisione di intelligence elettromagnetica dell'Abwehr che si occupa di monitorare le trasmissioni illecite e di decifrare i segnali degli Alleati. Gli agenti della Funkabwehr, che lavorano in un edificio a pochi isolati dall'appartamento di Mildred e Arvid, non riescono a determinare l'origine del messaggio né il destinatario.

Due mesi dopo, il 26 agosto 1941, la Funkabwehr intercetta un secondo messaggio.

Per Kent. Contattare immediatamente Berlino tre indirizzi indicati e stabilire cause interruzioni collegamento radio. Se interruzioni continuano, effettuare personalmente trasmissioni. Riguardano tre gruppi Berlino e trasmissione informazioni vitale importanza.

Questo messaggio è seguito da un altro:

Durante la vostra visita già programmata a Berlino recatevi da Adam Kuckhoff o da sua moglie all'indirizzo Wilhelmstrasse 18, telefono 83-62-61, la seconda scala a sinistra, al piano superiore, e dite che siete stati mandati da un amico di Arvid. Ricordate a Kuckhoff di un libro che ha regalato a Erdberg poco prima della guerra e della sua opera teatrale *Till Eulenspiegel.* Chiedete a Kuckhoff di organizzare un incontro con Arvid e Harro e, se non fosse possibile, chiedete a Kuckhoff: Quando inizierà la comunicazione e cosa è successo? Dove e in che posizione si trovano tutti gli amici? – in particolare quelli che Arvid conosce: Italiano, Proiettore, Leon, Karo e altri. Ricevete informazioni dettagliate da trasmettere a Erdberg. Suggerite l'invio di un uomo a Istanbul o di qualcuno che possa contattare personalmente il rappresentante commerciale a Stoccolma presso il consolato [sovietico] per predisporre una casa [sicura] per ricevere le persone. Se Kuckhoff è assente, rivolgetevi alla moglie di Harro, Libertas Schulze-Boysen, all'indirizzo Altenburger Allee 19, telefono 99-58-47.

Anche questi messaggi sono cifrati; quel che vedono gli agenti della Funkabwehr è il codice Morse, un caos di punti e linee.

## 2.

I criptologi della Funkabwehr ricevono l'incarico di decifrare i messaggi. La loro supervisione è affidata a un matematico di mezza età di nome Wilhelm Vauck, che è stato arruolato nel comando supremo delle forze armate con il grado di primo tenente. La squadra di Vauck è composta da quindici giovani matematici e filologi, anche loro arruolati durante la guerra. A vederli sembrano soldati, benché non assisteranno mai a un combattimento né mai toccheranno armi. Ora dopo ora, giorno dopo giorno, mese dopo mese, quindici uomini in uniforme siedono in una stanza fissando messaggi cifrati e facendo calcoli di probabilità basati sulle lettere che ricorrono più frequentemente in tedesco. La frequenza della lettera *E* è del 18,7 percento; della *N* è dell'11,3 percento; della *I* è del 7,9 percento. I messaggi rimangono un mistero. I sovietici sono rinomati per i loro codici quasi impenetrabili e il caos di punti e trattini non forma alcuno schema riconoscibile.

Tuttavia, il loro sistema ha un punto debole. Se riusciranno a scoprire la parola chiave o il romanzo sconosciuto in cui si trova la parola chiave, la cifra potrebbe essere scardinata.

## 3.

Finora, l'Operazione Barbarossa è un grande successo per Hitler. In autunno, le truppe tedesche si spingono attraverso l'Ucraina e assediano la città portuale di Rostov sul Don, aprendo l'accesso al Caucaso, una regione ricca di petrolio. È una vittoria monumentale. Hitler progetta di annientare la capitale della Russia prima dell'inizio dell'inverno.

Mosca è in preda al panico. Stalin ordina al governo di evacuare Kuibyshev, ottocento chilometri a est di Mosca. La stazione ferroviaria di Kazan è stracolma. I marciapiedi brulicano di persone che cercano disperatamente una via di fuga, portando le loro cose sulle spalle. Saccheggiatori spaccano le vetrine dei negozi deserti. Cani abbandonati dai loro padroni ululano nella notte.

Il Centro di Mosca si prepara all'evacuazione. Una stanza piena di crittografi sovietici ha atteso invano le trasmissioni di Hans Coppi da Berlino. "Saluti infiniti a tutti gli amici" resta l'unico messaggio ricevuto.

# Gollnow
*1941*

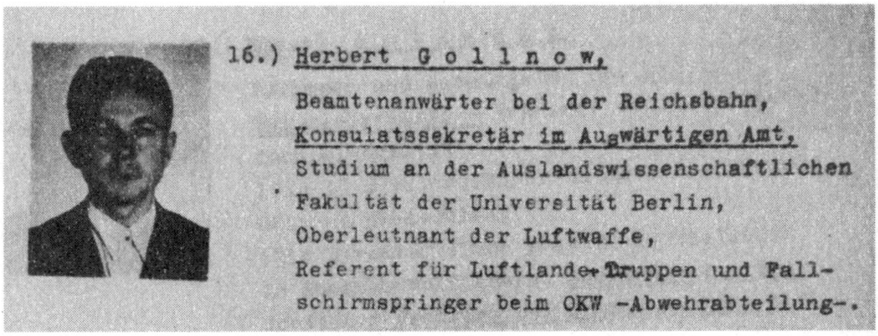

16.) Herbert G o l l n o w,
Beamtenanwärter bei der Reichsbahn,
Konsulatssekretär im Auswärtigen Amt,
Studium an der Auslandswissenschaftlichen
Fakultät der Universität Berlin,
Oberleutnant der Luftwaffe,
Referent für Luftlande-Truppen und Fall-
schirmspringer beim OKW -Abwehrabteilung-.

1.

Il 20 novembre 1941 Mildred consegue il dottorato di ricerca.

Ha studiato in Germania per oltre dieci anni, scrivendo la sua tesi a singhiozzo, frastornata da tutto ciò che gira vorticosamente intorno a lei. Il titolo della tesi è *Lo sviluppo della letteratura americana contemporanea in alcuni dei principali esponenti del romanzo e del racconto.*

2.

Mildred torna a insegnare all'Università di Berlino, questa volta in un altro dipartimento. L'amministrazione ha istituito un dipartimento di Studi stranieri dedicato alle SS e agli ufficiali militari che vogliono imparare l'inglese.

Il primo giorno di lezione si avvicina al leggio, stringendo la sua borsa di cuoio. Sono cambiate così tante cose dall'ultima volta che ha insegnato qui. Cosa pensa adesso nel vedere file di nazisti che la fissano?

Uno di loro è Herbert Gollnow, tenente dell'Abwehr di trentun anni. Per molti versi è l'opposto di Arvid. Ha capelli e occhi scuri. Non è sposato. Sembra accertarsi che Mildred lo sappia.

Siede in prima, in seconda o in terza fila? Prende appunti con una matita o una penna? Forse se ne sta semplicemente seduto in silenzio, con le braccia conserte, ad assistere alla lezione di Mildred, lasciandosi scivolare addosso il suono delle sue parole.

3.

Due anni prima, Herbert Gollnow aveva iniziato a prendere lezioni private di inglese da Jane, la nipote di Mildred, che aveva messo un annuncio su un giornale berlinese nella speranza di guadagnarsi qualcosa. Nel 1941 Mildred aveva chiesto a Jane di smettere di insegnare a Gollnow, al quale aveva suggerito di prendere lezioni da lei. Jane non aveva protestato.

4.

Jane e Otto Donner hanno festeggiato da poco il loro secondo anniversario. Jane è incinta del loro secondo figlio; il primo l'ha partorito al buio, durante un raid aereo. Mildred si era presentata con un enorme mazzo di rose rosa, gigli bianchi e ciclamini con petali che svolazzavano "come farfalle".

Jane inizia a sospettare che Mildred le stia nascondendo un segreto. Una mattina, mentre allatta il bambino, Jane chiede a Otto se pensa che Mildred sia una spia.

Otto stringe le labbra e scuote risolutamente la testa esprimendo con fare teatrale il suo scetticismo.

5.

Gollnow non avrebbe voluto cambiare insegnante, ma Jane era stata inflessibile. Così Gollnow si era iscritto al corso di Mildred all'Università di Berlino.

Dopo qualche lezione, Gollnow è invitato in Woyrschstrasse 16 per prendere lezioni private.

Mildred prepara una caraffa di tè alla menta, come era solita fare per Don. Il ragazzino che si era seduto sul suo divano e aveva balbettato per tutta la prima lezione ormai è un adolescente. Sul divano, al posto di Don, adesso c'è un uomo.

6.

A Mildred manca Don.

Gli Heath hanno lasciato Berlino a giugno, prima dell'Operazione Barbarossa. Non hanno dato alcun preavviso. Una mattina Don si era presentato per la lezione e aveva detto che sarebbe stata l'ultima. L'aveva abbracciata forte. Mildred lo aveva fatto dondolare avanti e indietro. Forse sperava di consolare sé stessa oltre al tredicenne che singhiozzava tra le sue braccia.

Più tardi, quel pomeriggio stesso, Mildred era andata sulla banchina della Anhalter Bahnhof, un attimo prima che gli Heath salissero sul loro treno. Louise le aveva detto che il ministero degli Esteri stava trasferendo Donald in Cile. Non le aveva spiegato il motivo di quell'improvviso trasferimento, così lontano dalla Germania.

Mildred aveva consegnato a Louise una busta. All'interno c'erano una lettera di addio e una poesia.

La poesia era per Don.

## Un dolore tra tanti
## *1941–1942*

1.

Gollnow non ha nulla a che vedere con gli studenti della BAG di Mildred. Ha un'intelligenza mediocre e un animo vanaglorioso, ma Mildred può sfruttare entrambe le caratteristiche a suo vantaggio. La posizione di Gollnow nell'Abwehr gli permette di accedere a informazioni top secret sulle tattiche militari tedesche in Unione Sovietica.

Basta riempire la sua tazza di tè alla menta e chiedergli, con la scusa della lezione di inglese, di parlargli di sé. Dirgli:

Dimmi cosa fai.

Dimmi come lo fai.

Dimmelo in inglese.

2.

La battaglia di Mosca inizia sotto i migliori auspici per la Germania. Ma quando la temperatura scende sotto lo zero, le truppe tedesche vacillano. Tutto si congela: il terreno che calpestano, le armi che imbracciano e il pane che mangiano, che tagliano con dei seghetti. Le strade ricoperte di neve impediscono ai veicoli che trasportano munizioni e rifornimenti di raggiungerli. I soldati senza stivali né guanti soffrono di congelamento, seguito dalla cancrena. Chirurghi da campo amputano arti. Alcune delle persone immobilizzate decidono di spararsi. Un vento gelido attraversa le ossa dei soldati che marciano faticosamente verso est e che crollano per la fame e lo sfinimento.

Il 4 dicembre 1941, la temperatura scende a ventidue gradi sotto lo zero. Il giorno dopo, l'Armata Rossa contrattacca.

I sovietici sono preparati alle condizioni artiche. Indossano indumenti mimetici bianchi. Hanno giacche imbottite. Le armi sono lubrificate in modo che non si congelino. I carri armati sono dotati di ampi cingoli e potenti motori diesel che li spingono oltre i cumuli di neve. Anche gli aerei da guerra che pilotano sono fatti per resistere al congelamento. La Luftwaffe è annientata. Per la prima volta dal lancio dell'Operazione Barbarossa, l'Unione Sovietica sovrasta la Germania. Harro Schulze-Boysen è di stanza in una base militare sul fiume Havel, vicino a Potsdam. Il peso delle responsabilità che porta come tenente maggiore è aumentato e minaccia di schiacciarlo mentre la Luftwaffe subisce perdite sempre più pesanti. In un rapporto di intelligence, spiega Harro, il carburante si sta esaurendo, così come la fiducia dei soldati:

> Le scorte di carburante di cui dispone ora l'esercito tedesco sono sufficienti solo fino a febbraio o marzo dell'anno prossimo... Le forze aeree tedesche hanno subìto gravi perdite e adesso rimangono solo circa 2.500 aerei operativi. La speranza di una rapida vittoria tedesca è svanita. La perdita di fiducia ha colpito in modo particolare la parte più anziana del corpo degli ufficiali.

Harro non ha tempo per codificare il messaggio.

## 3.

Mildred lavora fino a notte inoltrata per codificare i rapporti dei servizi segreti. I soldi sono talmente pochi che si sta abituando ai morsi della fame.

Il 3 dicembre 1941, scrive alla madre di Arvid, Clara Harnack.

*Potresti mandarci delle patate? È una sensazione inquietante non sapere se è la fame protratta a indebolirmi in questo modo. Mangiamo patate tutte le sere. Questa sera ne abbiamo mangiata una piccolina ma costosa: aveva un sapore straordinario dopo le castagne.*

4.

La debolezza peggiora. Le si acuisce il dolore all'addome. Si rende conto che non è fame.

Mildred viene operata d'urgenza. Era sola quando è entrata in clinica ed è sola quando si risveglia dall'anestesia. Un'infermiera la informa che era incinta, ma che si trattava di una gravidanza extrauterina. L'operazione ha conseguenze irreversibili: lo spesso tessuto cicatriziale nelle tube di Falloppio la renderà sterile.

5.

Alle 7.55 di mattina del 7 dicembre 1941, un bombardiere in picchiata esplode penetrando le nuvole sopra all'isola hawaiiana di Oahu, seguito da centinaia di altri aerei, tutti con cerchi color rosso sangue sulle ali. Tra questi ci sono i bombardieri Nakajima, i bombardieri in picchiata Aichi, i velivoli torpedo e i caccia Zero. Ogni pilota porta sulla fascia attorno alla testa un cerchio, simbolo del Sol levante.

Per un'ora e quindici minuti, il servizio aeronautico della Marina imperiale giapponese attacca Pearl Harbor. Mentre il petrolio in fiamme brucia ancora – ci vorranno ben due settimane per spegnere l'incendio – il presidente Roosevelt chiede al Congresso di dichiarare guerra al Giappone, definendo il 7 dicembre "una data che resterà segnata dall'infamia". Il suo discorso di sei minuti viene trasmesso in diretta alla radio. Ad ascoltarlo è oltre l'81 per cento delle case degli Stati Uniti, il pubblico più numeroso nella storia delle trasmissioni radio americane.

Dopo due anni di spargimenti di sangue in Europa, gli Stati Uniti entrano nella Seconda guerra mondiale.

## 6.

Sei settimane dopo, il 20 gennaio 1942, Reinhard Heydrich raggiunge una villa sul lago a Wannsee. Gli squadroni della morte degli Einsatzgruppen da lui supervisionati continuano a inviargli rapporti sul numero di ebrei assassinati in Unione Sovietica: finora oltre 700.000. Oggi a mezzogiorno presiederà una conferenza. Gli ospiti di Heydrich sono quindici ufficiali di alto rango delle SS e funzionari governativi giunti alla villa per ascoltare il nazista trentasettenne che presenta la sua "Soluzione finale della questione ebraica".

Heydrich è alto e slanciato, ha capelli biondi e occhi color ghiaccio. Figlio di una cantante d'opera e di un compositore, è un affermato violinista e si commuove fino alle lacrime ogni volta che esegue una sonata. In altre sfere della vita sa controllare le sue emozioni. Segue una rigida routine quotidiana. Lina, sua moglie, lo definisce un "uomo di poche parole", ma è molto prolisso durante l'incontro di oggi, che passerà alla storia come la Conferenza di Wannsee.

Sciorina statistiche precise per ogni paese. In Unione Sovietica ci sono 5.000.000 di ebrei, in Francia 750.000, in Inghilterra 330.000. Heydrich vuole che gli astanti lo aiutino a raggiungere il suo obiettivo: il sistematico sterminio di tutti gli ebrei d'Europa.

Si discute di logistica. Una stenografa fa volare le dita sulla tastiera. Alla fine avrà redatto quindici pagine.

Il superiore di Heydrich, Himmler, oggi non c'è. È occupato in tanti altri compiti bellici, tra cui la messa a punto di un furgone mobile a gas in grado di asfissiare fino a quaranta persone alla volta. Mentre si svolge la Conferenza di Wannsee, gli Einsatzgruppen sono già a caccia di ebrei alla guida di questi furgoni attraverso i paesi russi.

## Petrolio nel Caucaso
### *1942*

1.

Le truppe americane in Europa rappresentano una sfida monumentale per i tedeschi. Ora più che mai, Hitler ha bisogno di impadronirsi dei giacimenti petroliferi del Caucaso, in Russia. "Se non ci riesco," dice a uno dei suoi generali, "allora dovrò porre fine a questa guerra." Il generale Paulus comanda la sesta armata. In estate condurrà le sue truppe a Stalingrado. La speranza di Hitler – e anche di Paulus – è che Stalingrado sia facile da occupare, aprendo l'accesso al Caucaso, dove potranno impadronirsi di tutto il petrolio di cui hanno bisogno per alimentare la macchina da guerra hitleriana.

2.

Non si sa quante lezioni private Mildred abbia dato a Herbert Gollnow. Quel che si sa è che durante alcune di esse, nella primavera del 1942, Gollnow rivela a Mildred i preparativi di Hitler per invadere il Caucaso e impadronirsi dei suoi pozzi di petrolio.

3.

Un'incursione della Gestapo a Bruxelles porta alla luce un cifrario a sostituzione e dei fogli pieni di codici. La carta è bruciacchiata – una spia aveva tentato di bruciarla durante il raid – ma è abbastanza leggibile, con lunghe sequenze di numeri. La governante, interrogata, svela alcuni segreti. Tra questi c'è il titolo del romanzo sconosciuto utilizzato per codificare i messaggi: *Le miracle du professeur Wolmar*, di Guy de Téramond. Nel 1910, era stato offerto in omaggio agli abbonati di "Le Monde Illustré". Un agente tedesco ne trova una copia in un negozio di libri usati di Parigi.

4.

Il giorno dopo, il libro viene consegnato al dottor Vauck e alla sua squadra di criptologi della Funkabwehr, che usano una parola chiave scoperta al suo interno – il nome *Proctor* – per scardinare il codice.

Alla fine della settimana, hanno decifrato tre parole. Il 14 luglio 1942, il codice viene interamente decriptato.

5.

Adesso la Gestapo è in possesso di tre indirizzi.

Quello di Arvid e Mildred Harnack.
Quello di Adam e Greta Kuckhoff.
Quello di Harro e Libertas Schulze-Boysen.

6.

Dopo la guerra, in un interrogatorio, un ufficiale della Gestapo affermerà:

> Tramite il dipartimento di polizia di Berlino abbiamo ottenuto le fotografie di queste persone e abbiamo ordinato che fossero tenute sotto stretta sorveglianza. Così abbiamo scoperto che erano in contatto tra loro.

Mildred e Arvid sospettano di essere sorvegliati?

L'ultima lettera che Mildred scrive alla sua famiglia è datata 14 agosto 1942. Otto Donner la porta di nascosto dalla Germania alla Svizzera, da dove la spedisce a Chevy Chase, nel Maryland.

La busta che apre Harriette reca un timbro postale svizzero. La lettera è formulata accuratamente:

*Che tutti noi possiamo restare in salute più a lungo possibile, in modo da poterci rivedere con grande gioia. Non preoccupatevi per noi, nonostante la distanza.*

Due settimane dopo, Mildred e Arvid fuggono dalla Germania.

7.

Il 5 settembre 1942, Mildred e Arvid arrivano a Preila, una città sulla penisola curlandese, nella parte della Lituania occupata dai nazisti. Il loro piano è raggiungere la Svezia in nave.

Un loro amico, uno storico di nome Egmont Zechlin, scriverà in seguito dei due giorni che lui e sua moglie Anneliese trascorsero con Mildred e Arvid a Preila.

# 10.

# Frammento

Questionario
Carcere di Plötzensee, Berlino
16 febbraio 1943

| | |
|---|---|
| Di quali patologie gravi ha sofferto? | Gravidanza extrauterina |
| Ha avuto conseguenze fisiche? | Sì: astenia, dolore, nausea |

# L'arresto

*1942*

which was on the rear side of the hut, to the front side across
the garden. On opening the door of Harnack's room after a
short knock with the word: "After these exciting events we
will......" I saw both of them packing among three men. Harnack approached me and calmly said: "We shall accompany the
gentlemen to Berlin. I am needed there by my ministry"......

## 1.

Quella sera Mildred cammina sulle dune, accanto ad Arvid. Egmont e Anneliese Zechlin li seguono. Le dune si estendono lungo la costa a perdita d'occhio. Non c'è traccia di truppe tedesche. I panzer tuonano per le strade di Klaipeda, città costiera della Lituania. Per fortuna, non si avvicinano alle dune.

Sono cambiate molte cose dall'invasione di Hitler di quattordici mesi fa. All'inizio, i lituani avevano accolto con favore i soldati tedeschi che marciavano per le loro strade, considerandoli dei salvatori. Ora non più. I lituani hanno capito che il cancelliere tedesco è un assassino al pari del loro oppressore sovietico. Hitler li ha liberati dal giogo di Stalin, poi però ha stretto la sua morsa.

Il Mar Baltico è particolarmente bello durante un breve lasso di tempo, un respiro tra il crepuscolo e la notte. Mildred si sfila i sandali e si dirige verso una duna. Arvid, divertito, si arrotola i pantaloni e le corre dietro.

Egmont dice che sono pazzi. Anneliese scuote la testa fingendo disapprovazione, poi mette un braccio attorno alla spalla di Egmont e continua allegra a risalire la duna.

Arrivano in cima.

Il Mar Baltico è freddo e maestoso, di un colore viola così scuro da sembrare nero.

Domani un peschereccio porterà Mildred e Arvid in Svezia. Gli Harnack conoscono diverse persone fuggite in questo modo. È un viaggio pericoloso. Navi tedesche pattugliano il Mar Baltico. Anche se la loro piccola imbarcazione riuscisse a eluderle, sarebbero esposti alle truppe aeree. Ma correranno questo rischio. Non possono tornare a Berlino. Hanno la Gestapo con il fiato sul collo.

Sei giorni prima, il 31 agosto, Harro Schulze-Boysen è stato arrestato. Libertas ha avvertito quante più persone possibile.

L'odore della pioggia si mescola alle folate d'aria salmastra. Anneliese dice che devono tornare indietro immediatamente o si inzupperanno.

Il bagliore di un lampo. Lo scoppio di un tuono.

La pioggia scende a catinelle, penetrando fin nelle ossa. I quattro scendono dalla duna e corrono ridendo verso la villetta degli Zechlin.

2.

"Sembrava preoccupato," scriverà Egmont Zechlin ricordando il comportamento di Arvid di quella sera.

Egmont è professore di Storia all'Università di Marburgo dove, nel 1931, Mildred aveva tenuto una delle sue prime lezioni. Ne aveva dedicata metà a Carl Sandburg e l'altra metà a Theodore Dreiser e Sinclair Lewis, intrecciando il tema delle praterie del Midwest spazzate dal vento con quello delle ingiuste forze politiche e sociali che infieriscono sull'uomo comune. La sua lezione, che lasciava trasparire un lieve tono di sfida, lo aveva colpito.

Da allora Egmont e sua moglie, Anneliese, erano diventati buoni amici di Mildred e di Arvid.

"Che meraviglia essere liberi e immersi nella natura, finalmente lontani da tutti gli intrighi," aveva detto Arvid a Egmont sulle dune. "Non vedo l'ora che arrivino i prossimi giorni."

Il saggio di Egmont Zechlin è l'unica testimonianza diretta dell'arresto di Mildred e di Arvid. Zechlin si concentra in particolare su Arvid, riportando le sue parole e il modo in cui le disse, spingendosi fino a immaginare cosa stesse pensando. Quanto a Mildred, possiamo soltanto ipotizzare cosa le sia passato per la mente.

3.

È il mattino seguente e fuori dalla villetta ci sono degli uomini. Mildred li vede dalla finestra della camera da letto. Uno, due, tre, quattro.

Non sa se tirare su l'anta scorrevole della finestra o no. No, farebbe rumore ed è meglio evitare di farne mentre Arvid sta parlando con quegli uomini, che intanto lo hanno circondato, le braccia conserte. Uno, due, tre, quattro. Come fossero ballerini. Come se da un momento all'altro dovessero prendersi per mano. *Un passo a sinistra. Un passo a destra.* Arvid è ancora al centro e sta parlando.

Che cosa sta dicendo?

È in maniche corte, anche se è settembre, e il vento porta con sé folate di pesce e di gelo. Soffia da nord, attraverso il Mar Baltico. Gli uomini indossano soprabiti di lana. Tre sono neri e uno è del colore del carbone grezzo, ma senza distintivi. Nessuna medaglia. Nessuna fascia al braccio.

Arvid continua a parlare. L'uomo con il soprabito color carbone sembra annuire serrando le labbra, come se stesse per dargli un bacio, anche se nelle occhiate che rivolge ad Arvid balena il disprezzo.

Gli uomini stringono il cerchio intorno ad Arvid quasi all'unisono. Uno, due, tre, quattro. Forse lei pensa di nuovo a dei ballerini. Ufficiali della Gestapo in tutù che eseguono una lugubre coreografia. Un momento di perversione. Di isteria.

No. È importante mantenere la calma.

Arvid conserva un'espressione placida. Dietro agli occhiali tondi, il suo sguardo si posa tranquillo sull'uomo che lo sta interrogando. Di tanto in tanto annuisce o inclina delicatamente la testa di lato, lasciando che i suoi interlocutori carpiscano l'estrema attenzione con cui risponde alle domande che gli vengono rivolte.

Arvid stringe i palmi delle mani l'uno contro l'altro, spiegando qualcosa all'uomo con il soprabito color carbone, che sembra comandare. Arvid parla in modo equilibrato, paziente, con una disinvoltura da professore, come se fosse dietro un leggio. Il professor Harnack, davanti a quattro studenti. Studenti che ora allargano il cerchio, permettendo ad Arvid di uscirne, con un passo né veloce né lento. Forse lei sta cercando di leggere la sua espressione, che non è né calma né agitata. Imperscrutabile.

I quattro scambiano alcune parole, sembrano raggiungere una specie di accordo e si separano. Due percorrono il lato sud della villetta, attraverso il giardino di Anneliese.

Un altro costeggia il lato nord. L'uomo con il soprabito color carbone si infila le mani in tasca e guarda Arvid salire le scale del portico.

Poi, con fredda risolutezza, l'uomo avanza, seguendo Arvid all'interno della casa.

## 4.

L'aria marina deforma la carta da parati. Sull'anta della finestra pende una striscia di carta a fiori arricciata. Mildred non ci fa caso. Forse è la porta della camera da letto ad attirare la sua attenzione.

La porta è socchiusa.

Mildred si abbassa. Rapidamente – non ha un secondo da perdere – gattona sotto il davanzale della finestra e la chiude proprio mentre Arvid spalanca la porta d'ingresso.

La voce di Arvid: "Ciao!".

Rumore di passi proveniente dal retro della villetta. Anneliese ed Egmont rispondono: "Ciao! Ciao!".

Un'altra serie di passi: l'andatura pesante dell'uomo che comanda.

Egmont, perplesso, dice qualcosa ad Arvid. L'uomo con il soprabito color carbone dice a sua volta qualcosa a Egmont, interrompendolo.

"Prendo la mia carta d'identità," dice Egmont velocemente.

"Resti qui."

"Faccio subito," dice Egmont.

"Resti qui, signor Zechlin."

Gli stivali calpestano le assi del pavimento. Gli altri uomini stanno entrando, uno dalla porta principale e due da quella sul retro.

"Il signore mi ha informato che devo andare a Berlino," dice Arvid mantenendo ferma la voce.

"Perché?" chiede Egmont, agitato.

"Al ministero dell'Economia hanno bisogno di me."

"Ma bastava inviare un telegramma!" dice Anneliese con voce tremante. L'uomo con il soprabito color carbone non si è presentato ufficialmente e neanche gli altri, ma Anneliese non ha bisogno delle presentazioni per capire che sono della Gestapo.

Lo capisce anche Egmont.

Parla a voce troppo alta. "Ma Arvid non ha ancora fatto colazione! Non andatevene subito! Anneliese preparerà qualcosa da mangiare; è meglio che mangiate prima di uscire! Anneliese?"

"Sì?"

"Caffè per i signori e..."

"Caffè, sì, ne abbiamo tanto."

"E qualcosa da mangiare per..."

"Certo, sì, sì."

Dietro la porta chiusa della camera da letto, Mildred trova un mozzicone di matita sul comodino. Fruga nei cassetti della cassettiera, alla ricerca di un foglio di carta. Vuole scrivere un messaggio a Egmont e Anneliese.

Niente carta.

Spalanca l'anta dell'armadio. Due soprabiti. Affonda le mani nelle tasche. Ci deve pur essere un biglietto, un volantino, *qualcosa* su cui scrivere.

Non c'è carta.

Il cestino dei rifiuti è vuoto. La cappelliera è piena di piume. Si inginocchia e si infila sotto il letto, ma vede solo polvere. Viene fuori tossendo.

E poi la vede. Sull'anta della finestra pende una striscia di carta da parati a fiori arricciata. Potrebbe strapparla e scriverci sopra.

Ma è troppo tardi, davvero troppo tardi.

# L'album della Gestapo
## *1942*

### 1.

Mildred e Arvid sono chiusi in un'automobile diretta a sud, da Preila a Berlino, distante circa ottocento chilometri. Quando arrivano al quartier generale della Gestapo in Prinz-Albrecht-Strasse 8 è notte inoltrata.

Mildred non ha mai messo piede in questo edificio. Lei e Arvid, affiancati da ufficiali della Gestapo, vengono condotti giù per una rampa di scale fino al seminterrato. Arvid viene rinchiuso in una cella, Mildred in un'altra. Ciascuna contiene un letto di ferro, una ciotola e un cucchiaio di latta. Piccole finestre sporche allineate sotto al soffitto offrono un misero scorcio del cortile della prigione.

Passa una settimana.

Il seminterrato è freddo e umido e vi rimbomba il rumore dei tacchi delle guardie carcerarie che fanno la ronda. È una "catacomba buia" ricorderà uno dei co-cospiratori di Mildred. Mildred si sdraia sul letto di ferro e si sveglia alle sei del mattino, quando una guardia picchia sulle sbarre con un manganello mentre cammina su e giù per uno stretto corridoio che si estende tra due lunghe file di celle singole. Mildred si alza poggiando un piede scalzo, poi l'altro, sul pavimento di cemento. La differenza tra il mattino e la notte è pressoché indistinguibile nel seminterrato ma, se venisse improvvisamente illuminato, vedrebbe i volti di tutti i suoi amici.

2.

Ci sono Harro e Libertas Schulze-Boysen, Greta e Adam Kuckhoff, Hans e Hilde Coppi. Così come le reclute della BAG di Mildred, Karl Behrens e Wilhelm Utech. Ci sono tutti gli anelli della catena che collega il Circolo, il Gegner Kreis, il Tat Kreis e il Rittmeister Kreis, compresi Rose Schlösinger, Elisabeth Schumacher, Cato Bontjes van Beek, Erika von Brockdorff, Oda Schottmüller ed Elfriede Paul. Alcune di queste donne Mildred non le aveva mai incontrate di persona, ma le conosce per le loro azioni: quella che nascondeva un radiotrasmettitore nel suo appartamento, quella che faceva il corriere, quella che codificava i rapporti di intelligence, quella che teneva riunioni nella sua clinica dopo la chiusura, quella che produceva volantini, quella che li distribuiva.

Alla fine di ottobre, un nazista viene rinchiuso in una cella. Mildred lo conosce bene: è Herbert Gollnow, il tenente dell'Abwehr che le sussurrava all'orecchio segreti militari.

3.

Mildred entra in una stanza buia.

Vede tre cose: una macchina fotografica a cassetta su un treppiede, uno sgabello e un'asta di metallo. Un carceriere le ordina di sedersi e di non muoversi. L'asta la manterrà in posizione eretta qualora dovesse accasciarsi. Gliela spinge contro la nuca.

Scatta tre fotografie:

Le foto vengono inserite in un album.

Nei mesi successivi, gli ufficiali nazisti utilizzeranno l'album della Gestapo per tenere traccia di tutti i militanti della resistenza arrestati. Gli appunti scritti con inchiostro nero sotto le fotografie di Mildred la identificano come americana, comunista, moglie.

4.

La stessa procedura viene eseguita per ogni detenuto. Un ufficiale della Gestapo fa passare i polpastrelli dei prigionieri, uno alla volta, su una spugna imbevuta di inchiostro, poi li preme sulla carta con metodica precisione. Un altro carceriere scatta la fotografia del detenuto.

Alcuni prigionieri guardano la macchina fotografica con un'espressione di dolore che tentano invano di dissimulare.

Altri, come Hilde Coppi, la fissano con aria di sfida. Hilde è incinta di sette mesi.

5.

Il quartier generale della Gestapo un tempo era una scuola di arti e mestieri industriali. Il seminterrato era pieno di file di studenti che plasmavano la creta e intingevano pennelli nei pigmenti per acquerello. La scuola si era sviluppata nel periodo di massimo splendore della Repubblica di Weimar. Ora ci sono trentotto celle singole e una cella collettiva che può ospitare fino a venti prigionieri.

Le stanze per gli interrogatori si trovano ai piani superiori dell'edificio. Quando Greta Kuckhoff viene condotta in manette in una di queste, è sorpresa dal suo aspetto ordinario, "come se fosse un qualsiasi altro ufficio governativo". Vede un tavolo e tre sedie: una per l'ispettore, una per la dattilografa e una per lei. L'ispettore sa tutto della radiotrasmittente che Korotkov le ha consegnato alla stazione della metropolitana, anche se Greta non riesce a capire come.

Le dita della dattilografa sono pronte a premere i tasti. Tutto ciò che Greta deve fare è confessare il reato che ha commesso e fare qualche nome.

Si rifiuta.

L'ispettore è visibilmente contrariato. "Dal momento che suo marito e Arvid Harnack non ci hanno affatto aiutato a fare luce su questo caso, abbiamo utilizzato i metodi necessari per sciogliere loro la lingua."

"Sono ancora vivi?" chiede Greta.

L'interrogatore annuisce e lei tira un sospiro di sollievo.

L'interrogatore aggiunge: "Dipende da lei". È una frase sibillina, ma lei capisce perfettamente cosa voglia dire.

## 6.

Ogni giorno la Gestapo allarga la sua rete e nel giro di poco tempo vengono arrestate 119 persone. Dato che lì non c'è abbastanza spazio per tutti, prendono accordi per far sì che altre carceri accolgano i detenuti in esubero. Gli uomini vengono mandati in carceri maschili, le donne in carceri femminili.

Greta viene spedita in una prigione chiamata Alexanderplatz. Ogni mattina, un veicolo verde della polizia la trasporta in manette al quartier generale della Gestapo per l'interrogatorio. Il trasporto dei prigionieri è rigorosamente controllato da Himmler, che richiede agli amministratori delle carceri di presentare

> un modulo di convocazione, redatto in duplice copia...
> Il foglio superiore del modulo deve recare il sigillo uffi-

ciale della sezione competente, con la firma. I moduli di convocazione dei detenuti, che il giorno stabilito dovranno essere prelevati con il primo mezzo di trasporto, devono essere presentati alla Gestapo il giorno precedente, entro le 16.30 nei giorni feriali ed entro le 11 del mattino la domenica o nei giorni festivi.

Dopo il primo interrogatorio, che dura tredici ore, Greta viene riportata ad Alexanderplatz, dove crolla sfinita nella sua cella. Il soffitto è pieno di crepe. Con la luce del mattino, Greta vede che vi sono incise delle parole. Un ex detenuto ha scritto: *Geduld ist die Haupttugend eines Revolutionärs* (La pazienza è la più grande virtù del rivoluzionario).

7.

Una guardia spinge Greta in un furgone della polizia. Mentre la trasportano verso il quartier generale della Gestapo, il suo pensiero va a Mildred. Ha intenzione di dire a chi la interrogherà che sono semplicemente "buone amiche" che "hanno letto Shakespeare insieme" all'Università del Wisconsin e che non si interessano affatto di politica. Dipingerà Mildred come un'americana a cui spesso "mancava la madre" e "la sua bella casa" a Milwaukee. Se le chiederanno perché Mildred la vada a trovare tanto spesso, dirà loro che non ha figli e che adora "giocare con Ule".

Greta è sicura che Mildred non dirà nulla su di lei ma è in pensiero per gli altri, soprattutto per Libertas.

"Mi preoccupava il sistema nervoso di Libertas," scriverà Greta nella sua autobiografia.

8.

Sono in corso i preparativi per un processo di massa e le confessioni estorte durante gli interrogatori saranno considerate come prove, ma né Greta né altri lo sanno.

Hitler ha affidato questo incarico a due alti ufficiali delle SS: l'Obersturmbannführer Friedrich Panzinger e l'Hauptsturmführer Horst Kopkow, ovvero un tenente colonnello e un capitano militare. Panzinger supervisiona l'intera indagine mentre Kopkow sovrintende agli interrogatori quotidiani dei detenuti. Il loro superiore è il capo della Gestapo Heinrich Müller, che riferisce direttamente a Himmler.

Kopkow ha trentadue anni e un fisico atletico. Si è distinto come un nazista diligentissimo, che ha persino arrestato personalmente Harro Schulze-Boysen, Libertas Schulze-Boysen, Arvid Harnack e Mildred Harnack. Harro si trovava nel suo ufficio presso la base militare della Luftwaffe nei pressi di Potsdam quando aveva sentito Kopkow bussare alla sua porta. Libertas era a Berlino su un treno pieno di gente quando aveva intravisto Kopkow, un bel ragazzo con i capelli scuri, nella sua carrozza; un attimo dopo, le veniva incontro con passo spedito. Era talmente determinato ad ammanettare personalmente Mildred e Arvid da percorrere milleduecento chilometri insieme a tre uomini della Gestapo, attraversando l'intera Polonia per poi rintracciarli in Lituania.

Panzinger svolge i suoi compiti con analoga devozione. I suoi colleghi nazisti lo considerano esperto nello scovare le reti di resistenza clandestina. Tra i suoi trionfi c'è la liquidazione del Partito comunista tedesco. Panzinger, bavarese, ex poliziotto laureato in Legge, era intenzionato a mettersi in luce presso l'Ufficio centrale per la sicurezza del Reich, a cui era stato assegnato nel 1939 e dove aveva pianificato l'arresto di comunisti e di altri nemici politici. Aveva organizzato l'incarcerazione e l'uccisione di alcuni uomini nei campi di concentramento, lasciandone astutamente liberi altri affinché facessero da esca. Si era reso conto che i comunisti tedeschi erano facili da catturare. La maggior parte di loro non aveva idea di come portare avanti il lavoro di opposizione in modo clandestino. Parlavano liberamente al telefono, ignari che le linee fossero sotto controllo. Scrivevano lettere compromettenti che lasciavano cadere nelle normali cassette della posta. Pochi riuscivano a tenere la bocca chiusa durante gli interrogatori della Gestapo.

Nell'indagine in corso, Panzinger ha fatto notevoli progressi in poco tempo. Adesso che Kopkow ha arrestato gli

Harnack e gli Schulze-Boysen e che la Gestapo ha arrestato gli altri, non gli resta che concludere gli interrogatori dei detenuti e portarli in tribunale. Panzinger vuole dare alla procedura la parvenza di un processo equo. Una commissione di giudici esaminerà ogni fascicolo. Tra le prove a sostegno della condanna di un detenuto figurano una confessione e una dichiarazione firmata da due codetenuti acquisita durante gli interrogatori.

Panzinger tiene sotto controllo gli interrogatori con briefing giornalieri coordinati da Kopkow. Finora, salvo rare eccezioni, gli ispettori hanno ottenuto un buon numero di confessioni e pertanto una montagna di dichiarazioni firmate.

## 9.

Alcuni spifferano i nomi dei loro amici al primo interrogatorio.

Altri cedono dopo il secondo, il quinto o il decimo interrogatorio.

Alcuni si rifiutano di fare i nomi. In questi casi, Himmler ha concesso a Kopkow il permesso di usare tattiche più persuasive di intimidazioni, menzogne, minacce e ricatti, autorizzando il ricorso alla *verschärfte Vernehmung*, interrogatorio severo.

Kopkow ha mandato cinque ispettori ai piani superiori del quartier generale della Gestapo. Il più temuto è Walter Habecker, un nazista calvo con il naso grosso e i baffi simili a quelli di Hitler: una silhouette scura e inquietante. È noto per la sua dimestichezza con le fruste ed è particolarmente appassionato di cacciaviti.

Nei sotterranei del quartier generale della Gestapo circolano voci su Habecker. Quando i detenuti salgono le scale, passano davanti a una grande finestra. Alcuni si suicidano gettandosi nel vuoto, preferendo la morte al sadismo di Habecker.

10.

Nove giorni dopo essere stata arrestata, Mildred trascorre il suo quarantesimo compleanno nel seminterrato del quartier generale della Gestapo.

A ogni cella corrisponde un numero e lei è nella 25.

11.

Una detenuta di nome Marie Luise von Scheliha si trova nel cortile del carcere insieme ad altre due dozzine di donne che si muovono lungo il suo perimetro "come foglie appassite".

Le guardie carcerarie che stazionano nell'area le osservano con occhi di rapace. È vietato parlare. Si muovono in silenzio, a gruppi di quattro. Per dieci preziosissimi minuti al giorno, possono vedere la luce del sole.

"Alcune donne sollevano le braccia come se stessero annegando," ricorderà Marie Luise. Altre "allargano le braccia come ballerine all'aria aperta".

Una di queste si avvicina velocemente a Marie Luise. Ha i capelli legati in uno chignon del colore della paglia sporca e uno sguardo penetrante.

"Sono nella cella 25," sussurra. "Non dimenticarti di me quando uscirai."

*Come ti chiami?* Marie Luise vorrebbe chiederglielo, ma Mildred se n'è già andata e si confonde tra le altre donne.

12.

Axel, cugino di Arvid, non conosce il motivo della sua convocazione alla sede della Gestapo. Si avvicina a Prinz-Albrecht-Strasse 8 "con una sensazione di disgusto".

Appena entrato, un nazista lo conduce in un ufficio elegantemente arredato e lo invita cortesemente a sedersi. Le strisce, le spille e i distintivi che impreziosiscono l'uniforme nera del nazista lo qualificano come un alto ufficiale delle SS. Sulla visiera del suo berretto, una piccola aquila stringe una svastica con gli artigli. Indossa occhiali con una sottile montatura metallica, quasi identici a quelli di Himmler. Si presenta come SS Obersturmbannführer Friedrich Panzinger e gli pone una domanda semplice. Axel sa perché è stato convocato?

Axel von Harnack è uno storico della biblioteca di Stato di Berlino che conduce una vita tranquilla e poco movimentata. Scuote la testa.

Panzinger gli chiede se ha "un parente attivo politicamente".

Axel pensa subito a suo fratello Ernst von Harnack ed "è colto da inquietudine".

Ma mentre Panzinger prosegue con fare gentile il suo agghiacciante interrogatorio, Axel si rende conto che il parente in questione è suo cugino Arvid.

"Te lo dico io ora: è qui con noi," dice Panzinger con dolcezza, quasi con tenerezza.

Mentre Axel digerisce la notizia, Panzinger gli dice che le accuse contro Arvid devono restare "assolutamente segrete". Se Axel o chiunque altro della famiglia si azzarda a lasciar intendere che Arvid è stato arrestato, lo sarà anche lui.

Axel, allarmato, giura che lui e la sua famiglia non diranno nulla, assolutamente nulla. Ma cosa dovrebbero dire agli amici? E ai colleghi? Tutti noteranno che Arvid è scomparso e si domanderanno dove sia.

Panzinger annuisce pensieroso. La spiegazione, dice, è semplice. Arvid è "ufficialmente in trasferta per un tempo indefinito". La stessa spiegazione deve essere data al proprietario di Woyrschstrasse 16.

È così che Axel capisce che anche Mildred è stata arrestata.

Axel incontrava Mildred abbastanza spesso. Lei amava rifugiarsi nella biblioteca di Stato di Berlino per lavorare alla sua tesi di dottorato. A volte pranzavano insieme nella caffetteria della biblioteca. Pensa ai suoi "occhi chiari, radiosi", a quel suo modo di fissarlo ascoltandolo con attenzione. Si ricorda anche di quando entrava con passo spedito in una stanza con i suoi "nobili" propositi.

Lo addolora sapere Mildred in prigione.

## 13.

Tra ottobre e dicembre, Axel von Harnack viene interrogato presso Prinz-Albrecht-Strasse 8 quasi ogni settimana. Un ufficiale della Gestapo di stanza alla porta d'ingresso annota l'"ora esatta" in cui entra nell'edificio. Percorrendo un corridoio rivestito di moquette fino all'ufficio dell'SS Obersturmbannführer Panzinger, Axel nota "complicate apparecchiature telefoniche" e numerose porte. Ogni volta che le SS gli passano davanti in uniforme nera osservandolo, prova un brivido di paura. La paura non si attenua quando apre la porta di Panzinger.

Una volta seduto, il suo sguardo passa dal parquet lucidato ai tappeti pregiati, ai tendaggi sontuosi, fino all'anello sulla mano sinistra di Panzinger: una fascetta d'argento ornata da foglie di quercia e da un teschio sogghignante. Un anello *Totenkopf*. Himmler ne porta uno uguale.

Panzinger lo fissa con freddezza e gli chiede di dirgli la verità su Arvid e Mildred. È sparita ogni traccia della sua gentilezza.

Axel si ricompone. Spera di convincere Panzinger a far cadere le accuse contro Arvid e Mildred, o almeno di convincerlo a fare in modo che siano trattati decentemente durante la loro prigionia.

La verità, dice, è che Arvid e Mildred sono "persone di grande valore", dotate di uno "spirito indipendente".

Panzinger sembra essere "ricettivo a queste osservazioni". Racconta ad Axel di aver interrogato personalmente Arvid diverse volte e di aver "avuto una lunga discussione politica con il dottor Harnack" che ha suscitato in lui "un sentimento di rispetto nei suoi confronti".

Alla terza visita, Axel crede di aver fatto qualche passo avanti. Porta dei libri e cibo per Mildred e per Arvid. In seguito scoprirà che i pacchi vengono consegnati solo ad Arvid. Mildred non riceve nulla. Quando Axel ne chiede il motivo, Panzinger si rifiuta di spiegarglielo, benché il suo disprezzo per la moglie americana di Arvid sia inequivocabile.

Settimane dopo, Panzinger affermerà che Mildred "ha detto troppe menzogne".

14.

Una prigioniera ammanettata siede in uno stanzone al piano superiore, in attesa di essere interrogata. Si chiama Maria Grimme. Lei e Adolf, suo marito, sono membri del Tat Kreis.

La porta di una delle sale degli interrogatori si apre. Due agenti della Gestapo trasportano una donna pallida ed emaciata su una barella. I suoi occhi sono infossati nelle orbite, vitrei per l'agonia. Anni dopo, Maria ne descriverà la "notevole espressività".

Gli ufficiali della Gestapo posano la barella sul pavimento e se ne vanno. Maria guarda la donna, immobilizzata dall'orrore. Mildred non si muove, il suo "respiro è impercettibile". Maria si domanda se sia viva o morta.

Tornano gli ufficiali, uno dei quali è particolarmente ironico e crudele. Afferra i polsi della donna priva di conoscenza e la tira su.

"Allora, Frau Harnack," le urla in faccia, "si sente meglio?"

# Toc toc

## *1942*

### 1.

Alle cinque del mattino del 26 settembre, un sabato, Günther e Joy Weisenborn vengono svegliati da qualcuno che bussa alla loro porta.

Günther apre e vede quattro uomini con indosso soprabiti scuri. Non sembrano della Gestapo. Non indossano uniformi né distintivi. Se ne stanno lì, "minacciosi", ricorderà Günther anni dopo, con le mani infilate nelle tasche.

"Dovete venire entrambi con noi," dice uno di loro. "Preparatevi una borsa, potreste stare via per un po'."

Joy trova una borsa e ci mette dentro alcune camicie e pantaloni di Günther, estraendoli dai cassetti con le mani tremanti.

"Pensa davvero che vi metteranno nella stessa cella?" dice ironico l'ufficiale. "Ne faccia due."

Günther passa la notte tremando nella sua cella. Il giorno dopo viene condotto in manette su per le scale e fatto entrare in una stanza. Un uomo calvo siede dietro una scrivania "affinando la punta di una matita". Si chiama Habecker. Ha la carnagione "grigia" e il suo naso è "sudato". La cosa più rivoltante sono i suoi "baffetti alla Hitler".

"Mi dica," esordisce Habecker, "che tipo di persone frequenta?"

A volte la stanza degli interrogatori è gelida, altre c'è un caldo torrido. Talvolta Günther viene torturato.

2.

John Sieg, membro del Gegner Kreis, entra nella stanza degli interrogatori di Habecker, deciso a non fare nemmeno un nome. Habecker lo tortura senza pietà.

Poco dopo, John Sieg si impiccherà nella sua cella.

Il suo amico Herbert Grasse si getterà dal quinto piano.

La notizia dei suicidi si diffonde nei sotterranei del quartier generale della Gestapo, dove detenuti rinchiusi in celle di isolamento attendono terrorizzati gli interrogatori. Non possono parlare tra di loro, così escogitano altri modi per comunicare.

3.

A tarda notte, Günther Weisenborn batte su una parete della sua cella con l'estremità di una matita. Sta cercando di comunicare con il suo amico Kurt Schumacher, che si trova nella cella accanto alla sua.

"Stavano accumulando prove contro di me," scriverà Günther nella sua autobiografia.

Di recente, un membro del Gegner Kreis ha firmato una dichiarazione che lo incrimina. Oggi Günther ha scoperto che Kurt ha spifferato il suo nome mentre Habecker lo torturava. Se Kurt non ritratta la sua dichiarazione, Günther sarà giustiziato.

> Ho cominciato a battere a intervalli regolari. Kurt ripeteva esattamente il mio numero di colpi. I rumori erano deboli, come se fossero molto distanti. Ho battuto una volta per la *A*, due volte per la *B*, tre volte per la *C*. Lui ha risposto in modo irregolare. Non ha capito. Ho ripetuto. Non ha capito. Ho ripetuto. Non ha capito. Ho ripetuto cento volte. Non ha capito. Mi sono asciugato il sudore e ho cercato di arginare la mia disperazione… Eravamo impotenti. Accentuava alcuni tocchi, ne attenuava altri. Era Morse? Non conoscevo il Morse.

“Davo colpi alla parete per salvarmi la vita,” ricorderà Günther. “Battevo sdraiato sulla branda, avvolto nella coperta di lana… poi mi sono fermato. La luce si sarebbe potuta accendere e la guardia avrebbe potuto vedermi da un momento all’altro.”

Alle due di notte, Günther si arrende, esausto, e crolla in un sonno agitato.

Al mattino e per tutta la giornata è in preda alla disperazione. Ha anche già pianificato il suicidio. La settimana precedente, con un paio di forbici rubate, ha ritagliato due strisce sottili dal suo lenzuolo. Potrebbe avvolgersele intorno al collo e impiccarsi. Preferirebbe uccidersi anziché essere giustiziato dai nazisti.

> Ma la sera successiva l’ho sentito… ventidue colpi. Li ho contati insieme a lui. Era la lettera *V*. Poi cinque colpi. Poi una *R*, che ho contato con precisione trattenendo il respiro. Poi una *S*, una *T*, una *E*, una *H*, una *E*: “*verstehe*”. Capisco! Sono rimasto sotto la coperta di lana, sfinito ma felice… Ero madido di sudore.

Più tardi, Günther batte:

> Devi… ritrattare… la tua… dichiarazione.

Kurt batte:

> Perché?

Günther batte:

> È… la seconda… dichiarazione… contro… me… significa… morte.

## 4.

Altri detenuti ascoltano i colpi. Alcuni di loro imparano il linguaggio dei colpi di Günther. Altri ne sviluppano uno loro.

Battono per trasmettere informazioni sui loro interrogatori, per mettere in guardia dai carcerieri e dagli informatori, per condividere le notizie sul mondo, per discutere di battaglie vinte e perse. Battono per sfidare i loro rapitori, per raccontare una barzelletta, per farsi un amico, per litigare, per urlare la loro angoscia. Battono per sentire un altro essere umano che batte.

A notte inoltrata si sente una sinfonia di colpi.

## Falk farà del suo meglio
## *1942*

### 1.

Falk Harnack è stato arruolato nell'esercito tedesco ed è di stanza a Chemnitz, a duecentoquaranta chilometri a sud di Berlino. L'ultima volta che ha visto suo fratello maggiore, Arvid, è stato il 24 agosto 1942, il giorno dopo che la Luftwaffe aveva iniziato a bombardare a tappeto la città di Stalingrado.

Arvid sembrava profondamente agitato. Aveva intenzione di parlare seriamente con Falk, ma prima aveva perlustrato l'appartamento, guardato sotto i mobili, punzecchiato i fili che spuntavano dalle lampade. Solo quando si era assicurato che in Woyrschstrasse 16 non ci fossero delle microspie, si era avvicinato a Falk. Con tono poco più che sussurrato, si era tolto un peso dal cuore.

Era in preda a un terribile dilemma. Restare in Germania sembrava una scelta obbligata e allo stesso tempo suicida. Aveva pensato di spostare il Circolo in un altro paese, ma non sarebbe servito a molto. Aveva bisogno di assistere di persona a ciò che stava accadendo in Germania: come avrebbe potuto farlo a distanza? Poi c'era la questione delle dimensioni del Circolo. Si domandava se un nome migliore avrebbe potuto renderlo più appetibile.

Falk fa parte di un gruppo di resistenza con un nome più evocativo: La Rosa bianca. A capo del gruppo ci sono Sophie e Hans Scholl, i quali, come Falk, hanno frequentato l'Università di Monaco.

La Rosa bianca ha prodotto la sua prima serie di volantini nel giugno del 1942. Falk è attivo nella resistenza dal 1934. Il consiglio che Falk ha dato agli Scholl – puntare a un ampio spettro di tedeschi, dai comunisti ai socialdemocratici fino agli aristocratici conservatori – è lo stesso che avrebbe dato Arvid.

2.

A metà ottobre del 1942, Falk attraversa il grande ingresso ad arco del quartier generale della Gestapo per andare a trovare Arvid, che lo riceve in una piccola stanza al piano superiore dell'edificio e lo abbraccia "forte e con tenerezza". Falk nota che suo fratello sembra molto più vecchio di quando lo aveva visto ad agosto.

Si siedono ai lati opposti di un tavolo di legno. Una guardia carceraria controlla la loro conversazione, che è carica di tensione. Arvid gli dice che sta trascorrendo il suo tempo dietro le sbarre in modo produttivo – ha iniziato a scrivere un nuovo libro – e vuole sapere come sta la loro mamma. Falk lo rassicura che Clara Harnack "scoppia di salute e di coraggio". Arvid evita di parlare degli interrogatori che ha subìto.

Un mese dopo, a Falk è concessa una seconda visita.

Questa volta Arvid gli racconta più cose. Gli descrive la sua cella (se sale in piedi su una sedia, riesce a scorgere "un pezzettino di cielo" dalla piccola finestra con le sbarre) e il pane che rappresenta il suo pasto al mattino e alla sera (secco come il gesso). Quando la guardia carceraria che controlla la loro conversazione si volta attratta dal trambusto che proviene dal lato opposto della stanza, Arvid si china in avanti e bisbiglia velocemente: "Mi hanno torturato".

3.

L'aguzzino di Arvid è Habecker, lo stesso che ha torturato Mildred.

Habecker continuerà a torturare molti altri militanti della resistenza. Quasi tutti saranno giustiziati. Una delle rare testimonianze dirette dei metodi di Habecker è quella di Fabian von Schlabrendorff, un giurista che aveva cospirato insieme ai cugini di Arvid, Hans von Dohnányi e Dietrich Bonhoeffer, per assassinare Hitler. La tortura si svolge in quattro fasi:

> Durante la prima fase, mi hanno legato le mani dietro la schiena. Poi mi hanno fissato un marchingegno su entrambe le mani in modo tale da separare ogni dito. All'interno di questo dispositivo c'erano degli aculei di ferro che premevano sulla base delle dita. Il meccanismo poteva essere stretto per mezzo di una vite in modo che gli aculei penetrassero nelle dita.
>
> La seconda fase si svolgeva in questo modo: ero legato sopra un congegno che somigliava a una rete da letto, a pancia in giù. Mi hanno messo una coperta sulla testa e una specie di tubo intorno a ciascuna delle mie gambe nude. Dentro questi due tubi c'erano dei chiodi. Anche qui, le pareti dei tubi potevano essere serrate mediante un meccanismo speciale, in modo tale che i chiodi mi perforassero le cosce e i polpacci.
>
> La "rete da letto" fungeva anche da dispositivo principale per la terza fase.
> Come in precedenza, mi ci hanno legato con la testa avvolta in una coperta.
> Poi, per mezzo di chissà quale marchingegno, la "rete da letto" si apriva, bruscamente o lentamente, in modo che il mio corpo, legato com'era, fosse costretto a seguire i movimenti di questo letto di Procuste.
>
> Durante la quarta fase mi hanno legato in modo contorto tramite un sistema di incatenamento speciale che faceva sì che il mio corpo non potesse né girarsi né mettersi su un fianco. Poi il sergente investigativo e l'appuntato mi hanno picchiato alle spalle con mazze pesanti in modo da farmi cadere in avanti a ogni colpo e, avendo le mani

legate dietro alla schiena, sbattevo la faccia e la testa a terra in modo violentissimo. Durante questa procedura i partecipanti si divertivano sbeffeggiandomi. La prima tornata di torture si è conclusa con il mio svenimento. Nessuna delle violenze che ho descritto mi ha indotto a confessare qualcosa o a tradire qualche mio compagno.

Il giorno dopo non riuscivo ad alzarmi, quindi non potevo nemmeno cambiarmi la biancheria intima, che era intrisa di sangue. Benché fino a quel momento fossi sempre stato in perfetta salute, ho avuto un forte attacco di cuore nel corso della giornata.

4.

Arvid chiede a Falk se ha notizie di Mildred.

Falk non ne ha.

Arvid gli chiede una fotografia di sua moglie. Portamela di nascosto, dice.

Falk ribatte che farà del suo meglio. Finora, ogni tentativo che ha fatto per inviare qualcosa a Mildred è fallito.

5.

Mildred è stata messa in isolamento.

Ad Arvid vengono dati carta e matite. Può scrivere e ricevere lettere. Axel gli invia opere di Platone, Hegel e Adam Smith. Sta scrivendo un nuovo libro in cui espone una teoria economica che sintetizza tutte le sue teorie precedenti.

A Mildred non viene concesso nessuno di questi privilegi: niente matite, niente carta né lettere o libri.

Axel, cugino di Arvid, supplica un carceriere di permettergli di far visita a Mildred. Il carceriere rifiuta. "Non hanno mai permesso a nessuno di parlare con Mildred Harnack," scriverà Axel in seguito. "Anche le mie ripetute richieste di consentire a una donna della famiglia di parlare [con lei] sono state rifiutate."

Ci prova anche Falk, invano.

6.

Falk cerca di procurarsi un avvocato. Conosce quattro ottimi avvocati nella sua famiglia allargata: Klaus Bonhoeffer, Ernst von Harnack, Justus Delbrück e Hans von Dohnányi.

Ma gli avvocati della famiglia non possono andare in tribunale a difendere Arvid e Mildred. Fanno parte della resistenza e potrebbero essere perseguitati anche loro.

7.

Hans von Dohnányi, Justus Delbrück e Dietrich Bonhoeffer hanno ottenuto incarichi presso l'Abwehr, riuscendo ad accedere al cuore pulsante dell'intelligence militare tedesca. Ernst von Harnack e Klaus Bonhoeffer lavorano a stretto contatto con loro.

In seno all'Abwehr sta nascendo un complotto per assassinare Hitler che non ha ancora un nome. È coinvolto anche un ex sindaco di Lipsia, Carl Goerdeler, così come numerosi militari di alto rango, tra cui il colonnello generale Ludwig Beck, il maggiore generale Hans Oster e l'ammiraglio Wilhelm Canaris.

L'ammiraglio Canaris è il capo dell'Abwehr e il maggiore generale Oster è il suo vice. Il colpo di stato che avevano tentato di organizzare nel 1938, noto come Cospirazione Oster, era fallito in parte perché il primo ministro Neville Chamberlain aveva abbracciato una politica volta a rabbonire Hitler. Stavolta sperano di beneficiare del forte sostegno del nuovo primo ministro britannico, Winston Churchill.

Il 1° giugno 1942, Canaris invia Dietrich Bonhoeffer in missione segreta per avvertire la Gran Bretagna che lo Stato maggiore tedesco sta complottando per assassinare Hitler. Dietrich incontra il vescovo di Chichester, George Bell, membro della Camera dei Lord. Dietrich aveva conosciuto il vescovo Bell dieci anni prima, quando era pastore a Londra, e i due avevano stretto una profonda e duratura amicizia.

Il vescovo Bell dice a Dietrich che avrebbe fatto tutto il possibile per supportare la sua missione. Scrive una lunga lettera al ministro degli Esteri Anthony Eden, che molti consideravano l'alleato politico nonché confidente più stretto del primo ministro Churchill. "Se ci sono uomini in Germania disposti a combattere la mostruosa tirannia dei nazisti dall'interno," scrive il vescovo Bell, "è opportuno scoraggiarli o ignorarli?"

Eden lo rimprovera bruscamente. L'opposizione in Germania, rimarca, "ha dato scarse prove della sua esistenza".

# Il settimo interrogatorio di Wolfgang
## *1942*

### 1.

Wolfgang Havemann si trova a Flensburg, una città portuale che confina con la Danimarca così a nord che la Gestapo deve percorrere quasi cinquecento chilometri per andare ad arrestarlo. Non spiegano nulla all'unità di intelligence navale del tenente colonnello. Si limitano a far sapere che la presenza di Wolfgang è necessaria a Berlino; la guerra dovrà continuare senza di lui.

Al quartier generale della Gestapo, Wolfgang viene fotografato, gli prendono le impronte digitali e lo spediscono in una cella nel seminterrato.

Durante il primo interrogatorio, gli chiedono di parlare di Arvid, suo zio.

Al secondo, gli fanno domande su sua zia Mildred.

Al terzo, sugli altri membri del Circolo.

Wolfgang finge di non sapere nulla.

"Non cerchi di coprire suo zio," gli dice l'ispettore. "Ha commesso talmente tanti reati che non può salvargli nemmeno un capello."

### 2.

Al quarto interrogatorio di Wolfgang, entra nella stanza un altro uomo. È calvo, visibilmente più anziano dell'ispettore precedente, sui cinquant'anni. Ha baffetti sottili e occhi di un blu slavato. Afferra un coltello e taglia in due una sigaretta.

Habecker.

Sul tavolo c'è un album di fotografie. Habecker ne sfoglia le pagine con disinvoltura, come se fosse una collezione di foto di villeggianti. Vuole sapere se Wolfgang riconosce qualcuno di loro.

Wolfgang conosce quasi tutti quelli che Habecker indica. La dattilografa che siede di fronte a lui aspetta la sua risposta con le dita in bilico sui tasti.

Wolfgang scuote la testa.

3.

Habecker interroga Wolfgang per la quinta e sesta volta.

Alla quinta, Wolfgang sopporta altre domande su Arvid.

Alla sesta, Wolfgang inscena uno spettacolo ancora più tragico di quello che aveva fatto al quarto, scoppiando "in lacrime d'indignazione".

4.

Al settimo interrogatorio di Wolfgang, Habecker non c'è più, l'ha sostituito l'ispettore che ha effettuato i primi tre. Assume un tono gentile e invita Wolfgang a fare una passeggiata all'aperto.

È la prima volta che Wolfgang mette piede fuori dal carcere dopo l'arresto.

L'ispettore lo conduce lungo un sentiero che attraversa un giardino ben curato con fiori invernali. Wolfgang, abbagliato dalla luce del sole, si riempie i polmoni d'aria profumata mentre cammina accanto al nazista di cui viene a sapere il nome: Büchert. Egli ha su di lui il potere di vita o di morte.

Büchert parla con leggerezza. Dice a Wolfgang che non gli era mai stato assegnato un caso come questo. Sarebbe "un romanzo meraviglioso," dice, "se non fosse così triste".

## *Kassiber*
## *1942*

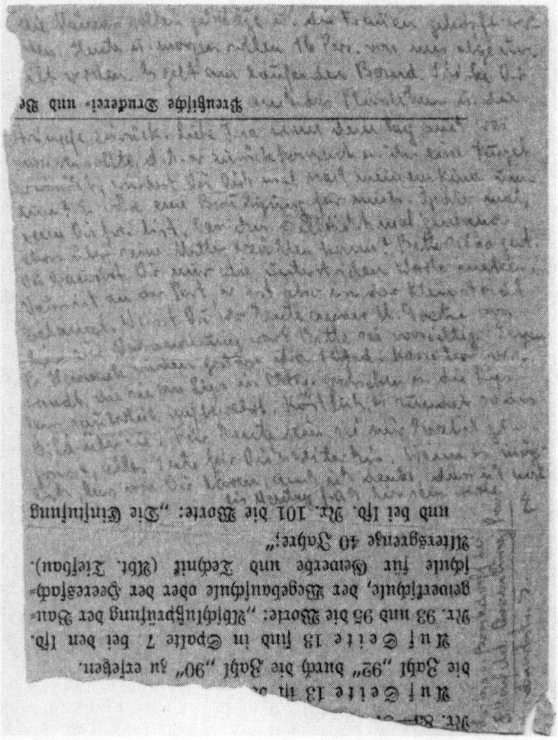

### 1.

"Controlla sempre le cuciture dei miei pigiami," sussurra Cato Bontjes van Beek a sua madre. Siedono ai lati opposti di un tavolo in una stanza al piano superiore del quartier generale della Gestapo.

Cato ha ventun anni. Il 14 novembre 1942 ne compirà

ventidue. Da settimane e settimane vive ammanettata nell'oscurità del seminterrato. Vicino al soffitto della sua cella, una finestrella lascia intravedere il cortile della prigione, dove ai detenuti sono concessi dieci minuti di camminata in circolo. Cato ne riconosce alcuni, altri no. Poco importa. Molti fanno parte della resistenza clandestina e la loro unione è solida come le sbarre della finestra. Ogni giorno Cato sale sul comodino accanto al suo letto e sbircia fuori, cantando per coloro che passano trascinando i piedi.

Una guardia si commuove ascoltandola. È per questo motivo che a sua madre, Olga, è stato concesso di venire a trovarla. È fortunata: le altre madri non possono farlo.

La visita non dura molto. Olga esce dall'imponente portone ad arco del quartier generale della Gestapo con ancora nelle orecchie il sussurrare di sua figlia e un braccio carico di panni da lavare. Ad alcune delle famiglie dei detenuti è permesso fare loro il bucato. Anche altre prigioni di Berlino adottano questa linea. La decisione su quali famiglie siano autorizzate a fare il bucato di un detenuto viene presa in base all'umore dell'amministrazione del carcere.

Ben presto negli orli degli indumenti lavati vengono nascosti biglietti tramite i quali i prigionieri comunicano con le loro famiglie. Questo tipo di messaggi segreti sono chiamati *Kassiber*.

Talvolta i prigionieri si scambiano *Kassiber* durante la passeggiata quotidiana nel cortile del carcere. A volte li infilano nella malta tra i mattoni o nelle crepe e fessure dei muri affinché altri detenuti li trovino.

## 2.

Mildred e Libertas vengono trasferite dalla prigione sotterranea del quartier generale della Gestapo al carcere femminile di Charlottenburg, dove vengono ammanettate in celle di isolamento separate. L'edificio fatto di mattoni rossi è nascosto dietro un cortile circondato da mura su Kantstrasse; i berlinesi che vi passano davanti non sanno nemmeno che lì dentro c'è una prigione.

Mildred e Libertas si scambiano *Kassiber*.

Ogni mattina vengono trasportate tramite un furgone della polizia al quartier generale della Gestapo per gli interrogatori. Non è Habecker a interrogare Libertas, bensì un ufficiale di polizia che si astiene dal torturarla. Può dirsi fortunata pur non capendo come mai, dato il suo legame familiare con Göring, l'ufficiale non le tolga le manette e non la lasci libera.

3.

Göring è furibondo.

Ha partecipato al matrimonio di Libertas e di Harro. Ha supervisionato la promozione di Harro a Oberleutnant – il più alto grado di tenente della Luftwaffe – e non riesce a perdonarsi di avergli concesso di accedere a informazioni militari altamente confidenziali.

Un ammiraglio, uno degli assistenti di Hitler, nota che Göring si sente "umiliato" da questa vicenda. Non riesce a capire come un gruppo di resistenza clandestina in Germania possa annoverare tra i suoi membri "ufficiali e aristocratici".

Anche Hitler è scioccato dal fatto che tra i membri di questo gruppo di resistenza ci sia "l'élite".

4.

Libertas cerca di salvarsi. Un pomeriggio, quando il suo ispettore esce dalla stanza, si mette a parlare con la dattilografa, una donna di nome Breiter. Libertas le lascia intendere di essere la nipote di Philipp Friedrich Alexander, principe di Eulenburg e Hertefeld e conte di Sandels, e simula interesse per il passato della signorina Breiter. Si domanda come sia finita lì, a battere a macchina per un poliziotto al quartier generale della Gestapo. Poi orienta la conversazione verso la propria situazione.

"Ho soltanto un favore da chiederle," dice Libertas.

5.

Quel pomeriggio, Libertas sussurra un nome all'orecchio della signorina Breiter: Hans Coppi.

Il pomeriggio successivo gliene mormora un altro.

Il terzo pomeriggio, un altro ancora.

Nel corso di venticinque interrogatori, Libertas fa i nomi di tutti coloro che conosce nel Circolo, nel Gegner Kreis, nel Tat Kreis e nel Rittmeister Kreis. La signorina Breiter si precipita diligentemente al terzo piano e riferisce i nomi all'SS Hauptsturmführer Kopkow, ammettendo in seguito di essersi sentita "tutta eccitata".

Kopkow rimane stupito. Molti di questi nomi non li ha mai sentiti prima. Riferisce immediatamente le informazioni a Göring, che si accerta che Breiter riceva cinquemila Reichsmark e un ringraziamento personale da parte di Himmler.

Kopkow riceve da Göring una ricompensa ancora maggiore: trentamila Reichsmark.

6.

Qualche tempo dopo, la nipote di Philipp Friedrich Alexander, principe di Eulenburg e Hertefeld e conte di Sandels, si siede nella sua cella per scrivere una lettera a sua madre.

"Io," scrive Libertas, "ho tradito i miei amici per egoismo."

# L'Orchestra rossa non è né rossa né particolarmente musicale

## *1942*

### 1.

La notizia dei tradimenti di Libertas si diffonde nelle prigioni femminili.

Rose Schlösinger scrive in un *Kassiber*:

*Corre voce che i nuovi arresti siano dovuti a Libertas... È una principessa della stirpe degli Schulenburg o degli Eulenburg, una cosa del genere, ed è imparentata con Göring, o comunque lo conosce bene. Suo marito era protetto da G. e probabilmente era la mente di tutta questa faccenda.*

Oda Schottmüller scrive un *Kassiber* sul "panico dell'ultimo minuto", che avrebbe indotto Libertas a diventare "un'informatrice".

Erika von Brockdorff scrive un *Kassiber* su quella chiacchierona di "Lips", che ha commesso un ulteriore tradimento presentandosi a un interrogatorio con almeno una dozzina di *Kassiber*, tutti scritti da Mildred.

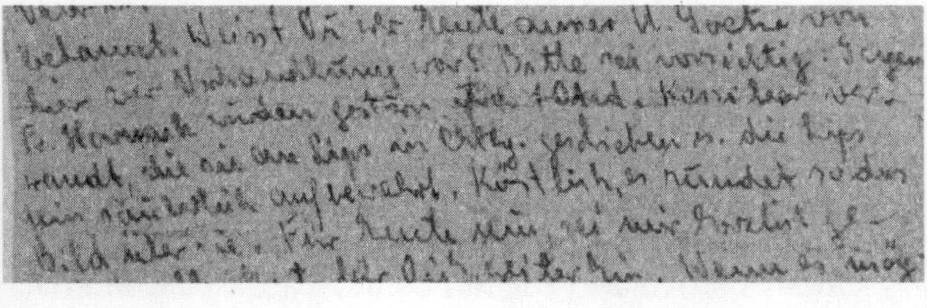

2.

Gli ufficiali della Gestapo ripongono i *Kassiber* sequestrati e le trascrizioni degli interrogatori in raccoglitori da utilizzare come prova contro i detenuti in tribunale.

Nel dicembre del 1942 i raccoglitori stracolmi sono trenta. Vengono fissate le date di diciannove processi differenti che riguarderanno un gruppo di settantacinque tedeschi e una donna americana.

3.

Il gruppo adesso ha un nome: la Rote Kapelle, l'Orchestra rossa. Non è un nome che si sono dati da soli. Proviene dal gergo dei servizi segreti tedeschi. L'Abwehr usa la parola "orchestra" per designare qualsiasi rete di spionaggio nemica. I radiotrasmettitori sono "pianoforti"; i loro operatori "pianisti". Quando nel 1941 l'Abwehr ha scoperto che i "pianisti" tedeschi inviavano i loro messaggi a Mosca, ha definito l'orchestra "rossa".

L'Abwehr, la Gestapo e lo stesso Hitler suppongono che l'Orchestra rossa sia un'ampia rete unificata di spie esperte operativa a Mosca, Parigi, Ginevra, Bruxelles e Berlino.

Non è così.

Molti dei detenuti nel seminterrato del quartier generale della Gestapo rimangono attoniti nell'apprendere la notizia di essere imputati in un processo di massa volto a perseguire una rete di spie sovietiche.

4.

Il processo si terrà presso il più alto tribunale militare della Germania nazista, il Reichskriegsgericht, la corte marziale del Reich. Una giuria di cinque giudici ascolterà ogni caso. Gli avvocati della difesa rappresenteranno i prigionieri mentre il Reich sarà rappresentato da un procuratore.

Questi particolari vengono comunicati a Falk Harnack

dal procuratore stesso, che prepara un atto d'accusa di ottocento pagine su richiesta di Göring.

5.

Falk convoca una riunione di famiglia.

Gli Harnack non hanno ancora trovato un avvocato difensore. È d'obbligo reclutare qualcuno che abbia il coraggio di opporsi a un procuratore che riceve ordini direttamente da Göring. Finora, tutti gli avvocati contattati si sono categoricamente rifiutati di avere a che fare con Mildred e Arvid. Privatamente esprimono loro solidarietà, ma hanno troppa paura di rischiare la vita difendendo pubblicamente esponenti della resistenza.

Finalmente, appena due settimane prima del processo, Inge, la sorella di Arvid, trova qualcuno disposto a occuparsi del loro caso.

6.

È una gelida mattina di dicembre quando Falk e i suoi cugini Axel ed Ernst von Harnack fanno visita all'avvocato nel suo studio angusto e stracolmo di libri. Si presenta come Herr Schwarz e stringe loro la mano vigorosamente.

Una volta seduti, Schwarz spiega loro che non gli è stato concesso di dare più di un'occhiata superficiale alle ottocento pagine dell'atto d'accusa. Le autorità naziste si sono rifiutate di fornirgli una copia delle pagine che riguardano Mildred e Arvid. In realtà, non gli avevano permesso neanche di prendere qualche appunto.

Falk, Axel ed Ernst si scambiano occhiate sconcertate. Come può Schwarz difendere Mildred e Arvid con cognizione di causa se non ha una solida conoscenza delle accuse mosse contro di loro?

Ernst von Harnack si alza in piedi. Da avvocato esperto ed ex sindaco di Merseburg, si è confrontato con i princìpi della giurisprudenza per quasi vent'anni, e negli ultimi anni si è trovato ad affrontare senza sosta la corruzione nazista.

Tenta di convincere tutti che Schwarz potrebbe essere l'uomo giusto e pronuncia un discorso sugli obiettivi politici di Arvid e sul suo impegno nel costruire un mondo più giusto e più umano.

Schwarz lo ringrazia. Non è dato sapere se seguirà o meno le indicazioni di Ernst durante il processo. La riunione termina con un altro giro di strette di mano. Ernst esce nel gelo di quella mattina, chiedendosi che cos'altro possa fare. Contatta un ufficiale della Gestapo che simpatizza palesemente per la resistenza e lo implora di scoprire qualcosa sull'atto di accusa. L'ufficiale non vuole, o non può. Si lascia sfuggire soltanto che "si tratta di un'indagine molto estesa contro una vasta cerchia di persone, protetta da un'impenetrabile segretezza, e che le persone coinvolte rischiano di lasciarci la pelle".

7.

"Ancora nessuna notizia di M.," scrive Falk in una lettera alla madre Clara.

La lettera è datata 7 dicembre 1942. Otto giorni dopo inizierà il processo.

8.

Su Mildred iniziano a circolare delle voci.

In uno dei *Kassiber*, Rose Schlösinger scrive:

*Ho sentito che Mildred è a Charlottenburg. Pare che ultimamente la sua salute mentale si sia molto deteriorata: soffre di una sorta di mania di persecuzione.*

Qualcuno sostiene che Mildred soffra di idee suicide e che abbia provato almeno due volte a ingoiare una manciata di spilli.

Qualcun altro vede Mildred azzuffarsi con una guardia carceraria. Corre voce che l'abbia ferita.

# 9.

A Mildred viene concesso di scrivere una sola lettera.

Non tiene in mano una matita da mesi e mesi. Ha contratto la tubercolosi ma non ne parla nella lettera, che indirizza ad Axel, Falk e Clara Harnack.

Chiede loro di inviarle un “abito grigio” che è rimasto nella lavanderia di Tauentzienstrasse, vicino alla chiesa commemorativa dell’imperatore Wilhelm. L’abito le conferirà un aspetto più curato quando testimonierà al processo. Deve prepararsi per apparire quanto più forte e sana possibile.

Chiede “vitamine e lievito”. I flaconi, spiega, si trovano in Woyrschstrasse 16, “in cima alla dispensa” e “nell’ultimo cassetto del comò nel corridoio, vicino alla porta”.

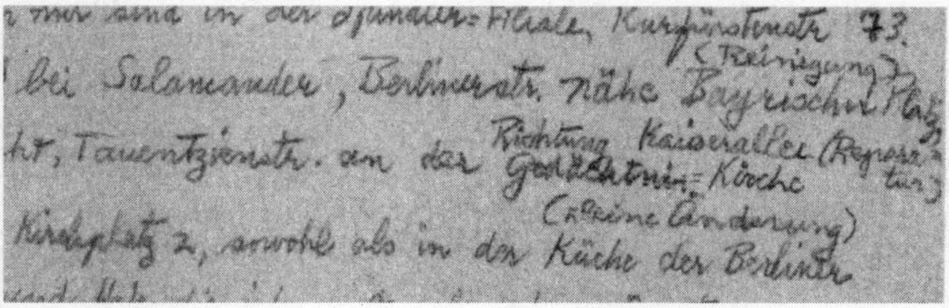
... in der ... Filiale, Kurfürstenstr. 73.
(Reinigung)
bei Salamander, Berlinerstr. nähe Bayrischer Platz
Richtung Kaiserallee (Reparatur)
..., Tauentzienstr. an der Gedächtnis-Kirche
(kleine Änderung)
Kirchplatz 2, sowohl als in der Küche der Berliner

Mildred non sa che pochi giorni prima la Gestapo ha fatto irruzione in Woyrschstrasse 16 e ha confiscato tutto ciò che c’era, né che un ufficiale delle SS si trasferirà presto nel loro appartamento con la moglie e i figli.

# Anneliese e l'arpia
## *1942 –1943*

### 1.

Mattina. Mildred apre gli occhi. La debole luce del sole filtra da una finestra con le sbarre vicina al soffitto della sua cella. La conosce come il palmo della sua mano: le sottili fessure sulle pareti lisce, le piccole cavità simili a costellazioni. Un momento segue l'altro, poi un altro ancora, e così via. Il numero di ore trascorse a fissare il soffitto è incalcolabile. Le sue giornate, una volta nettamente scandite, adesso non sono altro che un'interminabile nulla che risuona a ogni metallico tintinnio di chiavi o al violento fragore dello sbattere di una porta. Non ci sono lezioni da preparare, né classi a cui rivolgersi, né riunioni da organizzare. Conta le ore grazie al vassoio che riceve tre volte al giorno. Una guardia carceraria lo posa bruscamente a terra.

La colazione consiste in un pezzo di pane secco, una tazza di acqua tiepida che ha il colore del fango, cereali bolliti spacciati per caffè. Mastica, inghiotte e tossisce. Le fanno male i polmoni a forza di tossire.

Il materasso è imbottito di trucioli di legno e di paglia.

Cimici e pidocchi le percorrono il corpo e la testa. I topi scorrazzano sul pavimento di pietra.

Non c'è un bagno, solo un secchio puzzolente in un angolo della cella.

Una mattina aprirà gli occhi e qualcosa cambierà. Si alzerà dal materasso, indosserà il suo abito grigio e uscirà dalla sua cella di isolamento. Fuori, un furgone della polizia la aspetterà per portarla dalla prigione di Charlottenburg al tribunale. Avrà i polsi ammanettati, eppure sarà un po' come tornare libera.

2.

Rose Schlösinger, chiusa nella sua cella, scrive un altro *Kassiber*. Ha il cuore spezzato per la morte di Bodo. Ha saputo che è deceduto il giorno prima dell'anniversario del loro fidanzamento; la notizia è arrivata tramite bisbigli furtivi dal fronte orientale fino ai corridoi del carcere di Alexanderplatz.

*Purtroppo non riesco nemmeno a spiegare quali pensieri e sentimenti abbia suscitato in me questa notizia. Mi stanno capitando così tante disgrazie che devo anestetizzarmi il cuore per poterle sopportare.*

Bodo Schlösinger non è morto in battaglia, ma per sua stessa mano. Poco dopo aver saputo che la Gestapo aveva arrestato tutti i membri del Circolo, compresa Rose, è entrato in una fattoria nella campagna russa e si è sparato.

3.

Elfriede Paul sta cucendo una camicetta, rinchiusa in una cella collettiva insieme a un gruppo di altri detenuti. È costretta ai lavori forzati; una guardia li sorveglia. Finora, l'unico lavoro di cucito che ha fatto è stato suturare ferite nella sua clinica berlinese. Allora portava un orologio, adesso il suo polso è nudo. Sa che sono passate nove ore quando una guardia grida: "Forbici nel buco!".

Elfriede e le altre detenute infilano le loro forbici in un buco nella parete vicino al tubo del riscaldamento. L'hanno soprannominato "il buco caldo".

Una volta tornata in cella, Elfriede scrive un *Kassiber*:

*Sono disperata. E non ne posso più di stare da sola.*

Fortunatamente non lo è. Divide la cella con Erika von Brockdorff, che ha un senso dell'umorismo tagliente. "Io ed Erika andiamo d'accordo," scrive Elfriede.

*La sera ci raccontiamo pezzi della nostra vita, perlopiù le nostre esperienze con gli uomini.*

Quando Elfriede ha fame, Erika "cucina" per lei, descrivendole fin nei minimi dettagli una cena sontuosa con una bottiglia di vino da bere insieme.

"Poi dormiamo meravigliosamente bene," scrive.

Quando Elfriede è malinconica, Erika fischietta, canta canzoni allegre o fa battute sconce fino a farla sorridere. Erika si definisce una *Eulenspiegel*, un clown.

4.

Erika von Brockdorff scrive un *Kassiber*:

*Non ho mai vissuto la vita così intensamente come nell'ultimo anno... Voglio raccontare il sogno che ho fatto.*

E lo passa a una guardia carceraria.

5.

La guardia è Anneliese Kuehn, che dopo la guerra rilascerà una dichiarazione sui suoi incontri con queste donne.

All'inizio, Anneliese non sa cosa pensare di loro. Lei si presenta al lavoro per guadagnarsi uno stipendio, nient'altro. I *Kassiber* sono vietati nella prigione di Alexanderplatz. Le detenute sorprese a passarseli vengono punite severamente. Lei e le altre guardie devono perlustrare le celle dei detenuti e perquisire tutto il loro corpo più volte al giorno. Ricevono cinque Reichsmark per ogni *Kassiber* intercettato.

Un giorno, durante una perquisizione, Erika von Brockdorff dice ad Anneliese che una guardia SS ha tentato di violentarla. Ad Anneliese si riempie il cuore di compassione.

Comincia a osservare Erika e le sue amiche della resistenza più da vicino, notando che "fanno tutto il possibile per rimanere in contatto". A volte lanciano *Kassiber* dalla finestra alle detenute nel cortile. A volte se li passano attraverso una valvola d'aerazione.

"Mi sono resa conto con profondo rispetto che questi combattenti della resistenza non hanno smesso di lottare neanche nelle durissime condizioni della loro prigionia," ricorderà Anneliese.

6.

Durante un raid aereo, Oda Schottmüller esce di nascosto dalla cella e corre lungo il corridoio. Dietro una delle porte c'è un water. Il secchio puzzolente nella sua cella è un'umiliazione a cui finalmente può sfuggire, anche se solo per questa volta.

Spalanca la porta, si tira su la gonna e urina nel water, un lusso di cui non godeva da mesi.

La sua gioia è breve.

Una guardia carceraria che detesta irrompe e la rimprovera: "Che sfacciataggine!".

"Sai una *meshugge*," ribatte Oda.

"Io ti denuncio!"

Oda sa bene che sarà punita per aver dato della pazza a una guardia in yiddish, ma non le importa. Descrive l'episodio in un *Kassiber*, soprannominando la guardia "arpia".

7.

L'arpia non ha niente a che vedere con Anneliese Kuehn.

Rimprovera le prigioniere affamate che chiedono più pane. "Molto bene!" sogghigna. "Che razza di ingorde!" Di certo non prova compassione per le donne che sorveglia.

Anneliese Kuehn invece sì. Inizia a introdurre nel carcere matite, carta, candele, fiammiferi e li passa con discrezione alle detenute quando perquisisce le loro celle. Anziché sequestrare i *Kassiber*, li consegna ai destinatari, sia dentro sia fuori le mura della prigione.

Durante i raid aerei le fa uscire dalle celle affinché vadano a parlare con le loro vicine.

8.

Nella cella collettiva, Elfriede Paul crea fiori di stoffa. Un agente penitenziario le mostra come cucirli in modo efficace. Non possono essere fiori qualsiasi, devono essere come i piselli odorosi.

"Oggi," scrive Elfriede in un *Kassiber*,

*stiamo facendo altri fiori e faremo 37 scatole con 60 fiori ciascuna = 2.220 pezzi. La volta scorsa i colori dei piselli odorosi erano tenui, oggi sono vivaci.*

"Oggi," scrive in un altro *Kassiber*,

*due colombe si sono posate sul tetto dell'edificio II. Le ho viste da molto vicino e le loro grandi e belle piume colorate luccicavano alla luce del tramonto.*

Elfriede è sensibile alla bellezza. Si incanta a guardare un "lungo ghiacciolo scintillante sulla mia finestra, che brilla al sole di mezzogiorno".

È il genere di osservazione che Mildred avrebbe potuto fare in un *Kassiber*, se le fosse stato permesso di avere carta e matita. Dopo l'unica lettera che aveva scritto a Clara, Falk e Axel, la guardia le aveva tolto la matita. A Charlottenburg non ci sono guardie come Anneliese Kuehn.

9.

Mattina. Mildred apre gli occhi. Non è cambiato nulla. Le sbarre alla finestra, il soffitto con le sue crepe e i suoi buchi, le cimici, i pidocchi e i topi.

No. Oggi sarà diverso.

Mildred si alza dal letto e posa i piedi nudi sul pavimento di pietra. Questa mattina si toglierà gli abiti da detenuta e indosserà il vestito grigio. Uscirà dalla sua cella e dalla prigione.

Fuori di qui.

Non può prevedere cosa accadrà in tribunale, ma una cosa è certa: ci sarà Arvid.

# Il segugio di Hitler
## *1942 – 1943*

### 1.

La corte marziale del Reich è un organo del comando supremo delle forze armate. Tre alti ufficiali militari e due giudici stabiliscono la colpevolezza o l'innocenza degli imputati che si presentano al loro cospetto, generalmente soldati accusati di diserzione o generali accusati di aver disobbedito ai decreti di Göring.

Mildred Harnack e i suoi co-cospiratori sono accusati di tradimento.

Il diritto penale tedesco riconosce due tipi di tradimento: quello contro il governo (*Hochverrat*) e quello contro il paese (*Landesverrat*). Un imputato dichiarato colpevole di tradimento contro il governo solitamente è punito con una pena detentiva da tre a cinque anni. Un imputato condannato per tradimento contro il paese viene giustiziato.

Il procuratore che Göring ha selezionato accuratamente per questo processo di massa si chiama Manfred Roeder, un avvocato di quarantadue anni con il grado di colonnello, Oberstkriegsgerichtsrat. Nel corso degli anni, Roeder si è dimostrato uno sbruffone becero e infantile con una conoscenza mediocre della legge. Quando la Luftwaffe lo aveva incaricato di indagare sul suicidio del pilota acrobatico Ernst Udet, Roeder aveva ordinato l'arresto di tutti coloro che avevano avuto contatti con lui, seppure remoti, e di altri che neanche ne avevano avuti. Un collega in disaccordo con lui aveva detto in seguito: "Bisogna tenere Roeder alla larga da questa vicenda, sarebbe capace di far arrestare persino il papa". Roeder ha subìto numerosi procedimenti disciplinari e non è particolarmente stimato dai suoi colleghi. Un giudice ritiene che Roeder "non provi la compassione che chiunque proverebbe per la sofferenza altrui". Un altro pensa che Roeder sia "insensibile e di parte". Si tratta del giudice Alexander Kraell, presidente della seconda camera della corte marziale del Reich, che si dà il caso abbia anche il ruolo di giudice supremo nel processo di Mildred.

Benché Kraell abbia una pessima opinione del procuratore che si è guadagnato il soprannome di "segugio di Hitler" sono entrambi convinti della stessa cosa: l'opposizione a Hitler rappresenta un crimine orripilante, specialmente in tempo di guerra. Sono convinti che i cittadini tedeschi abbiano l'obbligo di legge della fedeltà, nonostante la Germania sia passata dall'essere una democrazia parlamentare a una dittatura fascista, e il dittatore fascista assassini milioni di persone che hanno come unica colpa quella di rientrare in una categoria sgradita al Führer.

## 2.

Nel processo di massa dell'Orchestra rossa, il segugio di Hitler ha un unico obiettivo: condannare a morte tutti gli imputati.

In uno dei trenta raccoglitori stracolmi di Manfred Roeder ci sono le trascrizioni dei numerosi interrogatori subiti da ciascuno di essi durante la prigionia. Qualsiasi cosa abbiano spifferato sotto tortura sarà presentato come prova contro di loro. Il fatto che Libertas Schulze-Boysen abbia tradito volontariamente alcuni amici e fornito una serie di informazioni compromettenti su di loro va a vantaggio di Roeder, che ne farà buon uso.

In dodici tra uomini e donne dovranno comparire in tribunale la mattina del 15 dicembre 1942. Fra questi ci sono Mildred e Arvid Harnack e Libertas e Harro Schulze-Boysen. Il processo di massa riprenderà all'inizio di gennaio del

1943 e proseguirà fino a quando tutti i settantasei imputati non saranno processati.

Hitler riceverà resoconti giornalieri. Per la prima volta nella storia, i giudici della corte marziale del Reich non avranno l'ultima parola. Tutti i verdetti e le condanne devono essere approvati dal Führer.

3.

Le co-detenute di Mildred scrivono di Manfred Roeder nei *Kassiber*. In questo modo, le notizie sul loro procuratore si diffondono di cella in cella, di prigione in prigione. È noto per il suo modo di pavoneggiarsi e di gloriarsi durante le testimonianze degli imputati. Oda Schottmüller lo descriverà come "un galletto incredibilmente presuntuoso". Erika von Brockdorff definirà il processo di massa una "caccia alle streghe".

4.

Non ci sono *Kassiber* che documentino le impressioni di Mildred su Manfred Roeder. Condannata all'isolamento, con il divieto di scrivere o di parlare, non poteva comunicare i suoi pensieri a nessuno.

# Il primo di una lunga serie di processi
*1942*

1.

Poco prima delle nove del mattino del 15 dicembre 1942, Mildred entra in un'aula di tribunale. Pochi istanti prima, nel corridoio, aveva incontrato per la prima volta Schwarz, il suo avvocato. Lui le dice che ha il divieto assoluto di fornirle consulenze. Non può nemmeno sedersi vicino a lei.

Una guardia conduce Mildred in fondo all'aula, dove sono state accuratamente disposte sedie di legno in tre file, e le ordina di sedersi.

Indossa il suo abito grigio. Ha i capelli legati in uno chignon. Ha cercato di rendersi presentabile, ma il vestito non le sta più come prima. Pende informe sul suo corpo emaciato, come se l'avesse preso in prestito da una donna più florida.

Uno dopo l'altro entrano gli altri imputati, affiancati dalle guardie.

Arvid, Harro e Libertas Schulze-Boysen. Hans Coppi e il tenente dell'Abwehr Herbert Gollnow, ex allievo di Mildred. Forse è sorpresa di vederlo, o forse no. Entrano altre sei persone, due donne e quattro uomini, molti dei quali mai visti prima di allora. Il suo sguardo sembra non soffermarsi su nessuno di loro.

Probabilmente sta fissando Arvid.

2.

Mildred e Arvid non riescono a dirsi neanche una parola, tantomeno ad abbracciarsi. Le regole stabilite per il processo di massa alla corte marziale del Reich vietano la comunicazione tra gli imputati. Dopo tre mesi di isolamento ininterrotto e di torture intermittenti, Mildred e Arvid possono soltanto guardarsi.

3.

Cinque giudici entrano nell'aula e si siedono su sedie posizionate su una piattaforma rialzata. Il giudice Kraell pronuncia i nomi dei dodici imputati. Sulla parete alle sue spalle c'è un bassorilievo del volto di Hitler ingigantito e deformato dalle mani di uno scultore inesperto.

Tra queste mura verrà inscenata una parodia della giustizia.

Manfred Roeder chiama gli imputati alla sbarra, uno dopo l'altro. Si esibisce in una performance tanto teatrale quanto agghiacciante. Sogghigna e sbraita, pavoneggiandosi e glorificandosi.

Quando arriva il suo turno, Mildred si alza dalla sedia di legno e si avvicina al banco. Lui la tempesta di domande.

Lei lo fissa e mente. No, non può fare nomi né puntare il dito. No, non sa nulla di spionaggio. No, le riunioni che ha tenuto non erano un atto di tradimento, erano strettamente incentrate sulla letteratura americana.

## 4.

Il processo dura quattro giorni. Il 19 dicembre vengono emesse le sentenze.

Axel von Harnack invia un telegramma a Falk:

LIBRO ESAURITO MA SEI FOTOGRAFIE.

*Libro* significa Arvid, *esaurito* significa condanna a morte, *fotografie* si riferisce a Mildred.

Il messaggio in codice dice a Falk che Arvid ha ricevuto la condanna a morte e Mildred sei anni di reclusione.

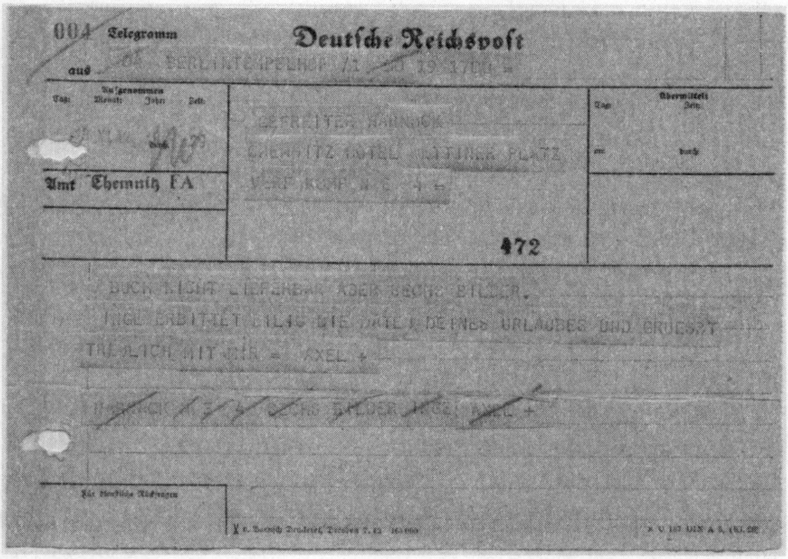
004 Telegramm
Deutsche Reichspost
aus
Amt Chemnitz FA
472
BUCH NICHT LIEFERBAR ABER SECHS BILDER.

## 5.

Harro e Libertas Schulze-Boysen vengono condannati a morte.

Hans Coppi viene condannato a morte.

Nei processi che seguiranno, quasi tutti i membri del Circolo, del Gegner Kreis, del Tat Kreis e del Rittmeister Kreis saranno condannati a morte.

# La compagna di cella di Mildred
## *1942 – 1943*

### 1.

Quando Gertrud Klapputh arriva alla prigione di Charlottenburg sta nevicando.

Ha ventinove anni. È cresciuta a Leopoldshall, un paesino povero dove il padre lavorava nelle miniere di sale. Fa parte della resistenza clandestina dall'età di ventun anni, quando ha rinnegato la Germania nazista e si è dichiarata esule. Nel 1934 è stata a Mosca, nel 1935 a Parigi. Nel 1938 è partita alla volta di Bruxelles, dove "ha vissuto clandestinamente con una donna olandese", come riportato nel fascicolo della Gestapo a lei dedicato.

Le sei pagine del fascicolo presentano un sintetico e meticoloso elenco di reati. Ha distribuito opuscoli illegali, frequentato comunisti. È stata membro del gruppo di aiuto ai prigionieri comunisti Rote Hilfe, Soccorso rosso, e ha partecipato ad attività sovversive con lo pseudonimo di Hertha.

Nel 1940, la Gestapo l'ha riportata a Berlino e rinchiusa in carcere per sei mesi. Dieci mesi dopo averla rilasciata, la Gestapo l'ha arrestata di nuovo.

Gertrud non ha idea di quanto tempo resterà in carcere questa volta. Finora ha trascorso un anno e tre mesi dietro le sbarre, prima a Moabit, poi ad Alexanderplatz e adesso qui a Charlottenburg, dove divide la cella con altre venti donne.

2.

La prima volta che Gertrud Klapputh vede Mildred nel cortile della prigione di Charlottenburg è il 10 dicembre 1942. La neve cade a fiocchi umidi da un cielo incolore. Dopo pranzo, i detenuti devono percorrerne il perimetro per trenta minuti esatti. Camminano a coppie, fianco a fianco, lungo un grande cerchio. È vietato parlare. I prigionieri la chiamano inspiegabilmente la "Danza dell'orso". Gertrud è una nuova arrivata, deve ancora imparare il gergo.

Le voci si diffondono da una cella all'altra, sussurrate. È così che viene a sapere che Mildred è un'americana antifascista in stretto isolamento. Gertrud è incuriosita. Ogni giorno, durante la Danza dell'orso, scruta il cerchio delle donne alla ricerca di Mildred. Ogni tanto i loro occhi si incrociano.

"Potevamo scambiarci solo sguardi," scrive Gertrud.

3.

Il 20 dicembre 1942, il capo delle guardie informa Gertrud che verrà trasferita in una cella più piccola. Quando Gertrud entra, incrocia lo sguardo di una prigioniera seduta lì dentro.

È Mildred.

Dopo che la porta della cella è stata sbattuta e la guardia se n'è andata, le due "si abbandonano l'una nelle braccia dell'altra," ricorderà Gertrud. "Provavamo entrambe un fortissimo affetto, che fino a quel momento avevamo potuto esprimere soltanto con gli occhi."

4.

C'è il rischio che Mildred si suicidi. Per questo motivo, dopo tre mesi di isolamento, le è stata assegnata una compagna di cella.

"Mildred possedeva un grande tesoro," ricorderà Gertrud, "una matita." L'aveva notata durante i quattro giorni del suo processo e, a un certo punto, l'aveva afferrata. Dice a Gertrud di essere stata condannata a sei anni di lavori forzati. Presto sarà trasferita in un campo di lavoro. Fino ad allora, conta di sfruttare al massimo il suo tempo.

"Dopo esserci alzate al mattino facevamo ginnastica, per quanto lo consentiva quello spazio così angusto," scriverà Gertrud.

> Poi ci lavavamo e infine ci veniva servita una misera colazione: un pezzo di pane secco e una tazza di "caffè".

È acquoso e insapore, ma ormai entrambe ci si sono abituate.

> Poi studiavamo o ci raccontavamo storie fino all'ora di pranzo.

Lo "studio" che fanno Mildred e Gertrud è un'improvvisazione. Non hanno libri, ma Gertrud riesce a trovare un pezzo di carta e Mildred recupera con gioia la matita dal buco in cui l'aveva nascosta. "Mi ha scritto dei versi di Goethe," ricorderà Gertrud.

> Da lei ho imparato anche canzoni americane... Anche io le ho insegnato canzoni e poesie. La sua preferita era: *Oh walleys wide, oh heights!*

Sentono un tintinnio di chiavi. La porta della cella si apre. Una guardia posa a terra bruscamente un vassoio per il pranzo. Un altro misero pasto, seguito dalla Danza dell'orso, e così via.

> Mildred purtroppo non riceveva mai lettere, né dal marito né da nessun altro della famiglia. A volte piangeva quando parlava di Arvid... Io la consolavo come potevo. Era molto preoccupata di come avrebbe fatto a sopravvivere a sei anni di lavori forzati.

5.

L'ultima volta che Mildred ha visto Arvid è stato nell'aula del tribunale dopo la pronuncia delle loro sentenze.

Arvid ha incrociato il suo sguardo e "si è illuminato", euforico per il fatto che le avessero risparmiato la vita. Lei lo ha guardato il più a lungo possibile, esprimendo con gli occhi il suo amore pieno di angoscia.

Mildred conserva ancora la speranza che si riuniranno.

Forse il verdetto di Arvid sarà impugnato, dice a Gertrud. Forse un altro avvocato più competente sostituirà Schwarz e chiederà in modo convincente una sospensione della condanna. Forse la guerra finirà prima che Arvid venga giustiziato. Forse la resistenza riuscirà ad assassinare Hitler. Mildred si convince che a queste possibilità, per quanto remote, valga la pena di aggrapparsi.

Ma a volte perde la speranza, si sente "afflitta e talvolta al limite della disperazione".

6.

È gennaio del 1943. Il secondo o terzo giorno del nuovo anno – Gertrud non ne è sicura – compare una guardia. Mildred è stata convocata dal suo avvocato.

Non capisce. Ha già ricevuto la sua sentenza. Ci deve essere un equivoco.

Si alza in piedi. Un tintinnio di chiavi, la porta della cella si apre e si chiude. Un altro tintinnio di chiavi. La portano via.

Quando più tardi Mildred ritorna, ha appreso una notizia terrificante. Per qualche motivo, il verdetto è stato ribaltato. L'avvocato le ha detto che deve "aspettarsi una pena più severa".

Gertrud cerca di confortarla, ma lei è inconsolabile. Schwarz le ha detto anche qualcos'altro.

Arvid è morto.

Poco prima delle otto di sera del 22 dicembre 1942, Arvid è stato impiccato insieme ad altri sei uomini del fascicolo dell'Orchestra rossa, tra cui Harro Schulze-Boysen, Hans Coppi e Kurt Schumacher. Arvid ha trascorso l'ultima ora di vita nella sua cella, scrivendo una lettera a Mildred. Lei ha la lettera, Schwarz gliel'ha appena consegnata. L'ha letta innumerevoli volte e ancora non riesce a credere che Arvid sia morto. Non è possibile. Non può essere una vedova.

Harro, Hans e Kurt non possono essere morti.

E lei non può tornare in quell'aula di tribunale.

## 7.

Ma deve farlo.

Göring è "esploso" quando è venuto a sapere che Mildred non era stata condannata a morte. Alla parola *detenzione* per poco non gli era venuto un infarto, ricorderà un ufficiale giudiziario in un interrogatorio nel dopoguerra. Ha urlato che "era stato incaricato dal Führer" di "cauterizzare questo ascesso" e giurato che Hitler avrebbe rovesciato la sentenza.

Il giorno seguente, dopo avere prontamente respinto il verdetto di Mildred, Hitler ne aveva ordinato l'esecuzione. Per preservare la parvenza di equità giudiziaria, aveva affidato a un altro collegio di giudici il compito di riesaminare il suo caso.

## La peggiore sventura
## *1943*

### 1.

Il 13 gennaio 1943, Mildred entra nella corte marziale del Reich indossando ancora una volta il suo abito grigio. In tasca ha la lettera d'addio di Arvid. L'aula è molto più deserta rispetto all'ultima volta.

Nota che c'è un nuovo collegio di giudici, ma il procuratore è lo stesso.

Oggi Manfred Roeder chiama alla sbarra l'allievo di Mildred, Herbert Gollnow.

L'ufficiale dell'Abwehr testimonia di aver rivelato a Mildred, la primavera precedente, alcuni segreti militari riguardanti in particolare i preparativi di Hitler volti a invadere il Caucaso e a impadronirsi dei suoi pozzi di petrolio e "circa dodici" azioni di sabotaggio dell'Abwehr dietro le linee sovietiche.

*Perché gli ha svelato questi segreti?* gli chiede il segugio di Hitler.

Gollnow risponde che Mildred lo ha costretto a farlo.

*Che tipo di rapporto aveva con la moglie di Arvid Harnack?*

Herbert Gollnow descrive la loro relazione come "sottomissione sessuale".

La vergognosa testimonianza di Gollnow viene presentata come prova a supporto di una nuova sentenza per Mildred: la morte.

2.

"Poi accadde la peggiore sventura che potesse accadere," ricorderà Gertrud.

> Dovetti lasciare Mildred... Mi ero presa cura di lei così tanto... come una cara e buona sorella. Proprio nel momento in cui aveva più bisogno di me.

Il 15 gennaio 1943, Gertrud viene trasferita da Charlottenburg. Non sa dove andrà. Mildred le chiede di conservare la lettera d'addio di Arvid.

Gertrud dice che ci proverà. Se finirà in un'altra prigione, potrebbe riuscirci. Se la manderanno in un campo di concentramento, forse no.

Poi se ne va, Mildred è di nuovo sola.

3.

Ma non per molto. La mattina dopo un'altra donna viene rinchiusa nella cella di Mildred. Si tratta di una ragazza sui vent'anni. Il suo nome è sconosciuto, gli altri detenuti la chiamano la "nuova".

## La fascia che portava al braccio
*1943*

### 1.

La Danza dell'orso.

Il 12 febbraio 1943, una detenuta di nome Irmgard Kamlah si unisce alle altre detenute che camminano a coppie lungo il perimetro del cortile della prigione. Anni dopo, in una lettera, racconterà di questa giornata.

> Ho sentito l'ufficiale che ci accompagnava dire al vigilante, riferendosi a Mildred: "Non può parlare né camminare accanto a nessuno".

Mildred indossa un mantello grigio con un cappuccio. "Non riuscivo a vedere i suoi capelli," scriverà Irmgard, "perché si era abbassata al massimo il cappuccio." Indossa anche una fascia attorno al braccio con due lettere nere: *TK*, l'abbreviazione di *Todeskandidatin*, condannata a morte.

Ogni tanto qualche prigioniera lancia occhiate a Mildred. "Ci avvicinavamo sempre con discrezione in modo che non fosse sospettata di parlare con una di noi," scriverà Irmgard. Quel giorno Mildred sembra

> terribilmente fragile e vulnerabile, come se avesse difficoltà a reggersi in piedi. Eppure correva come braccata, a grandi falcate, da un angolo all'altro del cortile, fissandoci con lo sguardo perso nel vuoto.

È la prima volta che Irmgard vede una *TK*.

2.

A notte fonda Irmgard sente dei passi. È sdraiata su una branda sotto una coperta sottile, tutta tremante. Non è sola: altre donne impaurite condividono la sua cella. Nell'oscurità riesce a distinguere le silhouette di una guardia e di una ragazza. La ragazza è "mezza nuda e piange disperatamente". La guardia la trascina nella cella.

Le donne si sdraiano sulle loro brande, in silenzio, ascoltando la ragazza singhiozzare. Questo può significare solo una cosa: Mildred è stata portata via.

> Dopo un lungo momento, abbiamo parlato sottovoce con la "nuova", che era stata la sua compagna di cella fino a quando Mildred non era stata prelevata per l'esecuzione.

3.

Nei mesi successivi, Irmgard incontrerà altre *TK* nel cortile della prigione. Durante la Danza dell'orso, ogni volta che vedrà una donna che cammina da sola, nascondendo il volto sotto un cappuccio, vorrà dire che ha i giorni contati e che presto sarà giustiziata.

Irmgard giace tremante nell'oscurità della sua cella. Sente il cancello della prigione che si apre e il brontolio di un motore.

> Avevo imparato cosa significava quando un veicolo entrava alle nove di sera nel cortile mortalmente silenzioso della prigione e ne usciva un quarto d'ora dopo.

Il veicolo è diretto al carcere di Plötzensee, dove le donne vengono decapitate.

# La ghigliottina Mannhardt
## *1943*

### 1.

A metà del 1800, Johann Mannhardt, un orologiaio di Monaco, aveva cercato di perfezionare uno strumento costruito dai francesi mezzo secolo prima per giustiziare i condannati in modo più efficace.

La ghigliottina francese era alta oltre tre metri e pesava più di una tonnellata. Un marchingegno formidabile che, secondo le stime, aveva decapitato circa 17.000 persone in un solo anno durante la Rivoluzione francese. Il congegno, che sollevava un'enorme lama verso la traversa superiore lasciandola poi cadere di nuovo verso il basso, era rudimentale e brutale, molto meno sofisticato del delicato sistema di pesi sospesi, pulegge e pendoli che azionava gli orologi a torretta di Johann. La ghigliottina francese era tutta di legno; Johann aveva costruito la sua versione in ferro e acciaio. La ghigliottina francese era dotata di una spessa corda di canapa e di una carrucola; la versione di Johann utilizzava un cavo d'acciaio resistente e un argano manuale. Per la ghigliottina francese il boia doveva tagliare la corda con la spada per rilasciare la lama; nella versione di Johann il meccanismo di rilascio della lama si attivava premendo un pulsante.

Nel 1860, l'azienda Johann Mannhardt fabbricò sei ghigliottine. Una finì nel carcere di Bruchsal, nel sud-ovest della Germania, vicino a Karlsruhe, ma cadde rapidamente in disuso, come le altre. Una ghigliottina Mannhardt avrebbe potuto essere più efficace di una ghigliottina francese, ma non c'era molta richiesta di un dispositivo del genere in quel momento storico. Così, Johann tornò a dedicarsi all'orologeria. Morì nel 1878.

2.

Più di mezzo secolo dopo, il numero di esecuzioni capitali in Germania aumentò in maniera esponenziale. I giudici non esitavano a infliggere sentenze di morte a traditori, sabotatori e altri criminali politici, riempiendo a dismisura le carceri. Ciò rappresentava un problema. Le impiccagioni richiedevano molto tempo, le esecuzioni con l'ascia erano macchinose. E soprattutto, i boia adeguatamente addestrati erano solo tre in tutta la Germania.

Il 28 dicembre 1936, il ministro della Giustizia di Hitler emanò una nuova serie di direttive allo scopo di aumentarne l'efficienza. Aveva diviso la Germania in tre zone di esecuzione, assegnandone una a ciascun boia. Undici prigioni tedesche sarebbero servite come luoghi di esecuzione. Vennero così eliminati patiboli e asce, strumenti ormai obsoleti. Da quel momento in poi, le esecuzioni sarebbero state eseguite esclusivamente con la ghigliottina.

La prigione di Berlino non ne aveva, il che rappresentava un problema, ma il ministro della Giustizia escogitò una soluzione semplice e rapida: anziché costruire una nuova ghigliottina, ne avrebbe trovata una sottoutilizzata in una prigione più piccola e l'avrebbe fatta trasportare a Berlino.

3.

L'8 febbraio 1937, una squadra di dipendenti del carcere di Bruchsal smantellò la ghigliottina Mannhardt, distribuì i pezzi in una serie di casse di legno e li caricò su un camion diretto a Berlino.

Il camion procedette lentamente verso nord-est.

Oltrepassò il fiume Reno, dove Mildred amava fare il bagno se c'era bel tempo.

Oltrepassò Jena dove, durante il suo primo anno in Germania, Mildred passava ore e ore nella biblioteca dell'università facendo ricerche per la sua tesi.

Attraversò la foresta della Turingia e i monti Harz, dove la domenica Mildred faceva escursioni insieme ad Arvid, gli zaini pieni di panini e di libri.

Alcune strade erano coperte di neve, altre di ghiaccio. Quando il camion finalmente arrivò alla prigione di Plötzensee, era notte inoltrata. Parcheggiò accanto a un edificio pieno di celle chiamato Gefängnis III. Qui venivano incatenati i detenuti in attesa dell'esecuzione.

Al mattino un gruppo di guardie disimballò le casse sotto la supervisione del direttore di Plötzensee, un certo Paul Vacano. Una busta all'interno di una delle casse conteneva istruzioni dettagliate per riassemblare la ghigliottina Mannhardt. Il direttore aveva stabilito che un capannone vuoto dietro l'edificio Gefängnis III sarebbe stato perfetto per posizionarvi lo strumento, in quanto "sufficientemente spazioso e appropriato".

## 4.

Paul Vacano dedicò una considerevole attenzione alla modalità con cui le esecuzioni venivano eseguite. In un lungo promemoria, espresse la preoccupazione che se il detenuto fosse riuscito a reagire opponendosi alla ghigliottina, avrebbe creato problemi al boia e fatto perdere tempo. Giunse alla conclusione che una tenda nera avrebbe dovuto nascondere la ghigliottina fino alla fine. "Ciò garantirebbe un flusso regolare," scrisse.

# Nei giorni oscuri della nostra vita
## *1943*

### 1.

Harald Poelchau era diventato cappellano carcerario il 1° aprile 1933. Aveva ventinove anni ed era figlio di un pastore. Un anno dopo aveva assistito per la prima volta a un'esecuzione.

> Venivo da tante notti insonni precedenti il fatidico giorno... Prima che potessi rendermene conto, il boia aveva fatto cadere a terra il condannato, gli aveva premuto il collo contro un ceppo di legno e lo aveva decapitato in un baleno con un'ascia. Mi sono girato dall'altra parte. Ero nauseato e cercavo disperatamente di riprendere il controllo di me stesso.

Era rimasto così inorridito da quell'empietà che aveva pensato di dimettersi dal suo incarico ma, dopo tanto tergiversare, aveva deciso di restare.

La sua missione presso il carcere di Plötzensee è arrecare conforto spirituale a uomini e donne in attesa dell'esecuzione. Può girare per la prigione come e quando vuole. Al suo passaggio, le guardie lo salutano e gli aprono tutti i cancelli e le porte che desidera. Entra nelle celle con la piena approvazione del direttore della prigione Paul Vacano, che non sospetta minimamente che il cappellano Poelchau, che opera per conto del ministero della Giustizia, sia membro della resistenza.

Poelchau trasmette messaggi ai detenuti, facendo da tramite sia con i loro familiari sia con altri esponenti della resistenza. Partecipa alle riunioni segrete del circolo di Kreisau, tra i cui membri ci sono Helmuth James conte von Moltke e Adam von Trott zu Solz. Moltke e Trott zu Solz sono tra i cospiratori che verranno giustiziati, insieme a Ernst von Harnack, Hans von Dohnányi, Dietrich Bonhoeffer, Klaus Bonhoeffer e Justus Delbrück, per aver partecipato all'Operazione Valkiria, volta ad assassinare Hitler.

2.

Il 16 febbraio 1943, il cappellano entra nella Gefängnis III e vede Mildred incatenata nella sua cella, china su di un libro.

Axel von Harnack era riuscito a convincere un agente penitenziario a passarle il libro di nascosto. Inge, sorella di Arvid, aveva chiesto al cappellano Poelchau di portarle un'arancia e una fotografia. Fare da tramite per la famiglia di un detenuto condannato è assolutamente vietato per un pastore, ma Harald Poelchau è disposto a rischiare.

Il libro, rimarca, è un volume di poesie di Goethe. Mildred ha in mano un mozzicone di matita. Sta traducendo le poesie in inglese. I margini del libro sono pieni di appunti. A pagina 74, Mildred ha scritto:

*Nei giorni oscuri della nostra vita*
*un dio ci dà la consolazione*
*di poter volgere lo sguardo*
*verso il sole, la virtù e la bellezza.*

La sofferenza che prova è evidente. Dei suoi capelli non resta che qualche ciuffo qua e là. È emaciata, ha il respiro affannoso, i polmoni devastati dalla tubercolosi. Le sue spalle sono incurvate, la colonna vertebrale segue la linea di un punto interrogativo.

Il cappellano Poelchau le si siede accanto.

Dalla tasca della tunica estrae l'arancia e la fotografia. È una foto di Georgina Fish.

Mildred la guarda senza parlare. Prende il suo mozzicone di matita e scrive un appunto sul retro:

*Il volto di mia madre esprime tutto ciò che vorrei dire in questo momento. Quel volto mi ha sempre accompagnato in questi ultimi mesi.*

Di lì a poco una guardia chiederà a Poelchau di uscire. Un altro uomo entrerà nella cella e guarderà se nella bocca di Mildred vi sono otturazioni d'oro, le taglierà i capelli e le infilerà ai piedi nudi un paio di zoccoli di legno. Affiancata da due carcerieri, Mildred camminerà verso il capannone delle esecuzioni, ascoltando il rumore sordo dei suoi zoccoli sul cemento. Appoggerà la testa su di un ceppo.

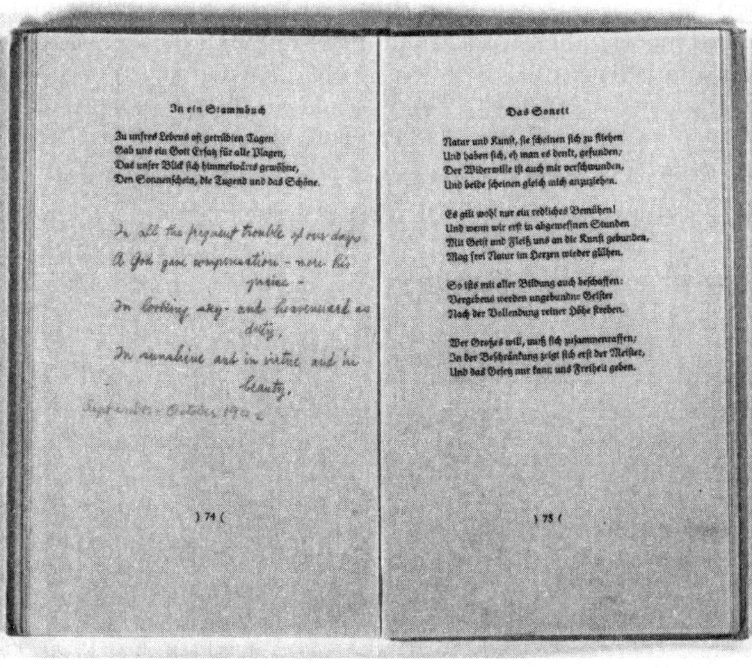

In ein Stammbuch

Zu unsres Lebens oft getrübten Tagen
Gab uns ein Gott Ersatz für alle Plagen,
Daß unser Blick sich himmelwärts gewöhne,
Den Sonnenschein, die Tugend und das Schöne.

) 74 (

Das Sonett

Natur und Kunst, sie scheinen sich zu fliehen
Und haben sich, eh man es denkt, gefunden;
Der Widerwille ist auch mir verschwunden,
Und beide scheinen gleich mich anzuziehen.

Es gilt wohl nur ein redliches Bemühen!
Und wenn wir erst in abgemeßnen Stunden
Mit Geist und Fleiß uns an die Kunst gebunden,
Mag frei Natur im Herzen wieder glühen.

So ists mit aller Bildung auch beschaffen:
Vergebens werden ungebundne Geister
Nach der Vollendung reiner Höhe streben.

Wer Großes will, muß sich zusammenraffen;
In der Beschränkung zeigt sich erst der Meister,
Und das Gesetz nur kann uns Freiheit geben.

) 75 (

# La lista di Stieve

*1943 – 1945*

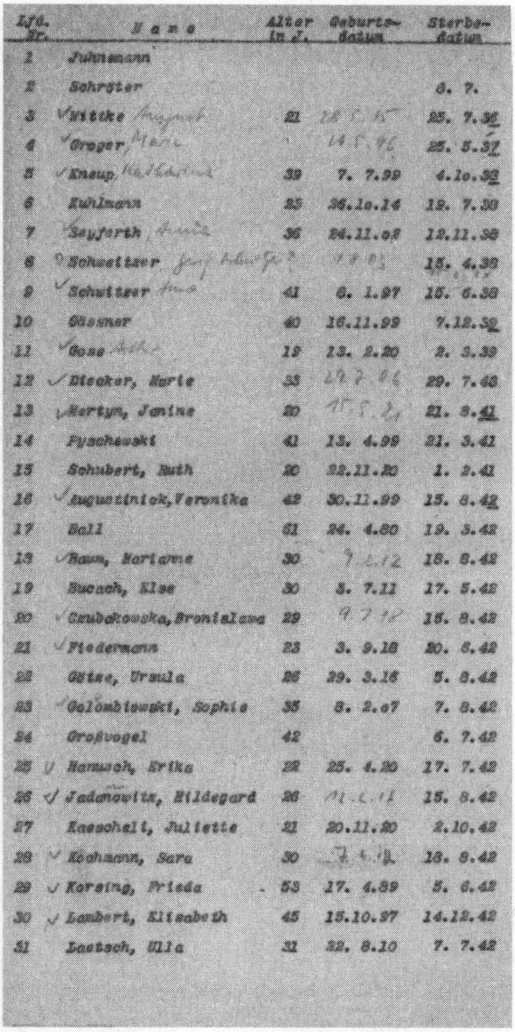

| Lfd. Nr. | Name | Alter in J. | Geburts-datum | Sterbe-datum |
|---|---|---|---|---|
| 1 | Juhnemann | | | |
| 2 | Schröter | | | 6. 7. |
| 3 | Wittke | 21 | 28.5.15 | 25. 7.36 |
| 4 | Gröger | | 14.5.96 | 25. 5.37 |
| 5 | Kneup | 39 | 7. 7.99 | 4.1o.38 |
| 6 | Kuhlmann | 25 | 26.1o.14 | 19. 7.39 |
| 7 | Seyferth | 36 | 24.11.o2 | 12.11.38 |
| 8 | Schweitzer | | | 15. 4.38 |
| 9 | Schwitzer | 41 | 6. 1.97 | 15. 6.38 |
| 10 | Gässner | 40 | 16.11.99 | 7.12.39 |
| 11 | Gose | 19 | 13. 2.20 | 2. 3.39 |
| 12 | Diecker, Marie | 33 | | 29. 7.40 |
| 13 | Martyn, Janina | 20 | | 21. 8.41 |
| 14 | Pyschewski | 41 | 13. 4.99 | 21. 3.41 |
| 15 | Schubert, Ruth | 20 | 22.11.20 | 1. 2.41 |
| 16 | Augustiniok, Veronika | 42 | 30.11.99 | 15. 8.42 |
| 17 | Ball | 61 | 24. 4.80 | 19. 3.42 |
| 18 | Baum, Marianne | 30 | | 18. 8.42 |
| 19 | Busch, Else | 30 | 3. 7.11 | 17. 5.42 |
| 20 | Czubakowska, Bronislawa | 29 | 9.7.18 | 15. 8.42 |
| 21 | Fiedermann | 23 | 3. 9.18 | 20. 8.42 |
| 22 | Götze, Ursula | 26 | 29. 3.16 | 5. 8.42 |
| 23 | Golombiowski, Sophie | 35 | 8. 2.o7 | 7. 8.42 |
| 24 | Großvogel | 42 | | 6. 7.42 |
| 25 | Hanusch, Erika | 22 | 25. 4.20 | 17. 7.42 |
| 26 | Jadamowitz, Hildegard | 26 | | 15. 8.42 |
| 27 | Kaeschelt, Juliette | 21 | 20.11.20 | 2.10.42 |
| 28 | Kochmann, Sara | 30 | | 18. 8.42 |
| 29 | Korsing, Frieda | 53 | 17. 4.89 | 5. 6.42 |
| 30 | Lambert, Elisabeth | 45 | 15.10.97 | 14.12.42 |
| 31 | Laatsch, Ulla | 31 | 22. 8.10 | 7. 7.42 |

1.

Margarete von Zahn-Harnack è una studentessa di Medicina all'Università di Berlino. Un giorno un professore la convoca nel suo ufficio. Perché? Non ne ha idea. È abituata a vedere il dottor Hermann Stieve, presidente del dipartimento di Anatomia, nelle aule dell'ateneo. Il professor Stieve è noto per le sue lezioni minuziose e tenute con entusiasmo teatrale. Indossa un camice nero con le maniche ampie. Una figura imponente e autoritaria, che affronta argomenti come la funzione delle ghiandole surrenali nel sistema endocrino umano. Il professor Stieve, visibilmente ambidestro, accompagna le sue lezioni con disegni alla lavagna, sporcandosi di gesso entrambe le mani impegnate a rappresentare le cellule epiteliali del follicolo ovarico. Ha un aspetto imponente anche adesso, seduto dietro un'enorme scrivania, con una parete piena di libri di medicina alle sue spalle. Indica una sedia e invita Margarete a sedersi.

Lei, perplessa, obbedisce.

La nipote di Arvid non fa sempre quello che le viene detto di fare. Fin da bambina, a Margarete von Zahn-Harnack è stato insegnato che "ribellarsi è vitale". I membri della sua famiglia hanno sottolineato con il loro esempio quanto fondamentale sia sfidare dogmi e dettami sociali calcificati. Suo nonno, Adolf von Harnack, si era fatto tanti ammiratori quanti detrattori nella Chiesa luterana per le sue opinioni ben poco ortodosse sulle scritture. Sua madre, Agnes von Zahn-Harnack, attivista per i diritti delle donne, era stata la prima donna a frequentare l'Università di Berlino (Margarete conosce la data della sua iscrizione, il 1908, come quella del suo compleanno). Quasi quattro decenni dopo, Margarete siede in aule ancora piene perlopiù di uomini.

Il dottor Stieve dice a Margarete che possiede qualcosa che vorrebbe restituire alla sua famiglia. Appoggia un vaso sulla scrivania.

Margarete lo ringrazia e prende il vaso. Come abbia fatto il suo professore di anatomia a entrare in possesso di qualcosa che appartiene alla sua famiglia è un mistero. Inizialmente non sa cosa pensare, poi si rende conto che l'oggetto che ha tra le mani non è un vaso, è un'urna. Al suo interno ci sono le ceneri di Mildred Harnack.

"L'ho salvata," dice Stieve, "dall'essere dissezionata."

2.

Margarete si aggira stordita per il campus con l'urna in mano.

Ci sono molte altre cose che vorrebbe sapere. Come faceva il professor Stieve a sapere che Mildred faceva parte della sua famiglia? Perché e come l'aveva salvata dalla dissezione?

Nove membri della sua famiglia sono stati giustiziati di recente per essersi opposti al regime di Hitler. Margarete adorava Mildred; apprendere della sua decapitazione le ha procurato un dolore indicibile. L'urna è un dono, un atto di generosità che dà agli Harnack un po' di conforto. Almeno Mildred potrà avere una degna sepoltura.

Dopo aver conseguito la laurea in Medicina, la dottoressa Margarete von Zahn-Harnack aprirà una clinica a Berlino, dove curerà pazienti per oltre trent'anni. Per tutto questo tempo parlerà del suo ex professore in termini entusiastici, certa che avesse "rischiato la vita" per salvare Mildred dalla dissezione. Soltanto alla fine degli anni ottanta Margarete verrà a sapere che il dottor Hermann Stieve le aveva mentito. Non aveva salvato dalla dissezione proprio nessuno.

3.

Il dottor Stieve conserva un elenco di tutte le donne che disseziona.

Contiene 182 nomi. Accanto a ogni nome c'è l'età della donna alla sua morte.

Il numero 84 è Mildred Harnack, 40 anni.

Il numero 37 è Libertas Schulze-Boysen, 29 anni.

Il numero 103 è Erika von Brockdorff, 32 anni.

Il numero 102 è Rose Schlösinger, 36 anni.

Il numero 104 è Oda Schottmüller, 38 anni.

Il numero 44 è Cato Bontjes van Beek, 22 anni.

E così via.

Riceve continuamente cadaveri di donne della resistenza. Quando si rivolge agli studenti e agli assistenti di laboratorio, il dottor Stieve li chiama "corpi di criminali". Ha preso un accordo speciale con il direttore del carcere di Plötzensee, che ha accettato la sua richiesta di consegnare i corpi delle donne giustiziate direttamente al suo laboratorio.

4.

"È estremamente difficile trovare ovaie prelevate da ragazze veramente sane," aveva commentato Stieve nel 1931, quando era immerso nella ricerca sugli effetti dello stress sugli organi riproduttivi. In quel periodo, i suoi soggetti femminili si limitavano alle galline.

Ma dopo che Hitler era salito al potere, il numero di sentenze capitali emesse nelle aule di tribunale era aumentato vertiginosamente. Tra il 1933 e il 1944, i giudici avevano ordinato 17.383 esecuzioni, la stragrande maggioranza delle quali per reati politici, tra cui il tradimento. Non si sa esattamente quanti cadaveri siano stati consegnati ai reparti di anatomia delle università tedesche.

Le riviste scientifiche che pubblicano le ricerche del dottor Stieve aumentano di pari passo con l'approvvigionamento di corpi. Diventa il massimo esperto in materia di *plötzlich Tod*, morte improvvisa, e di come lo stress estremo causato dalla prigionia e dall'esecuzione influisca sull'apparato riproduttivo femminile. Nel suo laboratorio ha una vasta collezione di uteri umani conservati in vasi, alcuni dei quali prelevati nei vari stadi della gravidanza.

Nel 1943, il dottor Stieve riceve il corpo decapitato di una donna che aveva partorito da poco nella sala parto della prigione di Barnimstrasse. Si tratta di Hilde Coppi, numero 53, 34 anni.

5.

Hilde aveva chiamato il suo bambino Hans, come suo padre, al quale era stata concessa una sola visita prima che lui fosse impiccato nel carcere di Plötzensee. Hilde aveva allattato il bambino nella sua cella fino al giorno in cui una guardia glielo aveva portato via.

Il giorno dopo era stata decapitata.

6.

Greta Kuckhoff non è nell'elenco di Stieve. È stata rinchiusa in un campo di concentramento a Waldheim.

Sopravvivverà e diventerà la madrina di Hans Coppi junior.

# La Soluzione finale
## *1943 – 1945*

1.

Nel 1943, il numero di prigionieri nei campi di concentramento aumenta a dismisura.

Due anni prima erano 53.000. L'anno precedente 80.000. Nell'inverno del 1943 si contano 315.000 prigionieri la maggior parte dei quali, oltre 85.000, è ad Auschwitz. Dachau, Buchenwald, Sachsenhausen, Mauthausen e Ravensbrück ne hanno tra i 24.000 e i 37.000. Altri undici dei campi principali hanno circa 6.000 prigionieri ciascuno.

Alcuni sono campi di lavoro, altri campi di sterminio.

2.

Le persone con malattie mentali o menomazioni fisiche vengono assassinate nelle camere a gas come anche i sinti e i rom, chiamati "zingari" in modo dispregiativo. I lavoratori provenienti da Polonia, Unione Sovietica e altri paesi, che non possono più lavorare a causa delle loro condizioni fisiche o di qualche malattia, vengono anch'essi uccisi nelle camere a gas.

3.

Ad Auschwitz, lo sterminio sistematico degli ebrei viene effettuato con il gas mortale Zyklon B, prodotto dal conglomerato chimico I.G. Farben. Si stima che, tra il 1943 e il 1944, 6.000 ebrei siano stati uccisi ogni giorno ad Auschwitz.

Il numero preciso dei morti nei campi di concentramento è impossibile da determinare. Le prove disponibili indicano che sono stati assassinati due terzi della popolazione ebraica in Europa, ovvero sei milioni di ebrei.

# Gertrud
*1943 – 1945*

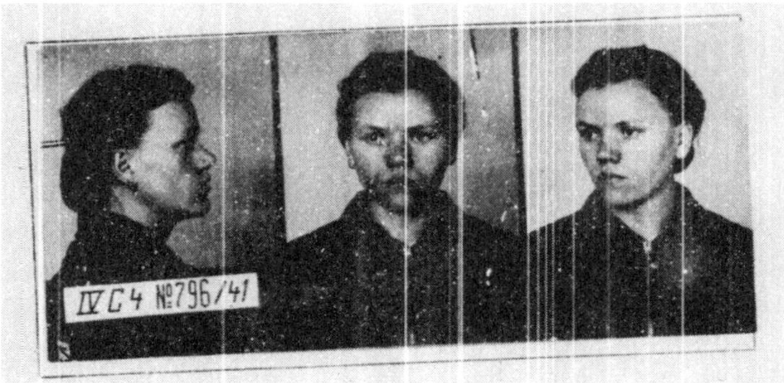


1.

I prigionieri dei campi di concentramento indossano camici a righe con triangoli di feltro cuciti sulla spalla sinistra. Basta un'occhiata e le SS sanno perché sei lì. I triangoli rossi sono per i comunisti, i socialdemocratici e altri nemici politici; quelli verdi sono per i criminali comuni; quelli viola per i testimoni di Geova e quelli neri per i cosiddetti asociali, le lesbiche e le prostitute. I triangoli gialli contraddistinguono gli ebrei, a loro volta divisi in sottocategorie. Gli ebrei comunisti portano un triangolo giallo su uno sfondo rosso, le ebree lesbiche portano un triangolo giallo su uno sfondo nero.

2.

Mettiti in fila. Togliti i vestiti. La biancheria intima.

Gertrud Klapputh esegue gli ordini delle guardie togliendosi l'abito sporco. Adesso è nuda e ha freddo. Fuori la terra è ricoperta di neve indurita, stalattiti pendono da travi gocciolanti.

Allarga le gambe.

Gertrud obbedisce. Arrivano guardie provviste di rasoi e si mettono a rovistare tra i peli pubici di tutte le prigioniere alla ricerca di pidocchi. Sente le dita di una sconosciuta sondarle la vagina, poi la nuca, dietro alle orecchie. Gertrud ha capelli neri corvini. I pidocchi sono facili da individuare. I rasoi passano lentamente le lame sulla pelle e sul cuoio capelluto delle donne, pieno di pidocchi. *Ravensbrück è un campo pulito; la sporcizia non è tollerata.* È una menzogna. Riceve un paio di sudici zoccoli di legno e un pezzettino di sapone per lavarsi. Viene assegnata all'edificio 1, che ospita le donne arrestate per essersi opposte a Hitler, le prigioniere "politiche". Le danno un ago e un filo e le ordinano di cucirsi sul camice un triangolo rosso. È la prigioniera numero 16277.

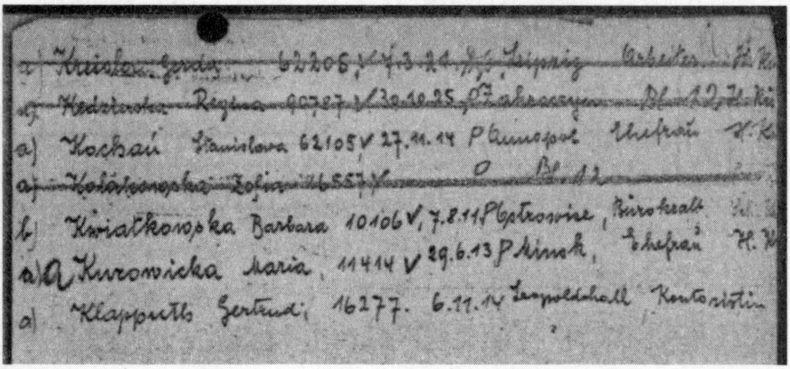
a) Klapputh Gertrud, 16277. 6.11.14 Leopoldshall Kontoristin

Ha ventinove anni. Arriverà ai trenta? Ai trentuno? Non sa neanche se riuscirà a sopravvivere fino al mattino dopo. Ha portato con sé la lettera di Arvid e l'ha nascosta in un luogo che spera non venga scoperto. Ha promesso a Mildred che avrebbe tenuto la lettera al sicuro ed è disposta a fare di tutto pur di mantenere la promessa.

## 3.

Ravensbrück è l'unico campo di concentramento costruito esclusivamente per le donne.

Si trova a circa ottanta chilometri a nord di Berlino, in mezzo a una foresta. Tre laghi incontaminati punteggiano la campagna. Himmler ha scelto questo luogo per la sua bellezza. Pensa che la purificazione del sangue tedesco avvenga meglio a contatto con la natura. Tra i frutteti, i giardini fioriti e i cespugli di ribes che ornano Ravensbrück, viene costruito un crematorio.

Le prime donne ad arrivare sono tedesche arrestate per essersi opposte a Hitler. A loro si sono aggiunte prostitute, lesbiche, criminali, testimoni di Geova, sinti e rom. Con l'avanzare della guerra, le celle degli edifici iniziano a riempirsi anche di donne provenienti dai territori occupati dai nazisti, tra cui la Polonia, la Francia, la Cecoslovacchia e l'Unione Sovietica. Nel 1944 arrivano 12.000 donne ebree, gran parte delle quali appartiene alla resistenza clandestina polacca.

## 4.

Ogni mattina, alle quattro in punto, Gertrud si presenta all'appello. Dura tre ore, a volte quattro. Le donne sono migliaia e devono essere tutte controllate prima di essere mandate al lavoro.

Una fabbrica della Siemens, nelle vicinanze, utilizza le prigioniere di Ravensbrück per produrre componenti elettrici per le armi. Avvolgono brillante filo di rame attorno a bobine per dodici ore al giorno. Per fare questo lavoro vengono scelte solo donne giovani con una buona vista. Devono avere "la pelle liscia e secca e le dita snelle e dritte". Nessuna di loro riceve un compenso per le sue prestazioni; la Siemens paga direttamente le SS, circa quaranta pfennig all'ora per ogni bobinatrice. Il sistema comprende incentivi e disincentivi. Se una bobinatrice avvolge più bobine della sua quota giornaliera, riceve un buono che corrisponde a denaro da spendere nel negozio delle prigioniere del campo. Se ne avvolge meno, viene frustata: venticinque colpi.

Anche la compagnia per l'utilizzo di pelli e tessuti (Texled), impresa SS, sfrutta la manodopera gratuita di Ravensbrück, facendo affari d'oro con la vendita di uniformi militari e indumenti delle prigioniere. Anche qui sono previste quote giornaliere. Una camicia deve essere confezionata in due minuti e mezzo. Per garantire qualità e produttività, un austriaco dal collo largo passa con tracotanza davanti alle file di prigioniere chine sulle macchine da cucire, fermandosi ogni volta che nota un punto storto o una mano lenta. Impugna un cronometro. Se una donna non finisce una camicia nel tempo stabilito, la frusta. Se è particolarmente contrariato le lancia in faccia una scarpa piena di aghi. In soli otto mesi, le prigioniere di Ravensbrück fabbricano 73.000 camicie.

Le donne che non sono state selezionate per avvolgere le bobine o fare le sarte sono costrette a svolgere dodici ore di lavori forzati scavando fossati, spalando carbone, costruendo baracche. Le donne che non hanno la forza fisica necessaria per quei lavori devono scavare in una montagna di uniformi appartenute a soldati russi morti o catturati e separarle in mucchi. Questi indumenti sono intrisi di sangue secco e pullulano di pidocchi.

Le donne "carine e con denti buoni" vengono trasportate nei bordelli di Dachau, Buchenwald, Mauthausen e Flossenbürg, dove vengono fatte sfilare davanti a migliaia di prigionieri maschi emaciati e offerte in premio a pochi privilegiati. In una lettera a un collega nazista, Himmler scrive di augurarsi che queste donne "stimolino gli uomini a lavorare meglio".

Vengono inoltre sottoposte a esperimenti sadici.

## 5.

Ci sono *conigli* ovunque. Si riconoscono dalle cicatrici sulle gambe e dal modo di zoppicare. Alcune hanno una gamba sola. Vengono trascinate in stanze chiuse a chiave, legate e squartate. Vengono loro rimossi la tibia e il perone. I muscoli dei polpacci vengono tagliati e le loro ferite imbottite con frammenti di vetro e schegge di legno. Vengono iniettati loro liquidi misteriosi.

I *conigli* sono prevalentemente donne della resistenza polacca. Non riescono più a camminare, possono soltanto saltellare.

L'équipe dei medici delle SS che conduce questi esperimenti opera sotto la supervisione del dottor Karl Gebhardt, medico personale di Himmler. Nella comunità medica, il dottor Gebhardt non è considerato uno psicopatico né un ciarlatano. È il primario del reparto di chirurgia ortopedica dell'Università di Berlino e dirige il prestigioso ospedale di Hohenlychen, dove ha fondato la prima clinica di medicina dello sport in Germania. È inoltre presidente della Croce Rossa tedesca.

"Ho provato un dolore indescrivibile," ricorderà Wladislawa, una delle rare donne sopravvissute agli esperimenti.

Wladislawa giace per settimane in una stanza inquietante. Sotto il gesso, il polpaccio le si gonfia mostruosamente, diventando viola. Non sa che i medici delle SS stanno testando l'efficacia della sulfanilamide nel trattamento della gangrena gassosa, infezione che sta decimando i soldati tedeschi sul fronte orientale. I medici hanno inserito fibre tessili, sporcizia, frammenti di vetro e schegge di legno nelle incisioni nel suo polpaccio, simulando i detriti di un campo di battaglia.

Ogni tanto un *coniglio* si sveglia in una stanza sconosciuta con una gamba sola. Non immagina che i medici delle SS stiano effettuando un esperimento di trapianto osseo. La gamba amputata viene "avvolta accuratamente in garze sterili" e trasportata a tutta velocità all'ospedale di Hohenlychen, dove un'altra squadra di medici delle SS tenta di trapiantarla su un soldato tedesco senza gambe.

"Eravamo tutte scioccate da questi esperimenti," ricorderà una superstite di Ravensbrück, "e ognuna di noi aveva il terrore di essere la prossima."

6.

Gertrud conosce molti dei *conigli* di Ravensbrück, e non vuole diventarlo. Non viene selezionata per fare la bobinatrice né la sarta e neanche per scavare fossati, spalare il carbone o costruire baracche.

Diventa la segretaria di un ufficiale delle SS poiché conosce la stenografia e sa battere a macchina. Le viene chiesto di indossare una fascia verde, che la contraddistingue come *Kapo*.

Ogni campo di concentramento dipende dai *Kapo* per la selezione della manodopera gratuita nelle operazioni quotidiane. Alcuni *Kapos* sono incaricati di sorvegliare le prigioniere all'interno degli edifici con le celle – chiamati Blockovas – e vengono incitati a essere feroci come le guardie delle SS. Ad altre, come a Gertrud, sono assegnati compiti amministrativi.

Ogni mattina, dopo l'appello, Gertrud e altre undici donne vengono prelevate da un camion che le trasporta al di là del filo spinato, in un ufficio. Gertrud riceve un pezzetto di sapone in più per il suo compito e l'ufficiale delle SS per cui lavora, un uomo di nome Artur Conrad, non la picchia.

Probabilmente Gertrud ispira un profondo risentimento tra le prigioniere di Ravensbrück che non sono *Kapos* e che quindi non godono di questi privilegi.

Il sistema dei *Kapos* è un modo per contenere i costi sfruttando i prigionieri per ottenere lavoro gratuito, ma ha anche una funzione più insidiosa. Come ha detto il nazista che supervisionava Auschwitz, l'SS Obersturmbannführer Rudolf Höss:

> Più sono le rivalità, maggiori sono le liti tra i prigionieri, più è facile controllare il campo. Dividere per governare meglio è un principio che vale non soltanto nell'alta politica, ma anche in un campo di concentramento.

7.

Dorothea Binz arriva in bicicletta, con la sua mantella nera che si gonfia come una vela. La nuova capoguardia, bionda come il miele e con un nasino sbarazzino, ha ventidue anni e un frustino sempre in mano. All'appello delle quattro del mattino il suo cane, un pastore tedesco, trotterella obbediente al suo fianco. Di tanto in tanto, Dorothea gli ordina di attaccare una prigioniera. Le piace anche calpestare dita, prendere a pugni teste, frustare schiene, prendere a calci stomaci.

Ma questo non è nulla. Tante donne muoiono ogni giorno a Ravensbrück, in particolar modo durante l'appello. Quelle che sopravvivono all'appello rischiano di essere trascinate davanti a un plotone d'esecuzione.

Gertrud scopre con orrore che l'ufficiale delle SS per cui lavora fa parte del plotone. Artur Conrad si vanta con lei della sua abilità nell'uccidere le donne con una pistola da 7,65 mm.

8.

Ravensbrück era stato originariamente progettato per ospitare 3.000 donne; nel 1942 ne contiene 18.000 e ogni settimana continuano ad arrivare camion stracolmi di prigioniere. Un giorno, i camici a righe sono terminati. Il problema viene risolto con una riunione. Il camice a righe sarà dismesso. D'ora in poi, le donne di Ravensbrück indosseranno gli abiti dei morti. Nell'estate del 1943, cominciano ad arrivare da Auschwitz camion pieni di vestiti.

Dorothea Binz fa un giro in bicicletta con la sua mantella nera sventolante. Le prigioniere sanno che è arrivata a Ravensbrück qualche anno prima, quando aveva diciannove anni, e che ha lavorato per breve tempo come domestica. Il suo sadismo era particolarmente apprezzato, tanto da farla promuovere alla sua posizione attuale.

Una delle prigioniere di Ravensbrück scrive una poesia:

"Una bella bionda"

Sei così bella,
Con quegli occhi e capelli lucenti,
Ma se potessimo, strapperemmo le viscere della tua anima
E strangoleremmo il tuo cuore assetato di sangue.
Ti ricordi di Jacqueline, la ragazza che hai frustato?
E di come hai calpestato Wanda, la ragazza polacca?
E torturato Veronicka, la russa? Tu e il tuo cane.

Il cane di Dorothea muore nel 1944. Lo seppellisce accanto a un edificio pieno di celle. In seguito, alcune prigioniere ruberanno i fiori che lei depone sulla sua tomba.

Nel febbraio del 1945, a Ravensbrück viene costruita una camera a gas.

9.

È arrivata la primavera, ma Gertrud non lo sa. Ha smesso di chiedersi che giorno sia.

10.

La Germania capitolerà quella primavera.

Mentre le forze alleate avanzano in Germania, gli ufficiali delle SS e le guardie del campo di Ravensbrück iniziano a fuggire. Alcuni radunano i prigionieri e li mandano a sud, verso il campo di concentramento di Mauthausen, o a ovest, verso quello di Bergen-Belsen. Alla fine di aprile, gli ufficiali delle SS costringono 20.000 donne in abiti logori a marciare verso nord, in direzione di Mecklenburg.

In mezzo al caos, alcune prigioniere si nascondono, rannicchiandosi dietro le porte e infilandosi sotto ai letti. Una prigioniera si rintana in una grande cassa vuota, seguita da un'amica. Ricorderà: "Sentivamo le SS urlare '*Raus raus, schnell schnell*'" ("Fuori, fuori, presto, presto").

Poi se ne andarono, ma uno degli uomini tornò con il suo cane. Avevo l'orecchio poggiato sul petto della mia amica. Sentivo il suo cuore che faceva *bum bum* e ho pensato: "Mio Dio, lo sentiranno tutti". Poi se n'è andato, lasciandoci lì con tutti i malati. Abbiamo aspettato diverse ore, sentendo donne sofferenti che chiedevano acqua in tutte le lingue.

11.

Il 30 aprile 1945, il giorno del suicidio di Hitler, una pattuglia dell'Armata Rossa raggiunge Ravensbrück.

All'inizio i soldati russi non capiscono che cos'hanno di fronte. Possono vedere soltanto un muro sormontato da un filo spinato, che si estende in entrambe le direzioni. Un militare salta giù dalla sua moto e tocca il filo. Prende la scossa e cade a terra.

Pochi minuti dopo arriva un carro armato con all'interno il colonnello Mikhail Stakhanov. Lo seguono altri carri armati. "Abbiamo oltrepassato il filo spinato e rotto i cancelli del campo con i carri armati," ricorderà il colonnello Stakhanov.

> Poi fummo costretti a fermarci. Era impossibile avanzare oltre perché una folla di persone circondava i carri armati; le donne si mettevano sotto e sopra i carri, gridando e piangendo. Erano un numero infinito. Avevano un aspetto orribile dentro alle loro tute da lavoro, erano talmente magre che non sembravano neanche esseri umani.

La pattuglia va avanti, assicurando alle donne che coloro che arriveranno dopo di loro porteranno cibo e materiale sanitario. Durante l'attesa, le donne appendono al muro uno striscione rosso per dare il benvenuto ai soccorritori.

Le unità dell'Armata Rossa che arrivano non hanno niente a che fare con quelle della pattuglia. Giungono a Ravensbrück con jeep e carri armati, ubriachi. "Ed è così che è cominciata," ricorderà una prigioniera di nome Ilse.

> In quel momento il mio unico pensiero era morire, perché ero poco più che un cadavere.

Non ci sono stime ufficiali su quante donne siano state stuprate nel corso della liberazione di Ravensbrück. Molte non sono sopravvissute abbastanza a lungo da poterlo raccontare a qualcuno. Quelle che lo sono hanno preferito non parlarne.

12.

Gertrud e altre donne si nascondono nella foresta per due giorni. In un saggio che Gertrud scriverà decenni dopo la guerra, all'età di settantadue anni, non farà il minimo accenno agli stupri.

13.

Circa 130.000 donne sono state imprigionate a Ravensbrück tra il 1939 e il 1945. Il numero di donne che vi persero la vita è compreso tra 30.000 e 90.000. Furono fucilate, fatte morire di fame, avvelenate e fustigate a morte. Quasi tutte quelle che furono sottoposte agli esperimenti medici morirono. Circa 6.000 furono assassinate nelle camere a gas.

È impossibile effettuare un conteggio preciso.

Alcuni giorni prima della liberazione del campo, gli ufficiali delle SS avevano svuotato carretti pieni di documenti nel crematorio, riducendo in cenere ogni prova.

14.

Verso la fine del 1945, Gertrud Klapputh cammina per le strade di Berlino devastate dalla guerra bussando di porta in porta alla ricerca di amici e familiari. La maggior parte degli appartamenti e delle case è ridotta a cumuli di macerie.

Alla fine trova una sistemazione. Non ha più nulla, nemmeno una tazza. Ha lasciato Ravensbrück con nient'altro che l'abito sporco e due fogli di carta piegati: l'ultima lettera che Arvid aveva scritto a Mildred.

# 11.

# La collera di Harriette
*1942 – 1945*

# Maryland Girl, 3 Bab

By LEE McCARDELL
[*Sunpapers War Correspondent*]

With U.S. 3d Army, Thursday, April 19 [By Radio]—Mrs. Jane Donner, formerly of Chevy Chase, and her three small sons, who fled across central Germany by horse and wagon from Mecklenburg to Bavaria, where they were pick up by American troops, are temporarily domiciled in a hotel at the town of Hof, while American military authorities make up their minds how to handle the case.

Mrs. Donner, wife of a German professor at the University of Berlin, and her three children are living on German civilian rations which the town burgomeister has been ordered to provide.

By LEE McCARDELL
[*Sunpapers War Correspondent*]

With U.S. 90th Division Near Czech Border, April 18 [*By Radio*]. A former Maryland girl and her three small children, the youngest a year-old baby, are sleeping in a small town here tonight, after a 300-mile flight by horse and wagon across central Germany, through the lines of the retreating German Army into the territory occupied by American troops of the 90th Infantry Division.

She is Mrs. Jane Donner, aged 29, daughter of Fred Esch, United

M

terday when she entered t

1.

Harriette non ha notizie di sua sorella.

Tutto quel che sa è che da qualche parte, in un ufficio postale di Berlino, c'è un sacco pieno di lettere di Mildred che, una volta che i combattimenti si saranno placati, attraverseranno l'Atlantico fino alla sua cassetta postale a Chevy Chase. Ma quando il Natale si avvicina e poi passa, Harriette inizia ad allarmarsi.

Arriva la lettera di una sconosciuta. Franziska Heberle vive a Baton Rouge; è fuggita dalla Germania nel 1938 e vuole sapere dov'è finita la sua amica Mildred. La elogia come "coraggiosa antinazista".

La lettera irrita Harriette.

*Non sappiamo dove si trovi mia sorella*, risponde Harriette, e null'altro.

2.

La Croce Rossa non è d'aiuto. Harriette scrive all'organizzazione innumerevoli volte, ma non riceve alcuna risposta.

Un altro Natale arriva e se ne va.

3.

Il 15 maggio 1943, il "New York Times" pubblica un articolo dal titolo: *Nazisti confiscano le proprietà: la moglie americana di un collaborazionista impiccato è accusata di comunismo*. L'articolo afferma che Arvid era "uno dei dodici o più tedeschi impiccati per tradimento all'inizio dell'anno". Harriette cerca nell'articolo notizie su Mildred ma non ne trova. Tutto quel che legge è che sarebbe "coinvolta in una cospirazione sensazionale, ancora da chiarire".

Il giorno dopo, anche un articolo del giornale della città natale di Mildred, il "Milwaukee Journal", riporta che Mildred è coinvolta in "una cospirazione sensazionale". Lo stesso giorno Marion, sorella di Harriette, scrive una lettera:

*Questa mattina, mentre preparavo i pancake della domenica, è entrata una delle nostre vicine e dall'espressione del suo volto ho capito che qualcosa non andava. Aveva con sé il "Milwaukee Journal" e ci ha mostrato l'articolo su Mildred. È terribile che Arvid non ci sia più e mi domando che fine abbia fatto Mildred.*

4.

L'ultima lettera che Harriette ha ricevuto da Mildred è datata 14 agosto 1942; sulla busta c'è un timbro postale svizzero. Harriette non si considera una persona sentimentale, ma di tanto in tanto si concede un breve rituale: estrarre la lettera dalla busta e leggerla, puntando gli occhi sull'ultimo rigo:

*Nonostante siamo così lontane, non c'è nulla di cui preoccuparsi.*

Non ci sono dubbi che Harriette sia preoccupata, ma ciò che la tormenta di più in questi giorni è la rabbia.

Rabbia verso Mildred per essere scappata in Germania.

Rabbia verso Jane per averla seguita.

Nel 1944, Jane scompare. È da qualche parte in Germania, in territorio *nemico*, con i suoi tre figli. Harriette cerca di capire cosa sia successo e teme il peggio. Scrive una lettera dopo l'altra: alla Croce Rossa, a Otto, marito di Jane, alla famiglia di Otto, ma non riesce a cavare un ragno dal buco. Nemmeno una parola.

Ha perso sua figlia, per non parlare di tre nipoti, e tutto per colpa di Mildred. Tutto.

5.

Un'immagine in bianco e nero molto forte ritrae Mildred con indosso pantaloni larghi e un ampio camice bianco con bottoni bianchi e maniche arrotolate. Abiti da uomo. I suoi lunghi capelli color miele? Spariti. Li ha tagliati tutti, o quasi. Un taglio da uomo.

Nella fotografia Mildred, con la testa inclinata e il mento sollevato, guarda dritto nell'obiettivo, come se volesse sfidare il fotografo a impedirle di fare ciò che vuole. Sembra che stia dicendo *Dai, provaci*.

Lo scatto è del 1927. Mildred era una neosposa di ventiquattro o venticinque anni, abbagliata dalle molteplici prospettive che la aspettavano, mature e pronte per essere colte come prugne. Parlava di diventare cittadina del mondo e di viaggiare con Arvid di paese in paese per difendere i diritti dei lavoratori poveri. Avevano in programma di andare in Messico e di esortare tutti coloro che lavoravano in fattorie bruciate dal sole per un numero incalcolabile di ore a riunirsi e a formare sindacati. Alla fine non l'avevano mai fatto ma, in un impeto di idealismo, i novelli sposi erano andati in autostop da Madison a una cittadina del Colorado dov'era in corso uno sciopero di proporzioni mai viste prima. I minatori di carbone marciavano ordinati – in tutto lo Stato erano più di ottomila – per protestare contro i maltrattamenti e la scarsa retribuzione. Arvid e Mildred si erano uniti a loro fuori dalla miniera ed erano andati nel carcere della città per parlare con gli scioperanti che vi erano stati rinchiusi. Erano tornati a Madison in autostop eccitati, ancora più convinti delle loro opinioni e vestiti, secondo Harriette, "come dei vagabondi".

Pensando a tutto questo, Harriette sente la sua rabbia rinfocolarsi.

## 6.

Un giornalista del "Baltimore Sun", di stanza con l'esercito americano vicino al confine ceco, incontra Jane il 18 aprile 1945 e scrive un articolo intitolato: *Ragazza del Maryland con tre figli fugge dal Reich e raggiunge gli americani.*

Una ragazza originaria del Maryland e i suoi tre bambini, il più piccolo dei quali ha appena un anno, hanno passato la notte in una cittadina dopo aver percorso 500 chilometri a cavallo e in carrozza attraverso la Germania centrale, fin oltre le linee dell'esercito tedesco in ritirata dal territorio occupato dalle truppe americane della 90ª divisione di fanteria.

"Sono venuta in Germania per far visita alla sorella di mia madre, la signora Mildred Harnack," dice Jane al giornalista.

Harriette legge l'articolo sul tavolo al quale fa colazione sorseggiando del tè.

Quindi Jane è salva. Considera assurdo l'averlo scoperto leggendo il "Baltimore Sun".

7.

Qualche settimana dopo, il 10 giugno 1945, arriva una lettera dalla Croce Rossa. *Finalmente!* Harriette apre la busta. È indirizzata a suo marito, anche se Fred non aveva scritto loro nessuna lettera.

Esordisce con "Gentile signore" e prosegue descrivendo ciò che è successo a Mildred. Harriette è talmente sopraffatta dall'emozione da riuscire a malapena ad andare oltre il primo paragrafo.

La sua indignazione è incommensurabile, come il dolore.

Ordina alla famiglia di sbarazzarsi delle lettere di Mildred, delle sue fotografie e di qualsiasi altra cosa in loro possesso che possa ricordarla. È imperativo, dice al fratello, che "tutti i documenti relativi a quel periodo siano completamente distrutti, perché prima ci si lascerà alle spalle questo triste episodio e lo si dimenticherà per sempre, meglio sarà per tutti". Quando arriva il Natale, Harriette sente di aver ritrovato la sua verve.

Morirà nel 1987, all'età di novantaquattro anni, beatamente ignara del fatto che circa cinquant'anni prima proprio sua madre, Georgina Fish, avesse nascosto in soffitta un fascio di lettere di Mildred.

# Operazione Valkiria
## *1942 – 1945*

### 1.

Gli Stati Uniti e la Gran Bretagna rifiutano di supportare la resistenza tedesca.

Allen Dulles, direttore della CIA, osserverà in seguito che i gruppi di resistenza in Francia e in altri paesi occupati dalla Germania

> hanno beneficiato di un notevole supporto da parte di potenti alleati. Ricevevano in segreto armi e viveri, mantenevano rapporti più o meno organizzati con le potenze straniere o con i propri governi esiliati, i quali offrivano loro assistenza, aiuto nell'organizzazione, informazioni, istruzioni, sostegno finanziario e soprattutto la speranza e il conforto morale necessari per preservare la fiducia nella liberazione finale.

Dulles riconoscerà però che "l'Occidente non ha preso abbastanza sul serio gli appelli di quei tedeschi antinazisti che cercavano di metterli in guardia".

### 2.

Dietrich Bonhoeffer si era aggrappato alla speranza di ricevere aiuto, del quale adesso invece dubita fortemente. Dopo che le sue richieste al governo britannico tramite il vescovo George Bell vengono rifiutate, Dietrich non può fare altro che continuare a cospirare in seno all'Abwehr.

A volte incrocia suo cognato Hans von Dohnányi nei corridoi del quartier generale dell'Abwehr, situato in un enorme complesso di edifici vicino al Tiergarten. Per Hans è sempre più difficile simulare complicità con il regime nazista mentre opera in segreto per minarlo, e confida a Dietrich la sua angoscia.

Anche Dietrich è spossato dai compromessi morali e spirituali che deve fare ogni mattina quando varca la porta dell'Abwehr. Come teologo, si è domandato spesso se sostenere una cospirazione per assassinare Hitler equivalga a commettere un peccato. Dice di avere la "coscienza pulita". Si sente in dovere di pensare a "come vivrà la generazione futura". A Natale, Dietrich scrive un saggio che consegna a Hans von Dohnányi e al loro complice dell'Abwehr, il maggiore generale Hans Oster:

> Siamo stati testimoni silenziosi di azioni malvagie, siamo stati travolti dalle mareggiate; abbiamo imparato l'arte dell'equivoco e della finzione; l'esperienza ci ha reso sospettosi gli uni nei confronti degli altri e ci ha impedito di essere sinceri e aperti; conflitti intollerabili ci hanno logorato fino a renderci persino cinici... La nostra forza d'animo basterà per resistere?

3.

Il 12 marzo 1943, Hans von Dohnányi e l'ammiraglio Canaris, capo dell'Abwehr, salgono su un aereo diretto a Smolensk, cittadina a ovest di Mosca dove Hitler pronuncerà un discorso di incoraggiamento alle truppe.

Hans nasconde una piccola bomba sotto il suo sedile.

Dopo l'atterraggio, passa la bomba al suo co-cospiratore Henning von Tresckow, che la consegna al tenente Fabian von Schlabrendorff. Schlabrendorff attiva il detonatore e introduce di nascosto l'ordigno sull'aereo con cui Hitler torna in Germania, camuffandola in una confezione regalo contenente due bottiglie di Cointreau. La bomba sarebbe dovuta esplodere mezz'ora dopo il decollo.

Ma non esplode.

L'aereo atterra in sicurezza e Hitler ne esce illeso.

4.

Tre settimane dopo, Dietrich Bonhoeffer e Hans von Dohnányi vengono arrestati.

La Gestapo non sa nulla dell'attentato. Bonhoeffer e Dohnányi sono sospettati di essere dei traditori, forse per il loro legame familiare con i fratelli Harnack. Arvid Harnack è diventato ormai l'emblema dell'alto funzionario ministeriale impiccato per tradimento. Falk Harnack è noto alla Gestapo come membro della Rosa bianca. È stato arrestato anche lui e dovrà affrontare un processo presso il Tribunale del popolo tra poche settimane.

Dietrich Bonhoeffer e Hans von Dohnányi vengono rinchiusi in celle separate e interrogati da Manfred Roeder in persona, procuratore generale del processo dell'Orchestra rossa.

5.

Durante la prigionia, Dietrich e Hans riescono a comunicare attraverso messaggi segreti con i loro co-cospiratori dell'Abwehr e i loro familiari.

Dietrich invia astutamente messaggi in un tomo scritto dal teologo tedesco Karl Holl. Cominciando dalla fine del libro, traccia un sottilissimo segno di matita sotto una singola lettera ogni dieci pagine. Quando la famiglia Bonhoeffer riceve il libro, trascorre ore e ore a sfogliarne le pagine per ricostruire il messaggio.

Emmi Bonhoeffer nasconde il messaggio "nel doppio fondo del coperchio di uno yogurt" e lo invia a uno dei co-cospiratori di Dietrich in prigione. Quando deve convocare Ernst von Harnack a casa sua per un incontro segreto con il marito Klaus, lo chiama al telefono e gli dice che è invitato a una "festicciola musicale". Gli raccomanda di portare con sé "il suo flauto".

Alcuni messaggi che Dietrich invia nel libro sono per il capo dell'Abwehr, l'ammiraglio Canaris. Sta prendendo forma un altro complotto contro Hitler.

6.

La mattina del 20 luglio 1944, il colonnello Claus von Stauffenberg arriva al quartier generale di Hitler sul fronte orientale, entra in una stanza deserta e tenta di attivare due esplosivi al plastico in una valigetta. Schiaccia con una pinza una fialetta di vetro all'estremità di un piccolo detonatore a forma di matita collegato al primo esplosivo, la quale rilascia un acido che erode lentamente un filo teso collegato a una molla. Lo spessore del filo determina il momento in cui esploderà la bomba; in questo caso circa trenta minuti dopo che Stauffenberg ha frantumato il vetro con la pinza. È un compito difficile e delicato per Stauffenberg, che è stato recentemente ferito in battaglia rimanendo con un occhio solo e una mano con tre dita soltanto. Il suo braccio destro è un moncherino.

Un ufficiale bussa alla porta e ordina a Stauffenberg di affrettarsi a raggiungere Hitler per un briefing già iniziato.

Preso dal panico, Stauffenberg attiva soltanto un ordigno.

Entra nel bunker e posa la valigetta vicino a Hitler. Lo circonda una ventina di ufficiali intenti a studiare una mappa del fronte orientale.

Pochi minuti dopo, Stauffenberg esce dalla stanza. Alle 12.42, la bomba esplode uccidendo tre ufficiali e uno stenografo. Hitler se la cava con qualche escoriazione e un timpano perforato.

7.

Il 9 aprile 1945, vengono impiccati Dietrich Bonhoeffer e Hans von Dohnányi.

Klaus Bonhoeffer viene fucilato.

Ernst von Harnack viene impiccato.

Justus Delbrück muore in prigione.

Tresckow si suicida. Canaris, Oster, Stauffenberg vengono giustiziati insieme a circa 5.000 altre persone, tra cui le famiglie dei complottisti e persino coloro che avevano con loro legami remoti.

8.

Falk Harnack si salva per un pelo.

Viene processato per il suo coinvolgimento con la Rosa bianca e poi rilasciato. Hans Scholl, Sophie Scholl e altre quattro persone del gruppo vengono giustiziati nel 1943. Falk sospetta che la sua vita sia stata risparmiata per uno scopo nefasto; forse la Gestapo ha intenzione di tenerlo sotto sorveglianza nella speranza che denunci altri membri della resistenza.

Riceve l'ordine di indossare l'uniforme della Wehrmacht e di andare a combattere in Grecia, dove diserta la sua unità e si unisce all'esercito di liberazione del popolo greco. Insieme a un amico fonda un'organizzazione di resistenza chiamata Antifaschistische Komitee Freies Deutschland, Comitato antifascista per la Germania libera, che recluta soldati tedeschi disertori.

A guerra finita, Falk Harnack torna in Germania a piedi.

# Reclutati
## *1945 – 1948*

THE NEW YORK TIMES, MONDAY, DECEMBER 1, 1947.

**Hitler Beheaded American Woman As a Personal Reprisal in 1943**

***Mildred Harnack, Jailed for Her Anti-Nazi Activities, Became Target of His Hatred, The Wisconsin Alumnus Reports***

Special to THE NEW YORK TIMES.

MADISON, Wis., Nov. 30—The wife would be released following

that Mildred HARNACK was in fact deeply involved in underground activities aimed to overthrow the government of Germany; that the trial (although secret), was conducted before five judges of the highest state military court and that this court, in view of the activities in which she had been engaged, was justified in imposing the sentence which was imposed.

1.

Non tutti coloro che hanno commesso crimini di guerra durante il regime di Hitler vengono perseguiti ai processi di Norimberga, tanti sono corteggiati dai servizi segreti alleati.

2.

Il 29 maggio 1945, un mese dopo il suicidio di Hitler, le truppe britanniche catturano Horst Kopkow, il nazista che aveva arrestato personalmente Mildred Harnack e presieduto alla sua tortura. Durante una lunga serie di interrogatori da parte di agenti dei servizi segreti britannici, Kopkow si vanta di aver fatto fuori l'Orchestra rossa, in qualità di SS Hauptsturmführer, sotto la direzione di Heinrich Himmler, l'architetto dei campi di concentramento. Himmler si è suicidato di recente ingoiando una capsula di cianuro mentre si trovava sotto la custodia britannica, ma il trentaquattrenne Kopkow è vivo e vegeto e tale vuole rimanere. Kopkow convince i suoi rapitori britannici che può fornire loro informazioni preziose sullo spionaggio sovietico, compresi "complotti russi contro gli interessi britannici". Alcuni agenti dell'MI6 dichiarano che Kopkow è morto per ipossia dovuta a una brutta polmonite e danno al nazista una nuova identità: Peter Cordes, direttore di una fabbrica tessile.

La commissione per i crimini di guerra di Londra ritira la sua accusa contro Kopkow dopo aver ricevuto da un agente dell'MI6 un falso certificato di decesso allegato a una lettera che spiegava che Kopkow "dopo due giorni di febbre alta è stato ricoverato in ospedale, dove purtroppo è deceduto a causa di una broncopolmonite prima di rilasciare qualsiasi dichiarazione".

3.

Lo stesso mese in cui Kopkow viene catturato dagli inglesi, le truppe statunitensi catturano Manfred Roeder. Il procuratore generale del processo all'Orchestra rossa è a un passo dall'essere condannato come criminale di guerra quando agenti del Counter Intelligence Corps (CIC) dell'esercito statunitense intervengono portando Roeder in un luogo top secret e camuffando la sua identità con il nome in codice Othello. L'agente speciale del CIC Benjamin Gorby è convinto che Roeder possieda "un'infinità di informazioni" che potrebbero essere preziose per gli Stati Uniti, che si trovano ad affrontare un nuovo nemico adesso che gli Alleati hanno sconfitto la Germania: l'Unione Sovietica.

Roeder si propone come esperto di cospirazioni comuniste e racconta al CIC tutte le menzogne che pensa lo faranno uscire indenne da Norimberga. Il segugio di Hitler insiste nell'affermare di non essere un criminale. I criminali sono Mildred Harnack e gli altri membri dell'Orchestra rossa, una rete comunista tentacolare "ancora viva e attiva" in numerosi paesi, compresi gli Stati Uniti.

L'agente speciale Gorby vuole i nomi. *Chi, nello specifico, è ancora vivo e attivo?*

Roeder stila un elenco che include Greta Kuckhoff.

Greta e il suo bambino di nove anni, Ule, occupano un piccolo appartamento a Berlino, in Wilhelmshöherstrasse 18. Due agenti del CIC che si spacciano per persone "di estrema sinistra" bussano alla sua porta.

Lei li informa che suo marito, Adam, è stato giustiziato dai nazisti. Gli agenti simulano compassione e invitano Greta a raccontare loro tutto sui suoi amici della resistenza clandestina che hanno combattuto coraggiosamente il regime nazista. La "fiducia di Greta fu facile da ottenere," riferirà in seguito uno degli agenti.

Il CIC produce una molteplicità di documenti sulla vedova tedesca, che sperano li conduca a una vasta rete di spie comuniste, intercettandone il telefono e inviando agenti per sorvegliare Greta a Berlino quando accompagna Ule a scuola o va al lavoro.

Manfred Roeder continua a raccontare storie di sovversione, insistendo sul fatto che l'Orchestra rossa rappresenti una minaccia pericolosissima per la democrazia.

Le autorità che dirigono i processi di Norimberga sono stupite da quel che ha fatto il CIC. Manfred Roeder "potrebbe essere considerato il nemico pubblico numero uno in qualsiasi democrazia," osserva il vicedirettore della Divisione prove, criticando l'agenzia di intelligence statunitense per aver reclutato un "noto nazista opportunista e senza scrupoli".

## 4.

Il Gruppo crimini di guerra dell'esercito degli Stati Uniti abbandona il caso Mildred Harnack.

"Mildred Harnack era infatti profondamente coinvolta in attività clandestine volte a rovesciare il governo tedesco," scrive un ufficiale in una nota. Conclude che la sua esecuzione era "giustificata".

## Per caso
*1952*

1.

Passano molti anni prima che Gertrud decida di scrivere a Clara Harnack. Non vuole pensare agli orrori a cui è sopravvissuta.

L'8 ottobre 1952 arriva il momento di farlo. Ormai Gertrud Klapputh si chiama Gertrud Lichtenstein. Nel 1946 ha sposato Kurt Lichtenstein, giornalista, figlio di un calzolaio ebreo. I suoi genitori e sua sorella sono morti ad Auschwitz. Gertrud e Kurt hanno due figlie nate nel 1946 e nel 1948 e un figlio nato nel 1947.

2.

"Carissima e rispettabile signora Harnack," esordisce Gertrud.

*Ho appreso da un articolo del giornale "Die Tat" che lei, madre di Arvid Harnack, è ancora viva.*

Continua raccontando di essere stata prigioniera a Charlottenburg nel dicembre del 1942. "Per caso, oppure no, sono stata messa nella cella occupata da Mildred." Racconta a Clara della lettera scritta da Arvid a Mildred e che Mildred le aveva chiesto di conservarla. Aggiunge che "le ore belle e difficili che ho trascorso con Mildred [le] rendono estremamente doloroso, ancora oggi, scriverne".

La lettera è lunga mezza pagina.

Un mese dopo, il 9 novembre 1952, Gertrud scrive un'altra lettera. Si interrompe dopo una pagina e mezza, poi prosegue dopo aver ripreso coraggio.

Descrive i momenti passati con Mildred, le canzoni che le cantava. Canzoni americane di cui ricorda ancora qualche parola. Altre volte Mildred recitava poesie o si metteva a parlare di Arvid,

> *argomento inesauribile per lei, come il loro periodo universitario, il lavoro in Germania, la paura costante che aveva per lui. Del modo in cui si era avvicinata alle attività illegali e infine di Dio e del mondo.*

Alla fine della lettera, chiede a Clara di inviarle una fotografia di Mildred.

> *Quando i miei figli saranno più grandi, racconterò loro di questo periodo della mia vita.*

Piega la lettera e la infila in una busta. Ci infila anche la lettera d'addio di Arvid.

3.

La fotografia di Mildred non esiste più, ma la lettera di Arvid sì.

# La lettera di Arvid
## *1942*

### 1.

*Mio caro e amato amore,*

*se negli ultimi mesi ho trovato la forza di rimanere interiormente calmo e composto, è perché sento un forte attaccamento a tutto ciò che è buono e bello in questo mondo, lo stesso sentimento che canta il poeta Whitman.*
*Le persone a me vicine incarnano questo sentimento, tu per prima.*

*Nonostante il dolore, guardo con gioia alla mia vita. La luce ha preso il posto dell'oscurità, in particolar modo grazie alla nostra unione. La scorsa notte ho ripensato a molti dei meravigliosi momenti del nostro matrimonio e più ci pensavo, più ricordi mi tornavano in mente. Era come se guardassi un cielo stellato il cui numero di stelle aumentava quanto più lo fissavo con attenzione.*

*Ti ricordi Picnic Point, quando ci siamo fidanzati? La mattina presto al club cantavo per la felicità. E prima ancora, il nostro primo discorso serio a pranzo nel ristorante su State Street? Quel discorso è diventato la mia stella polare e lo è sempre rimasto. Quante volte nei sedici anni successivi abbiamo appoggiato la testa l'uno sulla spalla dell'altro, di notte, sfiniti dalle difficoltà. La tua sulla mia o la mia sul-*

*la tua e tutto tornava a posto. L'ho immaginato tantissime volte in queste ultime settimane e continuerò a farlo. Ho anche pensato a te e a tutti i miei cari alle otto del mattino e alle nove di sera. Fallo anche tu in modo che il nostro amore si rincontri nel mondo.*

*Il nostro arduo lavoro non ci ha reso la vita facile e il rischio di essere sopraffatti non era di poco conto, ma nonostante questo siamo rimasti persone entusiaste. Me ne sono accorto quando abbiamo visitato il Grossglockner e anche a settembre, quando ci si è parata davanti quell'alce enorme.*

*Sei nel mio cuore e ci resterai per sempre. Il mio desiderio più grande è che tu sia felice quando pensi a me. Io lo sono quando penso a te.*
*Tanti, tanti baci. Ti abbraccio fortissimo*

*Tuo*
*A.*

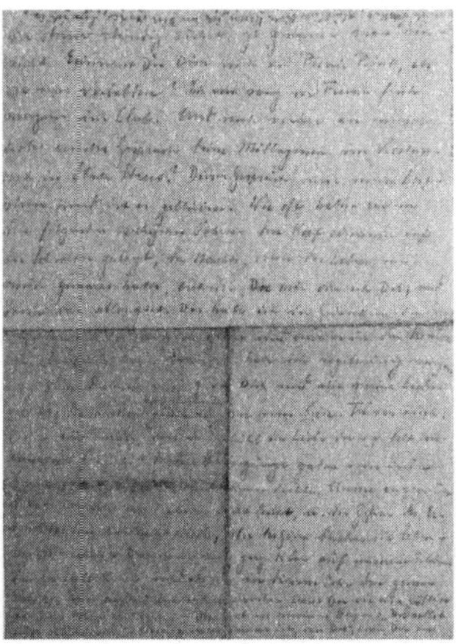

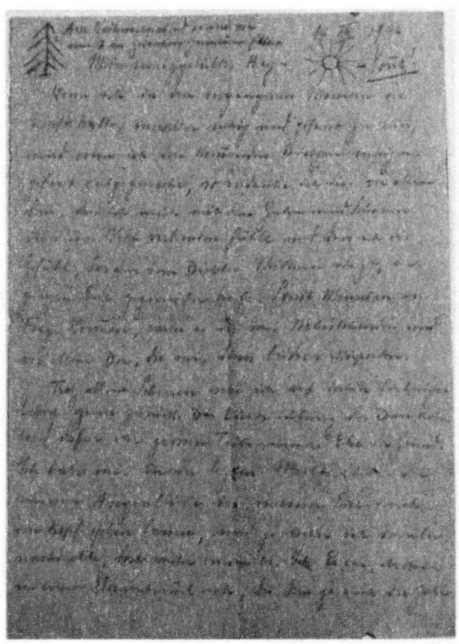

# 12.
# Il bambino

# Il ritorno di Don

## *1946*

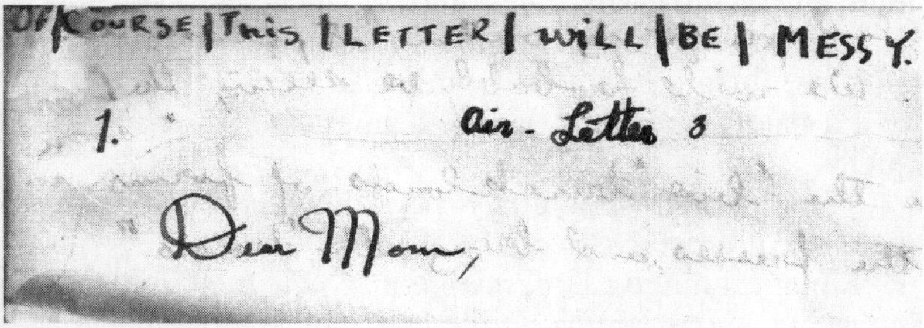

OF COURSE | THIS | LETTER | WILL | BE | MESSY.

1. Air-Letter 3

Dear Mom,

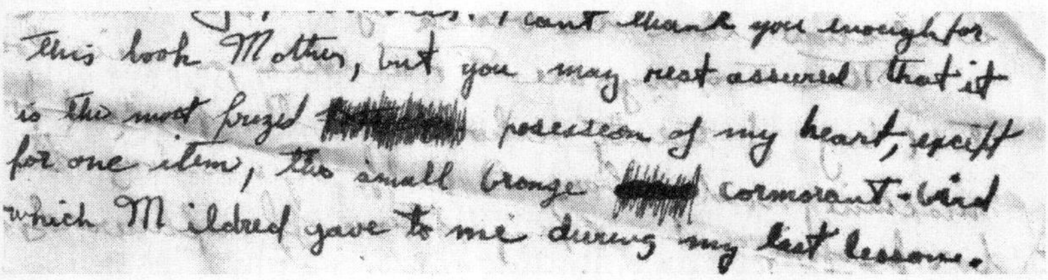

I cant thank you enough for
this book Mother, but you may rest assured that it
is the most prized [redacted] possession of my heart, except
for one item, the small bronze [redacted] cormorant-bird
which Mildred gave to me during my last lessons.

### 1.

Quando torna a Berlino, Don ha diciotto anni.

Adesso è più alto, e non solo perché si è ha appena diplomato. È cresciuto e supera suo padre.

Non sa bene che cosa lo spinga a tornare qui. Non sa come districare il groviglio di emozioni che prova.

Ricorda di essere passato su questa strada mentre una madre piangeva disperata. Suo marito era morto. Una bomba inglese era esplosa sulla loro casa. Era arrivata un'ambulanza da cui erano usciti due uomini che avevano prelevato un bambino per portarlo in un orfanotrofio. Pladik.

Che fine hanno fatto Achim, Peter e Siggy? E Mole?

## 2.

Don cammina da solo per Berlino. Macerie a non finire. Quel che vede aggredisce i suoi ricordi. Si sforza di richiamare alla mente l'aspetto che avevano gli edifici.

Il quartiere di Mole: bombardato.

Innsbrücker Strasse 44: bombardata.

La scuola americana, la chiesa americana, distrutte anche quelle.

Prende la metropolitana. Scende a Nollendorfplatz, cammina fino a Woyrschstrasse 16.

Rimane a lungo sul marciapiede, con le mani infilate nelle tasche, a guardare lo stabile in cui un tempo viveva Mildred, seguendo con gli occhi il fantasma di ogni piano: uno, due, tre.

Il quarto piano, dove andava a lezione. Dove era solito sedersi su un divano con braccioli di legno, accanto a Mildred.

Ricorda di averle raccontato della *Fram*, una nave costruita per esplorare l'Antartide. *Fram* significa "avanti" in norvegese. Costruita alla fine del XIX secolo, si dice che sia la nave in legno più robusta del mondo.

*Continua*, aveva detto Mildred.

Don aveva continuato, descrivendole ogni dettaglio. La *Fram* era stata progettata per resistere alle durissime e gelide condizioni dell'Antartico. I marinai a bordo mangiavano cani. *Cani!* È così che sono riusciti a fare una spedizione di due anni.

*Hai una buona memoria*, gli aveva detto Mildred. Glielo diceva spesso.

Una volta si era dimenticato di fare il compito di lettura.

*Hai un cervello lì dentro e devi usarlo o diventerà una mela marcia.* Aveva un tono gentile ma severo. Si era vergognato e aveva abbassato la testa sul libro aperto. Gli occhi gli si erano inumiditi, le parole nuotavano sulla pagina.

*Non dimenticare mai*, gli aveva detto Mildred.

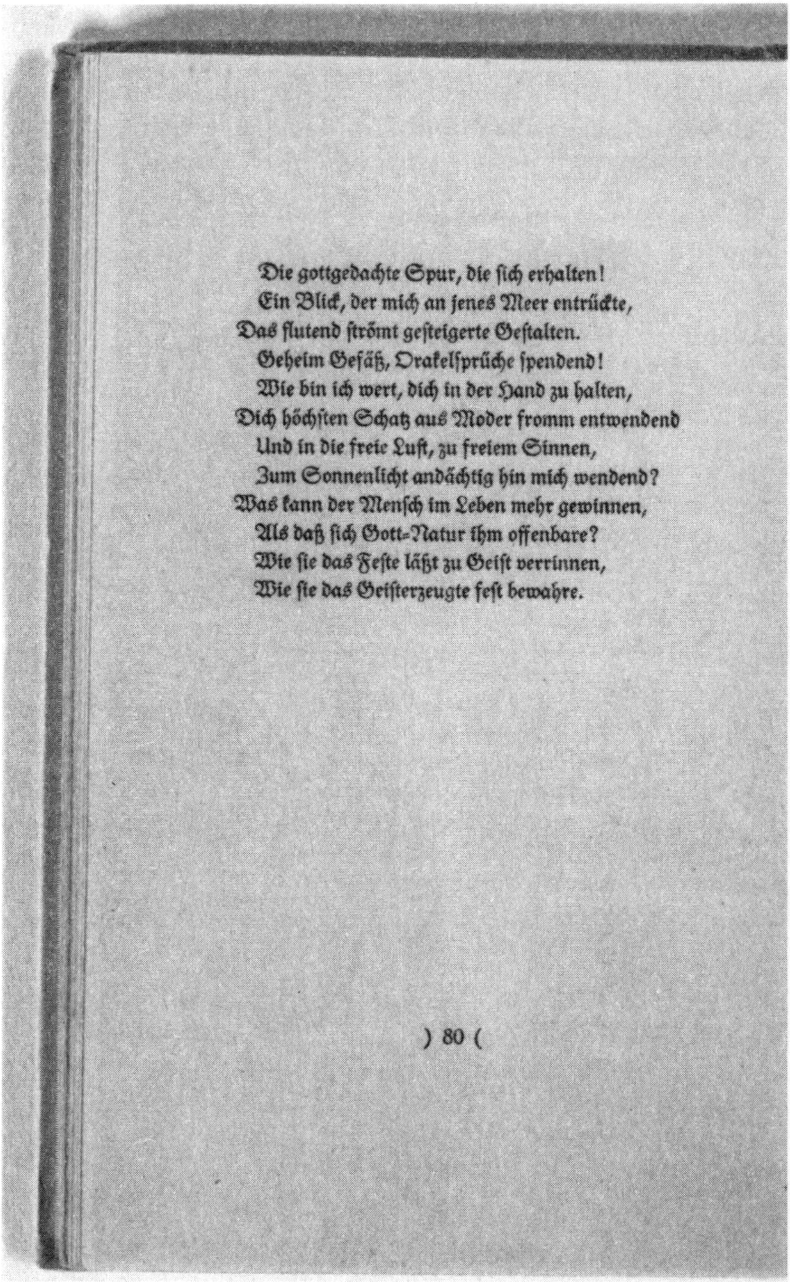

Die gottgedachte Spur, die sich erhalten!
Ein Blick, der mich an jenes Meer entrückte,
Das flutend strömt gesteigerte Gestalten.
Geheim Gefäß, Orakelsprüche spendend!
Wie bin ich wert, dich in der Hand zu halten,
Dich höchsten Schatz aus Moder fromm entwendend
Und in die freie Luft, zu freiem Sinnen,
Zum Sonnenlicht andächtig hin mich wendend?
Was kann der Mensch im Leben mehr gewinnen,
Als daß sich Gott-Natur ihm offenbare?
Wie sie das Feste läßt zu Geist verrinnen,
Wie sie das Geisterzeugte fest bewahre.

) 80 (

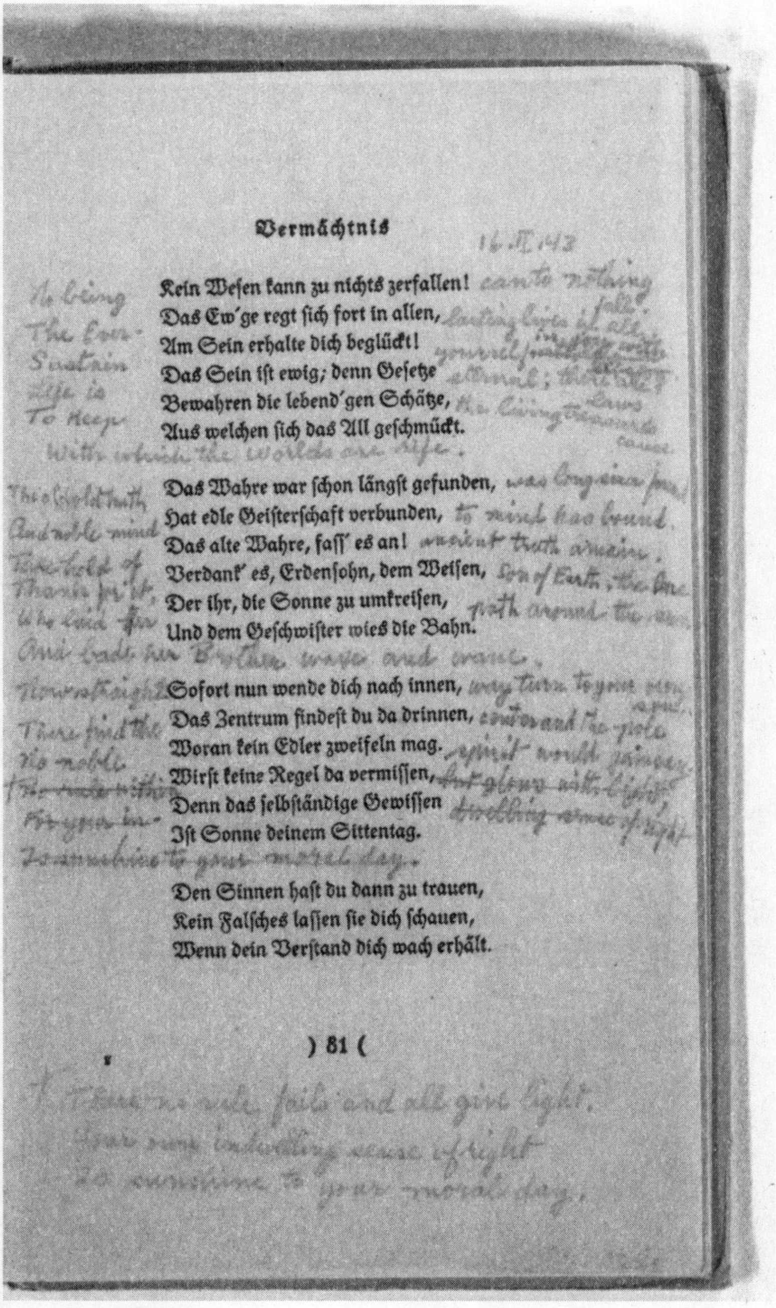

**Vermächtnis**

Kein Wesen kann zu nichts zerfallen!
Das Ew'ge regt sich fort in allen,
Am Sein erhalte dich beglückt!
Das Sein ist ewig; denn Gesetze
Bewahren die lebend'gen Schätze,
Aus welchen sich das All geschmückt.

Das Wahre war schon längst gefunden,
Hat edle Geisterschaft verbunden,
Das alte Wahre, faß' es an!
Verdank' es, Erdensohn, dem Weisen,
Der ihr, die Sonne zu umkreisen,
Und dem Geschwister wies die Bahn.

Sofort nun wende dich nach innen,
Das Zentrum findest du da drinnen,
Woran kein Edler zweifeln mag.
Wirst keine Regel da vermissen,
Denn das selbständige Gewissen
Ist Sonne deinem Sittentag.

Den Sinnen hast du dann zu trauen,
Kein Falsches lassen sie dich schauen,
Wenn dein Verstand dich wach erhält.

) 81 (

# *Ringraziamenti*

Il fatto che moltissimi tedeschi abbiano sostenuto Hitler lascia poco spazio alle storie di coloro che si sono opposti al suo regime. Sono grata al dottor Johannes Tuchel del Memoriale della resistenza tedesca (Gedenkstätte Deutscher Widerstand) e in particolar modo al dottor Hans Coppi, direttore della collezione dell'Orchestra rossa per avermi aiutato a raccontare la storia di Mildred Harnack e quelle dei tedeschi che si sono uniti a lei nella resistenza. Il dottor Coppi era un neonato quando i suoi genitori, Hans e Hilde Coppi, furono giustiziati per le loro posizioni politiche. Ho tratto grande beneficio dalla competenza e dalla costante fiducia del dottor Coppi in questo libro fin dalla prima volta che ci siamo incontrati.

Nel 2018 e 2019 ho usufruito di una borsa di studio presso il Leon Levy Center for Biography, istituto di studi biografici, che ha fornito un importante contributo alla mia ricerca sostenendo i costi della trascrizione delle mie interviste alle fonti. Grazie a Kai Bird e Thad Ziolkowski per i loro insegnamenti e ai miei eccellenti colleghi ricercatori Stephen Heyman, Jennifer Homans e Samanth Subramanian, che hanno letto i primi capitoli. Il seminario della City University di New York sulle donne che scrivono vite delle donne merita una menzione speciale per avermi invitato a far parte della comunità di eccellenti biografi quali sono e per avermi fornito ispirazione e supporto professionale.

La Corporazione di Yaddo mi ha dato per due volte tempo e spazio dove scrivere e la Fondazione Ucross ha messo a mia disposizione delle residenze – una quando ho iniziato a scrivere questo libro e un'altra mentre ultimavo la stesura definitiva. Ringrazio Elaina Richardson e Candace Wait di Yaddo e Sharon Dynak, Tracey Kikut e Ruthie Salvatore di Ucross.

Per cinque anni ho consultato archivisti negli Stati Uniti, in Inghilterra e in Germania; senza di loro non avrei potuto scrivere questo libro. Ulf Rathje ha individuato rapidamente documenti importanti presso gli Archivi federali di Berlino, nel bel mezzo di una pandemia mondiale. Wanda Williams degli Archivi nazionali si è gentilmente occupata delle mie richieste in merito alla legge sull'accesso all'informazione e Paul Brown e Cate Brennan hanno soddisfatto altre mie numerose esigenze di scovare documenti con pazienza e celerità. Lo straordinario staff degli Archivi Arolsen e dell'International Tracing Service ha reperito documenti risalenti alla Seconda guerra mondiale e al dopoguerra riguardanti Gertrud Klapputh. Desidero anche ringraziare Susan Evans del Memoriale americano dell'Olocausto, del Centro sui sopravvissuti e le vittime dell'Olocausto; Carol Leadenham e Sarah Patton degli archivi della Hoover Institution; Aleksandra Pawliczek degli archivi dell'Università Humboldt di Berlino; Olaf Schneider degli archivi dell'Università Justus Liebig di Giessen; Torsten Zarwel degli Archivi federali di Berlin-Lichterfelde; Antje Schröpfer degli Archivi della Bassa Sassonia; Bastian Fillner degli Archivi di Stato della Renania settentrionale-Vestfalia; Paul Friedman della Biblioteca pubblica di New York; David Null degli archivi dell'Università del Wisconsin; Kevin Abing del centro studi storici della contea di Milwaukee e Lee Christopher Grady, Laura Hemming e Jonathan Nelson della Società sulla storia del Wisconsin.

Sono grato a Sarah Helm per avermi fornito informazioni fondamentali su Gertrud Klapputh, compagna di cella di Mildred, e alla dottoressa Joanne Sayner per i consigli e l'incoraggiamento. Christian Grüner e il personale della scuola Peter A. Silbermann (prima Berliner Städtisches Abendgymnasium für Erwachsene) mi hanno ospitato in un pomeriggio memorabile e mi hanno permesso di fotografare pagine dell'annuario del 1934. Andreas Sander, ex curatore del museo Topografia del Terrore di Berlino, mi ha aiutato a comprendere l'esperienza di un detenuto nelle celle sotterranee del quartier generale della Gestapo.

Non avrei potuto raggiungere la profondità e le sfumature dei passaggi sullo spionaggio sovietico senza il contributo straordinario della dottoressa Svetlana Chervonnaya, che ha condotto un'approfondita ricerca archivistica a Mosca, tradotto numerosi documenti, verificato i fatti delle prime bozze e replicato alla mia raffica di domande con entusiasmo e scrupolosità. Sono anche in debito con l'ineguagliabile dottor Robert G. Waite, ricercatore storico presso il Memoriale della resistenza tedesca, con due decenni di esperienza come storico senior presso il ministero della Giustizia degli Stati Uniti, che ho intervistato a Berlino in merito al suo progetto: la storia in due volumi del carcere di Plötzensee. Il dottor Waite è stato indiscutibilmente generoso nel fornirmi un riscontro incisivo sulle varie bozze del mio manoscritto, rendendomi partecipe delle sue ricerche, guidando il mio lavoro e incoraggiandomi.

Sono immensamente grata a Jude Vachon, che ha dato un contributo significativo a questo libro come traduttrice e assistente di ricerca. Mi ha aiutato selezionando migliaia di pagine di documenti in tedesco, traducendo testimonianze del dopoguerra logore e quasi illeggibili e leggendo numerose bozze. La sua passione per questa storia mi ha sostenuto durante gli anni che ho dedicato alla scrittura. La dottoranda della City University of New York (CUNY) Kathryn Kelley ha reperito articoli e recensioni di libri in periodici tedeschi, Erica Brisson mi ha assistito nelle prime ricerche e le dottoresse Irena Fliter e Jennifer Petzen mi hanno accompagnato nelle mie visite agli archivi tedeschi.

Vorrei anche ringraziare Shareen Blair Brysac per aver pubblicato la prima biografia su Mildred Harnack vent'anni fa. Le sue ricerche e interviste a fonti che nel frattempo sono decedute sono state preziose per me quando ho iniziato le mie ricerche. Il mio libro ha beneficiato del lavoro degli storici Thomas Childers, Peter Hoffmann, Claudia Koonz, Dónal O'Sullivan, Corina Petrescu e Nikolaus Wachsmann.

Sono grata a Michael Cunningham, Ruth Franklin, David Gates, Jonathan Lethem, David Means, David Remnick, la dottoressa Susanne Rohr, Dani Shapiro e James Wood per il fondamentale supporto iniziale.

Grazie al fotografo Beowulf Sheehan per aver illustrato le mie interviste con le fonti principali. Ringrazio anche Cami Anderson, Robert Baertsch, Michael Bilton, Alethea Black, Jill Blakeway, Charles Bock, Amy Braunschweiger, Eric Carlson, Rammonn Clarke, Dana Czapnik, Ann-Kristin Grimm, Sharon Guskin, Arthur Heitzer, Bokyun Kim, Adrian Kinloch, Gerd Klamandt, Stephan Krannich, Jan Kucharzewski, Vanessa Manko, Michèle Menzies-Abrash, Robin Morgan, Claudia Mustafa, Katrin Reichelt, Janelle Robinson, Adrien Schriel, Cindy Spiegel, Elizabeth Thompson e Wendy Weisman.

Grazie a Jim Rutman, mio agente letterario, per aver sostenuto questo libro e per avermi incoraggiata a rimanere fedele alle mie convinzioni artistiche. Sono grata anche a un altro sostenitore, Lee Boudreaux, che ha acquistato questo libro per Little, Brown quando consisteva soltanto in un prologo e due capitoli. Asya Muchnick ha preso in consegna il testo e l'ha adottato, arricchendolo di parole di compassione, coerenza e precisione. Non avrei potuto ottenere una collaborazione migliore di questa. Grazie ai colleghi di Asya presso Little, Brown: Evan Hansen-Bundy, Jayne Yaffe Kemp, Alyssa Persons e Tracy Roe. Allison Saltzman ha trasformato un caos di documenti e immagini d'archivio in una meravigliosa copertina. Ho la fortuna di avere avuto a mia disposizione Kimberly Burns di Broadside, preparatissima.

Questo libro parla di una famiglia ritrovata tanto quanto di una famiglia perduta. Jilly Allenby-Ryan, pronipote di Arvid Harnack, si è gentilmente offerta di ospitarmi a casa sua mentre stavo effettuando una ricerca presso gli Archivi nazionali londinesi e ha condiviso con me i ricordi dei membri della famiglia Harnack. Sono grata a Jilly per la sua gentilissima ospitalità. A Düsseldorf, Juergen Havemann ha risposto a tutte le mie domande su suo padre, Wolfgang, con sensibilità e perspicacia. Ringrazio Rainer von Harnack per aver condiviso i suoi ricordi di Falk Harnack, Robin Esch per aver condiviso i suoi ricordi di Mildred Harnack e Harriette Esch e Neal Donner per avermi fornito copie di lettere di famiglia.

Ho un particolare debito di gratitudine nei confronti della nipote di Mildred, Jane Donner Sweeney. Jane è mia nonna. Diversi anni prima di morire, mi diede delle copie delle lettere di Mildred e mi raccontò che un americano, figlio di un diplomatico dell'ambasciata statunitense a Berlino, era stato il messaggero di Mildred. Il suo nome, mi disse, era Don.

Quando finalmente l'ho rintracciato, nella California settentrionale, Don Heath aveva ottantanove anni. Aveva ancora un ricordo vivido della sua infanzia. Nel suo salotto tappezzato di libri, mi ha raccontato tutto ciò che ricordava di Mildred. Gli sono profondamente grata.

Dopo la scomparsa di Don sua moglie, Julie Heath, mi ha permesso di esaminare il contenuto di dodici valigie piene di lettere, diari personali, agende, memorie incompiute e fotografie. Richard Brown, nipote di Don, ha faticosamente messo in ordine il tutto e ha creato per me dei file Dropbox contenenti migliaia di pagine. Richard è stato uno splendido corrispondente, che mi ha offerto ricordi, documenti appena scoperti e incoraggiamento. Alla famiglia Heath esprimo la mia più sincera gratitudine.

# Fonti

Ho fatto una serie di interviste a Donald Heath junior nel novembre e dicembre del 2016; sono citate nelle note finali come "interviste dell'autrice a Donald Heath junior".

La famiglia Heath mi ha dato il permesso di esaminare il contenuto di dodici valigie che contenevano fonti primarie del periodo tra il 1937 e il 1946, tra cui lettere di famiglia, fotografie, diari e agende di Louise Heath e la corrispondenza di Donald R. Heath senior con il segretario del Tesoro Henry Morgenthau junior e altri colleghi del ministero degli Esteri americano. Ho anche esaminato un'autobiografia non pubblicata, lettere ed e-mail scritte da Donald Heath junior (tra il 1981 e il 2006); appunti e ricordi scritti da sua sorella, Sue Heath Brown (tra il 1985 e il 1989) e un'autobiografia inedita scritta da Donald R. Heath senior. Questo materiale è in fase di archiviazione presso la Hoover Institution.

Mi sono basata sui ricordi di Donald Heath junior e su queste fonti primarie per raccontare la storia della sua infanzia e per ricostruire gli incontri di Mildred Harnack con lui, Louise Heath e Donald Heath senior, nonché gli scambi avvenuti tra di loro.

Mi sono basata sui ricordi di Jane Donner per ricostruire l'infanzia di Mildred e la parte del libro che racconta il periodo in cui Jane ha vissuto con Mildred e Arvid a Berlino.

Le lettere di Mildred Harnack mi hanno fornito dettagli e descrizioni concrete che ho utilizzato in tutto il libro per raccontare la sua storia e quella della famiglia Heath. Non tutte le sue lettere sono sopravvissute. Dopo la sua esecuzione Harriette Esch, sua sorella, ha esortato la famiglia a distruggere lettere, fotografie e qualsiasi altra documentazione su di lei. Molti anni dopo, Jane Donner scoprì un fascio di lettere nascoste, che è stato poi consegnato alla Wisconsin Historical Society.

Oltre alle interviste, ai ricordi, alle lettere, ai diari e alle autobiografie inedite, ho attinto a un'ampia gamma di fonti primarie presso archivi e istituzioni negli Stati Uniti, in Germania, nel Regno Unito e in Russia.

## Archivi

### Regno Unito

| | |
|---|---|
| TNA | Archivi nazionali, Kew |

### Germania

| | |
|---|---|
| BArch | Archivi federali, Berlino |
| BADH | Archivi federali, Dahlwitz-Hoppegarten |
| GDW | Memoriale della resistenza tedesca, Berlino |
| JLU | Università Justus Liebig, Giessen |
| HU | Archivi dell'Università Humboldt, Berlino |
| LAV NRW | Archivi di Stato, Renania settentrionale-Vestfalia |
| NLB | Biblioteca Gottfried Wilhelm Leibniz, Hannover |

### Russia

| | |
|---|---|
| APRF | Archivio del presidente della Federazione russa |
| GARF | Archivio di Stato della Federazione russa |
| RGASPI | Archivio di Stato russo di storia politica e sociale |
| SVRA | Archivio del Servizio di intelligence estero della Federazione russa |
| TsAMO | Archivio centrale del ministero della Difesa della Federazione russa |

Stati Uniti d'America

| | |
|---|---|
| DEL | Collezione speciale, Università del Delaware, Newark, DE |
| FDRL | Biblioteca presidenziale di Franklin D. Roosevelt, Hyde Park, NY |
| HUA | Archivi dell'Università di Harvard, Cambridge, MA |
| HIA | Archivi della Hoover Institution, Stanford, CA |
| LOC | Biblioteca del Congresso, Washington, DC |
| MHC | Centro storico della contea di Milwaukee, WI |
| NARA | Amministrazione degli archivi e dei registri nazionali, College Park, MD |
| NYPL | Archivi della biblioteca pubblica, New York, NY |
| USHMM | Museo statunitense del memoriale dell'Olocausto, Washington, DC |
| UWA | Archivi dell'Università del Wisconsin, Madison, WI |
| WHS | Società storica del Wisconsin, Madison, WI |
| YUA | Archivi dell'Università di Yale, New Haven, CT |

Collezioni private

Famiglia Donner (documenti di Mildred Harnack, Jane Donner)
Famiglia Heath (documenti di Donald Heath senior, Louise Heath, Donald Heath junior, Sue Heath Brown)

# Note

Nota dell'autrice

"Era una donna di poche parole": Ingeborg Havemann, *Mildred Harnack: A Remembrance*, 1950, collezione Falk Harnack, GDW.

"Ascoltava in silenzio": Martha Dodd, *In memory*, documenti di Martha Dodd, scatola 13, LOC.

Frammento

Carcere di Plötzensee, Berlino, 16 febbraio, 1943, documenti di Mildred Harnack, SGY/4, BArch.

Introduzione

Si venne a trovare nel cuore pulsante: Petrescu, *Against All Odds*, pag. 194; ultimo rapporto della Gestapo, RG 319, ZA 020253, NARA. È importante notare che gli storici che scrivono dell'Orchestra rossa spesso non conoscono Mildred Harnack o la citano soltanto come moglie di Arvid Harnack. Richard J. Evans (*The Third Reich at War*) afferma che "le donne ebbero un ruolo particolarmente importante" nell'Orchestra rossa, "in particolare la moglie americana di Harnack, Mildred Harnack-Fish", poi però prosegue senza più menzionare tale contributo. David Dallin (*Soviet Espionage*) la descrive come "apolitica, interessata solo alle lingue e alle letterature". Anche Heinz Höhne (*Codeword: Direktor*) definisce Mildred "apolitica". Si veda anche Guillaume Bourgeois, *La véritable histoire de l'orchestre rouge*, e Gilles Perrault, *The red Orchestra*. In *Choise and Courage*, Claudia Koonz osserva che "la maggior parte delle narrazioni sulla resistenza ha ignorato o sottovalutato la partecipazione delle donne. I racconti dell'Orchestra rossa... eludono Mildred Harnack".

Monco, Proiettore, Lavoratore: Brysac, *Resisting Hitler*, pag. 272.

il gruppo di resistenza clandestina più grande di Berlino: dopo che la Gestapo ha arrestato e giustiziato quasi tutti i membri del gruppo di

Mildred (storicamente chiamato gruppo Harnack-Schulze-Boysen), a Berlino si formò il gruppo Saefkow-Jacob-Bästlein, che arrivò a contare circa cinquecento membri.

"segugio di Hitler": Breitman *et al.*, *U.S. Intelligence and the Nazis*, pag. 298.

vere e proprie frottole: Haase, *Das Reichskriegsgericht*, pagg. 109-110. Le trascrizioni dei processi furono presumibilmente bruciate nel 1945 da Heinz Pannwitz, l'ufficiale delle SS che aveva guidato l'operazione di controspionaggio tedesca contro l'Orchestra rossa. Gli atti di condanna sono sopravvissuti: si veda Höhne, *Codeword: Direktor*, XVIII-XIX. Il processo è stato descritto anche da un testimone oculare, Axel von Harnack (cugino di Arvid Harnack), nell'articolo *Arvid und Mildred Harnack*.

"Le azioni di Mildred Harnack sono lodevoli": D.P. Hervey al tenente colonnello Bruton, 21 febbraio 1946, RG 153, fascicolo 12-2262, NARA.

"È molto probabile": A.R. Perry junior al capitano Sloan, 21 novembre 1946, *ibid.*

"Questo procedimento è classificato come S/R": tenente colonnello Ellis al tenente colonnello Herte, 15 gennaio 1947, *ibid.*

*Nel 1943 Hitler ha fatto decapitare una donna americana per rappresaglia*: "The New York Times", 1° dicembre 1947.

"uno dei leader del movimento clandestino contro i nazisti": Charles Yarbrough, *Una vittima dell'ascia nazista è vissuta qui*, "Washington Post", 3 dicembre 1947.

l'assenza di prove documentali: Höhne, *Codeword: Direktor*, XVIII.

archivio della Germania dell'Est: nel 1990, negli archivi dell'Institut für Marxismus-Leninismus, situato nell'ex Repubblica democratica tedesca, sono state rinvenute le sentenze dei processi ai membri dell'Orchestra rossa.

la Russia autorizzò gli storici a consultare: Costello e Tsarev, *Deadly Illusions*, VI-VIII.

iniziarono a divulgare documenti: i documenti sono stati desecretati dal Gruppo di lavoro interagenzie federali sui crimini di guerra nazisti (IWG); si veda Breitman *et al.*, *U.S. Intelligence and the Nazis*, pag. 293.

a non finire: documenti redatti dai servizi segreti britannici, americani (U.S. Army Counter Intelligence Corps, CIA, FBI) e sovietici (NKVD, GRU). La maggior parte dei documenti afferenti al controspionaggio tedesco è stata sequestrata dai servizi segreti degli Alleati nel 1945. Il controspionaggio britannico ha condotto indagini molto approfondite sull'Orchestra rossa, producendo tre lunghi rapporti tra il 1945 e il 1949; si veda Breitman *et al.*, *U.S. Intelligence and the Nazis*, pagg. 293-294.

Il bambino con lo zaino blu (*1939*)

*Stai attento*: intervista dell'autrice a Donald Heath junior.

*Tutti gli attacchi aerei britannici sono destinati a fallire*: *Alle englischen Luftangriffe*, "Der Führer", 20 dicembre 1939, *Judenplage in Belgien*, "Deutsches Nachrichtenbüro", 12 dicembre 1939; *Der Sieg ist uns gewiß!*, "Rheinsberger Zeitung", 23 dicembre 1939.

un agente dei servizi segreti: H. Merle Cochran, segretario consolare e finanziario del ministero degli Esteri degli Stati Uniti in Europa dal 1927 al 1941.

*Un lavoro importante*: intervista dell'autrice a Donald Heath junior.

presso l'ambasciata americana a Berlino: Donald Heath senior è stato primo segretario all'ambasciata americana a Berlino, posizione annunciata nel "American Foreign Service Journal", 732, 12 dicembre 1937. È stato anche "l'uomo di Morgenthau", un accordo riservato tra il segretario del Tesoro Henry Morgenthau, il viceministro degli Esteri George Messersmith e il sottoministro degli Esteri Summer Welles. Tra il gennaio del 1938 e il giugno del 1941, Heath ha lavorato a Berlino come agente segreto ad hoc per il governo degli Stati Uniti, occupando una posizione di collegamento tra il dipartimento del Tesoro, il ministero degli Esteri e l'Ufficio del coordinatore delle informazioni (COI), un'agenzia di intelligence diretta da William Donovan, soprannominato "Wild Bill", forgiata sul modello dei Servizi segreti britannici (MI6). Heath è stato pagato come funzionario del COI. Nel giugno del 1942, il COI è stato riorganizzato e ribattezzato Ufficio dei servizi strategici (OSS), precursore della Central Intelligence Agency (CIA).

*Aiutare come?*: intervista dell'autrice a Donald Heath junior.

*Accertati che nessuno ti segua*: *ibid.*

*Dimmi di cosa parla questo libro*: *ibid.*

Bisogna cambiare questa situazione il prima possibile (*1932*)

Università di Berlino: era chiamata anche Friedrich-Wilhelms-Universität. Nel 1949 fu ribattezzata Humboldt-Universität di Berlino.

aveva tenuto lezioni: Mildred Harnack a Georgina Fish, 15 marzo 1931.

"La Germania sta attraversando": Mildred Harnack a Georgina Fish, 14 febbraio 1932, documenti della famiglia Donner.

"un forte aumento della miseria e dell'oppressione": Mildred Harnack a Georgina Fish, 2 aprile 1932, documenti della famiglia Donner.

*Qui c'è un vasto gruppo*: Mildred Harnack a Georgina Fish, 18 ottobre 1932, documenti della famiglia Donner.

una petizione: in una lettera, Mildred scrive che l'hanno firmata "quasi cento" studenti dell'Università di Berlino. Mildred Harnack a Georgina Fish, 8 maggio 1921, documenti della famiglia Donner.

*Sono così tanti che non riesco a vedervi in faccia*: battuta che Mildred fece ai suoi studenti; menzionò anche la lavanda e i fiorellini dorati. Mildred Harnack a Georgina Fish, 8 agosto 1932, documenti della famiglia Donner.

una confraternita nazista: la confraternita era la Nationalsozialistischer Deutscher Studentenbund (Unione degli studenti tedeschi nazionalsocialisti). Membri dell'unione parteciparono ai roghi dei libri il 19 maggio 1933 in circa 34 città in tutta la Germania.

"a-tedesco": Rabinbach e Gilman, *The Third Reich Sourcebook*, pag. 449.

La sinistra politica supera i nazisti con ampio margine: Kershaw, *Hitler*, pag. 370.

"Lavoro! Libertà! Pane!": *Arbeit! Freiheit! Brot!* Poster di campagna politica, 1932. Affisso nel Museo statunitense del memoriale dell'Olocausto, Washington, DC, 2008-2009; Dipartimento stampe e fotografie, LOC.

Il Partito nazista ottiene il 37 percento dei voti: *Die Ergebnisse der Reichstagwahl* in "Senftenberger Anzeiger", 59 Jrg. 1° agosto 1932; *Volksmerheit gegen Diktatur* in "Vossische Zeitung", n. 366, Edizione della sera, 1° agosto 1932.

"Partito di centro radicale": Kerwin, *The German Reichstag Elections*, pagg. 921-922.

tradotto in inglese: la prima traduzione inglese abbreviata di *Mein Kampf* fu pubblicata nel 1933; la prima traduzione integrale in inglese fu pubblicata nel 1939.

"totalmente distrutta": "Frankfurter Zeitung und Handelsblatt", 11 novembre 1925.

"mente confusa": *Hitler's Abrechnung*, "Neue Zürcher Zeitung", 8 novembre 1925.

"farneticazioni": "Deutsche Zeitung", 9 settembre 1925.

"Chi cerca intelligenza": "Neue Preussliche Zeitung", 1° ottobre 1925.

"Che modestia": *O mein!*, "Das Bayerische Vaterland", 29 luglio 1925.

in prima pagina la caricatura: "Simplicissimus", 30, n. 22 (31 agosto 1925).

Il suo modo di parlare: Kershaw, *Hitler*, pag. 145.

"Il nostro motto": ivi, pag. 146.

"alla fine del 1921 aveva raggiunto i 3300 membri": ivi, pag. 149.

un nuovo nome: il Partito nazista era stato precedentemente capeggiato da un presidente che supervisionava un comitato. In qualità di nuovo leader, Hitler redasse una nuova costituzione del partito, che gli concedeva poteri dittatoriali.

Nel 1930, una vignetta lo aveva ridicolizzato: la didascalia recita: "Non è strano che si possa creare tanti problemi con così poca materia grigia?". "Simplicissimus" 35, n. 33, 10 novembre 1930, pag. 388.

Un'altra raffigurava due poliziotti: "Simplicissimus" 35, n. 2, 7 aprile 1930, pag. 13.

"non ha segreti per noi.": *Hitler Gegen Die Münchener Post*, "Münchener

Post", 7 dicembre 1921; si veda Rosenbaum, *Explaining Hitler*, pag. 40.

"Non cambia nulla": Kershaw, *Hitler*, pag. 147.

*Gli ebrei nel Terzo Reich*: "Münchener Post", 9 dicembre 1931; si veda Rosenbaum, *Explaining Hitler*, pag. 42.

"Cellula G": *The Tsechka in the Brown House*, "Münchener Post", 8, 12, 19 aprile 1932; si veda Rosenbaum, *Explaining Hitler*, pag. 42.

"Abbiamo fame": Mildred Harnack a Georgina Fish, 23 gennaio 1932, documenti della famiglia Donner.

400.000: Siemens, *Stormtroopers*, pag. 142. Ad aprile 1934 il loro numero raggiunse quattro milioni.

*Molti disoccupati; Mangiano patate; La situazione peggiora costantemente; in piedi all'angolo della strada*: Mildred Harnack a Georgina Fish, 23 gennaio 1932; 13 febbraio 1932; 3 luglio 1932; Mildred Harnack a Jane Donner, 1° febbraio 1932, documenti della famiglia Donner.

## Buongiorno, splendore (*1932*)

Grazie alle ampie finestre, l'appartamento: i particolari di questo capitolo provengono dalle descrizioni contenute nelle lettere che Mildred scrive a Georgina Fish nel 1932. Mildred descrisse i "due tappeti logori" in risposta a una domanda sui suoi averi nel lungo questionario che le fu chiesto di compilare nella prigione di Plötzensee prima della sua esecuzione; SGY/4, BArch.

nell'aula sbagliata: il fortunato errore di Arvid fu quello di confondere due edifici quasi adiacenti del campus dell'Università del Wisconsin: Sterling Hall e Bascom Hall.

"Un bel mazzo di grandi fiori bianchi e profumati": questa scena è stata ricostruita a partire da un racconto autobiografico inedito di Mildred Harnack intitolato *Epitalamio*, scatola 2.4, firma 30, HU. Tutti i dialoghi sono riprodotti testualmente.

"Gli uomini del Mare del Nord": ivi.

"Il lago più grande di tutti": ivi.

"Eravamo così felici di stare insieme": Mildred Harnack a Georgina Fish, 3 dicembre 1931, documenti della famiglia Donner.

ARPLAN: la sede dell'ARPLAN era a Berlino dove, il 3 e 4 gennaio 1932, si tenne anche la prima conferenza dell'organizzazione di cui Mildred informò sua madre in una lettera; Mildred Harnack a Georgina Fish, 1° gennaio 1932, documenti della famiglia Donner.

"La maggior parte degli esercizi": Mildred Harnack a Georgina Fish, 22 novembre 1931, documenti della famiglia Donner.

crocevia dell'Europa: Large, *Berlin*, pagg. 20-22.

la censura è vietata: Stackelberg e Winkle, *Nazi Germany Sourcebook*, pag. 62.

Costituzione di Weimar: ivi, pagg. 61-62.

colme di tedeschi: in una lettera, Mildred racconta la sua esperienza: "Ovunque intorno a me ci sono persone che leggono giornali o libri. Vedo spesso uomini e donne che leggono letteratura classica, filosofia". Mildred Harnack a Georgina Fish, 16 aprile 1931, documenti della famiglia Donner.

Ha 4.700 settimanali e quotidiani: *Propaganda: Writing the News*, Enciclopedia dell'Olocausto, USHMM.

Ullstein: *The Press in the Third Reich*, Enciclopedia dell'Olocausto, USHMM.

"La vita sembrava più libera": Shirer, *Berlin Diary*, pag. 118. Shirer scriverà in seguito *The Rise and Fall of the Third Reich.*

"A molti dei miei amici e anche a me": Stephen Spender, *The Temple*, Londra, Faber and Faber, 1987, X. Spender e i suoi amici W.H. Auden e Christopher Isherwood in seguito saranno chiamati "i poeti di Oxford".

"Per le strade di Berlino": Isenberg, *Voluptuous Panic*, 1. Lo scrittore è Siegfried Krazauer, che fece questa osservazione in un articolo del 1926.

## La BAG (*1932-1933*)

La BAG: gli studenti della BAG frequentavano le lezioni dalle 19 alle 22, dal lunedì al venerdì; seguivano quattro lezioni, ognuna delle quali durava quarantacinque minuti. L'annuario della BAG del 1934 riporta le statistiche comparative delle iscrizioni dal 1931 al 1934; si veda *Handbuch des Berliner Abend Gymnasiums*, pag. 82. Le descrizioni delle lezioni e dei programmi di Mildred sono state ricavate da questa fonte e dalle sue lettere.

"Vengono con la speranza di ottenere": Mildred Harnack a Georgina Fish, 2 maggio 1933, documenti della famiglia Donner.

"Non la sentivamo mai arrivare": Beck, *Erinnerungen an Mildred Harnack*, pag. 6.

*"Hitler soll Kanzler werden?"*: diario di Samson Knoll, documenti di Mildred Harnack, fascicolo 3, firma 41, HU.

"un fiume di lucine": Mildred Harnack a Georgina Fish, 23 maggio 1932, documenti della famiglia Donner.

L'obiettivo del club di inglese: *Handbuch des Berliner Abend Gymnasiums*, pag. 110. Mildred racconta di una conferenza tenuta dal console generale George Messersmith in una lettera a Georgina Fish, 23 gennaio 1932.

"con rarissime eccezioni": Messersmith al sottoministro degli Esteri Phillips, 26 giugno 1933, documenti di Messersmith.

*Clementine*: Mildred Harnack a Georgina Fish, 29 ottobre 1932 e 6 novembre 1932, documenti della famiglia Donner.

è imbarazzo: Beck, *Erinnerungen an Mildred Harnack*, pag. 6.

"tenero rispetto": *ibid.*
Otto Harnack: "Da un lato, era appassionato di Goethe," scrisse Arvid in una lettera, "dall'altro, nella vita privata faceva per certi versi il 'professore' in senso negativo." Arvid Harnack a Clara Harnack, 20 febbraio 1929, collezione Falk Harnack, GDW.
*C'è così tanto da fare*: Mildred Harnack a Georgina Fish, 29 gennaio 1933, documenti della famiglia Donner.

## Cancelliere Hitler (*1933*)

"come una scultura di bronzo": Fromm, *Blood and Banquets*, pag. 76.
"fuori di sé per l'eccitazione": Shirer, *The Rise and Fall of the Third Reich*, pag. 5. Nel suo diario, Goebbels scrisse anche che gli occhi di Hitler erano "colmi di lacrime". Si veda Goebbels, *Vom Kaiserhof zur Reichskanzlei*, pag. 252.
"Macellai": Wolfgang Havemann, *Über die notwendige Einheit von Theorie und Praxis bei der Anwendung des Marxismus-Leninismus (Ricordi di Arvid Harnack degli anni 1931-1942)*, 2 marzo 1983, collezione Rote Kapelle, GDW.
"troppo dolce e sensuale": Hass, *Forbidden Music*, pag. 209.
"Con le loro torce": Havemann, *Über die notwendige Einheit*, collezione Rote Kapelle, GDW.
"Una notte inquietante": Fromm, *Blood and Banquets*, pag. 76.
"La Germania si è svegliata!": Goebbels, *Vom Kaiserhof zur Reichskanzlei*, pag. 358.
*tetti spioventi*: Mildred Harnack a Georgina Fish, 1° febbraio 1933, documenti della famiglia Donner.
*appostamento*: Mildred ha già parlato della sua grande finestra ad arco nelle lettere precedenti. Adesso, chiamandola *appostamento*, si avvicina al dire a sua madre la verità.
un leader da un impostore: leader (*Führer*) e impostore (*Verführer*). Il titolo del suo discorso è *Com'è cambiato il concetto di leader nelle giovani generazioni*. Si veda Sifton e Stern, *No Ordinary Men*, pag. 35; Bethge, *Dietrich Bonhoeffer*, pagg. 259-260; Hoffmann, *Behind Valkyrie*, pagg. 13-19.

## Due ministri nazisti (*1933*)

primo consiglio dei ministri: il verbale di questa riunione e l'elenco dei partecipanti rimasero segreti fino a dopo la Seconda guerra mondiale, quando i documenti tedeschi sequestrati furono presentati ai processi di Norimberga.
"calmo e garbato": non durerà. Ad aprile del 1933, Hitler inizierà a esibire il suo autoritarismo nei consigli dei ministri. Si veda Schwerin von Krosigk, *Staatsbankrott*, pag. 185.
coalizione tra Partito nazista, DNVP e Zentrum: nel 1931, il DNVP tentò

di formare una coalizione con i nazisti che passerà alla storia come il Fronte di Harzburg e che però ebbe vita breve.

"Potremmo": *Trial of the Major War Criminals*, vol. 2, pag. 187.

"Ho appena commesso": Ritter, *Carl Goerdeler*, pag. 60. Alcuni studiosi dubitano che la citazione sia autentica; si veda Jones, *The Greatest Stupidity of My Life*, pag. 81.

"Il consiglio in realtà è nelle mani di Alfred Hugenberg": Kershaw, *Hitler*, pag. 432. Il socialdemocratico è Kurt Schumacher, che fu arrestato dalla Gestapo nel 1933 e trascorse i successivi dieci anni nei campi di concentramento.

"Benché sia Hitler a essere seduto in sella": Jones, *The Greatest Stupidity of My Life*, pag. 71. Il diarista è Reinhold Quaatz, esponente del DNVP e confidente stretto di Hugenberg, che servì il Reichstag dal 1924 al 1933. Annotazione sul diario datata 17 gennaio 1933.

"quel volpino capitalista": l'articolo del "Berliner Tageblatt" è citato in *Nationalists to Dominate in Government Led by National Socialist*, "The New York Times", 31 gennaio 1933.

"non ha mai fatto mistero": *Sees Hitler Facing Fall: 'Le Temps' Believes Responsibility May Bare His Weaknesses*, "The New York Times", 1° febbraio 1933.

"due volte, l'anno scorso": *Nationalists to Dominate in Government.*

"L'odio e il dissenso sono scoppiati": il testo completo del discorso radiofonico di Hitler si trova in Domarus, *Hitler Reden und Proklamationen*, pagg. 191-194.

in soli sei mesi: Shirer, *The Rise and Fall of the Third Reich*, pag. 188.

## Un cenno, un bisbiglio (*1933*)

Circolo: benché il termine fosse un soprannome privato che Mildred e Arvid usavano per descrivere il loro gruppo, va notato che Circolo è stato usato da molti esponenti della resistenza per designare i loro co-cospiratori e che è ancora usato dagli storici: Circolo di Kreisau, Circolo Bonhoeffer, Circolo Goerdeler ecc. Si veda von Klemperer, *German Resistance Against Hitler*, pag. 52.

"sguardo inquisitorio": Kuckhoff, *Vom Rosenkranz zur Roten Kapelle*, pag. 200.

"eroi che si sgretolano": ivi, pag. 201.

"particolarmente graziosa": *ibid.*

"Non è stata amicizia a prima vista": ivi, pag. 54.

"Per me": documenti di Kuckhoff, pag. 200, BArch.

"Mi sono dovuta forzare": ivi, pag. 201.

"negata per tutte le cose pratiche": *ibid.*

"Hai letto": *ibid.*

"Seguite l'istinto": Kuckhoff, *Vom Rosenkranz zur Roten Kapelle*, pag. 54.

In seguito lei si chiederà: ivi, pag. 124.

"circolo di conoscenze": *ibid.*
"una piccola casetta a schiera": ivi, pag. 132.

## La Radio del popolo (*1933-1934*)

deve riuscire a mantenerlo: lo slogan di Hitler era "Datemi quattro anni" (*"Gebt mir vier Jahre Zeit"*); si veda Lochner, *What About Germany?*, pag. 25.

ministero dell'Istruzione e della propaganda popolare: in una conferenza stampa, Goebbels assicurò ai giornalisti che il ministero avrebbe "unito" i tedeschi. "Questo governo è, nel vero senso della parola, un governo del popolo. È nato dal popolo e ne eseguirà sempre la volontà. Respingo con forza l'idea che questo governo difenda obiettivi reazionari, che noi siamo dei reazionari." Si veda Joseph Goebbels, *Due discorsi sui compiti del ministero dell'Istruzione e della propaganda popolare*, 15 marzo e 25 marzo 1933, GHDI.

Aveva scritto un romanzo: Irving, *Goebbels*, pagg. 18-19.

"genio": diario di Goebbels, 13 aprile 1926, in Shirer, *The Rise and Fall of the Third Reich*, pag. 129.

Goebbels non perde tempo: la Camera della cultura del Reich (Reichskulturkammer) fu istituita il 22 settembre 1933.

Dai musei tedeschi vengono fatte sparire tutte le opere d'arte *non germaniche*: negli anni successivi, più di ventimila opere d'arte saranno rimosse dai musei tedeschi. Nel 1937, a Monaco di Baviera si tenne la mostra diffamatoria *Arte degenere* per "educare" il pubblico all'"arte della degenerazione"; si veda Childers, *The Third Reich*, pag. 295.

"ineguagliabile e inimitabile": Shirer, *The Rise and Fall of the Third Reich*, pag. 244.

Sei milioni di esemplari: nel 1938 esistevano oltre nove milioni di Radio del popolo, circa una ogni due famiglie tedesche. Nel 1942, il numero salì a quindici milioni. Il numero di modello di questa radio era VE 301 (301 significava 30 gennaio nella modalità europea). Si veda *Propaganda*, Enciclopedia dell'Olocausto, USHMM.

"non sarebbe stato possibile": Goebbels, "La radio come ottava grande potenza", discorso del 18 agosto 1933, pubblicato in *Signale der neuen Zeit: 25 ausgewählte Reden von Dr. Joseph Goebbels* (Monaco, Zentralverlag der NSDAP, 1938), pagg. 197-207.

pensa Mildred proprio adesso: Petrescu, *Against All Odds*, pag. 196.

## L'incendio del Reichstag (*1933*)

"Adesso sarà facilissimo": Shirer, *The Rise and Fall of the Third Reich*, pag. 189.

"L'impresa privata non può essere mantenuta": *Law Reports of Trials of War Criminals*, vol. 7, pag. 558.

"Non è impossibile": ivi, pag. 561.

tre milioni di Reichsmark: Shirer, *The Rise and Fall of the Third Reich*, pag. 190.
"nudo dalla cintola in su": Hett, *Burning the Reichstag*, pag. 14.
"i grandi corridoi": Rudolf Diels, capo della polizia segreta prussiana sull'incendio del Reichstag del 27 febbraio 1933 (testimonianza retrospettiva, 1949), GHDI.
"stivali alti di pelle": Schacht, *Confessions of "the Old Wizard"*, pag. 336.
"l'inizio della rivoluzione comunista": Shirer, *The Rise and Fall of the Third Reich*, pag. 192.
"D'ora in poi non avremo pietà,": Hett, *Burning the Reichstag*, pag. 16.
Oltre 4.000: Evans, *The Third Reich in Power*, pag. 11; *Völkischer Beobacher*, Berliner Ausgabe, 28 febbraio 1933.
"Decreto del presidente del Reich per la protezione del popolo e dello Stato": si tratta di un estratto saliente della legge, che è divisa in sei sezioni; *Reichsgesetzblatt* 1, n. 17 (1933): pag. 83.
"Radio e stampa sono al nostro servizio": Shirer, *The Rise and Fall of the Third Reich*, pag. 189.
"atti terroristici": ivi, pag. 195.
89 percento: Hoffmann, *The History of the German Resistance*, pag. 4.
44 percento: Childers, *The Third Reich*, pag. 248. Il 41 percento dei voti andò a Partito socialdemocratico (18 percento), Partito comunista (12 percento) e Partito cattolico di centro (11 percento). Il restante 15 percento si divise tra dieci altri partiti politici. Benché il Partito nazista non ottenne la maggioranza assoluta, Goebbels si vantò dicendo "Siamo noi i padroni del Reich… tutto il resto è insignificante". Si veda Goebbels, *Vom Kaiserhof zur Reichskanzlei*, pag. 140.
"facce sfregiate da bulli": Shirer, *The Rise and Fall of the Third Reich*, pag. 198.
"con calma e con profonda dignità": ivi, pag. 199.
441 a favore: *ibid.*
"Legge per eliminare il disagio del popolo e del Reich": Stackelberg e Winkle, *Nazi Germany Sourcebook*, pagg. 142-143.

## Un atto di sabotaggio (*1933-1934*)

"un cambiamento radicale": Rabinbach e Gilman, *The Third Reich Sourcebook*, pag. 317.
erano facilmente reperibili: nel 1928, il produttore di profilattici Fromm vendette 144.000 preservativi al giorno; si veda Usborne, *The Politics of the Body*, pag. 112.
"il marito, la famiglia": Adolf Hitler, discorso alla NS-Frauenschaft, 8 settembre 1934; si veda Rabinbach e Gilman, *The Third Reich Sourcebook*, pagg. 311-314.
19.000 donne: Koonz, *Mothers in the Fatherland*, pag. 145.
donne avvocato: nel 1935, le donne medico in Germania non potevano

più ricevere pagamenti da parte del sistema sanitario finanziato dallo Stato e, a partire dal 1936, alle donne tedesche fu vietato di lavorare come giudici o procuratori. Si veda Koonz, *Mothers in the Fatherland*, pag. 145.
i proprietari di ristoranti vengono minacciati: Kirkpatrick, *Recent Changes in the Status of Women*, pag. 656.
"doppi stipendiati": Evans, *The Third Reich in Power*, pag. 331.
10 percento: Mouton, *From Adventure to Advancement*, pag. 948.
precipiterà a 5.447: Said, *Zur Situation der Lehrerinnen*, pag. 110.
L'unico obiettivo: Rabinbach e Gilman, *The Third Reich Sourcebook*, pag. 313.
la nuova Festa della mamma: Koonz, *Mothers in the Fatherland*, pag. 186.
Agnes von Zahn-Harnack: il *von* che precede il cognome era segno di nobiltà quando la Germania era una monarchia; ora indica i successi di suo padre, Adolf von Harnack. I suoi fratelli sono Ernst von Harnack e Axel von Harnack. Dopo il matrimonio Agnes ha aggiunto il suo cognome da nubile dopo quello del marito. Ispirata da Agnes, Mildred si presentava spesso come "Mildred Harnack-Fish".
a cui è molto affezionata: in una lettera, Mildred raccontò uno dei suoi primi incontri con Agnes von Zahn-Harnack in casa Harnack, in occasione di una cena; la descrisse come una persona "dal cuore d'oro", "capace" e "intelligente". Mildred Harnack a Georgina Fish, 25 gennaio 1930, documenti della famiglia Donner.
500.000 membri: Koonz, *Mothers in the Fatherland*, pag. 143. Nel 1933, la presidentessa Agnes von Zahn-Harnack sciolse la Bund Deutscher Frauenvereine per protestare contro i tentativi dei nazisti di assumere il controllo dell'organizzazione.
"finiti in mano agli uomini": Zahn-Harnack, *Frauenbewegung und Nationale Revolution*.
un sogno irrealizzabile: Koonz, *Mothers in the Fatherland*, pag. 145.
"Basta con le modelle parigine": Fromm, *Blood and Banquets*, pag. 118.
"Gli uomini tedeschi rivogliono le vere donne tedesche": Rosen, *Das ABC des Nationalsozialismus*, pag. 199. Pubblicato per la prima volta nel gennaio del 1933, questo manuale di 288 pagine nel settembre del 1933 era alla sua quinta ristampa.
"la donna tedesca del futuro": Guenther, *Nazi Chic?*, 1932.
legge per l'incentivazione del matrimonio: Koonz, *Mothers in the Fatherland*, pagg. 185-186. Alla fine del 1933 vengono concessi circa 100.000 prestiti matrimoniali fino ad arrivare a 700.000 nel 1937. Si veda Baerwald, *How Germany Reduced Unemployment*, pag. 627; Kirkpatrick, *Recent Changes in the Status of Women*, pag. 653.
un quinto: Koonz, *Mothers in the Fatherland*, pag. 149.
"lasciare immediatamente": Baerwald, *How Germany Reduced Unemployment*, pag. 627.
60 percento: Koonz, *Mothers in the Fatherland*, pag. 186.

"Ti sono grata": Mildred Harnack a Georgina Fish, 1° agosto 1933. Non si sa se Mildred l'abbia detto ad Arvid.

### Le reclute di Mildred (*1933-1934*)

circa una dozzina di membri: non esistono stime attendibili del numero di membri durante questo periodo. Secondo un documento riservato della CIA (datato 23 giugno 1967, in seguito desecretato) il gruppo di Berlino (il Circolo) arrivò a contare 283 membri e il gruppo di Harro Schulze-Boysen (Gegner Kreis), che si fuse con il Circolo nel 1940, 600.

"lezione di inglese": Wilhelm Utech, Protokoll, collezione Rote Kapelle, GDW.

il numero 35: *Handbuch des Berliner Abend Gymnasiums*, pag. 69.

Bodo Schlösinger: Griebel, Coburger and Scheel, *Erfasst?*, pagg. 136-137.

Non possono più riunirsi: Wilhelm Utech, Protokoll, collezione Rote Kapelle, GDW.

Karl Behrens: Griebel, Coburger e Scheel, *Erfasst?*, pagg. 166-167; Juchler, *Mildred Harnack*, pagg. 111-121.

A diciotto anni è entrato a far parte delle Truppe d'assalto: nel 1926, Karl era uno dei circa cinquemila ragazzi che marciavano alle adunanze di Hitler. Alla fine del 1933, la Gioventù hitleriana aveva superato i due milioni di iscritti. Tre anni dopo, il 1° dicembre 1936, tutti i ragazzi di età compresa tra i dieci e i diciotto anni furono obbligati per legge ad aderire alla Gioventù hitleriana.

"L'obiettivo": Wilhelm Utech, Protokoll, collezione Rote Kapelle, GDW.

"L'ho messa alla porta": il destinatario della lettera di West era Allen Dulles, che si era da poco dimesso dalla carica di direttore della CIA; si veda West, *Selected Letters*, pag. 395.

### Giù come tessere da domino (*1933*)

legge per il ripristino del servizio civile professionale: Rabinbach e Gilman, *The Third Reich Sourcebook*, pag. 53.

legge contro il sovraffollamento delle scuole e delle università: *Reichsgesetzblatt*, 1, n. 43 (1933), pag. 225. Nel 1933, il 75 percento degli studenti ebrei in Germania era iscritto alle scuole pubbliche; si veda *Law Limits Jews in Public Schools*, Enciclopedia dell'Olocausto, USHMM.

saranno sterilizzati circa 400.000 tedeschi: la legge fu approvata nel 1933 e la sterilizzazione forzata iniziò a gennaio 1934. Si veda *Forced Sterilization*, Enciclopedia dell'Olocausto, USHMM.

Persino una battuta: Boehm, *We Survived*, XII. "L'affermazione 'Che io possa vivere fino a vedere la fine del Reich millenario di Hitler' era sufficiente per essere processati o mandati direttamente in un campo di concentramento," ha ricordato lo scrittore ebreo Eric Boehm, che a sedici anni fuggì dalla Germania e si trasferì da alcuni parenti a Youngstown, nell'Ohio.

"atteggiamento leale": "Simplicissimus", 38 (1° aprile 1933), inserto; "Simplicissimus", 38, 16 aprile 1933, pag. 26. Franz Schoenberner, che dirigeva la rivista dal 1929, si rifiutò di assumere questa nuova posizione editoriale. Nell'aprile del 1933 fuggì in Svizzera.

"Münchener Post": Rosenbaum, *Explaining Hitler*, pag. 53.

*custodia cautelare*: Hoffmann, *German Resistance to Hitler*, pag. 25.

*nichts dagegen zu machen*: Mayer, *They Tought They Were Free*, pag. 75.

"La maggior parte delle persone cade giù come tessere da domino": Meding, *Courageous Hearts*, pag. 8. Emmi era la figlia di Hans Delbrück. Tra i suoi fratelli c'era Justus Delbrück, che fu coinvolto nell'Operazione Valkiria per assassinare Hitler.

un saggio in cui criticava gli esponenti del clero: Bethge, *Dietrich Bonhoeffer*, pagg. 273-275.

il rabbino Stephen Wise: ivi, pag. 267.

"Comprerò il burro": *ibid.*; Meding, *Courageous Hearts*, pag. 9.

I requisiti sono severi: "Come un vivaista che cerca di riprodurre un vecchio ceppo alterato e danneggiato, siamo partiti dai principi della selezione delle piante e abbiamo proceduto senza remore eliminando coloro che non ritenevamo utili," disse Himmler. Con la sua scarsa vista e salute cagionevole, Himmler non avrebbe raggiunto gli standard che aveva stabilito per l'élite delle SS. Pringle, *The Master Plan*, pag. 41.

centoventi: Wachsmann, *KL*, pag. 4. La maggior parte di questi prigionieri erano comunisti arrestati a Monaco.

non era opportuno lasciarli a piede libero: si veda *The Former Gunpowder Factory in Dachau*.

*campo di concentramento*: l'acronimo usato per denotare il campo di concentramento era KL, per Konzentrationslager; si veda Wachsmann, *KL*, pag. 5.

Si stima che circa 40.000: *ibid.* Una stima precisa del numero di persone imprigionate e morte a Dachau è impossibile da effettuare perché i registri erano incompleti e molti sono stati distrutti prima della liberazione del campo nel 1945. Secondo i ventidue libri mastri di Dachau, contrassegnati come "Registri degli ingressi", questo numero sarebbe pari a circa 33.000. Si veda *Concentration Camp Dachau Entry Registers (Zugangsbücher), 1933-1945*, pubblicazione n. M1938, 2004, RG 238, NARA.

"tane di tortura naziste": Wachsmann, *KL*, pag. 36. I dati disponibili indicano che i morti sotto custodia erano ancora relativamente rari, in netto contrasto con gli omicidi di massa compiuti nei campi di concentramento durante la Seconda guerra mondiale.

170 campi improvvisati: *ibid.*

Sachsenhausen: ivi, pag. 187. Nel 1939 questi dieci campi principali contenevano 21.400 prigionieri.

oltre 1.100 quelli satelliti: ivi, pag. 5.

In un periodo di oltre sei settimane: ivi, pag. 56. Il periodo va dal 12 aprile al 26 maggio 1933.

colpiti mentre cercavano di fuggire: *ibid.*

200.000: ivi, 32. La cifra rappresenta una stima del numero totale di prigionieri politici detenuti nel corso del 1933. Mentre alcuni di questi sono figure di spicco, come il leader del KPD Ernst Thälmann, la maggior parte sono giovani esponenti della classe operaia, la base del movimento comunista in Germania.

## Bruciati (*1933*)

"Si è conclusa l'era dell'estremo intellettualismo ebraico": *The Book Burning: Report by Louis P. Lochner, Head of the Berlin Bureau of the Associated Press*, 10 maggio 1933, GHDI.

"non aveva più assistito": Shirer, *The Rise and Fall of the Third Reich*, pag. 241.

25.000: "Book Burning", Enciclopedia dell'Olocausto, USHMM.

*Volk*: il tentativo di Hitler di definire la parola si articola nel *Mein Kampf* per sette pagine. Secondo William Shirer: "La parola tedesca *Volk* non ha un traducente fedele in inglese. Di solito è resa con 'nazione' o 'popolo', ma in tedesco ha un significato più profondo e differente, che connota una comunità primitiva, tribale". Si veda Shirer, *The Rise and Fall of the Third Reich*, pag. 88.

manifesti, che elencano anch'essi dodici ingiunzioni: Sauder, *Die Bücherverbrennung*, pagg. 93-94. Le dodici ingiunzioni erano una manifesta evocazione delle novantacinque tesi di Martin Lutero. Il poster era intitolato *Abbasso lo spirito a-tedesco.*

TUTTI GLI STUDENTI ANTISEMITI SONO DEGLI STRONZI: ivi, pagg. 94-95. Per la traduzione in inglese completa delle dodici ingiunzioni su entrambi i poster, si veda Rabinbach e Gilman, *The Third Reich Sourcebook*, pagg. 449-451.

## La battaglia di Dietrich contro la clausola ariana (*1933-1934*)

conferenza ecumenica internazionale: la conferenza fu ospitata dall'Alleanza mondiale per la promozione dell'amicizia internazionale attraverso le Chiese (World Alliance for Promoting International Friendship through the Churches), un'organizzazione fondata in Germania nel 1914.

clausola ariana: la legge stipula che i dipendenti pubblici "di discendenza non ariana" devono essere licenziati. Rabinbach e Gilman, *The Third Reich Sourcebook*, pag. 53.

Deploriamo in modo particolare: Bethge, *Dietrich Bonhoeffer*, pag. 315.

li affiggono agli alberi: ivi, pag. 319. Gli opuscoli sono rivolti "al sinodo nazionale".

Diciotto pastori: Evans, *The Third Reich in Power*, pag. 229.

riconosce a Hitler la legittimità morale: le implicazioni del Concordato sono oggetto di un acceso dibattito storico, così come la risposta di papa Pio XII al nazismo e all'Olocausto. La documentazione relativa al mandato di papa Pio XII è rimasta sigillata presso gli Archivi Vaticani fino al 2 marzo 2020.

inchiodato le sue 95 tesi sul portone della chiesa: gli storici contemporanei contestano il fatto che Lutero abbia effettivamente inchiodato le sue tesi sul portone della chiesa. Si veda Peter Marshall, *1517: Martin Luther and the Invention of the Reformation* (Oxford, Oxford University Press, 2017).

"Il Signore ci ha chiamati": *Pastors Protest Nazi Domination*, "The New York Times", 28 settembre 1933.

"Sento, pur non capendone": Bethge, *Dietrich Bonhoeffer*, pagg. 325-326.

## Arvid brucia il suo libro (*1933-1934*)

"in allerta": Brysac, *Resisting Hitler*, pagg. 128-129. Dopo la morte di Ewart Turner nel 1987, Martha Turner gettò via il manoscritto di Arvid. Il sostituto di Ewart Turner alla chiesa americana di Berlino fu Stewart Herman, pastore dal 1936 al 1941. In un'autobiografia autopubblicata, Herman descrive i tedeschi e gli americani che frequentavano gli eventi supportati dalla Chiesa: "Anche all'interno della colonia americana, che la Chiesa diceva di servire, c'erano filonazisti, antinazisti e quelli – come ad esempio l'ambasciata – che si sforzavano di mantenersi adeguatamente ammantati di neutralità diplomatica". Herman, *American Church in Berlin*, pagg. 56-57.

## Un americano a Berlino (*1938-1939*)

Stadtpark: dopo la Seconda guerra mondiale, la fermata della metropolitana Stadtpark fu rinonimata Rathaus Schöneberg.

la chiesa americana: dal 1938 al 1943, della congregazione facevano parte l'ambasciatore Hugh Wilson, l'incaricato d'affari Alexander Kirk e una serie di altri ricchi diplomatici. I giornalisti Sigrid Schultz, Louis Lochner e William Shirer ne erano assidui frequentatori. Don scrisse un saggio sulla sua esperienza alla chiesa americana a Berlino; le descrizioni qui riportate sono tratte dal suo saggio *The American Church in Berlin* e da interviste all'autore.

lo studente deve essere indotto: Reichsministerium für Wissenschaft, Erziehung, und Volksbildung, *Erziehung und Unterricht in der Höheren Schule*, pagg. 52, 137.

"molto soddisfacente": scuola americana a Berlino, pagella di Donald Heath junior, documenti della famiglia Heath.

*Verboten* in Germania: Ziemer, *Two Thousand and Ten Days of Hitler*, pagg. 58-60. Nel 1939, gli Ziemer fuggirono da Berlino e si stabilirono a Lake City, Minnesota. Un anno dopo, la dodicenne Patsy Ziemer pubblicò un'autobiografia sulla sua esperienza a Berlino. Gli elenchi *Verboten* e Uniformi sono piuttosto lunghi, in questa sede io li ho abbreviati.

ordina a Don di non parlare: intervista dell'autrice a Donald Heath junior.

un tribunale di Berlino ordina: "Scuola americana di Berlino spodestata dall'edificio di proprietà di un'ebrea". Jewish Telegraphic Agency, 5 luglio 1938.

Panduren di Trenck: il nome si riferisce a un gruppo di soldati da strapazzo capeggiati dal barone germanofono Franz von der Trenck, che combatté per la monarchia asburgica durante la guerra di successione austriaca (1740-1748). Nel 1747 il barone Trenck pubblicò un'autobiografia intitolata esaustivamente *Memorie dell'illustre barone Francis Trenck: un tempo cortigiano di sua maestà la regina dell'Ungheria e della Boemia. E colonnello di un gruppo di Panduren e di ussari schiavi. Contenente un resoconto dettagliato delle sue numerose campagne nel grande principato di Mosca, Silesia, Austria, Baviera e in altre parti dell'Impero, nonché vari aneddoti divertenti sulla sua storia segreta. Scritto da lui stesso e tradotto dall'originale in tedesco verso l'inglese.*

## Non bighellonare (*1939*)

una delle tante amanti di Goebbels: Fromm, *Blood and Banquets*, pag. 114.

## Come curare le piante di cactus (*1933-1935*)

"mille anni": 5 settembre 1934, a un raduno nazista a Norimberga; si veda Shirer, *The Rise and Fall of the Third Reich*, pag. 5.

agitatori antinazisti producono volantini: Merson, *Communist Resistance in Nazi Germany*, pagg. 118-121.

Il tipografo di Solingen-Ohligs: ivi, pag. 115. Il tipografo si chiamava Georg Haberer. Benché i suoi giornali fossero stati confiscati dalla Gestapo, riuscì a evitare l'arresto e fuggì dalla Germania.

un milione di volantini: Merson, *Communist Resistance in Nazi Germany*, pag. 115.

"bollettini verdi": Peukert, *Inside Nazi Germany*, pag. 49.

Transportkolonne Otto: il suo capo era Willi Bohn, si veda Bohn, *Transportkolonne Otto*.

Nel 1934, la Gestapo sequestra: Duhnke, *Die KPD*, pag. 117.

*Manuale di cucina con 70 ricette testate*: Merson, *Communist Resistance in Nazi Germany*, pagg. 115, 120.

## Bella, luminosa e diafana (*1933-1934*)

"bella, luminosa e diafana": Martha Dodd, testo senza titolo, documenti di Marta Dodd, scatola 13, LOC. Un'altra versione del testo è intitolata *In memory*.

"ambiguo": *ibid.*

"è molto povera": Martha Dodd a Thornton Wilder, 14 dicembre 1933, documenti di Wilder, YUA.

"consunto all'inverosimile": Mildred Harnack a Georgina Fish, 27 luglio 1934, documenti della famiglia Donner.

"Ti prego di scusarmi": Mildred Harnack a Georgina Fish, 12 novembre 1933, documenti della famiglia Donner.

"È un giornalaccio": Martha Dodd a Thornton Wilder, 25 settembre 1933, documenti di Wilder, YUA.

di aver avuto con lui una storia d'amore tormentata: le poesie con versi liberi di Carl Sandburg per Martha includevano questo verso: "Dirti che ti amo con tremoli di Shenandoah e sussurri di pioggia blu non basterebbe ancora". Si veda Larson, *In the Garden of Beasts*, pag. 26.

"Mamma," scrive: Mildred Harnack a Georgina Fish, 11 dicembre 1933, documenti della famiglia Donner.

## Due tipi di party (*1933-1935*)

"Significherà qualcosa?": Martha Dodd a Thornton Wilder, 14 dicembre 1933, documenti di Wilder, YUA.

"Ho presentato": *ibid.*

*la neve è soffice*: *ibid.*

"aveva il volto più sinistro": Dodd, *Through Embassy Eyes*, pag. 52.

## Sotto controllo (*1933-1935*)

"intrighi": Dodd, *Through Embassy Eyes*, pag. 53.

"poggiato contro la parete": ivi, pag. 56.

difficili da controllare: ivi, pag. 277.

"Ti piace bere birra": Mildred Harnack a Martha Dodd, 14 maggio 1934, documenti di Martha Dodd, scatola 13, LOC. Il luogo della gita proposto da Mildred non è noto.

## Esthonia e altre donne immaginarie (*1934-1935*)

Gli inviti: documenti della famiglia Donner.

"Gli ebrei qui non sono graditi": Evans, *The Third Reich in Power*, pag. 540.

*Da allora il gruppo*: Mildred Harnack a Georgina Fish, senza data, probabilmente aprile 1934, documenti della famiglia Donner.
*Com'era bello*: Mildred Harnack a Georgina Fish, 2 maggio 1933, documenti della famiglia Donner.
*Come sta Esthonia*: *ibid.*
a comunicare in codice: Boehm, *We survived*, XIII; Meding, *Courageous Hearts*, pag. 15.
Piccoli pezzi di carta: Sifton e Stern, *No Ordinary Men*, pagg. 53-54.

## Arvid trova lavoro (*1934-1935*)

"Quante volte devo dirti": questa scena è ricostruita a partire da una storia autobiografica non pubblicata di Mildred Harnack intitolata *Il nuovo appartamento*, scatola 2.4, firma 29, HU. Tutti i dialoghi sono riprodotti alla lettera.
*Purtroppo ci troviamo*: Helm, *Ravensbrück*, pagg. 12-13.
destituito dal suo incarico: il cancelliere Franz von Papen destituì Ernst von Harnack il 20 luglio 1932.
supportare la resistenza: nel 1937, Otto John fu assunto come viceconsulente legale da Lufthansa; anni dopo si unì a Klaus Bonhoeffer e agli altri nell'Operazione Valkiria per assassinare Hitler.
Irrimediabilmente indietro con la tesi: Mildred terminò la sua tesi (*Lo sviluppo della letteratura americana contemporanea in alcuni dei principali esponenti del romanzo e del racconto*) nel 1941 e conseguì il dottorato di ricerca il 20 novembre 1941.

## Ladri, falsari, bugiardi, traditori (*1934-1935*)

"Molti dei membri del gruppo": Boehm, *We Survived*, pag. 193. Weisenborn dovette pubblicare con gli pseudonimi W. Bohr, Christian Munk e Eberhard Förste. Dopo la guerra, Weisenborn collaborò alla stesura di un film intitolato *The Plot to Assassinate Hitler*, diretto e sceneggiato dal fratello di Arvid, Falk Harnack.

## Rudolf Ditzen, alias Hans Fallada (*1934*)

di fronte a una decisione da prendere: Williams, *More Lives Than One*, pag. 144.
"ridicoli, grotteschi": ivi, pag. 154.
"inghiottirò l'amara pillola": ivi, pagg. 154-155.
seconda categoria: quasi tutti gli scrittori tedeschi di fama internazionale erano fuggiti e si trovavano in esilio. Molti avevano cercato di mettere in guardia il resto del mondo da Hitler con opere di narrativa. Si veda Bertolt Brecht, *Der aufhaltsame Aufstieg des Arturo Ui*; Lion Feuchtwanger, *Die Geschwister Oppermann*; Arnold Zweig, *Das Beil von Wandsbek*; Richard Evans, *The Third Reich in Power*, pag. 152.
"Per poter essere pubblicato": Kesten, *Thomas Mann Diaries*, pag. 201.

Boris Vinogradov: nei racconti pubblicati il cognome di Boris è stato translitterato in inglese in quattro modi: Vinogradov, Winogradov, Winogradow e Vinogradow.

"Dev'essere difficile": questa scena è ricostruita da Metcalfe, *1933*, pag. 194; Crepon, *Leben und Tode*, pagg. 200-201.

Lui era diventato scarlatto in viso: Martha Dodd, *In memory*, documenti di Martha Dodd, scatola 13, LOC.

## La Notte dei lunghi coltelli (*1934*)

oltre il 50 percento: fra il gennaio del 1933 e il giugno del 1934 i disoccupati scesero da 6 milioni a 2,5 milioni (Baerwald, *How Germany Reduced Unemployment*, pag. 621). L'abbassamento della disoccupazione era "salutato come un miracolo" (Shirer, *The Rise and Fall of the Third Reich*, pag. 258).

L'addetto stampa del vicecancelliere: colui che preparava i discorsi è Edgar Jung; l'amico è Erich Klausener.

più di mille: gli storici non sono stati in grado di fare una stima accurata del numero di arresti e di omicidi. Nel discorso al Reichstag del 13 luglio 1934, Hitler dichiarò che 1.000 persone erano state arrestate e 74 giustiziate (Evans, *The Third Reich in Power*, pag. 39). Un libro pubblicato a Parigi da emigrati tedeschi (*The White Book of the Purge*) sostiene che furono assassinate 40 persone (Shirer, *The Rise and Fall of the Third Reich*, pag. 223).

IL GOVERNO DEL REICH HA PROMULGATO: "Reichsgesetzblatt", 1, n. 71 (1934), pag. 529.

"Sia chiaro a tutti": Domarus, *Hitler Reden und Proklamationen*, pag. 409.

la firma con le sue iniziali: *BriefReviews*, "Berlin Topics", 18 febbraio 1934.

Mildred scrive un biglietto: senza data, probabilmente estate 1934, documenti di Martha Dodd, LOC.

## Una *Molekül* e altre inezie (*1939*)

Don fotografa Mole: documenti della famiglia Heath.

gang Kansas Jack: intervista dell'autrice a Donald Heath junior.

## La gang Kansas Jack (*1939*)

"Il lupo era sicuro": Heath, *Remembering Arvid and Mildred Harnack*, pag. 7, documenti della famiglia Heath.

## Frammento

Questionario: Carcere di Plötzensee, Berlino, 16 febbraio 1943, SGY/4, BArch.

## Una nuova strategia (*1935*)

Hjalmar Schacht: dopo che Schacht fu destituito dal suo incarico nel 1937, Arvid riferì al suo successore, Walther Funk. Il nome completo di Schacht era Horace Greeley Hjalmar Schacht. Secondo quanto riferito, suo padre l'avrebbe chiamato come l'editore del "New York Tribune" Horace Greeley, per il quale nutriva ammirazione (Smith, *Paper Money*, pag. 74).

"quasi annoiato": Wolfgang Havemann, Protokoll, collezione Falk Harnack, GDW.

"che aveva forgiato costantemente il suo libero giudizio": Bethge, *Dietrich Bonhoeffer*, pag. 139.

## Trattato di Versailles, addio (*1935*)

del trattato di Versailles: il trattato fu firmato il 28 giugno 1919. Nel 1920 l'economista britannico John Maynard Keynes scrisse: "Credo che la campagna per assicurare alla Germania i costi generali della guerra sia stato uno degli atti più gravi di imprudenza politica di cui i nostri statisti siano mai stati responsabili" (Keynes, *The Economic Consequences*, pag. 146).

"felici e in pace": Domarus, *Hitler Reden und Proklamationen*, pagg. 563, 571.

Duemila macchine da stampa: Fergusson, *When Money Dies*, pag. 167.

L'inflazione era alle stelle: nel 1914, il marco tedesco aveva lo stesso valore dello scellino britannico, del franco francese e della lira italiana, tutti equivalenti a quattro o cinque dollari. Nel 1921, 75 marchi equivalevano a un dollaro. Nel 1922, 400 marchi equivalevano a un dollaro. All'inizio del 1923, ci volevano 18.000 marchi, ad agosto un milione e a novembre un trilione. Shirer, *The Rise and Fall of the Third Reich*, pag. 61; Smith, *Paper Money*, pagg. 67-68. Nel 1924 il marco fu sostituito dal Reichsmark.

una tazza di caffè: Smith, *Paper Money*, pag. 71.

"Quando si va a fare la spesa": Fromm, *Blood and Banquets*, pag. 13. La pagina del diario è datata 15 novembre 1923.

I suicidi si erano intensificati: i tassi di suicidio erano più elevati per le donne tra i 15 e i 30 anni; per gli uomini, tra i 30 e i 60 anni. Si veda Goeschel, *Suicide in Nazi Germany*, pag. 15.

*Non c'è molto da aggiungere*: Friedrich Korner, *Überreizte Nerven*, "Berliner Illustrierte Zeitung", 26 agosto 1923. Pubblicato da Ullstein, il "Berliner Illustrierte Zeitung" è stato pioniere del formato rivista, con disegni, fotografie e tavole fotografiche. Nel 1934 la pubblicazione fu "arianizzata" e divenne un importante strumento di propaganda nazista.

Käthe Kollwitz: Kollwitz realizzò una serie di sei stampe intitolata *La rivolta dei tessitori*, ispirate a un gruppo di tessitori contadini che si erano ribellati nel 1844 per protestare contro i bassi salari delle fabbriche. Quest'opera, esposta nel 1898, fu "accolta con un tale entusiasmo che Kollwitz si affermò immediatamente come una delle principali artiste tedesche", ma non vinse la medaglia d'oro alla Grande esposizione d'arte di Berlino, probabilmente perché il Kaiser Guglielmo II aveva osservato: "Vi prego signori, una medaglia per una donna, sarebbe davvero un'esagerazione... Ordini e medaglie d'onore appartengono ai petti degli uomini degni!". Si veda Knafo, *The Dead Mother*, pag. 27.

Mai più guerra: Käthe Kollwitz realizzò la litografia nel 1924.

*degenere*: l'opera di Kollwitz è stata inclusa nell'esposizione *Arte degenere* tenutasi a Monaco di Baviera dal 19 luglio al 30 novembre 1937.

loro accumulavano somme sempre più ingenti: Shirer, *The Rise and Fall of the Third Reich*, pag. 282; Evans, *The Third Reich in Power*, pag. 371.

Tommy (*1935*)

signorina Harnack: Kennedy e Reeves, *The Notebooks of Thomas Wolfe*, pag. 748.

"Non ho mai avuto il coraggio": tutti i dialoghi compaiono nell'articolo di Mildred; si veda Mildred Harnack-Fish, *One of the Greatest of Younger American Authors in Berlin*, "Continental Post", 12 maggio 1935.

posseduto: Ledig-Rowohlt, *Thomas Wolfe in Berlin*, pag. 192.

è un avvenimento: Martha Dodd a Thomas Wolfe, William B. Wisdom Collection, bMS Am 1883,1, Biblioteca di Houghton, HUA.

lista degli invitati: Mildred invita "circa 40 persone, scrittori, poeti, editori di libri e riviste" (Dodd, *Through Embassy Eyes*, pag. 85).

"mostrava molto chiaramente": Ledig-Rowohlt, *Thomas Wolfe in Berlin*, pag. 197.

"sono tutti in piedi che tracannano alcolici": Dodd, *Through Embassy Eyes*, pag. 86.

"con il maggior numero possibile di invitati": Kuckhoff, *Vom Rosenkranz zur Roten Kapelle*, pagg. 189-190.

Chi sta coi nazisti: Thompson, *Who Goes Nazi?*. Thompson fu la giornalista americana che scrisse il libro *I Saw Hitler!*, pubblicato nel 1932, basato su un'intervista che aveva fatto a Hitler l'anno precedente.

"Di lui non mi fido": Tau, *Das Land das ich verlassen musste*, pag. 251.

due articoli: Harnack-Fish, *One of the Greatest of Younger American Authors*; Harnack-Fish, *Thomas Wolfe*, "Berliner Tageblatt".

"una farfalla": Kennedy e Reeves, *The Notebooks of Thomas Wolfe*, pag. 749.

discorsi più lunghi e più seri: Martha Dodd annota nella sua autobiografia che Mildred aveva fatto "sviluppare la successiva visione politica di Wolfe".

"Telegramma di Perkins": Kennedy e Reeves, *The Notebooks of Thomas Wolfe*, pagg. 748-749.

"circa seicento": Shirer, *Berlin Diary*, pag. 37.

"La Germania vuole la pace!": William Shirer scrive di questo discorso sia in *Berlin Diary* (pagg. 37-39) che in *The Rise and Fall of the Third Reich* (pagg. 285-288).

"si rivela ragionevole": Shirer, *The Rise and Fall of the Third Reich*, pag. 287.

"la magnificenza della dimora": Kennedy e Reeves, *The Notebooks of Thomas Wolfe*, pag. 747.

non ricorderà neanche una parola: dopo il suo secondo viaggio a Berlino, Thomas Wolfe iniziò a vedere le cose in maniera differente. In una sezione del suo romanzo *Non puoi tornare a casa*, descrisse il suo nuovo atteggiamento. Nel 1937, la sezione fu pubblicata in "New Republic" con il titolo *I Have a Thing to Tell You*. Heinrich Ledig-Rowohlt raccontò la trasformazione di Thomas Wolfe e citò un estratto del libro: "La crescente paralisi di sfiducia minava e contaminava tutti i rapporti tra gli uomini e il popolo... Era un veleno contro il quale non esistevano antidoti e che non prometteva nessuna speranza di salvezza". (Ledig-Rowohlt, *Thomas Wolfe in Berlin*, pag. 198).

## Intrallazzi (*1935*)

Geist ha descritto le sue avventure: Raymond Geist a Wilbur Carr, 5 giugno 1933, documenti di Wilbur Carr, scatola 12, LOC.

Ernst Hanfstaengl: Martha e tutti gli altri chiamano Geist col suo soprannome: "Putzi". Hanfstaengl presentò Martha a Hitler durante un tè, incontro che lei riportò nella sua autobiografia; si veda Dodd, *Through Embassy Eyes*, pagg. 53-54.

"inopportuna": George Messersmith a Jay Pierrepont Moffat, 13 giugno 1934, documenti di George S. Messersmith, scatola 4, F24, DEL.

l'inglese di lui fosse pessimo: su un modulo di iscrizione al Partito comunista firmato e datato 22 giugno 1936, Boris Vinogradov scrisse di "conoscere bene il tedesco, il francese (un po' meno)". (Boris Dmitrievich Vinogradov, fond 17, op. 97, fascicolo 258, pag. 6, RGASPI). Evidentemente, Boris e Martha parlavano una specie di tedesco *pidgin*, perché la padronanza della lingua di lei era molto scarsa, diversamente da quella di Boris. Martha scrisse nella sua autobiografia: "conoscevo pochissimo il tedesco" (Dodd, *Through Embassy Eyes*, pag. 64).

alla festa di Sigrid Schultz: così ricordava Martha, ma Sigrid Schultz non era d'accordo (Martha Dodd ad Agnes Knickerbocker, 16 luglio 1969; Sigrid Schultz a Martha Dodd, 14 marzo 1970, documenti di Martha Dodd, scatola 6, 9, LOC). In un altro testo, Martha scrisse di aver incontrato Boris in un pub.

"Lavoro all'ambasciata sovietica": Martha scrisse dell'incontro in un saggio autobiografico non pubblicato, *Bright Journey into Darkness*, documenti di Martha Dodd, scatola 14, LOC.

"un mezzo scandalo diplomatico": Dodd, *Through Embassy Eyes*, pag. 170.

una camicetta a pois: ivi, pag. 199. Nella sua autobiografia compare una fotografia di Martha Dodd in posa accanto all'aereo Junkers.

"Lavorano sette ore al giorno": ivi, pag. 173.

"una ragazza con un bel viso roseo": ivi, pag. 171.

l'assassinio di milioni di ucraini: ivi, pag. 179. Designata in vari modi, come la Carestia sovietica del 1932-1933, la Carestia del terrore, *Holodomór* (traduzione: "uccidere per fame"), la carestia non si limitò all'Ucraina ma coinvolse anche il Caucaso settentrionale e le regioni del basso e medio Volga. Bullitt disse a Martha che erano stati assassinati cinque milioni di ucraini. Una dichiarazione congiunta delle Nazioni Unite del 2003, firmata da venticinque paesi, stimava il bilancio delle vittime a dieci milioni (Biblioteca digitale delle Nazioni Unite, lettera del rappresentante permanente dell'Ucraina al segretario generale delle Nazioni Unite, 7 novembre 2003). Gli studiosi continuano tuttora a discutere questa stima.

"volto radioso": Dodd, *Through Embassy Eyes*, pag. 179.

"Quel che mi ha fatto più piacere": ivi, pag. 176.

"apparivano ovunque": ivi, pag. 177.

"A Martha, mia moglie!": Martha Dodd ad Agnes Knickerbocker, 16 luglio 1969, documenti di Martha Dodd, scatola 6, LOC. Tra gli invitati al pranzo c'erano il giornalista americano H.R. Knickerbocker e sua moglie, Agnes.

"Non si metterà mica ad ammazzare": Dodd, *Through Embassy Eyes*, pag. 144.

*Martha*: Boris Vinogradov a Martha Dodd, 7 giugno 1934, scatola 10, documenti di Martha Dodd, LOC.

*Le tue tre scimmie*: *ibid.*

aveva rinunciato improvvisamente al suo proposito: Kennedy e Reeves, *The Notebooks of Thomas Wolfe*, pag. 749. Wolfe lasciò Berlino nel luglio del 1935.

A Mosca hanno bisogno di lui: secondo un documento nel fascicolo di Boris Vinogradov, Boris lasciò Berlino per Bucarest nel dicembre 1934 e vi rimase fino a giugno del 1936 (Boris Dmitrievich Vinogradov, fond 17, op. 97, fascicolo 258, RGASPI).

Bistecca nazista (*1935*)

"ha imbandito la tavola": Kuckoff, *Vom Rosenkranz zur Roten Kapelle*, pag. 183.

"mago della finanza": *Walther Funk Replaces Schacht as Reich Economics Minister*, Jewish Telegraphic Agency, 28 novembre 1937.

Deutscher Klub: il Deutscher Herrenklub fu rinominato Deutscher Klub nel 1933.

*Rindersteak*: il termine si applicava anche ai tedeschi carrieristi che volevano mantenere il loro impiego di dipendenti pubblici. Il 26 gennaio 1937, una nuova legge autorizzò gli ufficiali nazisti a licenziare i dipendenti che non sembravano sufficientemente fedeli alla causa nazista.

Artur Artusov: nell'agosto del 1931, Artusov fu nominato capo del Dipartimento di intelligence estera della Direzione politica riunita di Stato (OGPU). Nel luglio del 1934, Artusov divenne capo del Dipartimento di intelligence estera del Direttorato principale per la sicurezza di Stato (GUGB) dell'NKVD.

NKVD: acronimo per Narodnyi Komissariat Vnutrennykh Del (Commissariato del popolo per gli affari interni), istituito nel 1934.

"accelerare i preparativi": fascicolo Corso, n. 34118, vol. 1, pag. 12, citato in Costello e Tsarev, pag. 75. Si noti che il fascicolo Corso è rimasto secretato; tutte le citazioni sono tratte da *Deadly Illusions* di Costello e Tsarev, a cui venne data brevemente l'autorizzazione di vedere tutte le sezioni del fascicolo.

## Un vecchio amico dell'ARPLAN (*1935*)

Hirschfeld: il suo soprannome compare negli archivi come Girshfel'd. Costello e Tsarev rappresentano erroneamente Hirschfeld come un "diplomatico a Berlino" che "potrebbe non essere stato un agente dei servizi segreti professionista" (si veda Costello e Tsarev, *Deadly Illusions*, pag. 74-75), quando in realtà era un agente dell'intelligence militare sovietica che lavorava sotto copertura come diplomatico.

Hirschfeld si era offerto di aiutarlo: in una nota del 13 gennaio 1932, l'ambasciatore Lev Khinchuk scriveva alla nuova vicepresidente del VOKS Elena Ossipovna Lerner e al NKVD: "Abbiamo creato ARPLAN," suggerendo che il ruolo dei russi non fosse solo consultivo (GARF, fond 5283, op. 1a, fascicolo 218, pag. 43). David Fox suggerisce che l'obiettivo principale di Hirschfeld fosse quello di coltivare l'ala radicale tedesca con l'aiuto di "risorse ben piazzate" come Arvid Harnack. L'ala destra rappresentava circa quindici dei cinquanta membri dell'ARPLAN. Si veda David-Fox, *Showcasing the Great Experiment*, pagg. 253-254.

lo aveva invitato ad alcuni eventi presso l'ambasciata sovietica: probabilmente ci andò anche Mildred.

un secondo fine: secondo le sue stesse parole, Hirschfeld cercò di far conoscere "al pubblico tedesco [...] i metodi sovietici di pianificazione" e "l'economia al servizio del popolo più globalmente"(Hirschfeld alla sezione *VOKS* dell'Europa centrale, 14 agosto 1931, GARF, fond 5283, op. 1a, fascicolo 181, pag. 164). In due note, Hirschfeld sottolineò che l'ARPLAN dovesse apparire "assolutamente tedesco al mondo esterno" e che l'influenza di Mosca "dovesse essere chiaramente nascosta dietro le quinte" (Hirschfeld a Lerner, 18 novembre 1932, GARF, fond 5283, op. 1a, fascicolo 196, pag. 198; Hirschfeld a Sheinin, 27 ottobre 1932, GARF, fond 5283, op. 1a, fascicolo 196, pag. 193). Si veda David-Fox, *Showcasing the Great Experiment*, pag. 253.

delegazione scelta: la cosiddetta delegazione di studio ebbe luogo dal 20 agosto al 12 settembre 1932; si veda David-Fox, *Showcasing the Great Experiment*, pag. 259.

Hirschfeld aveva orchestrato: il VOKS era coinvolto nell'organizzazione delle visite e delle attività per la delegazione ARPLAN.

"riunire gli intellettuali radicali": Hirschfeld al presidente del VOKS Petrov (e al NKVD), 5 febbraio 1932, GARF, fond 5283, op. 1a, fascicolo 196, pag. 156.

Arvid vi aveva aderito senza indugio: secondo Georgi Dimitrov, leader del Comintern dal 1934 al 1943, anche Mildred "partecipò alle attività del BGB"; si veda Coppi, Danyel e Tuchel, *Die Rote Kapelle*, pag. 119.

prendendo appunti: Hirschfeld inviava rapporti a tre agenzie: sotto copertura diplomatica al NKVD, sotto copertura culturale al VOKS e all'intelligence militare sovietica. Ho basato questo capitolo sui documenti degli archivi APRF e GARF. Gli archivi dell'intelligence militare sovietica sono ancora inaccessibili.

"influenza ideologica": Costello e Tsarev, *Deadly Illusions*, pag. 74.

"molto vicino a noi": Alexander Hirschfeld a Nickolai Nickolaevich [Krestinsky], NKVD, e a Schumann, 12 marzo 1932, GARF, fond 5283, op. 1a, fascicolo 196, pagg. 163-164; Alexander Hirschfeld alla sezione VOKS dell'Europa centrale e a NKVD, 29 febbraio 1932, GARF, fond 5283, op. 1a, fascicolo 196, pag. 112. Le parole "a tutti i costi" sono sottolineate in rosso.

rivali alla stregua di fratelli e sorelle: l'Armata Rossa e le stazioni "legali" dell'NKVD operavano entrambi sotto il tetto dell'ambasciata e condividevano la stessa sala di cifratura.

I due uomini: secondo Peschersky, esperto di spionaggio, Boris Gordon aveva accompagnato Hirschfeld in occasione della sua prima visita ad Arvid. Peschersky, *Krasnaia Kapella 1935-1941*, pag. 417.

un promemoria dettagliato: fascicolo Corso, n. 34118, vol. 1, pagg. 9-10, citato in Costello e Tsarev, pag. 75.

Naum Belkin: Belkin fu il superiore di Arvid dal 1935 al 1936. In Brysac, *Resisting Hitler* e in Costello e Tsarev, *Deadly Illusions*, è chiamato erroneamente Alexander Belkin.

*konspiratsia*: Peschersky, *Krasnaia Kapella 1935-1941*, pag. 17 (pagina citata dalla versione elettronica).

giuramento di fedeltà: *ibid.*

di aver raggiunto il suo obiettivo: i documenti solitamente prodotti quando una spia viene reclutata dai servizi segreti sovietici – un rapporto e un "impegno" firmato (*obiazatel'stvo*) – non compaiono nel fascicolo dell'NKVD di Arvid, il che indica che è riuscito a sfuggire al reclutamento ufficiale.

## Spie tra di noi (*1935-1936*)

Uno splendido treno: Martha rimase delusa dal fatto che questo treno non fosse il famoso Fliegende Züge (l'Amburghese volante), che poi descriverà nella sua autobiografia come il treno "più veloce e più caro di tutti"; Dodd, *Through Embassy Eyes*, pag. 21.

"un flusso continuo": questo e altri particolari dell'arrivo a Berlino di Martha Dodd sono stati tratti dalla sua autobiografia; si veda Dodd, *Through Embassy Eyes*, pagg. 21-22.

"Mi vengono rivelati segreti di Stato": Martha Dodd a Thornton Wilder, 25 settembre 1933, documenti di Wilder, YUA.

"ho sentito Schacht": ivi, 10 novembre 1934.

ha moglie e figlio a Mosca: nel 1922, Boris Vinogradov sposò Tatiana Vassilievna Izvekova, con la quale ebbe una figlia. Nel 1929 sposò la sua seconda moglie, Vassa Konstantinovna Sneltsova; Boris Dmitrievich Vinogradov, fond 17, op. 97, fascicolo 258, pag. 7, RGASPI.

(nome in codice: Alex): è l'abbreviazione usata nei taccuini di Vassiliev per Alexander; Taccuino White Notebook #2, pag. 14, documenti di Alexander Vassiliev, LOC.

"La situazione": ivi, pag. 15.

Dmitri Bukhartsev: ivi, pagg. 16-17.

In realtà è una spia: Dmitri Bukhartsev era davvero giornalista e ricercatore – le sue occupazioni principali. È possibile che abbia svolto incarichi in nero per l'INO OGPU. Nel gergo dell'intelligence sovietica, Bukhartsev è un "cooptato"; Dmitri Bukhartsev, fond 17, op. 171, fascicolo 228, pagg. 236, 265, RGASPI.

"comportamento da furfante": Taccuino White #2, 14, documenti di Alexander Vassiliev, LOC.

"intensamente": *ibid.* Il libro è *Questioni del leninismo* (*Voprosy leninizma*), originariamente pubblicato nel 1926.

Harnack: Taccuino Notebook #2, 14, documenti di Alexander Vassiliev, LOC.

"Martha dice": ivi, pag. 25.

## Il ritorno delle decapitazioni (*1935-1936*)

47 reati: Waite, "*Rote Plötze*"; Hollweck, *Die Todesstrafe*, pagg. 52-53. Il giorno in cui Hitler prese il potere, il Codice penale prevedeva la pena di morte per otto reati e la raccomandava per altri 206. I tede-

schi condannati per tradimento (*Landesverrat*) venivano mandati al patibolo più frequentemente dei responsabili di altri reati.

con indosso un cappello nero: nel giugno del 1935, il ministero della Giustizia interrogò Gröpler sul suo abbigliamento. Gröpler spiegò che il frac era più pratico della divisa standard indossata dagli agenti penitenziari, che era "troppo stretta". Il frac gli permetteva di brandire l'ascia e di tagliare il collo con più precisione (Schreiben des Generalstaatsanwalts von Naumburg an den Reichsminister der Justiz vom 12, Juni 1935 zum Vertrag mit dem Scharfrichter, R22/1323, pagg. 55-58, BArch).

"Boia, fai il tuo dovere": *Women Go to Death by Axe Without Show of Emotion*, "The State Journal", 19 febbraio 1935.

79 uomini e 9 donne: *Zur Anzahl der Todesurteile und der Hinrichtungen 1934*, in: *Kriminalstatistik für die Jahre 1935 und 1936*, pagg. 13, 16.

hanno divulgato la vicenda: *Nazis Behead Two Women: "Betrayed Military Secrets"*, "The New York Times", 19 febbraio 1935; *Germany Beheads Woman for Murder of Neighbor*, "The New York Times", 24 febbraio 1935; *Hitler Beheads Another Woman; Third in a Week*, "Chicago Daily Tribune", 24 febbraio 1935; *Foreign News: Stoogettes & Neuter*, "Time", 4 marzo 1935.

"La cosa che ci ha colpito di più": *Eighteen Witnesses at Execution. Nazis to Behead Two Men; Women Faced Axe Calmly*, "The New York Times", 20 febbraio 1935.

con la ghigliottina: anche i membri della resistenza venivano ghigliottinati, ma la maggior parte erano fucilati o, in alcuni casi, impiccati. Arvid Harnack, Harro Schulze-Boysen, Dietrich Bonhoeffer, Hans von Dohnányi, Wilhelm Canaris e Hans Oster furono tutti impiccati.

una lettera: Mildred Harnack a Georgina Fish, senza data, probabilmente estate del 1930, documenti della famiglia Donner.

"Che momento epico!": dialoghi e descrizioni provenienti da un articolo scritto da Emil Kortmann, *Zusammenarbeit mit Mildred und Arvid Harnack*, collezione Falk Harnack, GDW .

"i recenti sviluppi": Kuckhoff, *Vom Rosenkranz zur Roten Kapelle*, pag. 200.

*Widerstand* (*1935-1937*)

"*Heil Hitler*": Hoffmann, *The History of the German Resistance*, pag. 20.

traduce ciò che ha scritto: le traduzioni dei discorsi di Churchill fatte da Mildred venivano trasformate in volantini; si veda Dodd, *Through Embassy Eyes*, pag. 279.

Legge per la protezione del sangue e dell'onore tedesco: Rabinbach e Gilman, *The Third Reich Sourcebook*, pagg. 209-210.

Leggi di Norimberga: le Leggi di Norimberga hanno questo nome perché furono promulgate durante il congresso annuale del Partito nazista che si teneva a Norimberga. Furono presentate come prove principali nei processi di Norimberga. *Reichsgesetzblatt* 1, n. 100 (1935), pagg. 1146-1147.

Mildred aiuterà gli ebrei a fuggire: Max Tau e Samson Knoll hanno scritto entrambi che Mildred aiutava gli ebrei a fuggire dalla Germania. Tau, *Ein Flüchtling findet sein Land*, citato in Brysac, *Resisting Hitler*, pagg. 173, 418; Samson Knoll, Protokoll, collezione Rote Kapelle, GDW. Non sono state rinvenute ulteriori prove su altri tentativi eventualmente fatti da Mildred per aiutare gli ebrei a fuggire dalla Germania.

2.197 persone appartenenti a gruppi di resistenza clandestini: Hoffmann, *The History of the German Resistance*, pag. 16.

oltre 12.000: Boehm, *We Survived*, VIII.

"Mantenevamo una rigida disciplina,": ivi, pagg. 193, 194.

"A qualsiasi estraneo": Paul, *Ein Sprechzimmer*, pag. 97.

1.643.200: nel 1937, il numero era 927.430; si veda Hoffmann, *German Resistance to Hitler*, pag. 55.

sistema di classificazione: Hall, *An Army of Spies?*, pag. 255.

VM: ivi, pagg. 256, 260.

Hitler continua a dire al mondo: questo punto è sottolineato nel *Law Reports of Trials of War Criminals*, che cita numerosi discorsi pronunciati da Hitler tra il 1933 e il 1938, nei quali affermava falsamente di volere la pace. Il rapporto conclude che la "cerchia più stretta dei confidenti e dei complottisti" di Hitler era a conoscenza dei suoi propositi guerrafondai, ma "le prove non dimostrano l'esistenza di una conoscenza comune dei progetti di Hitler, sia relativamente a un piano bellico generale, sia relativamente a piani specifici di attacco ai singoli paesi, a cominciare dall'invasione della Polonia". (*Law Reports of Trials of War Criminals: The I.G. Farben and Krupp Trials*, vol. 10, pagg. 14-16)

"Non c'è": Domarus, *Hitler Reden und Proklamationen*, pagg. 563, 571.

3.300 soldati: Evans, *The Third Reich in Power*, pag. 635.

"Notte dopo notte,": Paul, *Ein Sprechzimmer*, pag. 97.

Harro Schulze-Boysen va a far visita a Mildred e Arvid nel loro appartamento: si sono conosciuti nel 1935. A presentarli è stato Rudolf Heberle, che aveva frequentato l'Università del Wisconsin nello stesso periodo in cui l'avevano frequentata Mildred e Arvid. Heberle era uno studente tedesco che aveva conseguito la borsa di studio Rockefeller.

Le ferite del suo amico: il suo amico era Henry Erlanger; si veda Höhne, *Codeword: Direktor*, pag. 105.

"troppo pericolosa": Brysac, *Resisting Hitler*, pag. 231.

## Ernst ed Ernst (*1935-1937*)

"La mia vendetta": Salomon, *Fragebogen*, pag. 288.

"giovani, intelligenti": ivi, pag. 167.

"facendo sorrisetti ammiccanti": *ibid.*
"stampati sulla carta più costosa": ivi, pag. 112.
"vodka chiara": *ibid.*
"Quali buone notizie": ivi, pag. 159. Tutto l'incontro era stato raccontato a Ernst von Salomon dal suo amico Franz Hessel, che ne era stato testimone.
*Bahbiett*: *ibid.*
"Una casa editrice": *ibid.*
"Non ho nulla da nascondere": Williams, *More Lives Than One*, pag. 167.
"Non riesco più a scrivere": ivi, pag. 171.
"Infilzo bandierine": Salomon, *Fragebogen*, pag. 289.
"un posto assicurato": ivi, pag. 288.
"abbastanza delle rivoluzioni": ivi, pagg. 289-291.
"il crimine peggiore": ivi, pag. 293.

Crisi esistenziale (*1936-1937*)
due milioni: Evans, *The Third Reich in Power*, pag. 108. Il numero dei sorveglianti di quartiere in Germania raggiunse 2 milioni nel 1939.
"Non si poteva dire una parola": ivi, pag. 109.
si fonderanno poi in un'unica agenzia centralizzata: questo è accaduto ventun giorni dopo l'inizio della Seconda guerra mondiale.
I.G. Farben: l'importanza dell'azienda nei preparativi militari della Germania fu tale che alcuni storici hanno fatto riferimento al Piano quadriennale di Hitler come il "Piano I.G. Farben"; si veda *The I.G. Farben Company Presents Its Synthetic Rubber (Buna)*, GHDI.
"La battaglia che stiamo per affrontare": Shirer, *The Rise and Fall of the Third Reich*, pag. 300.
"Così come ora": *Documents on German Foreign Policy*, Series C (1933-1937), *The Third Reich: Forst Phase*, vol. 5: 5 marzo-31 ottobre 1936 (Washington, DC: United States Government Printing Office, 1957-1964).
"preziosi documenti": riepilogo dei documenti ricevuti dal 1935 a giugno del 1938, fascicolo Corso, n. 34118, vol. 1, pag. 37, citato in Costello e Tsarev, *Deadly Illusions*.
"audace, alta, occhi azzurri": fascicolo Corso, n. 34118, vol. 2, pag. 77, citato in Costello e Tsarev, *Deadly Illusions.* La nota fu scritta da Martha Dodd con il suo nome in codice, Liza.

Ritorno a casa (*1937*)
che tutti chiamano Bob: da bambina, Mildred non riusciva a pronunciare bene Marbeau, così lo chiamava Bobbo, e il soprannome è rimasto.
"sotto sorveglianza": Bob Fish junior. A Sue Heath, 4 ottobre 1988, documenti della famiglia Heath.
Francis Birch: Birch continuò a lavorare al Progetto Manhattan a Los

Alamos, New Mexico, e fu insignito della Legion d'onore per aver partecipato alla costruzione di Little Boy, l'arma nucleare sganciata su Hiroshima il 6 agosto 1945.

"introspettiva": Brysac, *Resisting Hitler*, pag. 31.

"molto strano": ivi, pag. 205.

una biografia su Leonard: il progetto durò sessant'anni.

*Ti ho detto che*: Clara Leiser a William Ellery Leonard, 11 gennaio 1937, documenti della famiglia Leiser, citato in Brysac, *Resisting Hitler*, pag. 201.

*provo quasi invidia*: Clara Leiser a William Ellery Leonard, 18 gennaio 1937, documenti della famiglia Leiser, citati in Brysac, *Resisting Hitler*, pag. 202.

Mildred tiene una lezione: in una lettera, la cattedra del dipartimento di Inglese della New York University l'ha elogiata per le sue intuizioni "straordinariamente illuminanti" (Oscar Cargill a Mildred Harnack, 29 marzo 1937, HU).

le sue personali ambizioni letterarie: Clara aveva pubblicato un libro su di un tenore polacco del diciannovesimo secolo intitolato *Jean de Reszke and the Great Days of Opera* (Minton, Balch, New York, 1934).

"chiunque si avvicini a lei": Clara Leiser a William Ellery Leonard, 18 gennaio 1937, documenti della famiglia Leiser.

"estremamente spaventata": Brysac, *Resisting Hitler*, pag. 203.

"Non mi va di parlarne": *ibid.*

"Ho la sensazione": *ibid.*

"tesa": interviste effettuate da Arthur Heitzer, maggio del 1987, Harriette Esch, Marion Potter, Jane Donner, documenti della famiglia Donner.

## I piccoli e grandi tremori di Georgina (*1937-1938*)

"Se il capitalismo continua": Mildred Harnack a Georgina Fish, 4 giugno 1931, documenti della famiglia Donner.

"Il 96 percento": Mildred Harnack a Georgina Fish, 13 febbraio 1931, documenti della famiglia Donner.

"Impossibile togliersi dalla mente i volti esangui dei berlinesi": ivi, 15 agosto 1931.

"camminavo per le strade": ivi, 15 agosto 1931.

"superata umiliazione delle donne da parte della borghesia": *Lenin's Collected Works* (Progress Publishers, Mosca, 1965), pagg. 371-372. Prima pubblicazione in "Pravda", 22 febbraio 1920.

"È bene che": ivi, 8 agosto 1932.

*Le donne possono*: ivi, 3 settembre 1932.

Georgina aveva quasi settant'anni: Georgina Fish nacque nel 1865 e morì all'età di settantatré anni.

"Mi dispiace molto": Mildred Harnack a Georgina Fish, 8 febbraio 1933, documenti della famiglia Donner.
"solo all'individuo": *ibid.*
"Hai ragione": ivi, 28 aprile 1932.
Qualunque sia il disturbo di cui soffre: Jane Donner pensava che Georgina fosse morta a causa di un'influenza; Bob Fish pensava che Georgina avesse il morbo di Parkinson (Bob Fish junior a Sue Heath, 4 ottobre 1988, documenti della famiglia Heath).
"Lei non è per caso": Mona Wollheim: *Gießen zu Beginn der dreißiger Jahre*, in "Hessische Heimat" ("Heimatbeilage der Gießener Allgemeinen Zeitung") (1972), pagg. 21-22, Hs NF 401, JLU.

Jane innamorata (*1937-1938*)
"Guarda il menù": Jane alla famiglia Esch, 17 giugno 1937, documenti della famiglia Donner.
"Le mucche sono identiche alle nostre": ivi, 26 giugno 1937.
"Sto diventando esperta": ivi, 26 agosto 1937.
"Un paio di sere fa": ivi, 26 giugno 1937.
"campi di grano biondo": ivi, 12 agosto 1937.
*Tra una settimana*: ivi, 13 agosto 1937.
La lettera che Jane scrive: ivi, 19 agosto 1937.
*Quando vuoi*: *ibid.*
*Nelle sale pendono*: ivi, 7 novembre 1937.
*La foto che allego*: ivi, 16 novembre 1937.

Bambina mia (*1937-1938*)
Harriette è furiosa: le lettere che Harriette spedisce a Jane in questo periodo "sono intrise di veleno," ricorderà Jane anni dopo; intervista, Jane Donner Sweeney e Sue Heath Brown, documenti della famiglia Heath.
"Bambina mia": Harriette Esch a Jane Esch, 27 novembre 1937, documenti della famiglia Donner.
quella per la biologia: il venticinquenne Max Delbrück fu profondamente influenzato dalla lettura di *Light and Life* di Niels Bohr, che fece a Copenhagen il 15 agosto 1932. Si veda *Interview with Max Delbrück*, 1979, Caltech Oral Histories, Archivi dell'Istituto Caltech.
premio Nobel: nel 1969 Delbrück condivise il premio Nobel con Salvador Luria e Alfred Hershey "per le loro scoperte riguardanti il meccanismo di riproduzione e la struttura genetica dei virus".

Un circolo nel Circolo (*1937-1938*)
"Tutti sapevano": Wolfgang Havemann, Protokoll, GDW.
Wolfgang accetta di nascondere nel suo appartamento la macchina da scrivere: Wolfgang Havemann, Protokoll, GDW.

Proiettore: A Behrens fu assegnato il criptonimo russo Luchistyi (in tedesco, Strahlman). La versione anglicizzata di Luchistyi è Beaming.

(nome in codice: Turco): Hans Rupp è un esempio di una fonte a cui fu dato un nome in codice per nascondere la sua identità nelle comunicazioni di Arvid con Mosca; ad Arvid Harnack, Harro Schulze-Boysen e Adam Kuckhoff furono dati nomi in codice per consentire loro di comunicare direttamente con un supervisore.

tempi dell'ARPLAN: il barone Wohlzogen-Neuhaus e Arvid erano entrambi membri del Bund Geistiger Berufe (BGB).

capo dei servizi segreti Boris Gordon: a Gordon è attribuito il merito di dirigere Arvid e Mildred Harnack. Abramov, *Jevrei v KGB: Palachi izhertvy*, pag. 165; Peschersky, *Krasnaia Kapella 1935-1941*, pagg. 416-418.

molto appetibile: in un documento della CIA datato 23 giugno 1967, Mildred è identificata come "una delle donne americane più influenti nella società berlinese" ("East German Postage Stamps Honor Rote Kapelle Agents", RG 263, NARA).

"usarla": nel 2018, l'ambasciata russa degli Stati Uniti diede all'autrice un estratto di questo fascicolo (conservato presso lo SVRA), che riporta che Mildred visitò Mosca nel 1933 e nel 1934 "per parlare con Kuusinen". Otto Kuusinen era un leader del Comintern che aveva fondato il Partito dei lavoratori socialisti della Finlandia, che ebbe vita breve.

Japonka: Gladkov, *Lift v razvedku*, pag. 51 (pagina citata dalla versione elettronica). La traduzione inglese è "giapponese".

## Un bambino o quasi (*1937-1938*)

Si compra persino una motocicletta: Wilhelm Utech, Protokoll, collezione Rote Kapelle, GDW.

"cronaca della vergogna": Bethge, *Dietrich Bonhoeffer*, pag. 624. La cassaforte si trova in un ufficio di una base militare a Zossen.

un comandante: si tratta del comandante Fritz Wiedemann; ivi, pag. 626.

due generali si sono opposti con forza: Hoffmann, *The History of the German Resistance*, pag. 37. Secondo le notizie che verranno scoperte in seguito negli archivi del ministero della Guerra, la discussione durante l'incontro fra i due generali e Göring fu "molto accesa". Gli appunti sono stati scritti dal colonnello Friedrich Hossbach e sono noti come Verbali di Hossbach. I generali sono il feldmaresciallo generale Werner von Blomberg, che fa parte del gabinetto di Hitler in qualità di ministro della Guerra, e il colonnello generale Werner von Fritsch, comandante supremo delle forze armate.

"pace per il nostro tempo": "Neville Chamberlain", Enciclopedia dell'Olocausto, USHMM.

"fronte unito": Hoffmann, *The History of the German Resistance*, pag. 103. Julius Leber, Wilhelm Leuschner, Otto John e Richard Kuenzer erano presenti.

l'aiuto militare di Hitler: Hochschild, *Spain in Our Hearts*, pag. 48.

Deutsche Freiheitssender: Palmier, *Weimar in Exile*, pag. 357. Autori tedeschi e americani, compresi Thomas Mann ed Ernest Hemingway, parteciparono come ospiti a una trasmissine radiofonica. La stazione invitava gli ascoltatori tedeschi a inviare a un indirizzo parigino lettere con informazioni sul clima politico e sociale in Germania.

Procurandosi esplosivo a sufficienza: Martha Utech, Protokoll, collezione Rote Kapelle, GDW. Non si sa se siano riusciti a portare a termine missioni di sabotaggio di questo tipo.

"Il suo dolore mi sorprese": Franziska Heberle a Renate Dörner, 22 marzo 1965, collezione Renate Dörner, GDW.

"A. è partito": Mildred Harnack a Marbeau Fish, 7 giugno 1938, documenti della famiglia Donner.

## Stalin e il Nano (*1937-1938*)

"Mio caro": Martha Dodd a Boris Vinogradov, 29 gennaio 1937, Taccuino White #2, pag. 30, documenti di Alexander Vassiliev, LOC.

"Governo sovietico": Martha Dodd al "Governo sovietico", 14 marzo 1937. Taccuino White #2, pag. 37, documenti di Alexander Vassiliev, LOC.

la sua attuale moglie: il fascicolo di Boris Vinogradov non afferma esplicitamente se rimase sposato con Vassa Konstantinovna Sneltsova; Boris Dmitrievich Vinogradov, fond 17, op. 97, fascicolo 258, pag. 7, RGASPI.

"Al momento": Taccuino White #2, pag. 39, Alexander Vassiliev, LOC.

"TOP SECRET": ivi, 29 marzo 1937, pag. 48.

il Nano: a posteriori fu chiamato il "Nano sanguinario"; si veda Montefiore, *Stalin*, pag. 168.

60.000: nel 2002 fu trovata la prova di una fossa comune in una foresta alle porte di San Pietroburgo; si veda Ben Aris, *Forest Skulls May Tell Where 30.000 Stalin Victims Lie*, "Telegraph", 26 settembre 2002.

mille omicidi al giorno: durante la Grande purga, nota anche come Grande terrore, furono giustiziati circa 12,5 milioni di persone; si veda Sophia Kishkovsky, *Moscow Ceremony Remembers People Killed in Soviet Purge*, "The New York Times", 29 ottobre 2007.

processi-farsa di Mosca: alla sbarra si sono presentati ventuno imputati, diciannove dei quali furono giustiziati.

tende sporche di mercurio: Montefiore, *Stalin*, pag. 218.

"Se avessi una qualche ragione": Agnes Knickerbocker a Martha Dodd, 29 luglio 1969, LOC.

"un breve riassunto": Taccuino White #2, pag. 34, documenti di Alexander Vassiliev, LOC.

"200 dollari americani": *ibid.*
Un promemoria dettagliato: ivi, pag. 33.
luogo segreto utilizzato per le esecuzioni di massa: è denominato Kommunarka.

### L'ultima lettera di Boris (*1937-1938*)

"raramente espansiva": Martha Dodd, *In memory*, documenti di Martha Dodd, scatola 13, LOC.
Dodd sa di essere impopolare: Dallek, *Democrat and Diplomat*, pag. 313.
"tristi anni": William E. Dodd a Franklin D. Roosevelt, 26 agosto 1937, Fascicolo del segretario del presidente (PSF), fascicoli messi in sicurezza, ministero degli Esteri, 1941, Biblioteca presidenziale di Franklin D. Roosevelt e Museo degli archivi digitali.
"accolto dalla figlia": *Dodd Back, Bitter on Dictatorship*, "The New York Times", 7 gennaio 1938.
"La informiamo che": Centro di Mosca a Jung, 8 gennaio 1938, Taccuino White #2, pag. 52, documenti di Alexander Vassiliev, LOC.
"Vive in un sontuoso appartamento": Weinstein e Vassiliev, *The Haunted Wood*, pag. 61.
"Era una lettera molto triste": Martha Dodd a Ilya Ehrenburg, 29 ottobre 1957, documenti di Martha Dodd, scatola 5, LOC.
"È molto entusiasta": Weinstein e Vassiliev, *The Haunted Wood*, pag. 61.
"Noi, tutti noi": Martha Dodd, saggio senza titolo, documenti di Martha Dodd, scatola 13, LOC.

### Alla ricerca di alleati (*1938-1939*)

Il Nano presiede migliaia di esecuzioni: Yezhov insistette per assistere a molte delle esecuzioni. Fu arrestato il 10 aprile 1939 nell'ufficio del suo successore, Lavrentij Berija. Il 3 febbraio 1940, Yezhov fu condannato a morte; il giorno seguente fu colpito da un proiettile alla nuca sparato da un boia chiamato Blokhin.
"Negli uffici sono arrivate": O'Sullivan, *Dealing with the Devil*, pag. 21.
"l'uomo che ha salvato": le note furono inviate come telegrammi e apparvero in due numeri del giornale russo "Pravda" (23 e 25 dicembre 1939). La nota di Stalin al ministro degli Esteri Ribbentrop viene erroneamente descritta da William Shirer come una nota scritta a Hitler in Shirer, *The Rise and Fall of the Third Reich*, pag. 670.

### L'uomo di Morgenthau (*1937-1939*)

*Alzati da lì*: interviste dell'autrice a Donald Heath junior.
"stile, grazia, portamento": Weil, *A Pretty Good Club*, pag. 47.
"il diplomatico di cui si parla di più": Harold Hinton, *Welles: Our Man of the Hour in Cuba*, "The New York Times", 20 agosto 1933.

*Un mio collega*: particolari di questo racconto non citati altrove provengono dalle interviste dell'autrice a Donald Heath junior.

"Donald R. Heath di Topeka, Kansas": "American Foreign Service Journal", dicembre 1937.

erano sempre piene di riunioni: *Morgenthau Correspondence: Appointments of HM Jr [1937-1938]*, scatola 14, documenti di Henry Morgenthau junior, FDRL.

William Donovan, detto "Wild Bill": *The Legend of Wild Bill: How Donovan Got His Nickname*, CIA, 11 novembre 2020, http://cia.gov.

"stroncare sul nascere il nuovo organismo indesiderato": Smith, OSS, pag. 19.

"follia di Roosevelt": MacDonald, *The OSS and Its Records*, pag. 83.

Erano seguite altre due agenzie: nel giugno del 1946 il Gruppo di intelligence centrale (CIG) creò un'unità operativa chiamata Ufficio delle operazioni speciali (OSO), che le conferì la giurisdizione sui servizi segreti stranieri.

"Potremmo imbatterci": Messersmith contrassegnò la lettera come *privata e riservata* e la inviò al console Gilbert il 25 ottobre 1937. Il giorno seguente, Messersmith inviò una copia della lettera privata e riservata al primo segretario Raymond Geist. La nota allegata inizia: "Le invio per sua informazione privata e riservata una lettera che ho spedito a Gilbert... Sarebbe opportuno non informarlo che le ho inviato una copia della lettera" (George Messersmith a Prentiss Gilbert, 25 ottobre 1937, scatola 8, F57, George S. Messersmith a Raymond Geist, 26 ottobre 1937, scatola 8, F57, documenti di George S. Messersmith, DEL).

"l'uomo di Morgenthau": Hugh Wilson a George Messersmith, 20 giugno 1938, RG 59, fascicolo riservato 123, H 353/217, NARA; George Messersmith a Raymond Geist, 15 aprile 1938, documenti di George S. Messersmith, scatola 9, F61, DEL.

Non ci si può fidare di Schacht: George Messersmith al segretario di Stato [Cordell Hull], sottosegretario di Stato [Sumner Welles], 14 gennaio 1939, documenti di George S. Messersmith, scatola 21, F168, DEL. Messersmith osserva: "Il dottor Schacht è un personaggio così complesso che qualsiasi analisi del ruolo che ha svolto sarebbe piuttosto lunga... Posso aggiungere che esistono ulteriori prove della sua totale mancanza di scrupoli".

lettera di protesta accuratamente contrassegnata: Messersmith scrisse una lettera di risposta a Wilson e ne inviò una copia di nascosto a due colleghi del ministero degli Esteri. In un'annotazione allegata, Messersmith disse ai suoi colleghi che la lettera di Wilson "sembrava indicare che non conosceva a fondo, come pensavamo, il contesto dell'incarico di Heath presso l'ambasciata e la rendicontazione finanziaria che ci interessa in questo dipartimento e che lui effettua per il Tesoro" (George Messersmith al signor Shaw, Dottor Feis, 10 giugno 1938, documenti di George S. Messersmith, scatola 20, F154, DEL).

"Da Heath al Tesoro": documenti di Henry Morgenthau junior, telegrammi del ministero degli Esteri, scatole 521-523 FDRL.

Le informazioni più riservate: Donald Heath senior e i suoi colleghi dell'ambasciata statunitense erano estremamente attenti a effettuare le loro conversazioni al di fuori degli uffici (Hugh Wilson a George Messersmith, 17 marzo 1938, documenti di George S. Messersmith, scatola 20, F154, DEL).

"affari principalmente collegati": *Foreign Service Officers*, "American Foreign Service Journal".

## Seminati (*1938*)

*Sarà istruttivo*: interviste dell'autrice a Donald Heath junior.

*Ragazzi, addio!*: *ibid.*

*Ci faresti*: *ibid.*

## A pranzo prima della Notte dei cristalli (*1938*)

24 ottobre 1938: diario di Louise Heath, documenti della famiglia Heath.

"La più grande ondata": Lochner, *Nazis Burn, Pillage*.

"A Berlino un americano": Schultz, *Homes Burned.*

"Il poliziotto fece cadere a terra mia moglie": Childers, *The Third Reich*, pag. 364.

Novantuno ebrei: ivi, pag. 365; Shirer, *The Rise and Fall of the Third Reich*, pag. 431; "Kristallnacht", Enciclopedia dell'Olocausto, USHMM. Anche i registri della polizia documentano un picco di suicidi tra gli ebrei in questo periodo. Secondo recenti studi, il numero di ebrei deceduti potrebbe aver raggiunto diverse centinaia.

È la prima volta che: "Kristallnacht", Enciclopedia dell'Olocausto, USHMM.

"addestrato a dovere": Shirer, *The Rise and Fall of the Third Reich*, pag. 430.

"richiamato a Washington per consultazioni": ivi, pag. 433.

"I rifugiati si trovavano": Russell, *Berlin Embassy*, pag. 23.

## Stanno diventando interessanti (*1938-1939*)

meticolosamente trascritta: Morgenthau si accerta che tutte le sue riunioni mattutine vengano trascritte per l'intera durata del suo mandato di segretario del Tesoro degli Stati Uniti. Intenzionato a stabilire la sua eredità, assunse lui stesso il team di trascrittori.

"Non so se lo avete": nel 1948, Harry White fu accusato di spiare l'Unione Sovietica, cosa che negò. Decenni dopo, la scoperta di telegrammi segreti grazie a un programma di controspionaggio (il progetto

Venona) rivelò che lo aveva fatto (13 dicembre 1938, documenti di Henry Morgenthau junior, diari, vol. 156, FDRL).

un telegramma: telegramma numero 21, Cordell Hull all'ambasciata americana, Berlino, Germania, 4 febbraio 1939, documenti di Henry Morgenthau junior, telegrammi del ministero degli Esteri, scatola 521, FDRL.

"Heath ha tutto": trascrizione della riunione, 27 febbraio 1939, documenti di Henry Morgenthau junior, diari, vol. 166, FDRL.

"una posizione fermamente risoluta": Donald R. Heath a Henry Morgenthau junior, 2 maggio 1939, documenti di Henry Morgenthau junior, diari, vol. 187, FDRL.

riserve tedesche: Donald Heath a William C. Bullit, 8 aprile 1939, documenti della famiglia Heath. Come fa con altra corrispondenza scritta, Heath si accerta di nascondere l'identità di Arvid. Si veda Brysac, *Resisting Hitler*, pagg. 249-250.

"L'ambasciata ha ricevuto": Heath al Tesoro, 24 aprile 1939, documenti di Henry Morgenthau junior, telegrammi del ministero degli Esteri, scatola 522, FDRL.

Già nel 1937: Hoffmann, *The History of the German Resistance*, pagg. 55, 104-110; Dulles, *Germany's Underground*, pag. 22. Tra gli emissari vi sono Carl Goerdeler, che incontrò Churchill nel maggio del 1939; Adam Trott zu Solz, che incontrò Chamberlain e membri della Camera dei Lord nel giugno del 1939; e Fabian von Schlabrendorff e Helmut James conte von Moltke, che nell'estate del 1939 incontrarono anche loro membri della Camera dei Lord.

"Le storie che ci arrivano": 8 giugno 1944, Public Record Office, Londra, FO 371/39087/C8865/180/18. Per approfondimenti su questo punto, si veda von Klemperer, *German Resistance Against Hitler*, e Hoffmann, *The History of the German Resistance.*

"l'aggressione militare nazista": autobiografia non pubblicata, Donald Heath senior, documenti della famiglia Heath.

"divertentissimo sentirla cantare": diario di Louise Heath, 26 agosto 1939, documenti della famiglia Heath.

"registri operistici": appunti vari, senza data, Sue Heath Brown, documenti della famiglia Heath. Sue aveva in mente di scrivere un libro su Mildred Harnack e accumulò scatole piene di materiale di ricerca. Morì prima di iniziare la stesura del manoscritto.

### Una decisione funesta (*1939*)

Un ragazzino che Don soprannomina Boobie: le informazioni di questo capitolo sono state ottenute da una lettera di Don ai suoi genitori (Don Heath junior a Louise Heath e Don Heath senior, 7 luglio 1939, documenti della famiglia Heath).

"dai colori pallidi": diario di Louise Heath, 29 agosto 1939, documenti della famiglia Heath.
"terrificanti bombardamenti": ivi, diario di Louise Heath, 5, 14, 24, 29 settembre 1939.
"Folle corsa": *ibid.*
"ideale della speranza": ivi, 15 novembre 1939.
*Non riuscivo a trattenere le lacrime; A tarda sera; Di nuovo*: ivi, 19, 20, 21 novembre 1939.
"Penso che stiamo": ivi, 22 novembre 1939.

## Raid aereo (*1940*)

Don adora: interviste dell'autrice a Donald Heath junior.
Don sente la mancanza: *ibid.*
*Cara Louise*: *ibid.*
*Adesso avrebbero sotterrato*: *ibid.*
Se si vuole avere del carbone: Russell, *Berlin Embassy*, pag. 138.
"All'ambasciata": *ibid.*
"un solo rotolo": diario di Louise Heath, 8 novembre 1939, documenti della famiglia Heath.
"deve bastare": Russell, *Berlin Embassy*, pag. 139.
l'uso di una sola pentola: ivi, pag. 138.
"le scorte del Reich siano illimitate": ivi, pag. 146.
"Qual è la differenza": ivi, pag. 140.
*raid aereo*: intervista dell'autrice a Donald Heath junior.
un battito irrequieto e incontrollabile: *ibid.*
"Per ragioni di sicurezza": Murrow termina il messaggio con le celebri parole "Buonanotte, e buona fortuna". *Murrow, the Blitz, and the Race to War*, NPR, 22 maggio 2006.
*I Roosevelt sono ebrei?*: Russell, *Berlin Embassy*, pag. 151.
"ha colpito la doppia finestra dell'ufficio": Shirer, *Berlin Diary*, pag. 504. *Berlin Diary* fu pubblicato nel 1941, diciannove anni prima della pubblicazione della sua opera magistrale, *The Rise and Fall of the Third Reich*.
"Da tre settimane": Klemperer, *I Will Bear Witness*, pag. 355. Victor Klemperer scrisse un diario dal 1933 al 1945.

## Il diario di Louise Heath (*1940*)

compare due volte: agenda di Louise Heath, 1° gennaio 1940, documenti della famiglia Heath.
"posizione intermedia": Mayers, *Neither War nor Peace*, pag. 60.
"L'abitazione del signor Kirk qui": Louise Heath, cartolina senza data, documenti della famiglia Heath. L'hotel cui fa riferimento molto probabilmente è l'Hotel Adlon.

Mamzelle, Mildred e Mole (*1940*)

"spedizioni settimanali": Russell, *Berlin Embassy*, pag. 138.

*Sei molto fortunato… Qualcuno ha cercato di parlare con te?*: interviste dell'autrice a Donald Heath junior.

*Come si chiamano gli amici di tua madre?*: *ibid.*

*Raccontami come sei arrivato qui*: *ibid.*

*Dove vive la tua insegnante?*: in un'intervista della sorella di Don, Sue, effettuata nel 1987, Don spiegò di essere stato "ben istruito e di non aver mai fatto nomi… [e] che faceva finta di non ascoltare". Intervista di Sue Heath Brown a Donald Heath junior, 4 settembre 1987, documenti della famiglia Heath.

una donna di Lipsia: intervista dell'autrice a Donald Heath junior. Tramite il cugino di Arvid, Ernst von Harnack, il Circolo aveva contatti con Carl Goerdeler, sindaco di Lipsia dal 1930 al 1937. Goerdeler fu uno dei cospiratori del complotto contro Hitler nel luglio del 1944. Durante l'intervista, Don ipotizzò che "la signora di Lipsia" fosse collegata a Goerdeler; non è possibile verificarne l'identità con la documentazione disponibile.

gli spara: intervista dell'autrice a Donald Heath junior.

Frammento

Questionario: Carcere di Plötzensee, Berlino, 16 febbraio 1943, SGY/4, BArch.

Foreign Excellent Trench Coats (*1940*)

606.600 tonnellate: fond 500, op. 12463, fascicolo 190, 40, TsAMO. Secondo report sovietici, Stalin inviò 267.500 tonnellate nella prima metà del 1941. Anche il petrolio rumeno alimentò la macchina da guerra tedesca.

fosse comuni a Mosca e nella sua periferia: il cimitero di Donskoye, situato al centro di Mosca, aveva un crematorio. I siti di esecuzione di massa Butovo e Kommunarka erano situati a sud-est di Mosca.

Foreign Excellent Trench Coats: Trepper, *The Great Game*, pag. 97.

Corso lancia una notizia bomba (*1940*)

Mildred è partita da sola: non si conosce il motivo del viaggio. Mildred spedì una cartolina a Clara Harnack mentre si trovava lì.

*Abbiamo bisogno del tuo aiuto*: fascicolo Corso, n. 34118, vol. 1, pag. 108, citato in Costello e Tsarev, pag. 79. Nel suo rapporto al Centro di Mosca, Korotov scrisse che Arvid lo aveva guardato in modo terribilmente sospettoso.

"selezione e nell'arruolamento accurato": *ibid.*

duecento agenti addestrati in fretta e furia: O'Sullivan, *Dealing with the Devil*, pag. 38.

"una persona onesta": fascicolo Corso, n. 34118, vol. 1, pag. 112, citato in Brysac, *Resisting Hitler*, pag. 264.
"un trattamento molto attento": fascicolo Corso, n. 34118, vol. 1, pag. 63, citato in Costello e Tsarev, pag. 81.
"ha detto a Corso": fascicolo Corso, n. 34118, vol. 1, pag. 62, citato in Costello e Tsarev, pag. 82.

## Libs e Mildred tra tazze e cucchiaini (*1940*)

"Era rarissimo": Kuckhoff, *Vom Rosenkranz zur Roten Kapelle*, pag. 278.
"al riparo da occhi e da orecchie": ivi, pag. 232.
"Avevo bisogno di stringere": *ibid.*

## AGIS e altre agitazioni (*1940-1942*)

"fervente": Korotkov riferisce al Centro di Mosca, 31 marzo 1941, fascicolo Corso, n. 34118, vol. 1, pag. 217, citato in Costello e Tsarev, pag. 84.
"umanista": Friedman, *The Red Orchestra*, pag. 156.
"Chiamata alla resistenza": R 58/4105, BADH.
"Che cos'è una maggioranza?": Petrescu, *Against All Odds*, pagg. 199-200; Friedman, *The Red Orchestra*, pagg. 156-157. Petrescu afferma che i redattori dei volantini dell'AGIS erano Arvid Harnack, Harro Schulze-Boysen, Adam Kuckhoff, Wilhelm Guddorf e John Sieg. Friedman dice che anche le donne partecipavano alla redazione dei volantini e descrive un episodio in cui Harro Schulze-Boysen ordina a Cato Bontjes van Beek di scriverne uno che inciti al sabotaggio. Le informazioni disponibili sui redattori di volantini si limitano a ciò che i membri di questi gruppi di resistenza confessarono durante gli interrogatori della Gestapo. Non sappiamo se Mildred Harnack abbia partecipato alla produzione degli opuscoli AGIS. Durante il suo processo, Arvid Harnack cercò di salvarle la vita minimizzando il suo coinvolgimento nella resistenza e mentendo sul suo contributo allo spionaggio, tra le altre attività.
Waitzstrasse 2: si tratta dell'indirizzo dell'appartamento di Cato Bontjes. Höhne fa riferimento a Cato come "fidanzata" di un altro membro e afferma che i volantini sono stati prodotti nell'appartamento di Harro (non in quello di Cato). Höhne descrive Eva-Maria Buch, che tradusse gli opuscoli in francese per distribuirli alla resistenza francese, come "amante" di uno dei membri. Höhne dichiarò che solo Harro e John Rittmeister avevano redatto volantini; si veda Höhne, *Codeword: Direktor*, pag. 134.
spedisce opuscoli: particolari tratti da Friedman, *The Red Orchestra*, pagg. 153-156.
a casa di Annie Krauss: Krauss collabora con il suo vicino John Grau-

denz per produrre i volantini. Sono entrambi membri del Gegner Kreis.

Tra i destinatari: il 20 maggio 1942 il numero di opuscoli che riceve l'ufficio raggiunge i 260; si veda Petrescu, *Against All Odds*, pagg. 219-220.

"Il popolo è preoccupato": R 58/4105, BADH.

Grossdeutscher Rundfunk: nel 1939 la Reichs-Rundfunk-Gesellschaft (RRG) fu rinominata Grossdeutscher Rundfunk.

"portavo a casa copie": Boehm, *We Survived*, pag. 195.

I membri traducono: Petrescu, *Against All Odds*, pagg. 215-217.

"Lettere aperte": ivi, pagg. 217-219; Sieg, *Einer von Millionen*, pagg. 131-140; R 3018/NJ 2, BADH.

"A volte uscivamo": Boehm, *We Survived*, pag. 194.

una mostra sfarzosa: l'esposizione antisovietica *The Soviet Paradise* aprì l'8 maggio 1942 nel Lustgarten.

"Esposizione permanente": "Meldungwichtiger staatspolizeilicher Ereignisse" n. 9 del 20 maggio 1942, *Geestapo-Berichte über den antifaschistischen Widerstandskampf der KPD 1933-1943*, editrici Margot Pikarski ed Elke Warning, bd. 2 (Karl Dietz Verlag, Berlino, 1989-1990), pag. 227.

Baum Gruppe: l'esplosivo che il Baum Gruppe posizionò all'esposizione non scoppiò. La Gestapo arrestò quasi trenta dei suoi membri. Herbert Baum si suicidò nella prigione di Moabit nel giugno del 1942. Marianne Baum fu giustiziata nell'agosto del 1942.

## La tabella di undici pagine di Zoya Ivanovna Rybkina (*1941*)

Zoya Ivanovna Rybkina: dopo la pensione, nel 1956, divenne una scrittrice famosa di libri per bambini con il suo nome da ragazza, Voskresenskaya. Scrisse un'autobiografia sul suo lavoro di intelligence, *Now I can Tell the Truth*, che fu pubblicato dopo la sua morte.

compila una tabella: file Corso, n. 34118, vol. 2, pagg. 23-33, citato in Costello e Tsarev, pagg. 85, 390-393.

aiutante di campo: *ibid.* Il nome di questa fonte è sconosciuto; il suo nome in codice era Schwed.

"Starshina sembra essere disposto": fascicolo Corso, n. 34118, vol. 1, pag. 217, citato in Costello e Tsarev, pag. 84. La riunione si tenne il 19 aprile 1941.

"Corso diventerà": fascicolo Corso, n. 34118, vol. 1, pag. 249, citato in Costello e Tsarev, pag. 394.

troppo intransigente: Kuckhoff, *Vom Rosenkranz zur Roten Kapelle*, pagg. 130-131.

13.500 Reichsmark: Brysac, *Resisting Hitler*, pag. 290.

Greta Kuckhoff accetta di andare a prendere: Kuckhoff, *Vom Rosenkranz zur Roten Kapelle*, pag. 281.

Kurt Schumacher: la moglie di Kurt è Elisabeth Schumacher, anche lei membro del Gegner Kreis.
Pulito: Costello e Tsarev, *Deadly Illusions*, pag. 396.
Cosa deve fare?: finalmente Greta decide di contattare Arvid, che organizza il prelievo del trasmettitore a Spandau, dove degli amici lo tengono nascosto in una rimessa.
"Ci accertavamo": Peschersky, *Krasnaia Kapella 1935-1941*, pag. 452.

## Le oscenità di Stalin (*1941*)

"piani per colpire": sono tra i rapporti che Zoya Ivanovna Rybkina inserì nella sua tabella di undici pagine (fascicolo Corso, n. 34118, vol. 2, pagg. 25, 26, 30, citato in Costello e Tsarev, *Deadly Illusions*).
disinformazione: O'Sullivan, *Dealing with the Devil*, pag. 38.
viene avvisato anche: Childers, *The Third Reich*, pag. 481.
"Mani in alto!": Beevor, *The Second World War*, pag. 188.
"Mi spieghi": Peschersky, *Krasnaia Kapella 1935-1941*, pag. 493. La conversazione avvenne principalmente tra Stalin e Fitin. Alla riunione partecipò anche il Commissario del popolo per la sicurezza dello Stato, Vsevolod Merkulov.
"Che la sua 'fonte'": V. Merkulov al compagno Stalin, 17 giugno 1941, fond 3, op. 50, fascicolo 45, pag. 50, APRF; citato nei documenti di Dmitry Volkogonov, bobina 19, scatola 29, cartella 15, Manuscript Division, LOC.

## Il primo messaggio di Hans Coppi (*1941*)

più feroci e sanguinose: Childers, *The Third Reich*, pag. 481.
"Il russo": Beevor, *The Second World War*, pag. 195.
Seguono due rapporti in rapida successione: Childers, *The Third Reich*, pag. 483.
È convinto che: Beevor, *The Second World War*, pag. 191. Secondo Shevyakov, l'ultimo treno contenente grano russo attraversò il fiume Western Bug un'ora e quindici minuti prima dell'attacco della Germania all'Unione Sovietica. Si veda A.A. Shevyakov, *Sovetsko-germanskie economicheskie svyazi v predvoennye gody*, "Sotsiologicheskie issledovaniia" 5, 1995, pagg. 13-25.
*Abbasso Hitler*: rapporto di Finck, CIA, desecretato nel 2004/2006, pag. 27.
"Saluti infiniti": Costello e Tsarev, *Deadly Illusions*, pag. 396.

## Anatoly Gurevich, alias Kent, alias Vincente Sierra, alias Victor Sukolov (*1941*)

D6: Costello e Tsarev, *Deadly Illusions*, pag. 396.
"assolutamente affidabile": *ibid.*
straordinario appetito: un fascicolo della CIA riporta: "[Gurevich] si ri-

fornì fino a rendersi ridicolo di scarpe di cuoio e sigarette quando arrivò in Occidente, perché era convinto che questi articoli fossero disponibili solo il giorno in cui li vedeva in un negozio. Si trattava di una tipica reazione sovietica, ovvero comprare il più possibile quando la merce era disponibile" (Heinz Pannwitz, vol. 2, RG 263, pag. 14, NARA).

"quaranta o cinquanta": Perrault, *The Red Orchestra*, pag. 44.

26 agosto 1941: le fonti non sono concordi sulla data. Costello e Tsarev (pag. 397) affermano che, "secondo un rapporto postbellico del GRU", la data in cui il messaggio fu trasmesso via radio a Kent fu il 10 ottobre 1941, "con un crittogramma aggiuntivo" che comprendeva particolari su ciò che Kent avrebbe dovuto scoprire da Arvid, Harro e Adam.

"Per Kent": O'Sullivan, *Dealing with the Devil*, pag. 251. La nota è firmata sia dal commissario GRU Ilyichev sia dal generale Panfilov, capo dell'intelligence estera dello Stato maggiore dell'Armata Rossa, con il sostegno del capo del NKVD Pavel Fitin.

## Codice rosso (*1941*)

Arvid chiede al nipote: Wolfgang Havemann, Protokoll, GDW. Brysac affermò erroneamente che Wolfgang Havemann rifiutò di tenerne uno nel suo appartamento; si veda Brysac, *Resisting Hitler*, pag. 295.

"Sei disposto": Wolfgang Havemann, Protokoll, GDW.

codifica i rapporti dei servizi segreti: *Die Rote Kapelle* (studio di Finck), RG 319, pag. 66, NARA.

svolgono la maggior parte delle operazioni di codifica: rapporto finale della Gestapo, RG 319, pag. 22, NARA.

schema a scacchiera: alcuni elementi di questa descrizione provengono da Höhne, *Codeword: Director*, pagg. 87-88, e Tarrant, *The Red Orchestra*, pagg. 53-55. Si tratta di una spiegazione semplificata di un codice estremamente complicato.

versione semplificata: l'intelligence sovietica utilizzava un processo a due fasi: prima la codifica con un cifrario semplice e in secondo luogo tramite un cifrario a sostituzione (chiamato *pereshifrovochnye gammy*) che corrispondeva a un cifrario identico presso il Centro di Mosca. Per aggiungere un ulteriore livello di sicurezza, il cifrario a sostituzione doveva essere utilizzato una volta sola.

## Un solo errore (*1941*)

"Per Kent": criptogramma dal GRU a Kent, 26 settembre 1941, fascicolo Corso, n. 93621, vol. 1, pag. 26, citato in Costello e Tsarev, pagg. 397-398.

18,7 percento: Höhne, *Codeword: Direktor*, pag. 88.

una vittoria monumentale: Evans, *The Third Reich at War*, pag. 203.

resta l'unico messaggio ricevuto: il rapporto finale della Gestapo contesta questo fatto, affermando che tra il 14 giugno 1941 e il 30 agosto 1942 furono inviati a Mosca cinquecento messaggi radio.

### Gollnow (*1941*)

"come farfalle": Arvid Harnack a Clara Harnack, 12 ottobre 1940, collezione Falk Harnack, GDW.

lettera di addio e una poesia: consegnata a mano a Louise il 10 giugno 1941. La poesia è la traduzione di una poesia di Goethe intitolata *Presente* (documenti della famiglia Heath).

### Un dolore tra tanti (*1941-1942*)

decidono di spararsi: Beevor, *The Second World War*, pag. 245.

"Le scorte di carburante": Harro consegnò il rapporto a Kent durante la sua visita di due settimane. Kent spedì il rapporto a Pavel Fitin da Bruxelles presso la sede temporanea del NKVD/GRU dopo il suo ritorno da Berlino (evacuarono la sede del Centro di Mosca mentre la Wehrmacht si avvicinava). Criptogramma, Kent al GRU, novembre 1941, fascicolo Corso, n. 34118, vol. 2, pagg. 64-66, citato in Costello e Tsarev, pag. 399.

*Potresti mandarci delle patate*: Mildred Harnack a Clara Harnack, 3 dicembre 1941, collezione Falk Harnack, GDW.

il più grande pubblico nella storia delle trasmissioni radio americane: Brown, *Manipulating the Ether*, pag. 118.

700.000: Childers, *The Third Reich*, pag. 485.

si commuove fino alle lacrime: Evans, *The Third Reich in Power*, pag. 53.

"un uomo di poche parole": Lina Heydrich a Jean Vaughan, 12 dicembre 1951. Si veda https://spartacus-educational.com/Lina_Heydrich.htm.

statistiche precise per ogni paese: Shirer, *The Rise and Fall of the Third Reich*, pag. 965.

quindici pagine: protocollo di Wannsee, 20 gennaio 1942, *Law Reports of Trials of War Criminals*, vol. 13, pagg. 210-219.

### Petrolio nel Caucaso (*1942*)

"Se non ci riesco": testimonianza di Paulus presso il tribunale militare internazionale a Norimberga; si veda Bellamy, *Absolute War*, pag. 497.

del romanzo sconosciuto: il dottor Vauck e il suo staff di criptologi non sapevano che, oltre a *Le miracle du professeur Wolmar*, veniva utilizzato un altro romanzo, meno sconosciuto: *La femme de trente ans* di Balzac.

"Tramite il dipartimento di polizia": Brysac, *Resisting Hitler*, pag. 315.

*Che tutti noi possiamo restare*: Mildred Harnack alla famiglia Esch, 14 agosto 1942, documenti della famiglia Donner.

raggiungere la Svezia in nave: numerosi libri, tra cui Höhne, *Codeword:*

*Direktor*, pag. 158, ipotizzano erroneamente che Mildred e Arvid fossero "in vacanza".

Frammento

Questionario: Carcere di Plötzensee, Berlino, 16 febbraio 1943, SGY/4, BArch.

L'arresto (*1942*)

Mildred cammina sulle dune: questo capitolo è basato sul resoconto fatto da Zechlin sull'arresto di Mildred e Arvid; tutti i dialoghi compresi tra virgolette compaiono in questa fonte primaria. Si veda Zechlin, *Erinnerungen*, pagg. 395-404.

"Sembrava preoccupato": *ibid.*

L'album della Gestapo (*1942*)

"catacomba buia": è il modo in cui Georgi Dimitrov, leader del Comintern, descrisse la sua cella singola nel seminterrato del quartier generale della Gestapo; si veda Topography of Terror Foundation, *The House Prison*, pag. 43.

trentotto celle singole: nel 1933, le celle erano venti; nel 1935 fu costruito un secondo edificio con diciotto celle singole e una collettiva. "Davanti alle celle c'erano due corridoi, tra punti di controllo e un rifugio antiaereo che fungeva anche da guardiola" (Rürup, *Topography of Terror*, pag. 89).

"come se fosse un qualsiasi altro ufficio governativo": Topography of Terror Foundation, *The House Prison*, pag. 53.

"Dal momento che suo marito": citato in Höhne, *Codeword: Direktor*, pag. 169, e in Brysac, *Resisting Hitler*, pag. 337.

119: Breitman *et al.*, *U.S. Intelligence and the Nazis*, pag. 294.

"un modulo di convocazione": Rürup, *Topography of Terror*, pag. 85.

*Geduld ist die*: Kuckhoff, *Vom Rosenkranz zur Roten Kapelle*, pag. 334.

"buone amiche": ivi, 333.

"il sistema nervoso di Libertas": *ibid.*

comunisti tedeschi: Perrault, *The Red Orchestra*, pag. 199.

*verschärfte Vernehmung*: O'Sullivan, *Dealing with the Devil*, pag. 256.

cinque ispettori: i fascicoli reperiti rivelano che gli ispettori erano Walter Habecker, Johannes Strübing, K.K. Büchert, Alfred Göpfert e Hans Henze.

Quando i detenuti salgono le scale: nel 1936, nel quartier generale della Gestapo fu installato un ascensore per evitare questi suicidi; si veda Topography of Terror Foundation, *The House Prison*, pag. 50.

"come foglie appassite": Marie Louise von Scheliha sopravvisse alla prigionia e la raccontò in Sahm, *Rudolf von Scheliha*, pag. 197.

"con una sensazione di disgusto": il dialogo e le descrizioni di questa scena sono tratte da un articolo scritto da Axel von Harnack. Harnack, *Arvid und Mildred Harnack*.

Maria Grimme: Maria era la moglie di Adolf Grimme, un membro del Tat Kreis. Non si sa se partecipò ad attività di resistenza; nei documenti d'archivio la si cita soltanto come "moglie" (RG 319/63, interrogatorio di Alexander Kraell, 9 luglio 1946, pag. 5).

"notevole espressività": testimonianza di Maria Grimme, Lüneberg, vol. 8, NLB; N/2506/68/51, BArch.

## Toc toc (*1942*)

"minacciosi": i dialoghi e le descrizioni di questa scena provengono dal saggio di Günther Weisenborn *Reich Secret*, pubblicato in Boehm, *We Survived*, pagg. 192-211.

"Ne faccia due": *ibid.*

"Baffetti alla Hitler": ivi, pag. 199.

"Mi dica": *ibid.*

"Stavano accumulando prove contro di me": ivi, pag. 200.

"Ho cominciato a battere": ivi, pagg. 201-202.

## Falk farà del suo meglio (*1942*)

Il consiglio che Falk ha dato agli Scholl: Falk Harnack incontra Hans Scholl e Alex Schmorell nel novembre del 1942 (Dumbach e Newborn, pag. 7).

"forte e con tenerezza": Falk Harnack a Clara Harnack e Ansa Harnack, 26 ottobre 1942, collezione Falk Harnack, GDW.

"Durante la prima fase": citato in Topography of Terror Foundation, *The House Prison*, pag. 53.

Arvid chiede a Falk: le conversazioni con Arvid sono tratte da un testo inedito di Falk, *Vom anderen Deutschland*, 1947, collezione Falk Harnack, GDW.

"Non hanno mai permesso a nessuno": Harnack, *Arvid e Mildred Harnack*.

Il colpo di stato che avevano tentato di organizzare: il piano prevedeva l'assalto alla cancelleria del Reich e di arrestare o assassinare Hitler. Il presidente della Reichsbank Hjalmar Schacht era tra i complottisti. Si veda Hoffmann, *German Resistance to Hitler*, pagg. 82-88, 91-93.

"Se ci sono uomini": George K.A. Bell ad Anthony Eden, 25 luglio 1942, Archivi nazionali, Londra, ministero degli Affari esteri 3471/30/913/C 4425/48/18; Anthony Eden a George K.A. Bell, 17 agosto 1942, Archivi nazionali, Londra, ministero degli Affari esteri 3471/30/913/C 4425/48/18. Il ministero degli Affari esteri inglese si è mostrato condiscendente verso George Bell, liquidando il vescovo di Chichester, nato nel Regno Unito, come "il nostro buon vescovo tedesco" (ministero degli Affari esteri 371/34415/C8903/29/18). Si veda anche Metaxas, *Bonhoeffer*, pagg. 394-404.

### Il settimo interrogatorio di Wolfgang (*1942*)

"Non cerchi di coprire": Wolfgang Havemann, Protokoll, GDW. Wolfgang fu fatto prigioniero dall'Armata Rossa nel 1944. Questo capitolo è basato sulla trascrizione del suo interrogatorio dei rapitori russi, che lo interrogarono in merito al suo coinvolgimento nell'Orchestra rossa. Nel 1994, Hans Coppi junior (figlio di Hans e Hilde Coppi, nato nel carcere poco prima della loro esecuzione) trovò la trascrizione in un archivio russo.
"in lacrime d'indignazione": ivi, 13 febbraio 1944.
"un romanzo meraviglioso": *ibid.*

### *Kassiber* (*1942*)

"Controlla sempre le cuciture": Friedman, *The Red Orchestra*, pag. 158.
Una guardia si commuove: *ibid.*
un ufficiale di polizia: il suo nome è Alfred Göpfert.
"umiliato": testimonianza dell'ammiraglio Karl-Jesko von Puttkamer, 30 settembre 1948, processo Lüneberg, vol. 4, NLB.
"l'élite": testimonianza di Werner Krauss, processo Lüneberg, vol. 10, NLB.
"Ho soltanto un favore": Höhne, *Codeword: Direktor*, pag. 160.
"tutta eccitata": *ibid.*
"per egoismo": Libertas Schulze-Boysen a Thora Eulenburg, 22 dicembre 1942, collezione Renate Dörner, GDW. Dopo aver sussurrato all'orecchio della dattilografa i nomi di decine di suoi amici e collaboratori della resistenza, Libertas Schulze-Boysen mentì dicendo che non sapeva che la dattilografa avrebbe allertato la Gestapo. In questa lettera alla madre, Libertas ammette di aver "tradito" i suoi amici "per egoismo", poi scarica la colpa sulla dattilografa della Gestapo: "un essere umano di cui mi ero completamente fidata, Gertrud Breiter, ha tradito me (e voi)".

### L'Orchestra rossa non è né rossa, né particolarmente musicale (*1942*)

*i nuovi arresti: Kassiber*, Rose Schlösinger, collezione Marianne Siderie Heinemann, GDW.
"panico dell'ultimo minuto": *Kassiber*, Oda Schottmüller, collezione Rote Kapelle, GDW.
"Lips": *Kassiber*, Erika von Brockdorff, collezione Rote Kapelle, GDW.
"pianisti": O'Sullivan, *Dealing with the Devil*, pag. 252; Höhne, *Codeword: Direktor*, XV.

"si tratta di un'indagine molto estesa": Harnack, *Arvid e Mildred Harnack*, pagg. 15-18.
"Ancora nessuna notizia di M.": Falk Harnack a Clara Harnack e Ansa Harnack, 7 dicembre 1942, GDW.
*Ho sentito che Mildred: Kassiber*, Rose Schlösinger, Marianne collezione Siderie Heinemann, GDW.
Qualcuno sostiene: Brysac, *Resisting Hitler*, pag. 342.
"vitamine e lievito": Mildred Harnack ad Axel von Harnack, Clara Harnack, Falk Harnack, 7 dicembre 1942, collezione Falk Harnack, GDW.

## Anneliese e l'arpia (*1942-1943*)

trucioli di legno e di paglia: le descrizioni della cella di Mildred sono basate su particolari che i suoi co-cospiratori riportano nei *Kassiber*, GDW.
*Purtroppo: Kassiber*, Rose Schlösinger, collezione Marianne Siderie Heinemann, GDW.
"Forbici nel buco!": *Kassiber*, Elfriede Paul, collezione Rote Kapelle, GDW.
"il buco caldo": *ibid.*
"dormiamo meravigliosamente bene": *ibid.*
*Eulenspiegel: Kassiber*, Erika von Brockdorff, collezione Rote Kapelle, GDW.
*Non ho mai vissuto la vita*: *ibid.*
"fanno tutto il possibile": Anneliese Kuehn, Protokoll, collezione Rote Kapelle, GDW.
"Mi sono resa conto con profondo rispetto": *ibid.*
"Che sfacciataggine... arpia": *Kassiber*, Oda Schotmüller, collezione Rote Kapelle, GDW.
"Molto bene!": *ibid.*
Anneliese Kuehn invece sì: Anneliese Kuehn, Protokoll, GDW.
"Oggi": *Kassiber*, Elfriede Paul, collezione Rote Kapelle, GDW.
"lungo ghiacciolo": *ibid.*

## Il segugio di Hitler (*1942-1943*)

"Bisogna tenere Roeder": Höhne, *Codeword: Direktor*, pag. 180.
"non provi": ivi, pag. 179.
"insensibile e di parte": *ibid.*
"segugio di Hitler": Breitman *et al.*, *U.S. Intelligence and the Nazis*, pag. 298.
all'inizio di gennaio del 1943: dopo aver processato settantasei uomini e donne dell'Orchestra rossa, a metà febbraio il procuratore generale Manfred Roeder fu sostituito da un altro procuratore; si veda Höhne, *Codeword: Direktor*, pagg. 201, 203.

"un galletto incredibilmente presuntuoso": *Kassiber*, Oda Schottmüller, collezione Rote Kapelle, GDW.
"caccia alle streghe": *Kassiber*, Erika von Brockdorff, collezione Rote Kapelle, GDW. Erika von Brockdorff subì un secondo processo e fu condannata a morte.

## Il primo di una lunga serie di processi (*1942*)

"LIBRO ESAURITO": telegramma di Axel von Harnack per Falk von Harnack, collezione Falk Harnack, GDW.

## La compagna di cella di Mildred (*1942-1943*)

"ha vissuto clandestinamente con una donna olandese": forse un riferimento eufemistico a una relazione lesbica. Fascicolo della Gestapo: Gertrud Klapputh, 1942, RW58/217223, LAV NRW.
"la Danza dell'orso": Gertrud Lichtenstein (nata Klapputh) a Clara Harnack, 9 novembre 1952, collezione Falk Harnack, GDW.
"Potevamo scambiarci": *ibid.*
"si abbandonano": *ibid.*
"Mildred possedeva un grande tesoro": *ibid.*
"Mi ha scritto dei versi di Goethe": *ibid.* Gertrud non ricorda bene il verso "Edel sei der Mensch und gut", che in realtà è "Edel sei der Mensch, hilfreich und gut" (Che l'uomo sia una creatura nobile, utile e buona).
"si è illuminato": Harnack, *Arvid e Mildred Harnack*. L'avvocato di Mildred, Leonhard Schwarz, lo riferì ad Axel von Harnack.
"afflitta e talvolta al limite della disperazione": Gertrud Lichtenstein (nata Klapputh) a Clara Harnack, 9 novembre 1952, collezione Falk Harnack, GDW.
"aspettarsi una pena più severa": *ibid.*
Arvid è morto: *ibid.* Harald Poelchau, il pastore luterano che vide Mildred il giorno dell'esecuzione, il 16 febbraio 1943, pensava di essere stato il primo a informare Mildred che Arvid era stato giustiziato. La lettera di Gertrud testimonia che Schwarz, l'avvocato di Mildred, l'aveva già informata nel gennaio del 1943.
"esploso": testimonianza di Rudolf Lehmann, 28 settembre 1948, processo Lüneberg, vol. 12, NLB.
aveva affidato a un altro collegio: nota riguardante la decisione di Hitler del 21 dicembre 1942, Oberkommando der Wehrmacht, 23 dicembre 1942, BArch. I giudici del secondo processo di Mildred appartenevano alla terza camera della corte marziale del Reich.

## La peggiore sventura (*1943*)

"circa dodici": testimonianza di Karl Schmauser, 9 settembre 1950, processo Lüneberg, vol. 12, NLB.

*Perché gli ha svelato*: l'SS Heinz Pannwitz probabilmente ha bruciato i documenti del processo; le sentenze del primo processo sopravvissero. Si veda Höhne, *Codeword: Direktor*, XVIII-XIX.

"sottomissione sessuale": testimonianza di Johannes Strübing, processo Lüneberg, vol. 10, NLB. Si vedano anche i documenti di David Dallin, documenti D, NYPL.

"Poi accadde la peggiore sventura": Gertrud Lichtenstein (nata Klapputh) a Clara Harnack, 9 novembre 1952, GDW.

"nuova": Irmgard Kamlah ad Axel von Harnack, 14 febbraio 1947, collezione Falk Harnack, GDW.

## La fascia che portava al braccio (*1943*)

"Ho sentito l'ufficiale": Irmgard Kamlah ad Axel von Harnack, 14 febbraio 1947, GDW.

"per l'esecuzione": *ibid.*

"Avevo imparato cosa significava": *ibid.*

## La ghigliottina Mannhardt (*1943*)

17.000: le esecuzioni ebbero luogo dal 1793 al 1794.

I giudici non esitavano: il tribunale del popolo – *Volksgerichtshof* – fu istituito nel 1934 per processare reati politici, compreso il tradimento.

una nuova serie di direttive: Schreiben des Reichsjustizministers vom 12. January 1937 an den Generalstaatsanwalt in Karlsruhe zur Vollziehung der Todesstrafe, und, Schreiben an den Generalstaatsanwalt beim Kammgergerichr, R22/1314, 217, BArch.

Mildred amava fare il bagno: in una lettera a sua madre, Mildred le raccontò di quando andava a nuotare nel Reno "di fronte ai pendii ricoperti di viti sotto il sole splendente" (Mildred Harnack a Georgina Fish, 28 agosto 1939, documenti della famiglia Donner).

istruzioni dettagliate: Schreiben des Reichsministers der Kustiz vom 28, Dezembre 1936 zur Vollziehun der Todestrafe. R22/1314, 216, BArch.

"sufficientemente spazioso": ivi, pag. 256.

"Ciò garantirebbe": *ibid.*

## Nei giorni oscuri della nostra vita (*1943*)

"Venivo da tante notti": Poelchau, *Die letzten Stunden*, pag. 16. L'esecuzione avvenne nel carcere di Tegel il 17 aprile 1934.

Partecipa alle riunioni segrete: Hoffmann, *German Resistance to Hitler*, pag. 63.

16 febbraio 1943: Harald Poelchau descrive il suo incontro in una testimonianza nel 1949; si veda Poelchau, *Die letzten Stunden*, pagg. 62-65. Particolari di questo capitolo sono tratti anche da testimonianze redatte nel 1954 da Günther Weisenborn, co-cospiratore di Mildred, che incontrò Poelchau nell'agosto del 1946 e lo implorò di condi-

videre le sue osservazioni su Mildred l'ora precedente l'esecuzione. "Dalla sua descrizione di Mildred, ho avuto questa impressione: era stata maltrattata fisicamente dai suoi aguzzini. Soffriva di tubercolosi a uno stadio avanzato... [ed era] '*völlig verwirrt*', che può avere il significato, attenuato, di 'completamente perduta', ma che in realtà voleva dire 'completamente fuori di testa'." Si veda Weisenborn, *Der lautlose Aufstand*, pag. 211.

*Nei giorni oscuri della nostra vita*: il titolo di questa poesia è *In Ein Stammbuch*; compare nell'opera *Das Göttliche Gedichte*, di Johann Wolfgang von Goethe. Il libro con le annotazioni di Mildred è conservato presso il GDW.

La sofferenza che prova è evidente: Harald Poelchau scrive dell'incontro con Mildred in una testimonianza del 1949; si veda Poelchau, *Die letzten Stunden*, pagg. 62-65.

l'arancia e la fotografia: Falk Harnack, Protokoll, collezione Falk Harnack, GDW.

*Il volto di mia madre*: fotografia di Georgina Fish, collezione Orchestra rossa, GDW.

Appoggerà la testa su di un ceppo: Mildred Harnack fu giustiziata alle 6.57 del 16 febbraio 1943. Gli errori sulla data e sulle modalità dell'esecuzione di Mildred Harnack sono presenti in una molteplicità di libri, tra i quali il più recente è *Bohemians* di Norman Ohler, che celebra Mildred come "una donna un tempo bionda e radiosa" che "sale sul patibolo" e viene impiccata (pag. 220).

## La lista di Stieve (*1943-1945*)

"è vitale": tutte le citazioni e altri particolari sull'incontro fra Margarete von Zahn e il dottor Hermann Stieve si basano su un'intervista radiofonica da lei rilasciata nel 2005, all'età di ottantacinque anni (Wonschik, *Mildreds Asche*, 2005). Si veda anche Wulfert, *Margarete von Zahn*.

Il dottor Stieve conserva un elenco: Hildebrandt, *The Anatomy of Murder*, pagg. 18-21. Per una copia dell'elenco di Stieve, si veda DP1/6490, BArch.

"corpi di criminali": ivi, pag. 152.

un accordo speciale: in merito alla ricerca medica di Stieve, si veda il recente studio di Tuchel, *Hinrichtungen im Strafgefängnis.*

"È estremamente difficile": Wonschik, *Mildreds Asche*, 2005.

17.383 esecuzioni: Hildebrandt, *The Anatomy of Murder*, pag. 16.

esattamente quanti cadaveri: ivi, pag. 187. Una stima prudente indicherebbe 35.000-40.000 persone; non si conosce la percentuale dei dissidenti politici.

*plötzlich Tod*: Winkelmann e Schagen, *Hermann Stieve's Clinical-Anatomical Research*, pagg. 163-171.

ha una vasta collezione: si veda H. Stieve, *Der Einfluss des Nervensystems auf Bau und Tätigkeit der Geschlechtsorgane des Menschen* (Thieme, Stoccarda, 1952).

## La Soluzione finale (*1943-1945*)

numero di prigionieri: Wachsmann, *KL*, pagg. 192, 415.
6.000 ebrei: *Gassing Operations*, Enciclopedia dell'Olocausto, USHMM.
due terzi: *Final Solution*, *ibid.*

## Gertrud (*1943-1945*)

prigioniera numero 16277: registro di Ravensbrück, 1.1.35.1/3768233, Klapputh – Blockbuch Block 1 KZ Ravensbrück, archivio Arolsen. Molti dei particolari sull'esperienza di Gertrud Klapputh a Ravensbrück derivano dai suoi ricordi del dopoguerra: Gertrud Klapputh Lichtenstein, *So war mein leben! So wurde ich Antifaschistin*, collezione Falk Harnack, GDW.
Pensa che: Helm, *Ravensbrück*, pag. 20.
12.000: Megargee, *Encyclopedia of Campus and Ghettos*, pag. 1188.
"la pelle liscia e secca": Helm, *Ravensbrück*, pag. 241.
73.000 camicie: il periodo di tempo considerato va da luglio del 1940 a marzo del 1941 (Wachsmann, *KL*, pag. 227).
pullulano di pidocchi: un membro della resistenza francese, sopravvissuto alla prigionia a Ravensbrück, in un'intervista del 1945 ricordò che molte delle donne che avevano ricevuto il compito di separare queste uniformi piene di pidocchi avevano contratto il tifo; si veda Flanner, *Letter from Paris*, pag. 52.
"carine e con denti buoni": affidavit, dottor Gerhard Schiedlausky, 7 agosto 1945, citato in Helm, *Ravensbrück*, pag. 198.
a pochi privilegiati: il bordello di Buchenwald, ad esempio, accoglieva in media 53 visitatori al giorno nell'ottobre del 1943 (si veda Wachsmann, *KL*, pag. 413).
"stimolino gli uomini": Heinrich Himmler a Oswald Pohl, 23 marzo 1942, BArch, citato in Helm, *Ravensbrück*, pag. 198.
esperimenti sadici: *Law Reports of Trials of War Criminals*, vol. 1, pagg. 367-376, 381-387, 391-417. Si veda anche Bagatur, *Nazi Medicine*, 1899-1905.
"Ho provato un dolore indescrivibile": testimonianza di Wladislawa Karolewska, Mitscherlich e Mielke, *Medizin ohne Menschlichkeit*, pagg. 182-183, citato in Helm, *Ravensbrück*, pagg. 12-13.
"avvolta accuratamente": deposizione, dottor Zdenka Nedvedova-Nejedla, processi di Norimberga, 6 settembre 1946, RG 238, NARA.
"Eravamo tutte scioccate": Helm, *Ravensbrück*, pag. 225.
"Blockovas": ivi, pag. 34.
compiti amministrativi: Gertrud fu una delle dodici donne che lavora-

rono come segretarie per ufficiali SS a Ravensbrück. Gertrud potrebbe aver lavorato anche come *Blockova*, ma la documentazione è insufficiente. Helm osserva: "Le SS bruciarono tutti i documenti sulla nomina dei *Kapos* e di altro personale penitenziario" (Helm, *Ravensbrück*, pag. 57).

"Più sono le rivalità": ivi, pag. 51. Ai processi di Norimberga, Rudolf Höss fu dichiarato criminale di guerra e condannato a morte per impiccagione. Su richiesta delle autorità polacche, Höss scrisse un'autobiografia prima di essere impiccato.

18.000: ivi, pag. 278.

"Una bella bionda": ivi, pag. 282.

una camera a gas: la camera a gas era una struttura in legno costruita accanto al crematorio. Gertrud scrisse dell'odore di corpi bruciati e delle "fiamme costanti alte metri" che fuoriuscivano dall'alto camino del crematorio, costruito nel 1943 (Lichtenstein, *So war mein leben!*). Alcune sopravvissute del campo di Ravensbrück si rifiutarono di parlare della camera a gas o del crematorio (Flanner, *Letter from Paris*, pag. 55.)

"Sentivamo le SS urlare": Helm, *Ravensbrück*, pag. 617. La detenuta si chiamava Maria Bielicka.

"Poi fummo costretti a fermarci": ivi, pag. 622.

"Ed è così che è cominciata": ivi, pag. 624.

un saggio che Gertrud scrive: Lichtenstein, *So war mein leben!*.

30.000 e 90.000: Helm, *Ravensbrück*, XVIII.

6.000 furono assassinate nelle camere a gas: Rydén, *When Bereaved of Everything*, pag. 514.

## La collera di Harriette (*1942-1945*)

"coraggiosa antinazista": la lettera era indirizzata alla madre di Mildred; Franziska non sapeva che Georgina Fish era morta (Franziska Heberle alla signora Fish, 21 dicembre 1943, documenti di Mildred Harnack, MHC).

"una cospirazione sensazionale": *Nazis Seized Estate, Word: Former Milwaukeean's Goods Confiscated, Husband Hanged, Report*, "Milwaukee Journal", 16 maggio 1943.

"*Questa mattina*": Marion Carlson a Harriette Esch, 16 maggio 1943, documenti della famiglia Donner. In un articolo comparso nel "Milwaukee Journal" il 6 ottobre 1943 (*Woman Dead, a Nazi Victim: Native of Milwaukee*), la morte di Mildred fu annunciata senza uno straccio di prova. Suo cognato Albert Carlson ipotizzò che Mildred fosse morta "in un campo di concentramento". Harriette ipotizzò: "sembrerebbe opera della Gestapo".

Un'immagine in bianco e nero molto forte: documenti della famiglia Donner.
"come dei vagabondi": autobiografia, Harriette Esch, *ibid.*
"Baltimore Sun": *Maryland Girl, 3 Babies Flee Reich, Reach Yanks*, "Baltimore Sun", 19 aprile 1945.
"Gentile signore": John Schwertman, direttore sul campo della Croce Rossa americana a Fred Esch, 10 giugno 1945, documenti di Mildred Harnack, MHC.
"tutti i documenti relativi a quel periodo": Bob Fish a Sue Heath, 14 ottobre 1988, documenti della famiglia Heath. Bob Fish è il figlio di Marbeau "Bob" Fish.

## Operazione Valkiria (*1942-1945*)

"hanno beneficiato di un notevole": Dulles, *Germany's Underground*, pag. 22.
"coscienza pulita": Bethge, *Dietrich Bonhoeffer*, pagg. 791, 797.
"Siamo stati testimoni silenziosi": ivi, pag. 796. Dietrich Bonhoeffer intitolò il saggio *Dopo dieci anni*. I suoi genitori nascosero una copia del saggio sotto le travi del tetto della loro casa in Marienburger Allee 43 a Berlino.
Dietrich invia astutamente messaggi: per gli esempi di tali messaggi, si veda ivi, pag. 812.
"nel doppio fondo del coperchio di uno yogurt": Meding, *Courageous Hearts*, pag. 12. Emmi Bonhoeffer invia questi messaggi a Hans John nell'inverno del 1944. Sia Hans John che suo fratello Otto John erano profondamente implicati nell'Operazione Valkiria.
"festicciola musicale": ivi, pag. 15.
Justus Delbrück muore in prigione: Delbrück fu incarcerato ma liberato dagli Alleati. Diversi giorni dopo fu catturato dalla polizia segreta sovietica. Morì in un campo di prigionia sovietico nell'ottobre del 1945.

## Reclutati (*1945-1948*)

"complotti russi": O'Sullivan, *Dealing with the Devil*, pag. 271.
"dopo due giorni di febbre alta": Sarah Helm, *The Gestapo Killer Who Lived Twice*, "Sunday Times", 7 agosto 2005.
"un'infinità di informazioni": nota, agente segreto Benjamin Gorby, CIC, al tenente Kirkpatrick, 31 dicembre 1947, RG 319, NARA.
"fiducia di Greta fu facile da ottenere": nota, maggiore Earl S. Browning, CIC, 20 maggio 1948, *ibid.*
per sorvegliare Greta: Greta Kuckhoff fu presidentessa della Deutsche Nortenbank dal 1950 al 1958 e si distinse per essere stata la prima donna in assoluto a condurre una banca statale tedesca.
"noto nazista opportunista e senza scrupoli": Benno Selke, vicedirettore

della Divisione prove, al comandante generale dell'Ufficio del vicedirettore dell'informazione, 4 agosto 1948, RG 319, NARA.

"Mildred Harnack era infatti": nota, Albert R. Perry junior al capitano H.H. Sloane, RG 152, NARA.

## Per caso (*1952*)

"Carissima e rispettabile": Gertrud Lichtenstein (nata Klapputh) a Clara Harnack, 8 ottobre 1952, GDW.

*argomento inesauribile per lei*: ivi, 9 novembre 1952.

## La lettera di Arvid (*1942*)

*Mio caro e amato amore*: Arvid Harnack a Mildred Harnack, 2 dicembre 1942, collezione Falk Harnack, GDW.

## Il ritorno di Don (*1946*)

Ricorda di essere passato su questa strada: i particolari e le descrizioni di questo capitolo sono basati sulle interviste dell'autrice a Donald Heath junior.

Che fine hanno fatto Achim, Peter e Siggy? E Mole?: in seguito Don apprese che Mole era rimasto vittima del crollo di un edificio nel 1945.

*Hai una buona memoria*: intervista dell'autrice a Donald Heath junior.

# Bibliografia

## Documenti non pubblicati

Brown Sue Heath: *Autobiography*, documenti della famiglia Heath.
Harnack Mildred: *The New Apartment*, HU.
—: *Prothalamion*, HU.
Heath Donald junior: *The American Church in Berlin: January 1938-June 1941*, documenti della famiglia Heath.
—: *Remembering Arvid and Mildred Harnack*, documenti della famiglia Heath.
—: *Walking with Janey*, documenti della famiglia Heath.
Heath, Donald R. senior: *Education of a Foreign Service Officer*, documenti della famiglia Heath.
Heath Louise: Agende, 1938-1941, documenti della famiglia Heath, HIA.
Heath Louise: Diari, 1938-1941, documenti della famiglia Heath, HIA.

## Libri e articoli

Abramov Vadim: *Jevrei v KGB*, Mosca: Jauza, EKSMO, 2005. *All British Air Attacks Are Doomed to Fail* (*Alle englischen Luftangriffe waren zum Scheitern veruteilt*), "Der Führer", 20 dicembre 1939.
Baerwald Friedrich: *How Germany Reduced Unemployment*, "American Economic Review", 24, n. 4, dicembre 1934.
Bagatur Erdem: *Nazi Medicine – Parte 1: Musculoskeletal Experimentation on Concentration Camp Prisoners During World War II*, Clinical Orthopaedics and Related Research 476, 2018.
Beck Maria-Dorothea: *Erinnerungen an Mildred Harnack*, "Die Andere Zeitung", 14 settembre 1967.
Beevor Antony: *The Second World War*, Boston, Little, Brown, 2012.
Bellamy Chris: *Absolute War: Soviet Russia in the Second World War*, New York, Vintage, 2008.
Bethge Eberhard: *Dietrich Bonhoeffer: A Biography*, tradotto in ingle-

se da Eric Mosbacher, Peter e Betty Ross, Frank Clarke e William Glen-Doepel, edizione rivista, Minneapolis, Fortress Press, 2000.
Boehm Eric H.: *We Survived: The Stories of Fourteen of the Hidden and Hunted of Nazi Germany*, New Haven, CT, Yale University Press, 1949.
Bohn Willi: *Transportkolonne Otto: Bibliothek des Widerstandes*, Francoforte, Röderberg-Verlag, 1970.
Bourgeois Guillaume : *La véritable histoire de l'orchestre rouge*, Parigi, Nouveau Monde, 2015.
Breitman Richard, Goda Norman J.W., Naftali Timothy e Wolfe Robert: *U.S. Intelligence and the Nazis*, Cambridge, Cambridge University Press, 2005.
Brown, Robert J.: *Manipulating the Ether: The Power of Broadcast Radio in Thirties America*, Jefferson, NC, McFarland, 1998.
Brüning Eberhard: *Mildred Harnack-Fish: Variationen über das Thema Amerika: Studien zur Literatur der USA*, Berlin, Aufbau-Verlag, 1988.
Brysac Shareen Blair: *Resisting Hitler: Mildred Harnack and the Red Orchestra*, New York, Oxford University Press, 2000.
Buchanan Andrew: *World War II in Global Perspective*, 1931-1952, New York, John Wiley, 2019.
Central Intelligence Agency: *The Rote Kapelle: The CIA's History of Soviet Intelligence and Espionage Networks in Western Europe*, 1936-1945, Washington, DC, University Publications of America, 1979.
Childers Thomas: *The Third Reich: A History of Nazi Germany*, New York, Simon and Schuster, 2017.
Commissione delle Nazioni Unite per i crimini di guerra: *Law Reports of Trials of War Criminals*, vol. 10, *IG Farben and Krupp Trials*, Londra, United Nations War Crimes Commission, 1949.
Coppi Hans: *Harro Schulze-Boysen – Wege in den Widerstand*, Coblenza, Germania, Fölbach, 1995.
Coppi Hans, Jürgen Danyel e Tuchel Johannes, a cura di: *Die Rote Kapelle im Widerstand gegen den Nationalsozialismus*, Berlin, Gedenkstätte Deutscher Widerstand, 1994.
Costello John e Tsarev Oleg: *Deadly Illusions: The KGB Orlov Dossier Reveals Stalin's Master Spy*, New York, Crown, 1993.
Crepon Tom: *Leben und Tode des Hans Fallada. Eine Biographie*, Halle, Germania, Mitteldeutscher Verlag, 1992.
Dallek Robert: *Democrat and Diplomat: The Life of William E. Dodd*, New York, Oxford University Press, 1968.
Dallin, David J.: *Soviet Espionage*, New Haven, CT, Yale University Press, 1955.
David-Fox Michael: *Showcasing the Great Experiment: Cultural Diplomacy and Western Visitors to the Soviet Union 1921-1941*, New York, Oxford University Press, 2012.

Dodd Martha: *Through Embassy Eyes*, New York, Harcourt, Brace, 1939.
Domarus Max, a cura di: *Hitler Reden und Proklamationen 1932 bis 1945*, Loenburg, 1998.
Duhnke Horst: *Die KPD von 1933 bis 1945*, Colonia, Kiepenheuer & Witsch, 1972.
Dulles Allen Welsh: *Germany's Underground: The Anti-Nazi Resistance*, New York, Da Capo Press, 2000.
Dumbach Annette E. e Newborn Jud: *Shattering the German Night: The Story of the White Rose*, Boston, Little, Brown, 1986.
Evans Jedidiah: *Look Abroad, Angel: Thomas Wolfe and the Geographies of Longing*, Athens, University of Georgia Press, 2020.
Evans Richard J.: *The Coming of the Third Reich*, New York, Penguin, 2004.
—: *The Third Reich in Power, 1933-1939*, New York, Penguin, 2005.
—: *The Third Reich at War*, New York, Penguin, 2008.
Fergusson Adam: *When Money Dies: The Nightmare of Deficit Spending, Devaluation, and Hyperinflation in Weimar Germany*, New York, PublicAffairs, 2010.
Flanner Janet: *Letter from Paris*, "The New Yorker", 5 maggio 1945.
*Foreign Service Changes*: "American Foreign Service Journal", 14, n. 12, dicembre 1937.
*Foreign Service Officers*: "American Foreign Service Journal", 16, n. 4, aprile 1939.
Friedman Ina: *The Red Orchestra and Cato Bontjes van Beek*, in *Confront! Resistance in Nazi Germany*, pubblicato da John J. Michalczyk, New York, Peter Lang, 2004.
Fromm Bella: *Blood and Banquets: A Berlin Social Diary*, New York, Birch Lane, 1990.
Gladkov Teodor Kirillovich: *Lift v razvedku. "Korol Nelegalov" Aleksandr Korotkov*, Mosca, Tsentrpolygraph, 2002.
Goebbels Joseph: *Vom Kaiserhof zur Reichskanzlei: eine historische Darstellung in Tagebuchblättern*, Monaco, Franz Eher Nachf, 1942.
Goeschel Christian: *Suicide in Nazi Germany*, New York, Oxford University Press, 2009.
Griebel Regina, Coburger Marlies e Scheel Heinrich: *Erfasst? Das Gestapo-Album zur Roten Kapelle*, Halle, Germania, Audioscop, 1992.
Grimme Adolf: *Briefe*, Heidelberg, Schneider, 1967.
Guenther Irene: *Nazi Chic? Fashioning Women in the Third Reich*, Oxford, Berg, 2004.
Haase Norbert: *Das Reichskriegsgericht und der Widerstand gegen die nationalsozialistische Herrschaft*, Berlino, Gedenkstätte Deutscher Widerstand, 1993.

Hall Claire M.: *An Army of Spies? The Gestapo Spy Network 1933-1945*, "Journal of Contemporary History", 44, n. 2, aprile 2009.

*Handbuch des Berliner Abend Gymnasiums*, Berlino, Carl Heymanns Verlag, 1934.

Harnack Axel von: *Arvid und Mildred Harnack: Erinnerungen an ihren Prozess*, "Die Gegenwart", 2 1947, pagg. 15-17.

Harnack Clara: *Unermüdlicher Streiter für die Menschenrechte: Die Mutter Arvid Harnacks über ihren Sogn und die Schwiegertochter Mildred*, "Neues Deutschland", dicembre 1977.

Harnack-Fish Mildred: *Thomas Wolfe*, "Berliner Tageblatt", 26 maggio 1935.

Harrprecht Klaus: *Harald Poelchau: Ein Leben im Widerstand*, Berlino, Rowohlt, 2004.

Hass Michael: *Forbidden Music: The Jewish Composers Banned by the Nazis*, New Haven, CT, Yale University Press, 2013.

Helm Sarah: *Ravensbrück: Life and Death in Hitler's Concentration Camp for Women*, New York, Doubleday, 2014.

Herman Stewart W.: *American Church in Berlin: A History.* ed. rivista autopubblicata, 2001.

Hett Benjamin Carter: *Burning the Reichstag: An Investigation into the Third Reich's Enduring Mystery*, New York, Oxford University Press, 2014.

Hildebrandt Sabine: *The Anatomy of Murder: Ethical Transgressions and Anatomical Science During the Third Reich*, New York, Berghahn, 2016.

Hochschild Adam: *Spain in Our Hearts: Americans in the Spanish Civil War, 1936-1939*, Boston, Mariner, 2017.

Hoffmann Peter: *German Resistance to Hitler*, Cambridge, MA, Harvard University Press, 1988.

—: a cura di. *Behind Valkyrie: German Resistance to Hitler*, Montreal, McGill-Queen's University Press, 2011.

—: *The History of the German Resistance 1933-1945,* Cambridge, MA, MIT Press, 1977.

Höhne Heinz: *Codeword: Direktor: The Story of the Red Orchestra*, New York, Coward, McCann e Geoghegan, 1971.

Hollweck Joseph: *Die Todesstrafe im neuen Reich.* Erlangen, tesi in Diritto, vol. 20, 1935.

Irving David: *Goebbels: Mastermind of the Third Reich*, Londra, Focal Point, 1996.

Isenberg Noah: *Voluptuous Panic*, "New York Review of Books", 28 aprile 2018.

Jones Larry Eugene: *"The Greatest Stupidity of My Life": Alfred Hugenberg and the Formation of the Hitler Cabinet*, "Journal of Contemporary History", 27, n. 1, gennaio 1992.

Juchler Ingo: *Mildred Harnack und die Rote Kapelle in Berlin*, Potsdam, Universitätsverlag Potsdam, 2017.
*Judenplage in Belgien*,"Deutsches Nachrichtenbüro", 12 dicembre 1939.
Kennedy Richard S. e Paschal Reeves: a cura di *The Notebooks of Thomas Wolfe*, vol. 2, Chapel Hill, University of North Carolina Press, 2011.
Kershaw Ian: *Hitler: 1889-1936 Hubris*, New York, Norton, 1999.
—: *Popular Opinion and Political Dissent in the Third Reich, Bavaria 1933-1945*, New York, Oxford University Press, 1993.
Kerwin Jerome G.: *The German Reichstag Elections of July 31, 1932*, "American Political Science Review", 26, n. 5, ottobre 1932.
Kesten Hermann: a cura di *Thomas Mann Diaries: 1918-1939*, New York, Abrams, 1982.
Keynes John Maynard: *The Economic Consequences of the Peace*, New York, Harcourt, Brace and Howe, 1920.
Kirkpatrick Clifford: *Recent Changes in the Status of Women and the Family in Germany*, "American Sociological Review", 2, n. 5, ottobre 1937.
Klemperer Klemens von: *German Resistance Against Hitler: The Search for Allies Abroad*, 1938-1945, Oxford, Clarendon, 1992.
Klemperer, Victor: *I Will Bear Witness 1933-1941: A Diary of the Nazi Years*, tradotto da Martin Chalmers, New York, Modern Library, 1999.
Knafo Danielle: *The Dead Mother in Käthe Kollwitz*, "Art Criticism", 13, 1998, pagg. 24-36.
Koonz Claudia: *Choice and Courage*, in *Contending with Hitler: Varieties of German Resistance in the Third Reich*, pubblicato da David Clay Large, New York, Cambridge University Press, 1991.
—: *Mothers in the Fatherland: Women, the Family, and Nazi Politics*, New York, St. Martin's, 1987.
Kuckhoff, Greta: *Adam Kuckhoff zum Gedenken: Novellen, Gedichte, Briefe*, Berlino, Aufbau-Verlag, 1946.
—: *Vom Rosenkranz zur Roten Kapelle*, Berlino, Verlag Neues Leben, 1972.
Large David Clay: *Berlin*, New York, Basic Books, 2000.
—: ed. *Contending with Hitler: Varieties of German Resistance in the Third Reich*, New York, Cambridge University Press, 1991.
Larson Erik: *In the Garden of Beasts: Love, Terror, and an American Family in Hitler's Berlin*, New York, Crown, 2011.
Ledig-Rowohlt Heinrich: *Thomas Wolfe in Berlin*, "American Scholar", 22, n. 2, primavera 1953.
Lochner Louis P.: *Nazis Burn, Pillage*, "Washington Post", 11 novembre 1938.
—: *What About Germany?*, Londra, Hodder and Stoughton, 1943.
—: a cura di *The Goebbels Diaries,* Londra, Hamish Hamilton, 1948.

MacDonald Lawrence H.: *The OSS and Its Records*, in *The Secrets War: The Office of Strategic Services in World War II*, pubblicato da George C. Chalou, Washington, DC, National Archives and Records Administration, 2002.
Mayer Milton: *They Thought They Were Free: The Germans 1933-45*, Chicago, University of Chicago Press, 1955.
Mayers David: *Neither War nor Peace: FDR's Ambassadors in Embassy Berlin and Policy Toward Germany, 1933-1941*, "Diplomacy and Statecraft", 20, n. 1, 2009.
Meding Dorothee von: *Courageous Hearts: Women and the Anti-Hitler Plot of 1944*, tradotto da Michael Balfour e Volker R. Berghahn, New York, Berghahn Books, 1997.
Megargee Geoffrey P.: a cura di *Encyclopedia of Camps and Ghettos, 1933-1945*, vol. 1., Bloomington, Indiana University Press, 2009.
Merson Allan: *Communist Resistance in Nazi Germany*, Londra, Lawrence and Wishart, 1985.
Metaxas Eric: *Bonhoeffer: Pastor, Martyr, Prophet, Spy*, Nashville, Thomas Nelson, 2010.
Metcalfe Philip, *1933*, Sag Harbor, NY, Permanent Press, 1988.
Mitscherlich, A. e F. Mielke: a cura di *Medizin ohne Menschlichkeit. Dokumente des Nürnberger Ärzteprozesses*, Francoforte, Fischer, 1978.
Montefiore Simon Sebag: *Stalin: The Court of the Red Tsar*, New York, Vintage, 2005.
Mouton Michelle: *From Adventure to Advancement to Derailment and Demotion: Effects of Nazi Gender Policy on Women's Careers and Lives*, "Journal of Social History", 43, n. 4, estate 2010.
Moynahan Brian: *Leningrad: Siege and Symphony: The Story of the Great City Terrorized by Stalin, Starved by Hitler, Immortalized by Shostakovich*, New York, Atlantic Monthly Press, 2013.
*News from the Department*: "American Foreign Service Journal", 17, n. 3, marzo 1940.
O'Sullivan Dónal: *Dealing with the Devil: Anglo-Soviet Intelligence Cooperation During the Second World War*, New York, Peter Lang, 2010.
*Our Victory Is Certain! (Der Sieg ist uns gewiß!)*: "Rheinsberger Zeitung", 23 dicembre 1939.
Page Norman: *Auden and Isherwood: The Berlin Years*, New York, St. Martin's, 1998.
Palmier Jean-Michel: *Weimar in Exile: The Antifascist Emigration in Europe and America*, tradotto da David Fernbach, Londra, Verso, 2017.
Paul Elfriede: *Ein Sprechzimmer der Roten Kapelle*, Berlino, Militärverlag der DDR, 1981.
Perrault Gilles: *The Red Orchestra*, New York, Simon and Schuster, 1970.
Peschersky Vladimir: *Krasnaia Kapella 1935-1941*, in *Ocherki istorii ros-

*siiskoi vneshnei razvedki*, tomo 3 (1933-1941), Mosca, Mezhdunarodnye otnosheniia, 2003.
—: *"Krasnaia Kapella", Sovetskaia razvedka protiv abvera i gestapo*, Mosca, Tsentrpoligraf, 2000.
Petrescu Corina L.: *Against All Odds: Models of Subversive Spaces in National Socialist Germany*, Berna, Svizzera, Peter Lang, 2010.
Peukert, Detlev J.K.: *Inside Nazi Germany: Conformity, Opposition, and Racism in Everyday Life*, tradotto da Richard Deveson, New Haven, CT, Yale University Press, 1987.
Poelchau Harald: *Die letzten Stunden*, Berlino, Verlag Volk und Welt, 1949.
Pringle Heather: *The Master Plan: Himmler's Scholars and the Holocaust*, New York, Hyperion, 2006.
Rabinbach Anson e Sander Gilman: a cura di *The Third Reich Sourcebook*, Berkeley, University of California Press, 2013.
Reichsministerium für Wissenschaft, Erziehung und Volksbildung: *Erziehung und Unterricht in der Höheren Schule: Amtliche Ausgabe des Reichs und Preuszischen Ministeriums für Wissenschaft, Erziehung, und Volksbildung*, Berlino, Weidmann, 1938.
Ritter Gerhard: *Carl Goerdeler und die deutsche Widerstandsbewegung*, Stoccarda, Deutsche Verlag-Anstalt, 1954.
Roeder Manfred: *Die Rote Kapelle*, Amburgo, Verlag Hans Siep, 1952.
Rosen Curt: *Das ABC des Nationalsozialismus*, Berlino, Schmidt, 1933.
Rosenbaum Ron: *Explaining Hitler: The Search for the Origins of His Evil*, New York, Da Capo Press, 1998.
Rürup Reinhard: a cura di *Topography of Terror: Gestapo, SS and Reichssicherheitshauptamt on the "Prinz- Albrecht-Terrain": A Documentation*, tradotto in inglese da Werner T. Angress, Berlino, Verlag Willmuth Arenhövel, 2003.
Russell William: *Berlin Embassy*, Londra, Michael Joseph, 1942.
Rydén Johanna Bergqvist: *When Bereaved of Everything: Objects from the Concentration Camp of Ravensbrück as Expressions of Resistance, Memory, and Identity*, "International Journal of Historical Archaeology", 22, 2018.
Sahm Ulrich: *Rudolf von Scheliha, 1897-1942: Ein deutscher Diplomat gegen Hitler*, Monaco, Verlag C.H. Beck.
Said, Erika: *Zur Situation der Lehrerinnen in der Zeit des Nationalsozialimus*, in *Frauengruppe Faschismusforschung, Mutterkreuz und Arbeitbuch: Zur Geschichte der Frauen in der Weimarer Republik und im Nationalsozialismus*, Francoforte, Fischer Taschenbuch Verlag, 1981.
Salomon Ernst von: *Fragebogen (The Questionnaire)*, tradotto in inglese da Constantine FitzGibbon, New York, Doubleday, 1955.
Sauder Gerhard: a cura di *Die Bücherverbrennung: Zum 10. Mai 1933*, Monaco, Carl Hanser Verlag, 1983.

Sayner Joanne: *Reframing Antifascism: Memory, Genre, and the Life Writings of Greta Kuckhoff*, New York, Palgrave Macmillan, 2013.
Schacht Hjalmar: *Confessions of "the Old Wizard": The Autobiography of Hjalmar Horace Greeley Schacht*, tradotto da Diana Pyke, Boston, Houghton Mifflin, 1956.
Schultz Sigrid: *Homes Burned; Stores Looted; Terror Reigns: Mobs Run Wild in German Streets*, "Chicago Tribune", 11 novembre 1938.
Schwerin von Krosigk Johann conte: *Staatsbankrott*, Göttingen, Musterschmidt, 1974.
Shirer William: *Berlin Diary: The Journal of a Foreign Correspondent*, 1934–1941. New York, Knopf, 1941.
—: *The Rise and Fall of the Third Reich: A History of Nazi Germany*, New York, Simon and Schuster, 1960.
Sieg John: *Einer von Millionen Spricht: Skizzen, Erzählungen, Reportagen, Flugschriften*, Berlino, Dietz Verlag, 1989.
Siemens Daniel: *Stormtroopers: A New History of Hitler's Brownshirts*, New Haven, CT, Yale University Press, 2017.
Sifton Elisabeth e Stern Fritz: *No Ordinary Men: Dietrich Bonhoeffer and Hans von Dohnanyi, Resisters Against Hitler's Church and State*, New York, New York Review Books, 2013.
Smith Adam: *Paper Money*, New York, Summit Books, 1981.
Smith R. Harris: *OSS: The Secret History of America's First Central Intelligence Agency*, Berkeley, University of California Press, 1972.
Speer Albert: *Inside the Third Reich: Memoirs*, tradotto in inglese da Richard e Clara Winston, New York, Macmillan, 1970.
Stackelberg Roderick e Winkle Sally A.: a cura di *The Nazi Germany Sourcebook: An Anthology of Texts*, New York, Routledge, 2002.
Stibbe Matthew: *Women in the Third Reich*, Londra, Hodder Education, 2003.
Sudoplatov Viktor: *Inside Soviet Military Intelligence*, New York, Macmillan, 1984.
Tarrant V.E.: *The Red Orchestra: The Soviet Spy Network Inside Nazi Europe*, Londra, Arms and Armour, 1995.
Tau Max: *Das Land das ich verlassen musste*, Amburgo, Hoffmann und Campe, 1961.
—: *Ein Flüchtling findet sein Land*, Gütersloh, Bertelsmann Lesering, 1966.
Thompson Dorothy: *Who Goes Nazi?*, "Harper's", agosto 1941.
Topography of Terror Foundation: *The House Prison: At Gestapo Headquarters in Berlin*, Berlino, Stiftung Topographie des Terrors, 2005.
Trepper Leopold: *The Great Game: Memoirs of the Spy Hitler Couldn't Silence*, New York, McGraw-Hill, 1977.
*Trial of the Major War Criminals Before the International Military Tribunal*: Norimberga, Germania, dal 14 novembre 1945 al 1° ottobre 1946, 42 volumi, LOC.

Tuchel Johannes: *Hinrichtungen im Strafgefängnis Berlin-Plötzensee 1933 bis 1945 und der Anatom Hermann Stieve*, Berlino, Gedenkstätte Deutscher Widerstand, 2019.
Usborne Cornelie: *The Politics of the Body in Weimar Germany: Women's Reproductive Rights and Duties*, Londra, Palgrave Macmillan, 1992.
Voskresenskaya Zoya, Sharapov Eduard: *Taina Zoii Voskresenskoi*, Mosca, Olma Press, 1998.
Wachsmann, Nikolaus: *KL: A History of the Nazi Concentration Camps*, New York, Farrar, Straus and Giroux, 2015.
Waite Robert G.: *"Rote Plötze": Die Geschichte des Strafanstalt Plötzensee*, in stampa.
Weil Martin: *A Pretty Good Club: The Founding Fathers of the U.S. Foreign Service*, New York, Norton, 1978.
Weinstein Allen e Vassiliev Alexander: *The Haunted Wood: Soviet Espionage in America – the Stalin Era*, New York, Modern Library, 1999.
Weisenborn Günther: *Der lautlose Aufstand: Bericht über die Widerstandsbewegung des deutschen Volkes 1933-1945*, Amburgo, Rohwolt Verlag, 1954.
—: *Memorial*, Francoforte, Röderberg-Verlag, 1977.
Welles Benjamin: *Sumner Welles: FDR's Global Strategist*, New York, St. Martin's, 1997.
West Rebecca: *Selected Letters of Rebecca West*, pubblicato da Bonnie Kime Scott, New Haven, CT, Yale University Press, 2000.
Williams Jenny: *More Lives Than One: A Biography of Hans Fallada*, Londra, Libris, 1998.
Winkelmann Andreas e Schagen Udo: *Hermann Stieve's Clinical-Anatomical Research on Executed Women During the Third Reich*, "Clinical Anatomy", 22, 2009, pagg. 163-171.
*Wisconsin Girl Beheaded by Hitler, Magazine Says*: "Washington Post", 2 dicembre 1947.
Wulfert Tatjana: *Margarete von Zahn (Geb. 1924)*,"Der Tagesspiegel", 18 novembre 2010.
Zahn-Harnack Agnes von: *Frauenbewegung und Nationale Revolution*, "Deutsche Allgemeine Zeitung", 30 aprile 1933.
Zechlin Egmont: *Erinnerungen an Arvid und Mildred Harnack*,"Geschichte in Wissenschaft und Unterricht", 33, 1982, pagg. 395-404.
Ziemer Gregor: *Education for Death: The Making of a Nazi*, New York, Oxford University Press, 1941.
Ziemer Patsy: *Two Thousand and Ten Days of Hitler*, New York, Harper, 1940.

## Radio e film

Wonschik Helmut. *Mildreds Asche*, Südwestdeutscher Rundfunk, 2005.

## Fonti dal web

Central Intelligence Agency (CIA), www.cia.gov
German History in Documents and Images (GHDI), https://ghdi.ghi-dc.org
United States Holocaust Memorial Museum (USHMM), https://www.ushmm.org

## Crediti iconografici

L'autrice e il suo editore sono grati alle seguenti persone e istituzioni per avere fornito loro immagini e dato il permesso di riprodurle nell'ambito della pubblicazione di quest'opera.

## Pagine

| | |
|---|---|
| 13 | Con il permesso degli Archivi federali, Berlino SGY 4/12. |
| 19 | Gentile concessione di Julie Heath. |
| 25 | Riprodotto con il permesso del Memoriale della resistenza tedesca. |
| 27, 29 | Gentile concessione della famiglia Donner. |
| 34 | Vignetta di Thomas Theodor Heine in "Simplicissimus", vol. 30, n. 22, 31 agosto 1925. |
| 37 (a sinistra) | Fotografia dell'autrice. |
| 37 (a destra) | Gentile concessione della famiglia Donner. |
| 42 | Amministrazione degli archivi e dei registri nazionali, College Park, Maryland. |
| 44 | Gentile concessione della famiglia Donner. |
| 45 (in alto) | Riprodotto con il permesso del Memoriale della resistenza tedesca. |
| 45 (in basso) | Gentile concessione della famiglia Donner. |
| 50 | Con il permesso degli Archivi federali, Berlino, B 145/P046291.<br>Fotografia di Carl Weinrother, 1932. |
| 54 | Gentile concessione della Scuola Peter A. Silbermann. |
| 56, 62 | Con il permesso dell'archivio dell'Università Humboldt di Berlino, documenti di Mildred Harnack, fascicolo 3, firma 41. |
| 103 | Gentile concessione della Scuola Peter A. Silbermann. |
| 125, 127, 128, 136 | Gentile concessione di Julie Heath. |
| 141 | Riprodotte con il permesso del Memoriale della resistenza tedesca. |

| | |
|---|---|
| 146, 156, 177 | Gentile concessione della Biblioteca del Congresso, Washington, DC, documenti di Martha Dodd, scatola 13. |
| 179, 183 | Gentile concessione di Julie Heath. |
| 198 | Amministrazione degli archivi e dei registri nazionali, College Park, Maryland. |
| 218 | Archivio di Stato della Federazione russa, 5283-6-1727-177; 5283-6-1727-197. |
| 271 (in alto, in mezzo) | Gentile concessione della famiglia Donner. |
| 271 ( in basso) | Amministrazione degli archivi e dei registri nazionali, College Park, Maryland. |
| 274 (in alto) | Archivio del Servizio di intelligence estero della Federazione russa. |
| 274 (in basso) | Amministrazione degli archivi e dei registri nazionali, College Park, Maryland. |
| 277 | Archivio del Servizio di intelligence estero della Federazione russa. |
| 299 (in alto) | Gentile concessione di Julie Heath. |
| 299 (in basso) | Museo e biblioteca presidenziale di Franklin Delano Roosevelt, documenti di Henry Morgenthau junior, corrispondenza, appuntamenti di Henry Morgenthau junior (1937-1938), scatola 14. |
| 307 | Amministrazione degli archivi e dei registri nazionali, College Park, Maryland. |
| 308 | Riprodotta con il permesso dell'"American Foreign Service Journal", vol. 16, n. 4, aprile 1939. |
| 311, 312, 314, 319 | Gentile concessione di Julie Heath. |
| 320 | Museo e biblioteca presidenziale di Franklin Delano Roosevelt, documenti di Henry Morgenthau junior, diari, registro 156 (13 dicembre-18 dicembre 1938), 13 dicembre 1938, pag. 15. |
| 323, 324 (in alto) | Gentile concessione di Julie Heath. |
| 324 (in basso) | Gentile concessione di Richard E. Brown. |
| 325, 326, 331, 332 340, 341, 342, 343 | Gentile concessione di Julie Heath. |
| 359 | Archivi nazionali, Regno Unito, "The Case of the Rote Kapelle", KV 3/350. |
| 365 | Con il permesso degli Archivi federali di Berlino, R 58/4105. |
| 368, 369 | Archivio del Servizio di intelligence estero della Federazione russa, pagina 11 del calendario Corso, fascicolo Corso n. 34118, vol. 2, pagg. 23-33. |

| | |
|---|---|
| 380 | Archivio del presidente della Federazione russa, V. Merkulov al compagno Stalin, 17 giugno 1941, fond 3, op. 50, fascicolo 45, pag. 50. |
| 384 | Archivi nazionali, Regno Unito, "The Case of the Rote Kapelle", KV 3/350. |
| 389 (in alto) | Amministrazione degli archivi e dei registri nazionali, College Park, Maryland. |
| 389 (in basso) | *Vassiliev White Notebook #2*, pag. 4 del documento manoscritto, Archivio digitale dell'History and Public Policy Program, documenti di Alexander Vassiliev, Divisione manoscritti, Biblioteca del Congresso. |
| 393 | Amministrazione degli archivi e dei registri nazionali, College Park, Maryland. |
| 396 | Archivi nazionali, Regno Unito, "The Case of the Rote Kapelle", KV 3/350. |
| 410 (in alto) | Riprodotte con il permesso del Memoriale della resistenza tedesca. |
| 410 (in basso) | Gentile concessione della famiglia Donner. |
| 417 | Con il permesso degli Archivi federali, R 58/03191-228. |
| 418 | Con il permesso degli Archivi federali, R 58/03191-179. |
| 439, 443 | Riprodotte con il permesso del Memoriale della resistenza tedesca. |
| 447 | Gentile concessione della famiglia Donner. |
| 457 | Con il permesso degli Archivi federali, N 2506/50. |
| 459, 474 | Riprodotte con il permesso del Memoriale della resistenza tedesca. |
| 475 | Archivi di Stato, Renania settentrionale-Westfalia, RW 58/21723. |
| 482, 483 | ITS Digital Archive, Archivi Arolsen, Klapputh-Blockbuch Block 1 KZ Ravensbrück, 1.1.35.1/3768233. |
| 495 | Con il permesso del Baltimore Sun Media. Tutti i diritti riservati. |
| 505 (in alto) | Dal "The New York Times" ©1947 The New York Times Company. Tutti i diritti riservati. Utilizzato sotto licenza. |
| 505 (in basso) | Amministrazione degli archivi e dei registri nazionali, College Park, Maryland |
| 512 | Riprodotte con il permesso del Memoriale della resistenza tedesca. |

| | |
|---|---|
| 515 | Gentile concessione di Julie Heath. |
| 518, 519 | Riprodotte con il permesso del Memoriale della resistenza tedesca. |

## Inserto fotografico

| | |
|---|---|
| 1 | Tutte le fotografie riprodotte con il permesso del Memoriale della resistenza tedesca. |
| 2 | Fotografia di Mildred riprodotta con il permesso del Memoriale della resistenza tedesca; fotografia di Mildred e Arvid concessa dalla famiglia Donner. |
| 3 | Fotografia di Mildred concessa dalla famiglia Donner; fotografia di Mildred e Arvid riprodotta con il permesso del Memoriale della resistenza tedesca. |
| 4 | Tutte le fotografie riprodotte con il permesso del Memoriale della resistenza tedesca. |
| 5 | Tutte le fotografie concesse da Julie Heath. |
| 6 | Tutte le fotografie riprodotte con il permesso degli Archivi federali R 58 Immagine 03191-229; 03191-227; 03191-225; 03191-187; 03191-179; 03191-175; 03191-228; 03191-215; 03191-181. |
| 7 | Tutte le fotografie riprodotte con il permesso degli Archivi federali R 58 Immagine 03191-180; 03191-195; 03191-226; 03191-213; 03191-173; 03191-178; 03191-196; 03191-210; 03191-230. |
| 8 | Tutte le fotografie riprodotte con il permesso del Memoriale della resistenza tedesca. |

# Indice dei nomi e analitico

I numeri di pagina in corsivo si riferiscono alle illustrazioni

Indice